Shunyata Mahat
Der Gesang des Ozeans
Das erste Portal

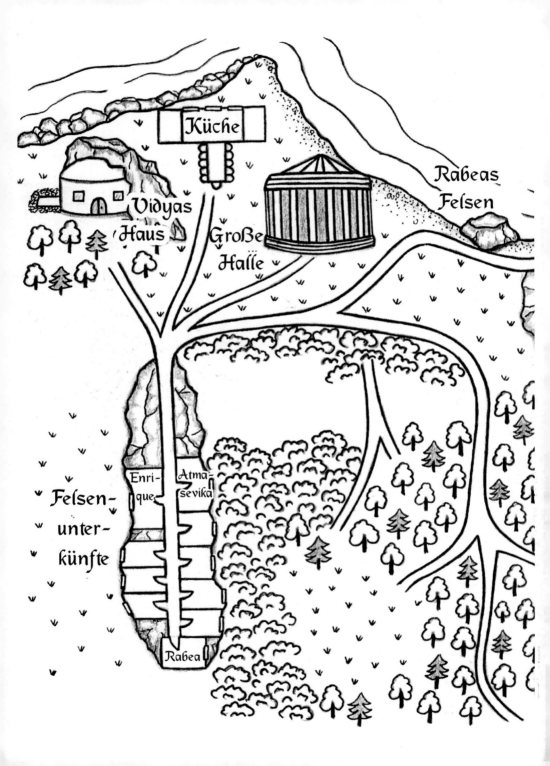

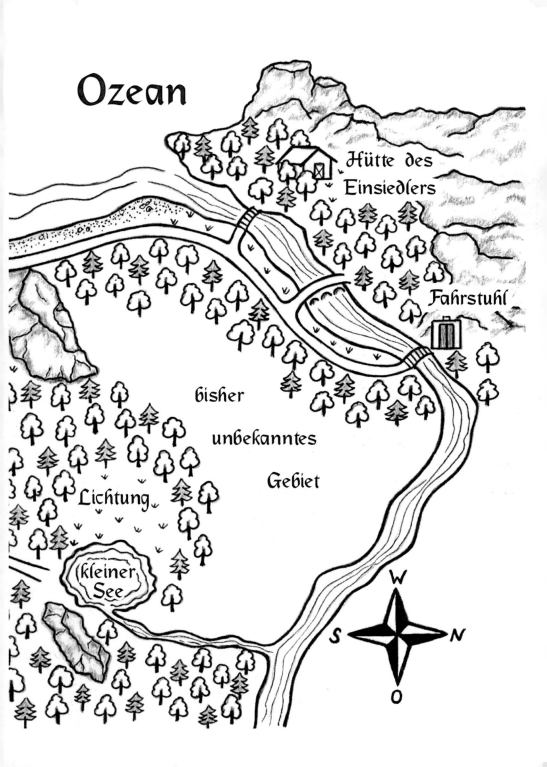

SHUNYATA MAHAT

DER GESANG DES OZEANS

DAS ERSTE PORTAL

SPIRITUELLE ERZÄHLUNG

Raben-Verlag Göttingen

Wichtiger Hinweis:

Die in diesem Buch innerhalb der Geschichte verwendeten Informationen sind sorgfältig gewählt und wurden nach bestem Wissen und Gewissen weitergegeben. Dennoch übernehmen Autorin und Verlag keinerlei Haftung für Schäden irgendwelcher Art, die direkt oder indirekt aus der Anwendung oder Verwendung der Angaben in diesem Buch entstehen. Die über die Fiktion dieses Buches hinausgehenden Informationen, z. B. bezüglich heilender und spiritueller Techniken, sind nicht zur Weiterbildung gedacht. Den Weg zu gehen beinhaltet mehr als die Lektüre eines Buches; es erfordert Hingabe und wirkliche Bereitschaft zu eigener Verantwortung.

Impressum:

Shunyata Mahat
Der Gesang des Ozeans ~
Das erste Portal

1. Auflage 2018
© der deutschen Originalausgabe by Shunyata Mahat,
Ostlandstraße 34, 37139 Adelebsen, Tel. 05506 - 999903
Alle Rechte vorbehalten. Nachdruck und fotomechanische Wiedergabe, auch auszugsweise, nur mit schriftlicher Genehmigung des Verlages.

Umschlaggestaltung: Jonas Wiebke und Shunyata Mahat
Skizzen: Shunyata Mahat und Shanti I. Kassebom
Konzept und Bearbeitung: Shunyata Mahat
Manuskript und Layout: Shunyata Mahat
Lektorat: Pramoda C. Schwenkner
Gesamtherstellung: Druckerei Pripart, Göttingen

ISBN 978-3-934416-49-9

Gedruckt in Deutschland

Lass den Blick schweifen
über Wüsten, über nackte Berge,
über das tiefblaue Meer.
Grenzenlose Weite ohne Stütze.

Weit offene Augen wie Tore,
durch die die Gedanken das Tote
ins leere Grab hinausführen.
Der Geist kehrt die Suche ins Innen,
wo nur das leere Leuchten wartet.

So wird außen zu innen zu allem.
Und du bist überall, nirgends und DAS.[1]

---

[1] Dharana Nr. 37 aus „Die Sutras aus dem Herzen Gottes"; Shunyata P. Mahat, Göttingen 2016

INHALT

KARTE VON VIDYAS CAMP	2/3
PROLOG	11
Erinnerung	12
Niemand	17
Vision	18
Entscheidung	31
Verwirrung	45
Die Absicht	70
DAS ERSTE PORTAL – WURZELN	75
Rabea	76
Enrique	82
Vidya	93
Satsanga	111
Der Todeston	127
Angst	151
Einsichten	170
Kein Landen	196

Kanjara	221
Göttliche Offenbarungen	244
Die Weisheit des Raben	262
Weltenseele	273
Spirituelle Wissenschaft	282
Vertrauen	317
Samaya	337
Lieben ist nicht genug	361
Vor der Vollendung	395
Rückkehr	417

ANHANG	**445**
Die Personen in diesem Roman	446
Vorschau auf „Das zweite Portal"	449
Wichtige Sanskrit-Wörter	451
Verwendete Gedichte und Lieder	457
Interview mit der Autorin	458
Danksagungen	466
Weitere Werke der Autorin	467

DER KREIS DER 8 PORTALE	**475**

Prolog

„Warum drängt die Stimme des Herzens nicht darauf, dass der Mensch seinen Träumen folgen soll?" fragte der Jüngling.

„Weil dann das Herz am meisten leidet. Und die Herzen scheuen das Leid", erläuterte der Alchimist.

Seit jenem Tag verstand der Jüngling sein Herz. Er bat, dass, wenn er sich von seinen Träumen einmal entfernen sollte, es sich in seiner Brust zusammenziehen sollte, um ihn zu warnen. Der Jüngling versprach, dass er diese Warnung immer beachten wolle.

Über all dies sprach er an jenem Abend mit dem Alchimisten, und dieser verstand, dass sich das Herz des Jünglings nun der Weltenseele zugewandt hatte.

Paulo Coelho

Erinnerung

Die Frau saß auf dem Felsen am Meer. Um ihre Schultern lag ein Tuch aus königsblauer Wildseide. Da die Nacht klar war, konnte ich am Himmel jeden Stern erkennen. Und das Meer schäumte still, aber kraftvoll am Ufer. Die Geräusche der Gischt waren beruhigend, wie eine Hintergrundmelodie in einem Film, der von Heimat erzählt, jener Heimat, die wir alle im Inneren tragen und die doch so viele von uns immer wieder außen suchen. Da war dieser Ozean, der seit Urzeiten dieselbe Melodie sang; von Schöpfung und Tiefe sang er, von dem Einen, das wir alle sind und das wir doch verlassen, so traurig und einsam verlassen ….

Es ging auf Mitternacht zu, und die Silhouette der Frau war kaum zu erkennen. Woher ich wusste, dass ihr Tuch blau war? Ich konnte es fühlen. Es war dieses Blau, das unbeschreiblich ist, dieses strahlende Blau, das selbst der Himmel an seinen schönsten Tagen nicht nachahmen kann, nicht einmal das Meer kann es nachahmen, noch die Augen eines jeglichen Menschen können es spiegeln. Dieses leuchtende, klare Blau umgab ihre Schultern, während sie da saß und auf mich wartete.

Sie wartete schon lange dort. Vielleicht waren es Hunderte von Jahren. Leben lang. Doch ich war nicht gekommen. Das Meer hatte mich gerufen, aber sie hatte ich nicht bemerkt. Ich muss blind gewesen sein. Wie hatte ich sie nur übersehen können?

Sie war ja nicht immer in dieses blaue Tuch gehüllt. Manchmal trug sie auch rot, dann violett oder grün. Immer aber waren es Farben, die unvergleichbar waren. Niemand hatte je solche Farben gesehen. Die Farben schienen aus einer anderen Welt zu kommen. So wie sie, die nun langsam ihr Gesicht in meine Richtung drehte. Während ich näherkam, so langsam ich nur konnte, spürte ich die Hitze, die mir ganz allmählich aus dem Bauch in alle Glieder kroch. Eine seltsame Aufregung war das – so ein Gemisch aus Angst und

Glück, wie es früher war, wenn ich mich jemandem näherte, dessen Gegenwart mir Herzklopfen machte.

Das blaue Tuch war wie ein zweiter Himmel, der mich umhüllen würde, wenn ich nur wollte. Und sie – sie war das Meer, in dem selbst Sterne schwammen, wellengleich und so klar wie das Licht der größten Sonne. Ich konnte hören, was sie mir sagten, der Himmel, das Meer und diese Frau in dem blauen Tuch; denn sie waren alle eins, sie waren nie voneinander getrennt gewesen, auch wenn es für mich eine Zeitlang so ausgesehen hatte. Ich hörte sie, sie waren mein eigenes Herz. Die Klarheit des Himmels roch so gut – wie soll ich nur diesen Geruch beschreiben – Klarheit riecht so rein, so hell und so frisch. Ich liebe diesen Geruch von Klarheit, der tiefe Geborgenheit in sich trägt. So hat früher manchmal der Herbst für mich gerochen, der November. Dann hat er mich gerufen, der Herbst, und ich konnte es kaum ertragen, dem Ruf nicht zu folgen. Ich hatte geglaubt, ich könne nicht gehen. Ich hatte den Stimmen geglaubt, die mir weismachen konnten, dass es so viel zu tun gab. So viel zu lernen, so viel zu erfüllen. Nichts von dem, was ich schon war, hatte je genügt.

Und dann hatte ich sie einfach übersehen. Der November hatte gerufen, und ich war ihm nicht gefolgt. Der Nachthimmel hatte nach Klarheit gerochen, und ich hatte nur heimlich meine Lungen damit gefüllt und den Staub hinausgeatmet, der vom vielen Denken darin abgelagert war. Der Himmel und das Meer – sie hatten eine Stimme für mich, die hatten sie immer gehabt, aber ich hatte die Ohren verschlossen.

Es ist die Stimme der Stille gewesen, die ich nicht hineingelassen hatte früher. Als könnten wir jemals die stille Ewigkeit ausschließen, die uns birgt. Ich hatte damals noch geglaubt, dass meine Seele, die nach Erwachen rief, in meinem Körper eingeschlossen sei. Ich hatte gedacht, dass mein Geist mich von innen antrieb zu suchen. Wie hätte ich denn wissen können, dass es genau umgekehrt ist: dass dieser Körper es ist, der in mir lebt, der sich gebildet hat für dieses eine Leben, um sich am Ende wieder aufzulösen, im Zentrum meines Selbst zu verbrennen und die Unsichtbarkeit zurückzulassen, so lange, bis ich mir einen neuen Körper erdenken würde, um mit neuen Aufgaben ein neues Leben zu füllen. Nein, ich hatte nichts davon gewusst. Und dennoch war ich all das, und ein stilles Licht in meinem Bewusstsein schien ihr zu, der alterslosen Frau mit dem blauen Tuch, deren Weg schon immer meiner war, und sie wusste es, ja, sie hat es immer gesehen, denn sie ist mein eigenes Selbst, sie ist ich.

Ich möchte mich erinnern. Ich möchte jenen Zeitpunkt finden, an dem das, was mich wirklich ausmacht, einst entstand. Ich möchte all meine Gesichter sehen, mit denen ich diese Welt schon bereiste, all meine Seelen. Wie viele Seelen haben wir? Wenn es so viele Seelen gibt, wie uns Namen gegeben werden, dann trage ich unzählige Seelen in mir. Doch wer ist dieses Wesen, das all diese Seelen trägt? Ist es ein Ich? Ist es eine Vereinigung? Ist es ein einziger Seelen-Kristall, in dessen Facetten alle reisenden Seelen nur Spiegelbilder sind? Dann möchte ich jenseits dieser Gesichter das eine, jenseits dieser Spiegel-Facetten den Ursprung finden.

Vielleicht sind die Namen und Gesichter nur Träume im Land einer tieferen Wahrheit, die sich uns mitzuteilen versucht. Und doch sind Namen, Gesichter und Träume für uns nur wahrnehmbar, weil wir Bewusstsein haben. Kann denn irgendetwas jemals außerhalb von Bewusstsein existieren? Ist also dieses Ich, das alle Namen und Bilder trägt, Bewusstsein an sich?

Wer sind dann wir? Hat Bewusstsein uns erschaffen, oder hat es uns nur geträumt? Hat es sich selbst in den Traum begeben, oder ist es jenseits von uns geblieben und wartet irgendwo dort oben darauf, dass wir uns seiner erinnern?

Und trotz all dieser Gedanken und Fragen werde ich zurückkehren auf die Ebene des Normalen, wo ich nichts mehr von ihnen weiß.

Dieser Bericht wird mit der Feder der wahren, tiefen Leere des Absoluten geschrieben. Als die Aufzeichnungen begannen, war mein Name „Namenlose", auch wenn nicht viele Menschen davon wussten. Dieser Name spiegelte wie die Bucht jenseits der Stille einfach die Geschichte, in der sich mein Leben zeigte. Ich war nicht immer Namenlose, und ich würde es nicht immer sein. Es gibt in dieser Welt von Zeit und Raum immer ein Vorher und immer ein Danach. Für meine Geschichte bezieht sich das Vorher vor allem auf die Zeit, als ich noch gemeint hatte, allein durch mein Leben zu gehen, meine Erfahrungen als real betrachtete und ohne KRAFT nach etwas suchte, von dem ich nicht wusste, was es war und wie ich es wollen sollte. Das Danach bezieht sich vor allem auf die Zeit, in der ich die unendliche Gnade erlebte, einen Ruf von jenseits meines Denkgefängnisses zu vernehmen und die Integrität zu besitzen, ihm zu folgen. Das Danach ist es, das mir bereits andere Namen gab, als die Geschichte noch nicht zu Ende erzählt war.

Die Pfade und Welten, die sich für mich auftaten, als ich dem Ruf zu folgen begann, wurden seit Urzeiten von einem Wesen bewacht, das sich in Gestalt einer Lehrerin zeigte, die eine wahre Meisterin war und durch ihre Gnade in vielen Lehrerinnen und Lehrern erschien. SIE schickte mich, versehen mit immer neuen Namen, durch das Abenteuer meines wirklichen Lebens, und ich lernte den wahren Namen kennen, der immer geheim ist, unsagbar, unaussprechlich und ewig. Ich lernte ihn kennen, indem ich IHREM Namen folgte; ich lernte zu sehen, zu lauschen und zu sein. Natürlich – das ist nichts, was wir lernen können. Es ist eher ein Verlernen von etwas, was wir als falschen, konditionierten, Leid tragenden Charakter über unserer Seele ausgebreitet haben. Es ist ein Anhalten in dem, was wir glauben zu sein – ein Gedanke, eine Form.

Doch solange wir einen Weg gehen, werden wir als Formen auftauchen, die viele Namen haben. Durch viele Formen berühren wir das Ewige, in dem wir immer ruhen, während wir versuchen, das Ende des Weges zu erreichen, an den wir glauben.

Auch ich habe an einen Weg geglaubt, und weil meine Sehnsucht so groß war, dass sie das Universum durchdrang und doch durch nichts gestillt werden konnte, ging ich ihn immer weiter, erschuf ich ihn immer weiter, erkannte ich ihn immer tiefer und teilte ihn schließlich immer öfter. Und doch ist der Weg in Wahrheit nie gegangen worden, und es gab keine, die ihn ging.

Im Nachhinein habe ich mich oft gefragt, ob ich es wirklich selbst war, die den Weg erschaffen hatte. Tatsache ist, dass sich immer wieder Portale vor meinen Augen geöffnet hatten, die mir geradezu nahegelegt hatten, sie zu durchschreiten, ohne dass ich dem etwas entgegensetzen konnte. Hinter jedem Portal hatte sich mir ein Weg in eine jeweils völlig neue Welt erschlossen – aber war es nicht vielmehr so, dass dieser erst mit dem Durchschreiten des Portals kreiert wurde?

Immer wenn ich für Augenblicke im Kern des Ursprungs ruhen durfte, waren all diese Fragen einer „Alchemie der Vier" gewichen: Denken, Eigengeist, Atemkraft und Seelen-Ich zurückgeschmolzen ins Zentrum dessen, was ohne Umfang und ohne Mittelpunkt ist. Dann begann der Weg aufs Neue, und wie am Anfang des kosmischen Tages entstand ein Mittelpunkt und mit ihm die Grenzen des kreisenden Lebens. Mit der Gnade der liebenden Kraft, die achtend das Ganze sieht und voller Mitgefühl alle Wege gehbar macht, erweckte SIE meine Fragen und ließ mich ins Dunkel fallen, auf dass ich sein Leuchten vernahm.

Und wenn ich still wurde, ohne wissen zu wollen, dann war es, als umfinge mich wieder ihr blaues Gewand. Irgendwo in mir, doch auch von überall her setzte ein Tönen ein, ein tiefes Schwingen, und ich lauschte. Aus der Wildheit des Anfangslosen, aus der tosenden Stille der Leere erklang wie ein geheimes Versprechen – fern und ganz nah zugleich – ihr gewaltiger, sanfter Gesang.

NIEMAND

Es gab eine Zeit,
da hatte ich
keinen Anfang, aber ein Ende.
Und ich betete darum,
ohne Ende zu sein.

Dann kam eine Zeit,
da hatte ich
kein Ende, aber ein Anfang war da.
Und ich betete darum,
ohne Anfang zu sein.

So gab es ein Wesen
ohne Anfang und Ende,
eine Welle im Raum,
ein Leuchten in der Zeit.

Und ich wusste nicht,
worum ich beten sollte
und nannte das
Orientierungslosigkeit.

Ein Wissen, das ICH BIN,
sagte in meinen Traum:
es wird ein Moment kommen
ohne eine, die betet.
Dann wird da weder
Anfang noch Ende sein,
kein Raum und keine Zeit.

Ich habe den Moment
schon geschmeckt.
Er ist ohne Namen und ohne Form.
Und doch nenne ich ihn
Ewigkeit.

Vision

18 Jahre zuvor

Anami wachte an diesem Morgen sanft auf. Wie ein geschmeidiges Boot glitt sie aus dem Meer der Träume ans Ufer des neuen Morgens. Wann immer sie sich später an die Ereignisse der Jahre erinnerte, in denen sich alles veränderte, identifizierte sie jenen Tag im Mai als den wichtigsten, als den, an dem es ernst geworden war.

Da ist wieder dieser Traum gewesen.

Mit noch geschlossenen Lidern ließ sie die Bilder der Nacht wie schon so oft an sich vorübergleiten.

Aber etwas war anders.

Anami fühlte sich ausgeruht und spürte eine leichte Aufregung angesichts der Veränderung, die der nun schon vertraute Traum gezeigt hatte. Sie spürte auch, dass diese Veränderung wie eine Tür gewesen war, durch die sie in eine neue Tiefe gesunken war. Etwas von der neuen Tiefe strahlte noch immer durch ihr Gemüt. Etwas Unbekanntes war es, und gleichzeitig war es bekannter als alles, was Anami sonst hätte benennen können. Etwas Nahes war es, näher fast als ihr Atem.

Bei diesem Gedanken erschauerte sie unwillkürlich und ihre Aufregung steigerte sich noch. Seit sie nach einigen inneren Kämpfen den instinktiven Zugang zu den inneren Bildern hatte zulassen können, spürte sie, dass der Traum aus einer Dimension stammte, die sie in ihrer Kindheit zu erreichen vermocht hatte. Doch irgendwann hatte sich die Tür zu dieser Dimension geschlossen, und seitdem hatte Anami sich vergeblich bemüht, wieder Einlass zu finden. Obwohl es so ausgesehen haben mochte, als hätte sie ihre Versuche irgendwann aufgegeben, war doch in ihrem Inneren stets ein Sehnen geblieben, als würde sich ein Teil von ihr immer wieder nach etwas ausstrecken, das Größe und Weite versprach, das aber in einer Ferne zu liegen schien, die sie vermutlich niemals zu erreichen in der Lage sein würde.

Als der Traum sich zum ersten Mal wiederholt hatte, hatte Anami ihn anfangs nicht wiedererkannt. Seit seinem ersten Auftauchen war es Jahre her gewesen. Doch beim dritten Mal, das dem zweiten in einem Abstand von nur ein paar Monaten gefolgt war, hatte sie sich verwundert erinnert. Seitdem waren Teile des Traums in kurzen Abständen immer wieder durch ihre Nächte geflogen, und jedes Mal war noch ein anderer Aspekt aufgetaucht. Anami hatte angefangen, den Traum deuten zu wollen; es hatte auch zunächst den Anschein gehabt, als könnte sie vieles in ihm sehen. Wenn sie den Interpretationen dann aber nachgegangen war, führten sie ins Nichts, oder der Traum zog sich zurück und zeigte sich viele Monate lang gar nicht mehr.

Bevor es ihr schließlich gelungen war, die Fährte der Bilder aufzunehmen, musste sie die Tendenz, psychologische Themen in ihnen sehen und diese im Hinblick auf ihr persönliches Leben auslegen zu wollen, vollständig überwinden. Da sie Psychologie studierte, war das nicht ganz einfach gewesen. Zwar war die Art Psychologie, die an der Universität gelehrt wurde, keineswegs das, was Anami sich versprochen hatte. Dennoch hatte sie Wege gefunden, wie sie die Themen, die sie interessierten, bei ihren Dozenten anbringen und in ihren Lehrplan aufnehmen konnte. So waren ihre Interessen zumindest teilweise vertreten. Nebenbei hatte sie schon von Beginn des Studiums an viele Fortbildungen besucht, die in Richtungen wiesen, in die Anami sich beruflich entwickeln wollte. Um sie zu finanzieren, jobbte sie in einer Studentenkneipe und unterrichtete an der Volkshochschule Kurse zu psychologischen Themen, die sie sich selbst erarbeitet hatte.

Der Traum aber hatte sie gelehrt, auf neue Weise zu verstehen. Sie sollte ihn nicht psychologisch verstehen und schon gar nicht deuten; es ging einfach nur darum, ihn in einer Tiefe zu erleben, die von berechnenden Instanzen nicht beeinflusst werden konnte. Hineinzutauchen, sich ihm hinzugeben, sich ihm anzuvertrauen, das war es, was offenbar von Anami verlangt wurde. Zunächst kam es ihr als Studentin der psychoanalytischen Wissenschaft seltsam vor, dass in den Tiefen ihres verborgenen Ichs etwas wohnen sollte, das sie lehren konnte; denn sie war es gewohnt, dort nur das Unbewusste zu vermuten, das ihr bisher lediglich als Ort der Triebe und Ängste vorgestellt worden war. Ihrer eigenen Erfahrung folgend akzeptierte sie jedoch mit der Zeit diese Schule der Nacht, die sich an einen ganz anderen Teil von ihr richtete als an jenen, der auf herkömmliche Weise – nämlich über den Verstand, das Denken und das mentale Lernen – erzogen worden war.

Bevor die Träume gekommen waren, hatte Anami sich für eine moderne junge Frau gehalten; auch wenn sie nicht davon überzeugt war, wirklich fest im Leben verankert zu sein. Sie war aber froh um ihre herkömmliche Schulung gewesen, denn mit den Ausbildungen, die sie genossen hatte, konnte sie das Geld verdienen, das sie zum Leben brauchte. Sie hatte Spaß an der Arbeit, obwohl es etwas in ihr gab, was sie schon des Öfteren in eine andere Richtung hatte drängen wollen. Doch dieses Andere war ihr früher zu ungreifbar, zu mystisch, zu mysteriös erschienen. Ja, es hatte sie gerufen, aber sie hatte lange so getan, als wäre sie schwerhörig gewesen.

Der erste starke Bruch in ihrem erwachsenen Leben, von dem sie sich lange nicht erholen konnte, war mit dem Tod ihres Kindes einhergegangen, das sie am Ende des zweiten Schwangerschaftsmonats verloren hatte, als sie selbst noch sehr jung war. Kurz danach hatte sie sich erstmalig im Traum in der Landschaft wiedergefunden, die seither in so vielen Wiederholungen in ihr entstanden war. Es war nicht zuletzt der Verlust ihres Kindes gewesen, der sie dazu veranlasst hatte, sich zu einem Studium zu entschließen, obwohl sie schon fest im Berufsleben gestanden hatte. Die Wahl des Studienfaches war, so gestand Anami sich später ein, mit großer Wahrscheinlichkeit von der ungreifbaren, mystischen Anderen in ihr angetrieben worden. Doch in ihren Alltagsaugen war ihre Motivation vor allem durch die Aussicht gelenkt gewesen, Menschen dabei zu helfen, seelische und geistige Krisen zu bewältigen.

Als einige Jahre später – ganz zu Beginn ihres Studiums – einer ihrer Freunde bei einem Autounfall ums Leben gekommen war, zeigte sich der Traum erneut, war aber um ein paar Aspekte bereichert worden. Wieder war ihm ein Todesfall vorausgegangen, und Anami hatte sich daraufhin intensiv mit dem Tod beschäftigt – so intensiv, dass ihr das normale Leben selbst mitunter wie ein Traum vorgekommen war.

Danach wartete der Traum nicht mehr auf das Ableben von vertrauten Personen, sondern kam, wann immer es ihm zusagte. Und der fleißigen Studentin war es immer schwerer gefallen, das oder die geheimnisvolle Andere in sich zu ignorieren. Eine schwere Krankheit hatte Anami bereits im zweiten Semester dann die Einsicht gebracht, dass ein verborgener Teil ihres Herzens nach ihr rief; nicht um ihr Leben zu beschweren, sondern damit etwas von ihrem Wesen Geburt annehmen konnte, ohne dass sie sich eigentlich unglücklich fühlte. Als sie das begriffen hatte, hatte sie sich dem Rufen nicht mehr entgegengestellt. Doch bald hatte sie sich ihre Unfähigkeit, dieser inneren Tiefe zu begegnen, eingestehen müssen. Seither waren die Träume noch intensiver geworden; aber eine bestimmte Grenze hatten sie nie überschritten.

Was war heute Nacht so anders gewesen? Das Gefühl, das in Anami noch immer gegenwärtig war – eine fast greifbare Stille, mit der ihr ganzes Wesen zu leuchten schien –, gab ihr den Eindruck von Vollständigkeit. Und so waren auch die bisher einmaligen Bilder gewesen. Lebendig, greifbar, vollständig – als hätte sich ein Kreis geschlossen, der bei jetziger Betrachtung vielleicht nie wirklich aufgebrochen gewesen war.

Als wäre ich nach Hause gekommen.

Anamis Herz begann bei diesem Gedanken fühlbar zu klopfen, und sie setzte sich im Bett auf. Die Stille war noch immer überall zu spüren – Anami hatte jetzt sogar die Empfindung, als hätte sich die sanfte Reglosigkeit über das ganze Zimmer ausgedehnt. Sie wollte nach einem Blatt Papier und einem Stift greifen, ließ es dann aber sein.

Stattdessen stellte sie die Rückenlehne ihres Bettes auf, schloss die Augen wieder und begann, sich noch einmal weich in das Geschehen des Traums hineingleiten zu lassen.

Ich wandere auf der leuchtenden Traumstraße, wo die Visionen geboren werden und das Leben des Körpers nur ein Schatten ist, der aus dem Unbekannten geworfen wird.

Seit ein paar Jahren kannte Anami nun ihre leuchtende Traumstraße und den Raum, in den sie führte. Im Angesicht ihrer Freunde und Freundinnen hätte sie sie nie so genannt, aber diese Worte waren in ihr entstanden; sie schrieb sie ihrer romantischen Seite zu, die sie gegenüber Außenstehenden meistens zu verbergen suchte. Nachdem sie sich gegen die Räume in ihrem Inneren nicht mehr gewehrt hatte, hatte sie die Traum-straße absichtsvoll betreten und sie zu ihrer Ratgeberin, zu ihrer Zuflucht gemacht, bis sie ihr schließlich zu einer zweiten Heimat geworden war. Sie fand ihr tieferes Herz darauf, und viele Fragen ihres Lebens wurden hier beantwortet, ohne dass sie sie jedes Mal hätte stellen müssen. Es hatte den Anschein, als wären die Fragen, die die junge Frau in ihrem irdischen Kleid beschäftigt hatten, nur Abgesandte jenes tieferen Wissens gewesen, das im Land der leuchtenden Traumstraßen immer gegenwärtig war, und als würde sie dieses Wissen nur deshalb als „Antwort" bezeichnen, weil es sich so nahtlos an ihre Fragen schmiegte.

Es ist eine sehr sanfte Nacht, eine von diesen Nächten, die ich als Kind so geliebt habe, weil sie mich stets an die warmen Sommernächte im Süden erinnerten.

Im Süden hatte es viele Tage und Nächte gegeben, in denen Anami glücklich gewesen war. Sie konnte einfach am Meer sitzen und dem Gesang der Wellen zuhören. In den Nächten, die nie ganz dunkel wurden, weil sich Abermillionen Sterne auf dem Meer in unendlicher Vielfalt gespiegelt hatten, kam manchmal ein Vogel über das Meer geflogen und schien auf jenem warmen Wind zu reiten, der aus der Ferne eine Botschaft mitbrachte, die nach Freiheit roch.

Doch die Erwachsenen hatten an solche Botschaften nicht geglaubt. Sie hielten die Gedanken des von Herzkraft durchdrungenen Kindes für Träumereien, sein Empfinden für zerstreute Sehnsucht; das konnte es in ihren Gesichtern lesen, wenn sie ihr erwachsenes Lächeln in den Mundwinkeln trugen. Dennoch hatten diese Nächte das Kind und später die Jugendliche nie ganz verlassen. Sie schienen sich immer wieder einzufinden, ganz egal, wie weit sich Anami verkrochen hatte; sie berührten sie stets mit derselben Milde und hatten gleichzeitig die Kraft, ihr Herz an etwas zu erinnern, das ihr unendlich wertvoll erschien. Und irgendwann hatte sie aufgehört, sich dagegen zu wehren.

Heute ist eine dieser Nächte wieder in meinen Traum gekommen. Aber heute ist etwas anders. Heute greift die Traumstraße nach mir, als wolle sie mich zu sich holen, als wäre sie lebendig wie ein fühlendes Wesen. Sie greift nach mir mit Fingern aus Seide, weich und doch fest, und sie hüllt mich in ihr Tuch wie eine Mutter, die ihr Kind in das Land des Schlafes singen möchte.

Ich werde nach oben gezogen, hoch hinauf in den sternenklaren Himmel hinein. Der Vollmond schwebt über der Wiese und taucht das Land in schimmerndes Silber. Körperlos schwebe ich über die Straße aus Farben, die ineinander fließen wie flüssiges Glas. Ein Hauch ergreift meine Seele, und langsam sinke ich in etwas hinab, füge mich in etwas ein, fülle es aus, als landete ich in einem anderen Leben, in einem Körper, der meine Seele aufnimmt wie ein neues Kleid.

Mit nackten Füßen gehe ich langsam, sehr langsam durch das taunasse Gras. Ich bin wie gebannt. Etwas konzentriert sich hier, eine KRAFT, die mich unweigerlich in die Mitte der Wiese zieht, wo das Gras höher zu wachsen scheint. Näher zur Mitte, sagt eine Stimme in meinem Kopf, und mein Körper wird von der Quelle, aus der diese Stimme stammt, gezogen und getrieben. Schilfgras! Ich rieche Wasser. Ich fühle es.

Wasser, ob salzig oder süß, konnte Anami aus weiter Entfernung ausfindig machen, egal ob es sich oberhalb oder unterhalb der Erdoberfläche befand. Sie roch es. Sie hatte es schon immer gerochen. Und wenn sie es nicht roch, dann fühlte sie es. Es gab dafür ein untrügliches Zeichen, ein inneres „Wissen", von dem ihr Verstand sie auch nicht mit den überzeugendsten Argumenten abbringen konnte. Anamis „Wasserinstinkt" war einfach nicht zu täuschen.

Dieses hohe Gras da hinten, das zunächst wie ein Kreis in einer Wiesenmitte ausgesehen hatte, muss Schilf sein, das am Ufer eines Wassers wächst.

Das Geräusch von leichtem Plätschern und Gluckern stellte sich ein. Irgendwo musste ein kleiner Fluss fließen, und als Anami den Blick in die Ferne richtete, konnte sie undeutlich die Reflexe der Himmelslichter auf einem schmalen Streifen sich bewegenden Wassers erkennen.

Mond, meine Schwester, hast du mich gerufen? Hoch über dem Gras lächelt der Mond mir zu. In ihrer Stille ist Schwester Mond einer Weisheit gewahr, die hinausgeht über das, was die Mythen über sie zu berichten wissen. So vieles hat sie mich schon gelehrt. Niemals hat sie auf ein persönliches Schicksal bestanden und besitzt doch alles, um eine große Persönlichkeit zu sein. Aber das Handeln ist nicht ihr Weg. Wie eine Mutter trägt sie das, was wir ihrem Schoß übergeben, und wie eine weise Alte würde sie in unendlicher Geduld schweigen, bis wir es uns eines Tages zurücknehmen werden, um sie von der Last zu befreien. Dann wird sie es loslassen, und ihr Wesen wird rein sein wie vorher, denn das Wesen bleibt immer rein.

In Wahrheit ist die Mondfrau niemals berührt worden von dem Gepäck, das sie trägt. Denn sie ist nur der Spiegel, der immer leer bleibt.

Lächelnd und weise schwebte der Mond heute am Himmel. Auf den Spitzen des Schilfgrases, das mit einem feinen Gewebe aus Tau überzogen war, glitzerte das Licht der Sterne. Der Ring aus Schilf sah aus wie ein Diadem, wie ein magischer Ring aus Licht, der das Ufer des Gewässers wie ein Wall umgab.

Die Träumende folgte dem Geruch des Wassers und ließ sich von seinem murmelnden Wandern locken. Ein Fluss, ruhig und kraftvoll, strömte mit breiter werdender Mündung in eine nun sichtbare Bucht, aus der ein deutlicher Salzgeruch zu Anami herüber wehte. Freudig erregt folgte sie dem Fluss, bis er sein Wasser vollständig mit dem des Meeres vermischt hatte. Ganz sanft berührten ihre Füße das Wasser, als die Stille sich vertiefte. Nur das leise Rascheln der Schilfhalme begrüßte sie wie einen der ihren.

Es klingt fast, als wisperten die Schilfhalme dem Ozean in ihrer uralten Sprache mein Ankommen zu. Sie schmiegen sich beruhigend an mich, und langsam steige ich tiefer in das Wasser hinein. Warm umgibt es jetzt meine Beine und durchtränkt mein Kleid. Für einen Moment erinnere ich mich meines anderen Körpers, der irgendwo angelehnt auf einem Kissen sitzt. Ich fühle eine Notwendigkeit, die Nähe einer Entscheidung, die meine leere Körperhülle ebenso betrifft wie mich, die Träumende. Ich fühle, wie von jenseits der Traumstraße ein Hauch zu mir durchdringt, als warte dort etwas auf mich, ein schweigendes, klares Fernes, ein Jenseits, fest und doch vollkommen körperlos. Ich fühle ein Greifen, ein seltsames, unbekanntes und doch so klares und wundervolles Greifen, das mich kennt, das mich heim holt ... und für einen kleinen Moment erschafft mein Geist eine Wolke aus Staub, das Bild eines Abgrunds, Gefahr ...

Schwester Mond sieht geduldig auf uns herab. Ich fühle mich unendlich geborgen. Noch immer folge ich der KRAFT, vollkommen vertraue ich mich jetzt ihrer Führung an. Während ich tiefer in das ruhige Meer hineinsteige, während ich die Begleitung der Schilfhalme so zärtlich an meinem Körper spüre, öffnet sich mein Herz der Seele der Nacht, und ich sehe mit dem Auge der Schwester Mond, deren Licht von der See zurückgeworfen zu werden scheint.

Anamis Bewusstsein war plötzlich gleichzeitig hier und auch dort, unten im Ozean in ihrem Traumkörper, und hoch oben im Körper von Schwester Mond, als sie entdeckte, dass der Kreis aus Schilfgras nur den äußeren Halbkreis um die Mündungsbucht bildete.

Diesem äußeren Halbkreis folgten unzählbar viele Seerosen, die dicht an dicht wie ein grüner Teppich den zweiten Halbkreis der Bucht formten. Im silbernen Licht des Mondes waren ihre Blüten nur ein wenig geöffnet. Scheu sahen sie aus, als wagten sie nicht, ihre zarte Schönheit preiszugeben.

Sie sind wie die Herzen der Menschen, wenn sie erwachen. Sie haben Angst, zu früh gebrochen zu werden, als könne jemand gierig nach ihnen greifen, bevor sie noch Gelegenheit hatten, auf ihre eigene Weise zu blühen. Wer hat ihnen gedroht, dass sie so zögerlich in sich halten? Hier scheint mir die Welt so unberührt zu sein, so zart und jung wie im Ursprung der Zeit.

Auch in den Seerosen war eine Konzentration zu spüren, eine stille Klarheit, die auf etwas ausgerichtet zu sein schien, das größer war als sie selbst. Auf seltsame Weise war dieses Größere mit der KRAFT verbunden, deren Führung Anami ihren Weg anvertraut hatte.

Diese KRAFT schien zu leben. Wie ein Wesen ohne Namen und Form – dennoch erkennbar und von unbeschreiblicher Präsenz – wies sie mit Fingern aus Tau jetzt weiter zur Mitte der Bucht hin. Selbst das Staunen der Träumenden schien weit im Geist einer anderen aufzutauchen, als sie unvermittelt innerhalb des Halbkreises der Seerosen eine weite Fläche vollkommen ruhigen Wassers erkannte. Kein Zweifel, es war stilles, klares Wasser, obwohl es ebenso gut hätte Eis sein können, weil es so völlig unbewegt, so reglos war, glatt und rein wie ein Spiegel.

In der Mitte der Bucht öffnete sich weit eine wunderschöne, große Lotosblume, und in deren Mitte befand sich etwas, das Anamis Blick in größter Faszination in seinen Bann zog, während hoch oben ihr Mondauge ruhig und wissend die Stille zurückgab, die das klare Wasser noch immer aufsteigen ließ.

Träumend durchquerte Anami das Schilf und die Wasserpflanzen, und die KRAFT ließ sie weiter vordringen in die Mitte der Bucht, die nun so tief war, dass das Wasser ihr bis zum Hals reichte.

Merkwürdig, dass ich gar keine Wellen schlage. Ist das ein Traum? Es muss ein Traum im Traum sein. Wie wirklich die leuchtende Traumstraße sonst immer war! Aber hier steige ich in regloses Wasser und lasse die Oberfläche unberührt. Ich lasse mich von einer Seerose locken, die Fluss, See und Ozean gleichzeitig zu bewohnen scheint. Auch wenn die leuchtende Traumstraße den sterblichen Wesen normalerweise andere Gesetze der Existenz enthüllt, besitzt sie doch eine Folgerichtigkeit, die in der stofflichen Welt manchmal ihresgleichen sucht. Also doch ein Traum im Traum? Sollte ich nicht wenigstens ein paar kleinere Wellen sehen? Schwester Mond hält ihre Antwort verborgen; nichts regt sich.

Der dritte Halbkreis der Bucht war klares, stilles, wellenloses Wasser! Und Anami bemerkte, wie diese stille Klarheit immer mehr von ihrem ganzen Wesen Besitz ergriff. Eine Tiefe öffnete sich damit in ihr, und sie wusste plötzlich, wer sie wirklich war.

Ich selbst bin dieses Wasser, bin diese Stille, diese reine Klarheit.

In der geöffneten Lotosblüte erkannte sie nun einen in tausend Facetten geschliffenen Kristall, der sich langsam drehte und in dem sich das Mondlicht immer weiter spiegelte, wobei es unendliche Lichtreflexe erschuf. Es war bezaubernd, ein Mysterium, aber Anami empfand es gleichzeitig als zutiefst vertraut. Das Wissen um dieses Schauspiel des Lichts schien in der Tiefe der Stille zu liegen, in die sie gerade zurückgekehrt war.

So stark war die KRAFT nun geworden, dass alles hätte vibrieren müssen in dieser Konzentration. Die Stille des Meeres blieb wie eine Gewissheit, unerschütterlich. Während Anami langsam weiterging, tauchte ihr Körper vollkommen in den Ozean ein.

Die KRAFT zieht mich tiefer. Ich ertrinke.

Ich sterbe ganz mühelos. Ohne Fragen, ohne Grenzen. Es ist nicht einmal ein Übergang, nicht einmal eine Schwelle. Es ist nur noch ein Weitergehen, ohne Halt, ohne spürbare Unterschiede. Nichts ist zu merken.

In der Mitte der Bucht stand wie eine Säule der Stängel der Lotosblume. Sanft berührte sie ihn und war erstaunt, wie stark er war. Unverrückbar aufrecht und von unglaublicher Integrität war sein Wesen, das diese schöne Blüte hervorbrachte, die oberhalb der Wasseroberfläche wuchs.

Ich kenne sein Wesen, denn es ist das meine. Nichts ist selbstverständlicher, als nun wieder mit ihm zu verschmelzen. Ich erinnere mich an den Körper, der mich hierhergebracht hat, an den Menschenleib, der mir in manchen Träumen so hoffnungsvoll nah gewesen war. Er war einen Weg gegangen, der seine Bestimmung gewesen zu sein schien, und doch war er mir nie fern gewesen, weil ich immer da war, in allem, überall.

Während sie all dies in sich wusste, wurde sich Anami plötzlich der Bedeutung ihres Namens gewahr. „Anami" hieß „das Namenlose", und die junge Frau hatte sich immer gefragt, ob es nur der Einfallslosigkeit ihrer Eltern zuzuschreiben war, dass sie keinen anderen Namen erhalten hatte. Doch nun war sie gewiss, dass alles einer geheimen Ordnung entsprang, der auch sie angehörte und in deren tiefste Struktur sie gerade zurückkehrte.

Weil ich seit jeher namenlos bin, kann ich jeder und alles sein. Doch eigentlich bin ich niemand.

Im selben Moment erkannte sie in einer tieferen Schicht, dass das nicht dasselbe war. Nichts, niemand, namenlos – diese Worte standen am Anfang eines Lebens, das sich der Unbewusstheit des Seins bewusst werden und sich von ihr lösen wollte. Und hier war nun die Schwelle. Den namenlosen Niemand zu finden beinhaltete die Möglichkeit, sich dem Eigentlichen zu öffnen. Von diesem Wissen beflügelt, wurde sich die Träumerin wieder der Verschmelzung der beiden Körper – dem Menschenkörper und dem Körper des Lotos – gewahr. Die Traumaugen wandten sich nach oben zur höchsten Stelle des Kopfes. Aus dieser Richtung spürte Anami jetzt ein starkes Ziehen und zugleich ein irgendwie kühles Feuer, das ins Innere des Gehirns ausstrahlte.

Mein Scheitel trägt diese Blüte; in den tausend Flächen ihres Kristalls brechen sich die Lichtstrahlen des Mondes und aller Sterne des Himmels. Ein Lichterspiel, ein Farbenspiel von unendlicher Schönheit.

Ihre Herzensaugen sahen aus der Tiefe des Ozeans auf das Spiegelbild des Mondes. Es war ein achtstrahliger Stern. Im Bruchteil eines Atemzugs gewahrte Anami diesen Stern wie ein Rad mit einem starken Zentrum, dessen Kraft sich in acht Speichen ergoß, die am Rand des Rades wie Portale anmuteten. Während ihr Gesicht nun langsam aus dem Seewasser auftauchte, spürte Anami den Stern auf ihm liegen, wie eine zweite Haut schmiegte er sich an ihre Gestalt.

Ihr Gesicht war dem Mond entgegengewandt. Im Inneren der unendlichen Weisheit des Silberlichts am Nachthimmel erkannte sie das goldene Leuchten der Sonne, und so verließ sie ihren

Körper, der langsam zurücksank auf den Grund des Meeres. Sie legte ihn ab wie eine alte Hülle. Während sie nun höher stieg, streifte sie eine weitere Hülle ab, und im weiteren Steigen noch eine Hülle. Sie alle blieben zurück und sanken ganz sanft in den Schoß der See. So stieg sie weiter hinauf, bis sie insgesamt sieben Hüllen abgestreift hatte und nichts mehr übrig war außer dem Sein in völliger Stille.

In dieser absoluten Stille gab es nichts außer Glückseligkeit, nicht einmal das. Sie war jenseits davon, während Glückseligkeit fast noch ein Zustand war. Diese Stille aber war jedem Zustand entrückt, sie war ewig, war Ewigkeit hinter Ewigkeit.

Ist dies die letzte Ewigkeit? Ich habe keinen Namen für DAS. Doch weiß ich, ohne zu wissen, dass ICH nur hier wirklich bin, was ich bin. Unbeschreiblich. Ich bin wirklich, aber ich werde nie geboren und kann nie sterben. Ich habe nie begonnen und kann auch nicht vergehen.

Wer bin ich?

Entscheidung

DAS war es, was anders gewesen war als sonst. Anami hatte erfahren, wer sie – jenseits ihrer Alltagserscheinung, die sie oft selbst nicht definieren konnte – war. Sie hatte einen bedeutenden Einblick in ihre wahre Natur erhalten, der – so kam es ihr vor – durch nichts mehr ausgelöscht werden konnte. Irgendwo in ihrem tiefsten Inneren hatte sie begriffen, dass sie das, was sich ihr in diesem Traum seit Jahren in Fragmenten zu zeigen versucht hatte, immer schon gewesen war. Auch wenn sie nicht *wusste*, wer oder was das war und es niemals hätte beschreiben können, auch wenn ihr die Reste des Traums nun mehr Rätsel zurückließen als jemals zuvor, war doch in der Tiefe ihres Herzens eine verschlossen geglaubte Tür wieder aufgegangen.

Doch es gab noch etwas Weiteres, in dem sich der Traum der letzten Nacht von allen vorhergehenden unterschied. Die Träumende war über das Träumen hinausgewachsen, sie hatte sich ihres träumenden Körpers erinnert und gleichwohl erkannt, dass sie weder der Körper noch die Träumende war. Sie war in allem und alles war in ihr gewesen.

Für die folgenden Tage blieb Anami den Vorlesungen fern und gönnte sich viel Zeit, in der sie die Bilder und Erkenntnisse zu verdauen versuchte, die ihr wiederholt viel zu groß und zu mächtig erschienen waren. Sie bemühte sich sehr, ihren Alltagsverstand mit seinem Deutungsreflex aus ihren Gedanken herauszuhalten, aber es gelang ihr nicht oft.

An manchen Tagen entspannte sie sich vollkommen und war dann in der Lage, den Einblicken des Traums, der sie so viele Jahre lang geleitet hatte, noch weiter in die Tiefe zu folgen. Dann war es, als lägen alle Geheimnisse des Lebens in ihrem verborgenen Ich, das ebenso das ihre war wie es allen anderen

Wesen gehörte. Welches Gesicht ihr auch immer vor dem inneren Auge erschien, sie fühlte sich davon nicht getrennt.

Ich weiß, wer ich bin, ich kenne mich in der Wahrheit des klaren Wassers, in der aufrechten Säule des Einen Körpers, der sich in so vielen Formen zeigt, die wir gern für die Wirklichkeit halten, in der Stille, die jenseits von Glückseligkeit lebt. Ich weiß, dass alle diese KRAFT kennen. Wir alle sind DAS.

Solche Momente gaben ihr den Mut, sich dem Fließen in ihrem Herzen immer wieder neu hinzugeben, sich in das Herz allen Wissens tragen zu lassen, wo sie einfach nur sein konnte, ohne klug oder geschickt zu sein, ohne aus ihren Erfahrungen Konsequenzen für ihr Handeln ziehen zu müssen.

Doch die Tage vergingen viel zu schnell, und der Alltag rief mit lauter Stimme. Wie sollte sie die für sie so gewichtigen Erlebnisse und Erkenntnisse in die Welt tragen? War das überhaupt nötig? Könnte sie gleichsam wieder ein „normales" Leben führen, nach all dem, was ihr in den letzten sieben Tagen geschenkt worden war? Konnte sie den Weg, den sie in den vergangenen 26 Lebensjahren gegangen war, einfach so weitergehen? Und noch viel alltäglicher: Konnte sie das Studium der psychologischen Wissenschaften, das fast nur auf mental nachvollziehbaren, mathematisch erfass- und kontrollierbaren Daten beruhte, überhaupt weiterführen? So kurz vor ihrer ersten wichtigen Arbeit im Vorstudium zu ihrem Diplom stellten diese Fragen die Studentin vor eine unerwartete Herausforderung.

Sie hatte beständig eine innere Suche gespürt, war ihr aber nur sehr selten bewusst gefolgt. Sie hatte hin und wieder tiefe Erkenntnisse gehabt und sich daran erfreut. Sie hatte sich mit psychologischen und mystischen Inhalten beschäftigt und sie genossen. Aber irgendwie war alles unverbindlich geblieben, denn sie hatte eigentlich nicht gewusst, was sie wirklich wollte.

Wow. Die Klarheit und Integrität, die ich in meinem Traum hatte, kenne ich tatsächlich nicht.

In diesem Moment kam ihr in den Sinn, dass diese Frage noch nie in ihr aufgetaucht war: Was wollte sie? Zum ersten Mal stellte sie sich die Frage ganz bewusst und machte sich klar, dass sie darum auch bereit sein musste, Verantwortung dafür zu übernehmen, eine Antwort empfangen zu können. Plötzlich war es so augenfällig: Bis zum heutigen Tag hatte sie diese Verantwortung beharrlich vermieden. Es war ein gutes Gefühl, sich das endlich einzugestehen und zu erkennen, wohin die Aufmerksamkeit jetzt gerichtet werden musste. Aber es war auch ein wenig beunruhigend.

Es ging aber nicht nur um eine Antwort auf die Frage, was die junge Frau wollte. Denn irgendwo tief im Herzen wusste sie deutlich, worum es sich dabei handelte. Der Traum, der aus dieser Tiefe aufgestiegen war, hatte es ihr beständig wiederholt. Viel mehr und viel deutlicher ging es um die Frage, ob Anami die Integrität und Disziplin haben würde, für das, was sie im Grunde ihres Wesens wollte, einzustehen. Würde sie sich auf den Weg machen können, um das, was als Versprechen in den Gründen ihrer Seele lebte, ans Licht zu holen und voller Überzeugung zu vertreten? Gab es einen solchen Weg denn überhaupt für sie? Und gab es ihn im Rahmen dessen, was sie ursprünglich für ihr Leben geplant hatte? Oder würde sie all ihre Pläne aufgeben müssen? Mit einer flauen Empfindung in ihrem Magen ging sie schlafen.

In der nun folgenden Nacht hatte Anami erneut einen Traum. Darin begegnete sie einer geheimnisvollen, auf einem Pilgerweg wandernden Frau, deren Gesicht sie aber nicht genau erkennen konnte. Irgendetwas an der Frau erinnerte sie an sich selbst, aber etwas war auch ganz anders.

„Woher kommst du und wohin gehst du?" wurde sie von der mysteriösen Wanderin gefragt. Ohne zu zögern antwortete Anami im Traum: „Ich komme aus einem Schweigen, und ich gehe wieder in ein Schweigen."

Die Pilgerin nickte, und dann sagte sie: „In Wahrheit gibt es keinen Weg. Doch wir wollen einmal so tun, als gäbe es ihn. Wir erschaffen uns ja den Raum und die Zeit, um zu verstehen, wer wir sind. So haben wir auch den Weg erschaffen; nun erscheint er, und wir müssen ihn gehen. Unser Weg ist aber immer nur ein Rückweg, nichts weiter. Wenn er scheinbar vorwärts geht, geht er ‚hinaus', obwohl auch das nicht möglich ist."

Das verstand Anami nicht wirklich. „Was bedeutet es, dass unser Weg immer nur ein Rückweg ist?" wollte sie wissen.

„Hast du es noch nicht bemerkt?" fragte die Wanderin lächelnd. „Was auch immer du zu entdecken meinst, ist eine Erinnerung. Was auch immer du zu erlernen glaubst, ist ein Erahnen des Wissens, das du in dir trägst. Wohin auch immer du zu blicken scheinst, du siehst nur das, was immer schon ist."

Jäh wachte Anami auf. Hatte sie wirklich verstanden, was sie gerade gehört hatte? Sie blickte sich um. War das tatsächlich ein Traum gewesen? Es schien eine Antwort auf ihre Überlegungen vom Vorabend zu beinhalten. Doch hatte sie gestern in sich noch ein vages Vertrauen darauf gespürt, dass ihr Weg nun eine klare Richtung nehmen konnte, die von ihrer Bereitwilligkeit gelenkt werden würde, sich dem zu stellen, was sie im Leben wirklich wollte, so hatte sie nun die Botschaft erhalten, dass es gar keinen Weg gab.

Unzufrieden zerbrach sie sich den Kopf darüber, ob diese Äußerung heißen könnte, dass es keinen Sinn habe, überhaupt eine Richtung einzuschlagen, oder ob etwas Metaphysisches gemeint sein könnte, das sie zurzeit einfach nicht verstand. Den ganzen Vormittag verbrachte sie mit dem Versuch, ihre sich immer mehr im Kreis drehenden Gedanken zu mäßigen, während sie sich gleichzeitig darauf vorbereitete, sich am kommenden Abend ihrem Kneipenjob zu stellen.

Ich habe keine Ahnung, wie ich das angehen soll. Ich weiß nicht einmal, wie irgendjemand so etwas angehen könnte.

Sie ließ sich auf das breite Sofa fallen, das in ihrem Wohnzimmer an der Wand stand, und legte die Beine hoch. Nach einigen Augenblicken erhob sie sich wieder, lief ein paar Mal unschlüssig im Raum herum, bevor sie sich wieder setzte. In der kleinen Wohnung konnte sie nicht wirklich viele Schritte machen, aber sie versuchte immer wieder, ihre Erregung durch Herumlaufen zu mäßigen.

Leona war eine quirlige junge Studentin, die erst vor ein paar Jahren hergezogen war. Sie hatte Glück gehabt, als sie gleich in der ersten Studentenkneipe, in der sie sich vorgestellt hatte, einen Job bekommen hatte. Sie hatte auch Glück gehabt, dass sie zumindest eine Schicht in der Woche mit Anami zusammenarbeiten konnte, die sie sehr mochte. Anami war ein paar Jahre älter als Leona, aber sie hatte ein Jahr später mit dem Studium begonnen. Und obwohl Anami in Leonas Augen eine große Weisheit ausstrahlte, von der sie selbst nicht viel zu wissen schien, konnte Leona ihr hin und wieder bei den Themen helfen, die sie bereits hinter sich hatte.

Sie war heute Abend die erste und musste die Vorbereitungen erledigen. Dazu gehörte, alle Lichter in der Kneipe einzuschalten und die in der Küche lagernden Imbisse zu sichten. Wenn Anami gleich kam, hatte diese die Aufgabe, die Tische auf Sauberkeit zu überprüfen, die Zapfanlage vorzubereiten, die Zutaten für die Cocktails zu schneiden und dann die Tür aufzuschließen.

Es war Sonntag, und Leona erwartete, dass die Gäste sich wie immer erst später einstellen würden. Erfahrungsgemäß hatten sie und Anami noch viel Zeit, um sich über ihre Erlebnisse auszutauschen. Leona liebte diese Zeit. Es war immer sehr schön, mit ihrer Freundin zu sprechen, denn sie konnten sich einander völlig unvoreingenommen und vorbehaltlos anvertrauen. Es gab nicht nur große Offenheit, sondern auch tiefe Resonanz, und jede war bereit und in der Lage, das Innenleben der anderen zu teilen.

Als Anami unvermittelt und viel zu früh in der Tür stand, hatte sie wieder diesen eigenartigen Gesichtsausdruck, den Leona schon mehrmals bei ihr gesehen hatte. Aber heute schien er besonders ausgeprägt zu sein.

„Du hattest wieder diesen Traum", stellte Leona fest. Anami nickte nur, sagte aber nichts. „Hm. Irgendetwas Neues? Na sag schon!" In aller Kürze berichtete Anami von den Ereignissen der letzten Woche und endete mit einem energielosen Schulterzucken. „Ich hab keine Ahnung, wie ich das bewerkstelligen soll. Das Schlimme ist, dass dieser Traum so wunderschön war. Aber je mehr Zeit inzwischen vergangen ist, desto größer ist die Distanz geworden, in die er gerückt ist. Und in dieser Distanz haben sich so viele Fragen erhoben, viel mehr, als ich vorher zu haben glaubte. Ich kann all das nicht mit den Dingen, die wir im Studium lernen, beantworten. Dafür ist es viel zu groß."

„Ich könnte Taruna fragen, ob sie jemanden empfehlen kann, der sich mit solchen Fragen auskennt", überlegte Leona. Taruna war Leonas Therapeutin, die in einer spirituellen Gemeinschaft lebte. Sie kannte viele Menschen, die sich autodidaktisch und in Seminaren bei verschiedenen Gelehrten mit dem Wissen und der Unterweisung von Weisheitsschulen beschäftigten, weil sie von der Schulpsychologie nicht viel hielten. Bisher hatte Anami sich von solchen Gruppen ferngehalten, aber in jüngster Zeit hatte sie sich selbst schon mit dem Gedanken getragen, dort nach Rat zu suchen. „Würdest du das tun?" fragte sie nun. „Ja, selbstverständlich", gab Leona zurück. „Es wird Zeit."

Anami war froh, dass ein Termin bei Jana von Walden so schnell möglich geworden war. Etwas nervös saß sie nun in einem recht gemütlichen und so gar nicht nach psychologischer Praxis aussehenden Raum vor der Beraterin und hatte, zunächst vorsichtig, mit der Erzählung ihrer Geschichte begonnen.

„Ich bin ja nicht krank oder psychisch gestört", sagte sie nun schon zum zweiten Mal. „Mir geht es eigentlich nur darum zu erkennen, wie ich das, was offenbar in meinem Inneren wohnt und was mir sehr kraftvoll und erfüllend erscheint, auf sinnvolle Weise in die Welt bringen kann."

„Deine Träume – ich darf dich doch duzen? – scheinen mir auch nicht auf eine psychische Störung hinzudeuten", lächelte Jana. „Viel eher gleichen sie Ereignissen, die ich als Initiation bezeichnen würde. Und du hast wirklich keinerlei spirituelle Übungen durchgeführt, um solche Träume zu induzieren?"

„Nicht bewusst. Ich habe schon immer eine tiefe Sehnsucht in mir gehabt, die Welt zu verstehen, mich zu verstehen, alles zu fühlen und mich wirklich hinzugeben. Aber richtig bewusst war mir das früher nicht. Ich habe es eigentlich erst wirklich erkannt, als ich mich auf die Träume eingelassen habe."

„Bestimmt hast du in einem früheren Leben schon einmal einer spirituellen Gemeinschaft angehört oder bist mindestens einen solchen Weg gegangen. Anders kann ich mir das nicht erklären." Jana nickte Anami wissend zu.

In einem früheren Leben? Okay. Sie macht nicht den Eindruck, als würde sie scherzen.

„Da du mich ein wenig bestürzt ansiehst, bist du offenbar mit dem Konzept der vielen Leben nicht vertraut?"

„Doch, ich habe davon gehört. Aber ehrlich gesagt habe ich mich nie tiefer damit beschäftigt. Ich fand Leute, die von Reinkarnation berichtet haben, immer etwas aufgesetzt."

„Das geht mir auch häufig so. Aber die Tatsache, dass Menschen sich mittels bestimmter Paradigmen oder großartigen Rollen, die sie glaubten, innegehabt zu haben, Anerkennung verschaffen wollen, bedeutet ja nicht, dass die Paradigmen keine Grundlage haben."

Anami nickte. „Aber selbst wenn ich in einem früheren Leben irgendetwas trainiert habe, was sich nun in meinen Träumen niederschlägt, hilft mir das doch jetzt nicht weiter. Oder gibt es eine Möglichkeit, herauszufinden, welche Bestimmung mit diesen Bildern verbunden ist? Mit anderen Worten, wie kann ich dem näher kommen, was ich wirklich will?"

„Du beginnst mit dem, was direkt vor deinen Füßen liegt", antwortete Jana. „In deinem Fall heißt das, dass du vielleicht erst einmal herausfinden musst, wie du absichtsvoll und bewusst in deine eigene Tiefe einsteigen kannst. Denn solange deine Träume und Visionen Zufallsereignisse bleiben, wirst du sie zwar genießen können, aber du wirst nicht in der Lage sein, das, was du darin zu sein scheinst, wirklich zu verkörpern, oder das, was du darin erkannt zu haben scheinst, wirklich zu besitzen. Stattdessen wird es dich besetzt halten, und eines Tages wirst du erkennen, dass du eine Fremde im eigenen Leben bist."

Anami nickte langsam. Sie hatte jetzt schon Ahnungen dieser Fremdheit; diese waren ein Grund dafür, warum sie Jana von Walden aufgesucht hatte.

„Der Traum hat dich schon weit gebracht", befand diese nun. „Durch ihn hast du gespürt, dass es mehr gibt, als deine Schulpsychologie dich denken lässt, wenn ich das Sprichwort einmal anpassen darf." Sie zwinkerte mit den Augen. „Und zwar in vielfältiger Hinsicht. Zum einen hast du begriffen, dass die Wirklichkeit des Lebens aus mehr besteht als aus dem, was in deinem Traum auftauchte. Und zum anderen erkanntest du auch, dass du aus mehr bestehst als aus dem, worauf du bisher deine Aufmerksamkeit gerichtet hattest."

Anami fühlte sich verstanden und öffnete sich dem, was Jana sagen wollte, ein wenig mehr. Denn sie spürte, dass die Beraterin im Moment noch sehr vorsichtig mit ihr umging.

Jana lächelte, als hätte sie Anamis Gedanken erraten. „Gehen wir einen Schritt weiter. Der Traum führte dich zwar in ein Erleben, das jenseits von Zeit und Raum zu liegen schien, aber dennoch bist du nicht wirklich in Unendlichkeit und Ewigkeit eingetreten. Das Verrückte ist, dass gerade dieser Traum, der so verführerisch in die Transzendenz ging, in dir einen ganz bestimmten Wunsch zum Vorschein gebracht hat."

Anami hob die Augenbrauen und schaute ihr Gegenüber gespannt an.

„Es war der Wunsch zu erwachen, über die Grenze des Traums hinaus wirklich zu erwachen."

Erst in diesem Augenblick wurde Anami bewusst, dass der Traum eine Grenze gehabt hatte. Obwohl er ihr, wie Jana gesagt hatte, eine Erfahrung der Wirklichkeit jenseits von Zeit und Raum ermöglicht hatte, war er eben doch nur ein Traum gewesen.

Jana sprach weiter. „Das Problem ist, dass dieser Wunsch, wie stark er auch immer sein möge, innerhalb des Traums nicht realisierbar ist. Und daher kann er sich nicht erfüllen. Weil aber dein Geist, wenn du dich deinem sogenannten Alltag wieder zuwendest, unstet und von dieser Unerfülltheit angetrieben ist, wird sich der eine Wunsch zu erwachen in alle Arten von Träumen beziehungsweise erdachten Wünschen verwandeln. Diesen kannst du dann in deinem Alltag folgen, oder du kannst dir alle Arten von Träumen ersinnen, in denen diese vielen Wünsche scheinbare Erfüllung finden."

Anami war schockiert. Was so schön war, was ihr wie eine Zuflucht erschienen war, hatte auch eine andere Seite. Das, was ihr die intimsten Erfahrungen beschert hatte, konnte sie auch weit von dieser Intimität wegführen.

Wie schrecklich. Wäre es dann nicht besser, solche Träume gar nicht erst zu träumen?

Als hätte Jana erneut aufgeschnappt, was Anami durch den Kopf gegangen war, fuhr sie fort: „Aus diesem Grund findest du in den alten Schriften, die aus der Urquelle der Wahrheit stammen, immer wieder die Warnung, dich nur dann in die Suche nach dir selbst zu stürzen, wenn du es wirklich ernst meinst, und es ansonsten lieber sein zu lassen.

Wie dem auch sei, lass uns auf dieser Grundlage einen Schritt weitergehen. Was wäre, wenn der Wunsch, zu einer größeren Wirklichkeit zu erwachen, niemals erfüllt werden könnte? Dann würde der Traum, der dir eine so tiefe Erfahrung bescheren konnte, irgendwann zum Gefängnis werden. Du würdest ihn vielleicht sogar verfluchen, weil er dir etwas zeigt, das du nie zu erreichen in der Lage sein würdest."

„Genau das habe ich ja schon teilweise erlebt. Ich habe keine Ahnung, wie ich diese Wahrheit in mir so deutlich machen kann, dass ich sagen kann, sie ist meine. ‚Ich bin es' – das kann ich nicht sagen. Vielmehr ergreift der Traum Besitz von mir, ich habe gar keine Wahl. Ich kann mich ihm hingeben, ich weiß, wie ich auf die Traumstraße gerate, wie ich mich in diese Schicht in mir hineingleiten lassen kann. Ich genieße den Traum, ich hoffe, dass er nicht mehr aufhört, dass er mich weiterbringt. Aber irgendwann wache ich auf, und der Anspruch, das zu verwirklichen, worauf er hinweist, wird immer größer. Doch damit wächst auch die Frustration, denn meine Unfähigkeit, diese Ebene zu erreichen, wird auf dem Hintergrund des Traums immer deutlicher. Es ist, als hätte ich in einen wunderschönen Garten geblickt, aber ich stehe außerhalb der Mauer, und ich weiß, dass ich niemals hineinkommen werde. Es wäre leichter gewesen, wenn sich das Tor niemals geöffnet hätte."

„So ist es. Und dennoch ist das Öffnen des Tores ein großes Geschenk. Denn wozu bist du hier? Um deinen Alltag zu erledigen? Ist das wirklich deine Bestimmung? Kann es tatsächlich unser Schicksal sein, vor uns hin zu leben, uns im Tun und Träumen zu verlieren? Die einzige Freiheit, die wir zu haben glauben, läge dann darin, zu entscheiden, wohin wir gehen und welche Wünsche wir uns erfüllen. Sollte das wirklich alles sein? Nein!" Jana schüttelte energisch den Kopf. „Aber wir vergessen, was wir einst wollten. Deshalb brauchen wir Weckrufe, auch wenn sie uns zunächst in eine Krise stürzen. Wir haben erst die Wahl, uns für Freiheit zu entscheiden, wenn wir erkennen, dass wir zuvor – selbst bei aller Freizügigkeit – in Gefangenschaft gelebt haben."

„Das leuchtet mir ein. Ich verstehe jetzt auch, warum mich der Traum gelehrt hat, über den Deutungsreflex hinauszugehen. Hätte ich mich mit einer psychologischen Interpretation begnügt, dann hätte ich den Traum in die Gefangenschaft meines Alltags eingebaut. Ich hätte seine großartige Bedeutung für eine Weile genossen und ihn dann vermutlich vergessen ..."

„... und dann hättest du zwar dein Gefängnis um ein angenehmes Mobiliar ergänzt, aber es wäre immer noch ein Gefängnis gewesen", vervollständigte Jana den Satz.

„Wow. Ich habe mein Leben bisher nicht wirklich als Gefängnis angesehen", überlegte Anami. „Allerdings würde ich heute auch nicht sagen können, dass ich frei bin – von dem Standpunkt aus betrachtet, den du gerade eingebracht hast.

Tatsächlich begreife ich gerade, dass mich das, was wir hier besprechen, zu der Antwort führt, wegen der ich im Grunde hergekommen bin. Ich wusste nicht, was ich wollte. Nun ist mir klar, dass der Traum mir genau das zeigte, was ich will. Er zeigte mir Klarheit und Freiheit. Und durch den krassen Unterschied zwischen seinen Inhalten und dem, was ich gleich darauf in meinem Leben wiederfand, zeigte er mir auch meine Gefangenschaft. Jana, wie kann ich frei werden?"

„Freiheit ist ein großes Wort", gab Jana zu bedenken. „Ich weiß, dass Freiheit immer vorhanden ist und dass alles, was geschieht, in Freiheit ruht. Aber das habe ich nicht vollständig realisiert. Ich kann es manchmal ahnen, es in mir spüren, und ich habe Dinge gesehen, die mir klar gemacht haben, dass Freiheit das höchste Gut ist, mehr noch, dass es die letzte Wahrheit ist. Aber noch ist das alles zu abstrakt. Wir müssen zuerst *unsere* Freiheit finden, bevor wir DIE Freiheit finden können. Doch das ist eine lange Reise. Ich denke aber, dass du nicht am Anfang stehst, sondern mitten drin."

„Dann würde ich gern den nächsten Schritt kennen."

„Wie ich vorhin schon sagte: Du solltest zuerst herausfinden, wie du absichtsvoll und bewusst in deine eigene Tiefe einsteigen kannst."

„Aber wie kann ich so etwas herausfinden?" fragte Anami, nun wieder mehr verunsichert.

„Ich empfehle dir, dich auf die wahre Reise zu begeben, auf die Reise zu dir Selbst. Du brauchst Reiseleiter, die dich auf jedem Wegstück begleiten, und du brauchst wahrscheinlich einen Lehrer oder eine Lehrerin, die du natürlich ebenfalls als Reiseleiter ansehen kannst."

„Könntest du denn eine solche Reiseleiterin für mich sein?" fragte Anami hoffnungsvoll. Sie hatte nicht unbedingt Lust, sich erneut auf die Suche nach geeigneten Personen zu machen.

„Ich könnte dir sicher eine Zeitlang helfen, dich selbst zu erkunden – und dieses ‚selbst' musst du dir klein geschrieben vorstellen. Ich weiß aber nicht, ob es das ist, was dich dorthin bringt, wo sich die Vision erfüllen kann, die dir dein Traum geschenkt hat."

Anami nickte überlegend. „Was meinst du mit dem klein geschriebenen ‚selbst'? Gibt es denn auch ein groß geschriebenes?"

„Du hast vermutlich noch nicht viele Bücher gelesen, die sich mit den unterschiedlichen Identitäten beschäftigen. Das wäre jetzt eine lange Geschichte, und sie würde uns hier nicht weiterhelfen. Aber ich kann vielleicht darauf hinweisen, dass es vor allem im Osten den Begriff des Selbst – groß geschrieben – gibt, der auf unser wahres Wesen hinweist. Das ist etwas anderes als das, was wir hier unsere Persönlichkeit nennen. Es ist auch nicht unbedingt dasselbe wie die Seele, von der die uns bekannte Religion oder auch die Psychologie spricht. Es ist sozusagen jenseits von beidem – die eigentliche Seele, die nicht durch die Leben reist und sich Körper erschafft, sondern die ewig und unveränderlich ist und daher mit dem reinen Bewusstsein gleichgesetzt wird. Das wird heute von vielen spirituellen Lehrern als Selbst bezeichnet."

Nach einer kurzen Pause, in der Jana von Walden das Gesagte nachwirken ließ, sprach sie weiter: „Ich gehe zum gegenwärtigen Zeitpunkt davon aus, dass du das, was das kleine selbst ausmacht, zwar wichtig findest – sonst würdest du nicht studieren, was du studierst –, aber dass es dir eigentlich um das große Selbst geht. Das zu verwirklichen suche auch ich immer noch. Es gibt nicht viele Menschen auf diesem Planeten, die dabei wirklich helfen können, denn um dich auf dem Weg zum Selbst zu führen, muss man den Weg selbst gegangen sein, so heißt es. Und ich bin da bestenfalls im ersten Drittel angekommen."

Wieder nickte Anami langsam. Sie erinnerte sich an ihren Traum, in dem ihr gesagt wurde, dass es eigentlich keinen Weg gebe. Aber das war vielleicht eine andere Geschichte und gehörte nicht hierher. „Ja", sagte sie dann mehr zu sich selbst als zu ihrem Gegenüber, „das ist wohl wahr. Was ich will, hat wohl mit dem großen Selbst zu tun." Fast abwesend nickte sie erneut.

„Gut." Janas Ton war energisch. „Wenn du nun weißt, was du willst, solltest du dich nach gründlicher Prüfung auch dafür entscheiden. Es nützt nichts, einfach nur zu wissen, was wir wollen. Wir sollten auch dafür einstehen. Wir sollten die Disziplin aufbringen, die Reise anzutreten, egal, was es kostet. Wenn wir eine spirituelle Absicht mitbringen – und dein Traum gibt darauf ja eindeutige Hinweise –, dann ruft uns unser Herz. Wir möchten es nicht betrügen, wir möchten ihm folgen. Auch wenn das nie einfach ist, lohnt es sich immer, koste es, was es wolle."

Damit überreichte Jana von Walden ihrer Klientin eine kleine Mappe mit Informationsmaterial und fügte augenzwinkernd hinzu: „Hier sind für den Anfang ein paar ‚Reiseprospekte'." Sie benutzte ihre Hände, um die Anführungszeichen anzudeuten, was Anami neugierig zurückließ. „Ich wünsche dir einen wunderschönen Weg!"

VERWIRRUNG

IRGENDWANN ZWISCHEN DEN ZEITEN

Die Kirchturmuhr schlug dreimal. Lange schon hatten die Straßenlaternen ihr Licht zurückgezogen, und obwohl sie müde war, fühlte Anami sich plötzlich zu ihrem Schreibtisch gezogen, wo sie unter einem Stapel Papier nach diesem Prospekt mit den merkwürdigen Fragen grub.

Vor einem Monat – oder wann war es in Wirklichkeit? Zeit, Raum, Wandel, Vergangenheit, Zukunft, das erschien so flüssig, wie ein Strudel des einzigen Jetzt – war sie wieder einmal morgens aufgewacht und hatte nicht mehr gewusst, ob sie gerade einen Traum gehabt hatte oder tatsächlich jemandem begegnet war. So sehr sie sich seither auch abgemüht hatte, sie hatte die Frage von Wachen oder Träumen nicht beantworten können. Schließlich hatte sie beschlossen, dass ein Traum das Wahrscheinlichste gewesen sein mochte, und die Studentin der Psychologie hatte das Ereignis als symbolischen Wink ihres Unbewussten gedeutet. Mit etwas mehr Tiefensicht erschien es ihr dann aber vor allem als ein erneutes Zeichen des inneren Lehrers, der ihr etwas Wichtiges zu sagen hatte.

Dass ihr Träumen auch aus der Quelle eines inneren Lehrers entstand, hatte Anami sich gemerkt. Doch nun war es schon fast Ende Juni, und damit bewegte sich das Semester auf sein Ende zu, wo es unweigerlich in schwierige Klausuren und Prüfungen münden würde. Die zunächst so wichtig erschienene Suche nach dem, was hinter Anamis Traum-Erwachen vor mehr als sechs Wochen gestanden haben mochte, war der Arbeit an der Uni und der Bewältigung ihres Alltags gewichen.

Auch nach diesem letzten Traum hatte Anami unter dem Stapel auf ihrem Schreibtisch gegraben und diesen Bogen Papier wiedergefunden, und auch damals hatte das, was darauf stand, sehr verrückt geklungen. Noch verrückter war es ihr dann aber vorgekommen, dass ein wichtiger Traum sie offenbar wieder mit einer Kraft verband, die in Resonanz mit dem Prospekt zu stehen schien.

Die Erinnerung an das Gespräch mit Jana von Walden war schon damals in ihr aufgetaucht. Jana hatte Anami am Ende ihrer Konsultation vor knapp sechs Wochen eine Menge Informationsmaterial in die Hand gedrückt; damals war Anami begierig darauf gewesen, all das durchzugehen. Angesichts der Fülle des Materials und der scheinbaren Ansprüche, die ein Weg, wie Jana ihn vorgeschlagen hatte, mit sich brachte, hatte Anami nach kurzer Zeit die Segel gestreckt und sich wieder ihrem Studium zugewandt, wo es weiß Gott genug zu tun gab.

Einer der Informationsfalter hatte jedoch etwas in ihr bewegt; die Aussichten auf Heilung und Klarheit, die darin angedeutet waren, verbunden mit dem Wissen um DAS, was Anami in ihren Träumen berührt hatte, besaßen eine starke Sogkraft, und so war sie schon am nächsten Abend zu ihm zurückgekehrt. Obwohl es um eine Reise nach innen ging, war der Prospekt voll mit Fotos von Segelbooten, Zugvögeln und Fußspuren an romantischen Stränden.

„Tragen Sie diese Sehnsucht nach einer völlig neuen Entdeckung Ihres Lebens in sich?" hatte dort gestanden. „Haben Sie insgeheim das Bedürfnis, einen Neuanfang zu machen?" Nach vielen weiteren solcher Fragen, die wohl auf Menschen zugeschnitten waren, die in ihrem unliebsamem Berufsalltag feststeckten, wurde auf die „Fluchtreisen" angespielt, die viele unternehmen, um ihren Alltagsbelastungen für eine Weile zu entkommen. Aber „wonach suchen Sie wirklich? Die spannendste aller Reisen führt an den faszinierendsten Ort dieser Welt: ins eigene Ich."

Beim Prospekt hatte Anami dann einen Fragebogen gefunden. Diesen galt es auszufüllen, wenn man sich – so der Prospekt – für eine Reise nach innen interessierte, wie sie hier beschrieben wurde. Unter den Fragen und Beschreibungen waren große Bereiche frei gelassen worden, die dafür vorgesehen waren, dass eine potenzielle Bewerberin für eine solche Reise sie ausfüllen sollte. Es handelte sich keineswegs um einen offenen Prozess, wie Anami daraus entnehmen konnte. Denn ob man letzten Endes ausgewählt wurde, wurde von einer Instanz entschieden, die Anami recht obskur vorgekommen war.

Wer auch immer hinter dem Reiseangebot steckte, wollte es ganz genau wissen, und er (oder sie) verlangte nicht wenig. Obwohl die Beschreibungen des Reiseangebots unglaublich klangen, obwohl ihrem Tagesverstand die Formulierungen mehr als suspekt erschienen waren, hatte Anami nicht aufhören können, daran zu denken, sie immer wieder durchzugehen, sie in sich zu bewegen. Irgendwie hatte sie geahnt, dass nicht nur der „blinde Zufall" dahinter gesteckt hatte, als Jana von Walden ihr gerade diesen Prospekt mitgegeben hatte. Es war ihr sogar so erschienen, als sei eine Vorsehung beteiligt gewesen, die sie nur darum zu der spirituellen Beraterin geschickt hatte, um diesen Prospekt zu erhalten, und als sei er eine Antwort auf den Ruf, der von irgendwo tief innen ausgesandt worden war, von ihrem tieferen Herzen, ihrem besseren Selbst.

Eine ganze Weile hatte sie dann dort gesessen und die Fragen immer und immer wieder gelesen. Nun erinnerte sie sich daran, dass sie ihr wie Rätsel erschienen waren, die tief in sie eingedrungen waren und doch keine befriedigende Antwort nach oben gespült hatten.

Aber als sie den Fragebogen nun hervorzog, waren die Leerbereiche nicht mehr frei. Im Gegenteil – was hier stand, waren Worte und Sätze, ja ganze Absätze, die direkt aus Anamis eigenen Kopf gekommen sein mussten. Aber sie konnte sich nicht erinnern, sie je aufgeschrieben zu haben. Diese Formulierungen, diese Art zu denken, zu träumen, zu hoffen ... diese Art zu schreiben war ihr so vertraut.

Sie selbst hatte das geschrieben, aber dieser Körper wusste davon nichts. Es war gerade so, als hätte Anamis eigenes Selbst – *das groß geschriebene*, dachte sie schmunzelnd – sie wieder einmal gerufen, tief aus ihrer Seele über die Grenzen und in den Kreis ihres Alltagslebens hineingerufen; wie ein ausgestreckter Arm war dieser Ruf gewesen, und sie schien ihn ergriffen, sich daran aus der Enge ihrer bisherigen Identität herausgezogen zu haben. Und eines Nachts hatte der Prospekt sie wahrscheinlich derart angezogen, dass sie sich tief in seine Magie hineinfallen lassen hatte, seine Fragen auf sich wirken, seine Forderungen in sich wachsen gefühlt hatte.

Auf eine Weise geschockt von dieser Erkenntnis und beunruhigt über ihre Gedächtnisleistung, dachte Anami darüber nach, dass sich ihr Leben in den vergangenen sechs Wochen zwar oberflächlich ebenso ruhig weiterbewegt hatte, wie es von ihr erwartet worden war, dass es aber mittlerweile eine Unterströmung gab, die sich immer häufiger nach oben drückte, und diese Unterströmung war – auch wenn sie aus einer tieferen Wahrheit und einem viel wirklicheren Selbst kommen sollte – bedrohlich. Anami begann, die Kontrolle über ihr Leben zu verlieren. Es gab Zeiten, in denen sie Dinge tat, die zweifellos wichtig und förderlich waren, wenn man auf der Suche nach Erleuchtung war. Aber wenn man ein Studium absolvieren und Prüfungen durchstehen musste, waren diese Dinge ein Hindernis – zumindest zurzeit noch.

Anami erinnerte sich an den Entschluss, den sie gefasst hatte, an die Entscheidung für Klarheit und Wahrheit. Sie erinnerte sich, dass diese Entscheidung schon lange in ihr angestanden hatte und wie gut es sich angefühlt hatte, sie endlich zu treffen.

Habe ich die Entscheidung zu früh getroffen? Sollte ich nicht wenigstens zuerst noch mein Studium abschließen und mich dann den Dingen widmen, von denen meine Träume handeln?

Anami musste zugeben, dass sich eine große Verwirrung in ihr ausgebreitet hatte. Die Verwirrung ging heute Nacht so weit, dass sie nicht mehr wusste, wer in ihr die offenbar so bedeutungsvolle Entscheidung damals getroffen hatte.

Wer bin ich?

Diese Frage war am Ende des so überaus wesentlichen Traumes entstanden. Aber heute wurde sie von einer anderen Instanz gestellt. Mit der Frage erschienen in Anami Überlegungen, die ihr ganzes Zeit- und Raumgefüge noch mehr durcheinander brachten. Sie versuchte krampfhaft, dem auf die Spur zu kommen, was jetzt wegweisend sein könnte.

Was geschieht nur mit mir? Ich wünschte, ich wüsste, woher all dies rührt und wohin es mich bringen soll. Wenn ich nur wüsste, was ich tun soll.

Wenn sie es sich nun recht überlegte, kam Anami sogar zu dem Schluss, der Prospekt mit den Fragen habe schon vor dem Beginn ihrer Träume dagewesen sein müssen, vielleicht sogar schon sehr lange. Achtlos hatte sie ihn vielleicht zu den unerledigten Sachen gelegt, hatte wer weiß wie lange nicht mehr an ihn gedacht, ihn vielleicht nie richtig wahrgenommen. Als sie diesen Gedanken nachhing, regte sich in ihrem Bauch eine undefinierbare Angst, und sie befürchtete, der Prospekt sei vielleicht schon so lange in ihrem Besitz, dass das Angebot gar keine Gültigkeit mehr haben könnte. Dann wusste sie, dass sie ihn nicht wegwerfen konnte.

Natürlich – Anami war Psychologie-Studentin und kannte sich schon ein wenig mit der inneren Welt aus. Sie kannte auch die Ebene der Manipulation, der Werbe-Psychologie, die die Sehnsüchte der Menschen benutzt und ausbeutet. Doch dies war anders. Es sprach eine Tiefe in ihr an, die sie vergeblich mit ihren psychologischen Methoden zu ergründen versuchte. Sie erreichten sie nicht.

Etwas aus dieser Tiefe hatte irgendwann die Initiative ergriffen und geschrieben. Dunkel erinnerte sie sich jetzt an die Nacht, in der sie keinen Schlaf finden konnte, obwohl sie unendlich müde gewesen war. Wie in Trance hatte sie vor ihrem Computer gesessen und begonnen zu erfüllen, was in dem Prospekt gefordert wurde. Mit dem Vorsatz, ein gesundes Misstrauen walten zu lassen und unklaren Motivationen sofort mit Abwehr begegnen zu können, hatte sie sich immer mehr in den Schichten ihres Wesens verloren, die so lange schon darauf gewartet hatten, an die Oberfläche zu kommen. Je tiefer sie sich auf das eingelassen hatte, was sie aufschrieb, desto mehr hatte sie ihr Misstrauen, ihre Oberflächenpsyche und ihre Vorsicht vergessen. Sie war eingetaucht, hatte geschrieben und sich immer mehr losgelassen, bis sie nicht mehr die Studentin gewesen war, als die jeder sie kannte, sondern ein leuchtendes Wesen, das mit den reinen Augen der direkten Wahrnehmung gleichzeitig beobachtete und handelte.

Wie lange sie tatsächlich dort gesessen hatte, vermochte sie heute nicht mehr zu beschwören. So gut wie Stunden und Tage hätten es Jahre gewesen sein können. Zeit war vergangen, aber in sich selbst zurückgekehrt, Raum war entstanden, aber nichts hatte sich verändert. Irgendetwas Magisches war passiert, und nun fühlte Anami sich ganz und gar überfordert, wenn sie hätte beschreiben müssen, worin dieses Magische bestanden hatte. Sie konnte nur noch sagen, dass nichts so war, wie es schien, und dass es schließlich so weit gekommen war, dass es nicht einmal mehr etwas gegeben hatte, das noch „schien".

Langsam ließ Anami nun auch jetzt ihre Oberflächenpsyche los und bat irgendeine Instanz in sich darum, ihr dieses Mal die Erinnerung zu erhalten. Die Worte von Jana von Walden fielen ihr wieder ein:

„Solange deine Träume und Visionen Zufallsereignisse bleiben, wirst du sie zwar genießen können, aber du wirst nicht in der Lage sein, das, was du darin zu sein scheinst, wirklich zu verkörpern,

oder das, was du darin erkannt zu haben scheinst, wirklich zu besitzen. Stattdessen wird es dich besetzt halten, und eines Tages wirst du erkennen, dass du eine Fremde im eigenen Leben bist."

Und während sie darüber nachdachte und in ihren Computer starrte, auf dem schließlich nur noch der Bildschirmschoner immer neue blinkende Sterne in ihre Richtung schickte, erinnerte sie sich plötzlich an die *Zersplitterung*. Auf einmal erkannte sie jenes uranfängliche Zerspringen, das so viele Teile hervorgebracht hatte, dass sie ihre Zahl nicht mehr erfassen konnte.

Aber noch viel tiefer erinnerte sie sich an die Einheit, die darunter lag. Es war keine Erinnerung an ein Ereignis, so wie die Erinnerung an die Zersplitterung eine an ein Ereignis war. Vielmehr war es eine Erinnerung an etwas Unsagbares, an etwas, das sich nie ereignen kann, weil es immer da war, weil es nie entstand. Und doch schien es verschwunden zu sein, als die Zersplitterung auftauchte. Anami sah in diesem Moment, dass sowohl das Ereignis des Zerspringens als auch dieses darunter liegende Unsagbare in jedem Augenblick ihres Daseins als zwei Möglichkeiten immer vorhanden waren, dass das für jeden Menschen galt, und dass sie – ebenso wie es 95% der Menschen dieser irdischen Welt tun – in unbewusstem Handeln immer wieder zu den sag- und denkbaren Splittern griff, während sich jeder nach dem Unsagbaren sehnte. Sie wollte das nicht mehr.

Anami erkannte, dass sie an jenem Abend, als sie die Fragen auf dem Bogen zu beantworten begonnen hatte, auch schon an diesem Punkt angekommen war. Als ihr das klar wurde, ließ sie endlich zu, dass die Tiefe, ihr wahres Wesen, sich ausbreitete und sich in dem Raum niederlassen konnte, der angemessen war. Sie ließ zu, dass ihre mentale Kontrolle nachgab, und begann, der „Anderen" in sich zu vertrauen.

Jana von Walden sah sie lächelnd, aber auch ein wenig besorgt an. Anami war froh, dass sie am Tag nach ihrem Anruf sofort einen Termin bei der Beraterin erhalten hatte, auch wenn diese über einen vollen Terminkalender verfügte.

„Es gibt zwei Arten von Verwirrung", sagte Jana nun und zwinkerte verschmitzt. „Die ‚niedere' und die ‚höhere'", – dabei machte sie mit ihren Fingern erneut das Zeichen für Anführungsstriche – „und ich denke, in deinem Fall haben wir es mit der ‚höheren' Variante zu tun." Als Anami verständnislos dreinblickte, musste Jana lachen. Zum ersten Mal sah Anami dabei, wie hübsch und ausgeglichen die Beraterin aussah. Mit ihren braunen Augen und Haaren, ihrer hohen Stirn und der kleinen, geraden Nase in einem ebenmäßigen Gesicht mit vollen Lippen und dem Ausdruck tiefer Zufriedenheit wirkte Jana sehr Vertrauen erweckend und keineswegs überheblich.

„Die niedere Art der Verwirrung hat mit dem Ego zu tun. Ich muss dir vielleicht erklären, dass ich mit Ego nicht unbedingt das meine, was man gemeinhin in spirituellen Büchern darunter versteht. Um es kurz zu machen, sehe ich das Ego als etwas an, das aufgrund von vielen Verletzungen schließlich nach der Adoleszenz als zweidimensionale Variante unseres fixierten Charakters entsteht – ein Selbstschutz, ein Surrogat, nichts Echtes. Und doch ist es so wirkungsvoll in seinem Kampf ums Überleben, in dem es sich sträubt, sein mentales Selbstbild, das uns einen eisernen Ring ums Herz legt, abzulegen. Allein der fixierte Charakter besteht aus Angst und Schuld, aus falschen Glaubenssätzen und fixierter Wahrnehmung, aus Schmerz und zwanghaftem Handeln. Das Ego setzt diesem falschen Charakter sozusagen die Krone auf; es führt die Fixierung fort, indem es sich zur selben Zeit im Kampf gegen all das befindet. Es kämpft dagegen, dass wir diese Emotionen wirklich fühlen, dass wir diese mentalen Muster wirklich wahrnehmen; und das tut es nur, um sich selbst zu erhalten."

Anami nickte. Sie konnte das, was Jana sagte, nur zu gut nachvollziehen.

„Sobald die diversen Anteile des zweidimensionalen Egos miteinander in Konkurrenz treten, sich also gegenseitig bekämpfen, entsteht Verwirrung. Diese Konkurrenz wird oft in Resonanz mit dem Außen erlebt. Wir erhalten zum Beispiel eine Botschaft, die sich mit unseren Glaubenssätzen nicht deckt. Oder wir erhalten von jemandem, der uns etwas vormachen möchte, zwei verschiedene Botschaften, die beide nicht in unser Glaubenssystem hineinpassen. Es ist der Kampf zwischen Egos oder egoischen Anteilen, der zur niederen Verwirrung führt. Diese Verwirrung aufzulösen, kann hilfreich sein, wenn man den roten Faden von etwas finden, sich selbst innerhalb seiner Geschichte besser kennenlernen oder verschiedene Standpunkte darin klären möchte. Sobald man darüber jedoch hinaus ist, reicht es, die Ebene der Verwirrung zu erkennen. Dann braucht man keine Zeit mehr mit der Entwirrung zu vergeuden, denn jede vermeintliche Lösung führt sowieso nur wieder zurück ins Ego."

Anami lauschte sehr konzentriert. Das war neu und hörte sich ganz anders an als die psychologischen Lehren, die sie kannte. Nicht nur die lernpsychologischen oder behavioristischen, sondern sogar die vermeintlich tiefenpsychologischen Konzepte, die sie sozusagen als Kür neben den Pflichtfächern belegt hatte, sahen dies völlig anders. Aber Anami hatte diesen angeblich wissenschaftlichen Vorstellungen noch nie zu hundert Prozent geglaubt. Dazu waren sie einfach nicht genügend in Resonanz mit dem, was Anami ihr *Herz* nannte.

„Nun zu der höheren Verwirrung", fuhr Jana von Walden fort und lächelte abermals. „Diese kann sich überhaupt erst zeigen, wenn das Ego bereits seine Zweidimensionalität aufzugeben beginnt, wenn es also bereit ist für Heilung und Auflösung. Und versteh mich nicht falsch: Ich spreche von der Auflösung des Egos und nicht von der des Ichs. Das ist ein Unterschied, dem du sicher noch öfter begegnen wirst, wenn du es mit authentischen und seriösen Lehrern zu tun hast."

Jana hielt kurz inne; Anami nutzte die Pause, um zu fragen: „Löst sich der Charakter dann auch auf?"

„Nein. Der falsche Charakter wird in seinen Ursprung, die authentische Persönlichkeit, zurückgeführt. Das ist eine tiefe und bedeutungsvolle Transformation. Aber das ist jetzt noch nicht wichtig und vielleicht ein bisschen viel. ... Wo war ich stehengeblieben? Ah ja, die Verwirrung und das Ego. Du kannst es auch umgekehrt sehen: Sobald sich in dir Symptome höherer Verwirrung zeigen, ist das ein Zeichen dafür, dass das zweidimensionale Ego begonnen hat, sich aufzulösen. Und je stärker dieses Ego war, je mehr Angst, Schuld, falsche Glaubenssätze und Schmerz es bekämpfen musste, desto stärker wird die Verwirrung gerade am Anfang seiner Auflösung sein."

Jana unterbrach ihre Erklärung kurz und nahm einen tiefen Atemzug. Prüfend schaute sie zu Anami hinüber, um sich zu vergewissern, dass diese ihr noch folgte.

Als sie Janas Blick bemerkte, sagte Anami nachdenklich: „Das ist starker Tobak, klingt aber irgendwie logisch." Dann kam ihr ein Gedanke. „Und da du meintest, bei mir handele es sich um die höhere Art der Verwirrung, kann ich jetzt davon ausgehen, dass mein Ego sich auflöst?"

„Nun – es *möchte* sich zumindest auflösen", korrigierte Jana. „Noch wissen wir nicht, ob es das auch wirklich tut. Doch wenn du die Zeichen richtig liest – und dazu hast du jetzt die Chance –, kannst du diesen Prozess gemäß deiner Entscheidung, von der du sagst, du habest sie kurz nach unserer letzten Sitzung getroffen, sehr unterstützen. Denn das ist wirklich notwendig. Es wird deine Not wenden." Wieder lächelte Jana verschmitzt. Dann ließ sie Anami Zeit, über das Gesagte nachzudenken.

Anami sah sich noch einen Moment in dem Raum der Beraterin um; sie entdeckte winzige Statuen von Göttinnen und Göttern, eine Holzperlenkette mit einer großen Kugel und einem Strang kleiner Fäden, die in mehreren Windungen um einen Kristall gewickelt war, und an der Wand hinter Janas Stuhl gab es ein großes Gemälde eines Dreizacks, an dessen Stab sich das indische OM anschmiegte.

Dafür, dass sie so viele indische Symbole hier stehen hat, ist sie sehr klar und realistisch. Und gar nicht so schwärmerisch, wie ich das von Leuten aus der spirituellen Gemeinschaft, in der sie lebt, erwarten würde.

Schließlich wandte Anami ihren Geist nach innen und spürte den Worten nach, die nicht nur über ihren Verstand in sie Einlass gefunden hatten, sondern auch über eine energetische Brücke, die direkt zu ihrem Herzen zu führen schien. Scheinbar hatte diese spirituelle Frau einen Weg gefunden, Anami zu berühren, ohne ihren analytischen Mentalgeist zu aktivieren – und das, obwohl sie so klare Worte in einer so deutlichen Struktur gesprochen hatte.

Wieder einmal war es, als habe Jana aufgeschnappt, was Anami durch den Kopf gegangen war, denn nun sagte sie: „In dieser Welt geschieht nichts wirklich zufällig. Alles was erscheint, folgt einer inhärenten Ordnung, die das Kommen und Gehen lenkt. Diese Ordnung hat ihre eigene Klarheit und Tiefe. Ob und wie deutlich wir sie erkennen, hängt nur von unserer eigenen Klarheit und Tiefe ab. Solange du das Gesetz nicht kennst, das in dir waltet und nach dem deine Träume sich ebenfalls richten, solange wirst du entweder davon hin- und hergeworfen oder du unterdrückst seine Wahrnehmung. Das Unterdrücken gelingt dir seit einer Weile nicht mehr. Ich halte das für ein gutes Omen. Die Verwirrung, in der du dich befindest, ist ein Übergangsstadium. Du solltest dein Vorhaben, dich um die Reise zu bewerben, so schnell wie möglich zu Ende bringen, dann wirst du angemessene Hilfe erhalten."

Anami wollte Jana noch nach der Zersplitterung befragen, aber da die Zeit um war und sie nun auch erst einmal genug zum Nachdenken hatte und sich nicht mehr ganz so verloren fühlte, bedankte sie sich für die gute Sitzung und verließ die Praxis besser gelaunt, als sie sie betreten hatte.

Leona saß auf ihrem Lieblingsplatz vor der Tür des kleinen Cafes und hatte zwei Schriften vor sich, die sie abwechselnd intensiv studierte. Die eine war ein dickes Buch mit der Aufschrift „Psychopathologie"; Leona fluchte, wenn sie in ihm las, denn die bevorstehende Klausur lag ihr schwer im Magen. Die andere war ein zusammengehefteter Haufen Papier, der wohl als Studentenzeitung verstanden werden wollte; hier suchte Leona nach einem Praktikumsplatz für die nächsten Semesterferien. Leona war nicht der Typ Mensch, der sich als multitaskingfähig beschreiben würde; aber leider ließ ihr der Stress der gegenwärtigen Anforderungen keine andere Möglichkeit. Gott sei Dank hatte sie sonst im Leben gerade keine großen Probleme – seit sie zu Taruna ging, die ihr mit einer für sie sehr stimmigen Körpertherapie geholfen hatte, ihre neurotischen Züge abzumildern und viele der seelischen Schmerzen zu heilen, die sie sicher auch in dieses Studium getrieben hatten, ging es ihr beträchtlich besser. Nun benutzte sie diese Therapie, um die Reste ihrer schwierigen Kindheit aufzuarbeiten und sich gleichzeitig darauf vorzubereiten, ihrerseits eine Ausbildung zur Körpertherapeutin zu absolvieren.

Leona wünschte, auch Anami würde sich für eine solche Therapie und vielleicht sogar für diese Ausbildung erwärmen. Es wäre doch schön, wenn sie beide gemeinsam bei Tarunas Lehrerinnen studieren könnten. Anami hatte auf Leonas Anraten hin bereits ein paar wenige Stunden genommen, aber sie hatte ein paar Vorbehalte, und das, was sie gerade erlebte, schien auch andere Ansätze zu verlangen. Na gut, das, was Anami von der Beraterin berichtete, zu der sie offenbar ein gutes Verhältnis hatte, klang nicht unbedingt schlecht. Aber Leona war der Meinung, man solle zunächst die psychischen Traumata aufarbeiten, bevor man sich auf die spirituelle Suche machte. Und wer weiß, welche psychischen Traumata denn eigentlich hinter den Träumen und Erlebnissen standen, von denen ihre Freundin jüngst berichtete. Ein Psychoanalytiker hätte all diese Dinge sicher nicht als Initiation „erkannt" wie Jana von Walden. In der Körpertherapie betrachtete man Symptome wie die, unter denen Anami litt, nicht unbedingt als Zeichen psychotischer Episoden, wie die Tiefenpsychologie das tat. Es gab ein anderes Vokabular, das wesentlich weniger pathologisch war.

Bei diesen Gedanken verdrehte Leona innerlich die Augen und warf einen Blick auf ihr dickes Buch. Psychopathologie war eine merkwürdige Wissenschaft. Vielleicht bemühte man sich in diesem Zweig ihres Studiums aber auch einfach nur darum, etwas Unsagbares, nicht Nachvollziehbares zu benennen, um es begreifen und greifen zu können. Vielleicht wollten Psychologen und Psychiater auf diese Weise nur ihre eigene Unsicherheit in den Griff bekommen. In dieser Hinsicht waren Leona und Anami einer Meinung. Aber bei der Auswahl der Alternativen zur herkömmlichen Psychologie und Pathologie unterschieden sie sich deutlich.

Leona war schon immer recht erdverbunden gewesen. Sie war der Ansicht, der Körper speichere enormes Wissen, Erinnerungen an alles, was er jemals erlebt hatte. Dazu gehörten auch Kindheitstraumata und emotionale Schmerzen, die sich vor allem in Verspannungen zeigten. Löste man diese Verspannungen, konnte man auch die Energie freisetzen, die sich wie ein Panzer um die Schmerzen herum gebildet hatte. Man war die Schwere los, die der Körper bis dahin getragen hatte und fühlte sich in der Folge leicht und befreit.

Anami hatte einen starken Geist und hatte sich schon vor ihrem Studium mit Träumen beschäftigt. Jetzt, im zweiten Semester, hatte sie eine psychotherapeutische Methode aufgetan, die mit Tagträumen arbeitete. Doch das war für sie nur ein Einstieg gewesen. Anami war nach Leonas Ansicht eine Art wandelnder Seismograf. Sie bemerkte sofort, wenn etwas nicht stimmte. Auch wenn sie das oft selbst nicht wahrnahm, reagierte sie doch darauf. Und das wiederum bemerkte Leona. Vielleicht fehlte Anami wirklich so etwas wie ein Schema zur Erkenntnis.

Leona war zwar gespalten, aber sie war auch neugierig darauf, was Anami heute berichten würde. Die Hauptsache war ja vielleicht, dass sie aus dieser schrecklichen Verwirrung würde auftauchen können, die sie gestern noch umgetrieben und die Leona fast angesteckt hätte. Als ihre Freundin sie angerufen hatte, weil sie sich nach dem Aufwachen völlig verkatert gefühlt hatte, ohne etwas getrunken zu haben, war sie, wie Leona fand, ziemlich „neben der Spur" gewesen. Nach einem kurzen Bericht von Anami empfahl Leona ihr eine umgehende Konsultation bei einer Psychologin. Anami hatte sich dann aber an Jana von Walden erinnert und dort gleich einen Termin vereinbart. Nun wartete Leona auf Anamis Eintreffen.

Als Anami um die Ecke bog, sah sie Leona schon von Weitem und musste lächeln. Wie immer war Leona sehr fleißig. Ihre bevorstehende Klausur war nicht einfach; das Thema war vielleicht ganz interessant, aber die Art, wie es in dem verschulten und in Anamis Augen viel zu sehr auf vermeintliche Wissenschaftlichkeit angelegten Psychologie-Studium aufbereitet wurde, erlebte sie als kontraproduktiv. Man sollte sich auf die Seele einlassen, die man aber hier zur Psyche, zum Mentalsubjekt degradiert hatte, um sie „untersuchen" zu können.

Sie zuckte mit den Schultern. Es war ihr ja gelungen, sich die Themen, die sie wirklich interessierten, für die wichtigen Seminare, Kolloquien und Hausarbeiten selbst zusammenzustellen. Eigentlich konnte sie sich nicht beschweren. Die Professoren waren froh, wenn sie sich auch einmal mit Themen außerhalb des trockenen Lehrplans beschäftigen konnten, und das spielte Anami zu. Doch die Themen, die nun einmal laut Lehrplan abgearbeitet werden mussten, gab es eben auch noch. Eins dieser Themen war die Psychopathologie. Leona wusste nur zu gut, wie quälend dieser Stoff sein konnte. Anami hatte dieses Fach noch vor sich, aber eigentlich fand sie das Thema gar nicht so uninteressant. Wenn sie doch nur erst die Statistik-Ära hinter sich gelassen haben würde!

Gestern nach dem viel zu späten Aufwachen hatte Anami sich geärgert; ihr war eingefallen, dass ihr Statistik-Seminar schon zur vollen Stunde beginnen sollte. Aber so verkatert, wie sie war, konnte sie sich überhaupt nicht konzentrieren und ließ es dann ausfallen. So konnte das allerdings nicht weitergehen.

Ich habe vorletzte Nacht viel zu viel Zeit mit diesem Fragebogen verbracht; wann bin ich eigentlich ins Bett gegangen? Oder ich habe es einfach falsch angepackt und zu viel Zeit mit meiner „höheren Verwirrung" verbracht …

„Warum schmunzelst du?" fragte Leona. Und Anami erzählte.

„Naja …", sagte Leona nach einer Weile des Abwägens. „Es klingt alles folgerichtig, wenn man mal den Prämissen glaubt, die hier vorausgesetzt werden." Sie klang sehr gebildet und man merkte ihr deutlich an, dass sie mit ernsthaften psychologischen Überlegungen befasst war. „*Fühlst* du dich denn auch besser? Und *fühlst* du dich denn auch gesehen?"

„Besser fühle ich mich auf jeden Fall. Gesehen …" Anami zögerte und erwog ihre Antwort sehr sorgfältig. „Das ist vielleicht nicht das richtige Wort. Es ging zwar auch darum, dass ich gesehen *werde*, aber nicht in diesem therapeutischen Sinn, weißt du.

Vielmehr ging es darum, dass *ich* etwas sehen konnte, nämlich die Ordnung, nach der etwas viel Tieferes als diese Oberflächenpsyche funktioniert. Ich glaube, ich habe zumindest begonnen, einen Teil davon zu verstehen. Und mich darin zu erkennen. Beziehungsweise das zu ermitteln und zu verstehen, was gerade mit mir geschieht. Als ich dessen gewahr wurde, ging es mir schlagartig besser. Und auf dem Weg hierher ist mir noch viel deutlicher geworden, welche Auswirkungen diese höhere Verwirrung inzwischen in meinem Leben hat. Und wie stark ich mich bisher gegen das zur Wehr gesetzt habe, was schon immer in mir wartete und was jetzt unbedingt hervorbrechen muss."

Leona sah Anami aus ihren braunen, tiefen Knopfaugen gleichzeitig verständnisvoll und fasziniert an. Sie musste zugeben, dass sie den Bericht über das, was Jana von Walden zum Besten gegeben hatte, äußerst interessant fand und sich davon mächtig in den Bann gezogen gefühlt hatte. Doch wie als würde sie aus diesem Bann jetzt aufwachen, schüttelte sie sich kurz und sagte: „Okay. Das klingt echt auf eine Weise ziemlich umwerfend. Aber da tiefer einzusteigen ist mir im Moment zu viel. Vermutlich nicht nur im Moment … Aber dennoch, wenn du den Eindruck hast, das sei der Weg, den du jetzt weiter verfolgen möchtest, dann drücke ich dir die Daumen."

Als Anami nickte, fügte Leona hinzu: „Übrigens gibt es in der nächsten Woche wieder einen Meditationskurs bei Tarunas Leuten. Du hast ja auf den letzten auch ganz gut angesprochen. Wenn du Lust hast, könnten wir gemeinsam hingehen?"

Anami nickte abermals. Der bestellte Latte macchiato war gekommen, und die beiden jungen Frauen genossen die Sonne des Spätfrühlingstages und das vertraute Gespräch, jede immer wieder in ihre eigenen Gedanken vertieft.

Das Wochenende versprach nicht wirklich gutes Wetter. Leona musste lernen, und das traf auch auf die meisten anderen Kommilitonen zu. Auch auf Anami hätte es eigentlich ebenso zugetroffen, wäre da nicht dieser Zug zu dem Fragebogen gewesen.

Warum es nun noch weiter hinauszögern? Ich kann sowieso nicht gut lernen, bevor ich diese Bewerbung hinter mich gebracht habe.

Noch einmal überdachte sie, was Jana von Walden ihr beschrieben hatte. Dann zogen ihre Gedanken zu dem Treffen mit Leona und bald darauf erinnerte sie sich an den Meditationskurs, an dem sie im letzten Jahr teilgenommen hatte. Es war eine Zeit gewesen, in der der Traum eine Veränderung erfahren hatte, das wurde ihr plötzlich klar. Möglicherweise hatte das Praktizieren meditativer Versenkung, auch wenn es auf Anfängerart und – wie Anami meinte – ziemlich stümperhaft geschehen war, ebenso zu einer Krise ihres Egos geführt. Vielleicht hatte sie diese Krise sogar unbewusst selbst herbeigeführt. Nach dem heutigen Gespräch mit Jana kam ihr das nun geradezu wahrscheinlich vor.

Im Kurs hatten Tarunas Kolleginnen seinerzeit viel über Freiheit gesprochen. Das sei ein großes Wort, wie Jana gemeint hatte. Ja, so war es wohl. Anami hatte damals unter der Anleitung jener Lehrerinnen die Erfahrung gemacht, dass ihre Suche nur dann zu Höhepunkten erleuchteter Innenschau gelangt war, wenn sie sich in strengen Strukturen und Disziplinen der äußeren Lehren dieser Meisterinnen geübt hatte. Und wenn diese anwesend waren. Sobald sie den Raum verließ, in dem solche Kurse stattfanden, war es mit der Erleuchtung und mit der Freiheit vorbei. Aber dazu konnte ihr niemand etwas sagen. Auch, wenn alle behaupteten, die absolute Freiheit läge direkt hier vor unseren Augen, so waren dies doch im Wiederauf-nehmen des Alltags für Anami einfach nur Worte gewesen.

Wahrscheinlich war ich noch nicht soweit. Aber warum?

Das Wasser, das sie beim Heimkommen aufgesetzt hatte, war heiß. Anami bereitete sich einen Tee zu und setzte sich mit der dampfenden Tasse an ihren Schreibtisch.

Nach Leonas Meinung hatte ich wahrscheinlich noch zu viele Krisen am Laufen und steckte noch in neurotischen Mustern fest, die ich wohl am besten durch eine Körpertherapie hätte lösen können.

Ein paar Sitzungen dieser Methode waren ja auch ganz heilsam gewesen. Keineswegs wollte sie diese missen.

Aber ich brauche noch etwas anderes. Einen anderen Blick. Eine andere Sicht. Wahrscheinlich sogar einen ganz anderen Kopf.

Nun schmunzelte sie über sich. Wie froh war sie jetzt, dass die noch vor zwei Tagen verhasste Verwirrung sich in ihr eingestellt und sie in eine weitere Stunde bei Jana getrieben hatte. Und wie anders sie nun an die Dinge heranging.

Während all dies durch Anami hindurch zog, fasste sie den Entschluss, sich auf die magische Reise nach innen zu machen, die ihr auf den Papieren auf ihrem Schreibtisch angeboten wurde, obwohl sie schon einige Innenreisen hinter sich hatte. Doch wer solche Gedanken und Erkenntnisse in ihr auslösen konnte, schon einfach dadurch, dass er ihr einen Fragebogen vorsetzte und sie auf eine magische Weise mit etwas in Berührung brachte, das in ihr aufstehen wollte, den wollte sie näher kennen lernen!

Sie rückte ihren Stuhl zurecht und knipste die kleine Schreibtischleuchte an. Als wäre es das erste Mal – und auf eine gewisse, bewusste Weise war es das ja auch –, nahm sie sich dann Prospekt und Fragebogen ganz neu vor.

Nach ein paar üblichen Erkundigungen zur Person und den psychologischen und medizinischen Fragen, auf die Anami schon in die genannten Leerbereiche ihre Antworten eingetragen hatte, stand dort:

„Schreiben Sie nun Ihre Lebensgeschichte auf. Wir wollen aber keinen Lebenslauf, wie Sie ihn von Ihren beruflichen Bewerbungsunterlagen kennen. Wir wollen keine äußeren Daten. Bitte schreiben Sie alles auf, was Sie in Ihrer Geschichte wichtig finden. Legen Sie bei Ihren Überlegungen die Aspekte von Wahrheit, Bewusstsein und Liebe zugrunde. Schildern Sie nicht unbedingt Ihr Alltagsleben, lassen Sie es aber auch nicht aus, wenn es wichtig erscheint. Versuchen Sie, uns einen Eindruck von Ihrem seelischen Leben zu vermitteln, von Ihrem geistigen Streben, von Ihren spirituellen Erfahrungen und Ihren aufrichtigen Motiven. Benutzen Sie dafür so viel Platz, wie Sie benötigen. Der Lebenslauf sollte nicht weniger als fünf Seiten haben. Im Allgemeinen sollten 20 Seiten ausreichend sein. Seien Sie authentisch und berühren Sie Ihr Herz, dann werden sich die Bögen wie von allein füllen. Wenn Sie nebenbei – während des Schreibens oder als Ergebnis dessen – auf Einsichten stoßen, dann zögern Sie nicht, auch diese mitzuteilen, denn in diesen Einsichten zeigt sich Ihre Fähigkeit, tiefere Weisheiten zu erfassen, ebenso wie die spirituelle Ebene, auf der Sie sich gerade manifestieren oder die Sie schon durchlaufen haben. Wir benötigen diese Angaben, um für Sie das richtige Reiseangebot zusammenzustellen.

Sollten wir Ihre Bewerbung akzeptieren, werden wir uns erlauben, zu verschiedenen Zeiten auf die Inhalte Ihres Berichts zurückzukommen. Falls Sie den Weg mit uns und zu sich selbst weitergehen möchten und wir Sie zu ausgedehnteren Reisen einladen werden, werden wir Sie womöglich am Ende jeder Stufe erneut um Neusichtung oder Ergänzung Ihres Lebenslaufs bitten."

Aus diesem letzten Absatz, den Anami bisher nicht gelesen hatte, entnahm sie, dass das, worauf sie im Begriff war, sich einzulassen, offenbar mehr sein konnte als nur ein kurzes Reiseabenteuer. Es gab also einzelne Abschnitte und „Stufen". Das klang nach einem Entwicklungsschema. So etwas war für Anami ein zweischneidiges Schwert. Einerseits konnten solche Schemata einschränken und jemanden in eine Richtung drängen, die vielleicht gar nicht die seine war. Andererseits aber konnten sie eine Struktur geben, die – wenn sie von den richtigen Leuten nicht erschaffen, sondern erkannt worden war und als Anhaltspunkt für spirituelle Entfaltung diente – Halt und Raum bieten konnte, in dem man sich einem Weg wirklich hingeben konnte.

Anami beschloss, diese Überlegungen nicht zum Anlass für erneute Zweifel zu nehmen. Sie würde sich zunächst für den ersten Abschnitt bewerben, und dann könnte man weitersehen.

Wie fange ich an?

Sie schloss die Augen und suchte nach einer Antwort auf diese Frage. Sie hatte die Anleitung so verstanden, dass sie nicht im äußeren Leben beginnen sollte. Also wartete sie.

Abwarten und Tee trinken.

Anami musste lachen, als sie auf ihre Tasse blickte. Doch dann gebar der Raum vor ihren offenen Augen – unvermittelt und gleichsam ohne Zusammenhang – die Zersplitterung.

Zweieinhalb Tage lang hatte Anami an ihrem „spirituellen Lebenslauf" geschrieben, ohne zu wissen, ob die Aufgabe, die ihr gestellt worden war, wirklich als erfüllt angesehen werden konnte, ob das, was hier jetzt bereits stand, tatsächlich ihre innerste Wahrheit wiedergab, ob sie mit Bewusstsein geschrieben hatte und ob ihre Worte aus Liebe hervorgegangen waren. Sie wusste auch nicht, ob sie wirklich nur zwei Tage dort gesessen hatte. Im Laufe der Arbeit hatte sich die Verwirrung wieder eingestellt, doch das Argument, es sei wohl wieder eine „höhere Verwirrung" am Werk gewesen, hatte sich nicht als sehr hilfreich entpuppt. Im Laufe des Schreibens war auch immer wieder ein ganz bestimmtes Bild vor ihren inneren Augen aufgetaucht, das sie meinte, in ihrem wichtigen Traum bereits gesehen zu haben. Es war nur schemenhaft, aber mit Gewissheit immer wieder dasselbe Motiv. Ein Kreis aus Steinen, gelegt in sandfarbenen Boden, der durch ebensolche Steine in acht Teile gegliedert war. Jedes Achtel hatte merkwürdigerweise eine Art Tür oder Tor, das sich auf dem äußeren Rand in der Mitte eines jeden Teils befand. Alle acht Tore waren von gleicher Machart; sie strahlten etwas Mächtiges aus, waren relativ hoch und bestanden aus Flügeltüren aus schwerem Holz, die in der Mitte auf jedem Flügel einen Eisenring besaßen. Das Merkwürdige an diesen Toren war, dass sie nach Anamis Meinung gar nicht nötig gewesen wären, denn – so wie sie es wahrnahm – gab es dahinter keinen geschlosse-nen Raum, sondern eben lediglich den Steinkreis, in dem sich weiter gar nichts befand. Allerdings blühte in der Mitte dieses sandigen Kreises in fast majestätischer Grazie ein Lotos, der so wirkte, als sei er direkt der Bucht aus Anamis Traum entsprungen.

Die Vision des Steinkreises tauchte jedes Mal auf, wenn Anami sich in Gedanken verlor, sehr müde wurde oder erneut mit der doch eigentlich bereits akzeptierten Verwirrung kämpfte. Doch trotz ihrer Eindeutigkeit blieb die Vision immer wie hinter einem Nebel, und wenn Anami versuchte, diesen zu lichten, entzog sich das Bild nur umso schneller. Anfangs nahm sie es daher als eine Art Weckruf, der sie mahnen wollte, mit dem Schreiben des Lebenslaufs fortzufahren.

Fast ein Vierteljahrhundert später, wenn Anami das Geschriebene erneut lesen würde, würde es ihr an manchen Stellen so vorkommen, als hätte sich das Schreiben während vieler Jahre abgespielt, und als hätte sie das, was sich in ihrer Erinnerung als etwas einordnete, was „nach" dem Bericht passiert war, schon während des Schreibens erlebt. Sie würde nicht mehr wissen, wo der Tag begonnen und die Nacht geendet hatte; nicht mehr, welches Leben wirklich den Namen „Leben" erhalten sollte: das

Leben mit oder das ohne Körper. Sie würde nicht mehr wissen, welche Ereignisse ihre Seele in Wahrheit „geprägt" hatten. Waren es nicht vielmehr ihre seelischen Strukturen, die ihre Erlebnisse geprägt, am Ende gar hervorgebracht hatten? Und schließlich würde sie nicht einmal mehr wissen, warum sie das alles getan hatte. Tatsache war nur, dass sie nicht anders gekonnt hatte, als es zu tun, und dass es richtig gewesen war. Dann, in dieser Zukunft, würde die Erfahrung, immerzu mit dem Leben geflossen zu sein, in ihr den Eindruck hinterlassen haben, dass es nicht einmal ein Tun gegeben hatte. Vielleicht war alles doch nur ein Traum gewesen? Ein Traum der Zersplitterung, der voller Sehnsucht versuchte, Ganzheit zurückzuerlangen?

Anami hatte mit ihrem ersten Namen begonnen, dem Namen, mit dem ihr Körper geboren worden war, den sie nie als den ihren angesehen hatte. Sie schrieb über ihre Namen wie über Kleider, die sie getragen, die sie wieder abgelegt hatte, wie über Leben, die sie mehr oder weniger gelebt und ebenso wie Kleider abgelegt hatte, als deren Geschichte zu Ende gegangen war. Sie schrieb, und am Ende stellte sie fest, dass jeder Name einmal etwas ausgedrückt hatte, das dieses „Ich" beschrieb, mit dem sie sich identifiziert hatte, aber sie wusste auch nicht mehr, wer eigentlich diesen Bericht schrieb.

War die Antwort auf die Fragen des Papierbogens gegeben, oder hatte sie um den Kern herumgeschrieben? Sollte sie befriedigt sein? Würden die Menschen, von denen sie sich nun wünschte, sie zu der angebotenen Reise zuzulassen, befriedigt sein? Wann konnte man von einem Bericht sagen, dass er wirklich befriedigend war? Und was würde Anami erwarten, wenn sie ihre Antworten wirklich abschicken würde? Am Ende ihres Berichts blieb sie mit mehr Fragen zurück, als es Antworten geben konnte.

Intuitiv erfasste sie, dass etwas aus ihr heraustreten würde, etwas, das die Menschen gemeinhin „Zukunft" nennen und von dem sie glauben, dass es von außerhalb kommt. Die Schatten dieser Zukunft sah sie bereits in dem Prospekt, der ihr die magische Reise versprach. Und sie ahnte mit ihrem verborgenen, instinktiven Ich, dass ein tiefer Tod sie erwartete, den es zu sterben galt, um ihr begegnen zu können, jener Frau mit dem blauen Schal, die in ihrem Traum gewesen war. Denn sie war es gewesen, mit der alles begonnen hatte.

Anami saß vor ihrem Computer und blickte auf die letzten Zeilen. Sie hatte nicht nur Ereignisse aufgeführt, sondern einige ihrer Fragen ebenfalls formuliert, Fragen, die ihr noch niemals ein Lehrer hatte beantworten können.

Ja, vielleicht war sie unverständig. Das Schreiben ihres spirituellen Lebenslaufs hatte sie sehr klar darüber belehrt, dass ihr etwas fehlte. Irgendwie schien dieses „Etwas" mit jener Frau zusammenzuhängen, deren blaues Tuch die Weltseele offenbarte. Irgendwie war es aber auch mit dem *Geliebten* verknüpft, dessen Intimität Anami immer wieder in ihrem Herzen erbeben fühlte, der ihr aber in der Form immer verwehrt geblieben war, obwohl sie zwei wichtige Partnerschaften hinter sich hatte.

An verschiedenen Stellen des Fragebogens wurde auf seelische Wunden Bezug genommen. Gab es denn noch Wunden in ihr? So etwas konnte sie nicht gut beantworten. Und nach den Gesprächen mit Jana von Walden kamen ihr gerade diese Fragen merkwürdig vor. Natürlich wollte sie nicht behaupten, dass Heilung unnötig sei – auch Jana hatte davon gesprochen, dass das Ego zur Heilung bereit sein müsse.

Das, was Anami verschiedenen spirituellen Meditationsbüchern entnommen hatte, taugte nicht für eine Antwort. In den letzten Meditationskursen hatte Tarunas Meister immer wieder erwähnt, dass es nicht nötig sei, in psychologische Abgründe zu tauchen, um seelische Narben zu öffnen oder gar zu reinigen – wurden sie doch als Illusion angesehen, die man einfach nur als solche zu verstehen hatte, um für immer von der Krankheit „Körper" – und damit dem Ego – geheilt zu sein. Gerade in diesem *guru* hatte Anami aber so oft auch eine raue Wüste empfunden, ein leeres Gebiet ohne Leben und Luft, das wie ein abgestorbenes Holzstück irrend auf dem Ozean der Zeit trieb, ohne je die Hoffnung auf Eingliederung haben zu können. Sie hatte etwas in ihm gespürt, und etwas hatte sie enttäuscht. Er war nicht bereit gewesen, wirkliche Intimität im spirituellen Geist zuzulassen; stattdessen schien in ihm eine Angst zu leben, die immer dann ihr hässliches und doch so Mitleid erregendes Gesicht zu heben begann, wenn er sich in die Gesellschaft anderer Menschen begab. War er nur ein einsamer enttäuschter Mann, der sich seinerzeit in die Einsamkeit der Berge zurückgezogen hatte, um Vergessen zu finden?

Durch ihr Eintauchen in das eigene Geschriebene begann sie sich erstmals zu erlauben, ihn so zu sehen, und ihr wurde klar, dass diese Sicht schon lange in ihr gereift war. Was, wenn all die *gurus*, die in der Zurückgezogenheit ihrer Höhlen und Täler zwar Glückseligkeit fanden und das Ewige Absolute verwirklichten, nur auf einer Einbahnstraße in die Essenz Gottes eingetreten waren? Was, wenn es für sie kein Tor gab, das ins Leben führte, in die bewusste und achtsame Auskleidung einer Form, die ihren Platz im Orchester der Kraft des Lebens ausfüllte, um das *ganze* Lied der Schöpfung zu spielen? Was, wenn jene, die die Lehren so gut kannten, sich vor der Bewegung ihrer Körper zu fürchten hatten, und damit ihrer Erleuchtung Grenzen setzten, Bedingungen, Gefängnisse? Es wäre so, als würden sie den Gesang des Ozeans nie hören, die Schönheit dieser überwältigenden Unermesslichkeit nie berühren können.

Ihr wurde so klar wie noch niemals zuvor, dass dies nicht ihr Weg sein konnte, und auch diese Erkenntnis schrieb Anami auf. Und so druckte sie den Bericht aus, faltete ihn sorgfältig zusammen und steckte ihn in einen Umschlag, der mit einer vorgestempelten Adresse versehen war. „TIR – TransInnenReisen" stand darauf. Baden-Baden. Postfach. Dann fügte sie in einem zweiten Schreiben die folgenden Zeilen bei:

„Ich übergebe Ihnen diesen Bericht in der Hoffnung, dass Sie das, was nötig ist, daraus lesen können. Ich hoffe auch, dass mein Bericht Sie nicht zu spät erreicht und die ‚Magische Reise nach innen', die Sie anbieten, noch möglich ist. In diesem Fall würde ich mich sehr dafür interessieren, wo diese Reise stattfindet, wer sie leitet, wie lange das Retreat dauert und was es kostet. Bitte informieren Sie mich baldmöglichst."

Anami ging wie selbstverständlich davon aus, dass es sich um ein Retreat handeln würde, um eine Art Seminar zur tieferen Selbsterkenntnis. Vielleicht auch um einen schamanischen Kurs. Aber natürlich wollte sie sich, bevor sie sich endgültig dazu anmelden würde, über Dauer und Kosten informieren. Das waren für sie ganz normale Dinge – so weit stand sie noch im Alltagsleben.

Aber es sollte alles ganz anders kommen; es kam so anders, dass sich Anamis normales Zeit-, Raum- und Kausalitätsempfinden vollständig verschieben würde. Viele Jahre später hätte sie nicht einmal mehr sagen können, ob die Dinge, die sie in ihrem Bericht aufgeschrieben hatte, wirklich bereits vor ihrer „Reise nach innen" in ihr aufgetaucht waren, oder ob sie sie nicht eigentlich im Laufe dieses Abenteuers erst erlebt, begriffen und realisiert hatte. Wann hatte DAS angefangen, was dann anfing? Hatte es überhaupt einen Anfang gegeben? Und wo hatte all das stattgefunden, was dann stattfand? Hatte es überhaupt einen Raum – oder gar Räume – gegeben, wo so etwas stattfinden könnte? Wie hatte es sich gefügt? War es denn ein Gefüge gewesen? War es in ihr?

Viel später noch musste sie lachen, wenn sie daran dachte.

JA. ALLES ist in mir.

Die Absicht

Eines wusste Anami allerdings noch, nämlich dass es irgendwann, irgendwo und irgendwie in jenem Raum-Zeit-Gefüge eine Absicht gegeben hatte, das Leben so vollständig zu umarmen, dass in dieser Umarmung jeder Rest von Angst, von Nicht-Präsenz, von abgestorbener Gelehrsamkeit, von Nicht-Wissen und mangelndem Mitgefühl, also von *ihr* endgültig absorbiert werden sollte. Sie hatte einst darum gebeten, darum gefleht, hatte ihre Bereitwilligkeit erklärt, war vor dem Herzen der Welt erbebt und hatte all ihr Immernochda geopfert. Das musste lange vor diesem Leben gewesen sein, in einer entfernten Galaxie oder jenseits von Schöpfung. Wie Gott selbst hatte sie um die tiefste Intimität, die einer Person möglich war, um die tiefste Ergebung gebeten. Sie hatte um nichts Geringeres gebeten als um die gesamte Existenz *und* die gesamte Nicht-Existenz.

Weil Anamis Leben so punktklein und doch so endlos groß war, weil sie eben um genau diese Dinge gebeten hatte, die eine einfache menschliche Psyche sich nie hätte einfallen lassen, war es so schwierig, eine inhaltlich oder auch nur chronologisch korrekte Aufzeichnung dieses Lebens in einem Schriftstück wie diesem wiederzugeben.

Die folgenden Kapitel erzählen von Dingen, die sich so oder ähnlich zugetragen haben müssen. Weil das Raum-Zeit-Gefüge so vollständig aufgehoben war, während Anamis Leben dem Lied des Ozeans folgte, ist es möglich, dass manches durcheinander erscheint. Und dies ist nicht nur der höheren Verwirrung geschuldet.

Manchmal glaubte die Erlebende, dass das, was sie in dem Traum erfahren hatte, in dem sich ihr Körper mit dem Lotos in der Mitte der Bucht vereinigt hatte, die gleichzeitig See und Ozean gewesen ist, der Beginn von allem war und alles initiierte.

Manchmal glaubte sie, dass es am Ende stehen müsste. Doch wir beginnen immer damit, dass wir etwas beenden, sagt T. S. Elliot. Vielleicht ist es deshalb nicht wirklich wichtig.

Ungefähr drei Wochen, nachdem sie ihren „spirituellen Lebenslauf" abgeschickt hatte, saß Anami wieder in ihrer nun zu einer Disziplin gewordenen morgendlichen Meditation. Seit sie den zweiten Meditationskurs absolviert hatte, war ihr klar geworden, dass sie selbst für ihren Fortschritt verantwortlich war. Sie selbst hatte es in der Hand, sich ihren spirituellen Übungen, die von Tarunas Meisterinnen *sadhana* genannt wurden, hinzugeben. Nun hatte sie auch begriffen, dass die Hingabe an das *sadhana* eine Hingabe an sich selbst war und nichts mit äußeren Meistern zu tun hatte (oder wenn doch, dann auf eine Weise, die Anami heute noch nicht verstand). Noch viel genauer gesagt war es eine Hingabe an ihr wahres Selbst, an das, was sie noch vor kurzem als „Unterströmung" angesehen und was Jana von Walden als „groß geschrieben" bezeichnet hatte. Diese Unterströmung zur Hauptströmung zu machen, war ihr Anliegen. Und wann war ein besserer Zeitpunkt, diesem Anliegen Platz in ihrem Leben zu geben, als jetzt, zu Beginn der Semesterferien.

An diesem Morgen stellte Anami sich innerlich die Frage, wann sie denn mit einer Antwort der Agentur mit dem merkwürdigen Namen „TransInnenReisen" würde rechnen können, da ertönte unsichtbar und in Donnergestalt die Stimme eines Wesens in einem Frauenkörper, und ein blaues Wehen offenbarte IHR Wesen, so rein, so stark, so wahr. Was sie sprach, war nur ein einziger Klang, doch darin vernahm Anami alle Antworten auf die Fragen, die sich seit dem Schreiben ihres Berichts in ihr bewegt hatten. Sie hätte sie nicht formulieren können, sie hätte sie nicht greifen können.

Wie ein einziges Aufleuchten erschienen ihr drei Herzen auf ihrer Brust, die ein Dreieck bildeten, und in ihrer Mitte sah sie das Tor zum Leben. Sie begriff, dass sie hier alle Räume der Transzendenz erschließen, alle Zeiten der Ausdehnung verstehen würde.

Und nun wurde ihr auch klar, was sie vorher noch nicht durchschaut hatte: Heilung war ihr trotz des Durchgehens von Kindheitstraumata, von psychischen Schmerzen und Neurosen nicht geschehen, denn Heilung war Transformation. Sie erinnerte sich an das wüstenstaubige Innenleben eines ihrer Meditationslehrer, der wie die Sonne strahlte, dem aber das Wasser fehlte, und er wusste nicht einmal, dass er danach dürstete.

Was Anami wollte, war der Königsweg. Heilung als Transformation und Erkenntnis als Verkörperung von Wahrheit, nicht nur als Wissen darum. Und das nicht in einem indischen *ashram*, nicht in einer Höhle im Himalaya und nicht in der Abgeschiedenheit eines Klosters. HIER, ohne Kompromisse, vollständige Integrität.

Kaum jemand, der das verlangte. Warum nur? Gab es etwas Geringeres, wo Suchende landen könnten, was sie zufrieden stellen könnte? Transformation aller Aspekte. Sie wollte das Gesicht jedes Gottes sehen, der sie scheinbar dazu gebracht hatte, sich untreu zu werden, in das Gesicht jedes Dämons blicken, der ihr scheinbar die Qualen der Angst, der Dunkelheit, der ewigen Verdammnis hatte nahe bringen wollen. Sie wollte jeden Teil ihrer Selbst zu sich zurückholen, von dem sie sich jemals in Unwissenheit, Arroganz oder Ignoranz abgetrennt hatte. Sie wollte alles, und sie wollte alles lieben. Und sie wollte die Liebe finden. Endlich. Dafür war sie bereit zu sterben, dafür war sie bereit, denen zu folgen, die den Weg kannten, die sie aufnehmen würden.

Wo bleibt nur der Brief mit der Antwort von „TIR"?

Anami wusste später nicht mehr, ob sie zu der Zeit, als diese Gedanken in ihrem Geist auftauchten, schon wusste, dass es einen solchen Brief nie geben würde. Es erschien ihr möglich, dass sie alles schon gewusst hatte. Und doch war ihr Erleben immer frisch, immer so, als würde sie gerade beginnen zu sehen, gerade beginnen zu laufen, gerade das Leben beginnen, immer JETZT.

Wann hatte sie aufgegeben, auf Antwort zu warten, und wann, auf die Realisierung des Lebens als Eine Liebe zu hoffen? Schon so lange her, vermeintlich, vermeintlich. Wann hatte sie angefangen zu fragen, ob es ein Fehler gewesen war, damals die Freiheit zu wählen, als die Alternative Liebe geheißen hätte? Und wann hatte sie auch jene Frage wieder fallengelassen? Waren diese Dinge wirklich nur durch den geschriebenen Bericht in ihrer Seele wieder auferstanden?

Bald nach dem Tag, als sich diese Botschaft in ihre Meditation gedrängt hatte, begann ihr Körper, sich deutlich zu verändern. Sie wurde in tiefer Meditation durch ein Licht genährt, das es daraufhin unnötig machte, weiterhin feste Nahrung zu sich zu nehmen. Nach einer Weile des Nicht-Essens begann sie extrem zu bluten, und die Wunden, die in ihr aufbrachen, schwemmten aus ihrem Körper heraus, was ihre Seele ihr ganzes Leben lang festgehalten hatte. Sie blutete neun Monate lang, als wäre sie schwanger mit sich selbst gewesen. Während der Zeit des Nicht-Essens und Blutens wurde sie zum Teil von Visionen geschüttelt, die ihr den Atem raubten, Götter erstanden am hellichten Tag vor ihren offenen Augen, und die Lieder ferner Milchstraßen schienen in ihren Ohren widerzuhallen. Hellste Lichtwesen brannten ihre Seele leer von Eigensein, während sich am Tag noch immer Gedanken von Angst und Hölle darin wanden.

Dann begann sie zu schreiben.

M eine Geschichte erzählt von der Reise, auf die SIE mich schickte, ohne dass ich wusste, wer SIE war. Ich fand SIE in den Sternenvölkern, in irdischen und feinstofflichen Lehrerinnen und Lehrern, in Meistern und gurumatas. Ich fand SIE überall, in jedem Wesen, denn SIE ist das LEBEN. Ich fand SIE als Weg und als Führerin, als Ziel und als die Reise selbst.

Vor allem innere LehrerInnen und all meine SchülerInnen und Freunde begingen diese Reise mit mir. Aber am Ende musste ich SIE ALLEIN erkennen, die ICH BIN, und SIE in die Sichtbarkeit gebären, die jede Unsichtbarkeit transzendiert.

Dies ist die Geschichte der acht Wege, die einer sind, und die ich ging, um zu verstehen, was meine Bestimmung ist. Es ist auch die Geschichte jedes Menschen, der seinem Herzen folgt, ungeachtet des Schmerzes, auf den er dabei trifft. Es ist die Geschichte, die sich selbst erzählt, wenn wir lernen, der Sprache des Einen, dreifaltigen Herzens zu folgen, das wir Alle sind!

Der neunte Weg aber, der weglose Weg, ist der Lotos inmitten des Herzens, Tür und Raum zugleich, und doch jenseits davon, nie geboren und todlos.

„Es ist Zeit!" sagte die Stimme. Anami schwebte in einem Raum zwischen Traum und Wachen. Zu wahr war die Erscheinung, um ein Traum zu sein, und zu ungreifbar, als dass sie dem leibhaftigen Wachzustand angehören könnte. „Komm – es ist Zeit!" wiederholte die Frau nun. „Das erste Portal hat sich für dich geöffnet." Sie zog ihr blaues Tuch um ihre zarten Schultern und verschwand in der Stille der Nacht.

Das erste Portal

Wurzeln

> Voller Geheimnis ist jener heilige Ort,
> an dem es weder *guru* noch Schüler mehr gibt.
> Die Erkenntnis des Absoluten ist jener Zustand
> der Einheit, in dem die Unterscheidung zwischen
> Lehrer und Schüler aufgehoben ist.
>
> *Shri Ramakrishna*

> Wir können nur so lange
> unter Orientierungslosigkeit leiden,
> wie wir noch suchen.
>
> *Satyaprem Alok*

RABEA

Rabenmann sprach: „Wenn du beginnen willst zu gehen, beginne am Anfang. Doch wisse auch, dass du in Wahrheit niemals losgehst. Darum schiele nicht nach dem Ziel.

Wenn du wirklich gehen willst, dann vergiss alles, was du über das Gehen weißt. Vergiss auch, dass ‚der Weg das Ziel' ist. Du hast um Wegweisung gebeten, doch hier gibt es keinen Weg. Du begehrst zu sehen, aber du wirst keine Augen haben. Du riefst um Hilfe, aber hier werden dir die Stützen genommen. Du wolltest Zuflucht nehmen, aber du findest keine Tür.

Wo immer du ankommst, du bist schon dort. Was immer du loslässt, du hattest es nie.

Such niemals das Licht, wenn die Dunkelheit kommt; flieh nicht das Feuer, das Zerstörung birgt.

So fang nun an, die Geschichten zu ergründen, die dich erschufen, bis du zu jenem Mysterium findest, das ICH BIN. Und denke daran: geh allein – und bewege dich nie."

Dann spuckte er sie aus.

Angst. Kein Halt. Irgendwo schwimme ich. Es ist ein warmes, etwas dickflüssiges Wasser, das mich trägt. Und doch ... mein Herz klopft, ich bin außer Atem. Gerade noch schien ich irgendwo zu sein. Wo bin ich? Wie bin ich hier hergekommen? Ich versuche zu sehen, aber ich habe keine Augen.

Mein Gott, diese Dunkelheit. Und alles, was ich höre, ist mein eigener Atem. Hechelnd geht er, getrieben, gehetzt. Hektisch bewege ich mich in dieser Flüssigkeit, ich kenne sie nicht. Ich kenne mich nicht. Ich kenne nicht, was ich erfahre. Aber ich höre das Klatschen meiner Hände auf der Oberfläche dessen, in dem ich schwimme. Ich höre, wie mein lauter werdender Atem von den Wänden widerhallt, die um mich herum sein müssen. Noch immer sehe ich nichts.

Sie versuchte, mit den Füßen irgendwo Boden zu ertasten, ohne Erfolg. Das war ein Alptraum. Sie träumte nur, es konnte gar nicht anders sein. Sie schnappte nach Luft, sie konnte nicht mehr weiter. Ihre Kräfte verließen sie. Aber sie hatte Angst aufzugeben. Wenn es doch kein Traum war, dann würde sie sterben. Sie wusste es, instinktiv wusste sie, dass sie dann sterben würde, obwohl sie sich nicht erinnern konnte, dieses Wort schon einmal gehört zu haben. Sie hatte keine Vorstellung von Sterben, von Zeit, von Vorher, Nachher. Aber sie wusste, dass sie jetzt in einem Raum war, der mit Zeit zu tun hatte, und dass sie dagegen kämpfte, diesen Raum zu verlassen.

Ich werde nicht aufgeben, ich werde nicht sterben. Ich werde kämpfen, und ich werde siegen. Ich werde es schaffen. ... ---

E s war immer noch dunkel. Sie musste eingeschlafen sein. *Was bedeutet Schlafen?*

Da war eine Leere, eine weite Leere. Der Kampf war zu Ende. Sie spürte, wie sie ihre Glieder ausdehnen konnte. Etwas klebte an ihrer Haut. Aber sie konnte nichts sehen. ---

L angsam kroch sie durch den engen Tunnel, der sie aus der Höhle herausführte. Mein Gott, dieses Loch da vorn war so verdammt eng. Mit aller Kraft versuchte sie, sich durch dieses Loch zu zwängen. Es ging nicht. Es war zu klein. Sie versuchte es ein zweites Mal. Wieder ohne Erfolg. Auch das dritte und vierte Mal schaffte sie es nicht. Wieder und wieder presste sie ihren Körper gegen die Öffnung, bis sie überall blutete. Sie musste aufgeben.

Da ist es wieder, dieses Gefühl. Es kriecht durch alle meine Glieder, durch meine Knochen bis in meine Eingeweide. Angst. Heiß ist mir. Ich erinnere mich an so viele nächtliche Träume von Eingesperrtsein und Angstschreien. Wer bin ich? Wer hatte diese Träume?

„Komm ..." – eine tiefe Frauenstimme. Und ihre Hand tastete auf der anderen Seite der Öffnung etwas Weiches, Haariges. Da – ein Geräusch. Ein monotones, merkwürdiges Geräusch, ein Brummen oder Knurren.

„Komm heraus ..." – da war die Stimme wieder.

„Wer ist da?" schrie sie zurück. „Wer bist du?" Sie versuchte, durch die Öffnung hindurchzusehen, aber *sie hatte keine Augen*. Sie konnte nicht, wo waren ihre Augen? Von wilder Panik ergriffen schrie sie, sie schrie so laut, wie sie noch niemals geschrien hatte; sie schrie, bis sie ohnmächtig wurde.

N ein, lass mich in Ruhe ..." Noch immer wehre ich mich, aber *ich werde gezogen. Es geht ganz leicht, ich spüre, dass ich sanft durch die Öffnung gezogen werde, die ich vorhin noch so eng erlebt habe. Wieso bin ich so klein geworden? Es gibt raue Wände, und an den Wänden spüre ich so etwas wie eklige Würmer. Angewidert ziehe ich meine Hand zurück.*

‚Immer noch dieser Alptraum', dachte sie entsetzt, wollte wieder einschlafen. Bloß nicht so viel davon mitbekommen.

Lass mich doch, ich will nicht.

Da war wieder das Geräusch, dann strich etwas an ihrem Arm entlang, ein weiches haariges Tier. Eine Katze! Es war eine schnurrende Katze. Erleichtert lachte sie auf und öffnete endlich die Augen.

Gott, war das hell. Sie musste blinzeln, aber sie konnte sehen. Sie sah einen kleinen rot getigerten Kater, der schnurrend um sie herumstrich, pfotend an ihrem Bauch liegen blieb und genüsslich mit der Nase gegen ihr Gesicht stupste.

Doch dann fuhr sie zurück. Vor ihr stand ein zwei Meter großer Rabe, aufrecht wie ein Mann. Seine Strenge war Furcht einflößend, so dass selbst der Kater mit angelegten Ohren in einer Ecke verschwand. Sie rührte sich nicht. Ihr Herz klopfte jetzt wieder wie wild. Sie fragte sich erneut, wohin sie eigentlich geraten war.

Und wer ist das eigentlich – ich?

Aber sie hatte zu viel Angst, um dieser Frage nachzugehen. Angst vor Grausamkeit, Brutalität, Kontrolle.

Woher weiß ich das? Was bedeutet das?

Nein, es war doch noch der Traum, der Alptraum. Sie würde einfach nur lange genug warten müssen, dann würde sie aufwachen und alles würde sich als lächerlicher Nachtmahr entpuppen.

Eine ganze Weile später wagte sie, erneut ein wenig zu blinzeln. Jetzt sah sie wieder diese Öffnung, durch die sie gerade gekrochen sein musste. Neugierig robbte sie näher. Und blicke durch einen halbdunklen Tunnel, hinter dessen Ende ein rötliches Licht schien. Es zog sie an, dieses Licht. Wie in Trance folgte sie, und ihr Herz klopfte wieder vor Angst. Da sah sie ihn: den See aus Blut, in dem sie schwamm. Ein See, rubinrot, still und rätselhaft. In schweigendem Erstaunen und tief berührt von etwas, das sie nicht beschreiben konnte, hielt sie inne und schaute auf diesen Blutsee, der sie fesselte, der sie hypnotisierte.

Wer bin ich? Was bin ich? Ich trage Erinnerungen in mir, so widersprüchliche Erinnerungen. Da sind Geschichten, da sind Bilder von Wesen, die in meinem Kopf leben. Da bin ich, in so vielen Gestalten, mit so vielen Namen, in so vielen Leben.

Aber da war noch etwas anderes. Da war etwas, das sich durch alle Gestalten, Namen, Formen und Leben hindurch nicht verändert hatte. Es war *hier*. Sie spürte es. Sie *war* es. Was war das?

Auf der Oberfläche des Rubinsees tauchte ein Licht auf, das heller strahlte als das rötliche Licht, das die Wände dieser Höhle beleuchtete. Schatten flohen an der Rückseite der Höhle durch das Dunkel. Sie trugen etwas mit sich, etwas, das mit den Geschichten zu tun hatte. Aber während das Licht in der Mitte des Blutsees heller wurde, verschwand die Wichtigkeit der Schatten. Der rote Kater war zum Tiger geworden, und der Rabe saß auf seinem Kopf. Sie waren wie eine Einheit aus Kraft und Weisheit.

Im Licht auf der Mitte des Sees hatte jetzt ein Schauspiel begonnen, das sie in Atem hielt. Ein Züngeln stieg aus dem Blut herauf, wie eine Blume fast, aber doch eine Flamme, die tänzelnd Kreise beschrieb und sich in sich selbst verwand. Eine Form bildete sich, bald zur menschlichen Form werdend, und sie tanzte. Sie tanzte mit der ganzen Leidenschaft, die diese Schöpfung hervorbringen konnte. Und während die Form tanzte, beschwor sie die Flammen, die eine perfekte Aureole um ihren Körper bildeten. Sie tanzte wie ein Gott, der liebend zurückkehrte zu dem, was er war, und er war reiner Tanz.

Gebannt sah die Frau zu, und eine uralte Stimme in ihr, die dort war seit Beginn aller Zeit, die SIE war, bevor je Zeit begann, und die SIE noch sein würde, wenn Zeit in Stille zurückgekehrt wäre, regte sich jetzt.

Ich wusste das alles schon einmal. Ich wusste es, und doch weiß ich nichts. Ich habe vergessen, und doch weiß ich es noch. Ich sehe ihn tanzen, den Gott des Feuers. Shiva.

Ihr Mund formte diesen Namen, als der See aus Blut zum tief brennenden Feuer wurde.

Indem sie still geworden war, hatte sich etwas geweitet in ihr. Sie sah, was vorher verborgen war. Wer auch immer jetzt sah, war leer. Aber auch das war verwirrend. Und diese Verwirrung brachte neue Angst mit. Da war Angst vor dem Vertrauen, der Hingabe an das Mysterium und dem Feuer *Shivas*.

„Komm endlich", hörte sie die Stimme wieder, so laut jetzt, dass sie zusammenfuhr. Etwas trat aus ihr heraus, das fühlte sie, ihr Geist war es, und er flog als Rabe in die Leere.

ENRIQUE

Als sie an diesem Morgen aufwachte, war etwas anders als sonst. Sie hatte Mühe, sich zu erinnern. Ihr Körper fühlte sich schwer an, in ihrem Kopf rauschte es, als hätte sie einen Kater, obwohl es mehr als drei Jahre her war, seit sie diese Erfahrung das letzte Mal gemacht hatte.

Langsam erhob sie sich von einem einfachen Lager; ihre Beine wollten ihr kaum gehorchen. Sie schien etwas in ihren Adern zu haben, zusätzlich zum Blut, etwas Dickflüssiges, wie Gift Einschläferndes.

Bei dieser Empfindung fiel ihr das Erlebnis in der Höhle ein. Alarmiert sprang sie auf, und sie stieß sich den Kopf an der Zimmerdecke. War das niedrig hier!

Aber wo bin ich eigentlich?

Bei diesem Zimmer handelte es sich nicht um einen gewöhnlichen Raum. Zwei seiner Wände und die Decke waren aus Stein. Die anderen beiden Wände bestanden aus Holz, in das gegenüber ihres Bettes ein kleines Fenster und auf der anderen Seite eine Tür eingelassen waren. Sie sah sich um, soweit das im Dämmerlicht möglich war. Offensichtlich befand sie sich in einer Art ausgebauten Felsenhöhle, durch die ein paar spärliche Lichtstrahlen fielen. Ein Feldbett war ihr Lager, und ein kleines Tischchen, auf dem ihre nötigsten Habseligkeiten abgelegt waren, stand daneben. Neben der Tür in der Ecke, wo sich Holz und Stein trafen, befand sich ein geräumiges Regal mit einem Vorhang, der nur halb geschlossen war und den Blick auf ein paar ihrer Kleidungsstücke freigab. Unter dem Fenster war eine rechteckige, etwa 50 x 80 cm große Holzplatte angebracht und sollte offenbar als Schreibtisch dienen, denn darauf stand ein Köcher mit Stiften und ein Kerzenhalter. Auf der anderen Seite des Bettes befand sich der Eingang zu einem kleinen Bad mit Dusche und WC. Langsam setzte sie sich wieder.

Moment. Ganz langsam jetzt.

Sie wusste, dass ihr Leben in den letzten Monaten relativ ungewöhnlich verlaufen war. Merkwürdige Visionen und Begegnungen hatten sie aufgescheucht. Hatten sie manchmal an ihrem gesunden Verstand zweifeln lassen. Aber auf jeden Fall hatten sie sie auf eine Weise in Unruhe versetzt, die neu war. In dieser Unruhe war eine Frage aufgetaucht. Sie hatte sich formiert in den Mündern und auf den Lippen vieler, denen sie begegnet war. Sie hatte in tiefer Meditation gesessen, als ein Wesen sie besucht und die Frage gestellt hatte. Sie hatte ferne Welten auf inneren Reisen besucht, wo auch die dort ansässigen Lehrerinnen und Lehrer diese Frage an sie gerichtet hatten. In Träumen war sie zu ihr gekommen, und ihr Geist trug sie wie eine im Hinterkopf schwingende Mahnung immerzu mit sich herum.

Aber sie konnte sie nicht hören. So sehr sie sich auch bemühte, sie verstand sie nicht. Ihre Lehrerinnen und Lehrer sprachen sie aus, aber sie war taub. Etwas stellte die Aufnahme ein. Und gleichzeitig erlebte sie einen Alptraum, in dem die Zeit sich verlangsamte: wie in Zeitlupe erschienen Gesichter vor ihr, während ihre Lippen sich bewegten. Aber sie hörte nichts. Sie konnte nicht lesen, welche Worte ihre Lippen formten. Dann griff sie nach ihnen. Und sie lösten sich auf.

Sie wusste nur: diese Frage war da. Wenn sie sie doch nur hören könnte, sie wäre sogleich erlöst. Denn sie war sicher: sobald sie sie verstehen würde, würde sie auch die Antwort kennen. Aber es wollte ihr nicht gelingen.

Eine Öffnung hatte sich gezeigt, und diese war eng, eng wie ein Nadelöhr. Und sie war das berühmte Kamel, das natürlich nicht hindurchpasste. Also musste sie die Identifikation als Kamel aufgeben. So hatte es zumindest Jana von Walden formuliert.

Und wie ging es dann weiter? Was ist danach geschehen? Wie bin ich hierher gelangt?

Als sich von draußen Schritte näherten und es kräftig an der Tür klopfte, zuckte sie zusammen und fühlte, wie sich etwas in ihrer Magengrube regte. Ihr Kopf war wieder eingeschaltet, und da war auch wieder der Zweifel an sich selbst. ‚Was tue ich nur hier?' fragte dieser Zweifel. Voller Misstrauen suchten ihre Augen den Fußboden nach etwas ab, das sie notfalls würde benutzen können, falls sie sich zur Wehr setzen musste.

Es klopfte noch einmal an der Tür. Dann hörte sie eine kraftvolle Männerstimme: „Bist du wach, Rabea?"

Rabea? Der Typ muss mich mit jemandem verwechseln.

„Ich heiße nicht Rabea", antwortete sie.

„Oh." Ein leises Lachen war zu hören. Was sollte das? Sie fühlte sich auf den Arm genommen und runzelte die Stirn. Als hätte der merkwürdige Kerl vor der Tür das gesehen, wurde sein Lachen lauter. Sie fühlte sich zunehmend unwohler.

„Darf ich trotzdem eintreten?" fragte die Stimme mit einem leichten Akzent. Als sie schließlich „herein" gerufen hatte, lugte ein dunkelhaariger Schopf mit bronzefarbenem, bebrilltem Gesicht, aus dem sie ein paar große weiße Zähne anblitzten, durch die Tür. „Buenas tardes", sagte die Stimme, und der kräftige, große Männerkörper, der dazu gehörte, schob sich ins Zimmer und stellte ein Tablett mit duftenden kleinen Kuchen und dampfendem Tee auf Rabeas Nachttisch.

„Grrreif zu", forderte er sie auf; sein spanischer Tonfall war deutlich hörbar. „Ich heiße übrigens Enrique!", fügte er hinzu und zeigte mit dem Daumen auf seine Brust. Er lachte und zwinkerte ihr zu, aber sie brachte nur ein steifes „Guten Tag und vielen Dank" hervor, woraufhin sein Lachen nur noch breiter wurde.

„Ist der erste Tag, was? Muy bien. Wird schon." Er trat ein paar Minuten auf seinen Füßen herum und sah sie forschend an. „Nun gut", sagte er dann, „wenn du noch nicht so weit bist, komme ich morgen früh gleich herein und erkläre dir alles." Damit wollte er sich schon umdrehen und das Zimmer verlassen, als ihr etwas einfiel.

„Enrique!" - „Si?" - „Entschuldige bitte, ich möchte nicht unhöflich sein, aber was machst du hier? Und was mache ich hier überhaupt? Mir kommt das alles so unwirklich vor. Was passiert gerade?" Sie redete sich in etwas hinein, und plötzlich war sie den Tränen nahe.

„Hola, das wird schon. Du bist zum ersten Mal hier und dazu noch sehr müde von der Reise. Das ist so eine Art Jetlag. Das wird schon." Das schien sein Lieblingssatz zu sein. „Morgen, wenn du erst einmal ausgeschlafen hast, wird sich schon alles klären. Am ersten Tag geht es den meisten so."

Dann wandte er sich wieder zur Tür, drehte sich aber noch einmal kurz um. „Ich bin übrigens Enrique, sagte ich ja schon. Ich hab hier meine Herzensverpflichtung gefunden. Also geh ich Vidya ein bisschen zur Hand. Ist 'ne schöne Aufgabe. Ich kenne diese Gefühle, in die man kommt, ich hab den Prozess auch durchlaufen, zumindest strukturell. Naja, ich hab an einigen Stellen nicht alles verstanden, aber meine Aufgabe ist wohl auch anders gelagert als deine zum Beispiel. Du wirst sehen, wir werden uns gut verstehen. Wenn mal was schwierig wird …"

„Wer ist Vidya? Und was für ein Prozess? Und wieso hast du mich an der Tür Rabea genannt? Und wieso überhaupt Aufgabe?" unterbrach sie seinen plötzlichen Redefluss, emotional immer noch sehr aufgewühlt.

„Que? Hab ich Aufgabe gesagt? Das kommt noch. Jetzt ist erstmal Essen dran." Er deutete auf das Tablett. „Während du deine Pastellillos isst und deinen Tee trinkst, erzähle ich dir wohl doch besser die wichtigsten Dinge jetzt gleich. Aber nicht alles auf einmal. Einiges dann erst später." Er lächelte ihr aufmunternd zu, denn sie war auf einmal ratlos und darüber stumm geworden.

Enrique nahm ohne zu fragen auf dem niedrigen Schemel Platz, der vor der Schreibplatte unter dem Fenster stand und begann zu reden, während sie langsam den Tee trank und die kleinen Kuchen kostete. Als würde ihr das Essen neue Kraft geben und das Trinken des Tees sie ruhiger machen, lehnte sie sich nun entspannt an die Rückseite ihres Bettes und konzentrierte sich mit offenem Blick auf das, was Enrique zu sagen hatte.

Er bemerkte ihre Veränderung und hatte sich nun auch wieder so weit gefangen, dass er der Reihe nach erzählen konnte, was sie an diesem Tag wissen sollte. „Zunächst mal das Wichtigste, und das ist dein Name. Du wirst hier nicht den Namen tragen, den du in deinem Alltagsleben führst. Das ist sowieso nicht der Name, der für immer von größerer Bedeutung für dich sein wird, außer für Ämter und Urkunden ..." Als Enrique sah, wie sie ihre Augen aufriss und schon wieder zu einer Frage anheben wollte, hob er die Hand, doch sie platzte ihm ins Wort: „Dann wird mir also einfach ein anderer gegeben?"

Ungerührt sprach Enrique jedoch weiter. „Den Namen, den du hier führst, hast du mitgebracht. Er stand nicht in deinen Papieren und du hast ihn auch nicht in deinem Lebenslauf vermerkt."

Den kennt er also auch.

„Aber du trägst ihn in deiner ... como lo digo ... Aura – würdest du es vielleicht nennen. In deinem Verhalten, in deiner energetischen Ausstrahlung, in der Schicht deines Wesens, die zu bearbeiten du jetzt hierher gekommen bist, in dem Potenzial, mit dem du dich hier beschäftigen möchtest, was du noch lernen musst oder vielmehr, was du nun endlich lernen willst, kurzum: In allem, was gerade ansteht, sendest du selbst den Namen aus, den dir Vidya dann gibt. – Moment!" unterbrach er ihren erneuten Versuch, voreilig nachzufragen.

Als sie den gerade geöffneten Mund wieder schloss, fuhr er fort: „Wie Vidya diese Namen sieht, ist ihr eigenes Geheimnis, aber du kannst sie natürlich gern selbst danach fragen. Wahrscheinlich wird das sowieso dein erstes Anliegen sein." Er zwinkerte ihr zu. „Muy bien. Du heißt also Rabea." Enrique gab Rabea einen Augenblick Zeit, damit sie seine Ausführungen in Ruhe zu sich nehmen konnte.

„Hast du deinen Namen auch von Vidya bekommen?" wollte sie dann wissen. „Oh nein, das ist eine Ausnahme." Enrique lachte. „Wie ich ja schon sagte, habe ich den Prozess auch durchlaufen, aber ich hab nicht alles verstanden. Ich will es aber noch einmal versuchen. Doch ich bin kein Gast, der nach vier Wochen abreist, sondern ich lebe hier, und ich diene Vidya. Das ist von Anfang an meine Aufgabe, meine Bestimmung gewesen.

Damit komme ich gleich zum zweiten Punkt." Enrique hob den Zeige- und Mittelfinger seiner linken Hand und sah forschend in Rabeas Augen. Als sie klar wurden, setzte er erneut an: „Vidya ist unsere Lehrerin. Sie ist aber keine Person, die uns etwas beibringt, was wir noch nicht können oder wissen. Wir lernen hier nichts – zumindest nicht im üblichen Sinn des Wortes. Eher verlernen wir etwas, nämlich mit Masken herumzulaufen und uns aus sozialen Konzepten heraus zu begegnen. Das ist auch der Grund dafür, warum hier die meiste Zeit geschwiegen wird. Es gibt keine Notwendigkeit, jemanden, der dir über den Weg läuft, zu grüßen, du musst ihn nicht einmal ansehen. Du kannst dich ganz und vollkommen nur auf dich selbst zurückziehen. Wenn du doch das Bedürfnis hast zu reden, dann gibt es dafür bestimmte Plätze. Natürlich ist es auch erlaubt, miteinander zu reden, wenn man sich in dieser Übereinstimmung irgendwo draußen trifft. Und in den Veranstaltungen, in denen Vidya spricht oder Übungen durchgeführt werden, können Fragen gestellt oder Erfahrungen ausgetauscht werden. Es geht nur darum, die soziale Maske beiseite zu legen. Für Anfänger geht das am besten, wenn sie schweigen. Und wir sind hier in einem Camp, in das sehr viele Anfänger kommen."

Enrique hielt einen Moment inne und meinte dann grinsend: „Ich bin vom Punkt abgekommen, aber so habe ich dich gleich über den nächsten informiert." Dabei hob er nun auch den Ringfinger seiner linken Hand. „Also zurück zu Vidya. Für mich ist Vidya MEINE Lehrerin. Wir benutzen diesen Ausdruck. Du kannst sie auch als Meisterin bezeichnen, denn das ist sie. Da wir hier viel mit der Sanskrit-Sprache arbeiten, ist ein gutes Wort auch ‚*guru*'. Aber damit haben viele Menschen Schwierigkeiten. Das müssen wir heute nicht erörtern. Für mich ist Vidya mein *guru*. Das habe ich ganz allein gewählt. Für dich ist sie zunächst erst einmal eine Lehrerin, die sich dir zur Verfügung stellt. Mit ihrer Hilfe wirst du eine Schicht in dir ansehen, heilen und transformieren, oder auch öffnen, klären und erkennen, die für den Weg, für den du dich entschieden hast, von grundlegender Bedeutung sein wird."

Als Enrique eine längere Atempause machte, fragte Rabea: „Woher weißt du, dass ich mich für einen Weg entschieden habe?" Der Mexikaner hob die Augenbrauen und lächelte dann mild. „Weil hier nur Leute herkommen, mi amiga, die eine solche Entscheidung für sich getroffen haben. Das ist zwar nicht die einzige Bedingung, aber sie ist unumstößlich. Andere lassen wir gar nicht hier herunter kommen." Rabea nickte langsam. Das machte Sinn.

„Muy bien. Vidya wird dich entweder noch heute Abend oder bereits sehr früh am Morgen zum ersten Mal besuchen." Bei diesen Worten erschrak Rabea etwas, was dem geduldigen Mann ein weiteres Lächeln auf die Lippen zauberte. „Keine Angst. Das ist normal und immer so. Und du solltest dafür dankbar sein. Die Stunden, die man ganz allein mit Vidya hat, sind kostbar und überaus intensiv. Das wirst du noch bemerken. ... Hm. Ich denke, ich werde heute noch nicht mehr über Vidya sagen, sondern es dir zunächst selbst überlassen, dich nach einem Treffen mit ihr zu spüren. Nur noch ein kleiner Tipp: Vidya kommt sehr schnell zur Sache. Sie vergeudet keine Zeit mit Belanglosigkeiten. Denk daran, auch deine Zeit mit ihr ist kostbar. Erzähle ihr also nicht, was du auf deiner Einkaufsliste stehen hast, denn das wird dich nicht weiterbringen. Sei klar mit deinen Fragen und Anliegen, aber platze nicht mit allem heraus, was dir durch den Kopf geht. Und höre gut zu! Das ist das Wichtigste, mi amiga."

Nun hob Enrique alle vier Finger der linken Hand und es war an Rabea zu lächeln. „Dieses Gespräch bringt mich nun zu Punkt vier. Es gibt Gruppenveranstaltungen, zu denen alle, die den Prozess hier gerade durchlaufen, gebeten werden. Es wird von dir erwartet, dass du an allen Veranstaltungen teilnimmst. Das ist ein integraler Bestandteil dieser Arbeit. Vielleicht wirst du denken, dass es sich nur um Vorträge handelt, deren Inhalt du irgendwo wirst nachlesen können. Aber das ist hier keine Uni und es gibt kein Skript." Rabea nickte eifrig. „Was in den Veranstaltungen, auch wenn Vidya scheinbar ‚nur' spricht", Enrique formte mit den Händen Anführungszeichen, „tatsächlich geschieht ist, dass sich auf eine fast magische Weise die Energie in der gesamten Umgebung, in der Vidya diesen Raum öffnet, zu ordnen scheint, so dass jedes Wesen, das an ihren Sitzungen teilnimmt, eine innere Umstrukturierung erfährt, die an Wahrheit orientiert ist. Man kann das nicht durch das Lesen von Büchern ersetzen. Und es geht auch nicht nur um den Inhalt, den Vidya da erzählt. Aber das wirst du alles noch herausfinden."

Enrique sah zur Uhr und fasste sich dann mit der Hand an die Stirn. „Was war jetzt noch wichtig? Ah si. Es gibt bestimmte Essenszeiten – das Essen findet auch in Schweigen statt – und Zeiten für die Meditationen. All diese Zeiten findest du sowohl an dem großen Gebäude angeschlagen, auf das du quasi genau zugehst, wenn du dein Zimmer verlässt – das ist die Küche mit dem davor aufgebauten großen Tisch – und außerdem an der Tafel vor der kreisförmigen Meditationshalle, die sich unweit davon rechts Richtung Wasser befindet. So – jetzt muss ich los; alles Weitere können wir ja dann morgen besprechen. Ach ja – mittwochs ist Fastentag, da gibt es nur einen Apfel. Und samstags abends fällt das Abendessen aus – da wird also auch gefastet." Enrique fasste sich an den leichten Bauchansatz, als er das sagte, und grinste zwinkernd. „Ist aber okay. Du wirst sehen, es wird dir helfen. Nur für mich ist es manchmal schwierig." Er schnaufte und hob die Hand, um zu winken, während er mit einem Fuß auf den Gang trat.

„Aber du hast noch nichts zu der Aufgabe gesagt, die du vorhin erwähnt hattest. Und ich hab immer noch keine Ahnung, was du mit ‚Prozess' meinst", maulte Rabea.

„Nicht so ungeduldig. Manana es otro dia!" Fragend blickte sie zu ihm auf. Aber er zwinkerte nur mit dem linken Auge, und dann schlüpfte er durch die Tür.

Rabea, die keine Lust hatte, allein in ihrem Zimmer zu bleiben, sprang auf und wollte Enrique nachlaufen. Als sie die Tür öffnete, kam ihr ein sehr frischer Wind entgegen, und sie merkte, dass sie nur dünn angezogen war. Sie fröstelte und griff nach der Decke, die über dem Bettpfosten hing, wickelte sich darin ein und rannte dann hinaus auf den Flur.

Es war ein kühler Steinfußboden, genau wie in ihrem Zimmer. Auch hier waren die Wände offenbar aus blankem Felsen, und links und rechts des Ganges gab es noch weitere Türen, insgesamt sieben an der Zahl, die zum Flur zeigten, und zwei weitere, die an der Frontseite des Felsengebäudes lagen und etwas größer zu sein schienen. Es waren mit dem ihren acht Flurzimmer, mit den beiden Frontzimmern waren es zehn. Nach vorn war der Flur offen, man konnte einen bewegten Himmel erkennen, und die Sonne schien gerade im Begriff zu sein, unterzugehen.

Meine Zimmertür zeigt also nach Westen.

Da es relativ dunkel im Gang war, suchte Rabea den Lichtschalter, konnte aber keinen finden. Sie ging weiter und hörte jetzt ein rhythmisches Rauschen und Wallen, wie von einer Brandung. Und dann roch sie es auch: da vorn musste das Meer sein. Sie lief hinaus aus dem Gang und richtig: da lag vor ihr in der Ferne der Ozean, und seine dunkelblaue Stille, die nur von der leichten

Brandung unterstrichen wurde, glitzerte im Licht der sinkenden Sonne. Einen Moment stand Rabea wie verzaubert. Der Wind zog frisch durch ihr Haar und glättete ihre Stirn und ihre Gedanken. Sie lehnte sich an den Felsen, aus dem sie gerade ans Licht herausgetreten war. Es roch nach Salz und nach Freiheit. Sie breitete ihre Arme aus und ließ ihren ganzen Körper vom Wind erfrischen. Sie atmete!

Aber wo war sie nur? Sie konnte weit und breit keine Zivilisation sehen. Dieser Strand war malerisch. Und dieser Ozean: so dunkelblau und grün zugleich. So still und doch so lebendig. Wo hatte sie ein solches Meer nur schon erlebt? Alles, was Enrique ihr beschrieben hatte, lag vor ihr: Sie sah das Küchengebäude mit dem großen Tisch und den Stühlen, die sich darum anordneten. Weiter rechts befand sich ein für sie riesig aussehendes kreisförmiges Gebäude, das wie ein geheimnisvoller Tempel wirkte. Verschiedene kleinere Wege führten in die Richtungen der Gebäude, einer führte nach links zu einer bewaldeten Fläche Richtung Süden, ein anderer an dem Felsen entlang, in dem sich die Zimmer befanden, und wieder ein anderer schien direkt ins Meer hineinzuführen. Diesen wählte sie.

Sie ging auf den Ozean zu, und als sie – immer noch barfuß – an seinem Ufer ankam, beugte sie sich hinunter und fühlte den feinen Sand auch in ihren Fingern. Wundervoll. Welcher Ort mag das sein? Vidya würde es ihr morgen sagen, dachte sie.

Vidya. Rabea war sehr gespannt auf die Frau, die von Enrique so ehrfurchtsvoll und voller Liebe beschrieben worden war. Wo mochte sie wohnen? In einem der neun anderen Zimmer im Felsen? Wahrscheinlich nicht. Und Enrique? Sie suchte die Gegend mit ihren Augen ab, aber sie konnte nichts ausmachen, was auf Wohnanlagen hinwies. Während sie sich umsah, fiel ihr das erstaunliche Grün des Grases auf, und die kraftvolle Gesundheit der Bäume, die oberhalb des Felsens, aus dem sie herausgekommen war, und im Süden und Norden dieses Ortes wuchsen.

Im Süden sah sie vom Strand aus nun in einem kleinen Hain einen weiteren Felsen, der ein bisschen größer zu sein schien als der, in dem sich ihr Zimmer befand. Sie ging hinüber und konnte erkennen, dass dort zwischen dem Grün von Bäumen und Büschen ein Eingang zu sein schien. Dort könnte Vidya wohnen. Was für ein merkwürdiger und schöner Ort. Wie hatte sie den bloß gefunden, fragte sich Rabea.

Ja, das musste eine Unterkunft sein, aber Rabea fühlte sich plötzlich, als würde sie in ein Gebiet eindringen, das ihr nicht zustand. Respektvoll zog sie sich wieder zurück und beschloss, alles mit Vidya zu besprechen, wenn sie sie kennenlernen würde. Enrique hatte Recht. Sie war müde und erschöpft von der „Reise", über die sie zwar nichts mehr wusste, an die sich ihr Körper aber sehr wohl zu erinnern schien. Und er verlangte wirklich nach Ruhe, das spürte sie nun auch. Sie entspannte sich. Sie war gut aufgehoben hier. Sie sollte einfach ihren Tee austrinken, duschen gehen und sich noch ein bisschen ausruhen, um für das Treffen mit Vidya wach genug zu sein. Während sie zu ihrem Zimmer zurückging, freute sie sich sichtlich auf das Abenteuer, zu dem Vidya sie eingeladen hatte.

Vidya

Rabea saß mit ausgestreckten Beinen auf dem Bett und hoffte, dass Vidya noch kommen würde. Sie war zwar müde, aber größer als ihre Erschöpfung war ihre Neugier. Sie brannte darauf, Vidya gleich heute noch die wichtigsten Fragen zu stellen, und sie nahm sich vor, klar und respektvoll zu sein, aber dennoch das, was ihr wichtig war, zur Sprache zu bringen.

Nur die, die die Entscheidung getroffen haben, werden von Vidya hierher geholt, so hat Enrique es mir gesagt. Und dass diese Phase fundamental ist.

Rabea verstand zwar immer noch nicht alles, aber sie hatte mit dem Treffen ihrer Entscheidung auch eingewilligt, die Art von Kontrolle aufzugeben, die sie in ihrem alten Leben so gut zu beherrschen gelernt hatte.

Eingewilligt. Das Aufgeben selbst kann man ja nicht einfach so beschließen. Schön wär's!

Langsam schlossen sich Rabeas Lider und sie sank in eine Art Zwischenraum, in dem sie zwar wach war, aber ihren bewussten Geist nicht mehr disziplinierte. Ihr vom Duschen heißer Körper war völlig entspannt und unterstützte die Gedanken dabei, an jenes Ereignis zu fliegen, das sich erst kürzlich zugetragen haben mochte und bei dem Rabea den Eindruck gehabt hatte, durch einen Tunnel zu kriechen, an einem mystischen Blutsee vorbeizukommen und einem Gott beim Tanzen zuzuschauen. Doch all das war in diesem Moment nur zweitrangig.

Das, woran sie sich in diesem Moment vor allem erinnern konnte, war der Ruf, der ihr immer wieder entgegengehallt war, war die Hand, die in ihre Richtung ausgestreckt worden war, und dass sie diese Hand genommen hatte. Danach war sie scheinbar bewusstlos geworden. Aber nun – hier, in diesem dämmerigen Raum und der Entspannung dieses warmen Körpers – erinnerte sie sich, dass sie von einem unendlich gewaltigen Strudel ergriffen worden war, der sich wie eine Lichtspirale in sie hineingebohrt und sie von innen in ihre einzelnen Atome zerlegt hatte, diese herumgewirbelt und in rasender Geschwindigkeit in eine Richtung fortgezogen hatte, deren Koordinaten sie nicht ausmachen konnte. Sie hatte noch erkannt, dass sie – obwohl ihr Körper sich aufgelöst hatte und keine Form mehr das war, was sie bis dahin gewesen zu sein schien – immer noch lebte. Das, was sie als ihren Körper kennengelernt hatte, konnte also nicht sie sein, hatte sie erstaunt festgestellt.

Mit einem tiefen Atemzug schreckte Rabea aus der Vision empor, als sie Schritte auf dem Gang hörte.

„Darf ich hereinkommen?" fragte Vidya. Rabea stand vom Bett auf und nickte, und als hätte Vidya das gesehen, öffnete sie langsam die Tür.

Grüne Augen! Rabea war sofort fasziniert, gebannt und befangen zugleich. Es war nicht irgendein Grün, kein gewöhnliches. Es war tief wie das Meer und ebenso blaugrün, türkis oder fast petrol. Und etwas glitzerte darin, so dass es kurz wirkte, als wären Vidyas Augen Opale.

Vidya lächelte, setzte sich auf den kleinen Schemel neben dem Schreibtisch und kam, wie Enrique es bereits angekündigt hatte, sofort zur Sache: „Nun, Rabea, ich bin gekommen, um dir eine Frage zu stellen. Ich stelle dir nicht DIE Frage. Ich beziehe mich auf das, was du von Enrique nicht herausbekamst und möchte dich bitten, mir zu sagen, ob du wirklich wissen willst, was mit dir geschieht."

Sie betonte die Worte „wirklich wissen" auf eine Weise, die klar machte, dass es ihr nicht darum ging, etwas zu psychologisieren, so etwa wie: „Ja weißt du, du bist da in einer Umorientierungsphase ...", und ihre Augen ließen keinen Zweifel an der Tatsache, dass es sich hier nicht um eine beiläufige Affäre handelte.

Es konnte einem schon Angst machen, in diese Augen zu sehen. Es war, als ob sie etwas gesehen hatten, das tiefer war, als man es je ermessen konnte. Und das selbst dann, wenn man kein unbeschriebenes Blatt war.

Vor diesen Augen konnte man nur noch still werden, und genau das war es, was Rabea wollte. Still werden. Denn es gibt etwas in der Mitte von allem, wenn wir alles bereits erfahren haben, wenn wir alle Phänomene dieser Welt gesehen und geschmeckt haben und doch spüren, dass wir immer wieder nur dieselben Kreise erforscht haben, weil wir noch DA sind mit all unseren Geschichten und weil diese neuen Erfahrungen immer nur HINZU gekommen sind, aber die Geschichten immer wieder hervorkamen ... es gibt etwas in der Tiefe der Existenz, das können wir nicht erfassen. Davon sprachen diese Augen. Wem hätte das nicht Angst gemacht!

Vidya räusperte sich und holte Rabea aus ihren Gedanken. Da war er wieder. Der Blick aus der Tiefe. Eine plötzliche Angst befiel sie.

Ist das Hypnose? Mein Gott, wenn das Hypnose ist und ich hier in eine von diesen Sektengeschichten geraten bin ...

Wieder lachte Vidya. „Du bist frei", sagte sie, wie um ihre Ängste zu zerstreuen. „Diese Tür ist offen. Wenn du gehen willst, kannst du das jederzeit tun. Du sagst einfach vorn am Tor Bescheid, dass du gehen willst. Dann wirst du über die Brücke gebracht, hochgefahren und zu dem Punkt zurückbegleitet, von wo aus ich dich abgeholt habe. Kein Problem." Rabea kam sich albern vor und setzte sich aufs Bett.

„Wieso hast du mich ‚Rabea' genannt?" wollte sie wissen. „Das ist nicht mein Name. Enrique hat mir das Prozedere zwar grob erklärt, aber ich würde gern wissen, wie du genau zu diesem

Namen gekommen bist. Was ist es, das ich angeblich in meiner Aura trage, das diesen Namen verdient?"

„Zunächst möchte ich allem, was ich gleich darauf antworten werde, vorweg schicken, dass es nur ein Name ist. In sich bedeutet er nichts weiter. Er wird sich verändern. Es gibt andere Gründe, weshalb wir unsere Gäste hier unten nicht mit ihren Alltagsnamen ansprechen möchten, aber die brauchen dich zurzeit nicht zu interessieren. Die Menschen, die hierher kommen, nehmen aus bestimmten Gründen Zuflucht zu uns, zu dieser Arbeit, dieser Führung, dieser Möglichkeit des Rückzugs und der Heilung. Die Gründe gipfeln in einem Muster, einer Belastung, die aber auch eine Gabe ist."

Rabea dachte an einen Kongress, auf dem eine Psychiaterin einen ihrer Fälle vorgestellt und diesen als „Angstneurose" bezeichnet hatte. Und an einen Arzt, der über „den Magen aus Zimmer 147" sprach. Da ging es also immer nur um die Belastung, die Krankheit. Die Gabe war darin nicht zu erkennen. Rabea war nach diesen Gedanken offener für das, was Vidya zu sagen hatte.

„Nachdem mich dein Ruf zum ersten Mal erreicht hatte, sah ich dir eine Weile zu, bis mir klar wurde, dass du als Rabea Zuflucht suchtest. Bevor ich das weiter ausführe möchte ich, dass du zuerst einmal ganz tief in dir nachschaust, vielleicht wirst du dann selbst verstehen, was ich jetzt sage." Vidya hielt einen Moment inne, zögerte und sah sie dann an. Rabea war reichlich verwirrt, was Vidya wieder zum Anlass für ihr leises Lachen nahm.

„Was für ein Ruf?" Rabea platzte damit heraus, ohne auf Vidyas Einladung einzugehen.

„Oh, dein Ruf? Du erinnerst dich nicht? Naja, ich gebe zu, es war einer von vielen und es ist lange her, aber er war so konkret und so klar. Und du hast ihn direkt an mich gerichtet. Zudem hast du es an einem Tag getan, der für dein Leben schicksalhaft war. Nicht, dass er irgendeine Bedeutung an sich hätte, aber doch ist es ein Tag, der in jedem Jahr wiederkehrt und immer wieder diese Chance mitbringt. Du wirst es noch sehen."

Jetzt war Rabea vollkommen verwirrt. „Was für ein Tag?"

„Es war ein Tag im Oktober. Du warst am Meer und in ziemlichen Nöten, denn nach einer langen Zeit der Visionen und des Aufräumens im Zeichen einer ‚höheren Verwirrung'," – bei diesen Worten zwinkerte Vidya ihr zu – „wodurch du mit Hilfe von selbst gewähltem *sadhana* in relativer Klarheit und Freiheit angekommen warst, waren deine persönlichen Geschichten zurückgekehrt und dein alter Charakter hatte wieder die Regie übernommen. Oder besser gesagt: du bist ihm wieder gefolgt. Ich weiß, es geschah aus Unwissenheit und weil es niemanden gab, der dich lehrte. Ich weiß auch, es geschah, weil es so sein musste. Es gibt Gründe dafür, und du wirst lernen, sie zu verstehen und sie gehen zu lassen.

Eine ganze Zeit vorher, es war irgendwann im April, warst du am Ende mit deinem alten Leben gewesen. Du warst bereit gewesen zu sterben, und du erlebtest dein wahres Wesen. Aber du wusstest ihm nicht treu zu sein. Du wusstest nichts über deine Verstrickungen, über deine Fixierung, die dich an den Füßen erwischt und dich zum Fallen bringt. Und es gab eine große Versuchung, einen Test, der dich mit sich in die Tiefe riss. Du lerntest durch diese Versuchung vieles, was dir wichtig erschien, aber du bist dann auch wieder gelandet. Das war Ende August. An jenem Tag Ende August hat sich schon eine weise Stimme gemeldet, und trotz allen Schmerzes, trotz aller Verzweiflung, die dir das dann bereitet hatte, bist du ihr gefolgt. Wenn auch eher halb bewusst. Erinnerst du dich, was du dich damals fragtest?"

„Ja", sagte sie leise, lehnte mit dem Rücken an die Wand und legte ihre Beine auf das Bett. Die Erinnerung kam langsam wieder, obwohl dieser Tag Ewigkeiten zurücklag; all das, was Vidya angeführt hatte, hatte sich lange vor ihrem Studium abgespielt. „Ich fragte: ‚Wo stehe ich denn?' Und ich wusste nicht mehr, wer ich war, ganz ohne Resonanz. Ich überlegte, ob ich vielleicht ein Jahr in einer dunklen Höhle verbringen und nachschauen sollte, wer sich da tief in mir befindet. Bis dahin wusste ich nur, was aus mir herauskam, wenn ich in der einen oder anderen Stimmung war, oder wie ich auf äußere Reize reagierte. Aber ich wollte wissen, wer ich eigentlich bin, wenn ich einfach nur *ich* bin."

„So ist es. Und da fing es an, spannend zu werden. Du hattest ein kurzes Erwachen erlebt, wir nennen es hier *satori*; es ist ein Einblick in die eigene wahre Natur. Das war ein Geschenk gewesen, aber du wusstest nicht, was dir geschehen war. Ich würde es ‚unbewusstes *satori*' nennen. So etwas geschieht manchmal, wenn jemand viele Verdienste aus vergangenen Inkarnationen mitbringt und von einer starken Sehnsucht getrieben ist, aber seinen *guru* noch nicht gefunden oder sich ihm noch nicht hingegeben hat. Und manchmal hält es eine Weile. So war es bei dir auch. Solange du es nicht als Objekt angesehen hattest, solange du nicht wieder aufgetaucht warst als Fragende oder als zweidimensionales Ego, so lange konnte dein Leben dich tragen.

Doch dann kam deine Fixierung zurück. Du warst im Strudel der Ereignisse, und das Licht deines Selbst war nun der Meister deines Lebens. Aber du warst auch als dieses Ego wieder da. Das war das ganze Problem. Das Ego hatte einen Punkt gefunden, an dem es sich festmachen konnte, du hattest keinen Lehrer, und so hast du dich in deiner Fixierung wieder aufgehängt. Und begonnen, Psychologie zu studieren."

Vidya benutzte ein Vokabular, an das Rabea sich schon ein wenig gewöhnt hatte; auch Jana von Walden hatte so gesprochen. Jana von Walden – nun erinnerte sie sich an die Sitzungen mit ihr, an das Reiseangebot, an ihre Bewerbung, an ihr Warten. Aber sie erinnerte sich nicht mehr daran, wie sie sich damals nannte. Namenlos schien sie gewesen zu sein, aber unbewusst namenlos.

Merkwürdig, wahnwitzig irgendwie. Eine unbewusste Namenlose erlebt ein unbewusstes Erwachen.

„Aber wieso habe ich diese Fixierung wieder aufgenommen, Vidya?" fragte sie nun.

„Es ist eine Sucht, eine Konditionierung. Es ist eine Trance. Solange wir nicht erwacht sind, glauben wir, dass der Traum, in dem wir uns befinden, unser wahres Leben sei. Wenn wir ein bisschen bewusster sind als andere, dann durchforsten wir ihn nach Projektionen und Wirklichem, wir spüren dieses Leiden so deutlich, das durch den Traum hervorgerufen wird, durch die Trance-Induktion der vielen ‚Ichs', die sich jeweils so wichtig nehmen, und wir versuchen es zu verändern. Das ist es im Wesentlichen, was Schulpsychologie und Schulpsychiatrie, aber auch viele sogenannte Alternativverfahren tun. Zu erwachen bedeutet zu sehen, dass es nichts zu verändern gibt. Ob du einen Traum veränderst oder nicht, er bleibt ein Traum, nicht wahr?"

„Ich erinnere mich daran, dass es zu Beginn meines Studiums Lehrer und Lehrerinnen in meinen kurzen aufblitzenden Visionen gab, die mir sagten, dass es auf der ganzen Welt nichts zu therapieren gebe. Dass man in einer Psychotherapie nur eine unbequeme Illusion durch eine angenehme ersetze. Das hat mich damals ziemlich geschockt. Dennoch habe ich mein Studium weitergeführt. Aber es hat auch dazu geführt, dass ich nach etwas anderem zu suchen begann. Glücklicher bin ich aber dann auch nicht gewesen. Ich war eher orientierungslos. Und ich weiß immer noch nicht, wie ich eigentlich weiterleben und wie ich arbeiten werde."

„Ja, du warst orientierungslos, weil du als Ego und als Fragende wieder aufgetaucht warst, weil die Sucht wieder Macht über dich hatte", sagte Vidya und lehnte sich gegen die Kante des Nachttischchens. „Das bedeutet einfach, dass es da wieder jemanden gab, der sich definieren wollte. Aber diese Person war nun deutlich gereift, sie war durch den Tod gegangen, sie hatte ein *satori* erlebt und sie war frustriert, als sie den Traum als solchen erkannte. Die authentische Antwort auf diese Frustration – das Aufgeben der Suche – ist die Voraussetzung für die spirituelle Reife, die ein Mensch braucht, um wirklich aussteigen zu wollen. Vorher hattest du immer noch Hoffnung. Es würde vielleicht noch andere Wege geben, Wege, die mehr versprechen könnten als die bisher ausprobierten. Erst dann, wenn diese Hoffnung aufgegeben wird, weil man sehen kann, dass die Wege austauschbar sind und man am Ende immer wieder auf dieselbe Person stößt, nämlich auf die Fragende, auf den egoischen Charakter, erst dann kann man auch bereit sein, wirklich bereit. Du warst zwar vorher bereit gewesen, Einheit zu wählen, aber es fehlte an Klarheit, und so kamst du zurück, um die psychischen Knoten zu löschen, die deine Fangstricke waren, deine *samskaras*. Und diese *samskaras* würden auch weiterhin als Fangstricke fungieren, wenn du ihnen jetzt nicht entgegentreten würdest."

Mein Gott. Sie hatte alles mitverfolgt. All meine Verzweiflung, all mein Kämpfen, all mein Zerrissensein.

Hier wurde Rabea plötzlich klar, dass sie nie allein gewesen war, Vidya war immer bei ihr gewesen wie ihr eigenes Herz.

Sie erinnerte sich. Anfang Oktober in diesem furchtbaren Jahr, als so viele ihrer alten Beziehungen zerbrachen, davon hatte Vidya gesprochen, da hatte sie begonnen, wieder nach innen zu fallen. Vidya hatte Recht. Was sie damals erlebt hatte, war wirklich wie ein Aufwachen gewesen, aber es hatte etwas gegeben, das sie wieder zurückgeholt hatte in die Identifikation als dieses Ego: die Geschichte von der romantischen Beziehung zwischen Mann und Frau. Sie war einem Mann begegnet, als sie in Freiheit lebte. Und sie hatte sich selbst in Ketten gelegt, weil sie in ihm die Bedürfnisse sah, die sie in sich selbst noch nicht angesehen hatte, um sie dann in ihm zu lösen. Sie seufzte.

Wieder schien Vidya ihre Gedanken zu lesen, denn sie erwiderte: „Wenn wir uns im Traum befinden, beruht unser gesamtes

Beziehungsleben auf einem völligen Missverständnis. Wir richten unsere Suche nach außen, wir möchten von einem anderen Menschen etwas haben, das wir selbst schon immer sind: Liebe. Aber gerade dadurch, dass wir uns nach außen wenden, entsteht der Eindruck, es gebe Objekte: eins, das gibt und eins, das nimmt. So entsteht die romantische Geschichte von Mann und Frau. Dann kommt die Beziehung dazu. Es ist sehr anstrengend, in einer Beziehung zu leben, in der wir damit beschäftigt sind, auf diese Weise zu geben und zu nehmen, denn wir müssen die ganze Zeit die Illusion von mindestens drei Objekten aufrecht erhalten. Da ist die Frau, da ist der Mann. Und schließlich ist da die ‚Liebe', die in dieser Konstellation leider auch zum Objekt wird."

„Aber warum tun wir das, Vidya?"

Die Lehrerin strich sich eine Strähne ihres langen, schwarzen Haares aus dem Gesicht. „Nun ja, du hast es selbst gesehen. Du konntest in deinem Freund von damals etwas sehen, das du in dir nicht bereit warst anzuschauen. Immer, wenn du nicht bereit bist, in dir etwas anzusehen, musst du einen anderen in dein Leben lassen, jemanden, der dir von außen entgegentritt, damit du es in ihm sehen kannst. In Wahrheit begegnest du nur dir selbst."

Rabea sah Vidya an. Die Tiefe ihrer Augen war wie ein See aus Stille. Rabeas Geist klärte sich langsam.

„Du warst schließlich bereit, von dieser Beziehungsebene, die doch immer wieder nur in denselben Geschichten endete, die doch immer wieder nur zu neuem Leiden führte, Abschied zu nehmen – ganz und gar. Jemand kam in deinen Traum und spielte das Lied des Abschieds, und er wusste, dass es das war, was du die ganze Zeit über hattest sagen wollen. Nicht wahr?" Vidya nahm Rabeas Kinn in ihre Hände und hob ihren Kopf. Sie sah ihr direkt in die Augen. „Du hast gewusst, dass du Klarheit brauchen würdest. Und du hast diesen Abschied gewählt für Klarheit und Stille."

„Ja, und das war einer dieser Träume, die ich bis heute nicht verstanden habe", setzte Rabea die Geschichte fort. „Es ging ja nicht um den Abschied von jemand Speziellem, sondern ich war diese Art der Beziehungsaufnahme leid, dieses Gebalze. Es war mir plötzlich wie ein Geschäft vorgekommen, in dem jeder vor allem versucht, seine Bedürfnisse zu stillen. Davon wollte ich nichts mehr wissen. Es war aber kein frustriertes Rebellieren, sondern irgendwie eine ganz ruhige Einsicht, der eine ebenso ruhige Abkehr folgte."

Vidya lauschte und es war ihr anzumerken, dass sie in gegenwärtiger Resonanz mit Rabea war, so dass diese weitersprach: „Das Lied, das im Hintergrund gesungen wurde, klang indianisch. Oder vielleicht bilde ich mir das auch nur ein, denn da tauchte plötzlich ein alter Mann mit einer schwarzen Feder im Haar auf, der einen Kreis in den Sand zeichnete und ihn als Medizinrad bezeichnete. Dann sagte er so etwas wie, dass dieser Abschied erst der ‚Nord-Abschied' gewesen sei. Doch bevor ich wirklich über meine Erkenntnis verfügen könne, müsse ich in jeder Richtung des Medizinrades Abschied genommen haben. Und selbst, wenn ich das fertig gebracht hätte, dann hätte ich erst die Ebene der Mittelwelt in meinen Abschied einbezogen, die Ebene, auf der mein persönlicher Wille Macht habe. Aber die Anbindung nach oben und unten, die könne ich nicht selbst löschen, die müsse von einer anderen Instanz gelöscht werden, und da wirkten andere Kräfte. Ich habe keine Ahnung von Medizinrädern, Nord-, Süd- und sonstwas-Abschied, und auch nicht von der Mittelwelt."

Vidya lächelte. „Da haben dir deine Vorfahren ein mächtiges Bild geschickt, aber es ist noch nicht reif in dir, das Bild selbst aufzulösen. Zunächst kann ich dir das Ganze aber in eine deinem jetzigen Prozess entsprechende Sprache übersetzen.

Es reicht nicht, wenn du mit deinem Geist Abschied nimmst. Du musst dich auch von der Identifikation in deinen Emotionen befreien. Das ist der Süd-Abschied. Du musst die körperliche Verbindung lösen, die dem Westen entspricht. Und schließlich gibt es den Osten, da wohnen deine Träume und Visionen, und hier warst du geneigt, deine spirituellen Kräfte für deine Fixierung zu missbrauchen. All das musst du beenden. Darüber hinaus kannst du nicht gehen. Aber das ist viel. Das zu tun heißt, dich den Dämonen deines Lebens – oder besser dessen, was du bis dahin für dein Leben gehalten hast – zu stellen und sie als das zu entlarven, was sie wirklich sind. Es heißt, dass du die *samskaras* verbrennst, die dich daran hindern, leicht wie eine Feder in der Mitte des Universums zu schweben. Oben und unten – das wird gelöscht, wenn du in deiner Integrität in der Mitte stehst.

Die weiteren Inhalte und alles, was mit der Vision deiner Vorfahren verbunden ist, werden dir später noch klarer werden, wenn dieses Kapitel in deinem Leben an der Reihe ist. Momentan ist es genug zu wissen, dass du konsequent genug warst, etwas nicht mehr weiter zu verfolgen, das du als potenziell leidbringend erkannt hattest, weil du einen anderen Weg gewählt hast.

Aber", Vidya zwinkerte Rabea zu, „dieser Traum, obwohl, oder vielleicht gerade weil du ihn nicht verstanden hast, hat dir sehr geholfen, nicht wahr? Er war der Auslöser für deinen Ruf nach mir! Lass uns also dorthin zurückkehren, denn das wollten wir klären." Rabea sah sie lächeln, auch wenn ihr Gesicht schon fast vollständig im Dunkeln lag. Der Vollmond musste aufgegangen sein, denn durch das Fenster über dem Schemel, auf dem Vidya saß, floß sanftes Licht herein, und von irgendwoher hörte man den Ruf einer Eule.

„Ich erinnere mich, dass ich beim Aufwachen sehr froh war zu sehen, dass es eine Führung gibt, die stärker ist als mein Ego. Es war zwar auch beängstigend, aber ich spürte den starken Wunsch, mich einer wirklichen Führung anzuvertrauen. Ich hatte deutlich das Gefühl, dass da irgendetwas am Wirken war. Am Tag beschäftigte ich mich mit all meinen üblichen Themen, obwohl ich spürte, dass etwas ganz anderes in mir aufstehen wollte. Ich habe mir so sehr gewünscht, endlich herauszufinden, worum es mir in Wahrheit ging! Ich bin krank geworden daran."

„Ja", lachte Vidya. „Du bist schniefend und fröstelnd im Wald spazieren gegangen und hast dich dauernd gefragt, wer du eigentlich bist und wieso du dich eigentlich immer wieder so verlierst. Und dann hattest du plötzlich das Gefühl, dass du nur eins tun müsstest: das zu finden, was in dir *wirklich* ist."

„Ja, und ich wusste, es liegt nicht im Machen, sondern im Sein!"

„So ist es. Der nächste Tag war der 6. Oktober. Du hast an diesem Abend, nachdem du über deinen Standort Bilanz gezogen hattest, einen Satz ausgesprochen. Wie lautete dieser Satz?"

„Es ist an der Zeit, dass ich wirklich ausgebildet werde. Wo ist meine Lehrerin?" Rabeas Gedanken wanderten plötzlich zurück zu einem Ereignis, das sich zwei Wochen, nachdem sie um ihre Lehrerin gebeten hatte, zugetragen hatte.

Als sie den Raben am Fuß des Jägerstuhls sitzen sah, dämmerte es ihr, dass er schon eine Weile da gesessen haben mochte, während sie gedankenversunken und wie so oft mit dem Schicksal hadernd durch „ihren" Wald gelaufen war. Sie hatte ihn schon öfter gesehen, aber nicht wirklich registriert. Heute nahm sie ihn zum ersten Mal bewusst wahr. Das mag an seinem Blick gelegen haben. Unverwandt schaute er zu ihr herüber, als wollte er sie fixieren. Fast fürchtete sie sich ein wenig. Er hingegen schien überhaupt keine Angst zu haben.

Als sie näher kam, sah sie, wie groß er war! Ein riesiger schwarzer Schnabel wuchs aus seinem Gesicht. Neugierig und sehr langsam ging sie weiter, um ihn nicht aufzuscheuchen. Er schien genau zu wissen, was sie vorhatte. Keine Sekunde ließ er sie aus den Augen. Fast schien es, als warte er dort auf sie. Klug sah er aus, wie er so jeden ihrer Schritte verfolgte. Dann war ihr, als hätte sie ein Schmunzeln auf seinem Gesicht entdeckt. Aber nein, es mussten seine Augen gewesen sein. Er hielt sie mit seinen Augen so gefangen, dass sie gar nicht bemerkte, dass sie auf einen Abgrund zusteuerte. Aber war heute nicht auch grundsätzlich etwas anders als sonst?

Plötzlich öffnete der Rabe seinen Schnabel, und ein feiner, sehr hoher Ton zerschnitt die Stille des Waldes, um sie zu vertiefen. Kein anderer Laut war danach zu hören. Als hätte der Wind aufgehört, die Blätter zu bewegen. Unheimlich. Kein Vogel sang mehr. Die Ruhe war wie ein Tunnel, der sich öffnete. Sie erschrak und wurde sich des Abgrunds gewahr, vor dem der Schrei des Raben sie gerade rechtzeitig gewarnt hatte.

Hat er das für mich getan?

Erneut öffnete der Rabe seinen Schnabel und stieß diesen hohen Ton aus. Dieses Mal zuckte sie zusammen. Eine instinktive Angst machte sich in ihrem Unterleib breit, und unwillkürlich duckte sie sich ein wenig. Aufmerksam verfolgte der Rabe ihre Bewegungen. Doch er schien ihr signalisieren zu wollen, dass ihre Angst unnötig war. Eine pulsierende Kraft strömte jetzt aus seinen Augen, aus seiner ganzen Person. Diese Kraft erreichte das Zentrum in ihrem Bauch, und sie spürte in der Nabelgegend einen Zug, einen warmen, starken Zug, der sie vorwärts bewegte, hinein in Richtung dieses Tunnels.

Als der hohe Ton zum dritten Mal die Stille durchdrang, flog der Rabe plötzlich auf eine Stufe des Jägerstuhls. Sie atmete aus. Die Spannung löste sich, und sie ließ sich im Laubbett auf dem Waldboden nieder.

Was war das gewesen? Sie war total erschöpft. Irgendetwas *war* hier. Dies war kein gewöhnlicher Ort.

Als sie sich umschaute, bemerkte sie, dass es schon recht dunkel geworden war. Es muss enorm viel Zeit vergangen sein, seit sie hergekommen war, dachte sie. Merkwürdig. Konnte es Stunden her sein, seit sie den Wald betreten hatte? Es war Ende Oktober, und es wurde früh dunkel, aber …

Ein Rascheln hinter dem Baum riss sie aus ihren Gedanken. Unwillkürlich sah sie zu dem Raben hinüber, der jetzt unruhig hin und her wippte und schließlich auf einen Ast flog, von dem er einen guten Überblick zu haben schien – ganz im Gegensatz zu ihr. Da hörte sie wieder das Rascheln hinter dem Baum. Sie saß wie angewurzelt, traute sich nicht nachzusehen. Was konnte das sein? Es konnte ein Tier sein, oder auch ein Mensch. Aber ein Mensch würde vielleicht nicht so lange hinter einem Baum stehend rascheln, es sei denn, er hätte etwas vor, wobei er nicht entdeckt werden wollte.

Bei diesem Gedanken ergriff sie plötzlich Panik, und wie von der Tarantel gestochen sprang sie auf und lief, so schnell sie konnte, zum Weg hinüber, der aus dem Wald herausführte. Sie rannte mit keuchenden Lungen, und sie blickte sich nicht um. Er konnte schon hinter ihr her sein, ihre Verfolgung aufgenommen haben. Sie würde nicht anhalten, bevor sie nicht eine Straße erreicht hätte. Sie würde schreien, so laut sie konnte, wenn er es nur wagte, sie anzurühren. Sie würde ihm das Gesicht zerkratzen und um sich treten. Diese Gedanken trieben sie vorwärts.

Sie hielt erst an, als sie schon lange auf offener Wiese war und in der dämmrigen Ferne Menschen in ihren beleuchteten Wohnzimmern sehen konnte. Doch vorsichtshalber blickte sie sich um und suchte den Waldrand ab.

Da war nichts. Der Wald stand still und klar wie immer. Seine Farben waren trotz der Dämmerung warm und einladend. Keine Spur von Gefahr, nichts bewegte sich. Vögel zwitscherten ihr Gute-Nacht-Lied. Noch war es warm genug für sie in diesen Breiten.

Ihr Atem ging wieder ruhiger, und damit wurde ihr Blick klarer. Sie suchte nach Gründen für ihre Panikreaktion von eben. Von hier aus konnte sie sich nicht mehr vorstellen, dass in diesem Wald ein böses Wesen wohnen sollte, das es nur darauf abgesehen hatte, sie zu fangen. Sie kam sich plötzlich lächerlich vor.

Hoch oben über ihr kreiste der Rabe. Ihr war, als blickte er auf sie hinunter. Sein „Krah, Krah" klang spöttisch. Verwirrt ging sie nach Hause, und ihr neuer Begleiter, der Rabe, lachte sie aus.

Die junge Frau hatte das Rabengeschrei noch in den Ohren gehabt, als sie sich in jener Nacht Ende Oktober niedergelegt hatte, und sie konnte lange nicht einschlafen. Immer wieder musste sie sich sagen, dass sie sich das Rascheln hinter dem Baum nur eingebildet hatte, und ebenso wenig hatte dieser Rabe sich tatsächlich an sie gewendet. Sie hatte das projiziert. Zwar hatte sie gehört, dass man in schamanischen Kursen für Anfänger lernen konnte, auf inneren Reisen mit Tiergeistern zu kommunizieren und ihre Botschaften zu empfangen beziehungsweise ihre Energie zu übertragen. Aber das geschah im veränderten Bewusstseinszustand! Das hatte nichts mit der materiellen Ebene dieser Wirklichkeit zu tun! Oder konnte sie das nun schon nicht mehr auseinanderhalten? Eine schamanische Lehrerin, der sie einmal in einem Kurs für Alternativmethoden der Medizin zugehört hatte, hatte ihren Teilnehmern eingeschärft, dass es nicht nur darum gehe, auf den Reisen zu „sehen", sondern im Leben immer mit einer Seite in der alltäglichen und mit der anderen in der nicht-alltäglichen Wirklichkeit zu leben.

Aber die energetische Ebene eines Raben zu sehen, seine nicht-alltägliche Bedeutung symbolisch zu verstehen und sein Auftauchen als ein Zeichen zu deuten, war eine Sache. Dem Raben aber zu unterstellen, er habe gezwinkert, geschmunzelt oder sie gar ausgelacht, war eine andere!

Sie schüttelte über sich selbst den Kopf. Morgen würde sie noch einmal dort hingehen, überlegte sie sich, und dann würde sie diesen Raben genau ansehen. Was würde sie wohl feststellen? Dass er ein Vogel wie jeder andere war. Vögel konnten nicht schmunzeln!

Außer meine Wellensittiche, die ich als Jugendliche besaß.

Aber dann fand sie auch diesen Gedanken lächerlich. Es war einfach ein Rabe gewesen.

Schließlich hatte sie sich selbst mit diesen Beruhigungen so ermüdet, dass sie einschlief. Schon bald war sie in einen tiefen Erschöpfungsschlaf gesunken.

„Was sind die Schlüsse, die du aus dem ziehst, woran du dich gerade erinnert hast?" Vidya riss Rabea aus ihren Gedanken und sie war augenblicklich wieder ganz wach.

„Schlüsse habe ich erst einmal keine", antwortete die Schülerin. „Ich habe aber eine Menge Fragen, die neu hinzugekommen sind. Ich habe verstanden, dass mein Ruf nach einer Lehrerin und dieser Rabe irgendwie zusammenhängen, auch wenn ich immer noch nicht genau weiß, warum. Aber ich habe nicht verstanden, wo ich – um auf deine Erklärung von vorhin zurückzukommen – in dem Raben eine Belastung und wo ich Weisheit sehen soll." Rabea legte die Stirn in Falten und Vidya lachte.

„Nun, vielleicht erkennst du, dass das Ereignis auf dem kleinen Hügel im Wald für sich genommen keine große Sache darstellt." Als Rabea nickte, fuhr Vidya fort: „Aber das, was mit dir geschah, fasst alles, was dir auf dieser Ebene fundamental Probleme macht, ziemlich präzise zusammen." Erneut runzelte Rabea die Stirn und erneut lachte Vidya. „Der Rabe hat dir deine Fixierung sehr deutlich gemacht. Was waren die wesentlichen Emotionen und Gedanken, die dich umgetrieben haben, als du meintest, aus dem Wald flüchten zu müssen?"

Spontan rief Rabea: „Misstrauen, Angst, Verwirrung und der Glaube, jemand wolle mich überfallen oder vielleicht sogar missbrauchen. Eine sehr schnelle Reaktionsbereitschaft für Panik außerdem."

„Und eben das sind die Themen deiner Fixierung!" bestätigte Vidya. „Sie sind so tief in dir verankert, dass du sie in einem solchen Moment weder bewusst erkennst noch sie steuern kannst. Du bist ihnen ausgeliefert. Das bedeutet es, wenn ich von Fixierung spreche. Unbewusst bist du emotional, mental und physisch von diesen Themen gesteuert. Wenn du nun also eine Erfahrung deiner wahren Natur hast und dieser nicht treu sein kannst, dann liegt das zu einem großen Teil daran, dass die unbewusste Fixierung ihren Schwung aufnimmt, wenn du in eine Situation kommst, in der diese ausgelöst wird. Du bist also innerlich an etwas gebunden, was du nicht weißt, und kannst es deshalb nicht transformieren. Obwohl es vollkommen augenscheinlich ist, wenn richtig betrachtet, ist es dir in der jeweiligen Situation nicht klar. Selbst als der Rabe dich so unmissverständlich darauf hingewiesen hatte, konntest du eins und eins nicht zusammenzählen und hast es bis heute nicht begriffen."

„Und weil ich das in mir herumtrage, hast du mich Rabea genannt?" wollte die Jüngere nun wissen und hatte einen sarkastischen Unterton in der Stimme.

„Das ist bei weitem nicht der ganze Grund. Aber du kannst auch nicht alles am ersten Tag erfahren. Sagte Enrique dir nicht schon, was so offensichtlich ist? 'Morgen ist auch noch ein Tag.' Und wir haben uns ja auch zunächst die Seite der Belastung angeschaut. Nun kommen wir noch zu dem Punkt der Weisheit."

Vidya schaute Rabea erwartungsvoll an. Diese erwiderte den Blick, hatte aber dazu keine spontane Antwort. Als Vidya sich nicht rührte und den Blick nicht von Rabea nahm, wurde diese wie schon anfangs in die Meerestiefe der opalfarbenen Augen gezogen. Die schwarzen Haare Vidyas lagen wie ein Schleier um ihren Körper und gaben ihrer Sihouette etwas Magisches. Langsam ließ die Anspannung nach, mit der Rabea versucht hatte, hinter den Sinn ihres Namens zu kommen, und schließlich vergaß sie, dass Vidya ihr eine Frage gestellt hatte.

In der Tiefe der Nacht, die sich unter dem Vollmond ausbreitete, hörte man in dieser Stille nun die Möwen vom Meer und ein paar Nachtvögel, deren Rufe aus dem nahen Wald hierher klangen. Das Meer rauschte, und Rabea wurde vom Gesang der rhythmisch ans Ufer treibenden und wieder zurückfließenden Wellen in einen Zustand der tiefen Ruhe versetzt.

„Wie schon gesagt", wiederholte Vidya da mit sanftem Lächeln, „morgen ist auch noch ein Tag. Ich werde jetzt gehen und bin gewiss, dass du eine wundervolle erste Nacht hier hast. Morgen früh wird um 7:00 Uhr die Glocke geläutet; Enrique holt dich und die anderen sieben Teilnehmenden um 7:45 Uhr ab, um euch mit dem täglichen Prozedere vertraut zu machen und euch um 8:00 Uhr pünktlich zur Morgenmeditation im Shri-Yantra-Saal zu bringen." Vidya erhob sich und strich sich die dünne Jacke glatt. „Schlaf gut, mein Rabenmädchen", fügte sie fast zärtlich hinzu und schlüpfte bei diesen Worten bereits durch die Tür in den Gang nach draußen.

SATSANGA

„Namaste," sagte Vidya nach einer Phase des schweigenden Sitzens und erhob ihre Hände, in der Geste der ehrenden Begrüßung aneinandergelegt, vor ihren Kopf, den sie achtsam neigte. Die Stille in diesem Raum war so durchdringend, dass sie anfassbar war. Dort saß eine kleine Gruppe von zehn Personen, die sich an diesem Morgen hier traf, um in Stille zu sitzen und den Lehren zuzuhören, die Vidya weitergeben würde. Darunter waren außer Enrique und Rabea noch eine Frau, die sie gestern Abend bereits in der Küche gesehen hatte, und sieben weitere Personen, drei Männer und vier Frauen, die Rabea – außer bei der heutigen Morgenmeditation – noch nie gesehen hatte. Wahrscheinlich waren das die BewohnerInnen der anderen sieben Zimmer im Felsengelass.

Inzwischen war Rabea nicht mehr so überrascht von ihrem Hiersein. Nachdem sie sich ausgeschlafen hatte, erschien es ihr wie eine natürliche Folge ihres tiefsten Herzenswunsches. Den hatte sie zwar ausgesprochen und in Wahrhaftigkeit gefühlt, aber die Umstände seiner Erfüllung hatten in ihr andere Vorstellungen am Leben gehalten, merkte sie jetzt.

Es ist erstaunlich, dass ich gekommen bin, ja, aber irgendwie ist es auch so natürlich. Es ist, als hätte es gar nicht anders sein können. So wie es nur natürlich ist, wenn im Frühjahr die Blätter an den Bäumen sprießen und alles zu wachsen anfängt. Weil es einfach Zeit ist. Weil es die Jahreszeit des Wachsens ist. Wir würden etwas vermissen, wenn es nicht passierte.

So ging es ihr gerade mit Vidya. Und deshalb war es auch so selbstverständlich, ihr zu folgen. Es hätte etwas gefehlt, es hätte Widerstand, Lüge, Anstrengung bedeutet, ihr nicht zu folgen. Aber das konnte sie nur von einem Platz in sich so sehen, der sehr tief innen war. Sobald sie versuchte, diese ganze Geschichte mit ihrem Verstand zu begreifen, verstand sie gar nichts mehr.

Anderen hier schien es ähnlich zu gehen. Ein paar von den Teilnehmenden sahen so aus, als seien sie schon länger auf dem Weg, und Rabea meinte, ihnen ansehen zu können, dass sie bereits weiter in den Kern ihres essenziellen Wesens eingetaucht waren. Welche Bedeutung hat da noch die Frage nach den Umständen des Weges, der gegangen werden muss, um hier anzukommen?

„In diesem Raum der Stille wirst du die Sprache deines eigenen Herzens vernehmen", begann Vidya ihr Sprechen. „Du wirst erkennen, wer du wirklich bist."

Lächelnd blickte sie jedem einzelnen Wesen in diesem Raum tief und lange in die Augen, und dabei schien sich etwas von ihrer Macht, von ihrer Weisheit und Liebe auf die Menschen zu übertragen, die bereit waren, diese Geschenke zu empfangen.

„Es ist nicht so, dass es hier darum geht, etwas Neues zu lernen oder in einer bestimmten Disziplin – sei sie nun weltlich oder spirituell orientiert – ausgebildet zu werden. In Wahrheit gibt es nichts zu lernen und nichts zu lehren. Das, was du bist, weißt du bereits. Du bist bereits dein essenzielles Potenzial. Aber wenn du in Tausenden von Leben und Abwegen Schichten von Schlaf darüber gelegt hast, dann hast du großes Leiden erzeugt – für dich selbst und für andere. Dein wahres Selbst ist dennoch nicht tot, nicht erstickt. Es ist in Wahrheit niemals berührt gewesen von all diesen Schichten, denn diese existieren nur als Bilder in deinem Geist. Wenn du dann eines Tages – durch irgendeine Gnade – für einen Moment anhältst und dem lauschst, was da in dir ruft, dann hast du vielleicht das Glück, dass in den Kreis der Gefangenschaft die Stimme der Freiheit eindringt und dich so sehr anzieht, dass diese Erinnerung dich nie wieder loslässt. Du beginnst deine Suche."

Rabea nickte innerlich. Vidya sprach und Rabea hörte ihr eigenes Herz reden. Es war, als würde Vidya die Geschichte erzählen, die Rabea selbst hätte schreiben können, wenn sie ihr nur bewusst gewesen wäre. Durch das Gesprochene resonierte etwas in Rabea mit dem Wesen von Wahrheit, das Vidya verkörperte. Rabea fühlte eine tiefe Entspannung in ihrem Körper, die der Entspannung folgte, in die ihr Geist sich begeben hatte.

„Die Suche ist der Anfang deines wirklichen Weges, und dorthin gehört sie auch – an den Anfang. Sie ist Ausdruck deiner Sehnsucht und gleichzeitig Symptom deiner Vorstellung, fortgegangen zu sein. Sie ist das Zeichen eines Leidens, das in allen äußeren Objekten nach Erfüllung gesucht und sie dort nicht gefunden hat. Dieses Leiden beinhaltete die Erfahrung von Frustration, und diese Frustration war die Blüte eines Samens, der bis dahin unentdeckt in der Tiefe des individuellen Wesens geschlummert hatte. Immer wieder hast du dir aus der Bewegung deines Geiststroms heraus Körper erschaffen, um durch die Erfahrungen in ihnen aus dem Kreislauf der irdischen Existenzen befreit werden zu können."

Rabea runzelte die Stirn. Das klang kompliziert. Der Wunsch nach Befreiung sollte der ausschlaggebende Faktor für die Erschaffung der Gefangenschaft sein? Warum ging man nicht gleich ins „*nirvana*"? Warum diese Umwege? Rabea sah die Frage in ihrem Geist auftauchen, und sie sah, wie ihr spirituelles Verständnis sie irgendwie entließ, wo sie früher dazu geneigt hatte, an ihr herumzudenken und mit dem Geist eine Antwort zu finden.

„Wenn du tief genug in die Dunkelheit des Irdischen gefallen bist, wirst du dich irgendwann nach dem Sinn all dessen fragen. Die Frage selbst kommt aus dem Geist, der sich als getrennt erlebt, und der nicht sehen kann, dass die Welt der Erscheinungen einfach ein göttliches Spiel ist, eine *lila*, in der das Selbst sich selbst erkennt."

Vidya lächelte zu Rabea herüber. Es war, als hätte sie ihre Frage aufgegriffen, als würde sie sich direkt auf ihre Gedanken beziehen.

„Und wenn du genau hinsiehst, dann wirst du erkennen, dass die ganze Schöpfung in völliger Resonanz mit der Einen Quelle lebt, und dass sich alles, was ist, aus ihr erhebt und wieder in sie zurückkehrt. Jeder Gedanke, der auftaucht, steht in Resonanz zu jedem anderen Gedanken, so wie jede Frage in Resonanz zu der Antwort auftaucht, die gesehen werden will. Wenn du glaubst, Antworten werden nur gegeben, weil jemand Fragen stellte und jemand anders darüber nachdachte und nun die Lösung präsentiert, dann ist das der getrennte Geist, der sich darin ergötzt, Vorstellungen eines Universums zu entwickeln, in dem es keine Verbindungen gibt außer denen, die damit unverbundene Objekte herstellen." Sie lachte glucksend. „Wie absurd!"

Da war es schon wieder! Vidya hatte auf Rabeas Gedanken geantwortet.

Aber das, was sie gesagt hatte, ließ darauf schließen, dass sie eigentlich doch nicht geantwortet hatte. Bedeutete es nicht, dass Rabeas Frage nur deshalb aufgetaucht war, weil das, was Vidya sagen wollte, schon in der Luft gelegen hatte? Aber dann hieße das, dass Rabea quasi hellsichtig war und aufgeschnappt hatte, was Vidya vorhatte.

„Es gibt keine unabhängige Existenz!" wiederholte Vidya jetzt. „Wir werden irgendwann zu der Frage kommen, ob es überhaupt eine Existenz gibt, aber zunächst soll dieses *sutra* genügen: Es gibt keine unabhängige Existenz. Und das bedeutet, dass es keine Handelnde und keinen Handelnden gibt, keine Denkende und keinen Denkenden, sondern einzig und allein das Selbst, das ist und immer war."

Rabea schwindelte es. Ihrem Verstand wurde das jetzt zu viel, und er beschloss daraufhin, das Verstehenwollen aufzugeben und sich einfach in die Kraft der Stille sinken zu lassen, die hier war. Aber ihr Herz war elektrisiert. Gab es das? War das, was Vidya sagte, einer tieferen Weisheit entsprungen als der, die je in einem individuellen oder spirituellen Geist enthalten sein kann?

Rabeas Augen suchten den Boden nach etwas ab, von dem sie nicht wusste, was es war. Schon heute früh bei der Morgenmeditation war sie von dem Fußboden dieses tempelähnlichen Raums fasziniert gewesen. Er bestand ganz aus hellem Marmor und in diesen war eine Form eingelassen, die Rabea bewusst noch nie gesehen, die sie aber sogleich in ihren Bann gezogen hatte. Genau in der Mitte des Fußbodens befand sich ein Kreis von etwa zwei Zentimetern Durchmesser; er stellte einen Punkt inmitten von einer komplexen um ihn herum angeordneten Symbolik dar. Diese bestand aus neun systematisch ineinander gezeichneten Dreiecken, von denen vier mit der Spitze nach oben und fünf mit der Spitze nach unten zeigten. Zur Mitte hin wurden die Dreiecke jeweils kleiner, so dass die Abstände ihrer Grundlinien immer genau gleich waren. Um die Dreiecke herum folgten zwei konzentrische Kreise, von denen der innere über acht und der äußere über sechzehn Blütenblätter verfügte. Dann schlossen sich drei oder vier einfache Kreise an – das konnte Rabea nicht genau ausmachen – und am Ende war das Ganze von einem Quadrat umgeben, das im mittleren Bereich einer jeweiligen Seite eine Art Tor aufwies. Enrique hatte der kleinen Gruppe heute morgen erklärt, dass dies ein *Shri Yantra* sei, eine heilige Form. Rabea erinnerte sich nun, dass Vidya gestern Abend von diesem Gebäude als dem „Shri-Yantra-Saal" gesprochen hatte.

Während Rabeas Augen über das Symbol auf dem Fußboden gewandert waren, hatte Vidya zu sprechen aufgehört. Nun nahm sie eine Kraft wahr, die vom Boden aufzusteigen schien, und gleichzeitig wurde sie noch einmal ganz unverhüllt der Kraft inne, die von Vidya ausging und die nun, in deren Schweigen, noch stärker zu sein schien als zuvor.

Es war unheimlich, denn in ihrem Inneren spürte Rabea ein Einverstandensein mit dem, was von Vidya ausstrahlte, so, als wüsste sie es selbst, als wäre sie mit der Nase in etwas gestoßen worden, über das sie – unbewusst, aber irgendwie absichtsvoll – immer hinweggegangen war.

Enrique fand Rabea auf dem hohen Felsen, der direkt über das Meer ragte.

„Hola", sagte er vorsichtig, „darf ich mich neben dich setzen?" und zeigte auf den Platz zu ihrer Rechten, wo die Sonne den Felsen gewärmt hatte. Dieser Fels stand wie ein Wächter auf dem feinen Sand und wachte an einer Stelle der Bucht, wo diese eine Wendung machte. Die Wellen umspülten den hohen Stein daher nur sanft und konnten ihn nicht aushöhlen. Von hinten war er leicht über ein paar weitere größere Felsbrocken zu erklimmen, und so hatte hier schon so manch ein Besucher gesessen, um auf den Ozean zu schauen.

Rabea machte eine einladende Geste und lächelte ihm entgegen. „Du hattest Recht", erzählte sie ihm dann. „Ich musste einfach erst einmal schlafen und den Jetlag überwinden. Heute geht es mir schon besser. Ich kann mir auch ungefähr vorstellen, wie ich hierher geraten bin. Obwohl das wie aus einer anderen Welt zu kommen scheint, diese Erinnerung."

„Ja", erwiderte Enrique. „So geht es vielen hier. Es ist ein bisschen wie bei einer Geburt. Du inkarnierst dich in eine neue Ebene, und am Anfang scheint es so, als würde der Schlaf dich umfangen. Aber wenn du entsprechend vorbereitet warst, dauert der Schlaf nicht lange. Vielleicht spürst du schon jetzt, wie du dich an das, was wesentlich ist, wieder erinnerst. Wie du Dinge hörst, die dir bekannt vorkommen, als hättest du sie schon einmal irgendwo anders gehört."

„Nicht nur gehört", antwortete Rabea leise. „Ich habe gerade das Gefühl gehabt, als würde Vidya meine geheimsten Gedanken, mein tiefstes Wissen aussprechen. Es ist, als wären plötzlich Schleier von einem unbewussten Archiv gezogen worden. Das ist wunderbar und gleichzeitig unheimlich, weißt du?"

Enrique lachte. „Und das sind zwei verschiedene Ichs, die das sagen, nicht wahr?!" Als Rabea ihn stirnrunzelnd ansah, lachte er noch lauter. „Naja, wunderbar findet es diejenige, die ankommen möchte, die sich nach Heimat sehnt, nach Erkennen. Die, die nach langem Versteckspiel endlich gefunden werden möchte. Die, die auf der Suche nach Wahrheit war und nun die Wahrheit, verkörpert in dieser Lehrerin der Stille, vor sich sitzen sieht. Richtig?"

„Stimmt", bestätigte Rabea. „Es ist dir wahrscheinlich genauso gegangen." Fragend sah sie zum ihm hinüber, aber er schüttelte den Kopf. Der Wind wehte ihm jetzt ein paar lockige Haarsträhnen in die Stirn.

„Nicht sofort. Ich hatte eine Weile das Problem, diese ganzen Gedanken für versponnen und absurd zu halten. Ich bin auf einem anderen Weg mit Vidya zusammengetroffen, weißt du. Ich habe sie nicht gleich als Lehrerin erkannt, und schon gar nicht als meine. Ich hatte damals das Bedürfnis, noch viele von meinen Konzepten leben zu müssen, die ich besonders hervorragend fand. Ich hatte keine Lust, mich von diesen großartigen Gedanken zu trennen, und dann war es das einfachste, so zu tun, als fände ich die Lehre nicht nachvollziehbar oder gar absurd, versponnen. Dadurch konnte ich mich eine ganze Zeit lang drücken, ohne mich einlassen zu müssen." Er schien eine weit zurückliegende Situation vor seinen inneren Augen zu sehen, denn er lachte wieder.

„In Wahrheit habe ich mich nur vor der freien Entscheidung gedrückt, vor der einzigen, die wir je haben."

„Aha", nickte Rabea, ohne ihn wirklich verstanden zu haben. Das brachte ihn nur noch mehr zum Lachen.

„Wie dem auch sei, muy bien. Du hast dieses widerspenstige Ich ebenfalls erfahren, als du sagtest, es sei auch unheimlich, dass du die Wahrheit so direkt vor deinen Augen sehen kannst, ob in deinem eigenen Archiv oder in der Erscheinung einer äußeren

Form." Er wurde jetzt ernst und blickte tief in Rabea hinein. „Tatsächlich ist da überhaupt kein Unterschied."

„Wie meinst du das?" Sie bekam einen Schrecken.

„Wenn du glaubst, dass die Stimme, die zu dir spricht, aus dem Mund eines anderen Wesens kommt, dann irrst du dich." Er hielt inne, und ihr stockte der Atem.

Enriques Augen waren jetzt fast so tief wie die von Vidya, und aus ihrer Tiefe gelangte ein Leuchten zu Rabea, das von Reglosigkeit sprach, ein magisches Leuchten, dessen Quelle weit jenseits dieses irdischen Körpers zu entspringen schien. Es war eine Festigkeit darin, eine Unerschütterlichkeit, eine Integrität, die sie anzog, wie die Kerzenflamme den Nachtfalter anzieht. Sie verstand plötzlich, warum der Nachtfalter in sein Sterben flog. Es musste unendlich süß sein, dieses Verbrennen in jener Augenflamme des überirdischen Lichtes. Aber sie erkannte auch, dass es nicht mehr Enrique war, oder vielmehr war es nicht mehr die Person, die sie als Enrique kennengelernt hatte. Er schien irgendwie zeitlos geworden zu sein in diesem Leuchten, das ihr jetzt aus seinem ganzen Gesicht entgegen strahlte. Wer war das nur?

„Vidya ist dein eigenes Selbst", fuhr Enrique fort. „Sie spricht zu dir als dein eigenes Selbst. Es ist nicht die Persönlichkeit eines Körpers, die dir ihre Lehren erteilt. Du selbst bist es, dein eigenes Herz. Hast du das denn nicht gespürt?"

Tränen traten in Rabeas Augen, und sie wusste, dass er Recht hatte. Sie konnte nicht antworten. Was hätte sie sagen sollen? Sie war es! Sie war die Lehrerin, nach der Rabea so lange gesucht, die sie so sehr gerufen hatte. So oft hatte sie sich nach dem Mysterium gesehnt, von dem alle Weisen sprechen: dass der Lehrer da sein wird, wenn der Schüler bereit ist.

In seiner unendlichen Gnade und Güte hatte das Eine Selbst ihr Begehren als würdig erachtet und ihr eine Form geschickt, in der es sich selbst schenkte, damit sie hinausfinden könnte aus der Verwirrung des Traums, den sie träumte und den sie für ihr Leben hielt.

Sanft nahm sie Enriques Hand. „Ich danke dir", flüsterte sie. „Ich wusste es, aber du hast mir geholfen, die Verleugnung, die ich darüber gelegt hatte, zu durchbrechen. Und du hast mir die richtigen Worte gegeben. Ich hätte nicht gewusst, wie ich es hätte beschreiben können."

„Es ist ein Mysterium, mi amiga." Er lächelte und ließ seinen Blick auf das Meer hinaus schweifen. „Es ist tief wie der Ozean und klar wie das Wasser in der Stille, wenn sich jede Bewegung gesetzt hat. Es ist das, worin wir alle ruhen, und das, was wir alle sind. Was kann man darüber sagen?!"

Rabea nickte ihm dankbar zu. „Wie lange bist du schon hier?"

„Eine lange Zeit. Ich glaube, seit circa sieben Jahren. Doch wie lange es diesen wunderbaren Platz mit seinen Felsenhäusern schon gibt – ich weiß es nicht. Ich habe manchmal den Eindruck, ich sei fast seit dem Anfang dabei, dann wieder glaube ich, es hat nie einen Anfang gegeben. Also lebe ich hier und bin hier glücklich." Und nach einer Weile fügte er schmunzelnd hinzu: „Nachdem ich erst einmal meine fixen Ideen von dem, der ich noch alles werden wollte, aufgegeben hatte, hatte ich entdeckt, dass dies das Leben war, das ich immer leben, dem ich mich immer weihen wollte. Ich diene Vidya, und das heißt, dass ich der Wahrheit diene, und all jenen, die Wahrheit suchen."

„Ein wunderbares Leben!" sinnierte Rabea.

„Nicht für jeden", entgegnete dieser sanfte, kräftige Mann und zog seine vollen Lippen breit. „Es ist mein Leben, es ist meine Rolle in diesem Spiel des Selbst. Ich habe sie angenommen, als ich sie sah. Ich spiele sie, und sie macht mich glücklich. Aber sieh Vidya an. Ihre Rolle ist eine andere. Sie ist dazu geboren zu sprechen. Ihre Lebenskraft wäre nicht so stimmig eingesetzt, wenn *sie mir* dienen würde." Dann lachte er wieder laut. „Doch in Wahrheit, weißt du, in Wahrheit glaube ich, dass sie mir so viel mehr dient als ich ihr je dienen kann. Sie gibt mir so viel, und ich weiß nicht, wie ich durch mein einfaches Helfen auf diesem Anwesen je zurückgeben kann, was mir gegeben wurde."

„Es ist nicht aufzurechnen", erwiderte Rabea. „Jeder hat seine Rolle, nicht wahr? Ich glaube tief in mir, dass wir nur dann wirkliche Diener sein können, wenn wir die Rolle spielen, die für uns vorgesehen ist, und sonst nicht. Was du erzählst, ist wunderschön. Ihr dient einander, und doch scheint es da niemanden zu geben, der etwas tut. Es ist einfach ein gemeinsames Sein, ein Leben in Harmonie. So hört es sich für mich an."

„Ja, mi amiga, das ist die Wahrheit." Er tätschelte ihre Wange mit seinen weichen Fingern. Rabea sah in seine Augen und dachte, was für ein Geschenk es doch war, dass sie in so kurzer Zeit einen so wunderbaren Vertrauten gefunden hatte. Welches Glück sie hatte! Sie konnte sich nicht erinnern, dieses Glück, hier bei Vidya und Enrique zu sein, verdient zu haben.

„Ich muss gehen, ich habe eine Aufgabe zu erledigen."

„Oh, wie schade", sagte sie.

„Ja, das mag sein. Aber meine erste Verpflichtung ist dort bei Vidya." Rabea war erstaunt über so viel Klarheit in der Loyalität, und sie war gleichzeitig erfreut. „Wir sehen uns beim Essen?" fragte er im Gehen.

„Aber ja!" rief sie ihm nach und winkte. Lächelnd verschwand er langsam hinter den Felsen auf der anderen Seite.

Welch ein Tag! dachte Rabea. Welch ein Leben. Welch ein Ort. Sie sah auf das Meer hinaus, horchte in die Stille tief im Kern der Wellengeräusche. Sie fühlte die Stille im zärtlichen Hauchen des Windes, in der Berührung der Sonnenstrahlen auf ihrer Haut. Sie schloss die Augen.

Sie atmete ein und spürte, wie eine Luftwelle sie durchdrang. Sie atmete aus und spürte, wie die Luftwelle sie verließ und alle Emotionen mit sich nahm, die sie auf ihren Schultern trug.

Dann war ihr plötzlich, als wäre sie eine Welle am Strand. Jedes Wassermolekül des Ozeans ritt auf dieser Welle, während sie wieder in den Ozean zurückfloss und eins mit ihm wurde. Daraufhin bildeten alle kleinen Moleküle die nächste Welle, die an den Strand spülte – und Rabea war diese neugebildete Welle. Mit jedem Ausatmen war sie eine Welle, die an Land spülte; mit jedem Einatmen floss sie zurück in die Weite des Ozeans. Sie war eine Welle im Ozean. Sie war der Ozean selbst.

Eine Weile saß ihr Körper einfach so da, und sie war getragen in der Unendlichkeit des stillen Wassers, aus dem sie bestand.

Dann wurde aus der Welle, die sie war, eine Welle aus Licht. Sie war selbst diese Welle aus Licht, und sie konnte bis in die entferntesten Bereiche des Universums fließen. Sie atmete ein, und sie nahm die entferntesten Teile des Universums in sich auf, in ihrem innersten Wesen.

Mit dem nächsten Atemzug wurde sie zum ganzen Universum, das in ihr war; sie atmete wieder aus und wurde wieder zum äußeren Universum. Im Einatmen wurde sie zu ihrem inneren Universum. Alles in der großen Weite des Raums konnte zu ihr kommen. Im Ausatmen wurde sie zu den entfernten Bereichen des Raums.

Sie hatte plötzlich den Eindruck, sie könne von hier aus jeden Planeten im Universum kennenlernen. Als könne sie jeden Stern aufsuchen: Sie brauchte einfach nur zu atmen, und mit jedem Ausatmen war sie dort. Und als sie wieder einatmete, holte sie diesen Stern in sich hinein. Sie atmete aus und schaute sich in der entferntesten Galaxie um. Sie atmete ein und zog diese Galaxie in sich hinein.

Mit dem Atem war ein Klang verbunden, der zunächst noch wie das Rauschen des Blutes in ihren Ohren oder wie das Geräusch der Luft in ihrer Nase geklungen hatte. Mit jedem Atemzug drang Rabea tiefer in diesen Klang ein und stellte fest, dass er aus derselben Tiefe und Weite kam wie das Licht in den Wellen und die Unendlichkeit des Universums. Rhythmisch zuerst, bald auflodernd und sich erhebend wie die Kuppel eines mächtigen Doms, bald abebbend wie das leise Hauchen des Windes, öffnete der Klang eine weitere Tür in ihrem Inneren. In einem Raum, der sich aus unendlichem Sein zu speisen schien, spielte ein fernes Orchester das Lied des Lichts. Klang und Licht waren eins, sie waren Donner, ein riesiger Wasserfall, tiefe Trommeln, ein zarter Glockenklang, Hörner und Flöten, Hummeln und unergründliches Rauschen.

Leer von innerer Geistesbewegung und äußerer Ablenkung hörte Rabea nichts als den Klang der Stille. Überall vibrierte diese leere Stille in ihr, war nichts und sang doch gleichzeitig die Schöpfung ins Alles. Leer und voll zugleich tönte Rabea im Einklang mit allem. Sie fand die Musik ihrer Seele und war sich gewiss, dass die ganze Existenz sie hörte.

Obwohl sie gelernt hatte, dass das Universum in ständiger Bewegung sei, fühlte Rabea jetzt, dass es in zeitloser Stille ruhte. Diese Stille war bedingungslose Liebe und Annahme. Sie war nichts anderes als Gott selbst.

Sie atmete aus in den Ozean der lichten Stille und erfuhr bedingungslose Liebe. Sie nahm sich an, wie Gott selbst sie annahm. Sie sah, dass ihr Charakter und ebenso ihre Persönlichkeit nicht ihr Selbst, sondern lediglich Kleider waren, die sie zu diesem Zeitpunkt trug, die sie für dieses Leben angelegt hatte. Sie brauchte nicht mehr an ihnen zu hängen. Und doch konnte sie sie umso mehr lieben.

In diesem Verstehen, in diesem Mitgefühl wurde Rabea schließlich selbst zur Stille, zur Ruhe, zum Schweigen des Universums. Dieser Körper saß einfach da auf dem Felsen am Meer und lauschte dem Gesang des Ozeans, und das, was Rabea war, dieses Gewahrsein, hatte sich selbst gesehen.

Sie erinnerte sich an das gestrige Gespräch mit Vidya, in dem es darum ging, dass ihr schon einmal ein tiefes *satori* gewährt worden war. Aber damals hatte sie keine Lehrerin gehabt. Sie hatte keinen Bruder gehabt, der in seinem treuen und aufrichtigen Dienst an der Wahrheit so vieles aussprechen konnte, was ihr Mund nie zu sagen gelernt hatte. Sie war für einen Moment aufgewacht damals, aber sie hatte nicht gewusst, dass sie vorher geschlafen hatte. Und wie Vidya schon gesagt hatte, war sie sich auch des *satoris* nicht gewahr gewesen. Sie hatte die Freiheit erfahren und das Sein darin, aber sie hatte nicht sich ALS diese Freiheit, ALS dieses Selbst erkannt. Sie hatte eine Gnade erlebt, die sie auf den Weg geschickt hatte.

Sie erinnerte sich auch an Vidyas Warnung, es reiche nicht, ein *satori* zu haben, selbst wenn es bewusst sei. Die innere Fixierung, solange sie ungelöst und untransformiert bleibt, würde einen Schwung antreiben, der sie immer wieder davon abhalten würde, das, was das *satori* in ihr freisetzte, wirklich zu realisieren.

Hier auf diesem Felsen am Meer in der Aura der Stille ihrer Lehrerin hatte Rabea den Gesang des Ozeans gehört und war darin erneut ganz wach geworden. Und deutlich erkannte sie: Es war noch ein weiter Weg zu gehen.

Als die Sitzung am nächsten Morgen begann, hatte Rabea schon seit einiger Zeit auf ihrem Kissen gesessen und ruhig dem Pulsieren des Herzens gelauscht, das hier in der Stille so deutlich wahrzunehmen war. Sie spürte, wie sie tiefer sank in das, was vorher so wunderbar durch die Weisheit des Selbst vorbereitet worden war. Dieses Selbst hatte ihr in seiner unendlichen Güte all die Lehrer und Lehrerinnen geschickt, die sie eine Welt hatten betreten lassen, die weit jenseits vorstellbarer Reiche lag. Welch ein Trick, welch eine List! Ein Koyote lachte heimlich aus den Ritzen ihrer Mauern, als sie erkannte, wie klar sie geführt worden war, als sie noch gedacht hatte, ihren Weg selbst zu bestimmen!

Die ersten Tage vergingen wie im Flug. Vidya lehrte so einfühlsam, dass nichts anstrengend war, alles war Freude, sogar das Aufsteigen des Leides, das anzuschauen alle Teilnehmenden in der offenen Atmosphäre, die Vidya herstellte, mehr als bereitwillig waren. Es gab Zusammenkünfte, Treffen in Wahrheit und Stille, in denen Vidya einfach durch ihr Schweigen einen Raum von Liebe zur Verfügung stellte, der allen Anwesenden zeigte, dass sie nicht davon verschieden waren, sondern eins in dieser Liebe. In diesen Treffen, die jeden Morgen stattfanden, lehrte Vidya auch, die Erfahrungen zu begreifen, die jedes Wesen auf seinem individuellen Weg antrifft. Sie zeigte ihren Schülerinnen und Schülern, wo sie immer wieder anhafteten und wo sie das für real hielten, was ihr Geist erfunden hatte.

In der Zwischenzeit gab es einiges zu tun. Früchte, die das Land herschenkte, mussten geerntet und für die Mahlzeiten vorbereitet werden. Es wurde viel dafür getan, dass die Ursprünglichkeit der Landschaft so erhalten blieb, wie sie im Großen Geheimnis gedacht war. Vidya sagte, Menschen sollten möglichst wenig Spuren hinterlassen. In der Liebe zu diesem Land war das eine Selbstverständlichkeit, und durch den Kontakt zur lebendigen Erde, dem Wasser, der Sonne und dem Wind wuchsen die

Teilnehmenden in ein Mitgefühl hinein, in eine Verbundenheit mit allem, und sie spürten die Resonanz und die Stimmigkeit ihres Hierseins. Sie erlebten, wie sich die Natur ihrer gewahr wurde, wie sie sie spiegelte.

Konflikte tauchten auf, wenn sich ein einzelner Körper, ein egoischer Geist, aus dieser Stimmigkeit entfernte, und dies war jedes Mal ein Test für die ganze Gruppe. Am Anfang empfand Rabea diese Tests als äußerst bedrängend, und sie hätte sie gern weggewünscht. Später sah sie, wie stimmig auch das Auftauchen dieser Prüfungen war. Jedes Mal wurde dann ein Verhalten ausgelöst, das irgendwo im Vorbewussten festgesessen hatte und dann an die Oberfläche kam, um sich deutlich im Licht des Konflikts zu zeigen.

Wir lernen, wenn wir bereit sind zu lernen. Und dann ist die Lehrerin überall. Wenn wir nicht bereitwillig sind, dann gibt es immer die Möglichkeit, zu der Lektion in Widerstand zu gehen oder sie zu verleugnen. Es gibt immer die Möglichkeit, in der Trennung zu bleiben und den Schmerz nicht anzusehen. Dann sucht sich das Selbst einen anderen Weg. Es wird wieder zum Koyoten, der sich von hinten heranpirscht, wenn wir ihm vorn ausweichen wollen.

Jede Teilnehmerin und jeder Teilnehmer in diesem Zentrum der Stille hatte neben den für alle offenen Treffen die Möglichkeit, persönliche Führung zu erhalten. Vidya bot das einfach an, ohne darum gebeten worden zu sein. Sie ließ sich dabei vom Selbst führen, ließ auch hier keine persönlichen Gründe gelten, die von außen vielleicht für oder gegen eine Lektion gesprochen hätten. Rabea glaubte, dass Vidya rein und frei von persönlicher Absicht war, und so war das, was aus ihr sprach, auch wenn es nicht mit einem persönlichen Geist nachvollziehbar sein sollte, makellos und unschuldig.

Vidya gab ihre Lektionen, wenn sie von ihnen selbst geführt wurde. Das Selbst wusste, wann etwas und jemand reif war, eine weitere Gabe der Medizin zu erhalten, die aus seinem eigenen

Schmerz entstanden war. Aber Vidya antwortete auch auf persönliche Fragen, die mit den individuellen Lektionen zu tun hatten, die jedes einzelne Wesen hier offenbar zu erfahren hatte.

Rabea konnte erkennen, dass die Tiefe, in die sich alle Gruppenmitglieder bewegten, ihre eigenen Regeln und ihre eigene Struktur hatte, und dass es an ihnen war, diesen einfach zu folgen. Offenbar schien der äußere Rahmen nur durch die regelmäßigen Treffen mit Vidya, den allgemeinen Hausdienst und die persönlichen Lektionen gesteckt zu sein.

Kurz vor dem Ende der ersten Woche sah Rabea aber, dass es noch eine weitere Struktur zu geben schien, die, wie Enrique kommentierte, durch unsere irdische Inkarnation gegeben war, und die Vidya aufgriff. Viel später, als Rabea verstand, dass ihr Energiesystem sich augenscheinlich an diese Struktur gehalten hatte, bevor noch ihr Geist sie erkannt hatte, war sie ein weiteres Mal überrascht.

DER TODESTON

Bevor du den Weg des Erwachens vollkommen bewusst vollenden kannst, musst du zunächst dessen gewahr werden, was innerhalb deiner vielen Schichten und Geschichten an verborgenen, vermiedenen, unterdrückten und unbewusst ausagierten Emotionen darauf wartet, von dir umarmt und als Lehrer begrüßt zu werden!"

Vidya saß auf Rabeas Bett, hatte die Beine übergeschlagen und sah sie weich an. Ihre Augen strahlten aus der Tiefe ihrer Stille, und Rabea war gebannt von der göttlichen Schönheit, die ihr Vidya vermittelte. Sie hatte ihre Form nun schon so oft zu erfassen versucht: die hochgewachsene, aufrechte Haltung, die gerade Linie der Schultern und den Hals, der immer von einer Kette aus rosa Süßwasserperlen geziert war, an der ein indisches Schriftzeichen hing, das heilige OM, ihr nicht mehr ganz junges Gesicht, von kleinen Falten hier und da gezeichnet. Vor allem gefiel Rabea die steile Falte über der Nasenwurzel, die sie daran erinnerte, dass auch Vidya in dem Abschnitt ihres Lebens, der dem Auslaufen des karmischen Schwungs gedient hatte, mit einigem beschäftigt gewesen sein musste, das ihr Kopfzerbrechen bereitet hatte. Und dann die tiefen Falten um die Mundwinkel herum – sie habe einmal an einer schweren Krankheit gelitten, hatte Rabea von Mirina erfahren, einer weiteren Frau aus der Gruppe, die hier zur Zeit zusammen lebte. Aber die Falten berichteten auch vom vielen Lachen, und so waren sie für Rabea ein Symbol für Vidyas Fähigkeit, in jeder Erfahrung die Einheit von Freude und Leid zu erkennen und diese vermeintliche Dualität zu entlarven.

Dennoch war das, was Vidya gerade gesagt hatte, ihr nun Anlass, ihre Betrachtung zu unterbrechen. Sie fühlte innerlich das Aufsteigen eines Widerstands, auch eines Zweifels, und als sie diesen auf einmal nicht mehr als Welle ansehen konnte, entglitt ihr die Selbstbeobachtung und sie schickte den Zweifel nach außen. Vidya erkannte die Welle, die durch Rabeas Geist zog, sie bemerkte, wie diese Welle um sich herum einen Hof bildete, der zu einer Geschichte im Verstand wurde. Lächelnd wartete sie ab, wie Rabea sich weiter verhalten würde.

„Aber Vidya", begann diese ihren Einwand, „alle indischen *gurus*, von denen ich etwas gelesen habe, und auch viele der anderen Lehrer und Lehrerinnen, die ich kennengelernt habe und die etwas von Erleuchtung verstehen, sagten mir, es reiche aus, wenn man das, was man als Körper mit sich selbst identifiziert hat, transzendiert, wenn man erkennt, dass man das nicht ist. Ich verstehe ja, dass man die Dinge, die man in sich trägt, so transformieren muss, dass sie keine Hindernisse mehr darstellen und einem dienen. Aber dass sie Lehrer sein sollen oder man sie gar umarmen muss, das habe ich noch nie gehört. Hast du das denn wirklich so gemeint?"

Sie antwortete mit einer Gegenfrage. „Wie ist es dir denn ergangen? Hast du nicht bereits vor einigen Jahren gesehen, dass du nicht dieser Körper bist? Hast du nicht schon hin und wieder die Grenzen deines Leibes, deiner Emotionen, ja sogar deines Geistes transzendiert? Hast du dich nicht sogar – was die größte Erkenntnis, die größte Seinserfahrung überhaupt ist – als DAS erkannt, was wir alle sind, das Eine Selbst? Hattest du nicht Eindrücke davon, dass alle Formen nur Wellen sind, die auf diesem unendlichen Ozean steigen und fallen?" Nickend bestätigte Rabea ihre Fragen. „Und – hat dir das gereicht?"

Rabea schüttelte langsam den Kopf. „Aber", kam ihr nächster Einwand, „das lag doch nur daran, dass ich meine Person wieder aufgegriffen habe, oder? Ich hätte ja auch in der Seinserfahrung bleiben können."

„Erfahrungen von Erwachen zu haben, *satoris* zu haben, ist wunderschön. Transzendenz ist so wichtig und so erfüllend. Und wenn du dein Leben so leben willst wie Ramana Maharshi, dieser große indische Weise, der nach seinem Erwachen zum Berg

Arunachala aufbrach und dort meditierend verweilte, bis seine Realisierung unumkehrbar war, wenn das dein Weg ist, dann ist Transzendenz sicher alles, woran du auch interessiert zu sein hast. Doch jeder Erleuchtete, der nur über *einen* Aspekt seiner Essenz in das Große Eine gelangt, muss in diesem einen Aspekt verweilen. Es kann ihm passieren, dass er im Kontakt mit ‚der Welt', die es auch für ihn durchaus noch gibt, Ängste entwickelt, Berührungs- und Bindungsängste, dass er also nicht wahrhaft frei, sondern immer den Bedingungen unterworfen ist, sich von der Kraft der Wellen, die diese Schöpfung nun einmal hervorbringt, zu isolieren. Andernfalls muss er befürchten, seine Transzendenz, und sei es auch nur zum Teil, wieder einzubüßen, wenn er in Kontakt mit den restlichen *samskaras* kommt, die ihn wieder in die Definition einer Person hinunterziehen."

In Rabea dämmerte eine Erinnerung. „Dann ist es das, was mir passiert ist? Aber sagt man nicht auch immer wieder, dass es nichts zu tun gibt, dass ich schon frei bin, dass es nur darauf ankommt, die Mühen aufzugeben und nichts zu tun. Das deckt sich doch irgendwie mit dem, was du mir am ersten Tag sagtest, als du meintest, ich habe meinen Erfahrungen von Erleuchtung nicht treu sein können."

„Nun ja. Dass es nichts zu tun gibt und wir alle schon frei seien, sagen vor allem jene vermeintlichen Erleuchteten, die heute so zahlreich durch das Land ziehen, um in ihren Zusammenkünften Schüler zu erwerben. Was diese Leute behaupten, ist auf eine Weise wahr. Wir werden noch dazu kommen, das so zu begreifen, dass du es wirklich selbst erfahren kannst. Vorher sind das doch einfach nur Worte, oder nicht?"

Rabea nickte. Nun ja, das entsprach viel mehr ihrer Erfahrung. Die Worte jener Lehrer und Lehrerinnen waren bestenfalls etwas gewesen, was ihr Hoffnung gemacht hatte. „Ich erwähnte eben schon Ramana Maharshi. Du kennst ihn." Wieder nickte Rabea. Doch dann schüttelte sie den Kopf. „Kennen ist zu viel gesagt. Ich habe hier in der Bibliothek ein Buch von ihm gefunden, sein

Bild darin gesehen und es gelesen." Sie liebte die Stille, die sich darin eröffnet hatte. Nun musste sie an seine weisen, liebevollen Augen denken, die mindestens ebenso tief waren wie die von Vidya.

„Er selbst war es", sagte diese jetzt, „der alle Suchenden, die zum ihm kamen, gewarnt hatte. ‚Hier im ashram ist es leicht für Sie, zu wissen, wer Sie sind', hatte er ihnen gesagt. ‚Aber wenn Sie wieder zu Hause sind, wird Ihr alter Charakter hervorkommen und Sie zurückziehen in den Kreis Ihrer Anhaftungen.' Ramana bestätigte den Menschen, dass es am Anfang Mühe kostete, enorme Mühe sogar. Die Mühe kommt daher, dass wir in automatischer Weise dazu neigen, unsere Aufmerksamkeit auf unseren konditionierten Charakter zu richten, anstatt mit ihr im Selbst zu verweilen. Mühe und Übung waren das, was die alten, wahren Meister empfahlen. In den Überlieferungen gibt es deshalb so viele Wege des spirituellen Gewahrseins. Es waren viele Vorschläge für Menschen aller Gestimmtheiten und Eigenschaften, sich ihrer selbst zu besinnen."

„Wenn ich bisher nicht allzu taub und blind gewesen bin, dann schlägst du allerdings keinen Weg vor, der Übung und Mühen zum Inhalt hat, oder? Ich erlebe dich und die Gruppe hier, wie überhaupt den ganzen Raum, als sehr diszipliniert, aber das scheint aus einer anderen Ebene heraus, aus einer freiwilligen und einsichtsvollen Einstellung heraus zu erfolgen. Oder sind die anderen, die sich hier aufhalten, bereits in einer Übung begriffen, von der ich nur noch nichts mitbekommen habe?"

Vidya setzte sich bequemer auf das Bett und schlug die Beine zum Schneidersitz zusammen. „Jeder Mensch steht an einer anderen Stelle. Für manche kann es sehr sinnvoll sein, eine Übung zu erhalten, die ihn daran erinnert, sich seiner selbst zumindest ein- oder zweimal am Tag wirklich anzunehmen. Manche müssen erst lernen, ihren Körper zu kennen, ihn wahrzunehmen. Manche müssen ihre Seele disziplinieren, damit sie nicht ständig Impulse sendet, Emotionen auszuagieren, was eben auch zu einer Gewohnheit oder gar zu einer Konditionierung werden kann." Rabea fühlte sich bei diesen Worten sehr an einen bestimmten indischen Lehrer erinnert, der so eine große Gruppe von Menschen angesprochen hatte, gerade weil er ihnen die Möglichkeit eröffnet hatte, sich emotional auszuagieren. „Aber das ist nicht sinnvoll", fuhr Vidya fort. Im Gegenteil – es treibt die Fixierung des Verstandes tiefer in den Körper, macht das Ego kräftiger, wissender.

Du hast in deinen vielen Leben schon einiges ausprobiert und getan. Du brauchst keine Übungen mehr, die dich dahin bringen, innerlich still zu werden, damit du einmal einen kleinen Einblick in dein Selbst erhaschen kannst. Du hast es schon einmal – oder sogar mehrfach erfahren. Aber die erste Erfahrung war ein unbewusstes *satori*, und du sagst selbst, das reicht dir nicht. Dann gab es ein bewusstes *satori*, aber selbst das wurde von dir bereits relativiert. Immer wieder könntest du Gedanken hegen, dich in eine Höhle zurückzuziehen, den Wellen des Lebens fernzubleiben und dich nur noch der Transzendenz zu ergeben. Du könntest sogar überlegt haben, eine Einsiedelei zu gründen, um dich – wie manche Lehrer und Lehrerinnen es tun – ganz von der Welt zu isolieren. Aber du wirst immer wieder zu dem Schluss gekommen sein, dass das nicht dein Weg ist. Dass du MEHR willst – alles! Du willst den Königsweg, das weiß ich!"

Bei ihren Worten musste Rabea wieder erstaunt einatmen – Vidya kannte sie so gut! Woher wusste sie nur um all ihre Überlegungen, ihre Zweifel, ihre Gedanken und inneren Kämpfe? Woher wusste sie nur, was Rabea wollte und was ihr Weg war? „Ja, Vidya, das stimmt. Das stimmt nur zu gut. Aber ich komme immer wieder an Wegkreuzungen, an denen ich denke, dass es nicht weitergeht. Immer wieder habe ich das Gefühl, nicht zu genügen, den Menschen nicht wirklich das geben zu können, was sie brauchen, einfach nur dadurch, dass es in mir selbst kurz aufgeblitzt war. Und in mir ist immer wieder die Frage aufgestanden, warum es nicht *bleibt*, was ich realisiert hatte. Warum ich immer wieder scheinbar in dieser Person lande, immer wieder das Gefühl habe zu suchen."

„Das ist neben dem Punkt, den wir an deinem ersten Abend schon kurz gestreift haben – du erinnerst dich an das Gespräch über die Fixierung? – eine Frage der Integrität. Wir werden auch daran später noch arbeiten. Im Moment genügt es für dich, zu wissen, dass Transzendenz bei weitem nicht reicht. Transzendenz auszulösen, jemandem in einem kurzen Moment zu vermitteln, wer er ist, einen Einblick in die Leere zu geben und sein Selbst zu erblicken, ist gar nicht so ‚schwer', wenn ich das einmal so sagen darf. Indem sich jemand wirklich öffnet und sich mir völlig anvertraut, überträgt sich meine Stille und meine Leere auf ihn, und er wird sich dessen gewahr, dass er dasselbe Selbst ist. Es gibt Lehrer in deinem Land, die das dann bereits als Erwachen deklarieren, die Menschen so nach Hause schicken und sie dadurch mehr verwirren, ihre Egos mehr stärken als ihnen wirklich zu dienen. Ich bin sehr traurig über diese Entwicklung, aber sie wird auch zu etwas dienen, wenn auch selbst mir noch nicht ganz klar ist, wozu. Vielleicht schützt sich der kostbare Diamant der wahren Realisierung auf diese Weise davor, zu sehr in Vergessenheit zu geraten. Es wird sich erweisen, wenn die Zeit dafür reif ist. Leider gibt es inzwischen aber viele verantwortungslose Lehrer und Lehrerinnen, die das für ihre – vor allem materiellen – Interessen ausnutzen. Doch das soll hier nicht weiter unser Thema sein. Wichtig ist nur zu wissen, dass es sich bei einer Transzendenzerfahrung natürlich nicht um wirkliches Erwachen handelt. Seinserfahrungen sind wichtig, sind wunderschön, aber sie kommen und gehen. Und wenn man sich nicht um sie kümmert, kommen sie seltener. Wir können an jeder Stelle des Weges die Verhaftung an den falschen Charakter wieder aufgreifen, und durch die Investition in wunschbestimmte Motive wird sie wieder stark.

Transzendenz reicht also nicht, wenn du den Königsweg gewählt hast."

„Aber wenn Übungen nur bis zu einem bestimmten Punkt begleiten können, wenn Mühe auch nur für eine gewisse Zeit etwas nützt, wenn Hingabe auch nicht ans Ziel führt, was kann denn dann helfen?" maulte Rabea.

Vidya lachte laut. „Oh, Hingabe reicht wirklich vollkommen. Aber leider ist Hingabe für die meisten Menschen etwas, was innerhalb der Zeit auftaucht und nicht über sie hinausreicht. Sie geben sich eine Weile hin, aber dann reicht es ihnen, es wird ihnen vielleicht langweilig, und dann ist die Hingabe vorbei, und sie greifen das wieder auf, was ihr Verstand interessanter findet. Hingabe ist wunderschön, aber auch sie steht und fällt mit der Fähigkeit, integer zu sein. Integrität aber steht und fällt mit der Frage, wie viele Aspekte deiner Essenz in sich selbst ruhen und wie viele so pervertiert sind, dass sie sich zu einem Knoten, einem Ego zusammengeschlossen haben, den man den falschen Charakter nennt. Je mehr von den Aspekten des falschen Charakters du in ihren Ursprung zurückgeführt hast, desto klarer kann deine Aufmerksamkeit in deiner wahren Essenz ruhen. Das Zauberwort heißt hier also Transformation. Transformation, die im Zusammenhang mit Transzendenz, mit Essenz erscheint, klärt dich, macht dich ruhig, lässt dich still in dir ruhen. Du musst vor keiner Erfahrung mehr flüchten, wenn alles in seinem Ursprung angekommen ist. Dann bist du immer frisch, neu, hier. Dann bist du frei, auf alles zu antworten, das ganze Sein zu umarmen. Du bist in Frieden mit allem, in Intimität mit allem, was auftaucht, denn es ist alles das, was du bist. Ich nenne das das So-Sein."

Rabea war ruhig geworden in Vidyas Erzählen. So einfach, so klar hatte sie beschrieben, woran Rabea gekrankt hatte. So natürlich war das, was Vidya sagte, dass Rabea in diesem Moment gar nicht begreifen konnte, dass es ihr selbst noch nicht eingefallen war.

„Wie fange ich an?" fragte sie nach einer langen Weile des stillen Sitzens mit Vidya.

„Du bist dabei. Zunächst genügt es, vollkommen zu begreifen, was ich gerade gesagt habe." Rabea nickte, und Vidya sah, dass sie begriffen hatte, ja mehr noch, dass sie ihre Worte als ihr eigenes tieferes Wissen erkannt hatte. „Du musst auch wissen, dass Transformation sowieso etwas ist, was deine Essenz von selbst anstrebt. Sie sendet dir darum immer wieder Erlebnisse, die dich an Knoten in deinem Charakter und schließlich auch in deiner Persönlichkeit stoßen lassen, in denen sich Perversionen der Essenz befinden. Diese Perversionen tragen dazu bei, dass deine Integrität untergraben wird. Die Erlebnisse, die dir geschehen, haben Auslösungscharakter, Hinweischarakter. Sie bringen dich in Kontakt mit deinen reaktiven Emotionen, mit wahren Gefühlen, mit deinen Erinnerungen und mit dem Wissen, das in deinen energetischen Systemen gespeichert ist. Wenn du dich all diesen stellst, kann es sein, dass sie tiefe Erschütterungen in dir bewirken. Wenn du dich davon in ihr eigenes Zentrum leiten lässt, wirst du sehen, dass es das Zentrum deines Selbst ist."

„Das ist mir klar. Ich nehme auch an, dass die Emotionen, Erinnerungen und Erschütterungen etwas mit vergangenen Erlebnissen zu tun haben, denen ich mich damals eben nicht gestellt hatte. Ich habe ein paar Dinge in meinen psychotherapeutischen Erfahrungen aufgearbeitet. Ist denn Transformation mit Psychotherapie vergleichbar?"

„In gewisser Weise schon, ja. Die spirituellen Wege der Welt haben ja die psychotherapeutischen Wege erst hervorgebracht. Aber leider hat die Psychotherapie vor allem im Abendland so egoische Züge angenommen, dass man ihr die Wurzeln kaum noch anmerkt. Es geht ja doch viel um den Erhalt und das Funktionieren des Egos, nicht wahr? Aber auch dazu werden wir später noch kommen." Vidya schwieg eine Weile und grub in ihrer Hemdtasche nach einer kleinen Uhr, auf die sie schaute, und die sie nickend wieder in der Tasche verschwinden ließ. „Transformation muss immer im Selbst ruhen, muss die Aufmerksamkeit immer auf dem Selbst haben, sonst wird sie zum Selbstzweck. Was dann passiert, ist ein oberflächliches Herumdoktern an den Geschichten eines Charakters, so lange, bis sie ein bequemeres Leben ergeben. Aber das ist keine Freiheit."

Wieder schwieg Rabeas Lehrerin eine Weile, bis die Stille sich erneut so vertieft hatte, dass kein Gedanke ihren Geist mehr trübte, und sie ungehindert ihr Wesen und ihre Worte in sich einfließen lassen konnte.

„Um dich all diesen in der Vergangenheit nicht gefühlten Erfahrungen zu stellen, genügt es zunächst, vollkommen bereitwillig und offen zu sein für das, was in diesem Feld der Stille und Wahrheit ganz von allein auftauchen wird. Wenn du dich dem sehr liebend und einverstanden hingibst, dann wird dir kein weiteres Leid geschehen. Du wirst dich vielmehr durch das Fühlen all dessen, was du selbst an Leid verursacht hast – und zwar für dich selbst und andere – von allem befreien, das du für real gehalten hattest. Du wirst erkennen, dass all dieses Leid nur mentale Konstruktionen sind, die keine inhärente Wirklichkeit besitzen.

In deiner ersten Woche hier hast du bereits vieles erlebt, das dir helfen kann. Du hast dich dem Ozean und dem Universum der Sterne hingegeben. Du hast dein Herz der wahren Lehre geöffnet und in der Gemeinschaft der Menschen hier, im *sanga*, aber auch in der Natur und den dort lebenden Wesen, Freunde und Freundinnen gefunden.

Du hast an den Sitzungen aufmerksam und wach teilgenommen, und du hast gesehen, dass das, was ich sagte, einfach nur Worte waren, Beschreibungen für die Dinge, die in deinem eigenen Geist schon in der Knospe, teilweise auch in der Blüte standen. Du hast Klarheit und Reife gezeigt."

Vidya schenkte Rabea zunächst ein sanftes Lächeln, dann sah sie sie herausfordernd an. Unwillkürlich streckte Rabea ihren Rücken und spitzte die Ohren ein bisschen mehr.

„Als du hier angekommen warst, habe ich dich ‚Rabea' genannt."
Rabea nickte. „Du erinnerst dich an deine Begegnung mit dem Raben, der dir im Wald einen Ton schenkte, der dir damals unbekannt und unheimlich war?"

„Ja!" rief sie erstaunt aus. Das wusste sie auch?

„Ich möchte, dass du deinen Geist in diesem Moment dorthin zurückschickst, um dich noch einmal in jenen Ton zu versenken, den du damals hörtest. Ich möchte, dass du dich diesem Ton jetzt und hier so tief öffnest, wie du nur kannst, damit du seine Botschaft wirklich empfangen kannst. Willst du dieses Experiment wagen?"

Natürlich wollte Rabea.

Vidya stand auf und schlug ihr vor, sich auf dem Bett auszustrecken, so dass es für ihren Körper einfacher sein würde, sich zu entspannen und ihr eine angenehme Reise zu ermöglichen. Vidya setzte sich auf den Hocker neben das Bett und begann langsam damit, Rabea in eine leichte Hypnose zu versetzen. Sie fiel mit den Wahrnehmungen ihres Geistes immer tiefer in eine Trance, in der sich ihre Aufmerksamkeit auf jenes Ereignis richtete, das ihr die Bekanntschaft mit dem singenden Raben eingebracht hatte.

„Sobald du dort angekommen bist, lass es mich bitte wissen", bat Vidya, und Rabea nickte, denn sie sah den Raben bereits vor sich, wie er auf diesem Baum saß, von wo aus er alles zu überblicken in der Lage gewesen war.

Dieses Mal hörte sie ihn auch. Sie hörte ihn gleichzeitig auf zwei Ebenen; es war, als hätte er die Fähigkeit, Töne zu produzieren, die wie die Töne eines Vogels klangen, aber er konnte auch Worte produzieren, denn Rabea hörte Sätze aus seiner Richtung, die in ihrem Geist widerhallten.

„Welchen Ton hörst du?" fragte Vidya.

„Es ist ein sehr hoher Ton", antwortete Rabea. „Er ist kaum mit einem Ton vergleichbar, es ist ein Pfeifen, ein hohes ätherisches Piepen. Aber es ist so weich, so wie eingepackt in Watte, als würde es in einem großen Raum widerhallen, der ohne Begrenzung ist. Ich kann es kaum beschreiben."

„Das ist sehr gut", sagte Vidya. „Lass dich einfach führen von diesem Ton, auch wenn du ihn nicht genau beschreiben kannst. Du hörst dieses ätherische hohe Pfeifen, und du kannst sicher sehen, wie dein Geistkörper auf diesem Ton entlanggleitet. Das ist es, was der Rabe von dir möchte. ... Ich habe das Gefühl, dieser Rabe ist ein Freund."

„Ja", bestätigte Rabea, denn sie hatte dasselbe Gefühl. War ihr der Rabe damals noch unbekannt und ein wenig unheimlich erschienen, so war sie sich nun ganz sicher: er wollte ihr etwas zeigen, das für sie von Bedeutung sein würde. Es hatte fast den Anschein, als wolle er sie wirklich mitnehmen, als wolle er sie auffordern, auf dem von ihm erzeugten Ton zu reisen, so wie es Vidya gesagt hatte. Kaum hatte sie das gedacht, spannte der große schwarze Vogel auch schon seine Flügel zum Flug aus. Er vergewisserte sich noch mit einem Seitenblick in Rabeas Richtung, ob sie seine Aufforderung erfasst hatte, dann flog er los.

Rabea war so tief in seinen Augen und in diesem Ton versunken, dass sie sich ebenfalls in die Lüfte erhob, als wäre sie ein Teil von ihm, den er automatisch mit sich zog, und sie folgte ihm in immer gleichem Abstand.

Sie tauchten in eine Sphäre ein, die die junge Frau vollkommen in sich aufnahm. Es war dunkel, und diese Dunkelheit hatte etwas, das sie nicht kannte. Sie war nicht einfach das Gegenteil von Helligkeit, sie war nicht die Abwesenheit von Licht. Sie leuchtete. Fasziniert blickte Rabea sich um. Sie konnte nichts sehen. Und in diesem Nichts meinte sie die Augen des Raben zu erkennen, und umgekehrt, die Augen des Raben waren ein tiefer See, der das Nichts war. Dieses Nichts, diese Schwärze, hatte nichts Beängstigendes und nichts Kaltes. Es war im Gegenteil warm wie der Schoß der Mutter aller Existenz – Rabea spürte die magische Tiefe des Großen Geheimnisses, in das sie eingetreten war. Es vibrierte hier, es pulsierte. Das Potenzial aller Kraft war hier, sie konnte es fast anfassen. Auf einmal schien es keine Grenzen mehr zu geben, es war, als wären Grenzen von jeher nur Illusion gewesen!

Sie atmete tief; sie war zutiefst berührt und voller Ehrfurcht und Andacht in der Offenbarung dieses Wunders, dessen Gnade sie überwältigte. Das, was Rabea noch vor kurzem ihr Ich genannt hatte, war verschwunden, und eine individuelle Form konnte sie nicht mehr finden. Hier war die Einheit aller Formen, und gleichzeitig war es das klare Bewusstsein darüber, dass keine Form je existiert hatte. Es war nicht beschreibbar und nur erkennbar in sich selbst. Es war reine Freiheit und tiefste Seligkeit. Es war ein Gefühl von höchster Ruhe und tiefstem Frieden, vollkommen frei von Angst.

Der Rabe flog an ihr vorbei, und seine Berührung streifte sie wie eine Welle, die sich im Meer erhebt, um einer Botschaft Ausdruck zu geben, die ins Gewahrsein drängt. Es gab keine, die sich konzentrierte, sondern einfach das Wahrnehmen einer Weisheit unbeschreiblicher Größe, in der nichts übersehen wird. Es gab keine Mühe, die aus einem Tun hervorging. Mühe, wenn sie überhaupt so bezeichnet werden konnte, war der Name für eine Erfahrung, die mit dem Aufhören alter, gewohnheitsgesteuerter Bewegungen einherging.

„Du wirst auf einem neuen, dir jetzt noch ‚anders' erscheinenden Weg am Rande der Zeit in das Große Geheimnis hineinwandern. Sei auf das Unerwartete gefasst und auf Fülle vorbereitet!" so lautete die Botschaft des Raben. Rabea erkannte in diesem Moment, dass er ihr diese Botschaft bereits gegeben hatte, als er sie damals im Wald aufgesucht hatte, und dass das, worauf er hingewiesen hatte, inzwischen in ihr Leben getreten war.

Sie erhaschte einen Blick in die Tiefe der Ewigkeit, die sich auftat hinter der Botschaft, die gegeben worden war. Sie trieb im Meer der Stille und hörte seine Sprache. Sie sah das reine Licht, das wie ein Klang war. Und dann flog der Rabe sie zurück.

Vidyas Lachen kam ihr entgegen wie eine alte Freundin, die am Ufer des Meeres gewartet hatte, während Rabea tauchen gewesen war. Ja, sie tauchte auf aus der Tiefe des All-Einen, um staunend und sehr ehrfürchtig noch eine Weile in den hohen Tönen des Raben liegen zu bleiben. Als hätte dieser Ton die Macht, eine Kraftübertragung vorzunehmen, fühlte sie sich gestärkt, und etwas in ihr war zutiefst genährt.

„Es ist der Ton des Todes", hörte sie Vidya sagen. Rabea bekam große Augen, als Vidya fortfuhr zu erklären: „Es gibt verschiedene Klänge in der spirituellen Sphäre. Genau genommen gibt es zwei Arten von Klängen mit jeweils verschiedenen Aufgaben, die beide vom Göttlichen ausgehen: solche, die das Gewahrsein zentrieren und es daran hindern, sich von Gegenständen ablenken zu lassen, die es zerstreuen würden; und jene lieblichen Klänge, die unsere Aufmerksamkeit durch ihre Anziehungskraft auf unser spirituelles Herz direkt auf Gott lenken. Der Ton, den du hörtest, ist einer der letzteren Art. Er hat dich in die Erfahrung des Göttlichen Mysteriums hineingetragen, in die Einheit der Leere. Und diese Erfahrung ist zutiefst transformierend. Sie ist eine Hilfe bei aller Essenzarbeit."

„Aber wenn es sich um den Todeston handelte", erwiderte Rabea, noch ein wenig erschreckt von dem, was Vidya zuerst gesagt hatte, „ist es dann nicht auch möglich, dass ich aus einer solchen Erfahrung nicht wieder zurückkomme?"

Vidya lachte. „Aber nein! Deine Seele erhebt sich in dem Maße in die spirituellen Regionen, wie sie dafür reif ist, und diese Reife bringt zum einen den Wunsch nach den entsprechenden Offenbarungen mit sich, und zum anderen bezeugt sie, dass dein Geist in der Lage ist, diese Offenbarungen zu erfassen."

„Gibt es denn dann keine Überforderung oder Überschwemmung? Heute haben doch so viele Menschen Angst vor dem Verrücktwerden, und so viele Ärzte warnen vor der unbedachten Anwendung spiritueller Übungen."

„Ja, ich habe darüber einiges gelesen. Menschen berichteten über spirituelle Erfahrungen von Licht und Klang, denen sie nicht gewachsen gewesen seien, oder auch deren wohltätige, göttliche Natur sie nicht erkannt hätten. Ich glaube, das sind ununtersuchte Berichte von Menschen, die nicht wirklich auf Erfahrungen beruhen. Sieh mal, die spirituelle Nahrung, von der du dich im Moment so gesättigt fühlst, kennt deinen Hunger genau, denn sie ist eine Kraft des universellen Bewusstseins, und sie wird deiner Seele in dem Maße zuteil, wie sie benötigt wird. Licht und Klang als Offenbarungen des unsterblichen Selbst sind Manifestationen Gottes. Sie sind vom selben Wesen wie die Seele. Deine Seele aber kann sie nur in dem Maße wahrnehmen, wie sie von den zahlreichen weltlichen Eindrücken *gereinigt* ist. Die Reinigung wird aber wiederum von den Offenbarungen selbst vollzogen, so dass Erfahrung und Empfänglichkeit stets und ohne Ausnahme in vollkommen ausgewogenem Verhältnis zueinander stehen."

„Das ist beruhigend", sinnierte Rabea. Vidya schmunzelte. Sie strich sich ihr langes, kastanienbraunes Haar aus dem Gesicht und fügte noch hinzu: „Später einmal wirst du dich noch mehr mit Licht und Klang beschäftigen. Jede Ebene hat ihre eigenen Inhalte. Aber die Grenzen zwischen ihnen sind fließend und – wenn wir es ganz genau nehmen – eigentlich nicht vorhanden. Deshalb kann man im Prinzip überall auf alles stoßen."

In Vidyas schwarzem Haar leuchteten graue Strähnen silbern im hellen Licht der Nachmittagssonne, die durch Rabeas Fenster hereinfiel. Sie sah hinaus und spürte die Sonnenstrahlen auf ihrem Gesicht.

"Lass uns ein wenig am Strand entlanggehen", schlug Vidya vor. "Wir können deine Erfahrung dort draußen besprechen, während wir den Wellen zuhören. Heute ist das Meer ein bisschen unruhig. Ein Sturm wird kommen, und wenn wir Glück haben, dann können wir seine Kraft in dieser Nacht beim halben Mond noch sehen."

Das Meer schäumte schon beträchtlich an den Strand. Etwas größere Wellen brachen sich weiter hinten an den Felsen, die weit ins Meer hineinragten. Rabea wunderte sich, dass es offenbar hier keine Gezeiten zu geben schien. "Oh, es ist eine kleine Bucht hier", erklärte Vidya, wieder einmal auf ihre Gedanken eingehend. "Wir bekommen die Gezeiten nicht so stark mit hier unten."

Rabea nickte. Was meinten sie eigentlich immer alle mit ‚hier unten'? Aber bevor sie darüber weiter nachdenken konnte, hatte Vidya schon an das Gespräch von vorhin angeknüpft.

"Der sogenannte Todeston", fuhr sie fort, "wird so genannt, weil die Wesen beim Sterben – in Anwesenheit des Todes – einen ganz bestimmten Ton hören. Dieser Todeston ist charakteristischerweise sehr hoch, er kommt einem Pfeifen gleich, manchmal haben Menschen ihn als einem Zahnarztbohrer ähnlich beschrieben. Aber dieser Ton kann auch von dir gehört werden, wenn du dich in die Sphäre des Todes begibst. Der Tod ist nicht notwendigerweise mit dem Verlassen des physischen Körpers identisch. Er bedeutet zunächst einmal, dass eine Ebene verlassen wird, an der vorher festgehalten wurde, weil sie für das Lebenszentrum gehalten wurde. Sie wurde außerdem für real gehalten. Wenn du zum Beispiel einen Menschen verlierst, sei es durch Tod oder durch Trennung, dann kannst *du* das ebenfalls wie einen Tod erleben, wie ein Sterben.

Wenn du sehr tief fällst, sehr tief loslässt, fällt deine Seele in Bereiche, in denen du den Tod treffen kannst, also das Wesen, das in vielen Kulturen als Todesengel bezeichnet wird. Hier ist der Tod wie eine Initiation." Und nach einer Weile des stillen Weitergehens vor der Kulisse des immer stärker brausenden Meeres sagte Vidya mit einem Seitenblick zu Rabea: „Du erinnerst dich sicher an den Traum, der dich hierher geführt hat. Es war ein Tod, aber es war auch eine Geburt, nicht wahr? Es war eine Initiation."

Es traf Rabea wie der Blitz, als sie plötzlich erkannte, dass Vidya sich auf ihr Erlebnis bezog, in dem sie sich in jenem Blutsee wiedergefunden hatte, in völliger Dunkelheit zunächst, und der sich in der Höhle befand, in der sie auch dem tanzenden Shiva begegnet war.

Während der Wind ihre Haare zerzauste und ihre Stirn von allen Wolken rein hielt, konnte sie nun, hier in der Gegenwart Vidyas und des tosenden Meeres, das Rabeas aufgewühlte Seele so unvergleichlich widerspiegelte, die Wahrheit dessen zulassen, was unangerührt in ihrer Erinnerung geschlafen hatte, seit sie hier eingetroffen war.

„Nicht nur seit du hier eingetroffen warst", kommentierte Vidya ihre Gedanken. Sie hatte es inzwischen aufgegeben, ihre Haare ordnen zu wollen und ließ sie widerstandslos im Wind fliegen. „Seit dein Gewahrsein sich an diese physische Form gehaftet hatte, also seit jenem Zeitpunkt, den du deine Geburt in dieses Leben nennst, hattest du es vergessen!"

Rabea blieb stehen. In diesem Moment musste sie an all die therapeutischen Sitzungen denken, die sie in ihrem Leben gemacht hatte, an all die Selbsterfahrung, in der sie nach etwas gesucht hatte, das scheinbar verloren gewesen zu sein schien. Hier auf den Felsen über dem wilden Meer war es plötzlich Wirklichkeit geworden. Oder vielmehr hatte sich seine immerwährende Anwesenheit plötzlich gezeigt, die Anwesenheit dieses Wissens, das immer da gewesen war, obwohl Rabea in ihrer Suche vergessen hatte, einfach innezuhalten und zu lauschen. Nun sah sie es in Vidyas Augen, und sie nickte, als denke sie denselben Satz:

Wir brauchen niemals etwas zu suchen. Wenn wir all unser Suchen aufgeben und einfach still werden, wird sich alles zeigen.

Vidya hatte am Anfang darüber gesprochen, dass die Suche eine Veränderung im Leben einleitet, die wichtig ist. Aber sie ist nur eine Art Initialzündung, etwas, das uns auf den Weg bringt. Und wie viele Menschen hielten Jahrzehnte lang am Suchen fest, weil ihnen die initialen Erlebnisse so gut gefallen hatten! Alles weitere Suchen erschien Rabea auf einmal wie die Vermeidung dessen, was immer hier ist. Wieder nickte ihre Lehrerin.

„Dann ist mein physisches Hiersein nur ein Traum?" fragte Rabea.

„Ein Wachsein im Traum", erwiderte Vidya. „Und wenn du den Traum vollkommen transzendieren kannst, dann wird das Wachsein bleiben, denn es ist schon vor dem Traum gewesen."

„Aber wer bist dann du?"

„Ich bin du. Ich bin dein eigenes Selbst. Daran ändert sich nichts."

Obwohl sie diesen Satz schon einige Male sowohl von Vidya als auch von Enrique gehört hatte, obwohl seine Wahrheit ihr selbst schon gedämmert hatte, hatte Rabea in diesem Moment das Gefühl, ihre Beine versagten ihr den Dienst, und sie setzte sich auf den Felsen. Vidya schlenderte weiter und stieg ein paar Meter von ihrem Ruheplatz entfernt den Felsen hinunter zum Sandstrand, der vom Meer schon weit erobert worden war. Sie ließ Rabea einfach mit dieser letzten Erkenntnis allein, denn sie spürte, dass diese eine Weile brauchte, um wirklich zu verdauen, was gerade angestoßen worden war.

Einerseits war es wieder, als hätte Rabea jedes Wort schon gekannt, und so fühlte sie intuitiv die Resonanz, die Übereinstimmung der Worte ihrer Lehrerin mit dem Wissen, das in ihrer Seele nur darauf gewartet hatte, ans Tageslicht gezogen zu werden. Andererseits war sie aber von der Macht der Erkenntnis überwältigt. Dieses größere Wissen hier hatte die Kraft, ihr gewohnheitsmäßiges Denken vollkommen zu stoppen. Stattdessen entstand in ihrem Kopf eine Leere, die sich immer mehr ausdehnte und die alles zu umschließen schien, was jemals gewusst werden konnte.

Ein paar Spritzer des wilden Meeres landeten auf Rabeas Gesicht; sie waren wie kühle Blitze und erinnerten sie daran, wie ihr Vater sie früher zu wecken pflegte, wenn sie sonntags nicht aus dem Bett kommen wollte, weil sie das lange Träumen so liebte. Er hatte eine Tasse mit kaltem Wasser gefüllt und ihr einige Spritzer auf das vom Schlafen warme Gesicht gegeben. Wenn das auch nichts geholfen hatte, hatte er die ganze Tasse über ihr ausgeschüttet, so dass sie prustend aufgesprungen war. Sie musste lächeln. Auch eine Art, jemanden zu wecken. Ihr Vater hatte es nie böse gemeint, immer hatte er schmunzelnd und grunzend danebengestanden und sie zärtlich begrüßt, wenn sie aus dem Land des Schlafes aufgetaucht war.

So zärtlich wie Vidya, dachte Rabea, und wie das Meer, auch wenn es wütend aussieht, aber sie liebte dieses wilde Tosen, das so tief in sich die Stille barg, die mit den Wasserspritzern auf ihrem Körper landete.

Die Sonne sank langsam tiefer, und ihre orangeroten Strahlen hatten den Himmel in Flammen gesetzt. Die Wolkenformationen gaben dem Horizont eine bizarre Struktur. Ab und zu sprang eine Welle so hoch, dass ihr Grünblau sich mit dem flammenden Ton der Wolken vermischte.

Wie viele Farben die Natur hat! Und wir versuchen so oft, sie auf ein paar beschreibbare Töne zu reduzieren.

Ein Satz aus dem Erlebnis mit dem Raben fiel ihr ein: *„Du wirst auf einem neuen, dir jetzt noch ‚anders' erscheinenden Weg am Rande der Zeit in das Große Geheimnis hineinwandern"*, hatte er gesagt. Der Rand der Zeit ... war er wie der Horizont, der so aussah wie die Grenze in ein anderes Land? Rabea seufzte. So viele Erlebnisse und Eindrücke! Was hatte das, was Rabe ihr damals im Wald gesagt hatte, mit dem Traum vom Blutsee zu tun, durch den sie neu geboren worden war? Und hatte er in jenem Traum nicht davon gesprochen, dass es keinen Weg gibt?

Sie schüttelte den Kopf und sah sich nach Vidya um, deren weites helles Kleid einige hundert Meter von ihr entfernt im Wind flatterte, halb bedeckt von ihrem langen schwarzen Haar. Sie schien das wilde Spiel der Natur ebenso zu genießen wie Rabea, aber sie war nicht mit all diesen Fragen beschäftigt, die die Schülerin hier auf dem Felsen schon wieder eingeholt hatten. Rabea winkte ihr zu. Langsam kam sie auf dem Weg zurück, der inzwischen nur noch ein schmaler Streifen am Strand war.

„Welche Emotion hat Rabe damals bei dir hinterlassen?" fragte Vidya, als sie sich wieder neben Rabea setzte. Während diese noch überlegte, stellte sie ihr bereits die nächste Frage: „Und wie hieß die Emotion oder Empfindung, die in deinem Inneren vorherrschte, als du dich in jenem Blutsee wiederfandest, nachdem Rabe dich ausgespuckt hatte?"

„Angst!" rief sie aus. „Es war Angst, es war etwas Unheimliches, nicht Kontrollierbares, etwas, das ich zutiefst fürchtete. Ich hatte den großen Wunsch, mich dem Erleben hinzugeben, aber ich konnte dem Mysterium nicht vertrauen. Und dann war Verwirrung da."

„Ja", bestätigte Vidya. „Verwirrung entsteht, wenn du Angst nicht fühlst. Angst war es, die den Durchgang zur Welt der Wachheit so eng gemacht hatte. Dort, wo dein Traum spielte, ist dein Wurzelweg. Hier zeigt sich, wo du verwurzelt bist, wie du loslässt und wie tief du vertraust."

„Was bedeutet ‚Wurzelweg', Vidya?"

„Oh, ich vergaß. Deine schamanischen Schwestern und Brüder nennen diesen Ort den ersten Krafttunnel, und unsere indischen Lehrerinnen und Lehrer sprechen vom Wurzelchakra. Wenn dieses *chakra* verkrampft ist, dann ist das Sterben oft ein langsamer, schwerwiegender Prozess. Die indischen Weisen sprechen davon, dass hier symbolisch der Todesgott Yama wohnt. Und hier ist die Lebensschnur enthalten, ein dreifarbiger Zopf in den Farben rot, blau und gelb. Hier ist auch der Klang eines Menschen enthalten, und beides, Lebensschnur und Klang, verbinden uns mit dem körperlichen Dasein, halten uns in der Bilderwelt des irdischen Traums. Wenn der Todeszeitpunkt naht, aber wir den irdischen Traum nicht loslassen wollen, lassen wir im übertragenen Sinn diese Schnur nicht reißen. Wenn es zu einer Initiation kommt, zeigt uns dieser Ort, wo wir stark anhaften, und vielleicht sind unsere tiefsten Fixierungen hier zu suchen.

Wenn wir einen neuen Weg beginnen, dann haben wir als Persönlichkeiten die Gewohnheit, diesen Weg so zu beginnen, wie wir das von allen vorherigen Wegen kennen. Auch wenn es sich um eine Geburt handelt, dann zeigt diese Geburt bildlich schon unser Leben an. Wenn du dich mit Astrologie auskennst, dann weißt du, dass das Geburtshoroskop den Zeitpunkt der Geburt beschreibt; es ist also sowohl ein Stundenhoroskop dieses einzelnen Ereignisses, aber es ist auch die Blaupause eines ganzen physischen Lebens."

Weil Rabea sich mit Astrologie nicht auskannte, ging sie auf die letzten Ausführungen von Vidya nicht ein und sagte stattdessen: „Dann hat Rabe also gemeint, dass sowohl meine diesmalige Inkarnation als auch diese einzelne Erfahrung, die ich hier in dieser Gruppe und zusammen mit dir jetzt machen darf, ein neuer Weg ist, ein Weg am Rande der Zeit?"

„Es mag so sein. Viel wichtiger als das, was er meinte, ist aber im Moment, dass du das fühlst, was Rabe schon ein paarmal bei dir auszulösen schien: Angst. Jetzt, wo du so weit bist, dass du sehen kannst, welche Aufforderung hierin für dich liegt, musst du aufhören, diese Erfahrung zu vermeiden, indem du danach strebst, in deinem Verstand etwas klären zu wollen, was dort nicht zu klären ist. Du musst die Verwirrung als Botschaft dessen erkennen, dass du dich im Spinnennetz von *maya* verfangen hast, in den *samskaras* der Identifikation als ein Jemand, und du musst zurückfinden zu jenem wahren Sein, das du ebenfalls mit Rabes Hilfe bereits erfahren hast: die Leere."

Rabea wunderte sich darüber, dass Angst und Leere zusammenhängen sollten, hatte sie doch bei ihrem eigenen „Aufenthalt" in der Leere diesen Zustand als vollkommen angstfrei erlebt, als das friedlichste Sein, das sie jemals erfahren durfte.

„Du hast *dich* IN der Leere erlebt, da waren also noch zwei", kommentierte Vidya ihre Gedanken. „Solange es noch zwei gibt, hast du nicht verwirklicht, dass dein wahres Wesen diese Leere ist. Was dich davon abhält, das tatsächlich zu verwirklichen, ist das Vermeiden von Angst. Deshalb hat Rabe dich ein paarmal in diesen emotionalen Zustand geschickt, dem du entflohen bist."

„Ich wüsste jetzt vieles über Angst zu berichten, aber es gibt auch so viele andere Gefühle in meinem Leben, die ..."

„Lassen wir diese anderen Emotionen – ich nenne sie nicht Gefühle, weil sie nicht erlöst sind – für den Moment beiseite", unterbrach die Lehrerin, „und konzentrieren wir uns auf das, was dich dein eigener Weg gelehrt hat. Du siehst, dass der Eingang in dein Erwachen durch etwas angezeigt wurde, das in deinem Traum eine wesentliche Rolle spielt! Du kannst daran erkennen, dass der jeweilige Traum nicht einfach von ungefähr kommt, sondern dass in ihm bereits der Schlüssel für das Portal enthalten ist, das aus ihm hinausführt."

Fasziniert sah Rabea sie an. Das überzeugte sie zwar, dennoch wollte sie nicht so ganz an die ihr gestellte Aufgabe herangehen. Sie suchte in ihrem Geist nach weiteren Fragen, die das Einlassen auf das Thema „Angst" noch hinausschieben sollten.

Aber Vidya bemerkte ihre Fluchttendenzen natürlich, und sie ließ nicht zu, dass Rabea wie so häufig die Tür hinter sich zuschlug, indem sie Theorien durchkaute. „Wir werden nach dem Abendessen diese Reise in die Angst unternehmen! Ich bitte dich, in mein Haus zu kommen, wo wir es ruhig und bequem haben." Damit stand Vidya auf, zog den Umhang, auf dem sie gesessen hatte, um ihre Schultern und machte sich auf den Weg zu ihrer Unterkunft, die geschützt und ein wenig weiter hinten an dem großen Stein zwischen den Bäumen lag. Rabea saß noch eine Weile oben auf dem Felsen und bemerkte, wie ihre Laune sich verschlechterte. Ihr wurde zusehends mulmiger. Nun hatte sie gar nicht mehr so viel Lust auf die Verabredung mit Vidya, und zum ersten Mal seit ihrer Ankunft hier wünschte sie sich weit fort, am besten nach Hause zu ihrer Familie, in die Sicherheit des Clans.

Auf dem Weg zu Vidyas Haus erinnerte sich Rabea daran, was die Lehrerin ihr am Nachmittag über ihr Wurzelchakra gesagt hatte. Sie hatte aber offenbar nicht nur auf den Inhalt des Traums Bezug genommen, der Rabeas Hiersein initiiert hatte. Viel weiter war sie darüber hinaus gegangen, und nun war der Schülerin auch klar geworden, welche Struktur es war, die von Vidya aufgegriffen worden war: zwar lehrte sie, dass das Auftauchen getrennter Objekte sowie das Funktionieren persönlicher Energiesysteme auf dem Traum beruht, den jedes Wesen im Geist erschafft, aber dennoch hielt sie sich im Reich der Phänomene an die Stufenfolge dieser Energiesysteme, da das Reich der Phänomene diese Stufenfolge offenbar vorzugeben schien; es hatte eine Ordnung, von der auch schon Jana von Walden gesprochen hatte. Und Vidya hatte sich auf die *chakras* mit ihren verschieden geschichteten Erfahrungsbereichen bezogen und machte sich offenbar deren Vorgaben – soweit Rabea es im Moment erkennen konnte – zunutze. Sie hatte deutlich von der Erfahrung des ersten *chakras* gesprochen, und Rabeas spezielle Erfahrung damit zeigte eine Vermeidung von Angst.

Sie betrat eine große Vorhalle, die sehr schön ausgeleuchtet war und in deren Ecken wunderbare Pflanzen standen, die sie noch nie gesehen hatte. Aus großen Kübeln wuchsen rotbraune Stengel, kräftig und saftig, aus denen Blätter sprießten, im gleichen Farbton, aber heller und glatter. An den Spitzen entfalteten sich wunderschöne Blütenkelche, die Rabea ein wenig an Calla-Lilien erinnerten. Sie waren von zartvioletter Farbe, aber nur die aufgeblühten Kelche. Die jungen Knospen hatten einen magentafarbenen Ton.

Die Wände dieser Vorhalle waren, ebenso wie die des geräumigen Zimmers, in das Vidya Rabea dann einlud, aus mattweiß getünchten Ziegeln, die sich mit natürlichen Felsenflächen abwechselten; hier war es ähnlich wie in der Unterkunft der Reisenden, nur dass die dortigen Zimmer nicht weiß gestrichen waren. Schmale Balken aus hellem Holz stützten alle zwei bis zweieinhalb Meter die Deckenbalken, die ebenfalls aus hellem, lackierten Holz bestanden. Die Rückwand des Zimmers, das mit einem weichen hellen Teppich ausgelegt war, auf dem ebenso helle Decken und Felle lagen, bestand einzig und allein aus Fenstern, von denen sich die eine Hälfte vor die andere schieben ließ. Die Fensterseite war mit einem seidigen, fließenden, kaum sichtbaren Tuch verhangen, das ziemlich stark vom Wind bewegt wurde, obwohl die Fenster zur Süd-Ost-Terrasse zeigten, in die entgegengesetzte Richtung des Meeres. Wundervolle Bilder hingen an den Wänden, aber nicht zu viele, so dass das Zimmer leicht wirkte, Raum bot, Weite vermittelte.

So wie Vidya.

Sie bot Rabea an, sich ihren Platz selbst zu suchen, und diese schwankte zwischen dem weichen Fell vor dem Kamin und dem bequemen Kanapee gleich neben dem Fenster. Sie wählte schließlich das Fell, und Vidya gab ihr noch ein paar Kissen und eine Decke. Sie schloss die Fenstertür und sperrte damit das Brausen aus, das das Meer zu ihnen herüber trug. Dann setzte sie sich zu Rabea.

„Nervös?" fragte sie. Rabea schüttelte den Kopf. Bilder tauchten vor ihren Augen auf, Bilder aus ihrer Kindheit, Bilder des Entsetzens. Erinnerungen an Erinnerungen, die ihr die Empfindung vermittelt hatten, einmal lebendig begraben gewesen zu sein. An Orten, die für sie neu waren, war sie oft nachts schreiend aufgewacht, hatte nicht mehr gewusst, was ihr im Traum geschehen war noch woher die Schreckensbilder gespeist gewesen waren. Aber auch in ihrem Bett zu Hause waren diese nächtlichen Aufschreie eine Zeitlang keine Seltenheit gewesen. „Als hättest du das blanke Grauen vor dir", hatte ihr früher eine Freundin erzählt, nachdem sie sie aus dem Schrei geschüttelt hatte.

Vidya strich ihr über das Haar. „Dann fangen wir an." „Ja."

Wieder versetzte sie Rabea in eine Hypnose; dieses Mal ging die Trance erheblich tiefer als neulich beim Erinnern des Treffens mit ihrem Freund, dem Raben. Zunächst fragte Vidya immer wieder, wessen sich Rabea gerade gewahr war, und das Gewahrsein begab sich in ganz natürlicher Hingabe durch verschiedene Schichten. Zuerst machte es sich an den Geräuschen des Raumes fest, dann ging es zu den Empfindungen ihres Körpers über, um schließlich die Emotionen wahrzunehmen, die unter den Empfindungen lagen.

Rabeas Gewahrsein suchte sich ganz von selbst die Ebene, an der Vidya jetzt arbeiten wollte. Wie ein Scheinwerferkegel fiel es auf die Stelle in ihrem Unbewussten, wo ihr Leben lang das Monster saß, dem sie zu entkommen versucht hatte.

ANGST

Eine Straße ohne Halt führt in die Unendlichkeit des Raums hinein. Ich gehe sie und empfinde keine Schritte. Ich sehe das Bild eines Körpers, der am dunklen Himmel zwischen den Sternen immer höher wandert, aber ich fühle nur Leere, und dazwischen ab und zu eine Bewegung wie einen Hauch, der meinen Geist höher trägt, weiter weg, hinaus, einfach hinaus aus diesem engen Raum des Körpers.

Eine Weite tut sich auf, immer tiefer in die Unendlichkeit wandere ich, verschmelze mit ihr, bin sie. Wer sollte mich je halten, wer sollte mich je festhalten können? Keine Grenzen, keine Trennung, kein Anhalten.

Doch ich drehe mich nicht um. Ich darf mich nicht umdrehen. Ich will nicht sehen, was dort passiert. Ich sehe nur die Sterne, den Weg in den Himmel, der jetzt mein Vater ist, der mich hält, der mich beschützt. Hier bin ich zu Hause, er wacht über mich, ihm kann ich vertrauen.

Aber manchmal weht ein kalter Wind in mein Gesicht und ich erschrecke. Dann friere ich und spüre die Einsamkeit des Weltalls; dann bin ich getrennt. Nur weiter dann, nicht anhalten, nicht umsehen, nur weiter, denn ich höre den Gesang von weitem, ich höre die Klänge meiner Heimat.

Ich sehe noch, stelle ich fest, ich höre und ich empfinde. Nur fühlen will ich nicht mehr, denn es ist tödlich zu fühlen, es wird mich zurückhalten, mich binden, mich bannen. Ozeane könnten mich erschlagen, wenn ich unter meiner Haut nachsehe, und wenn die Dämme brechen, aber das werden sie nicht.

Nur weiter in den Himmel, denn es gibt keine Dämme, es gibt keinen Körper und keine Trennung. Wo ist mein Vater, wo ist mein Halt? Bitte nimm mich mit dir, Himmel, lass mich nicht los.

„**K**omm endlich!" Unbarmherzig ziehen zwei große, schmutzige, grobe Hände an den kleinen Armen des Mädchens und zerren es aus der Ecke der Butze, in die sie es vor ein paar Stunden eingesperrt hatten. Aber es will nicht hinaus, denn es gibt keine Freiheit. Diese Hände erlauben es nicht.

„Los!" Ungehalten und wütend ist die etwas lallende Stimme, rau, irgendwie angewidert von sich selbst und doch überzeugt, Recht zu haben.

Er schüttelt das Kind und packt es fester, die andere Hand jetzt in seine lockigen kastanienbraunen Haare verkrallt, so dass er es einfach wie eine Puppe hinauszerren kann. Die Kleine gibt auf, denn sie hat keine Chance gegen ihn. Sie hatte nie eine.

Zusammengekniffene braune Augen sehen sie durch Brillengläser hindurch an. Sie riecht den Schweiß, der dem alten Mann auf der Stirn steht, der ihm in die Brusthaare läuft, wo nur ein ausgeleiertes Unterhemd seine braune Haut verdeckt. Seine tiefen Stirnfalten und die großen Geheimratsecken brennen sich in ihr Gedächtnis, aber sie will sich das nicht merken, sie will nicht. Doch als sie die Augen schließt, erscheint sein Gesicht hinter ihren Lidern. Fettige, mit Pomade verklebte Haare, immer glänzend, immer glatt.

Er legt sie auf den schiefen Flur, und ihre Hände tasten am Rand die Murmel, die sie immer wieder wirft, um zu sehen, wie schnell sie von einer Wand zur anderen rollt, ohne je angestoßen zu werden. Diese blaue Murmel umschließen ihre kleinen Finger jetzt, sie ist wie der Himmel, oder wie der Ozean, und wenn sie es nur wagen würde, die Augen zu öffnen, dann könnte sie in ihr die Weite erblicken, die Schönheit, die Kraft …

Aber sie wagt es nicht. Sie riecht ihn. Nur heute ist etwas anders als sonst. Er reißt ihr das Höschen über die Beine, und sie blinzelt an sich herunter. Seine faltigen, adrigen Hände auf ihrem Bauch, seine Zunge und sein raues, unrasiertes Kinn, die den Händen folgen. Sie erstarrt.

Etwas, das ihr kindliches Tagesbewusstsein nicht begreift, nimmt Gestalt an. Es kommt aus seiner Hose und bewegt sich, feucht glänzend und pulsierend, auf sie zu, als er ihre Beine öffnet. Sie leistet keinen Widerstand, aber sie fühlt jetzt, wie ihre Seele sich zusammenzieht, sie *sieht*, wie sie sich einzieht und sich nach innen wendet. Gleichzeitig sieht sie auf ihren kleinen, fünf Jahre alten Körper, der so zerbrechlich unter diesem alten Mann liegt. Sie sieht den Mann, der diesen Körper umklammert, ihn festhält, als wäre er ein Stück Holz, das ihn vor dem Ertrinken rettet. Aber sie will sich nicht anklammern, sie will lieber ertrinken, denn dann wird der Weg in den Himmel wieder offen sein, das weiß sie. Betäubt schließt sie wieder die Augen, doch am Rande ihres Bewusstseins spürt sie noch den stechenden, dumpfen, schließlich brennenden, heißen Schmerz, und es fühlt sich an, als wäre etwas in ihr zerrissen.

Ich fliege. Mein Himmel hat mich empfangen, und ich werde frei sein. Ich werde das Tor erreichen, die Grenze überschreiten und nie mehr in die Arme der Erde zurückkehren. Mein Vater, der Himmel, wird mich halten. Wie warm und zärtlich seine Dunkelheit jetzt ist. Ich sehne mich so sehr nach dieser berührungslosen Zärtlichkeit, nach der Kraft, die mich liebkost, ohne zu verlangen, ohne einzudringen.

Immer weiter hinaus fliege ich, und meine Grenzen zerfließen. Ich bin eine Wolke, nur Illusion. Ich schwebe und ertrinke in mir selbst. Der Wind spielt mit mir, und ich höre wieder den Gesang. So fern ist er, als gäbe es irgendwo ferne Gärten, deren Bäume mit den Blättern spielen und die Melodie des Kosmos erschaffen. Ich will eine Note sein, nicht mehr. Eine Note in der Unendlichkeit dieses Liedes, das Seine Schöpfung ist.

Aber ich darf mich nicht umschauen. Was bedeutet eine Schöpfung, die ich nicht ansehen darf? Nur weiter hinauf, denn vielleicht wird es eine Schöpfung geben, die vollkommen ist. Ich werde sie finden, werde sie schaffen.

Wo hat es angefangen? Wer weiß, wie es beginnt, wenn etwas Wunderschönes in uns zerrinnt ...

Der ausgemergelte Körper der jungen Frau zittert und versucht mit aller Kraft, diesem kleinen Kind, das in ihren Armen langsam verhungert, noch ein wenig Milch aus den schlaffen Brüsten zu pressen. Ihre Lippen sind aufgesprungen wie die Haut der Erde, auf der sie wandert, und breite Tränenstreifen haben sich in die Staubkruste auf ihrem Gesicht gegraben. Ihre Haut ist verbrannt von der sengenden Sonne, und ihre Füße sind zerschunden vom Wüstenboden. Ab und zu peitscht ein Stachelbusch an ihr vorüber, wenn der heiße Wind wieder einen Wirbel erschafft, um dort, wo er entlangrast, nur neue Verwüstung zu hinterlassen.

Sie sucht sich ein Versteck in den Felsen und wiegt das Baby in ihren Armen, dessen Augen verzweifelt zum Himmel schauen. Es hat keine Kraft mehr zu schreien, scheinbar fügsam hat es sich in sein Schicksal ergeben. Wie können solche Kinderaugen so weise sein?!

Aus der Tiefe der Ewigkeit sieht sie sich selbst. Jetzt ist sie die Mutter, doch viele Leben später wird sie das Kind sein. Und sie wird nicht schreien, wenn niemand sie halten kann.

Sie hört Stimmen. Aus ihrem Versteck heraus kann sie sehen, dass eine Gruppe Männer von einem anderen Stamm hier auf der Jagd ist. Sie kennt sie nicht, und sie kann ihre Sprache nicht verstehen. Ihr Volk hat die junge Mutter zurückgelassen, denn sie hat eine Gabe, die ihnen unheimlich ist. Zunächst war sie hilfreich für sie, denn sie konnte ihnen helfen, ihr eigenes Leben besser zu ertragen, sie konnte Schmerzen lindern und Ängste auflösen. Aber als die Dürre kam und die Erde nichts mehr zu essen schenkte, als die Körper der Frauen genauso vertrockneten wie der Körper der Erde, als der blühende Garten, den ihr Stamm angelegt hatte, abzusterben begann, und als kein Gebet und keine Anrufung erhört wurde, ließen sie sie zurück. Sie war zu viel und gleichzeitig auch zu wenig. Nie hatten sie ihre Angst vor ihrer Kraft überwunden, und als die Erde das Volk nicht mehr trug, gab es keine Veranlassung mehr, dass es sie aushielt.

Sie gebar ihren Sohn in einer Höhle, als ihr Körper noch einigermaßen kräftig war. Ganz mühelos wand er sich hinaus in die Welt, und der Himmel schien Mutter und Kind zu bewachen; alle Sterne schauten auf die beiden hinab, und als er seine Augen aufschlug, begann Großvater Sonne seine Reise im Tagland.

Aber nach einer Weile begann ihr Körper zu streiken, denn sie hatte nichts zu essen, und langsam wurde auch das Wasser knapp. Es regnete einfach nicht mehr, und die Milch in ihren Brüsten begann zu versiegen. Wohin sie sich auch wandte, sie geriet immer tiefer in die Wüste hinein, doch alles, was sie fand, war Trockenheit. Anfangs stieß sie noch auf verendete Tiere, ebenso ausgemergelt wie sie. Schließlich traf sie nur noch auf Gerippe, fein abgenagt von den Tieren der Lüfte, aber auch sie hatten dieses Land schon lange verlassen.

Sie sieht zu ihrem Kind hinunter, als sie die Stimmen der fremden Männer wieder hört. Sie hat Angst, aber vielleicht könnten sie ihr etwas zu essen geben. Vielleicht haben sie Wasser, vielleicht würde ihr Kind überleben können. Der kleine Junge schlägt wieder seine Augen auf und blickt zu seiner Mutter hinauf. Es ist, als wäre seine Seele schon in das Land jenseits der Sterne gereist. Verzweifelt beginnt sie, ihn zu schütteln. Sein kleiner Körper war doch so stark gewesen. Sie wusste, dass er leben wollte, sie wusste, dass er Nahrung von ihr brauchte, und sie wusste, dass er bei ihr sein wollte. So tief kennt sie ihn, als wäre er sie selbst, die sie geboren hatte. Aber ihr Schütteln vertiefte nur seine Stille.

Sie ruft aus ihrem Versteck, als sie sieht, dass die Männer sich entfernen wollten. So gut sie es vermag, winkt sie mit dem freien Arm, mit dem anderen ihren Sohn an sich drückend. „Nein", denkt sie voller Entsetzen, „verlass mich nicht! Warte hier. Ich werde dafür sorgen, dass du trinken kannst!" Wie in Trance legt sie ihren Sohn auf die Erde in einer Felsspalte und läuft in Panik hinaus in die freie Wüste.

Als die Männer anhalten und sich zu ihr umdrehen, sieht sie in ihre Augen und wird in ihrem Lauf gestoppt. Ja, sie haben zu essen und zu trinken dabei. Und sie weiß, welchen Preis sie dafür verlangen. Aber es ist ihr egal. Sie wartet ab, bis die drei zu ihr treten. Sie lachen und befühlen ihren Körper wie den einer Ware. Missbilligende Blicke und Laute entringen sich ihnen. Die Qualität der Ware ist minderwertig. Die Brüste zwei leere Säcke, die Brustwarzen zerkaut und blutig. Der Bauch eine rissige, erstarrte Platte aus Stein, und die Beine zwei Holzstecken, mit falber Haut überzogen. Die Haare zerfilzt und schmutzig, und das Gesicht verschmiert, mit aufgesprungenen, verkrusteten Lippen nach Hilfe rufend. Nein, sie war keine Attraktion. Sie schienen zu beratschlagen, was ihnen der Besitz dieses Körpers wert sein könnte. Wegwerfende Handbewegungen.

Sie wollen sich schon zum Gehen entschließen, als sie anfängt zu schreien und auf die Knie fällt. Ihre Hände greifen nach ihnen, wollen sie festhalten, strecken sich nach dem Wassersack aus, den einer von ihnen sich um seine Hüften gebunden hat.

„Ho!" schreit er und schlägt sie mit seiner kräftigen Hand nieder, so dass sie mit dem Gesicht im Sand liegt. Dann springt er von hinten auf sie und nimmt sie so rasend schnell, dass sie keine

Zeit hat, sich zu besinnen. Er steigt von ihr ab, lacht verächtlich und wendet sich, von den anderen hochgezogen, zum Gehen.

Aber wieder kommt sie auf die Beine, ruft hinter ihnen her, bietet sich ihnen an, will nach dem Wassersack greifen. Sie lachen, als die ausgemergelte Frau wieder auf die Knie fällt und ihre Hände bittend erhebt. Sie fleht und bindet das Leder, das ihre Hüften verdeckte, los. Das kann die Männer jedoch nicht wirklich reizen. Sie legt sich auf den Rücken, um ihnen zu zeigen, dass es andere Möglichkeiten der Befriedigung gibt, die sie bereit ist, ihnen zu zeigen, wenn sie ihr nur ein wenig Nahrung und Wasser geben würden.

Neugierig kommen sie wieder näher, und die Verhungernde ist ihren Peinigern dankbar, tief erleichtert, denn die Aussicht auf Nahrung vernebelt ihr alle Sinne, die vorher noch klar gewesen waren. Sie bemerkt nicht, wie das Band, das sie mit ihrem Sohn verbindet, langsam brüchig wird, wie er aus der Verbindung mit ihr in eine Ferne reist, in die sie nicht mehr folgen kann, weil sie damit beschäftigt ist, ihre Körper zu retten.

Nachdem die Männer ihre Neugier und ihre Begierde gestillt haben, lassen sie die am Boden liegende Frau aus ihrem Wasservorrat trinken und werfen ihr ein Stück Fleisch hin, auf das sie sich gierig stürzt. Das Wasser hat eine Erinnerung in ihrem Körper geweckt, hat ihr Gewahrsein zurückgebracht, und plötzlich entsinnt sie sich ihres Kindes.

Doch es ist zu spät. Sie findet ihren Sohn im Sand der Wüste, zwischen den Felsen dieser gelben Erde, und seine Augen blicken wie aus weiter Ferne zu ihr hoch. Jetzt wird er leben, denkt sie, nimmt ihn und legt ihn an ihre Brust. Er soll trinken, denn sie hatte es auch getan. Sie hatte das alles für ihn getan, für sie beide, für ihr Überleben. Sie will, dass er sich die Nahrung nimmt, die ihn durchbringen wird. Aber er ist zu schwach, um noch Nahrung anzunehmen. Er war schon lange zu schwach gewesen. Sie hatte es gewusst, aber sie hatte es nicht wahr haben wollen. Sie hatte ihn festhalten wollen, und so konnte sie nicht bei ihm sein.

Laut weinend, voller Verzweiflung und schuldig blickt sie ihn an. Seine Augen sprechen, doch sie hört nicht zu. Sie schreit und weint und hadert mit allem. Alle Götter, die sie vorher gekannt hatte, all ihre Gebete, ihre Rituale und ihre klugen kleinen Hilfen sind nichts mehr wert. Ihr Glaube ist zerbrochen, denn er hat ihrem persönlichen Weg nicht gedient. Sie verflucht die Götter, die Menschen, die Rituale, die Sakramente. Sie verflucht das Leben, und vor allem verflucht sie den Himmel. Sie verflucht die Männer, die ihr nicht rechtzeitig zu essen gegeben hatten, die Männer, die sich vor ihr gefürchtet und sie ausgestoßen hatten, die Männer, die sie immer wieder vergewaltigt hatten und denen sie sich immer wieder verkauft hatte. Sie verflucht sich selbst, und so versäumt sie es, von ihrem Sohn wirklich Abschied zu nehmen.

Jetzt sehe ich in deine Augen, mein Sohn, und du sprichst so weise zu mir. Aus der Tiefe der Stille sprechen deine Augen, und das Wissen um die Stille erreicht mich endlich. Ja, ich wollte dich halten und habe doch nur deinen Körper gesehen. Ich wollte dich retten, aber ich hatte dich schon in eine Ferne gerückt, lange bevor du wirklich gegangen warst. Ich hatte die Trennung schon vollzogen, und so konnte ich nicht erkennen, dass es keine Trennung gibt. Ich war so fixiert auf das Überleben des Körpers, dass ich mich spaltete und meine eigene Kraft verriet und verkaufte.

Und du hast all das gewusst. Du siehst mich an, und ich lese es in deinen Augen. Aber du vergibst mir. Du vergabst mir schon, bevor ich es tat, lange bevor ich dich verließ. Denn ich habe dich verlassen, und du hast so lange versucht, mich noch zu erreichen. Mein geliebtes Kind, wir sind so tief verbunden. Als du auftauchtest aus der Tiefe des All-Einen, da wusste ich, dass ich dich kenne. Ich habe dich in meinen Armen gehalten und dich geliebt. Du hast mir die Einheit des Lebens gezeigt; doch dass es keine Trennung gibt, musstest du mir auf so grausame Weise beibringen, denn ich wollte nicht zuhören. Verlass mich nicht, habe ich immer wieder gerufen, aber du bist nie fort gegangen. Ich hatte mich schon längst abgewandt, aber du bist immer noch da.

Als ich starb, war ich einsam, und ich konnte dich nicht wiederfinden, weil meine Seele sich getrennt hatte von diesem Weg des Verstehens, weil ich mich verkauft und verraten, meine eigene Männlichkeit abgespalten hatte und damit auch dich verlor.

Ich ging in ein Land ohne Sonne, in dem ich dein Lachen nicht mehr hören konnte, und langsam vergaß ich auch das Lauschen. Ich ging in ein Land der Starre, und ich ließ nicht zu, dass etwas durch den Schock hindurchdrang und mich erreichte. Ich verlor mich selbst und trudelte viele Leben lang über die Erde, bis ich eines Tages wieder Fuß fasste.

Wie hat es angefangen? Der Anfang von Schmerz, der Anfang von Verzweiflung, der Anfang des Herumirrens ist immer Verrat. Ich konnte dich nicht halten, mein Kind, weil ich mich selbst noch nicht hielt. Du bist gekommen, um mir das zu zeigen. Ohne Vorwurf und ohne Gewalt hast du versucht mich zu lehren. Ich aber war verliebt in deine Gestalt und wollte sie an mich binden, ohne zu verstehen, dass jede Bindung auf Trennung basiert.

Deine Augen waren die meinen, aber ich konnte nicht sehen. Ich hatte keine Augen. Und von nun an wünschte ich mir nur noch, zu sehen und gesehen zu werden.

Röntgenaugen blicken auf das Kind hinab. Es öffnet seine Lider und hat Angst vor diesen Röntgenaugen. Sie durchschauen es, sie erkennen es, sie sehen seine Schlechtigkeit, seine Schuld, seine Verderbtheit. Sie sehen die Dunkelheit in seiner Seele, den Schmutz. Sie sehen die Täterin, die sich immer zu verstecken versuchte.

Während sein betrunkener Großvater sich in seinem Körper befriedigt, hat das kleine Mädchen nur Angst vor seinen durchdringenden Augen, mit denen er erkennen könnte, dass es schlecht ist. Denn es weiß, dass es schlecht ist, man hat es ihm oft genug gesagt. Gut begründet. Es ist entweder zu viel oder zu wenig. Es versucht, dieses Wissen zu verbergen und weiß nicht, wie es ihm selbst entkommen soll. Dieser alte Mann könnte es sehen. Nie darf es darüber sprechen, wie er es hier behandelt, denn es weiß, dass es dann nur noch schlechter wird.

Er entleert sich in der Kleinen, und sie fängt an zu stinken. Sein Speichel tropft auf ihre Haut, und Übelkeit wallt in ihr hoch wie aus einer heißen Quelle. Ihr Magen verkrampft sich, ihr Bauch verspannt sich, und sie sieht zu. Jetzt will sie seine Augen festhalten, damit sie nicht tiefer blicken können, nicht in ihre Seele, nicht in ihr Herz. Er darf sie nicht sehen, nicht diese Schlechtigkeit, nicht diese Schuld.

Sie weint nicht. Sie ist ganz brav, und wenn bald ihr Vater kommt, um sie abzuholen, dann wird sie alles vergessen haben. Auch ihr Großvater wird es vergessen haben. Und ihre Großmutter wird nichts verraten, denn sie hat nie etwas gemerkt. Ihr Vater wird die Kleine mit nach Hause nehmen, und wenn sie wirklich ganz brav ist, darf sie dieses Mal ein bisschen bleiben, bevor er sie wieder fortbringen wird, wer weiß wohin sie dann gebracht wird. Sie wird es schaffen, alles zu vergessen, denn dann wird nichts an ihr haften bleiben, nichts von diesem feuchten, ekelhaften Geruch, nichts von diesem Krampf und diesen Schmerzen, nichts von diesem bohrenden Druck in ihrer Stirn, in die sich seine Augen geschraubt haben.

Tief in dem fünfjährigen Kind wühlt die Traurigkeit, aber die Kleine merkt es nicht. Langsam sickert sie in die Ritzen ihres Herzens und verklebt es. Aber sie merkt es nicht. Auch die Frage hört sie nicht, doch sie wirkt weiter, und sie wird sich ihren Weg in ihr Leben bahnen und ihre eigenen Geschichten erfinden, damit sie versteht.

Warum tut es so weh, hier zu sein? Ich wollte doch nur wissen, was Liebe ist.

Jetzt *endlich kann ich die Augen öffnen und hinsehen.*
In einem sehr wachen Teil von sich selbst erkannte Rabea schon während der Rückführung, dass sie geglaubt hatte, Angst und Kontrolle seien ihr nicht wirklich gefährlich – nicht so gefährlich wie Bedürftigkeit oder Neid oder das Drama der Emotionen. Aber stattdessen war dieser Glaube an die Nicht-Gefahr bereits die Kontrolle gewesen. Sie machte, dass Rabea sich nicht hilflos fühlen musste. Sie hatte geglaubt, dass sie Angst erleben würde, denn wenn sie auftauchte, ging sie gegen sie an und wurde wütend. Aber sie erlebte nur die Wut, das Weggehen von der Angst, ihre Vermeidung. Sie hatte geglaubt, dass sie sich von der Angst den Weg in die Freiheit würde weisen lassen, aber stattdessen war die angebliche Klarheit, die ihr das Analysieren der Ereignisse, die die Angst erzeugt hatten (oder war es die Angst, die die Ereignisse erzeugt hatte?), nur ein Ausdruck der Unterdrückung gewesen.

Als Rabea die Röntgenaugen das erste Mal bewusst gesehen hatte, hatte sie blanken Horror erlebt. Es war nur ein Film gewesen, in dem sie aufgetaucht waren, und sie war schon zweiundzwanzig Jahre alt und hielt sich für ziemlich erwachsen. Nun war sie sechsundzwanzig und erkannte, dass in ihr noch immer dieses Kind lebte, das krampfhaft versuchte, seine Augen zusammen zu pressen, um nicht zu sehen, was ständig hinter den Filmen seines panischen Geistes gelauert hatte.

Etwas Großes regt sich unter der Starre, doch sie kann es nicht zulassen. Wieder liegt ihr Großvater auf ihr, und sie hält die blaue Murmel in ihrer Hand, während sie beruhigt feststellt, dass er seine Augen geschlossen hat. Sie sieht in sein Gesicht, und sie sieht so viele Gesichter darin, so viele Zeiten, so viele Leben, so viele Männer. Sie fällt durch die Erde hindurch, sie fällt durch die Geschichten ihrer selbst erschaffenen Leben, und sie erlebt diesen Missbrauch wieder und immer wieder. In so viele Augen sieht sie, und schließlich sinkt sie erschöpft zurück und lässt zu, dass er sie nimmt. Sie beendet den Kampf. Sie weint. Da hört er auf.

Sie verstand: Im Moment der Vergewaltigung hatte Rabea sich von ihrem Körper getrennt und war hoffnungslos in die Weite der Leere geschwebt, vollkommen verloren. Sie war sicher gewesen, dass sie diese Erfahrung hatte machen müssen, weil sie die Liebe ihres Vaters verloren hatte. Doch wo war er? Wo war der Himmel? Sie konnte ihn nicht mehr finden. Sie musste die Suche aufgeben und wieder sinken, denn sie war so erschöpft. Langsam – unter der liebenden Führung von Vidya – hatte sie sich dann erlaubt, aus ihren Körperaugen heraus zu schauen, und sie hatte wieder in die Augen ihres Großvaters geblickt, die wie die Röntgenaugen von Ray Milland den blanken Horror in ihre Seele trieben.

Aber plötzlich steht nun in meinem Geist der Geliebte auf und sieht mich aus einer Stille heraus an, die mir verbietet, weiterhin zu flüchten. Groß und klar sind diese unergründlich tiefen Augen, liebevoll und sanft. Und jetzt verschmilzt sein Gesicht mit dem meines Großvaters. Ein profundes Erleben von tiefem Glück ergreift meine Seele, denn ich erkenne, dass die, die ich in Wahrheit bin, niemals von irgendeiner Erfahrung berührt worden ist. Ich lasse mich zurück durch die Jahre fallen, zurück durch die Zeit, durch all jene Leben, durch all jene Erlebnisse von Missbrauch und Vergewaltigung. Jedem sehe ich in die Augen, und jedem vergebe ich, während ich gleichzeitig erkenne, dass es nichts zu vergeben gibt. In tiefer Liebe schaue ich all diese Männer an, deren Selbstvergessenheit mir so viel Schmerz bereitet hatte, und ich habe Mitgefühl mit meiner eigenen Seele, die in Unwissenheit verharrte, weil sie den Schmerz nicht wirklich einließ.

Ich kehre zurück zu meinem Großvater, um ihm direkt und ganz offen in die Augen zu sehen. Ich erkenne, dass die Ereignisse, in denen wir miteinander verwickelt sind, ebenso wenig mit dem zu tun haben, was er in Wahrheit ist. Was ich in diesen Augen lese, ist tiefe Liebe und tiefes Mitgefühl. Ich bin bereit zu sehen, und ich stelle ihm die Frage: „Was ist es, das du mich lehren willst?" Doch ich weiß es schon. Es ist die Trennung von meiner eigenen männlichen Energie, die ich vor so langer Zeit, damals in der gelben Wüste, vorgenommen hatte, weil ich der Lehre meines Kindes nicht zuhören wollte. Ich erfahre diese Trennung, das Schweben im Raum, die Verlorenheit, jetzt ganz direkt; und ich sehe, wie etwas verzweifelt versucht hatte, nach Hause zurück zu kommen. Aber ich hatte nicht zugehört. Nun ist es hier, und ich öffne meine Arme und lasse es ein.

Ein heller, blendender Lichtblitz ließ alle noch vorhandenen Konturen in Rabea und um sie herum verschwinden. Aus dem Sehen heraus, das in keinem Körper wohnt, gewahrte sie eine Lichtspur aus silbergrau, weiß und goldorange, die sich in ihrer physischen Hülle entlangwand und plötzlich, einer Silvesterrakete gleich, aus der Mitte ihres Kopfes nach oben austrat und etwa dreißig Zentimeter darüber explodierte, um dann zu Sternen aller Farbvariationen zu werden und sich wie wunderschöne Liebesfunken überall zu verteilen.

Rabeas Körper bebte noch von den Wogen der Angst, des Schmerzes und der Glückseligkeit, als sie Vidyas Hand auf ihrem Arm spürte und diese sie sanft zurückholte in den Raum, in dem ihr Körper auf den Fellen lag. Die Lehrerin hatte eine weiche Decke über Rabea gelegt, so dass sie sich geborgen und gehalten gefühlt hatte, während sie die Schwellen zwischen den Welten durchschritten hatte. Es war eine lange Reise gewesen, und sie hatte das Gefühl, als wären Wochen vergangen, in denen sie wirklich durch die Zeit gewandert war. Auf der Suche nach ihrem männlichen Anteil, geleitet von der Angst, auf die sie sich nun endlich eingelassen, die sie nun endlich direkt erfahren hatte.

Sie blinzelte und schaute Vidya an. Ihre großen, opalfarbenen Augen waren wieder wie zwei unergründliche Seen, die die Tiefe reflektierten, die ihre Seele erkannt hatte. Himmel und Erde gleichzeitig, dachte Rabea, Sturm und Stille, Weite und Halt.

Vidya lächelte und stand dann auf, um in der Küche einen Tee zu kochen, während Rabea sich langsam wieder an den irdischen Raum gewöhnte und das zusammensetzte, was sie ihre derzeitige Erfahrungsebene nannte. Jetzt lächelte sie auch. Wieder sah sie mit großer Klarheit, dass wir selbst es sind, die die Ebene erschaffen, auf der wir gerade sein wollen, damit wir uns die Möglichkeit schenken, verstehen zu können, was wir uns nicht direkt zu erfahren gestatten. Sie ahnte, weshalb ein Mensch, der wirklich *alles* realisiert hatte, sich nicht mehr in einem neuen Körper inkarnieren muss. Er muss keine Ebene mehr erschaffen, die er – in ebenfalls vom Verstand erschaffener Zeit – durchschreiten muss, um sie zu sich zurück zu holen. Er IST sie bereits.

So gibt es Erschaffen um der Trennung willen und Erschaffen um der Wiedervereinigung willen.

„Und beides geschieht gleichzeitig", führte Vidya diese Gedanken zu Ende.

Sie stellte die dampfenden Teetassen auf dem Tisch ab. Rabea erhob sich und legte die Decke zusammen, dann setzte sie sich Vidya so gegenüber, dass sie sie direkt ansehen konnte. Die beiden Frauen saßen einfach eine Weile schweigend, schauten sich in die Augen, ließen das Licht die Reste von Rabeas Unwissenheit über diesen Teil ihres Wesens verbrennen, die Bahnen des Verstehens klären, tranken den nach Jasmin duftenden Tee und sanken tiefer in die Stille, die alles in diesem Raum umfing.

Rabea blickte auf und sah die schmale Sichel des Mondes durch das Fenster hereinscheinen, und als Vidya jetzt das Fenster leicht zurückschob, hörte man das gewaltige Brausen des Meeres, dessen Wellen durch den Sturm, den Vidya schon am Nachmittag vorausgesagt hatte, mächtig gegen die Felsen geworfen wurden. Der Sandstrand würde jetzt sicher vollkommen überschwemmt sein, und Rabea fragte sich gerade, ob das Wasser wohl bis in die Unterkünfte eindringen könnte. Aber sie lagen wahrscheinlich hoch genug, dass so etwas nicht passieren würde. Trotzdem fragte sie Vidya danach.

„Was passieren wird, kannst du nie wirklich vorher wissen. Aber du siehst in dieser Frage wieder das Wirken der Angst, und obwohl du eben gerade durch die Wogen deiner psychischen Blockaden hindurchgefallen bist, obwohl du dich von der Tiefe des Meeres hast hinunterziehen lassen in die Erfahrung, die dort unten verborgen lag, und obwohl du dann die Angst selbst umarmt hast, kannst du nun sehen, dass es noch nicht vorbei ist. Du kannst sehen, wie schnell du wieder bereit bist, in deinem sogenannten ‚Alltag' auf deine unbewussten Gewohnheiten zurückzugreifen, und sei es auch nur im Gespräch über deine Unterkunft. Du fürchtest um deine Sicherheit, also machst du dir Sorgen, ob das Meer deine Wohnstatt überschwemmen wird. Was sollte je überschwemmt werden? Nur das, was sich verbarrikadiert hat. Was sollte je untergehen? Nur das, was oben schwimmen möchte, was sich nicht hingeben, was nicht eintauchen möchte. Bedenke das.

Darüber hinaus kann ich dir durchaus mit gutem Gewissen sagen, dass wir die Unterkünfte hier so gebaut haben, dass bei ‚normalen' Verhältnissen eine Überschwemmung sehr unwahrscheinlich ist." Sie lachte.

Rabea war verstimmt. Gab es denn immer etwas zu lernen? Musste denn jede Erfahrung, jedes Gespräch, jede Situation dazu dienen, sich ‚spirituell' weiterzuentwickeln? Konnte man sich nicht einfach einmal über ‚normale Dinge' unterhalten, ohne gleich eine Lehre zu erhalten?

Forschend sah Vidya zu ihr herüber, sagte aber nichts. Sie ließ Rabea in schlechte Laune absinken und trank, als wäre nichts gewesen, ihren Tee. Die Schülerin war sich sicher, dass die Lehrerin genau wusste, wie es ihr ging, und gerade deshalb hatte sie erwartet, dass sie etwas sagen würde, um ihr zu erklären, warum ihre Laune so schlecht wurde, und natürlich, um sie wieder besser zu machen.

Aber nun stand sie auch noch auf und betätigte sich in der Küche, während Rabea darauf wartete, dass sie sich ihr und ihrer Geschichte endlich wieder widmen würde.

Endlose Minuten vergingen, aber nichts geschah. Rabea wurde unruhig, fast ungehalten. Sie rutschte auf ihrem Platz herum, wollte endlich weiter arbeiten. Sie merkte, wie sie müde wurde und glaubte, nun ein Argument gefunden zu haben, mit dem sie Vidya würde antreiben können.

Aber in dem Moment, als sie gerade etwas sagen wollte, verließ Vidya das Haus durch den Kücheneingang. Rabea war verdattert. Sie ließ sie einfach dort zurück, ließ sie einfach auf sich allein gestellt dort sitzen? Sie fasste es nicht. Sie war doch ihre Lehrerin! Hatte sie nicht die Verpflichtung übernommen, ihre Schülerin zu lehren?

Rabea stand auf und lief im Zimmer herum, als ihr Blick in den Spiegel fiel, aus dem sie Augen anschauten, die sie zunächst gar nicht erkannte. Erschrocken trat sie näher. Das Bild, das ihr entgegenblickte, war eine Mischung aus all den Gesichtern, die sie heute auf ihrer Reise gesehen hatte. Da war ihr Großvater zu sehen, all die Männer, die sie im Zurückfallen getroffen hatte. Da war die Frau, die ihr Kind zu halten versucht hatte, das Kind, das sterben musste. Da war ihr Vater, und da war der *Geliebte*, dessen Augen im Hintergrund immer in seinen Augen gewesen waren. Aber da war auch Vidya, ihre tiefen Seen voller Weisheit, die sich im grüngoldenen Blau ihrer Iriden spiegelten. Die Iriden wurden dunkel, dann schwarz und transparent wie die Nacht, wie die Augen des Raben. Ein Feuer glühte darin, das ohne Flamme war, und schließlich erkannte sie sich Selbst in diesen Augen im Spiegel. Dieses Selbst war keine Person mehr, kein Wesen, kein Körper. Es barg alle Wesen und war doch niemand, es lehrte alles und war doch selbst nichts.

Das Erkennen ohne Begriffe enthüllte, dass Lehren nicht wirklich mit Worten geschah, dass Worte nur die Träger waren, die es uns erleichterten, uns der wahren Lehre zu öffnen. Lehren braucht auch keine Formen, sondern auch die Formen sind uns nur gegeben, weil wir glauben, etwas oder jemanden zu brauchen, an den sich unser Verstehen haften möchte.

Rabea sah ihre Arroganz, mit der sie erwartet hatte, dass die Lehre, die immer DA ist, sich *ihr*, einem abgetrennten Körper-Ich, unterzuordnen und anzupassen hatte. Sie sah, wie sie bereit gewesen war, beim ersten Auftauchen von Nicht-Einverstandensein eine Dualität zu erschaffen, in der es Schuld und Kampf gab. Sie sah, wie sie Verantwortung abschieben wollte, um selbst unbehelligt aus der Situation herauszukommen.

Und sie sah, dass die Lehre nicht gegeben wurde, sondern dass sie immer lebte, dass sie das Leben selbst war, und dass jede Schülerin allein bestimmte, ob die Lehre sie erreichte oder nicht. Die Schülerin allein war die Lernende, so lange sie sich nicht vollkommen als DAS erkannt hatte, was die Lehre in Wahrheit war, und sie allein war diejenige, die die Lehre abweisen konnte, die sich davon abwenden konnte, wenn sie es vorziehen würde, der Angst, der Bequemlichkeit oder dem Stolz zu dienen.

Beschämt und still setzte Rabea sich zurück auf die Felle und trank ihren Tee aus. Es ging nicht darum, tolle ‚Erkenntnisse' zu *haben*, um dann – angereichert mit diesen – nach Hause zu gehen und MEHR zu sein. Es ging nicht darum, scheinbare Minderwertigkeiten auszugleichen, Mängel aufzufüllen oder Blockaden zu entfernen, damit die Energie darunter wieder frei ‚fließen' konnte. Es ging nicht einmal darum, Erfahrungen zu *machen*, die um ein Ich-Zentrum kreisen konnten, das sie für *seine* hielt. Worum ging es?

Vielleicht ging es einfach nur darum, diese Frage zu verlieren. Vielleicht gab es weder Antworten noch tieferes Wissen, weder Verwirrung noch Klarheit. Vielleicht gab es einfach nur das Leben, und Rabea schien das immer noch nicht zu begreifen.

Als sie sich auf den Heimweg machte, tobte der Sturm noch immer, und alles, was Rabea in ihrem Verstand bewegte, war Vidyas Satz: „Es ist noch nicht vorbei."

W*ild und gefährlich ist dieses Tier, das vor meinem Bett sitzt und seine Krallen immer wieder in meinen Bauch bohrt. In*

rasender Geschwindigkeit sausen seine Hand-Pfoten hoch und nieder.

In Panik wachte Rabea auf. Ihr Aufwachen geschah wie in langsamster Zeitlupe. Sie sah dieses Tier, und sie sah den aus dem Traumschlaf auftauchenden Körper, der sich hochreckte. Sie sah, wie sich seine schreckensweiten Augen langsam öffneten, und sie sah den Film, den diese Augen erblickten, während sie ihn gleichzeitig erschufen.

Das Angstmonster sitzt vor dem Bett und schlägt mich blutig. Es hält mich gefangen in meinem Schrei, und die Enge in meiner Brust lässt nicht zu, dass ich die Panik wirklich fühle.

Doch Rabea sah sie. Diesen Körper da unten sah sie, sein bis zum Hals schlagendes Herz, sein Zittern, seine Starre. Sie sah all die paradoxen Reaktionen. Sie sah den Film, als wäre er stofflich, als wäre er anfassbar, auf Zelluloid gebannt.

In Stille ruhte sie und sah. Der Film, in dem sich all das abspielte, der den Körper und seinen Peiniger auf die Leere projizierte, wurde plötzlich durchsichtig. Er wurde feinstofflich, wurde zu reiner Energie, und in dieser Veränderung löste sich die Szene auf, verlief wie Farben im Wasser. Die Energie des Films verdichtete sich zu einer Sphäre, zu einem Kern von Dichte, von Dunkelheit. Diese Dunkelheit hieß Angst, und indem Rabea die Energie wirklich sehen konnte, sah sie das wahre Gesicht der Angst.

Die Energie wurde schließlich angezogen von einem hellen Punkt des Gewahrseins, der sie in sich aufsog, ganz verschlang, ganz absorbierte. Jegliche Spannung verschwand, denn die Überlagerung wurde zurückgenommen, hatte wieder der Leere Platz gemacht, die immer da war.

Wird es je vorbei sein?

Einsichten

„Wie kannst du hingehen und nach Dunkelheit suchen?" fragte Vidya in dem *satsanga*, der ein paar Tage später stattfand, am Vormittag des Tages, an dem Rabeas Gewahrsein nach dem letzten Traum den Film der Angst in sich zurück genommen hatte.

Die Lehrerin hatte sie eine Weile in Ruhe gelassen, damit sie die Erlebnisse und Erinnerungen jenes Abends in deren Haus verdauen konnte, und damit sich die Erfahrung, dass es keine Worte und keine Form gibt, die lehren, sondern dass es nur die Lehre ist, die sich selbst lebt, in ihr erfüllen konnte. Rabea spürte an Vidyas Lächeln und an dem Getragensein in ihrer Präsenz, dass die Lehrerin ihr nicht böse war.

Ich hätte wissen müssen, dass sie mir nicht böse ist, wie könnte Vidya jemals jemandem wirklich böse sein?!

Aber es in ihrem Verstand zu *wissen* und es wirklich zu *erfahren*, war doch noch immer zweierlei. So war Rabea sehr froh gewesen, dass sie sehen konnte, dass Vidyas Liebe nicht so gering war, eine Schülerin gleich nach der ersten Unbeholfenheit und dem Ausagieren des Schattens fallen zu lassen. Doch Rabea merkte auch, dass Vidya Schmerz gefühlt hatte an jenem Abend.

Sie hatte vorher geglaubt, dass Menschen, die so wach und erleuchtet waren wie Vidya, keinen Schmerz mehr kennen würden. Das war mehr eine Hoffnung ihrerseits gewesen, wie sie jetzt feststellte, als wirkliches Wissen oder Glaube. Warum sollten solche Wesen keinen Schmerz mehr erfahren? Im Gegenteil, das Potenzial, mit dem Vidya Schmerz fühlen konnte, war unendlich groß, es reichte so weit wie ihre Liebe reichte. Was aufgehört hatte, war der Kampf gegen Schmerz, war das Wehren. Sie ließ es einfach zu, und sie ließ ihre Klarheit, ihre Weisheit und ihre Liebe nicht darunter leiden. Sie verstrickte sich nicht, nur weil ihr etwas wehtat. Der Schmerz gehörte genauso zu ihrem Leben wie alles andere auch. Nichts schloss sie aus, alles konnte sie umfangen, so schien es Rabea. Das bedeutete nicht, dass sie jedes Verhalten gut hieß, aber sie hieß es auch nicht schlecht. Sie maß ihm einfach keine große Bedeutung zu, oder nur gerade so viel, wie man einer Welle zumisst, die an der Oberfläche des Meeres auftaucht.

„Wenn du vor der Dunkelheit davonläufst, ist es Angst, die dich dazu treibt, davonzulaufen. Nicht die Dunkelheit ist der hässliche Dämon, sondern deine Angst. Wenn du hingehst, um der Dunkelheit ins Gesicht zu blicken, wirst du sie nicht finden, denn du bist die Lampe, die keine Dunkelheit kennt. Was also sollte dich ängstigen?"

Vidya sprach über etwas, das mit Rabeas Erfahrungen zu tun hatte, und wieder einmal fragte sich die Schülerin, ob das hier eigentlich eine Lehrrede war, die für alle die gleiche Bedeutung hatte. Zehn Menschen hörten Vidya gebannt und überaus wach zu, und in den anderen neun Gesichtern sah Rabea so viele verschiedene Gefühle und Reaktionen gespiegelt, dass sie überlegte, wie es dazu kommen konnte, dass eine Gruppe von Menschen, die offensichtlich so verschieden waren, hier zusammen kam, um dieselben Erfahrungen zur selben Zeit zu haben.

„Angst ist Enge; tatsächlich ist sie eine Fehlinterpretation der kosmischen Struktur, die wir benötigen, um Erfahrungen zu machen. Damit so etwas nämlich möglich wird, muss das, was vor Zeit und Raum existiert, was wir immer wieder das Selbst nennen, aus seiner Unendlichkeit und Ewigkeit in die Form begeben; es muss sich definieren, es muss sozusagen eine Ordnung erhalten. Diese ordnende Struktur wird in einem Geist, der zum größten Teil unbewusst und unwissend ist, nicht als solche erkannt. Denn auch in dem unbewusstesten Geist hat immer noch das Selbst die stärkste Wirkkraft. Das liegt daran, dass das Selbst absolut ist, während alles andere – alles, was jemals strukturell in Erscheinung tritt – nur relativ ist. Es stellt eine Relation, eine Beziehung zum Selbst her, in dem das Selbst nach wie vor als Unendlichkeit und Ewigkeit gespürt wird. Yeshua von Judäa sagte einmal: ‚In der Welt habt ihr Angst.' Das ist dasselbe, wovon ich hier spreche. In der Welt haben wir diese Enge, weil es keine erschaffene Welt ohne Struktur, ohne Definition, ohne Ordnung geben würde. Der unbewusste Geist erkennt nicht den Sinn und die Herkunft dieser Struktur, er reagiert nur auf die Enge. Er reagiert mit Angst.

Wenn wir – und das trifft auf die meisten heute lebenden Menschen zu – eine unbewusste Inkarnation beginnen, haben wir es mit drei basalen Ängsten zu tun, die den drei kosmischen Kräften entsprechen. Das sage ich nur am Rande; darauf wollen wir heute nicht näher eingehen. Heute möchte ich zunächst noch bei dem bleiben, was jeder von euch persönlich als Angst erlebt.

Die persönliche Erfahrung von Angst ist schon abgewandelt; die basalen Ängste können vom unbewussten Geist nicht erfahren werden. Sie ist also schon eine Art Reaktion auf etwas, worüber wir nicht Bescheid wissen. Sie ist Widerstand, Abwehr und tatsächlich eine Form von Aggression. Wir alle wissen, dass Widerstand Kampf ist. Ich meine damit nicht die Kraft des Widerstehens!" Vidya lächelte ein paar Zuhörer an, deren Stirn sich bei ihren letzten Worten in Falten gelegt hatte.

„Der Kampf gegen in uns aufsteigende Emotionen, Empfindungen und Ahnungen entsteht aus Ignoranz, aus spiritueller Unwissenheit. Ignoranz ist Dunkelheit. Mit einer Lampe zu gehen heißt, sich des wahren Lichts gewahr zu sein. Es gibt kein Außen, in dem Dunkelheit wohnen kann. Dies zu verstehen bedeutet, sich an das Licht der Wahrheit zu binden. Nur Wahrheit kann erleuchten, nur Wahrheit macht uns frei. Wir selbst sind diese Lampe, wir selbst sind dieses Licht. Es wird aber nur dann freigesetzt, wenn wir bereit sind für Freiheit und Wahrheit. Dann können wir uns allem stellen, was wir als Dunkelheit oder Schatten bezeichnet hatten und vor dem wir früher vielleicht davon gelaufen waren. Ein spirituelles Leben zu führen steht und fällt mit der Bereitwilligkeit, sich allem zu stellen, was nach Licht verlangt."

Damit war der *satsanga* beendet, und Vidya legte die Hände zum abschließenden Gruß aneinander; dann stand sie auf und verließ leise den Raum. Die Gruppenmitglieder saßen noch eine Weile in der Stille zusammen, die ihr Duft zurück gelassen hatte, ließen die Worte und Vidyas Energie in sich nachhallen und ließen aufsteigen, was sich als Echo in ihnen regte.

Ich hatte immer so viel wissen wollen. Ich hatte so viel gewollt. Aber nun sehe ich, dass ich nichts wusste, dass ich nichts hatte. Ich bin das Wissen, und ICH BIN.

Ich hatte so viel geben wollen. Aber nichts konnte je genug sein. Ich hatte mein Leben für die Liebe geben wollen, doch es wäre nicht genug gewesen. Ich hätte all meine früheren Leben und all meine möglichen zukünftigen Leben hingeben können, doch es wäre nicht genug gewesen. Selbst wenn es alle Leben gewesen wären, Alles Leben, das Leben selbst, es wäre nicht genug gewesen. Aber ich konnte das gar nicht geben, einfach weil es mir nicht gehörte, denn es gab keine, der irgendetwas je gehört hatte.

Bevor ich hier ankam, hatte ich kaum etwas in Besitz genommen, was Wahrheit und Freiheit genannt werden kann. Wie konnte ich jemals erwarten, anderen aus der Dunkelheit zu helfen, selbst wenn ich noch so viel psychologisches Wissen anhäufen würde? So lange ich das Licht, das ich bin, nicht auf alles fallen lasse, was danach verlangt, werde ich weiter im Dunkeln tappen.

Dann werden meine Arbeit, meine Freundschaften und Beziehungen, dann wird mein ganzes Leben ein Leben der Dunkelheit sein. Es wird mir nicht helfen, weitere Erfahrungsinhalte anzuhäufen, denn das habe ich ja offenbar in etlichen Leben bereits getan.

Rabea erhaschte einen winzigen Zipfel wahrer Erkenntnis, indem sie begriff, wovon Vidya gesprochen hatte: Das Universum hatte sich eine Struktur geschaffen, die vom unbewussten Geist fehlinterpretiert wurde, weil er nicht *sehen* konnte. Er war so sehr damit beschäftigt, auf die Objekte im Außen zu schauen, dass er es versäumte, sich mit dem Eigentlichen zu befassen.

Rabea lächelte beim Aufkeimen einer Erinnerung an ihren Latein-Unterricht, aus dem sie einen sehr klugen Satz mitgenommen hatte: „Caeci sunt oculi, cum animus alias res agit." Ja, so war es wohl. Blind sind die Augen, wenn der Geist andere Dinge treibt.

Sie fand den Ozean in klarer Stille, türkisblau und so leuchtend, dass sie sich fragte, wie seine Tiefe so sichtbar sein konnte. Der Sturm, der noch vor ein paar Tagen hier getobt hatte, hatte den Strand rein gewaschen und die Felsen neu getauft. Auch sie erstrahlten in einem Glanz, als wären sie vom Ozean mit einer glitzernden Farbe gestrichen worden, die nun in ihren Poren haftete. Alles war Leuchten, alles war Glanz. Jedes Sandkorn lebte nur dafür, dieses Strahlen zu reflektieren, von der es ein Teil war.

Der Ozean schien auf einmal nach ihr zu rufen, wie es ein *Geliebter* tat, der bewegt und doch still in seinem Bett liegt und voller Verheißung das Tor zur Hingabe öffnet. Eine Weile stand Rabea einfach am Strand und schaute weit über das Meer, ließ ihren Geist über das Wasser zum Horizont fliegen und ihn gleichzeitig in das tiefe Blau eintauchen.

DAS war der *Geliebte*, sie fand *ihn* in seiner eigenen Schönheit, nackt und vollkommen bereit. Ihr Warten war wie ein Vorspiel, wie ein liebendes Streicheln mit sehenden Augen, aus denen die Seele herausfloss und sich in jeden Wassertropfen verliebte.

Ohne Vorbehalte überließ sie sich dann dem Ozean und damit *ihm*; sie folgte ihrer Sehnsucht, mit *ihm* vollkommen zu verschmelzen. Sie gab *ihm* Alles, denn sie brauchte nichts mehr und wollte nichts mehr sein als *er*. Keine Erfahrung, keine Emotion, kein Gedanke, kein Besitz, keine „Beziehung": Es war alles Ballast auf dem Weg zu *ihm*. Jede Bewegung konnte wieder zu Manifestation werden, und das wäre Ballast gewesen.

Sie liebte *ihn* in dieser Berührung von Ewigkeit, und sie gehörte *ihm* allein. Sie bat *ihn*, sie zu nutzen, und höchste Priorität gab *er* Vidya, ihrer Lehrerin, in allem. Sie sah, dass sie weder Güter noch Anerkennung brauchte, sie wollte nur noch bei ihr sein, denn dann war sie bei *ihm*, und jedes ‚mein' oder ‚ich habe' hätte sie davon abgehalten.

Sie, meine Lehrerin, meine satgurumata, *in ihr gehe ich auf, denn sie ist das höchste Leersein. Alles andere will ich beendet wissen. Für immer.*

Rabea trieb auf der Stille des Ozeans dahin. Sie spürte sein Wasser, das ihren Geist reflektierte und mit der Beschaffenheit an seiner Oberfläche anzeigte, ob und wie stark sich Rabeas Denken bewegte. Auch die letzte Welle war gegangen. Der Ozean war still wie ein glatter Spiegel, und so rein, dass sie hineinsehen konnte, bis zum Grund. Das hatte sie schon einige Male erlebt.

Aber nun war etwas anders. Sie gewahrte plötzlich aus der Tiefe des Wassers ein Licht, das leuchtete und strahlte, und das von einer unterirdischen Quelle gespeist zu werden schien. Fasziniert und ein wenig ängstlich ließ Rabea nun wieder zu, dass der Geist Gedanken nachging, jedoch ohne die Klarheit darüber zu verlieren, dass diese Gedanken nicht dasselbe waren wie ihr Geist und schon gar nicht dasselbe wie sie.

Als sie aus dem Wasser stieg, saß sie noch eine Weile im warmen Sand. Sie hatte vor lauter Ergriffenheit heute das Essen vergessen. Nun meldete sich ihr Magen und machte ihr das mehr als deutlich. Sie ließ ihren Körper von der Sonne trocknen und griff dann zu ihren Kleidern, die auf dem Felsen lagen.

Wenn sie doch nur dauerhaft in der Verschmelzung mit dem Ozean bleiben könnte! War das Verschmelzen mit dem Ozean nicht alles, war es nicht das Ende, nicht das Ziel jeder spirituellen Verwirklichung? Darüber, dass sie damit nicht „am Ende" sein würde, hatte Vidya sie neulich deutlich belehrt. Wollte nun auch das Licht, das tief aus dem Kern des Ozeans hervorschien, ihr zeigen, dass es mehr gab, was zu realisieren sein würde? Sie seufzte. So sehr sie sich über die neue Ebene, die sie hier erkannt zu haben glaubte, freute, so beunruhigt war sie doch gleichzeitig. Sie nahm sich vor, Vidya davon zu berichten, wenn sie sie das nächste Mal allein treffen würde.

Aber vorher wartete eine weitere Erkenntnis auf Rabea.

Als Rabea ihr Zimmer betrat, fand sie auf dem Nachttischchen ein Tablett mit heißem Tee und ein paar Keksen, die sie dankbar verspeiste. Enrique hatte sie auf dem Weg vom Strand hier herauf entdeckt und ihr verschwörerisch zugezwinkert, als er die Hingabe in ihren Augen gesehen hatte. Sie hatte ihm zugelächelt, und das stille Einverständnis zwischen ihnen hatte tiefe Freude enthüllt. Er war gerade aus dem Flur getreten, der zu ihrem Zimmer führte, und sie nahm an, dass er es gewesen war, der ihr das Tablett hinein gebracht hatte. Ob ihr Magen so laut geknurrt hatte, dass das Geräusch vom Strand bis zu Enrique gedrungen war? Nein, er hatte sie wohl eher beim Mittagessen vermisst und sich gedacht, dass sie später Hunger bekommen würde. Was für ein Freund! Morgen würde sie ihm sagen, wie sehr sie seine Gegenwart, manchmal so gesprächig und lustig, manchmal so still und tief, schätzte und ihm verbunden war. Heute war dies nicht stimmig, und sie sah, dass er es wusste.

Nachdem sie gegessen und getrunken, geduscht und sich ein wenig ausgeruht hatte, war sie in einen leichten Schlaf gefallen, in dem sie noch einmal die Schönheit des Ozeans um sich herum spürte.

Erst, als sie wieder erwachte, fand sie unter der Teekanne auf einmal einen kleinen Umschlag, der von Vidya stammte. Rabea öffnete ihn und zog einen Zettel heraus, der nur einen Satz enthielt. Vidyas ausgeschriebene Handschrift hatte ihn direkt in die Mitte gesetzt: „Meditiere tief darüber, was dich zum Denken nötigt!"

Rabea blickte eine Weile auf den Satz vor ihren Augen und wollte gerade beginnen, ihn zu analysieren, als eine Rabenfeder aus dem Umschlag und ihr direkt in den Schoß fiel. *Das Große Geheimnis am Rande der Zeit*, dachte sie und gab ihr Vorhaben, Vidyas Absicht analytisch zu untersuchen, auf. *Auf einem anderen Weg*, und sie setzte sich auf das Kissen, das in der Ecke des Zimmers lag, und schloss ihre Augen.

Ich höre auf, die Gedanken einfach immer nur wieder zu beobachten und sie dann mit einer sie umgebenden Substanz verschmelzen zu sehen. Ich frage, was mich zum Denken treibt. Ein tieferes Wissen enthüllt sich. Die Gedanken liegen – einzeln oder als Konzepte gebunden – hinter meinen Augen.

Was treibt mich zu denken? Es kommen viele Worte. Mit jeder Wortenthüllung verschwindet eine Schicht. Die letzte Antwort heißt: Angst.

Es ist eine Illusion zu glauben, dass die Gedanken mich vor der direkten Begegnung mit Dingen schützen, vor denen ich Angst habe, und dazu gehört die Angst davor, mich nicht mehr verstecken zu können, rau und unbarmherzig an die Oberfläche gezogen zu werden, wo jeder die Möglichkeit hat, all die kleinen Fehler, Hässlichkeiten und Makel zu sehen, von denen ich annehme, dass sie ihn abstoßen und dazu veranlassen werden, mich auszulachen, mich in den Augen der anderen bloßzustellen und mich zu verlassen, isoliert und einsam der Meute der Hyänen auszuliefern.

Selbstgewählte Isolation ist da so viel sicherer! Mich mit Büchern zu umgeben und aus der Distanz heraus alles zu beobachten hält die Panik, die Todesangst fern. So hatte ich mein Leben gestaltet und es doch bisher nicht erkannt.

Es war trotz dieser Zurückhaltung immer wieder möglich gewesen, in einen Raum zu gelangen, der von Vidya *„savikalpa samadhi"* genannt worden war. Vidya hatte diesen Raum als die Verschmelzung mit einer Leere beschrieben, die noch voll war von Potenzialen des Denkens, der Konzepte. Demgegenüber hatte Vidya über *„nirvikalpa samadhi"* gesprochen; das war der Raum, der eigentlich kein Raum mehr war, wie Rabea es verstanden hatte, sondern er tat sich auf als Verschmelzung mit endloser, ewiger Leere ohne Konzepte. So etwas „klappte" bei ihr nicht wirklich, aber das war wohl jetzt auch nicht die Aufgabe. Es war auch nicht gefordert, überhaupt nicht mehr zu denken.

Hier ging es für Rabea darum zu erkennen, dass es ein zwanghaftes Denken gab – das man dann ja doch eher ein Gedacht-Werden nennen sollte, überlegte sie. Die Benutzung der geistigen Funktion des bewussten Denkens war offensichtlich in Vidyas Lehre kein Problem. Nur wenn man das Denken quasi unbewusst einsetzte, war das, wie die Lehrerin sich manchmal ausdrückte, nicht „im Sinne des Erfinders".

Also was nötigte sie zum Denken? Rabea ließ sich auf die Frage ein und kam recht schnell zu ihrer Angst zurück. Es war doch häufig zu bemerken, dass eine starke und zwanghafte Gedankentätigkeit im Zusammenhang mit etwas Unangenehmem auftauchte, mit Hilflosigkeit zum Beispiel, oder mit Unsicherheit. Beides waren Formen von Angst. Diese Gedankentätigkeit war dann eine Suchbewegung, als ob man nach etwas greifen, etwas finden wollte, um nicht ausgeliefert zu sein.

Aber konnte man denn sagen, dass Menschen, die in ihrem Geist immerzu beschäftigt sein mussten, ständig die Vermeidung von angstauslösenden Situationen und von Angst selbst praktizierten? Dann wäre ein starkes, konzeptgesteuertes Denkorgan ja ein Hinweis darauf, dass man aus Enge und Widerstand agierte und nicht aus der inhärenten Lebendigkeit. Im Gegenteil, man würde dafür sorgen, dass Lebendigkeit ebenfalls eingeengt werden und irgendwann sehr geschwächt werden würde.

Und aus spiritueller Sicht würde man das getrennte Ego-Ich weiterhin füttern, man würde der Angst weiterhin dienen und es könnte sich keine endgültige Befreiung enthüllen!

Darum war es so wichtig, die Räume aufzusuchen, in denen Angst sich getarnt und verkrochen hatte, in denen ihre Wurzeln zu finden waren und in denen sie unentdeckt wucherte. Die Verhaftung an Angst – ob als Enge, Widerstand oder Aggression verstanden – machte einen freien spirituellen Weg unmöglich. Oder, wie Rabea es nun auch begriff: Sie ließ eine Schülerin immer wieder zurückfallen, weil sie aus dem Unbewussten Macht über die Menschen ausübte. Jeder innere Raum, der von Angst besetzt ist, trug zu der Fixierung des Charakters bei; diese Fixierung aber war es, die die Zersplitterung aufrechterhielt, an die Rabea sich jetzt wieder erinnerte.

Es war also wichtig, sich ständig selbst zu beobachten. Nicht im Sinne einer Kontrolle, die von einer verspannten, angstbesetzten Lebenshaltung ausging, sondern im Sinne eines wirklichen Gewahrseins, das die klare Wahrnehmung des reinen Bewusstseins war. Es war wichtig zu erkennen, ob man gerade zum Denken genötigt wurde oder ob das Denken ein Akt der Inspiration, der Selbst-Ergründung war. Wie man das unterscheiden konnte, war Rabea noch nicht klar, aber sie nahm sich vor, Vidya auch danach zu fragen.

Wie klar diese Erkenntnisse so gedankenlos vor ihr lagen. Sie war sich einfach dessen gewahr. Gleichwohl war sie sich auch dessen gewahr, dass sie ganz am Anfang des Verstehens stand, dass sie erst lernte, nach welchen Gesetzen die Ordnung der Schöpfung wirkte, von der Vidya so viel wusste.

Wird es je vorbei sein, dass ich nach Angst greife, dass ich nach den Gedanken greifen werde, die mich vor dem Erleben von Angst „beschützen" sollen?

„Das liegt an dir", sagte Vidya, als Rabea ihr ihre Erfahrungen bei der Meditation über die Gedankensucht und ihre letzten Fragen vorlegte. Gemeinsam saßen die beiden Frauen im Schneidersitz auf dem Bett in Rabeas kleiner Kammer und nippten an dem Tee, den Vidya mitgebracht hatte. Es war der duftende Jasmintee, den sie Rabea auch bei deren Hypnosesitzung in ihren Räumen angeboten hatte.

Während Rabea den heißen Dampf einatmete, fühlte sie, wie der Jasmingeruch in ihre Sinne hineinkroch, sie von innen wärmte und sanft in ihrem Gemüt schwebte. Sie sah hinüber zu Vidya, der es offenbar genauso ging. Sie hatte die Augen geschlossen, den Duft des Tees genießend und tief präsent in ihrem Körper, während sie die Fragen und Rabeas Bericht in sich hin und her wiegte, sich davon ausfüllen ließ und ihn mit ihrem Herzen durchdrang.

„Es liegt an dir, wie du mit deinen Erfahrungen umgehst, wie du deine Erkenntnisse verwendest und ob du ihnen überhaupt folgst. Es liegt ebenso an dir, in wie weit du es für nötig hältst, deine Erfahrungen in Begriffe zu kleiden, was notwendigerweise damit zu tun hat, dass du Gedanken aufgreifst, die du zum Beschreiben brauchst. Wenn du dir einfach über das gewahr bist, was du bist und was du erlebst, dann können in dir sicher auch einmal zwanghafte Gedanken auftauchen, aber du wirst sie genauso schnell wieder loslassen können, denn dein Gewahrsein über das, was du bist, ist absolut. In diesem Gewahrsein kann es keine Sucht geben, und die Tatsache, dass wir nicht frei sind von zwanghaftem Denken, ist die Tatsache der Sucht. Das Denken kann ebenso zur Sucht werden wie Rauschgift oder Alkohol.

Die Fixierung, mit der die Zersplitterung aufrechterhalten wird, ist auch der Mechanismus, den bestimmte Konfigurationen in dir benutzen, um innerhalb verschiedener Räume deines Unbewussten weiter existieren zu können. Das tun sie übrigens, indem sie reaktive Emotionen erzeugen. Solche Konfigurationen sind wie eigene Wesen; wir nennen sie daher auch ‚Emotionale Personas' oder kurz ‚EP'" Vidya sprach die beiden Buchstaben englisch aus und sah Rabea dabei genau an, um sicherzugehen, dass diese das Vorgetragene genau erfasste.

„Wenn ein Kind von seinen direkten Bezugspersonen keinerlei Resonanz erfährt – und das heißt, dass diese nicht *fühlen*, was das Kind *fühlt*, und zwar *in dem Moment*, in dem es so fühlt –, dann fühlt es sich nicht gehalten, weder in einer heilsamen Umarmung noch in dieser Welt als materieller Existenzebene. Das, was bei einem Kind zunächst als Reaktion auf ein Erlebnis, auf eine Erfahrung, auftaucht, ist eine reaktive Emotion. Das Kind weiß noch nicht, wie es damit umgehen soll. Resonanz ist das einzige, was ihm zeigen kann, wie es den Griff der Reaktivität loswerden kann. Indem es gefühlt wird, wird ihm gezeigt, wie es eine reaktive Emotion in ein wahres Gefühl verwandeln kann. Nur das wahre Gefühl bereitet ihm den Weg zum Herzen und zum Anwesend-Sein in dieser Welt. Und nur durch Resonanz kann es zum wahren Gefühl finden.

Wenn das Kind dieses wahre Gefühl nicht entwickeln kann, bleibt es auf seiner ungefühlten Emotion sitzen, und mit der Zeit verschiebt sich diese ins Unbewusste. Wenn nun jahraus jahrein immer wieder reaktive Emotionen desselben Typs auftauchen und ebenso ins Unbewusste verschoben werden, tun sie sich quasi zusammen zu einem Konglomerat, zu einem Klumpen. Doch der Klumpen bleibt nicht ungeformt. Er wird binnen kürzester Zeit zu einer Konfiguration, zu einem fast eigenständigen Wesen, zu ebendieser Emotionalen Person, der EP."

Vidya hielt kurz inne und gab Rabea einen Moment zur Verarbeitung dieser für die Schülerin offenbar ganz neuen Sichtweise. Dann sprach sie weiter: „Innerhalb verschiedener Bereiche des Unbewussten existieren diese EPs dann weiter und besetzen die Psyche des Kindes und später auch des Erwachsenen. Sie sind die wesentlichen Antriebe für die Bildung des Charakters, für das Entstehen des zweidimensionalen Egos und – was ganz wichtig ist – für die Entwicklung von Süchten. Denn dort, wo solche EPs walten, ist Zersplitterung, Spaltung. Die EPs arbeiten nicht mit dem Rest der Seele zusammen; es gibt also kein gesundes Ich, das das Zentrum einer authentischen Persönlichkeit sein und seine innere Welt strukturieren und in Ordnung halten könnte. Vielmehr gibt es lauter Splitter-EPs, und diese arbeiten unbewusst gegeneinander – teilweise auch miteinander, aber trotzdem gegen das Ganze – und höhlen den Menschen immer mehr aus. Die Süchte führen dazu, dass man nach Ersatzbefriedigung greift. Wir sprechen von Surrogaten. Alles, was ein Ersatz für etwas Authentisches ist, ist ein Surrogat, und überall, wo wir ein Surrogat antreffen, waltet eine Sucht. Ich spreche hier absichtlich von Surrogaten, um klarzumachen, dass es nicht nur um die bekannten ‚Suchtmittel' wie Rauschdrogen, Alkohol, Kaffee, Zucker, Spiele und so weiter geht. Alles kann zum Surrogat werden, sogar die Meditation."

Rabea bekam große Augen, dachte dann aber einen Moment darüber nach und erinnerte sich dunkel daran, dass sie auch schon so manchen „Wahrheitssucher" dessen verdächtigt hatte. Dann nickte sie und stellte ihre Tasse zur Seite. Sie hatte immer Angst gehabt, einer Sucht verfallen zu können, und deshalb hatte sie sich von allen Rauschmitteln fern gehalten. Zeitweise hatte sie sich als Raucherin erlebt, auch hatte sie einmal viel getrunken. Aber nie war es so weit gekommen, dass sie die Kontrolle über das Maß verloren hatte, in dem sie unterscheiden konnte zwischen Genießen, Anheimfallen und echter Sucht.

Rabea hatte nicht bedacht, dass *alles* zur Sucht werden könnte, und sie musste ein paarmal stark schlucken. Nun suchte sie in ihrem Geist nach ihren Surrogaten. Die Art, wie sie, bevor sie zu Vidya gekommen war, Beziehungen gesucht und „gelebt" hatte, war suchthaft gewesen. Ihre Anhaftung an Angst war suchthaft gewesen. Ihr Denken war es, und dies war wohl die stärkste und gleichzeitig die unbewussteste Sucht, die sie sich nun eingestehen musste.

„Ich hatte geglaubt", sagte Rabea dann langsam und immer noch nachdenklich, „dass der Moment, in dem der Verstand quasi verschwindet, in dem mein stiller Geist so klar ist wie die spiegelglatte Oberfläche eines Sees, die Erlösung sei, und wenn ich diesen Zustand nur lange genug aufrecht erhalten könnte, dann sei das eben das, was du mit vollkommenem *samadhi* meinst, dann sei ich frei."

„Wenn du in der Zeit stoppst, dann wirst du nicht wirklich verbrennen", entgegnete Vidya, und obwohl Rabea nicht verstand, was sie eigentlich damit meinte, erschreckte sie sich zutiefst.

„Der Moment, in dem der Geist mit der Mentalsubstanz, die wir *chitta* nennen, verschmilzt, heißt *manolaya*, die Auflösung des Denkens in seinem Ursprung", fuhr Vidya fort. Sie goss sich Tee nach und stellte die Tasse zum Abkühlen auf das kleine Tischchen neben Rabeas Bett. „Aber das ist nicht die Befreiung, denn – egal wie lange das *samadhi* dauert – wenn die Denkneigungen, die *vasanas*, nicht gelöscht sind, wird sich nach der Versenkung immer wieder ein separates Ego abspalten, das aus Vorstellungen besteht. *Manolaya* ist ein Zeichen dafür, dass du dem Ziel – sofern du die Befreiung so bezeichnen willst – schon merklich näher gekommen bist, aber es ist auch der Punkt, an dem sich der Weg gabelt: Ein Weg führt weiter zur Erlösung, der andere zum Tiefschlaf."

Rabea begriff, dass der Gedanke, einen „Zustand" nur lange genug aufrechtzuerhalten, um dann endgültige Befreiung zu erlangen, dumm gewesen war, und sagte Vidya das. Als diese lächelte, fuhr Rabea fort: „Ich habe in diesem Fall also immer noch den Eindruck eines separaten Ichs, das einen ‚Zustand' erlebt und erhält, und ‚lange genug' ist eine Zeitangabe, so vage sie auch sein mag. Aber weil es eine Zeitangabe ist, findet der Zustand im Verstand statt, und das bedeutet, er hat einen Anfang und auch ein Ende. Ganz egal, ob das Ende erst nach einer Million Jahren gekommen sein wird, es ist ein Ende. Die Trennung muss erhalten bleiben, um den Zustand zu erhalten, und das bedeutet, dass ich eigentlich mit dieser ‚Übung' an meinem getrennten Ego festhalte und es weiterhin nähre. Ich habe es nicht hingegeben, nicht ganz dem Ozean übergeben, habe es nicht ins Feuer geworfen, denn es darf nicht verbrennen. Oh je", sie seufzte tief, „mir scheint, sogar dieses Verhalten ist irgendwie von Angst gesteuert oder dient ihr doch zumindest." Dann setzte sie sich gerade auf und schlug ihre Beine übereinander. Irgendwie war ihr pötzlich unbequem.

„Verzweifle nicht", lachte Vidya und tätschelte Rabeas Wange. „Du bist immerhin auf dem richtigen Weg, und du musst zugeben, dass dich deine Erkenntnis und dein Erleben von *manolaya* zumindest bis an diesen Punkt geführt haben, an dem du nun in der Lage sein wirst zu entscheiden, ob du wirklich zur Erlösung gelangen oder nur in glückseligen Yogi-Tiefschlaf fallen möchtest. Und im Übrigen hast du nicht ganz Recht. So wie du es geschildert hast, dass du ‚nur' das Ego mit deiner Übung nährst, ist es nicht. Erinnere dich daran: Wir sprechen hier vom zweidimensionalen Ego, das nur ein Abbild des sowieso schon fixierten und falschen Charakters ist. Dieses Ego kann sich nur dann auflösen, wenn die authentische Persönlichkeit aufwacht und genügend Halt bietet, so dass keine Surrogate mehr nötig sind. Was auch immer diesem Erwachen der echten Persönlichkeit dient, ist heilsam."

„Aber kann ich das denn wirklich entscheiden?" fragte Rabea aufgebracht; entschlossen, gleich von ihrem Platz aufzuspringen.

„Ich meinte, ich hätte mich doch eigentlich diesem Weg hingegeben, hätte doch schon vor langer Zeit klar gemacht, dass ich keine Lust auf Umwege mehr hätte. Und nun das! Aus meinem Zustand, der ja bestimmt noch lange nicht authentisch ist, kann ich doch gar nicht bestimmen, ob ich der Zersplitterung diene oder der Ganzheit. Und wenn ich mich dann mit wahrem Herzen zur Meditation setze, kann es sogar ein Surrogat sein?! Wieder eine Verirrung, eine Täuschung." Rabea schmollte ein wenig und vergrub ihre Hände zwischen den Oberschenkeln.

„Ja, und eine Ent-Täuschung", gab Vidya zurück. „Du hast dich diesem Weg verschrieben, aber wer kann dir sagen, wie lange er dauert? Und ist das, was du heute gelernt hast, nicht auch das ‚Ergebnis' deiner Bereitwilligkeit, zwischen Wahrheit und Trug zu unterscheiden?! Gibt es denn wirklich Um-Wege? Denk mal darüber nach! – Ach, und was deine Frage angeht", setzte sie hinzu, „nein, du kannst nicht wirklich entscheiden. Das Herz hat schon längst entschieden. Du kannst dich dazu bekennen oder dich davon abwenden. Entscheidung ist ein Wort, das die Realität einer Dualität anerkennen würde. Doch so etwas gibt es nicht, nicht wahr?" Wieder lächelte Vidya vielsagend und sanft, goss dann den letzten Tee in die beiden Tassen und trank still.

Rabea nickte nachdenklich und sank für eine Weile nach innen, wo sie sich wieder ein bisschen entspannte. „Wie kann ich über *manolaya* hinausgehen?" fragte sie dann.

Vidya erinnerte sie an das Licht auf dem Grund des Ozeans, das heute Nachmittag, als Rabea sich auf seiner kristallklaren Oberfläche dem stillen blauen Leuchten hingegeben hatte, zum ersten Mal aufgetaucht war. Sie sagte, dass das Auftauchen dieses Lichts wie ein Hinweis auf das gewesen sei, was jenseits liegt.

„Ist der Ozean nicht alles?" fragte Rabea erstaunt.

„Ja und nein", gab sie zurück. „Aber bevor wir nun auch noch darüber philosophieren, schlage ich vor, du entdeckst selbst, was dich ja schon eingeladen hat."

„Was kann ich tun?"

„Zunächst einmal musst du jetzt schlafen. Morgen ist auch noch ein Tag. Du kannst ihn gleich bei der Morgenmeditaton beginnen, indem du über die Frage ‚wer bin ich?' kontemplierst. Gleich nach dem Mittagessen machst du damit weiter. Lass nichts anderes zu. Frag dich nur, wer du wirklich bist. Und wenn Gedanken dich wegziehen wollen, dann frage, wer es ist, der denkt. Du wirst immer nur zu einer einzigen Antwort finden.

Wenn wir die Dinge nicht auslöschen können, die ihrem Wesen nach das Selbst zu verschleiern scheinen, dann müssen wir sie dazu bringen, uns dabei behilflich zu sein, es freizugeben.

Am späteren Nachmittag wird Mirina mit dir arbeiten. Sie ist eine Weile oben in Tibet gewesen und hat dort in den Klöstern eine wundervolle Methode gelernt, die dir helfen kann, durch bestimmte Anhaftungen hindurch dein Wesen klarer zu sehen. Lass dich einfach auf diese Erfahrung ein und berichte mir dann übermorgen, was du erlebt hast. Ich bin sehr gespannt."

Mit diesen Worten stand Vidya auf, drückte sehr herzlich die Hand ihrer Schülerin und verließ den Raum. Rabea saß noch eine Weile versunken in die Stille des Geistes, die sie in ihr zurück gelassen hatte, dann begab sie sich ins Bett und fiel sehr schnell in einen tiefen, fast wachen Schlaf.

Wer bin ich?

Ich bin nicht der Körper, denn meinen Körper kann ich erleben.

Ich bin nicht die Emotionen, denn ich kann die Färbung meines Erlebens durch die Emotionen sehen, aber das Erlebte, zum Beispiel den Körper oder ein beliebiges Objekt, wie auch meine geistige Haltung, davon trennen.

Ich bin nicht meine Gedanken, denn ich kann meine Gedanken beobachten.

In diesem Moment schießen viele Gedanken wie richtungslose Pfeile kreuz und quer durch meinen Geist, während ich immer wieder, um mich zu sammeln, das Wort „Ich, Ich" spreche und die Gedanken beobachte. Durch die Konzentration, die vollkommene Ausrichtung auf das „Ich" werden die Gedanken langsam aus ihrem chaotischen Durcheinander in eine gerade Linie gebracht. Sie sehen jetzt aus wie silberne Fischleiber, die akkurat in einem Graben in Reih und Glied dahin schwimmen.

Aber die Fische stauen sich nur vor einem großen Damm. Hinter dem Damm befindet sich der Ozean, und als ich den Damm hebe, schwimmen die Fische hinein und lösen sich auf, einer nach dem anderen. Nun liegt meine Konzentration auf dem Ozean, und ich bemerke, dass ich gerade wieder manolaya *erlebe.*

So frage ich also: „Wer erlebt das?"

Wieder ist die Antwort „Ich". Als ich sehe, dass von jenseits des Damms immer neue Gedanken nachkommen, verfolge ich diese zurück zu ihrer Quelle. Da steht am Anfang eines Fließbands dieses abgetrennte Ego-Ich, platt wie eine Briefmarke, und produziert immer weiter. Ich sehe dieses Ego, und indem ich diese ganze Szene betrachte, gewahre ich darunter einen unendlichen Raum, über dem sich das alles abspielt, wie in einer Überlagerung, die den Blick auf das Dahinterliegende nicht freigibt.

Darum frage ich wieder: „Wer sieht das alles?"

Die Antwort ist „Ich". Als sie dieses Mal in mir aufsteigt, hört das Ego am Fließband auf zu „leben"; es erweist sich als vertrocknete Hülle, leeres Gestell.

Wer das alles sieht, ist ein weiteres „Ich", das über allem sitzt, wie ein Kind, das spielt. Vor sich hat es eine Schale mit vielen bunten Steinen, Mosaikstückchen, die verführerisch leuchten.

Ein tiefes Wissen in mir nennt dieses Kind „jiva", und ich sehe, dass dies die Instanz ist, die sich für die individuelle Seele hält. Immer, wenn es ein Mosaiksteinchen hochnimmt und hindurch schaut, projiziert es ein neues Lebensmuster.

Doch plötzlich geht die Sonne auf, schmilzt alle bunten Glasplättchen ein und lässt sie schrumpfen. Gleichzeitig nehme ich wahr, dass der jiva aus gefrorenem Wasser bestand, und nun beginnt er zu tropfen. Er schmilzt und tropft und verkleinert sich immer mehr.

Dann frage ich: „Wer sieht den jiva?"

Und die Antwort ist „Ich".

Aber dieses Ich hat keinen Seh-Sinn, sondern es ist sich des jiva gewahr. Im Moment des Gewahrseins gibt es niemanden mehr, der einen anderen sehen könnte, sondern da ist ein Selbst-Gewahr-Sein, in dem es auch keine Konzentration mehr gibt. Es ist, als wäre die Konzentration wie ein Pfeil nötig gewesen, um diese scheinbare Membran zu durchstoßen.

Immer wieder spüre ich Leibsensationen, Kribbeln in meinem Rücken und ein druckhaftes Öffnen an der Stirn und auf dem Kopf. Ich sehe eine feine Substanz aus dem Scheitel meines Körpers austreten, wie Rauch.

Dann sehe ich wieder den jiva, er kann sich immer neu bilden und vergrößern. Doch ich bleibe am Punkt des reinen Gewahrseins in vollkommener Reglosigkeit und erkenne zum ersten Mal, warum das Ego-Ich auf tibetisch das „Greifen nach einem Selbst" heißt.

In dieser Reglosigkeit gibt es kein Greifen nach etwas, denn SEHEN ist gleichzeitig projizieren und greifen, sich auf ein (vermeintliches) Objekt zuzubewegen, um es mit den Sinnen zu berühren. Der Film, der hinter meinen Augen ablief, wurde nach außen verlagert und als getrennte Objekte betrachtet, die sich das Sehen dann durch die weitere Nach-Außen-Bewegung wieder einverleiben wollten.

Aber in der Reglosigkeit des Verstandes und damit des Sinnesorgans gibt es kein Sehen, kein Greifen, sondern nur Gewahrsein. Und so verschwindet, nachdem der Prozess des Wahrnehmens verschwunden ist, auch das wahrgenommene Objekt als getrennte Entität. Es bleibt das Gewahrsein, und da sich dieses „Ich" niemals auflöst, hatte ich immer gedacht, dass es weiterhin eine Trennung gebe, dass das Ego immer noch weiter besteht.

Tatsächlich aber ist dieses, was als Konstante des Gewahrseins „übrig" bleibt, wenn alles andere anhält, auch das ICH, oder vielmehr, es ist das eigentliche ICH, das wirkliche. Die anderen sind nur Abbilder oder Ableger davon. Um das zu unterscheiden, nennen manche dieses wirkliche ICH wohl das SELBST. Denn das Ich, als das getrennte Ego-Ich, verschwand schon im Stoppen gleichzeitig mit dem Verschwinden des Greifprozesses. Die Wahrheit ist, dass das ganze Greifen die Illusion eines getrennten Egos überhaupt erst schuf, aber es gibt in Wahrheit kein solches Ding! Und das Ich, das unter dem Briefmarken-Ego lag, war auch kein Ding, sondern irgendwie ein Prozess, etwas, das in Bewegung war, um zu ordnen, zu strukturieren. Es war irgendwie ein reines Handeln und ganz im Einklang mit der Stimmigkeit der Seele.

Ich bin fasziniert, geschockt und zutiefst gerührt. Ich bin einer Gnade begegnet, die ich noch nicht in Worte zu fassen vermag. Ich bin SIE geworden, und wenn ich auch aus dieser Erfahrung wieder auftauchen muss, weil ich es noch nicht vermag, meine Welt zu bewohnen, während ich in dauerndem Gewahrsein des Selbst verweile, so ist doch dieses satori ein Erlebnis, das endgültig meine Zweifel löscht.

Vidya ließ die angekündigte Stunde mit Mirina an diesem Nachmittag ausfallen, nachdem sie Rabea nach der Morgenmeditation gesehen und bemerkt hatte, wie weit sie mit der Übung der Selbstergründung, wie sie sie nannte, fortgeschritten war. Stattdessen kündigte sie an, dass sie die Schülerin am frühen Abend besuchen wollte, um zu hören, was sie zu berichten hatte.

Nach dem Mittagessen, das spärlich und sehr rein war, schlief Rabea eine Stunde und nutzte dann die Gelegenheit für einen ausgedehnten Spaziergang in der Weite dieser wunderschönen Umgebung. Heute wollte sie einmal in den Wald gehen, um ganz allein mit den Bäumen zu sein, und später wollte sie noch Enrique sprechen, den sie gestern schon auf ihren „Tagesplan" gesetzt hatte. Sie ging zunächst am Strand entlang, vorbei an „ihrem" Felsen, und schlug dann den Weg nach Nordosten ein, wo ein kleiner Bach sie zunächst tiefer in den Wald hineinführte.

Sie schlenderte an seinem Ufer entlang und versuchte, nicht zu denken. So lange sie in das Wasser blickte, gelang ihr das ganz gut, aber immer, wenn sie sich an einer Stelle festgeblickt hatte, dann waren auch wieder Gedanken da, die von selbst aufstiegen und ihr Gewahrsein einzuengen schienen. Ob sie fortgetragen wurde, wusste sie nicht genau, aber sie war nicht immerzu gegenwärtig, und es störte sie, dass sie nicht aufrechterhalten konnte, was sie heute Morgen in ihrer Meditation so tief als Wahrheit erlebt hatte.

Krächzend stieß ein Rabe hinter ihr in die Luft, und Rabea erschrak sich fast zu Tode. Mit klopfendem Herzen ließ sie sich ins Gras fallen, als sie erkannte, dass sie schon wieder dabei gewesen war, an einem Zustand festhalten zu wollen, von dem sie sich als getrennt erlebte. So viele Emotionen kamen in ihr hoch, aber sie wollte sie nicht haben. Sie wollte diese Stille haben, dieses tiefe Einssein, das sie heute Morgen so genossen hatte. Und sie übersah das Einssein, das JETZT da war, jetzt HIER.

Sie war beschäftigt mit ihren Gedanken vom Verlust eines Momentes der Berührung mit Ewigkeit, und gleichzeitig war sie getrennt davon, denn sie übersah die Ewigkeit, die IMMER hier war. Sie wollte die Umgebung genießen, aber statt das tiefe Grün der Grashalme zu erfassen, bemühte sie sich um das Festhalten einer Situation, die vergangen war. Doch sie erkannte es nicht. Es war zum Haare raufen. Was machte sie nur falsch? Sie hatte doch so großartige Erkenntnisse gehabt. Aber sie konnte sie nicht leben. Was nützte das also alles?

Der Rabe hatte sich jetzt auf der Wiese niedergelassen und war damit beschäftigt, sich ein paar Federn auszurupfen, während er sich putzte. Er kümmerte sich nicht weiter um Rabea, obwohl diese sich sicher war, dass er genau wusste, dass sie hier saß und wie dumm sie sich vorkam in ihren Versuchen, „bewusst" zu sein.

Sie beobachtete ihn, sie versank mehr und mehr in seine Bewegungen und die stille Eleganz seines hingebungsvollen Rituals. Sein schwarzer Schnabel tauchte tief unter seine Flügel und kam zitternd wieder zum Vorschein, während die Federn auf seinem Kopf sich leise rührten und anzeigten, wie konzentriert er war. Er hob zuerst den linken Flügel, um ihn ganz zu strecken und die Flugfedern abzuspreizen, so dass er wirklich in jeden Winkel seiner schwarzen Schönheit vordringen konnte. Als der rechte Flügel an der Reihe war, drehte er sich leicht auf seinen schwarzen Krallen, die fast ganz im Gras versunken waren. Seine glänzenden Augen blickten von Zeit zu Zeit munter auf den Haufen von Federn hinab, der sich inzwischen vor ihm angesammelt hatte.

Wie schön er war! Tiefe Stille und Harmonie lagen in diesem Schauspiel, in dem der Rabe sich ganz seiner Natur widmete und kein Verstand einzugreifen schien, um mit irgendeinem Mangel oder Fehler zu hadern. Er überließ sich einfach dem Instinkt, der dafür sorgte, dass der Körper sich selbst erhielt, und es gab keine Fragen, keine Stockungen, die seine Grazie unterbrochen hätten. Rabea sah, dass vollkommene Konzentration vollkommene Entspannung und vollkommenes Hiersein bedeutete. In der

Harmonie der einfachen Anwesenheit des Vogels war kein Platz für Festhalten oder Loslassen. Er war jenseits davon.

Ganz langsam verschmolz sie mit ihm. Es gab nur noch den Raben, der seine Federn rupfte, und ihre Depression war vorbei. Was war passiert? Kontemplativ hatte sie sich der Beobachtung des Raben gewidmet, ohne auf irgendetwas anderes zu achten. Sie hatte für eine Weile jeden anderen Inhalt aus ihrem Geist verbannt, oder vielmehr hatte sie ihn nicht mehr berührt. Absolut konzentriert und ohne etwas persönlich zu nehmen, war sie den Bewegungen des Raben und seiner Tätigkeit gefolgt, hatte ihm den ganzen Raum gegeben und war mit ihm eins geworden.

Sie erkannte, dass es nicht wichtig ist, *was* sie beobachtete, sondern dass sie sich dem, was beobachtet wurde, vollkommen widmete. Jede Situation, jeder Gegenstand, jeder Moment des Lebens war dazu geeignet. Wenn sie nur ganz und gar das losließ, was sie vorher noch so mühsam festzuhalten versucht hatte, wenn sie ganz und gar in dem war, was sich in ihr oder vor ihr auftat, dann gab es niemanden mehr, der etwas wollte, und es gab schließlich auch nichts mehr, was losgelassen oder überwunden werden musste. Ganz und gar DA zu sein hatte dennoch nichts mit den Objekten zu tun, die beobachtet wurden. Das war es auch nicht. Es war wohl eher das Beobachten selbst, dem sie sich hier überlassen hatte. Sie hatte mit dem Begehren und dem Vermeiden aufgehört und ihre Distanz zu dem, was sich ihr enthüllte, aufgegeben, und dann war das Beobachten selbst zu einer Handlung geworden, die keine Handelnde mehr kannte.

Der Wind rauschte durch die Bäume, die sich hoch und gerade zum Himmel erhoben. Ihr grünes Laub ließ sich willig in alle Richtungen biegen; wie Antennen standen sie und waren gleichzeitig Wächter dieser großartigen Natur. Kleine Vögel flogen immer wieder auf, wenn ein Windstoß durch die Zweige ging, verließen für einen Moment den Ast, den sie sich ausgesucht hatten, nur um dann erneut auf ihm zu landen und ihr Lied anzustimmen. Zusammen sangen sie gemeinsam mit dem Wind und den wogenden Blättern die Symphonie des Waldes, der vor den dahinziehenden Wolken ein lebendiges Schauspiel bot. Die kleinen Blumen auf der Wiese, auf der Rabea sich niedergelassen hatte, wiegten sich leise im Wind. Rabea mochte vor allem die Akeleien, die hier den Wegesrand zierten. In vielen Farben, vor allem aber in Weiß- und Lilatönen zeigten sie ihre vielschichtige Schönheit. Kleine und Große Sterndolden waren überall zu sehen, ebenso Gänseblümchen und Schlangenknöterich. In weiß, gelb, zartem Lila und kräftigem Rosa belebten sie die gesamte Wiese. Nur die Akeleien hatten sich an die Wegesränder und die weiter hinten zu sehenden Büsche geschmiegt.

Rabea dachte an ihre Kindheit und Jugend, an die vielen Momente des reinen Versunken-Seins, die sie so geliebt hatte, und in denen sie der Natur und den Menschen wirklich begegnet war. Da war etwas gewesen, das sie tiefer berührt hatte als alles andere, und sie glaubte, dass ihr ganzes Leben der Suche nach diesem Etwas gewidmet war. Es war etwas Großes, etwas, das Andacht in ihr geweckt hatte, Stille und Tiefe. Irgendwann hatte sie zu glauben begonnen, es nur noch dort draußen, in den Augen und in der Begegnung mit einem anderen Menschen erleben zu können und hatte sich dann an diejenigen gehaftet, die ihr begegnet waren. Es war immer nur die erste Begegnung gewesen, die wahrhaftig war, dachte sie, und dann wollte sie festhalten und wiederholen, was sie einmal erlebt hatte, und so wurde die Wahrheit, die so schön und groß gewesen war, zur Lüge. So wurde die Offenheit des Herzens verraten, und in ihrer Unwissenheit hatte sie damit immer weiter gemacht.

Der Rabe blickte zu ihr auf, und jetzt hüpfte er ein paar Sätze auf sie zu. Reglos verharrte ihr Körper, denn sie wollte ihn nicht erschrecken. Diese reine Versunkenheit, dieses Große war immer hier. Sie gewahrte es in dem schönen Vogel genauso, wie sie es einst in manchem Lehrer gewahrt hatte, wenn er aus dem Herzen lehren konnte, genauso, wie sie es im ersten Blick ihrer so früh verstorbenen Jugendliebe gewahrt hatte, der sie bis ins

Mark erschüttert hatte, und in den Augen ihrer sterbenden Freundin, die mit dreizehn Jahren schon für immer ins Land jenseits gerufen worden war. Sie gewahrte es schließlich als DAS, was in allem ist, überall, was immer gewahrt werden kann, wenn sie nur bereit war, ihren konditionierten Bilderfluss vorbeifließen zu lassen.

Dieser Rabe ist ein Bote, er kommt aus einem Land, das ich gerade zu erkennen beginne.

Aber erkennen war nicht das richtige Wort. Es war mehr ein Erinnern. Sie erinnerte sich an das, was älter war als alles, was sie scheinbar darüber gelegt hatte, und noch passierte dieses Erinnern zögerlich und in kleinen „Portionen", aber sie wusste, dass es kein Zurück mehr gab, keine wirkliche Bindung an Konzepte oder Konditionierungen, denn hier hatte sie etwas angerührt, was wahre Heimat war.

Dann dachte sie darüber nach, warum Vidya ihr den Namen „Rabea" gegeben hatte. Sie hatte zwar gesagt, dass der wahre Name unnennbar sei und dass jeder Name, den man einer Form gibt, vergehen wird, so wie er kam, aber eine gewisse Bedeutung hatte er ja, wie sich herausgestellt hatte, auch wenn sie sich nur auf eine bestimmte Ebene ihres Wesens oder ihrer Erfahrungen bezog.

Rabe fliegt auf einem anderen Weg am Rande der Zeit, dachte sie, als der Vogel sich plötzlich wieder in die Luft erhob und nach einer kurzen Zwischenlandung auf der großen Eiche am Ende der Waldlichtung über den Bäumen dahinter verschwand.

Ist er ein Bote aus dem Land jenseits, aus dem Land, das Zeit nicht kennt? Kann es ein Land geben, einen Ort, wo es Zeit nicht gibt? Kann es Raum geben ohne Zeit?

Ihr kam das plötzlich fragwürdig vor, auch wenn sie die Erfahrung von „reinem Raum" schon gemacht zu haben glaubte.

Der Rand der Zeit ... und wo war sie heute gewandert? So oft hatte sie sich als Schwellengängerin erlebt, aber irgendwie hatte sie jetzt das Gefühl, dass die Schwelle nicht wirklich war. Sie hatte nicht den Eindruck, dass der Rabe tatsächlich fort war, obwohl sich sein Körper schon lange außer Sichtweite befand. Sie schloss ihre Augen und versuchte, die Präsenz des Raben zu gewahren, und auf einmal erkannte sie in dieser Präsenz das Leuchten des reinen Gewahrseins, so wie sie es heute Morgen in ihrer Meditation erlebt hatte.

Kein Landen

Am frühen Abend kam Vidya in Rabeas Raum, wie sie es versprochen hatte. Während sie Platz nahm und sich über den Tee freute, den Rabea bereits vorbereitet hatte und nun anrichtete, betrachtete die Schülerin ihre Lehrerin genau. Sie hatte sich inzwischen eigenen Tee und einen kleinen Wasserkocher für ihr Zimmer besorgt, so dass sie immer die Möglichkeit hatte, etwas anzubieten, wenn Vidya sie besuchte.

Rabea bemerkte, dass Vidya für sie immer mehr an Autorität gewann und sie ihr immer mehr vertraute. Ihre Gegenwart war wirklich von besonderer Qualität, selbst wenn sie nur da saß und Tee trank.

Sie musste Vidya nun genau berichten, was sich in ihrer morgendlichen Meditation zugetragen hatte. Als sie ihr von den Bildern erzählte, in denen sich der Film vor ihren Augen entwickelt hatte, ging Vidya nicht näher darauf ein, sondern erklärte, dass Rabea diese Erfahrung bald selbst verstehen würde, wenn sie das Ganze noch einmal von einer anderen Warte und mit einer anderen Auffassung sehen würde. Sie verwies die Schülerin auf ihre Sitzung mit Mirina, die sie ihr nun für morgen Nachmittag auftrug.

Vorsichtig und schweigend tranken die beiden Frauen den heißen, nach Jasmin duftenden Tee, während Rabea Vidya weiterhin ansah. Ihre Augen waren tief wie immer, aber da war noch eine andere Qualität, die Rabea bisher nicht wahrgenommen hatte. Etwas gab es in ihrem stillen Blick, das ihre Augen veränderte, und erst langsam wurde der Schülerin bewusst, dass es die Farbe ihrer Iriden war, die sich veränderte. So etwas hatte sie noch nicht erlebt. Fasziniert von ihrer Entdeckung starrte sie die Lehrerin an. Diese ließ es einfach zu, schaute ab und zu in ihre Teetasse und trank schweigend. Da war eine Regung, eine Regung in Vidyas Seele, und wieder einmal ertappte sich Rabea dabei, geglaubt zu haben, Vidya sei weit davon entfernt, noch seelische Regungen zu haben, so wie sie es in dem Buch eines indischen Meisters gelesen hatte, die, wie es dort so schön hieß, „das Ich überwunden hatten". Aber vielleicht war das auch so ein Konzept wie die Geschichte mit dem Schmerz, der angeblich vorbei war, wenn ein Mensch erleuchtet wurde, dachte sie.

Während Vidya so versunken in ihr Trinken war, sah sie fast zerbrechlich aus, traurig irgendwie, als hätte etwas einen Schatten über ihre Seele gebreitet, und ihre Augenfarbe war dunkel wie das Meer am abendlichen Horizont, von grünen und braunen Sprenkeln durchsetzt. Sie erschien Rabea auf einmal so menschlich; und als sie das gedacht hatte, stellte sie erschrocken fest, dass sie sie wohl vorher jenseits des Menschlichen angesiedelt hatte, und sie fragte sich, was sie eigentlich von Vidya erwartete. Irgendwie hatte sie dieses bewusste Wesen mehr als Traumgestalt denn als ein gewöhnliches menschliches Wesen empfunden. Ihre Präsenz brachte Rabea dazu, sich so tief in sich selbst zu bewegen, wie sie das vorher nur in ihren Träumen getan hatte, und das, was sie hier erkannte, hatte auch den Charakter dessen, was zuletzt in ihren Träumen aufgetaucht war.

Nur dass es heilsamer ist und irgendwie in eine Ordnung gebracht wird. Und dass ich wirklich immer mehr begreife, worum es geht. Vielleicht geschieht hier das, was Jana von Walden mir als Notwendigkeit geraten hatte, nämlich dass ich in die Lage komme, über meine Träume und damit über meine Schöpfungen selbst zu bestimmen. Damit ich nicht zur Gefangenen werde. Damit ich aus dem Gefängnis hinausgehen kann.

Auch wenn sie *wusste*, dass Vidya der *satguru* war, der das absolute Selbst, die Meisterin verkörperte, so sah sie doch nun vor sich die Form einer Frau sitzen, die lebte wie sie. Rabea hatte sie lachen gehört, hatte ihren Schmerz gesehen, und nun fragte sie sich, ob sie auch weinen würde und Verzweiflung kannte. Ob sie sich manchmal einsam fühlte und sich nach Armen sehnte, die sie hielten oder nach Händen, die sie streichelten. Sie fragte sich, ob es wohl jemanden gab, den sie liebte, einen Menschen, in dessen Form sie den *Geliebten* fand, oder ob sie ihr Leben ganz und gar dem formlosen *Geliebten* geweiht hatte, so wie es die Nonnen taten oder die Heiligen Indiens, wenn sie in Gottesverehrung jede Sinnesneigung überwanden. Sie fragte sich, ob sie dies hier, was immer es für sie war, allein auf ihren Schultern trug, ob sie jemanden hatte, mit dem sie sprechen, mit dem sie ihre eigenen Erfahrungen teilen konnte. Jemanden, der wie sie war, der sie verstehen konnte und der nicht auf eine Weise unterrichtet werden musste, wie sie das mit ihren Schülern tat.

Vidya lächelte jetzt, und ihr Gesicht war ganz sanft. Rabea verstand, dass sie ihr ihr Herz geöffnet und sie hatte sehen lassen, wer sie neben der Ebene des Lehrens und Führens auch noch war. Das war ein großer Beweis ihres Vertrauens in das Leben, denn sie versuchte nicht, eine künstliche Privatsphäre aufzubauen oder eine solche zu schützen. Sie hatte ihr Sein einfach in die Hände des Selbst gegeben, wissend, dass das, was jemand in ihr sehen wollte, der nicht offen war, sich jederzeit projizieren und dann scheinbar finden lassen würde, so dass es gar nichts genützt hätte, sich anzustrengen, um dem möglichen Verrat oder der Verleumdung zu „entgehen". Rabea war sehr dankbar für diese Offenbarung und froh darüber, dass sie gesehen hatte, wie tief Vidyas Wahrhaftigkeit war.

Während sie ihre Tasse auf den Tisch stellte, nickte sie der Schülerin zu, und diese führte ihren Bericht fort. Als sie zu der Stelle gelangte, in der es darauf ankam, Gewahrsein und Verstand zu unterscheiden, konnte sie nicht deutlich machen, was sie wirklich gewahrt hatte, denn sie konnte nicht erfassen, was das eine und was das andere war. Einerseits hatte sie gesehen, dass es nur Gewahrsein gab, andererseits hatte sie den Verstand erlebt. Beschäftigte sich nicht die gesamte spirituelle Literatur, jede spirituelle Disziplin damit, das eine vom anderen zu unterscheiden, um Verstand überwinden und Gewahrsein erreichen zu können? Wie aber konnte etwas überwunden werden, das es in Wirklichkeit nicht gab, und wie und von wem konnte etwas realisiert werden, das von nichts anderem getrennt war?

Vidya schien sich über diese Rede zu freuen. „Das ist wundervoll", sagte sie. „Du hast sehr viel gesehen und eine tiefe Realisierung erlebt. Aber das letzte, was du mir berichtet hast, scheint auf etwas in deinem Geist getroffen zu sein, mit dem du haderst. Deswegen kannst du davon ausgehen, dass es zwischen deiner Realisierung und ihrem selbstverständlichen Sein ein Konzept gibt, das sich mit der Realisierung nicht zu vertragen scheint und das du unbewusst festhalten willst. Dies ist interessant, und hier müssen wir weiter forschen.

Weil ich deiner morgigen Sitzung mit Mirina nicht vorgreifen will, möchte ich nur in Kürze kommentieren, was dich dann anregen soll, selbst die Tore der Wahrnehmung weiter zu öffnen.

Was ist Verstand, was ist Geist? Wenn du genau darauf achtest, wirst du feststellen, dass beides Bewusstsein in Bewegung ist. Wenn wir unsere Selbstbestimmung aufgeben, wird der Geist von Angst geleitet. Die erste Ursache dafür können wir nicht ermessen, aber sie scheint mit der Abkehr vom Ganzen verknüpft zu sein. In der Ganzheit des Bewusstseins gibt es diese Abkehr nicht, aber wenn wir sie individuell wahrnehmen, dann haben wir durch die Schöpfungsbewegung Definitionen erzeugt; wir mussten eine Ordnung erschaffen, in der sich die Bewegung niederlassen konnte. Wenn so eine Definition, eine Messung, unbewusst wahrgenommen wird, wird sie als Enge erlebt, und Enge ist Angst. Vielleicht erinnerst du dich in diesem Zusammenhang an den *satsanga* von vorgestern." Rabea nickte. „Die angstgesteuerte Bewegung der Schöpfungskraft erzeugt ein Trugbild, das scheinbar fest ist, und je länger du dir einredest, dass es fest ist, desto fester erscheint es. Hört die Bewegung auf, offenbart sich dasselbe, was durch die Bewegung als Trugbild erzeugt wurde, als die Stille des Selbst, denn es ist immer noch Bewusstsein.

Das bedeutet, dass dein innerer Zeuge, den wir *sakshin* nennen, das Selbst nicht ‚beobachtet' im üblichen Sinn von ‚sehen' – denn das wäre, wie schon klar geworden ist, Kontrolle –, sondern er ist sich sowohl der Bewegung des Bewusstseins als göttliches Spiel, als *lila*, wie auch seiner selbst gewahr."

Sie hielt einen Moment inne und betrachtete ihre Schülerin prüfend. Diese hörte gebannt zu und schien jedes Wort zu erfassen.

„Nun möchte ich dir verraten, dass wir für Bewusstsein in Stille auch den Namen ‚*Shiva*' verwenden, denn *Shiva* ist DAS, in dem alles liegt. *Shiva* ist das stille Bewusstsein, das immer ruht, das aber der Ausgangspunkt der Schöpfung ist."

Wie der Blitz durchfuhr Rabea dieser Name, und ebenso blitzartig entstand in einem Winkel ihres Geistes nun ein weiteres Mal die Erinnerung an den Traum der ersten Nacht, der mit einem Blutsee geendet hatte, über dem ein Gott tanzte: *Shiva*. Dieser Name war durch die Höhlen gehallt, sie wusste es jetzt wieder ganz genau.

Vidya nickte flüchtig, machte dann aber eine Handbewegung, die Rabea nicht deuten konnte, und sprach weiter:

„Wenn *Shiva* sich nur seiner selbst gewahr ist, gibt es keine Bewegung mehr im Absoluten; dies ist dann ohne Eigenschaften und ohne Grenzen, es ist *shunyata*, die Leere in ihrer höchsten Wirklichkeit. Die Philosophie, die diese höchste Wahrheit kennt und lehrt, nennt das Absolute auch *Bhairava*. Wenn wir in vollkommener Absorption in der Leere ruhen, können wir darüber nur im Anschluss berichten, nicht aber innerhalb der ‚Phase' der vollkommenen Identität.

Wenn *Shiva* sich seiner selbst gewahr ist und um seine Kraft, die wir *Shakti* nennen, und seine drei Dimensionen des göttlichen Willens, der göttlichen Weisheit und des göttlichen Handelns weiß, gibt es sowohl Bewusstsein in Stille – das ist *Shiva* – als auch Bewusstsein in Bewegung – das ist *Shakti*. In Wahrheit gibt es diese Unterscheidung nicht, aber es gibt sie eben doch. Allein die Tatsache, dass dein Körper hier sitzt, beweist, dass Bewusstsein in Bewegung vorhanden ist, denn nur Bewusstsein in Bewegung ist Schöpfung. Aber ohne Bewusstsein in Stille kann es nie Bewusstsein in Bewegung geben, weil die Stille die Bewegung in sich trägt. Wir sagen dazu auch: *Shiva* trägt *Shakti* in sich, denn Er ist Der, in dem alles ruht."

Rabea nickte mit dem Kopf und schüttelte ihn gleichzeitig. Das war unglaublich. Stille war also nicht der Punkt oder der Zustand, der *entstand*, wenn man alle Bewegung aufgegeben hatte. Es war vielmehr DAS, was jede Bewegung in sich trug. Das konnte kein menschlicher Verstand begreifen. Aber wenn es so war, wie Vidya sagte, dann hatte Rabea das schon erlebt.

„Scheinbar hast du dieses Gewahrsein lange nicht begriffen, auch wenn du es sporadisch erlebtest. Du wirst sehen, dass es nun sehr schnell ‚vorhanden' sein wird. In diesem Gewahrsein ist es auch möglich, die Aufmerksamkeit auf bestimmte ‚Wellen' des ganzen Ozeans zu richten.

Es ist deine Aufgabe, *all dies* zu realisieren: das Gewahrsein dessen, was in Stille IST; und das Gewahrsein dessen, was sich bewegt. Alles, was erscheint, ist Bewusstsein in Bewegung, und da alles aus der einen Quelle der Stille stammt, die allein wirklich ist, ist alles auch wirklich. Unwirklich ist nur die Trennung zwischen einzelnen Objekten, die Zersplitterung, die Abkehr von der Quelle. Das, was heute so gern in Satsangs erzählt wird, nämlich dass die sogenannte Kraft der *maya* nur eine relative Wirklichkeit habe und dass das, was sie erschafft, reine Illusion beziehungsweise Projektion oder Lüge sei, sehen wir hier ganz anders.

Maya ist eine bestimmte Prozessebene der *Shakti*, und sie ist es, die das, was vorher undefiniert, unbestimmt und unbegrenzt ist, definiert, bestimmt und begrenzt, damit es erfahren werden kann. *Maya* heißt ‚messen'. Du kannst etwas nur erfahren, wenn es vermessen ist."

Rabea bekam wieder einmal sehr große Augen, und Vidya musste lachen.

„Dennoch gibt es Dinge, bei denen wir zwischen dem, was IST, und dem, für das es gehalten wird, unterscheiden. Wir können zwischen Geist und Verstand unterscheiden, zwischen Ich und Ego, zwischen bewusstem Denken und zwanghaftem Gedachtwerden. Das Gewahrsein all dessen und die Unterscheidung dazwischen sind in Stille, Reglosigkeit und Verhaftungslosigkeit sehr klar. Du musst vor allem lernen, zwischen den beiden letzteren so zu unterscheiden, dass du dich nicht mehr in deinem eigenen Spinnennetz verfängst. Du hast bereits damit begonnen, und was dir hilft, ist deine Hingabe an den Moment im Hier und Jetzt, so wie du es heute Nachmittag erlebt hast, Rabea."

Rabea entnahm dem Klang von Vidyas Stimme, dass das Gespräch beendet war, und obwohl sie tausend Fragen gestellt hätte, wenn sie der Konditionierung ihres Geistes gefolgt wäre, spürte sie doch eine tiefe Resonanz mit einer anderen Ebene in sich, die gehört und verstanden hatte, was Vidya sprach.

Aber noch tiefer, durch ihre Worte hindurch, spürte sie ihre Präsenz so klar wie das Leuchten unterhalb des Meeresgrundes, das den ganzen Ozean erhellte. Sie sah in Vidyas Augen und sah Helligkeit darin, Klarheit, Transparenz. Es gab keine Fragen mehr.

In einer Geste vollkommener Hingabe kniete Rabea sich zu Füßen ihrer Lehrerin nieder und berührte sie zitternd, und ihr Körper wurde von der tiefsten Süße durchflutet, die sie je erlebt hatte. Obwohl sie alle Worte, die Vidya ihr gerade gesagt hatte, wieder vergessen hatte, tauchte sie doch in die tiefste Weisheit des Universums.

Mirina saß auf Rabeas Körper und arbeitete sehr intensiv an deren Bauch, während sie sich rhythmisch zu einer wunderschönen Musik bewegte, die genau zu den Themen zu passen schien, die in Rabea auftauchten. Die Arbeit war recht extrem, vor allem wenn man bedachte, dass Rabea Mirinas ganzes Gewicht auf ihrer Wirbelsäule zu tragen hatte. Einige Jahre zuvor hatte sie große Probleme gehabt, eine halb so schwere Person auf sich auszuhalten, aber heute gab es auf einmal kein Gewicht mehr, keinen Druck, nicht einmal eine andere Person, stellte sie erstaunt fest, und das war die Wahrheit.

Was sie stattdessen entdeckte und als Wahrheit erfuhr, war die für ihren Verstand höchst außergewöhnliche Tatsache, dass ein Körper nur dann erschien, wenn sie den Prozess, der gerade geschah, in Gedanken kommentierte. Sie war dann davon getrennt, und die Kommentare gaben dem Ganzen den Anschein, als gebe es Körper, die von verschiedenen Ichs gesteuert wurden. Mit einem der Ichs war Rabea in dieser Trennung identifiziert; unbewusst beherrschte das Konzept solch eines vermeintlich festen Ichs alles aus dem Hintergrund. Es stand hinter allen Gedanken, die dann noch auftauchten; Rabea konnte diese bis auf den einen Punkt zurückverfolgen. Aber dieses Ich war nicht real, es war irgendwie gemacht, ausgedacht, eben ein Konzept. Und es war sicher nicht das, was Vidya mit der Instanz meinte, die sie als notwendigen strukturierenden Prozess innerhalb einer authentischen Persönlichkeit beschrieben hatte. Aber vielleicht war dies eine Persona, die ihr eigenes Leben in Rabea führte, ein emotionales Konglomerat, das einen bestimmten Teil ihres Lebens beherrschte.

Wenn dieses gemachte, gedachte Ich auftauchte, geschah das Leben nicht einfach, sondern es gab unterschiedliche Teile, die einander kontrollierten. Das Erleben war nie im Moment, sondern es wurde ebenfalls gedacht, während man davon abgespalten war. Sobald dieses Ich aufgetaucht war, ergriff irgendeine Instanz, die Rabea noch nicht erkennen konnte, die Wirklichkeit und kommentierte sie mental; dann war da auch plötzlich Schmerz in der Wirbelsäule, und Sorgen tauchten auf, die in die Zukunft projiziert wurden, und so setzte sich eine Reihe von Gedanken fest, die immer mehr in einen Krampf führten, der im Körper spürbar war.

Aber das gedachte Ich verschwand, und mit ihm verschwanden alle Abspaltungen und kontrollierenden Kommentare – und im selben Moment verschwand der Körper. Dann erschienen viele Ebenen, die sich gleichzeitig öffneten, so wie wenn jemand durch den Körper der Erde schnitt und alle Gesteinsschichten auf einmal bloßlegte.

Rabea versuchte, den Prozess noch einmal zurückzuverfolgen. Zunächst erschien aus der endlos scheinenden Weite des lichtvollen Geistes das gemachte Ich als eine Bewegung, die angehalten wurde, dann erschien der Körper als Manifestation dieser angehaltenen Bewegung. Dann offenbarte sich plötzlich ein Schwung, der durch die Tatsache der Manifestation als Körper ausgelöst wurde. Dieser Schwung, der Rabea wie eine Heimsuchung vorkam, wie eine Schicksalsbürde, stand aus irgendetwas auf, was sie nicht erkennen konnte, aber plötzlich war er in Gedanken und Körper zugegen; wie ein Wirbel sah er aus, ein Wirbel aus Energie, der sich unheimlich schnell drehte. Die nächste Schicht war eine Bewegung, die sich von der Erfahrung, die hier und jetzt gegenwärtig war, distanzierte (und es war wieder einmal die Erfahrung der Angst, die kommen und Rabea lehren wollte); und schließlich wurde die darunter verborgene Motivation von Kontrolle und Verlangen freigelegt.

Nun wurde Rabea sich dessen gewahr, dass es da jemanden geben müsse, der all das beobachtete; dies schien der „Zeuge" zu sein; sie erkannte, dass dieser Zeuge schon all die Zeit über gegenwärtig war und sie sich dessen auch bewusst gewesen war, was das Verrückteste war.

Indem sie sich noch tiefer fallen ließ, entdeckte sie noch mehr. Zunächst machte es den Eindruck, als gäbe es eine Ebene mehr, und zwar diejenige, die sich des Zeugen gewahr war, also musste sie „mehr" sein. Aber in dem Moment, in dem das Ich-Konzept verschwunden war, waren die scheinbare Trennung zwischen inneren und äußeren Sinnen und auch der Eindruck einer eigenständigen „Persona" verschwunden. Nicht nur das – es gab eine völlige Abwesenheit von Sinnen, obwohl eine kristallklare Wahrnehmung vorherrschte.

Aber nicht einmal „Wahrnehmung" war das richtige Wort; ging es hier doch immer noch um ein Nehmen. Ein Nehmen war jedoch in dem „Mehr" abwesend. Denn obwohl es vollkommenes Gewahrsein über das gab, was WAR, gab es keine Wahrnehmung; Wahrnehmung erschien vielmehr als Handlung, und es gab überhaupt keine Handlung mehr. Das Gewahrsein war sich zwar aller Bewegungen gewahr, aber es war vor allem ein Gewahrsein, das WAR. Es *nahm* nicht wahr. Und es konnte nicht wahrgenommen werden. Es war die absolute Totalität von ISTheit, und DAS war evident in allem SEIN.

Auch wenn es nicht logisch oder glaubwürdig klang, gab es eine permanente Vertiefung in die Tiefe dieser ISTheit. Da aber das Ich-Konzept vollkommen verschwunden war, war niemand mehr da, der sich vertiefen könnte. Und dennoch war dieser Niemand das absolute Ich. Konnte es je mehr als Alles oder weniger als Nichts geben?

Leere vertieft sich in sich selbst, und eine tiefere Leere deckt sich auf. Es gibt kein Landen. Niemals.

„Jetzt ist mir einiges klarer", sagte Rabea zu Mirina, als die beiden Frauen nach der Sitzung zusammen saßen und ihre

Erfahrungen austauschten. Rabea hatte Mirina von ihrem Erlebnis in der gestrigen Meditation, von Vidyas Kommentaren und vom Inhalt ihrer Erkenntnis während ihrer Behandlung erzählt. Sie war erstaunt, wie tief die Erfahrung reichte, und dass so etwas mit einer so merkwürdigen Form der Körperarbeit zu erreichen war. Tatsächlich hatte sie noch nie davon gehört, dass man auf jemandem sitzen und sein Energiesystem in rhythmischen Bewegungen stimulieren solle, um dann Erfahrungen – und in diesem Fall sogar spirituelle – zu erzeugen.

„Es kommt immer darauf an, wo du bereits in deiner Entwicklung stehst, wie tief du dich einlässt und wie klar du wahrnehmen kannst", hatte Mirina entgegnet.

Sie gehörte wie Enrique zum festen Stamm des Anwesens hier, begleitete manchmal assistierend Gruppen und gab einzelne Behandlungen, wenn Vidya das für notwendig oder hilfreich hielt. Sie tat das bereits seit vier Jahren, nachdem sie vorher schon zweimal hier gewesen war, um „den Prozess", wie er allgemein genannt wurde, zu durchlaufen. Sie lebte aber nicht hier.

Mirina war eine große, etwas kräftig gebaute Frau mit leuchtenden blauen Augen und blondem, auf die Schulter stoßendem Haar. Sie hatte ein unglaublich strahlendes, gewinnendes Lächeln und einen offenen Blick, der nicht auswich. Rabea mochte sie auf Anhieb. Leider hatte Mirina bisher nicht viel Zeit für Rabea gehabt, da sie immerzu beschäftigt war. Rabea nahm an, sie arbeitete nicht nur hier bei Vidya, denn sie hatte Mirina schon des Öfteren hier wahrgenommen und dann gesehen, wie sie wieder wegfuhr und erst nach einer Weile wieder zurückkam. Rabea hatte bloß nicht gewusst, dass es sich bei der blonden Frau um Mirina gehandelt hatte.

Vielleicht verdiente sie ihr Geld in einer Praxis in der Stadt. Sie war Heilpraktikerin, aber wie Rabea jetzt ihrer Erzählung entnahm, war sie mit der Ausübung und damit, wie sich ihre berufliche Situation insgesamt gestaltete, recht unzufrieden.

Obwohl Mirina zehn Jahre älter war als Rabea, hatten die beiden Frauen in ihrem Leben oft zu fast identischen Zeiten ähnliche Erlebnisse gehabt, aber Mirina hatte das alles offensichtlich vollkommen anders verarbeitet als Rabea. Sie war irgendwie leichter zu verunsichern, was Rabea jetzt erstaunte, denn sie hatte Mirina für fast kompromisslos gehalten, als sie sie am Anfang beobachtet hatte. Jetzt aber sah sie ihre Unsicherheit und ihre Zweifel bezüglich sich selbst und ihres eigenen Lebens und Wirkens. Zwar strahlte sie eine Freude und Heiterkeit aus, die viele Menschen anzog, und so war sie auch ständig von anderen umgeben, aber für sich selbst konnte sie das offenbar nicht wirklich nutzen.

Rabea mochte sie wirklich gern, und vieles von dem, was sie erzählte, war ihr auch sehr vertraut. Aber es gab da auch etwas, das sie nicht erfassen konnte, etwas in ihrem Wesen, das ihr sehr fremd war. Das verunsicherte Rabea wiederum, und so hielt sie mit manchen Äußerungen oder Fragen zurück. Vielleicht war es auch einfach nur die Ausstrahlung von etwas Geheimnisvollem, das Bestandteil ihres Wesens war und das sie interessant machte.

Rabea erkundigte sich bei Mirina nach ihrem Namen. Sie trug noch keinen wirklich spirituellen Namen, der das Göttliche bezeichnete, sagte sie, sondern ihr Name sei wie der Rabeas aufgrund ihrer aurischen Ausstrahlung gewählt worden. „Ich trage ihn allerdings nur hier unten. Das ist aber auch normal. Ich bekam ihn, als ich zum ersten Mal den Prozess durchlief, und dass ich ihn immer noch trage, zeigt mir irgendwie, dass ich noch nicht viel weitergekommen bin."

„Was bedeutet er?" wollte Rabea wissen.

„So etwas wie ‚die Suchende'. Ich fand das am Anfang toll. Es beinhaltete für mich die Assoziation mit Offenheit, das war sein Weisheitsaspekt. Und ich wollte wirklich für alles offen sein. Mit der Zeit habe ich aber gemerkt, dass er auch etwas darüber aussagt, dass ich einfach nicht zur Ruhe kommen kann. Das ist wohl der Aspekt der Belastung.

Die Leute, die hierher kommen, sind ja sehr unterschiedlich. Manche kommen nur, um sich bis zu einem Punkt zu entwickeln, an dem sie mit ihrem Alltagsleben besser klar kommen. Andere wollen Heilung, und oft beinhaltet das vor allem die Heilung von einem körperlichen Leiden. Wieder andere wollen etwas über das Leben verstehen. Sie alle sehen Vidya zwar als Lehrerin, aber nicht als *guru*, so wie Enrique und Atmasevika das tun – oh, die hast du noch nicht kennengelernt, dann steht dir das noch bevor. Die meisten, die dann mit dem ersten Abschnitt hier fertig sind, gehen zurück in ihr altes Leben, ändern das eine oder andere und leben dann weiter, ohne sich noch groß an Vidya zu erinnern. Für Vidya macht das keinen Unterschied. Die Men-schen bekommen einer wie der andere die beste Behandlung hier. Was ich aber sagen will ist, dass nur sehr wenige – nämlich vor allem diejenigen, die mit absoluter Gewissheit ein spirituelles Leben leben möchten und die auch dafür vorgesehen sind – den Schritt Nummer zwei machen."

Mirina griff nach dem Glas Wasser, das auf dem Tisch stand und nahm einen großen Schluck. Rabea, der auf einmal bewusst geworden war, dass es fast dunkel im Zimmer war, knipste das Licht auf ihrem Nachttisch an. „Soll ich noch Tee machen?" fragte sie Mirina, aber die schüttelte den Kopf. „Nein, so lange bleibe ich nicht mehr, und so spät ist Jasmintee" – sie nahm einen Seitenblick auf die Teepackung, die auf Rabeas Schreibtisch stand – „für mich nicht gut."

„Okay. Was sind denn Schritt eins und zwei?" fragte Rabea, um das Gespräch wieder aufzugreifen, „und was hat das mit deinem Namen zu tun?"

„Schritt eins ist halt, dass du jemanden findest, der dir helfen kann, mit dem du in Resonanz bist, der dich heilt oder – im besten Fall – dir das Selbst näher bringt, falls man das überhaupt so sagen kann. Wobei die Leute, die hierher kommen, ja schon an den unterschiedlichsten Orten gesucht haben, und eigentlich werden sie ja nur hierher eingeladen, wenn sie sich wirklich entschieden haben, dass sie ernsthaft für die Wahrheit gehen wollen."

Rabea nickte zustimmend. Das wusste sie und das hatte sie auch von den anderen Teilnehmenden erwartet. Insofern hatte also jeder, der hier war, Schritt eins gemacht.

„In Bezug auf Vidya heißt Schritt eins das, was ich gerade gesagt hatte. Man sieht sie als Heilerin, Lehrerin, Führerin, Seherin und so weiter, aber das ist eben ein Sehen ihrer Funktion, und zwar in Bezug auf ‚mich', also auf die Person, die etwas von ihr will, verstehst du?"

Rabea schüttelte den Kopf. „Nicht so ganz."

„Okay. Nicht dass ich das komisch fände oder so. Es ist im Prinzip das, was wir aus unserem Alltagsleben so kennen. Wenn wir etwas brauchen, dann gehen wir irgendwohin und holen es uns. Brauchen wir Halstabletten, gehen wir zum Arzt oder in die Apotheke. Brauchen wir eine Schraube, dann kaufen wir sie in einem Eisenwarenladen. Und wenn wir Heilung brauchen, dann gehen wir zu einer Heilerin. Wir nehmen uns von ihr die Handlung oder die Funktion des Heilens. Oder hier eben auch die Funktion einer Gruppen- oder Seminarleiterin. Dabei haben wir aber immer das im Sinn, was uns hierher geführt hat, also im Prinzip die Person, die wir sind. Das ist die Hauptsache, und Vidya arbeitet dann quasi für diese Person – so sehen es jedenfalls die meisten."

Rabea überlegte. Was Mirina sagte, klang auf eine Weise recht normal und andererseits ziemlich merkwürdig. Sie konnte sich darauf noch keinen Reim machen. „Was ist Schritt zwei?"

„Den kann man eigentlich nur gehen, wenn man sich wirklich einlassen will und Vidya nicht mehr als Funktion benutzt."

„Aber das macht man doch nicht absichtlich oder aus Respektlosigkeit", überlegte Rabea.

„Nein, aber wer sich wirklich einlassen will, verweilt nicht so lange bei Schritt eins, denn er hat den Blick sehr schnell von der eigenen Person – und damit auch von der Selbst-Wichtigkeit – abgewandt und sich zum Wesentlichen gekehrt. Wenn du nur genügend Klarheit im Herzen hast, dann siehst du ja, dass Vidya das Selbst in unvergleichlicher Weise in die Erscheinung bringt. Wie kann man das Selbst als Funktion benutzen? Schritt eins verweilt bei der Person Vidya und lässt sie für sich arbeiten. Schritt zwei sieht das Selbst und gibt sich ihm hin. Das ist überhaupt der eigentliche Anfang des spirituellen Weges."

„Und was hat das Ganze nun mit deinem Namen zu tun?" Rabea blickte nicht mehr durch, obwohl sie von Mirinas Ausführungen fasziniert und gleichzeitig alarmiert war.

„Nun ja, ich hänge sozusagen zwischen Schritt eins und zwei fest, und das eigentlich schon mein ganzes Leben." In Mirinas Stimme schwangen Zynismus und Trauer mit. „Ich kann mich einfach nicht entschließen, mich Vidya hinzugeben. Es ist nicht so, dass ich etwas gegen *gurus* hätte oder so. Ich war tatsächlich mal bei Bhagwan, falls du den noch kennst. Damals hatte ich auch einen anderen Namen. Ich hieß Devi. Aber das war alles eigentlich nur eine große Maschinerie mit Zehntausenden von sogenannten Schülern auf der ganzen Welt. Die meisten hatten den *guru* nie zu sehen bekommen. Ihre Namen wurden aus einer Lostrommel gezogen und ihnen per Post zugeschickt. Also das ist es nicht.

Ich bin eine Zeitlang der Überzeugung gewesen, dass ich meinen Weg allein gehen muss. Aber ich gehe im Grunde nicht, sondern ich stehe still. Obwohl ich so viel suche und mich bewege, trete ich doch eigentlich auf der Stelle. Deshalb heiße ich Mirina. Das ist glaube ich aus dem Lateinischen entlehnt." Sie seufzte.

„Es gibt da außerdem ein Gerücht, was die Namen betrifft." Mirinas Stimme wurde jetzt verschwörerisch und sie zwinkerte der anderen zu. „Bist du daran interessiert?"

Rabea überlegte einen Moment und nickte dann. „Wenn es nicht allzu weit hergeholt ist und vor allem nur dann, wenn es Vidya nicht schlecht macht."

„Hm. Das solltest du beides selbst beurteilen."

Mirina hielt inne und trank ihr Wasserglas leer. Als Rabea nichts mehr sagte, hob sie erneut zu sprechen an: „Könnte es möglich sein, dass das, was wir hier erleben, gar nicht von unserer ganzen Person erlebt wird, sondern dass es nur innere Personas sind, die sich sozusagen selbstständig gemacht haben? So fing das Gerücht mal an, weil Vidya ja – allen bekannt – mit emotionalen Personas argumentiert. Aber viel weiter gedacht ist das, was sich dann im Laufe der Zeit daraus entwickelt hat. Könnte es sein, dass wir unendlich viele parallele Leben haben, die sich alle gleichzeitig abspielen, und dass dies hier gerade eins unserer vielen Leben ist? Dass dies eine Person aus einem unserer vielen Leben ist, die eine ganz eigene Geschichte und eben deshalb auch einen ganz eigenen Namen hat?"

Rabea schluckte schwer. Das war starker Tobak. „Parallele Leben?" Sie hatte schon einiges damit zu tun, den Gedanken der „vergangenen Leben" anzunehmen, der sich fast jeden Tag durch ihre eigenen Erinnerungen aufdrängte.

„Warum nicht? Die Physik sucht doch schon seit einer Ewigkeit nach solchen Dingen. Ist das, was in Science Fiction auftaucht, nur ausgedacht? Vielleicht ist es ja möglich und wir erleben es gerade. Wow. Das wäre sensationell."

Rabea lachte und trank ebenfalls ihr Wasser aus. Dann stand sie auf und öffnete das Fenster. Eine frische Brise wehte herein. Wie um die Luft, die sich angestaut hatte, herauszulassen, wirbelte sie ein paarmal mit ihrer Hand vor dem Fenster herum und schloss es dann schnell wieder, um die Mücken nicht hereinzulocken. Sie streckte sich kurz und schnüffelte genussvoll die neu belebende Luft.

„Und die Körperarbeit, die wir vorhin gemacht haben, ist das das, was du als deinen Lebensinhalt ansiehst?" Rabea wollte das Gespräch über die parallelen Leben nicht weiterführen und bemühte sich, mit Mirina wieder zu einer Ebene zu finden, die sie als entspannt erlebte.

„Die Arbeit, die ich tue, gibt mir viel Kraft und Befriedigung", antwortete Mirina, „und sie ist genau das, was ich von Anfang an wollte. Aber leider ist es sehr schwer, mich davon zu ernähren und all die Ausgaben zu finanzieren, die ich habe, um hier bei Vidya auch Angebote wahrnehmen zu können, die ich für mich brauche."

„Du machst immer noch Gruppen mit, obwohl du schon assistierst und selbst mit Menschen arbeitest und obwohl du quasi in den Lebensrhythmus und die Lehre von Vidya eingebunden bist?" fragte Rabea erstaunt.

„Ja, natürlich. Ich habe immer schon viele Gruppen besucht und viele Dinge gelernt und ausprobiert. Als ich Vidya traf, war mir einfach nach einer Weile klar, dass meine Suche ein Ende haben musste und ich mich ganz eindeutig zu einem Weg oder vielmehr zu einer Lehrerin bekennen müsste, die für mich das Absolute verkörpert und es auch übermitteln kann. Ich habe eine Weile dazu gebraucht, denn ich habe einen sehr starken Verstand, der sehr viel zweifelt. Der ist es auch, dem ich immer wieder folge und der mir so viele Probleme macht, und leider siegt er ja immer noch, denn sonst hätte ich Schritt zwei schon irgendwann einmal getan. Ich habe eine Menge schöner Erlebnisse gehabt, und so wie du auch einmal das Verschwinden des Ich-Gedankens erlebt; allerdings geschah das in einer Gruppe und nach einer in Stufen gegebenen Anleitung von Vidya, nicht spontan, und vor allem nicht so schnell und scheinbar so mühelos wie bei dir. Du brauchtest dich ja nur hinzugeben, und schon war der Ich-Gedanke weg! Ich bin ziemlich sprachlos, wenn ich das genau bedenke.

Bei mir kam das Ich allerdings nach ein paar Sekunden zurück, und ich bin immer wieder am Kämpfen, und immer wieder kämpfe ich auch mit denselben Dingen."

„Du nennst es ‚Ich-Gedanke'?"

„Ja, so habe ich es bei Ramana Maharshi gelesen. Er sagt, dass das Ich nur ein Gedanke sei, zwar der erste und der Wurzelgedanke, aber eben nicht mehr."

Rabea dachte nach. „Hm. Ich erlebe es anders. Ich denke schon, dass es diesen Wurzelgedanken gibt, aber das ist doch nicht das ganze Ich. Ich glaube, dass wir aus dem wahren Ich, aus dem, was ich am Ende als mich selbst erlebt habe, irgend so eine kleine, abgespeckte Version machen – eben dieses Konzept –, damit wir das in den Griff bekommen. Vidya erklärte mir neulich mal, dass das Ich in einem Teil von uns auch wirklich existiert, nämlich als so eine Art strukturierender Prozess. Im Moment ist es für mich noch nicht möglich, das alles zusammenzubringen. Aber ich bin keineswegs damit einverstanden, das Ich nur als Gedanken anzusehen und den dann ausmerzen zu wollen."

„Ja, Ramana hat glaube ich auch ein anderes Konzept als Vidya. Bei ihm beruht das sicher auch alles auf Erfahrung, aber er war ja von Haus aus Hindu oder Vedantin oder so. Bei denen ist ja alles, was erscheint, Illusion. Das sieht Vidya auch anders. Das wirst du sicher im Laufe der Zeit noch alles lernen.

Aber dennoch war dieses ganze Konzepthafte bei dir ja eben verschwunden, ohne dass du dir groß Mühe geben musstest. Ich meinte, dass ich immer so stark kämpfe und dennoch solche Erfahrungen so gut wie noch nie hatte."

„Vielleicht hast du das Konzept, dass diese Dinge verschwinden müssen, damit du das Selbst realisieren kannst", warf Rabea ein.

„Aber gibst du den Dingen nicht gerade dadurch eine Bedeutung, die sie nicht haben, eine Art absolute Realität?"

„Du hast wirklich ein erstaunlich tiefes Verständnis. Du musst ein gesegnetes Wesen sein und ein verdammt gutes Karma haben, wie man so schön sagt! Ja, ich finde dein Argument sehr einleuchtend. Aber irgendwie nimmt mein Verstand das sofort in sich auf und macht wieder eine begriffliche Lehre davon, die er einsortieren und ablegen kann. Dann macht er weiter wie zuvor. Wenn ich nur wüsste, wie ich da herauskommen soll. Es ist wie ein Teufelskreis. Ich brauche die *satsangas* und Gruppen sehr, weil es mir einmal um das Verstehen dieser Muster geht, die mein Verstand immer wieder abspult, aber andererseits – was viel wichtiger ist – geht es mir um Vidyas Präsenz, in die ich mich einfach hineinfallen lassen muss, um wieder neu zu tanken, um wieder neu zu erleben, was ich wirklich bin. Das stärkt mich."

Rabea sagte nichts dazu. Schließlich war sie nicht Mirinas Lehrerin. Sie hatte aber das Gefühl, dass Mirina mit diesem letzten Argument genau das getan hatte, was sie vorhin ein bisschen verurteilt zu haben schien, nämlich, Vidya als Funktion zu benutzen. Und sie hatte sich zur selben Zeit eine nette Falle gebaut, denn sie musste, um sich zu „stärken" und etwas zu „tanken", immer die Trennung zwischen sich und Vidya aufrechterhalten. Offensichtlich nahm sie Vidya vor allem als Form wahr, als eine Präsenz außerhalb von sich, die sie anzapfen konnte, von der sie etwas haben wollte.

Rabea konnte das sehr gut verstehen, denn dieses Verhalten hatte sie im Zusammenhang mit Geliebten oder Lehrerinnen bisher auch an den Tag gelegt. Aber gerade nach dieser eben abgeschlossenen Sitzung und dem darauf folgenden Gespräch dämmerte ihr die Einsicht, dass es nicht darum ging, jemanden außerhalb von sich selbst zu verehren, sondern dies war nur eine Zwischenstufe, die uns dazu bringt, uns vollkommen hinzugeben.

Während sie so dachte, wurde ihr erst bewusst, wessen sie da gewahr war, und eine Welle warmen Prickelns durchlief ihren Körper. Sie hatte nicht gewusst, dass sie dessen gewahr war, bis sie in Vidya wirklich ihr eigenes Selbst gesehen hatte, dem sie sich zu Füßen geworfen und sich hingegeben hatte.

Rabea wunderte sich, dass Mirina nach einer so langen Zeit mit ihrer Lehrerin noch immer in der Trennung geblieben war, und sie nahm an, dass die Freundin lieber noch ihrem Eigenwillen, ihrem Verstand folgen wollte, dass sie lieber in dieser falschen „Unabhängigkeit" leben wollte, als die Gefahr einzugehen, als Ego-Ich total zu verschwinden. Rabea konnte auf einmal keine Trennung zwischen Vidya und sich selbst mehr wahrnehmen. Sie sah nur *Shiva* in ihr, und sie wusste, Vidya sah nur *Shiva* in ihr.

Aber sie musste sich auch eingestehen, dass Vidya bisher das einzige Wesen war, dem sie in Körperform begegnet war, bei dem ihr das passiert war. Und zu dem, zu IHR, die SIE war, und die Rabea gleichzeitig in die Umarmung des inneren *Geliebten* stieß, zog es sie hin, DAS war ihr wahres Selbst. Dort spürte sie keinerlei Grenze, kein Ich und Du, kein anderes.

Doch sie erinnerte sich an ihre Wohnsituation innerhalb ihres ungewöhnlichen Alltagslebens. Vidya hatte Rabea ermahnt, zwischen dem Gewahrsein des Selbst als *maya* und den eigenen Projektionen sehr genau zu unterscheiden, damit sie sich nicht mehr in ihrem eigenen Spinnennetz verfinge, und sie verstand jetzt, wieso sie das so betont hatte. Es gab vor allem zwei Rollen, bei denen dieses Verfangen gehäuft auftrat: in der Erinnerung an ihren früheren Ehemann, den sie in fast noch jugendlichem Alter geheiratet hatte und den sie nach sehr kurzer, unglücklicher Ehe verlassen hatte; und bei ihrer Mutter, bei der sie es immer wieder schaffte, ihre Achtsamkeit zu vergessen und sich an irgendeine Kleinigkeit anzuhaften, nur weil sie ihr auf die Nerven ging. Rabea erzählte Mirina ein paar von ihren Gedanken und verdeutlichte ihr kurz diese Lebenssituation.

Mirina hingegen schien einen sehr liebevollen Partner zu haben, mit dem sie glücklich war. Er lebte zusammen mit ihr „oben", wie sie sich ausdrückte (Rabea hatte das jetzt schon zum wiederholten Mal gehört und jedes Mal wieder vergessen, sich genau danach zu erkundigen, und nun machte sie sich einen Knoten ins Taschentuch, weil sie Mirina nicht unterbrechen wollte). Dort hatten sie eine Wohnung; sie lag in der Nähe der Stadt, in der sie ihrer Tätigkeit nachging. Mirina hatte auch einen Sohn, der jetzt zwölf Jahre alt war und von dessen Vater sie sich vor sieben Jahren getrennt hatte. Mirina und Vedat – so hieß ihr Geliebter, und das bedeutete auf türkisch ‚Liebe, Freundschaft' – hatten keine Kinder, denn sie wollten frei sein, sich vollkommen ihrer Selbsterforschung widmen zu können. Vedat kam hin und wieder zu Vidyas *satsangas*, war aber an größeren Gruppen nicht interessiert, da er gern allein war und Schweigen praktizierte, sich aber auch irgendwie nicht tiefer einlassen wollte.

Mirinas Sohn David sei ein pflegeleichtes Kind, wie sie sich ausdrückte; sie habe ihn immer ganz leicht irgendwo unterbringen können, wenn sie zu langen Retreats oder Ausbildungen gefahren sei. Rabeas Magen schmerzte ein wenig, als sie das von Mirina hörte. Die Erwähnung von Mirinas Sohn und der Klang seines Namens schlugen eine Saite in Rabea an, etwas, das sie nicht erfassen, nicht verfolgen konnte. Und so vergaß sie es schnell wieder.

„Um auf deine Störerfahrungen mit deiner Familie und den Nachbarn zurückzukommen", fuhr Mirina jetzt fort, „Vidya hat einmal in einem *satsanga* gesagt, dass es nicht reicht, sich selbst als *Shiva* zu erkennen", gab Mirina zu bedenken. „Man muss *Shiva* überall sehen!"

„Ja, in der Natur, nach langem Meditieren, sehe ich IHN manchmal überall, und ich hatte eine Zeit, in der ich von allem anderen unberührt war. Ich habe es auch schon einmal erlebt, dass eine Gruppe, mit der ich arbeitete ..."

„Oh, du arbeitest auch mit Gruppen?", unterbrach Mirina.

„Ja, aber nur in der Volkshochschule in dem dort zulässigen Rahmen. Ich arbeite mit inneren Erfahrungen von Träumen und ein paar Sachen, die mir Spaß machen, aber endgültige Klarheit gibt es bei mir noch nicht über meinen ‚Weg' Das dient im Moment alles eher der Orientierung und dem Geldverdienen."

„Entschuldige, ich wollte dich nicht unterbrechen. Du sagtest, du habest *Shiva* in einer Gruppe einmal gesehen …"

„Naja, damals war mir natürlich nicht klar, dass es sich um *Shiva* handelt. Das weiß ich eigentlich erst seit heute, weil Vidya heute mit mir über *Shiva* gesprochen hat. In dieser Gruppe war eine solche Hingabe, in mir, in allen anderen, und am Ende sah ich nur noch Feuer, keine Körper mehr, nur noch Flammen, die reine Essenz. Aber sonst sehe ich meistens das, was trennt: die Oberfläche. Ich glaube, bei Vidya kann ich nur deshalb das Selbst sehen, weil sie sich selbst so erlebt, weil sie sich hingegeben hat, und weil ich mich ihr hingegeben habe. Aber wenn ich so darüber rede, dann ist mir eigentlich nicht klar, wie ich mich dabei verhalten soll. Ist es so, dass ich im Wissen um *Shiva* darauf vertrauen soll, dass er sich schon zeigen wird, und dass es eben sehr ‚realistisch' ist, wenn ich die Oberfläche sehe, so lange Menschen sich an der Oberfläche befinden?

Andererseits empfinde ich es als totale Befreiung, dass Vidya MICH – als Selbst – wirklich sieht! Wollen wir nicht alle als Selbst wirklich gesehen werden?!"

„Naja", überlegte Mirina, „aber was hat irgendjemand davon, wenn er sich seines Selbst nicht gewahr ist, aber als solches angesprochen wird?"

„Ich denke, das ist eine andere Frage. In der Hauptsache geht es doch darum, ob *wir* uns überall sehen. Aber das kann ich nicht. Ich kann mich nicht in dem Gekreische, den oberflächlichen Handlungen, Gesprächen und Gedanken sehen, die ich zu manchen

Zeiten bei meinem Ex-Freund, meiner Mutter und meinen Nachbarn miterlebte. Manchmal stören sie mich extrem, manchmal nicht. Was ist das dann? Dualität zwischen einem Ego und anderen Egos? Oder zwischen dem Selbst und anderen Egos?"

Die beiden Frauen sahen sich eine Weile schweigend an. Rabeas letzte Frage war wohl ziemlich dumm gewesen. Es konnte natürlich keine Dualität zwischen dem Selbst und „anderen Egos" geben. Aber sie wussten damit einfach nicht weiter.

„Ich glaube, hier fängt das an, was Vidya *viveka* nennt, die spirituelle Unterscheidung. Wir sollten sie vielleicht mit diesem speziellen Beispiel einmal nach *viveka* fragen", schlug Mirina vor. „Ich bin mir auch nicht sicher, wo eigentlich Dualität aufhört. Das ist eben auch das, was mich immer wieder fallen lässt, da greife ich sofort den Ich-Gedanken wieder auf, und das, was ich damals in der Gruppe mit Vidya erlebte, war eine schöne Erfahrung, aber es war eben eine Erfahrung, und ich bin keinesfalls ‚fertig'. Deshalb bin ich so oft es geht hier und versuche, mich der Energie tiefer hinzugeben, tiefer zu erkennen, tiefer DA zu sein. Verstehst du?"

Rabea nickte. Jetzt verstand sie Mirina besser und hielt ihre Überlegungen von vorhin sogar für ein wenig arrogant. Schließlich hatte sie ähnliche Probleme an Stellen, an denen sie sich verhaftet hatte. Nur weil sie in Vidya ihr Selbst erblickt hatte und keinen Unterschied mehr erkennen konnte, hieß das noch lange nicht, dass sie spirituell „weiter" war als jemand anders. Mirina hatte immerhin eine gut funktionierende und liebevolle Beziehung, sie hatte vielleicht sogar ihren spirituellen *Geliebten* in der Form getroffen, und das war Rabea bisher nicht vergönnt gewesen. Ein wenig beneidete sie sie darum. Sie fragte sich sogar manchmal, was ihr all die schönen spirituellen Erlebnisse und Erkenntnisse eigentlich brachten, wenn sie doch ihrem Wunsch nach einer wahrhaftigen, im Göttlichen ruhenden Partnerschaft, die ihre Sehnsucht nach tiefer Intimität stillen würde, bisher nur ein paar kurze Male ansatzweise nahe gekommen war. Aber sie fragte sich das ja seit Jahren immer wieder, und dennoch trieb es sie weiter, so als wäre da etwas, das sie von innen her zog, ein Ruf nach Verwirklichung IN ihr, ein Streben, eine Liebe zur Verwirklichung selbst. Aber mussten sich die beiden denn ausschließen?

„Du hast gerade davon gesprochen, dass wir noch nicht ‚fertig' sind. Wenn ich mir mein Erlebnis von eben noch einmal vergegenwärtige, das Verschwinden des Ich-Konzepts, dann frage ich mich, was je ‚fertig' gestellt werden und was nicht ‚fertig' sein könnte. Was ich erlebt habe, war die Totalität von Leerheit, in der alles, was auftauchte, aus Leerheit bestand. Wie kann das nicht ‚fertig' sein?! Was muss in Wahrheit fertig gestellt werden? Kann irgendjemand oder irgendetwas als separate Entität je ‚fertig' sein? Nein! Also – bezieht sich das auf bestimmte Entwicklungsphasen, die wir alle zu durchlaufen haben? Müssen wir die Gesamtheit der Ereignisse auf dieser Erde, in diesem Universum, in diesem Kosmos, erlebt, durchlaufen und verstanden haben? Das kann es auch nicht sein, denn wir erschaffen ja ständig neue Ereignisse. Dadurch dehnen wir doch nur unseren Verstand aus, und von dessen Herrschaft müssen wir uns ja gerade freimachen.

Aber auch, wenn sich das ‚fertig' werden auf das Selbst bezieht – wie sollte das gehen, wenn doch die Vertiefung in Leerheit niemals aufhört?

Und was sind denn die Zeichen von jemandem, der ‚fertig' ist? Also mit anderen Worten: was wird erwartet?"

Rabea hatte sich gerade wieder ein wenig in den Verstand hineingeredet, und sie sah an Mirinas Gesichtsausdruck, dass diese reichlich verwirrt war. Nun gut. Rabea war auch verwirrt.

„Was kann das bedeuten?" fragte Mirina, als sie ihre Verwirrung gegenseitig wahrgenommen hatten.

„Dass unser Verstand es nicht verstehen wird."

Als sie sich darüber einig waren, lachten sie schallend und nahmen sich vor, zur Einfachheit dessen, was sie bisher realisiert hatten, zurückzukehren und das andere getrost Vidya zu überlassen.

KANJARA

Der Einsiedler war an diesem Morgen früh aufgestanden, hatte der Sonne beim Aufgehen zugeschaut und sich dann unter seine Außendusche gestellt. So nannte er den Henkeleimer, den er an einer am Dach befestigten Stange an der rückwärtigen Wand seiner Hütte angebracht hatte. Er seifte seinen mageren Körper ein, schrubbte die faltige Haut und wusch die immer noch fülligen Haare gründlich. Er wickelte sich den nagelneuen Lendenschurz um, den er für solche Anlässe wie den heutigen aufgehoben hatte. Ohne zu frühstücken – das tat er schon seit Jahrzehnten nicht mehr – kletterte er auf den mit weichem Gras bewachsenen Felsen, der ein paar Meter von seiner Hütte entfernt in die Höhe ragte, setzte sich auf ein mitgebrachtes Tuch, ließ den Blick für eine Weile über das Meer gleiten und schloss dann die Augen.

Fast im selben Moment sah er sie. Sie entstieg einem Blutsee und war doch rein wie klares Wasser. Langes schwarzes Haar fiel ihr in schweren Locken den Rücken hinunter bis zur Hüfte; sie war in ein traditionelles Gewand der Navaho gekleidet, wie diese es wohl vor vielen Generationen trugen, als die Ureinwohner in ihrem Land noch die rituellen Bräuche pflegen konnten. Der Einsiedler beobachtete sie genau. Die Zeichen, mit denen ihr Gewand bestickt war, deuteten darauf hin, dass sie ein hohes Amt bekleidete. Und doch wirkte sie angespannt; etwas stimmte nicht.

Der alte Mann auf dem Felsen bemühte sich, noch besser zu verstehen, wer diese Frau war. Schon lange hatte er gewusst, dass sie zu ihm kommen würde, doch bisher hatte sich ihm die Vision verweigert. Aber heute, kurz bevor der Mond zu drei Vierteln voll sein würde, spürte er, dass sie sich zeigen wollte. Es war wichtig, denn nur so konnte er bereit sein, all die Fragen zu beantworten, die ihm heute noch gestellt werden würden.

Forschend blickte er in die Aura der Vergangenheit, von der die schwarzhaarige Frau verfolgt wurde. Als junges Mädchen war sie mit dem Medizinmann des Stammes verheiratet worden. Es war ihre Bestimmung gewesen, ihre Gaben des Heilens und Sehens zu entwickeln. Ihr Wunsch hatte anders gelautet – sie hatte sich in den jungen Schamanen vom Nachbarstamm verliebt. Aber davon wollten die Stammesoberhäupter nichts wissen. Sie brauchten sie bei sich und gaben sie dem alten Mann.

Weißer Falke hieß er; er war weithin über die Grenzen des Stammes hinaus bekannt gewesen. Das hatte nicht zuletzt an seiner Mutter gelegen, die vom Stamm der Lakota zu den Navaho gekommen war, als sie sechzehn Sommer zählte. Das Wissen der Navaho um den mystischen Berg Hozhong und den spirituellen Mittelpunkt der Erde wurde von Weißer Falkes Mutter durch die Kenntnisse des Medizinrades ergänzt. So war Weißer Falke ein kundiger Heiler und Schamane geworden, der tief in die Herzen der Menschen blicken und nicht nur ihre Körper, sondern auch ihre Seelen heilen und auf ihrer Reise zu den Sternen begleiten konnte. Als er die schwarzhaarige Schönheit zur Frau nahm – der einzige Mensch in seinem Stamm, der über Talente verfügte, die den seinen entsprachen –, hatte er noch immer nach bestem Können als Heiler gewirkt, aber seine vom großen Geist verliehenen Gaben mittlerweile dem Alter, der Steifheit seiner Knochen und der Müdigkeit in seiner Seele geschuldet.

Sie machten sie zur Rabenfrau. Die Heilerin hatte sich in ihr Schicksal ergeben, denn sobald sie die Weihe des Raben empfangen hatte, erlangte sie Gewissheit über ihre Herkunft, die sie bis dahin nur ahnen konnte. Und sie mochte den alten Medizinmann. Schon als kleines Mädchen hatte sie auf seinen Knien gesessen, als der damals 44-jährige Mann der Dreijährigen das Medizinradwissen nahebrachte. Sie hatte ihn Tunqashila nennen dürfen, das hieß „Großvater" in der Sprache der Lakota, und sie war stolz gewesen, dass sie als einzige an seinen Kenntnissen teilhaben durfte. Seine Frau war schon vor längerer Zeit gestorben, als sie einem Kind das Leben schenken wollte. Die Geburt hatten beide nicht überlebt, und für Weißer Falke war damals eine Welt zusammengebrochen. Nur das kleine Mädchen war mit ihrer Wissbegier und ihrem großen Herzen zu dem Schamanen durchgedrungen.

Dem alten Mann auf dem Felsen lief ein Schauer über den feingliedrigen Körper, als er begriff, was die Rabenfrau damals bei ihrer schamanischen Einweihung erkannt hatte. Ihre Seele war von weit her gekommen, aus einem Land südlich ihres jetzigen Stammes. Dort war sie einst – vor vielen Jahrhunderten – auch eine Heilerin gewesen. Das Bergvolk, dem sie angehörte, nannte sich Tihuanacu. Die Tihuanacu lebten in 3.700 Metern Höhe an einem großen See. Die Rabenfrau, die damals noch nicht so geheißen hatte, war mit einem sehr starken Schamanen verheiratet gewesen, und sie liebten sich sehr. Er war der Rabenmann des Volkes, der Weise und Seher, der die Krieger zu Plätzen führte, wo sie Tiere finden konnten, die sich ihnen als Nahrung herschenken würden. Er beschützte die Pflanzen und die Ernte der Frauen und hatte ein besonders großes Herz für Kinder. Seine eigenen sieben Kinder liebte er mit großer Hingabe, ebenso wie seine Frau, die in seinen Augen die schönste und klügste Frau des Stammes war.

Die Tihuanacu waren ein Volk, das eine große Kultur hervorgebracht hatte. Lamas, Alpakas und kamelähnliche Tiere waren von ihnen als Lasttiere domestiziert worden; sie hatten riesige Kulturen angelegt, wo sie frostresistentes Getreide wie Quinoa anbauten, sie waren Meister in der Erschaffung von Kanalsystemen, in denen sie Wasser von den höheren Bergen zu ihrem Siedlungsplatz herunterleiteten. Es gab religiöse Plätze, an denen Steinmonumente, Tempelanlagen und Monolithen errichtet worden waren. Lange bevor sich die Inkas hier niederließen, waren die Tihuanacu ein hoch entwickeltes Volk von großem Einfluss.

Als sich gegen Ende des ersten Jahrtausends unserer Zeitrechnung eine extreme klimatische Veränderung einstellte, erlagen viele der Mitglieder dieses starken Volkes der unbarmherzigen Dürre. Alle Gebete, Rituale und Zeremonien, die der Rabenmann für die Menschen, die er liebte und die auf ihn vertraut hatten, ausführte, schlugen fehl. Seine Frau tat alles Menschenmögliche, um die verhungernden und kranken Gefährten zu heilen, doch letzten Endes musste sie – selbst immer schwächer werdend – zusehen, wie einer nach dem anderen dem Hunger und den Strapazen der der Dürre erlag.

Jahr um Jahr versuchte man, gegen den Beschluss der Götter anzukämpfen. Jeden Tag wanderten die Augen der Menschen auf den See hinaus, der immer kleiner wurde, denn über die Kanalsysteme kam schon lange kein Wasser mehr aus den Bergen. Bitterkeit machte sich in ihren Herzen breit, Hoffnungen starben. Der Glaube an die göttliche Kraft, die mit dem einst großen See verbunden gewesen war, und der Glaube an die göttlichen Mächte des Schamanen und der Heilerin versickerten wie jeder Tropfen Wasser, den eine barmherzige Wolke doch einmal auf die trockene Erde fallen ließ.

Schließlich starb Rabenmann, und nach und nach verließen auch die sieben Kinder ihre Körper. Der See war längst ausgetrocknet; auch er konnte kein Leben mehr spenden. Die wenigen Menschen, die vom Volk der Tihuanacu noch überlebt hatten, flohen aus der Stadt. Einzig die Heilerin war zurück geblieben. An ihrem letzten Tag hatte die Bitterkeit auch ihr Herz zerfressen. Ihr geliebter Mann war gestorben, all ihre Kinder hatte sie den Göttern überlassen müssen. So oft sie auch verzweifelt gewesen war – nun hatte sie nicht einmal mehr Tränen.

In ihren letzten Lebensminuten wandte sie sich dem einst so lebendigen, klaren und sie alle ernährenden See zu, dem Ort der Götter, der jetzt nur mehr eine große Wüste geworden war. „Ich verfluche dich", sprach sie mit großem Nachdruck. „Du konntest die göttliche Kraft nicht mehr halten, du bist versickert wie eine Pfütze im Sonnenschein. Einst gabst du uns Leben und das Versprechen, unseren Kindern als Mutter Wasser zur Verfügung zu stehen. Das hsat du gebrochen. Was soll all meine Macht als Heilerin nützen, wenn du sie nicht nähren kannst? Was an dir ist göttlich, wenn du das Leben nicht trägst, sondern einsaugst? Ich verfluche dich", sagte sie noch einmal. „Und all die Menschen, die gekommen sind, um von der Trockenheit zu profitieren, die uns in unserer Schwäche nicht beistanden, sondern sie nutzten, um uns zu unterdrücken und zu töten, verfluche ich mit dir. Sollen sie die Kraft der sengenden Sonne anbeten, aber sie werden nicht glücklich werden. Sie werden ebenso vergehen wie wir. Sollte diese Wüste jemals wieder Wasser tragen, so soll dies augenblicklich in Blut verwandelt werden, auf dass alle, die davon trinken, verdunsten sollen wie Flüssigkeit in Sonnenglut."

Die Heilerin setzte den Becher mit dem bitteren Kräutersud an die Lippen, den sie mit ihrem eigenen wenigen Urin hergestellt hatte, und trank ihn in einem Zug aus. Als sich ihr letzter Blick nach innen richtete, wusste sie, dass es viele Jahrhunderte dauern würde, um sich von der nun jäh aufsteigenden Schuld, der Angst und dem Misstrauen, die sie selbst mit ihrem Fluch gepflanzt hatte, befreien zu können.

All das hatte die Rabenfrau erkannt, als sie 800 Jahre und viele Inkarnationen später in die Heirat mit dem alten Medizinmann eingewilligt hatte. Nun war also das Leben gekommen, in dem sie ihre Kräfte erneut aufnehmen würde. Sie war selbst dem Blutsee entstiegen und hatte eine neue Chance erhalten, um zu verstehen, dass der Ratschluss des großen Geistes für die Menschen nicht immer nachzuvollziehen war. Der große Geist hatte eine Sicht auf die Dinge, die alle Zeiten und Welten umschloss – wer war sie schon gewesen, seine Entscheidungen anzuzweifeln oder ihn und seine Schöpfung zu kritisieren oder gar zu verfluchen? Sie wollte tiefer schauen als damals an jenem großen See in Tihuanacu.

Das Volk der Navaho, in das der große Geist sie nun gestellt hatte, nannte sich selbst Dine, das heißt „wahre Menschen". Im Canyon de Chelly in Arizona angesiedelt, betrieb es vor allem Ackerbau und hatte immer wieder mit großer Trockenheit zu kämpfen.

Doch die Zeiten hatten sich geändert. Die weißen Menschen von jenseits des großen Meeres waren inzwischen seit langer Zeit auf dem Schildkrötenkontinent anwesend und hatten Maschinen mitgebracht, mit denen sie Land bestellen und bewässern konnten. Viele der Männer aus Rabenfraus Stamm arbeiteten auf den Feldern der Umgebung, um so ihre Familien und den Stamm zu unterstützen. Noch waren das traditionelle Heilen und die religiösen Bräuche der Dine ein wichtiger Bestandteil des täglichen Lebens.

Rabenfrau war dem großen Geist dankbar für die neue Chance. Sie verbrachte die ersten Jahre ihrer Ehe mit dem Medizinmann weitgehend in seinem Schatten, obwohl die Mitglieder des Stammes sehr wohl wussten, dass der Alte seiner Heilkunst ob der Schwäche seines Körpers nicht mehr gewachsen war und im Prinzip von Rabenfrau die Arbeit machen ließ. Doch sie war es zufrieden.

Kurz nachdem Rabenfrau in einer Neumondnacht einem gesunden, wunderschönen Mädchen das Leben geschenkt hatte, starb der alte Medizinmann. Rabenfrau verbrachte den Rest ihres Lebens ohne Ehemann in Freiheit; sie erzog ihre Tochter mit all der Liebe ihres Herzens und bildete sie in den Heiligen Künsten, im schamanischen Heilen und Sehen aus.

Sie gab dem Mädchen den Namen Beesh Ligaii Tsidii, zu deutsch: Silbervogel. Silbervogel war ein gelehriges Kind und dem großen Geist sehr nah. Sie tanzte den heiligen Tanz des Lebens in vollkommener Präsenz und im Wissen um all seine Geheimnisse. Dadurch konnte sie die Weisheit des Lebens in Demut und Stärke ausdrücken. Alles, was sie von ihrer Mutter übernommen hatte, führte sie in eine neue Ebene des Verstehens. Als Heilerin war sie in der Lage, tiefe Transformationen einzuleiten, was aus ihrer Verbindung mit dem mondhaften Sein der Nacht stammte.

Weil sie die Verbindungen aller Völker miteinander erkannt hatte und ihr eigenes Volk lehrte, der Welt gegenüber offen zu sein, war es vor über 200 Jahren einigen deutschen Aussiedlern möglich, auf dem Land der Navaho eine Ortschaft zu errichten, die sich „German Town" nannte. Silbervogel heiratete den auf ihrem Kontinent geborenen Sohn deutscher Einwanderer, als sie bereits die Mitte der Dreißiger erreicht hatte. Sie schenkte einem gesunden Knaben das Leben. Später entschloss sich dieser Knabe, in die Heimat seiner Großeltern zurückzukehren. Silbervogel und ihre Mutter Rabenfrau, die damals noch lebte, sahen den jungen Mann ziehen und wussten, dass sich ihre Schicksale zunächst erfüllt hatten. Später würden die Weisheit, die Heilkraft und die Sehergabe, die speziell den Frauen und dem Mond zu Eigen waren, in einer weiteren Nachkommin erneut zu atmen beginnen.

Silbervogel war Rabeas Ur-Urgroßmutter.

Der Einsiedler zog scharf die Luft ein und öffnete die Augen. Die Sonne war am Himmel schon etwas gestiegen und er war sehr durstig. Der Pfau – sein Haustier, wie er ihn nannte – rief seit ein paar Minuten und verlangte sein Frühstück. Zwar fraß ein Pfau vor allem Grassamen, kleine Insekten und Kriechtiere, aber seit der Einsiedler ihn manchmal mit frischen Beeren verwöhnt hatte, mochte er vor allem zum Frühstück nichts anderes mehr. Abends, wenn auch der Einsiedler sich ein Mahl aus Gemüse und bestimmten Getreidesorten zubereitete, war der Pfau geradezu entzückt, davon seine Portion zu erhalten.

Als das schrille, pfeifende Rufen erneut erklang, stieg der Einsiedler endlich vom Felsen und begab sich zurück zu seiner Hütte.

Enrique freute sich, mit Rabea am Strand entlang zu schlendern und sie zu diesem wichtigen Abschnitt ihres Prozesses begleiten zu können. Nach der Morgenmeditation hatte Vidya die beiden zu sich gerufen und Rabea vorgeschlagen, zwei Tage in der Hütte des Einsiedlers zu verbringen, mit ihm zu fasten und sich mit seiner Hilfe die letzten Knoten ihrer Belastungen aus den vergangenen Leben, die für ihre hier relevanten Themen noch ungelöst waren, bewusst zu machen und zu integrieren.

Das Meer lag friedlich in der Bucht und produzierte nur ein paar sanfte Wellen, die in stetigem Rhythmus zum Strand rollten und wieder zurückgezogen wurden. Immer wieder sah es für einen Moment so aus, als würden sie stehen, als könne man sie als feste Form greifen. Doch dann hinterließen sie wieder nur glatten Sand, der für ein paar Augenblicke die Sonne einfing. Allein eine kleine Spur, dort, wo die Welle umgekehrt war, blieb für winzige Sekundenbruchteile sichtbar.

„Fürchtest du dich?" fragte Enrique, als er bemerkte, dass Rabea nervös wirkte.

„Ja, schon ein bisschen. Aber ich bin auch neugierig. Ich hab überhaupt nicht gewusst, dass es hier einen Einsiedler gibt. Das hat mir bisher niemand erzählt. Und dass er am Prozess beteiligt ist, habe ich auch nicht geahnt."

„Das konntest du auch nicht, mi amiga. Seine Hütte liegt hinter dem Fluss und ist von Bäumen umgeben, daher sieht man sie auch dann nicht, wenn man auf dem Felsen sitzt." Enrique zeigte auf den großen Stein, an dem sie gerade vorbeigingen. „Manchmal klettert er auf den ganz hohen Felsen, der zwischen den Bäumen sichtbar wird, wenn man ganz genau hinschaut." Enrique zeigte nach Nordwesten, wo Rabea ein bewachsenes Felsplateau ahnen konnte. „Wenn man weiß, wann er dort zu sitzen pflegt und sich Mühe gibt, ihn zwischen den Baumkronen zu entdecken, gelingt es, aber längst nicht immer." Enrique grinste jetzt.

„Und er ist nicht unbedingt ‚am Prozess beteiligt', wie du das formuliert hast. Es ist eher selten, dass Vidya es für nötig befindet, ihn einzubeziehen. Manchmal stellt sie es den Teilnehmenden frei, manchmal erwähnt sie ihn gar nicht, manchmal ist sie dagegen. Es gibt Gruppen, deren Teilnehmende noch nie von unserem Einsiedler gehört haben. Er ist irgendwie Teil des Platzes hier, aber andererseits lebt er auch völlig allein. Das war seine Bedingung. Wir versorgen ihn und seine Tiere mit Essen. Ansonsten haben wir mit ihm nicht viel Kontakt. Vidya scheint eine besondere Beziehung zu ihm zu haben, sie scheint auch telepathisch mit ihm in Kontakt zu stehen." Und mit einem Seitenblick auf Rabea fügte er hinzu: „Du wirst sehen, mi amiga, er ist ein echtes Unikat."

Der Weg führte neben dem Strand entlang bis zur Mündung des kleinen Flusses, den Rabea schon aus der Ferne gehört hatte, als sie an jenem Tag im Wald war und den Raben getroffen hatte. Dann bog er nach rechts ab und begleitete nun den Fluss an seinem Ufer.

„Der Fluss wird gleich etwas schmaler, aber dafür sehr tief. An der schmalsten Stelle gibt es einen Steg, den du überqueren musst. Pass aber gut auf, dass du nicht ins Wasser fällst. Der Fluss ist dort auch sehr lebendig und es kann sein, dass der Steg nass ist. Rutsche nicht ab! Dort vorn ist es schon." Enrique zeigte auf eine kleine Holzbrücke, gerade breit genug, um einer Person Platz zu geben. Sie machte einen stabilen Eindruck und hatte auch an beiden Seiten jeweils ein ebenso stabiles Geländer, so dass Rabea sich keine Sorgen machte.

Der Fluss schäumte sehr unter dem Steg und wurde etwas lauter. Vom Weg aus konnte man nicht erkennen, wie tief er an dieser Stelle wirklich war. Zu beiden Seiten erkannte Rabea steinerne Wände. „Das ist eine natürliche Schlucht", kommentierte Enrique. „Sieht aus wie ein kleiner Canyon." Mit diesen Worten übergab Enrique der Freundin den Eimer, den er bisher getragen hatte, und zog kurz das Tuch beiseite, das seinen Inhalt bedeckte. Rabea blickte auf Kartoffeln, Lauch, Möhren, Salat und ein in die

Seite gedrücktes Plastikpäckchen mit Him- und Brombeeren. „Gib das bitte dem Einsiedler. Ich hoffe, du kannst kochen." Dabei stellte er den Eimer vor ihr ab, zwinkerte ihr zu und strich ihr sanft über die Wange. Als sie ihn fragend anblickte, zeigte er erneut auf den Steg.

„Geh hinüber. Auf der anderen Seite des Flusses führt ein Weg direkt von der Brücke durch ein kleines Waldstück zu seinem Haus. Keine Angst."

„Das ist es nicht. Wieso soll ich kochen? Ich sollte doch fasten!"

„Oh ja natürlich. Ich vergaß. Da hast du aber Glück gehabt." Und er lachte schallend. „Muy bien", sagte er dann. „Ich werde dich morgen Abend hier wieder abholen." Rabea umarmte Enrique herzlich, griff nach dem Eimer und machte sich auf den Weg.

Der Einsiedler saß auf der kleinen Holztreppe vor seiner Hütte und streichelte den Pfau, der gerade eine große Portion Beeren verspeist hatte und entsprechend zufrieden war. Rabea stutzte, als die Bäume den Blick auf diese Szene freigaben. Ein blauer Pfau! Sie war sofort fasziniert und vergaß fast, den Mann auf der Treppe zu begrüßen. Erst als dieser sich geräuschvoll räusperte, entzog sich Rabea dem Bann des schillernden Tieres.

„Oh Verzeihung. Guten Tag. Mein Name ist Rabea – zumindest hier", fügte sie am Ende leise hinzu.

„Guten Tag, Rabenfrau", sagte der Einsiedler ohne Zögern und sah sie warm an. „Es ist schön, dass du mich besuchst. Und einen Eimer voller guter Natur hast du auch mitgebracht. Das wird uns freuen, nicht wahr?" Er sah seinen Pfau an, doch der antwortete nicht. „Mein Name ist Kanjara. Wir werden uns viel zu erzählen haben, und dazu haben wir nur zwei Tage Zeit. Das ist wenig, wenn man bedenkt, wieviel Fragen du haben wirst. Komm, setz dich zu mir und atme diesen Platz erst einmal eine Weile ein. Komm ganz hier an und zeig dich ihm, dann wird er dich aufnehmen." Der Pfau hatte sich derweil etwas abseits auf eine kleine Mauer gesetzt, wandte ihnen den Rücken zu und ließ sein Federkleid mit den unzähligen Pfauenaugenfedern wie einen langen Schleier nach unten fallen. Seinen blauen Hals hatte er gereckt, und er streckte seinen Schnabel mit den leicht bebenden Nasenlöchern in alle Richtungen.

„Er ist neugierig", sagte Kanjara. „Pfaue haben einen sehr guten Geruchssinn, und im Moment wittert er dich. Da er ruhig bleibt, erlebt er dich nicht als Gefahr."

„Ich habe auch einen extrem guten Geruchssinn", sagte Rabea. „Wird er unruhig, wenn Gefahr kommt, und kann er sie riechen?"

„Er wittert sie. Und dann schreit er. Du kennst doch bestimmt den Schrei der Pfauen. In Indien sagt man, sein Schrei bedeutet ‚minh-ao', das heißt ‚Regen kommt'. Aber er warnt nicht nur bei Unwettern, sondern bei jeder Art von Gefahr. Allerdings schreit er auch, wenn er Hunger hat; das hört sich dann etwas anders an."

Rabea schaute noch eine Weile zu dem königlichen Vogel hinüber, dann sah sie sich auf dem Platz um, auf dem der Einsiedler seine Hütte stehen hatte. Sie wirkte sehr klein, und Rabea bezweifelte, dass sie beide für die Nacht darin Raum finden würden. Die Treppe, auf der Kanjara saß, bestand ebenso wie die Hütte aus einfachen Holzbrettern und war sauber gefegt. Hinter der Hütte standen mit einigem Abstand ein paar Büsche, und nun konnte Rabea auch den hohen Felsen ausmachen, von dem Enrique gesagt hatte, dass der Einsiedler hier hin und wieder zu sehen wäre. Der ganze Platz war für die Blicke von außen durch Büsche, Bäume und hohes Gras geschützt. Sogar auf dem Dach der Hütte wuchs Gras. Das brachte Rabea zum Schmunzeln.

„Wer mäht denn hier den Rasen?" fragte sie ihn mit dem Blick nach oben gerichtet. „Ich habe Dachschafe", entgegnete Kanjara blitzschnell und ebenso ungerührt. Für einen Moment sah Rabea ihn irritiert an, aber als seine Mundwinkel zuckten, prustete sie laut los. Sie lachten beide, bis sie sich die Bäuche halten mussten.

Schließlich schloss Rabea die Augen und versuchte, den Platz mit ihrem Instinkt zu spüren und sich ihm zu zeigen, wie es der Alte vorgeschlagen hatte. Sie fühlte sich sehr wohl und in der Gegenwart des Einsiedlers auch aufgehoben. Als sie die Augen wieder öffnete, sah sie, wie er sie offen ansah. Sein Blick war weder prüfend noch musternd, weder akzeptierend noch ablehnend. Er hatte die Qualitäten von wacher Aufmerksamkeit und einem freien Achten, das ohne Gegensätze auskam.

„Schön, du bist angekommen", sagte er jetzt. Seine Augen waren von bemerkenswerter Zeichnung. Um die Iriden herum waren sie hellbraun; dieser Farbring endete mit einer gezackten anthrazitfarbenen Linie, die von einem weiteren, breiten Farbring umgeben war. In dessen hellem Graublau sah Rabea etliche dunklere, aber changierende Pigmente aufblitzen. „Lass uns ob der Kürze der Zeit einen kleinen Plan machen. Ich schlage dir folgendes vor:

Wir werden heute ein wichtiges Kapitel deines Lebens abschließen, das vor langer Zeit geschrieben wurde. Dieses Kapitel wird dich zum einen erkennen lassen, warum die Aufarbeitung von Angst und Missbrauch in diesem Leben für die Überwindung deiner Fixierung nicht ausreicht. Es wird dich aber auch zu dem Blutsee zurückführen, mit dessen Vision dein Abenteuer hier begann. Am Ende werden einige Fragen beantwortet sein."

Als Rabea mit großen Augen zuhörte, fuhr er fort: „Der morgige Tag wird einigen Themen gewidmet sein, die in diesem Zusammenhang noch wichtig sind. Vor allem aber werden wir Zeit haben, zwei deiner wichtigsten Energien anzusehen, und du wirst verstehen, mit welchen Herausforderungen du in diesem Leben konfrontiert bist und warum. Ich habe außerdem die arge Vorahnung, dass du mich wegen einiger anderer Dinge löchern wirst, weil du so neugierig bist. Aber wenn es mich nicht allzu sehr erschöpft, können wir gern auch darauf eingehen."

Rabea nickte. „Zuerst werde ich dir jedoch meine Hütte zeigen. Da werden wohl schon die ersten Fragen kommen." Seufzend erhob sich der Einsiedler und bedeutete Rabea, ihn nach innen zu begleiten.

„Wow!" Ein Schrei entfuhr Rabea, als Kanjara die Tür seines Heims hinter sich geschlossen hatte. „Was ist das denn? Wie ist das denn möglich?"

Im Inneren der winzigen Hütte standen die beiden jetzt in einem weitläufigen Raum von circa 40 Quadratmetern. Der Raum sah aus wie eine Mischung aus einem Serail, einem Tempel und einem Tipi. Er war mehr eine Halle denn ein Zimmer. An den Wänden lagen rundherum Felle; bemalte Trommeln und Rasseln, mit Federn, Muscheln, Perlen und Bändern geschmückt, hingen an Haken und Holznägeln. Es gab ein riesiges Fenster auf der linken Seite des Raums, die nach Süden zeigte, so dass er taghell war. In die Zimmerdecke waren überall kleine Lampen eingelassen. Farbige Gemälde hingen an den Wänden; sie zeigten in verschiedenen Variationen Szenen eines scheinbaren Gottes. Manchmal war er mit einem blauen Hals, manchmal mit mehreren Armen, manchmal im Lotossitz und manchmal auf einer kleinen Figur tanzend dargestellt. Auf zweien der Gemälde war außerdem eine wunderschöne Frau zu sehen, die in einem Fall auch über mehrere Arme verfügte.

„Das ist dasselbe Symbol, das in Vidyas Meditationshalle im Fußboden eingelassen ist", sagte Rabea jetzt, während sie nach unten zeigte. „Ja", antwortete Kanjara. „Das ist das Shri Yantra Mandala, ein heiliges Symbol. Und wen die Gemälde zeigen, ahnst du wahrscheinlich auch?"

„Shiva und Shakti?" Kanjara lächelte bestätigend.

Dann aber sah Rabea andere Symbole, die zum Teil auf bemalten Wandteppichen und zum Teil auf Türrahmen erschienen. Eins davon jagte ihr einen Schreck ein. Kanjara, der ihre schweifenden Blicke verfolgt hatte, hatte diese Reaktion erwartet.

„Wir werden morgen über all diese Symbole sprechen. Aber dieses hier werde ich dir bereits jetzt erklären, damit du nicht beunruhigt bist." Er zeigte auf ein Sonnensymbol, das Rabea im Geschichtsunterricht über das Nazi-Deutschland kennengelernt hatte. Die Richtung der rechtwinklig angeordneten Arme war in diesem Zimmer allerdings sowohl links- wie auch rechtsläufig.

„Das ist die sogenannte *svastika*. Dass dieses Symbol oder vielmehr ein diesem Symbol ähnliches Zeichen von den Nationalsozialisten missbraucht wurde, wissen wir wohl beide. Was sich bis heute noch nicht überall im Westen herumgesprochen hat, ist, dass die *svastika* ein Glückssymbol ist. Es wurde in sehr vielen alten Kulturen verwendet und hat immer ein wenig anders ausgesehen, je nachdem, welches Volk es in seine Rituale eingebunden hatte.

In Indien ist die *svastika* nach dem OM das wichtigste Symbol. Sie steht in erster Linie für den ewigen Kreislauf von Geburt und Tod und gilt einerseits als Zeichen der Reinkarnation. Innerhalb der Zeit symbolisiert sie andererseits die Kraft und die rotierende Vorwärtsbewegung der Sonne und bedeutet Freude, Licht und Leben. In den *vedas* – das sind wichtige indische Weisheitslehren – steht sie für den Sonnengott *Surya*. Sie ist die Vorlage für einen nicht unerheblich mächtigen Yoga-Sitz. Und nicht zuletzt steht sie für die vier unendlichen Merkmale der Seele, also Weisheit, Glückseligkeit, innere Macht und reine Wahrnehmung. In Tibet gibt es einen Berg, dessen Namen du wahrscheinlich gehört hast. Es ist der Kailash. Sein anderer Name ist ‚Svastika-Berg'.

Svastika ist ein Sanskrit-Wort. Wir werden morgen noch näher auf diese Sprache eingehen. Sie ist eine heilige Sprache und insofern die Manifestation der Zeitlosigkeit. Das Wort ‚*svastika*' bedeutet die Kreuzung von vier Straßen. Und zusammengesetzt ist es aus den Worten ‚su-asti-ka', und das heißt ‚gute-Seins-Intensität'"

Kanjara lehnte sich neben den Türrahmen, an dem einige Exemplare des von ihm erklärten Zeichens zu sehen waren. Rabea war im Laufe seiner Ausführungen immer näher gekommen und hatte die verschiedenen Varianten dieses Glückssymbols genau betrachtet. Bei näherem Hinsehen hatte diese hier außer der Grundform nicht viel Ähnlichkeit mit dem Zeichen der Nationalsozialisten. Sie sahen sogar schön aus. Rabea war beruhigt. Sie verstand die *svastika* jetzt als rituelles Attribut zu Kanjaras Arbeit.

Es gab einige andere Symbole, die ihre Aufmerksamkeit auf sich zogen, aber sie respektierte die Vorgabe des Einsiedlers, sich bis morgen zu gedulden. Selbst bezüglich des Shri Yantras würde sie warten müssen.

„Ich möchte dir zunächst den Rest des Hauses zeigen", sagte Kanjara jetzt.

„Den Rest des Hauses?" rief Rabea aus. „Wie kann denn so viel Raum in so eine kleine Hütte passen?"

Erneut erwies sich der Alte als humorvoll, als er entgegenete: „Du kennst doch das Sprichwort: ‚Raum ist in der kleinsten Hütte.' Da siehst du es." Beide lachten, und Rabea gab es auf, das Geheimnis dieses Ortes ergründen zu wollen.

Kanjara öffnete die hintere Tür des großen Zimmers, so dass sich ein kleiner Flur zeigte, von dem ein paar Türen abgingen. Er winkte ihr, so dass sie beide im Flur standen, dann schloss er die Tür des großen Raums, aus dem sie gerade herausgetreten waren. „Es ist sehr wichtig", – bei diesen Worten sah der alte Mann Rabea ernst in die Augen – „dass du *immer* zuerst die Tür eines Raums schließt, bevor du die eines anderen Raums öffnest. Merke es dir gut und vergiss es nie!" Rabea nickte.

Irgendwie schräg. Und irgendwie auch magisch. Ein magischer Traum.

Nun öffnete Kanjara die rechte Tür und erklärte der Schülerin, dass dieses sein Schlafzimmer sei. Rabea spähte hinein, und wieder öffnete sich ein großer Raum mit viel mehr Platz, als man je erwartet hätte. Ein bequemes Schlaflager war darin zu sehen, eine große und einige kleinere Kommoden und ein mit Fell bespannter Schemel.

Die nächste Tür, die der Einsiedler öffnete, nachdem er die Tür seines Schlafzimmers sorgfältig geschlossen hatte, gab den Blick auf ein großes und fast modern wirkendes Badezimmer frei, in dem sich eine schwarz gekachelte Dusche und sogar ein weißes WC befanden.

An der Stirnseite lag die Tür zu einer sauberen und gut bestückten Küche; Rabea wunderte sich inzwischen über nichts mehr.

„Nun kommen wir zu deinen Zimmern", frohlockte Kanjara. „Du hast auch ein Schlaf- und ein Badezimmer; beides ist zusammengefügt hier zu finden. Du darfst die Tür selbst öffnen." Prüfend sah er ihr dabei zu. Rabea, die sich schon gefreut hatte, ebenso geräumige und moderne Zimmer zu erhalten wie die, die sie gerade gesehen hatte, öffnete die Tür mit erwartungsvollem Schwung – und prallte jäh zurück. Sie blickte in eine winzige Kammer von circa zwei mal zwei Metern Größe, in die gerade so eben ein klapperiges Schlaflager an der Seitenwand passte.

Rabea ächzte. „Oh!" rief sie aus. „Das hätte ich nicht erwartet." „Ich auch nicht", sagte Kanjara. Rabea fuhr herum und funkelte ihn aus bösen Augen an, aber er schaute ganz arglos drein. „Ich hätte gedacht, dass du dir mehr Raum gibst", fügte er jetzt hinzu. „Aber nun gut. Vidya wird schon wissen, weshalb sie dich hergeschickt hat. Ruh dich vielleicht ein wenig aus, und dann beginnen wir in fünfzehn Minuten mit der Sitzung." Der Einsiedler wartete, bis Rabea die Tür ihres Zimmers hinter sich geschlossen hatte und ging dann durch die Tempelhalle zurück, um sich auf seine kleine Holztreppe zu setzen. Der Pfau hatte ihn schon erwartet und ließ sich bereitwillig kraulen.

Dass es nicht reichte, sich immer wieder von Angst und den Folgen ihres Missbrauchs zu befreien, um Halt zu spüren und dem, was sie in nun schon kaum noch zu zählenden Momenten als ihr Selbst begriffen hatte, treu sein zu können, war Rabea klar gewesen. Dass Misstrauen eines ihrer Probleme war, hatte sie gewusst. Dass beides zusammenhing und mit einem Fluch zu tun hatte, den sie in einem früheren Leben selbst ausgesprochen und außerdem noch über ihre Blutlinie wieder zu sich selbst geführt hatte, hatte sie nun erst verstanden.

Kanjara hatte Rabea seine Vision auf erstaunliche Weise nahe gebracht. Er hatte sie, während sie auf einem Fell lag, durch eine seiner Trommeln und mit Hilfe eines rhythmischen Gesangs in eine leichte Trance geschickt. Dann hatte er mit seiner Schöpferkraft eine Art Leinwand vor ihrem inneren Auge aufgespannt und ihr die Bilder vorgeführt, die er selbst an diesem Morgen gesehen hatte. Er hatte immer wieder seine Hände auf verschiedene Stellen von Rabeas Körper gelegt, und jedes Mal war sie dann tief ins Erleben eingetaucht. Die wesentlichen Elemente ihrer Vergangenheit als Heilerin der Tihuanaco und der Navaho, als Ehefrau von Rabenmann und Weißer Falke, als Rabenfrau und Mutter der sieben Kinder auf dem Berg in den Anden sowie von ihrer Tochter Silbervogel waren von Kanjara so gründlich durch ihren Energiekörper gelenkt worden, dass Rabea sie genau erinnerte. Das Schrecklichste an der Erfahrung auf dem Fell aber war das Nacherleben des großen Leids, das sie der Erde, den Menschen und vor allem sich selbst zugefügt hatte, als sie jeglichen Glauben verloren und in der Abkehr vom Göttlichen ihren Fluch ausgesprochen hatte. Dieses Nacherleben war aber auch das Wichtigste an Rabeas Rückschau gewesen. Denn nur fühlend und mit der darauf folgenden Einsicht hatte sie erlösen können, was sie sich damals selbst geschaffen hatte.

Der Blutsee, so hatte ihr Führer ihr danach erklärt, sei eine bisher von der modernen Welt nicht entdeckte Tatsache. Man würde auf dieses Naturschauspiel erst in ein paar Jahren stoßen, und das, was Rabea damals erlebt hatte, würde für die meisten unverständlich bleiben. Tatsache aber war, dass der See, an dem Rabea mit ihrem Rabenmann gelebt hatte, nach vielen Jahrzehnten wieder Wasser führte. Dieses Wasser war seitdem jedoch von roter Farbe, und alle, die davon tranken, verschwanden auf ungeklärte Weise.

Der Blutsee, den Rabea in ihrem Traum gesehen hatte, war eine in ihrem Unbewussten verbliebene verkörperte Erinnerung an die Belastung, die sie seitdem mit sich getragen hatte. Sie war die Wurzel ihres Misstrauens gegenüber dem Glück, gegenüber Gott, dem Wohlmeinen der Menschen und des Lebens an sich.

„In deinem Traum bist du aber vorwegnehmend bereits über dein Misstrauen und das, womit du dich an deine Vergangenheit gebunden hattest, hinausgegangen", sagte der Einsiedler nun. Sie saßen vor der Hütte bei einer Tasse Wasser, in die Kanjara duftende Kräuter hineingegeben hatte. Die Sonne hatte den Zenith überschritten, der Pfau saß hinter der Hütte im Schatten auf einem mittelhohen Ast und schlief.

„*Shiva* tanzte darüber", sinnierte Rabea. Ihr war nicht nach Reden zumute. Stattdessen schob sie ihren kleinen Stuhl ein wenig mehr in den Schatten und lehnte sich darauf zurück. Sie schloss die Augen und spürte nach, wie es ihr ging. In der Sitzung gerade hatte sie viel Trauer und Hoffnungslosigkeit erlebt, und als sie deren Nachwehen nun aus ihrem Inneren entweichen sah, hatte sie zum ersten Mal, seit sie sich erinnern konnte, ein vollkommen entspanntes Gefühl im Becken. Da war nicht die geringste Spur einer Verkrampfung, die sie doch so gut gekannt hatte. Sie hatte diese Verkrampfung nach der Sitzung mit Vidya auf ihren Missbrauch zurückgeführt, aber nun stellte sie erstaunt fest, dass sie sich erst jetzt gelöst hatte. Offenbar hatte sie viel eher etwas mit dem Misstrauen und der Schuld- und Panikbereitschaft zu tun gehabt. „*Shiva* tanzt auch auf einem Bild in deiner Halle", fügte sie nun noch hinzu. „Aber warum tanzt er auf einem Kind?"

„Das ist kein Kind, das ist ein Dämon. So wie dein Blutsee mit seinem Fluch ein Dämon in dir war. *Shiva* tanzt auf dem Dämon, weil er ihm nicht das Geringste anhaben kann. Dieses Symbol des *Nataraja* – so heißt der tanzende *Shiva* – ist sehr umfangreich und gleichzeitig sehr kompakt. Man könnte stundenlang darüber sprechen, aber das ist hier nicht unser Anliegen. *Shiva* tanzt zwei Tänze; der eine heißt *lasya* – das ist der Tanz der Emanation. Der andere heißt *tandava* – das ist der Tanz der Auflösung; er ist weitaus bekannter. Im Shivaismus spricht man nicht von ‚Zerstörung', weil es eine Zerstörung in dem Sinne nicht gibt. Man spricht im dreifachen Akt der Schöpfung von Emanation, also vom In-Erscheinung-Treten, vom Bewahren und schließlich der Auflösung dessen, was einst in Erscheinung getreten war.

Wie hat dein *Nataraja* ausgesehen? Hatte er vier Arme und ein erhobenes Bein?" Rabea nickte und der Alte sprach weiter: „Dann hat er den *tandava* getanzt. Dieser kosmische Tanz löst ein schwaches, kränkelndes Universum auf, um Raum zu schaffen für Schöpfung und Wiedergeburt auf einer höheren Ebene. Der Dämon, der dabei unterworfen wird, ist ein Symbol für Dunkelheit und Ignoranz." Bei diesen Worten freute er sich und blickte bedeutungsvoll zu Rabea hinüber.

„Also hat man mir verziehen?" wollte Rabea wissen.

„Es gibt nichts zu verzeihen!" antwortete der Einsiedler vehement. „Wenn wir begreifen, wie das Leben sich selbst lebt, so wie Rabenfrau begriffen hat, dass es immer Kommen und Gehen geben muss, gibt es nichts zu verzeihen. Vielleicht ist es hilfreich, wenn jemand, der über eine lange Zeit viel Schuld in sich festgehalten hatte, sich selbst verzeiht. Aber zu glauben, dass wir verzeihen müssten oder dass uns verziehen werden müsste, erhält das Konzept des Opfers aufrecht. Darum geht es nicht. Wir schreiten von Leben zu Leben, und es ist zu hoffen, dass wir dabei lernen, wer wir wirklich sind. Es ist zu hoffen, dass wir alles, was wir jemals an Verstrickungen geschaffen haben, auflösen und dann anderen dabei helfen können, ihre Verstrickungen zu entwirren. Allein dieser Weg ist undenkbar schwierig, aber möglich."

„Den Raum, von dem du gesprochen hast, in dem jetzt eine neue Schöpfung stattfinden kann, spüre ich irgendwie in meinem Becken. Ich hab es eben schon bemerkt. Da ist auf einmal eine Leichtigkeit und Unverkrampftheit. Das fühlt sich sehr gut an."

Kanjara nickte. „Ich denke, du solltest jetzt erst einmal ein wenig schlafen, denn du siehst erschöpft aus. Wir werden uns am frühen Abend noch einmal in der Halle treffen. Ich werde dir noch ein bisschen zu diesem gesamten Angst-Misstrauens-Komplex sagen, und dann werden wir das abschließen. Wir wollen uns ja schließlich noch der Weisheit widmen."

Rabea trank ihren Tee aus und stand dann auf. Sie war wirklich sehr müde. Wie der Einsiedler sie geheißen hatte, schloss sie zunächst die Tür des großen Raums, in dem sie gearbeitet hatten, hinter sich, bevor sie in den Flur trat. Dann öffnete sie die Tür zu ihrer kleinen Kammer – und traute ihren Augen nicht. Das vorhin noch so winzige Zimmer war zu einem Raum gewachsen, der dreimal so groß war. Ein weiches, bequemes Bett stand an der Wand und ein großes Fenster ließ das Sonnenlicht herein. Rabea vergaß fast ihre Müdigkeit, als sie dann auch noch das saubere, weiß gekachelte kleine Bad sah. Aber schon bald fiel sie zufrieden in einen tiefen, erquickenden Schlaf.

Rabea erlebte die Meditation mit dem Einsiedler als sehr tief. Nicht ganz so tief wie im Zusammensein mit Vidya, aber dennoch fühlte sie, dass die Präsenz des alten Mannes es möglich machte, das Bewusstsein mehr auszudehnen. Offenbar übertrug sich die Weite seines inneren Raumes auf Rabea, und etwas in ihr folgte ihm, während sich Grenze um Grenze als Illusion erwies und ihr Geist sich selbst immer mehr entfaltete und dabei seine Inhalte hinter sich ließ. Das war ein wundervolles Gefühl. Rabea fühlte sich frei von den Zwängen des Denkens und Sinnens.

Jetzt streckten beide ihre Glieder und nahmen tiefe Atemzüge, um sich der Grenzen ihres Körpers wieder gewahr zu werden. Langsam und achtungsvoll nahmen sie wieder Kontakt miteinander auf und setzten sich dann auf die Treppe vor der Hütte.

Als Kanjara auf dem Weg nach draußen zwei Gläser mit Wasser füllte und eins davon Rabea überreichte, nutzte sie die Gelegenheit und fragte geradeheraus: „Was bedeutet eigentlich dein Name?"

„Einsiedler. Und Pfau." Er kicherte. „Hast du noch nicht bemerkt, dass sich der Pfau jedes Mal angesprochen fühlt, wenn du mich bei meinem Namen nennst?"

„Jetzt scherzt du schon wieder", lachte Rabea, aber Kanjara schüttelte den Kopf. „Ich weiß, es ist witzig, aber es ist tatsächlich so. Das Wort heißt außerdem noch ‚Elefant', ‚Sonne' und ‚Bauch'. Ich habe allerdings keine Ahnung, was dabei der gemeinsame Nenner ist. Aber vielleicht sollte ich mir noch einen Elefanten zulegen, damit ich es besser verstehe. Einen Bauch habe ich schon, und die Sonne sehe ich auch jeden Tag." Wieder kicherte er.

„Wusstest du, dass Einsiedler und Pfau dasselbe heißen, als du ihn dir zugelegt hast?" fragte Rabea und lugte hinter die Hütte, wo der Pfau gerade dabei war, sich zu putzen.

„Nein. Ich habe ihn mir auch nicht zugelegt. Als meine Bestimmung deutlich wurde und dieser Name mir vom Selbst verliehen wurde, weil ich ihn realisiert hatte, bezog ich meine Hütte, und am nächsten Tag stand der Pfau vor der Tür. Ich habe erst später von der Namensgleichheit erfahren. Damals war ich der Sanskrit-Sprache noch nicht mächtig. – Nicht, dass ich es jetzt wäre."

„Kanjara ist also ein Sanskrit-Name?"

„Ja. Alle unsere endgültigen und wirklich spirituellen Namen entstammen dem Sanskrit. Ich habe dir ja gestern schon erzählt, dass es sich um eine heilige Sprache handelt." Bei diesen Worten nahm der Einsiedler einen Stock zur Hand und schrieb einige Zeichen in den Sand, die Rabea nicht lesen konnte.

कञ्जार

„Das ist mein Name in *devanagari*. So heißt diese Sprache eigentlich. Das, was wir als ‚Sanskrit' kennen, ist ja bereits das transliterierte *devanagari*."

Fasziniert betrachtete Rabea die Hieroglyphen. „Und hat dieses *devanagari* irgendetwas mit dem Göttlichen zu tun?"

„Gut beobachtet", lobte Kanjara. „Es bedeutet ‚Stadt oder Wohnstätte der Götter'"

„Dann ist also Sanskrit die Sprache aus der Stadt der Götter. Woher weiß man das denn? Und wo liegt denn diese Stadt der Götter? Das stammt wahrscheinlich aus einer alten Legende, oder ist das ernst gemeint?" wollte Rabea wissen.

Der Einsiedler hatte abgewartet, bis Rabeas Schwall von Fragen beendet war und antwortete nun schmunzelnd: „Ich fange mal von hinten an, dir zu antworten. Von einer Legende diesbezüglich weiß ich nichts. Die Stadt der Götter liegt direkt vor deinen Augen, zum Beispiel hier." Und er deutete mit dem Stock auf den im Sand geschriebenen Namenszug. „Man weiß das, weil man es erfahren kann. Und nein – Sanskrit ist nicht *die Sprache aus* der *Stadt* der Götter. Sanskrit ist – wie schon gesagt – das transliterierte *devanagari*. Aber auch dies ist nicht *die Sprache aus* der *Stadt* der Götter. Wenn du es ganz wörtlich nimmst, dann IST diese Sprache die Wohnstätte der Götter!" Die letzten Worte hatte der alte Mann jeweils einzeln betont und sehr langsam gesprochen.

Wieder schaute Rabea auf den Namenszug von Kanjara. „Also heißt das, dass in den Zeichen, die du dort hingemalt hast, das Göttliche wohnt." Es war keine Frage. „Das ist schön. Das gefällt mir. Jetzt verstehe ich auch, warum die Sprache als heilig gilt."

„Ja. Irgendwann wirst du sicherlich noch mehr zu dieser Sprache hören. Unser Universum entsteht aus Klang, und Klang ist zunächst nichts Gesprochenes. Selbst in der christlichen Bibel heißt es eigentlich: ‚Am Anfang war die Schwingung beziehungsweise der logos'. Wenn sich Schwingung oder Klang immer mehr verdichtet, kommt in unserem Verstand zuletzt das gesprochene Wort an. Das ist die niedrigste Ebene von Sprache, die einfach nur noch für Bezeichnungen benutzt wird. Aber im *devanagari* ist etwas von dem heiligen Klang erhalten geblieben. So sind auch die *mantras*, die von Mönchen gesungen werden, allein aufgrund ihres Klangs wirkungsvoll.

Doch das soll für's erste genügen." Damit nahm Kanjara den Stock und wischte den Namenszug fort. „Weil wir heute schon vieles besprochen haben, was ich eigentlich für morgen vorgesehen hatte, können wir es damit auch gut sein lassen. Lass uns noch ein wenig gemeinsam schweigen und dann zu Bett gehen. Morgen ist auch noch ein Tag."

Rabea lächelte. Das sagten sie hier wohl alle. Nur Enrique konnte es so wundervoll auf spanisch sagen. Sie streckte ihre Beine und atmete ganz bewusst den Duft des Waldes. Das Licht der Sonne war immer noch zu sehen, obwohl es schon nach 22 Uhr war.

Kanjara war aufgestanden und hatte dem Pfau ein Nachtmahl aus ein paar Stücken Gemüse vorgesetzt. Als Rabea das sah, knurrte ihr Magen. „Viel trinken!" rief Kanjara, mit dem Rücken zu ihr gewandt. „Dann merkt man den Hunger nicht so."

GÖTTLICHE OFFENBARUNGEN

Rabea durfte zur Morgenmeditation mit dem Einsiedler auf den Felsen klettern. Auf dem Weg dorthin beobachtete sie, wie der Pfau gerade dabei war, eine Blindschleiche zu verschlingen und danach nach einer kleinen Schlange pickte. Sie keuchte laut auf und der Pfau schrie plötzlich sein „minh-ao", was Rabea nur noch mehr keuchen ließ. Der Pfau begann zu klackern und ließ weitere Schreie los, als sich der Alte umdrehte und einmal laut und scharf „Kanjara!" rief. Der Pfau beruhigte sich augenblicklich und verstummte. Rabea aber war wegen der Schlangen weiterhin beunruhigt. „Diese Tiere sind so klein, dass sie froh sind, wenn sie mit dem Leben davon kommen, sobald du in der Nähe bist. Es sind winzige Kobras. Größer werden die hier nicht, da brauchst du dich nicht zu sorgen." Rabea nahm sich dennoch vor, sehr genau zu schauen, wo sie hintrat.

Der Himmel war heute mit einigen Wolken verhangen. Kanjara schien sich darüber zu freuen. „Es wird Zeit, dass es mal wieder etwas regnet. Das können wir heute gut gebrauchen."

Er wies ihr einen Platz auf dem Felsen zu und sprach: „Schließ deine Augen noch nicht gleich. Lass den Blick zuerst eine Weile auf dem Ozean ruhen, aber betrachte ihn nicht in seiner Form als Ozean. Sieh einfach nur sein Wasser. Wenn dann gleich die Sonne hinter den Wolken hervortritt, betrachte auch sie nicht in ihrer Form als Sonne, sondern als lebendiges Feuer. Dann meditiere über die Verbindung von Wasser und Feuer. Alles verstanden?"

Rabea nickte, aber als der Einsiedler ihren skeptischen Blick sah, fügte er hinzu: „Keine Angst, um diese Tageszeit und bei einem so wolkigen Himmel wird es deinen Augen nicht schaden, in die Sonne zu sehen." Er schloss selbst sofort die Lider und öffnete augenblicklich seinen Geist, so dass Rabea erneut die Weite der Präsenz bemerkte und sich davon sehr unterstützt fühlte.

Sie tat, wie ihr geheißen wurde. Lange blickte sie auf den sich sanft bewegenden Ozean, bis sie zunächst von den Gedanken, die in ihrem Geist waren, losgelöst war. Sie hatte den Eindruck, dass die Gedanken nicht weggedrückt oder zerstört werden mussten, sondern sich durch die Konzentration auf das leise Wogen und Rauschen des Meeres in der Weite hinter einer imaginären Grenze mit dem Himmel verbanden und sich von selbst auflösten wie Wolken im Wind. Automatisch fiel Rabea in eine Art meditativen Alphazustandes; ihr Gehirn pendelte sich auf die Frequenz der Brandung ein.

Ohne dass sie dazu Worte benutzen musste, wurde ihr dann bewusst, dass natürliches Wasser immer in Bewegung war. Selbst das scheinbar in einer Pfütze „stehende" Wasser bewegte sich dadurch, dass es langsam versickerte oder verdunstete.

Wie das sich immer in Bewegung befindende Leben.

Erinnerungen stiegen in Rabea auf, wie sie in verschiedenen Gewässern geschwommen oder gebadet hatte. Jedes Mal waren dabei verschiedene Dinge geschehen. Zunächst hatte sie den Eindruck gehabt, hinterher freier, innerlich reiner gewesen zu sein. Wenn das Wasser ruhig gewesen war, war es auch klar und still. So war es wie der Geist, der nicht durch Emotionen aufgewühlt war. Außerdem wurden in Rabea beim Schwimmen Urerinnerungen geweckt, und manchmal waren tiefe archaische Emotionen aufgestiegen. Im Meer oder in einem tiefen See verband Rabea das Wasser auch mit Dunkelheit und Geheimnissen. Wie der Mond, auf den es reagierte, hatte es trotz seiner Reinheit und Klarheit eine latent illusionäre Qualität, jedoch nur für einen Geist, der nicht bis auf seinen Grund sehen konnte.

Rabea wusste nicht, was sich in den Tiefen des Ozeans noch für Geheimnisse befanden, und für Menschen war es potenziell gefährlich, in ihn hinunterzutauchen. In ihren Träumen hatte der Kontakt mit Wasser in jeder Form immer etwas mit unbewussten Inhalten zu tun gehabt.

Als Rabeas Blick sich mehr in die an den Strand spülenden Wellen versenkte, spürte sie die Magie der Anziehung, des Empfangens und der Sanftheit. Die Bewegungen des Meeres waren dabei abhängig von vielen Faktoren. Der Mond spielte eine Rolle, aber auch der Wind und die Sonne taten es. War der Wind stark und peitschend, konnten die Wellen hoch und gar nicht mehr sanft sein. War die Sonne verschwunden, wurde das Wasser in Seen, Flüssen und Meeren schnell kalt. Es musste immer wieder durch die Kraft der Sonne aufgeheizt werden. So wie der Mond kein eigenes Licht produzierte, sondern nur das der Sonne reflektierte.

Wenn jedoch das Wasser selbst nicht sanft, weich, empfänglich und nachgiebig wäre, könnte es die Kraft der anderen Elemente weder aufnehmen noch ausdrücken. Trotz seiner Sanftheit war es unglaublich stark, denn im Laufe von Jahrmillionen hatte es langsam, aber beständig die Natur auf diesem Planeten geformt, weil es immer den Weg des geringsten Widerstands wählte und dabei alles durchdrang.

Es ist an seiner Oberfläche wie die Emotionen, denn es bringt etwas in Bewegung. Und in der Tiefe ist es still, wie die Quelle der Weisheit und Liebe in mir. Es ist immer in Bewegung und doch ist es gleichzeitig der Ursprung von Ruhe und Klarheit.

Rabea schloss jetzt die Augen und spürte dem nach, dessen sie durch ihre äußeren und inneren Betrachtungen gewahr geworden war. Sie erlebte nun sich selbst, wie sie sich tief mit dem Element Wasser verbunden hatte. Eine substanzielle Schwingung breitete sich in ihr aus, die irgendwie wesenhaft konstitutiv war, etwas, das ein präverbales, aber sehr lebendiges und klares Empfinden in Rabea freilegte. Von hier aus konnte sie, ohne es erklären oder steuern zu können, eine Unterscheidung zwischen Emotionen und Gefühlen sehen und wurde sich über ein Reservoir von Wissen bewusst, das hier wie in einem riesigen Speicher ruhte. Es war kein Fach- oder Faktenwissen, sondern ein Wissen an sich, ein instinktives Wissen, das mehr und auch etwas anderes war als das, was sie bisher mit dem Wort „Instinkt" verknüpft hatte.

Als Rabea spürte, dass das Thema „Wasser" zum Abschluss kam, bemerkte sie, dass sich ihre Fähigkeit, Ideen, Ruhe und Gefühle zu empfangen, verbessert hatte. So wandte sie sich nun dem Thema „Feuer" zu und begann damit, die Sonne zu betrachten.

Zuerst musste Rabea etwas blinzeln, aber nach einer Weile hatte sie den Eindruck, dass ihre Augen wie von einem Film, einem Schleier befreit wurden und erstarkten, so dass ihre Fähigkeit, in die Sonne zu sehen, sich erhöhte.

Natürlich wusste Rabea, dass die Sonne kein fester Körper war, sondern aus Gas bestand, das brannte. Aber sie hatte es noch nie wirklich gesehen – bis jetzt. Sie sah das Flirren des Gases und die Aura, die den gelben Ball umgab; es war wie ein Tanz, in den sie nun eintauchte und dabei eine hypnotische Qualität wahrnahm, fesselnd und spannend. Insofern ähnelte die Qualität des Sonnenfeuers der meditativen Wirkung des Elements Wassers.

Und dennoch war es genau entgegengesetzt. Das, was Rabea sah, war heiß, ausdehnend und raumgreifend. Es hatte lebendige Energie, es veränderte sich ständig, und ihr Geist folgte ihm unbewusst. In den Gas-Emanationen entstanden Bilder, daraus Bilder in ihrem Geist. Ihre Phantasie regte und beflügelte sich, so dass sie sich ein bisschen euphorisch fühlte.

Sie dachte an das Mysterium, das schon immer im Feuer gelegen hatte. Überall hatte es Verzauberung bewirkt, Atmosphären des Besonderen und Feierlichen. Ursprünglich war das Feuer durch Naturerscheinungen wie Blitzschläge, Vulkanausbrüche und Waldbrände gefürchtet worden, wurde aber später auch als Licht- und Wärmebringer erkannt. In Lagerfeuern und Kerzen erleuchtete es die Finsternis der Nacht, gab ihr Sicherheit, Licht, wärmte sie. Es spielte, wie Rabea wusste, bei religiösen und spirituellen Ritualen eine große Rolle, und das war wohl bei allen Völkern dieser Erde gleich. Ursprünglich kam das Feuer zur Erde, weil Prometheus es von den Göttern gestohlen hatte, um die Menschen zu erleuchten, um ihnen Intelligenz, Bewusstsein und

Erkenntnis zu bringen. Bei Heraklit hatte Rabea einmal gelesen, dass jedes Leben und jede Welt aus dem Feuer des Ursprungs erschaffen worden war.

Vielleicht erleuchtet das Feuer auch unsere innere Finsternis und erschafft eine neue Welt, die göttlich ist.

Rabea blickte weiter in die Sonne, sah aber vor ihren inneren Augen die vielen Varianten, in denen Feuer auftauchte. Sie sah Kerzenflammen, brennende Kräuter über Lagerfeuern, das Feuer in einem Herd und sogar das Feuer, das einen Leichnam verbrannte. Was war das Gemeinsame an all diesen Feuern? Wann immer das Feuer mit ihnen direkt in Berührung trat, verwandelte es etwas, transformierte es. Es half, die Kraft, die in den Dingen enthalten war, für die Umgebung freizusetzen, verfügbar zu machen oder in eine andere Form oder Ebene zu überführen. Wenn es nicht direkt mit den Dingen in Berührung kam, dann wärmte und erleuchtete es sie.

Rabea schloss jetzt ihre Augen und spürte ihren äußeren und inneren Betrachtungen wieder nach.

Das, was dem Feuer ausgesetzt wurde, ist hinterher feiner – feinstofflicher vielleicht? Aus Holz wird Licht und Wärme. Übrig bleibt Asche, die im Wind verfliegt oder der Erde zurückgegeben wird. Und die Sonne ist der Ursprung alles sinnlich wahrnehmbaren Lichts, daher wohl auch Sinnbild jenes Ursprungs, von dem alles geistige Licht kommt. Das, was immer so strahlend über dem Kopf von Heiligen schwebt, könnte eine kleine Sonne sein, die irgendwie verdeutlicht, dass sie den Ursprung erkannt haben.

Rabea verband sich nun innerlich wieder mit der Sonne und dem Element Feuer. Sie fühlte, wie sie damit verschmolz wie zuvor schon mit dem Wasser. Sie spürte eine enorme Energie, die sich einerseits im Bereich ihres Herzens und Solarplexus zentrierte und dort quasi einen festen Punkt markierte. Andererseits bemerkte sie eine aufwärts strebende Kraft, die jedoch nicht von etwas *weg* und zu etwas anderem *hin* streben wollte, sondern vielmehr in dieser Aufwärtsbewegung überall gleichzeitig war. Es ging auch gar nicht darum, sich von einem Ort zum anderen zu bewegen, sondern einfach das lodernde, sich bewegende Feuer in jeder Zelle, vor allem aber im Rückgrat, wahrzunehmen.

Eine Kraft breitete sich in Rabea aus, die sie nur als Urkraft würde bezeichnen können, die aber eigentlich unbeschreibbar war. Es war eine Kraft, die sowohl auf körperlicher als auch auf geistiger Ebene, materiell und immateriell ordnete. Sie tat das aber nicht durch eine Aktivität, wie Rabea sie aus ihrem Alltag kannte. Vielmehr gab es so etwas wie ein großes, sonnenhaftes Auge, das durch alle Welten blicken und nur durch diesen Blick in der Lage war, jegliche Dunkelheit zu vertreiben und jede Seele fleckenlos zu machen, so dass sie ihre eigene Vollkommenheit erkennen konnte. Dieses Sonnenauge war die universelle Ursache, der Ursprung und die eigentliche Schöpfung.

Rabea atmete tief ein, als sie begriff, dass sich Feuer und Wasser für sie zum einen sehr vertraut anfühlten und ihr zum anderen gerade tiefe Offenbarungen geschenkt hatten. Denn es gab einen deutlichen Unterschied zwischen der unbewussten Anteilnahme an den Dingen und einer lebendigen, erleuchteten und offenbarten Gewissheit, die durch Innewerden in Besitz genommen wurde.

Als sie lächelnd blinzelte und zwischen ihren leicht geöffneten Lidern die Außenwelt wieder wahrnahm, ruhten die Augen des Einsiedlers schon eine Weile auf ihr.

Kanjara hatte die Veränderungen in Rabeas Energiefeld deutlich bemerkt. Schon während der Wasser-Meditation war es sehr klar und still geworden, und während sich die Schülerin weiter in die Tiefe eingelassen hatte, war es mehr als offensichtlich gewesen, dass sie in der Lage war, von der persönlichen zur kollektiven Ebene zu wechseln. Es war ihr gegeben, die innere Qualität des Wassers auf der kollektiven und später auch auf der inneren Energie-Ebene zu erfassen und zu realisieren.

Dennoch – das musste Kanjara einräumen – hatte sie in die höheren spirituellen Inhalte dessen, was mit Wasser bezeichnet und vom Wasser initiiert wird, keine Einsicht genommen. Aber das hätte ihn auch gewundert, denn solche Wahrnehmungen standen ganz am Ende eines existenziellen Weges. Der Weg von Rabea zeigte zwar schon viele eindrucksvolle Prozesse, die immer wieder in tiefe Seins-Erfahrungen mündeten, aber sie war prinzipiell vor allem mit ihrem Persönlichen beschäftigt. Kanjara wusste, dass das notwendig und unumgänglich war, hatte er selbst ihr doch auch geholfen, einen wichtigen Knoten ihres Lebensdramas zu lösen. Dass sie eine Person war, deren Weg gar nicht anders weitergehen konnte als auf spirituelle Weise, stand außer Frage. Aber ebenso klar war auch, dass sie – trotz ihrer unglaublich tiefgründigen Erlebnisse und Gedanken – noch eine lange Zeit brauchen würde, um die ganze Wahrheit des Universums erfassen zu können. Realisierungen existenzieller Gewissheit fanden, das wusste Kanjara natürlich, auf allen Ebenen statt, aber die Mysterien des Lebens, die Struktur der Schöpfung und die gnadenvollen Einweihungen durch die Vibration der Existenz selbst brauchten eine gute Vorbereitung.

Umso begeisterter war der Einsiedler gewesen, als er Rabeas Beschäftigung mit dem Feuer nachempfand. Auch wenn das Feuer sie in ihrer Erfahrung des Spirituellen weiter und tiefer geführt hatte als das Wasser, war es dennoch – wenn es vom Persönlichen und Kollektiven befreit war – das erste wahre Wesensgefüge im Raum der sich an sich Selbst erinnernden Seele. Eine authentische Erfahrung des Feuers des Ursprungs, wie Rabea sie gehabt hatte, brannte sich so dauerhaft in die Struktur einer Suchenden, dass diese für immer verändert war.

„Es gibt neben den psycho-spirituellen Inhalten und Strukturen, die du bereits kennengelernt hast, Prozesse, die sich nur als göttliche Offenbarungen benennen lassen."

„So wie ein *satori*?" wollte Rabea wissen, als sie mit dem Einsiedler nach dem langen Sitzen auf dem Felsen barfuß – so war seine Anordnung – einen ausgedehnten Spaziergang durch den Wald machte.

„So ähnlich", nickte Kanjara. „Aber ein *satori* ist nur zum Teil eine göttliche Offenbarung. Es ist vor allem ein kurzer Einblick in das, was du wirklich bist. Göttliche Offenbarungen haben einen ganz speziellen Charakter. Normalerweise ist jemand, der auf der ersten Stufe mit der spirituellen Arbeit beginnt, noch nicht reif dafür, solche Offenbarungen hereinzurufen, weshalb Vidya damit nicht in der Gruppe arbeitet. Da sie aber gesehen hat, dass du eine solche anziehen könntest, hat sie dich zu mir geschickt."

Rabeas Augen wurden groß und sie zog ihre Augenbrauen hoch. „Ich dachte, ich sollte vor allem wegen der Angst und des Misstrauens zu dir kommen, damit du mir hilfst, den Knoten zu lösen, der mit dem Fluch zu tun hatte?"

„Ja, das war auch ein Grund. Aber viel wichtiger war der Auftrag, dich nach der Befreiung und Öffnung deines ersten *chakras* und inmitten des Fastens einer Meditation auszusetzen, die uns und dir zeigen sollte, was hinter den Toren des Geheimnisses noch alles so wartet." Kanjara hatte die Hände hinter dem Rücken verschränkt und blickte jeden Baum einzeln an, als hätte er ein Gesicht und eine ganz eigene Persönlichkeit. Immer wieder atmete er den Duft des Waldes tief ein. Rabea versuchte, es ihm gleich zu tun. Durch das Fasten waren ihre Sinne geschärft und sie hatte den Eindruck, der Wald rieche heute besonders gut.

„Göttliche Offenbarungen sind natürlich Offenbarungen des Bewusstseins, und es gibt nichts außer Bewusstsein. In der Realisierung dieser spirituellen Linie, deren Lehrerin Vidya Nilima ist, wissen wir aber auch, dass Bewusstsein nicht inaktiv ist, wie das von manchen indischen Lehren gesehen wird. Du hast sicher schon mal das Wort ‚*brahman*' gehört?" Rabea nickte. „Das *brahman* wird als völlig inaktiv angesehen. In der Lehre des *vedanta* zum Beispiel, die sich als non-dual bezeichnet, es aber nicht ist, gibt es dann außerdem noch *maya*, die die Welt als Illusion erschafft. Das sind ja dann schon zwei, nicht wahr!" Er kicherte vor sich hin und ließ wirken, was er gesagt hatte. Dann hob er erneut an zu sprechen:

„Für uns ist Bewusstsein keineswegs inaktiv. Da es nichts anderes gibt als Bewusstsein, kann auch nur Bewusstsein die Welt erschaffen, und aus demselben Grund kann die Welt auch nichts anderes sein als Bewusstsein. Und so, wie man für verschiedene Formen von Gold verschiedene Namen verwendet – zum Beispiel ‚Ring', ‚Armreif' und so weiter – verwendet man für verschiedene Formen von Bewusstsein eben auch verschiedene Namen. Du bist eine Form von Bewusstsein, ich auch."

Wieder nickte Rabea. Das klang alles sehr plausibel und darüber hinaus machte es auch mit einem tiefen Wissen in ihr Resonanz. Dennoch hatte sie eine Frage, die sich auf etwas anderes bezog. „Hast du gerade ‚Vidya Nilima' gesagt?" fragte sie.

„Ja, habe ich. Du kanntest den zweiten Namen von Vidya noch nicht?" Als Rabea den Kopf schüttelte, lachte er und empfahl ihr, Vidya irgendwann einmal darauf anzusprechen. „Ich will dem nicht vorgreifen", fügte er hinzu, und Rabea nickte ein wenig enttäuscht.

„Zurück zum Thema", sagte Kanjara nun etwas strenger. „Bewusstsein kann sich also in einem aktiven Zustand oder Prozess zeigen. Das ist einer der Gründe dafür, warum wir es ‚Shiva' nennen. Über *Shiva* haben wir schon gesprochen. Die Schöpfung *Shivas* ist ein perfekter Kosmos vollkommener Ordnung. Innerhalb dieser Ordnung können wir von unserem Erkenntnispunkt her Ebenen erkennen, die Bewusstsein in verschiedenen Dichten darstellen. Je ‚näher' die Ebenen dem reinen Bewusstsein sind, desto klarer sind sie und desto größer ist ihr Freiheitsgrad. Je weiter diese Ebenen aber von diesem Ursprungsbewusstsein entfernt sind, desto dichter sind sie und desto geringer ist ihre Freiheit."

Wieder wartete der Einsiedler, um sicher zu sein, dass Rabea das Gesagte begriff und damit im Einklang war. Von weitem hörte er den Pfau rufen. Er sah zum Himmel und meinte dann: „Lass uns gleich umkehren, die Sonne steht hoch und der Pfau hat Hunger. Aber einen Moment lang können wir hier Rast machen." Er setzte sich auf einen Moosteppich und bot Rabea an, sich neben ihm niederzulassen. Der erwartete Regen war ausgeblieben, und so waren sie froh, dass ihnen die Bäume etwas Schatten boten. Rabea ging es hier so, wie sie es schon drüben bei Vidya erlebt hatte. Die gesamte Natur kam ihr gesund und stark vor, und sie fühlte sich immer wieder genährt und getragen.

„Sowohl innerhalb jeder Ebene als auch zwischen den Ebenen gibt es Kommunikation. Auf der Sprachebene zum Beispiel reden wir beide gerade miteinander. Und eben hat der Pfau mit uns kommuniziert. Wenn du aus einer tiefen Unbewusstheit heraus auf etwas reagieren willst, was dir nicht bekommt, dann gibt es eine höhere Ebene in dir, die dich warnen kann. Und wenn du gesund und aufmerksam bist, dann hörst du sie. Das ist ein Beispiel für verschiedene Ebenen innerhalb eines psychologischen Wesens. Aber du bist auch ein spirituelles Wesen, und das bezieht die göttliche Ebene mit ein. Intuition ist ein Beispiel dafür. Sie ist immer eine Eingebung aus einem Raum, der höher und weiter ist als der Raum, in dem du deine Überlegungen anstellst oder aus der der Instinkt erwächst. Ein anderes Beispiel sind göttliche Offenbarungen."

„Also kommen die nicht von außen?"

„Außen und innen sind relative Begriffe, Rabea. Wo endest du denn? Kannst du wirklich sagen, dass du dort endest, wo dein Körper aufhört?"

Rabea schüttelte energisch den Kopf. Sie hatte bereits ganz andere Erfahrungen gemacht.

„Weil wir es gewohnt sind, uns mit unserem Körper oder unseren Emotionen, vielleicht mit unseren Gedanken und später mit dem berühmten Beobachter zu identifizieren, nehmen wir an, dass göttliche Offenbarungen von außen kommen. Das ist völlig in Ordnung und wahrscheinlich der normale Gang der Dinge. Die Crux ist jedoch, dass man eigentlich erst wirklich von göttlichen Offenbarungen sprechen kann, wenn wir uns *gar nicht mehr* identifizieren. Sieh mal, wenn alles Bewusstsein ist, dann kann ja nichts außerhalb dessen geschehen, nicht wahr? Du Selbst – groß geschrieben – bist es, die mit sich selbst – klein geschrieben – sozusagen von einer Ebene zur anderen kommuniziert. Diese Kommunikation ist dergestalt, dass sich ein Teil von dir, der zwar unwissend ist, sich aber in dem Moment dem größeren Ganzen hingegeben hat und dadurch eine Öffnung entstehen ließ, von einer höheren Ebene erreicht und vielleicht sogar durchflutet wird. Man nennt das auch ‚spontaner *shaktipata*', das bedeutet ungefähr ‚Herabkunft der gnadenvollen Kraft', und es ist das, was man im Beisein des Selbst – und daher auch im Beisein des *gurus* oder der *gurumata* – erlebt."

Rabea schluckte schwer. Der Einsiedler, der sah, dass sie trotz der Herausforderung immer noch offen war, legte vorsichtig eine Hand auf ihren Kopf. Wie vom Blitz getroffen zuckte Rabea zurück und starrte ihm in die Augen. „Was war *das*!" rief sie aus.

„Wenn du so willst, war das auch eine göttliche Offenbarung. Es war möglich, dir einen kleinen Einblick in eine direkte Form des *shaktipata* durch Körperkontakt zu geben. Du hattest nur ob der Kürze der Zeit keine großartige Erkenntnis, oder vielleicht bist du dir dessen noch nicht gewahr." Nun kicherte er wieder.

Rabea, der es zunehmend ungemütlich wurde, wies darauf hin, dass der Pfau schon einige Male gerufen hatte. Also erhoben sie sich und Rabea gewann etwas Zeit, um die extreme Erfahrung des

Blitzes zu verkraften. Sie wahrte nun etwas Abstand zu Kanjara; ob es aus Furcht vor seinen Händen war, wusste sie nicht genau. Bei längerem Nachwirken des *shaktipata* hatte sie jedoch den Eindruck, der Wald sei nun deutlich heller als vorher. Auch ihre Gedankentätigkeit war wie schon vorhin bei der Meditation auffallend weniger geworden.

„Gut", Kanjara war stehen geblieben und lächelte ihr aufmunternd und gütig zu. „Dann können wir ja jetzt weitergehen." Rabea nickte. „Ja. Es ist nur alles so immens ungewöhnlich."

„Das will ich meinen!" lachte Kanjara. „Es ist nicht so wichtig, die Lehre über *shaktipata* jetzt schon in Gänze zu verstehen. Das wird noch früh genug auf dich zukommen. Aber da dir göttliche Offenbarungen gegeben wurden, solltest du dazu ein bisschen von mir hören, damit du deine Erlebnisse erkennen und an den stimmigen Platz stellen kannst.

Göttliche Offenbarungen sind, grob gesprochen, von viererlei Wesen. Es gibt göttliches Licht, göttlichen Klang, den reinen göttlichen Bewusstseinsstrom und die Kraft des spirituellen Meisters oder der Meisterin. Jede dieser vier Wesensformen umfasst wiederum mehrere Stufen oder Arten. Das göttliche Licht zum Beispiel zeigt sich in zwölf verschiedenen Qualitäten, die alle die Aufgabe haben, unser spirituelles Bewusstsein, das sich bei den meisten Menschen auf einen kleinen Verstand eingeengt hat, von weltlichen Eindrücken zu reinigen. Wie du dir wahrscheinlich schon denken kannst, hat das göttliche Licht einen Bezug zur Sonne, über die du meditiert hast. Bei dem ersten dieser zwölf Schritte ist es das feurige Licht, das dafür sorgt, dass die Verknotungen und Anhaftungen in deinem Emotionalkörper sozusagen verbrennen. Dieses feurige Licht wird *agni* genannt. In deinem Körper kannst du es vor allem im Solarplexus erfahren." Das stimmte, wie Rabea sich erinnerte.

„Es ist nicht so wichtig, alle zwölf Qualitäten genau zu kennen, denn die Übergänge zwischen ihnen sind fließend. Wichtig ist aber zu wissen, dass der Feueranteil mit der Zeit immer weniger und der Lichtanteil immer höher wird. So ist das Feuer des Ursprungs zum Beispiel, zu dem du in deiner Meditation Zugang gefunden hast, reines Licht, das mit der Handlungskraft des Bewusstseins oder *Shivas* verbunden ist. Es heißt daher auch *kriya*.

Am Anfang eines spirituellen Weges, wenn wir viel mit uns selbst, unseren emotionalen und mentalen Wunden und dem karmischen Schwung zu tun haben, ist es wichtig, uns immer wieder dem reinigenden Feuer auszusetzen. Wenn das Feuer in uns die *samskaras* weitestgehend verbrannt hat, werden wir kaum noch *karma* erzeugen und die Kraft der Schöpfung nicht mehr als Täuschung erfahren. Dann geht es zunächst darum, im Feuer der Integrität zu stehen und den Weg auch vor anderen zu zeigen, ohne jedoch zu missionieren. Das Feuer der Integrität wird uns immer wieder testen, und es ist eine Herausforderung im Zusammenhang mit der Beziehung zum *guru*. Das wirst du noch erleben." Kanjaras Kichern war schon fast obligatorisch, fand Rabea.

„Dann zeigen sich die göttlichen Offenbarungen als Klang, und dieser hat mit dem Wasser zu tun. Das, was du in deiner Meditation heute gespürt hast, war eindrucksvoll und zeugt von einer empfindsamen, genauen Beobachtung und klaren Kraft des Instinkts. Du hast das Wasser von persönlichen Belangen befreit und hast sogar über die kollektive Ebene hinausgeblickt. Ich würde hier trotzdem nicht von göttlicher Offenbarung sprechen, denn die Klangoffenbarung des Wassers zeigt sich meistens erst dann, wenn wir schon weit fortgeschritten sind und das Feuer schon zu großen Teilen seine Arbeit in uns getan hat."

Inzwischen waren Kanjara und Rabea an der Hütte des Einsiedlers angekommen und der Alte machte sich gleich daran, dem Pfau ein wenig Gemüse zu mischen. Rabea holte Gläser und einen Wasserkrug aus der Hütte und setzte sich dann auf die Stufen vor der Eingangstür. Gedankenverloren sah sie dem Einsiedler zu, wie er hingebungsvoll seinen Pfau fütterte und ihm dabei immer wieder beruhigend zusprach.

Sie blickte auf die Wiese, die sich zwischen Hütte, Felsen und Wald befand und trank das Wasser in langsamen Zügen. Lange behielt sie jeden Schluck im Mund, um die Frische und Klarheit ganz und gar zu schmecken. Sie schloss die Augen und rief sich ihre Erfahrung vom Vormittag in Erinnerung. Sacht erschien dabei auch ein Nachhall jenes fast schon vergessenen Tages in ihrem Geist, an dem sie auf dem Felsen am Meer die Kraft des Ozeans, seine Tiefe, seine Schönheit und sein umfassendes Klangmuster ebenso in sich wie auch im ganzen Universum hatte finden können.

Der Einsiedler setzte sich zu Rabea und trank ein Glas Wasser auf einen Zug leer. Nun musste Rabea kichern. Er stieß sie mit dem Ellenbogen freundschaftlich in die Seite, wurde dann aber ernst. „Worüber hast du gerade nachgedacht? Mir schien, das war etwas Großes."

Zögernd erzählte Rabea nun von ihrem Erlebnis. „Das war allerdings am zweiten oder dritten Tag, und es ist ja bestimmt keine göttliche Offenbarung gewesen."

Der Alte war über Rabeas Bericht sehr still geworden. Das hatte selbst er nicht in ihr gesehen. Nun verstand er, was Vidya gemeint hatte, als sie über Rabeas außergewöhnliche Gaben und ihr tiefes Verständnis gesprochen hatte. Vidya hatte ihn aber auch davor gewarnt, Rabea zu früh mit Lob zu überschütten, denn noch war ihr egoischer Charakter mit seinem karmischen Schwung am Wirken, und so hätte es ihr schaden können, wenn sie die Bewunderung ihrer Lehrer ins Ego genommen hätte.

„Du hast den Gesang des Ozeans gehört. Das ist allerdings eine göttliche Offenbarung!" Er blickte ihr tief in die Augen. „Das zeugt davon, dass du in früheren Leben viel spirituelle Arbeit getan hast. Und dass die Götter dich lieben." Er lächelte, aber dieses Mal kicherte er nicht.

„Ich muss das, was ich vorhin gesagt habe, etwas anders formulieren. Wir sind Bewusstsein und daher ist es zu jeder Zeit und an jedem Ort möglich, dass wir göttliche Offenbarungen empfangen. Wie ich vorhin sagte, haben aber die meisten von uns ihre Wahrnehmungstore verschlossen und sind sich dessen daher nicht gewahr. Das heißt also, dass die Gnade solcher Erfahrungen und Erkenntnisse jederzeit geschehen kann.

Wenn wir hier von einer Stufenfolge sprechen, dann müssen wir auch kurz auf das Paradox eingehen, dass es eigentlich keinen Weg gibt." Bei diesen Worten erinnerte sich Rabea an den Traum, in der sie vor einer Ewigkeit – so schien es ihr – einer Wanderin begegnet war, die ihr genau das zu verstehen geben wollte. „Der Weg entsteht im Gehen. Wir erschaffen ihn sozusagen nach dem Vorbild der Schöpfungsenergie und ihrer Bewegungsordnung. Innerhalb dieser Ordnung wird die erste Kategorie göttlicher Offenbarungen vom Feuer regiert und erst dann folgt das Wasser."

Kanjara lehnte sich auf der Treppe zurück und schloss für einen Moment die Augen. Dann gähnte er herzhaft. Rabea, die ebenfalls die Augen geschlossen hatte und die Müdigkeit spürte, versuchte, Kanjaras Energie zu erfassen. Sie spürte, dass auch er – wie Vidya – nicht nur über das gesprochene Wort lehrte, sondern vor allem über die Kraft, die er dabei in sich freisetzte und die Rabea auf tieferen Ebenen durchaus bemerkte.

Der Pfau hatte sich inzwischen satt gefressen und es sich auf dem Baum hinter dem Haus zu einem Schläfchen gemütlich gemacht. Nach einem weiteren Glas Wasser sprach Kanjara weiter. „Es ist vor allem der göttliche Klangstrom, der sich in der zweiten Kategorie der Offenbarungen zeigt. Er ist es auch, der bis zum Ende der Verwirklichung eine große Rolle spielt. Auf dem Weg durch die Offenbarungen nimmt er verschiedene Tönungen an. Anfangs zum Beispiel ist es strömendes Wasser. Später kann dies auch den Klang rauschenden Windes erhalten, was eine wichtige Stufe ist. Es gibt dann noch neun weitere Formen – insgesamt sind es elf – und dann wird das Bewusstsein immer länger in der Lage sein, im Inneren zu verweilen."

„Haben die Wasseroffenbarungen auch einen Namen?" wollte Rabea wissen.

„Ja. Da es hier um den Klang geht, sprechen wir vom *shabda* und auch vom *nada*. Die höchste Qualität des Klangs hat nichts mehr mit dem zu tun, was wir mit unseren Ohren wahrnehmen können. Sie entstammt der Leere, die mit der Weisheitskraft des Bewusstseins oder *Shivas* verbunden ist, und heißt daher auch *jnana*.

Dann gehen wir langsam zu der nächsten Stufe der göttlichen Offenbarungen über. Dies ist der reine Bewusstseinsstrom der Glückseligkeit; er wird *soma* genannt und hat acht Formen. Ganz am Ende empfängt das Selbst – dieses Mal groß geschrieben – den unaufhörlichen Klang der göttlichen Weisheit und Liebe, der sich als *Shivas ichchha* zeigt – als sein ureigener Wille. Dies ist der Gesang des Ozeans, der Gesang der Schöpfung selbst, die Schwingung des Ursprungs, *spanda*. Wenn ich sagte, dass unsere Ohren schon in der Mitte der zweiten Form der göttlichen Offenbarungen nicht mehr mitspielen, dann wird deutlich, dass der Gesang des Ozeans nicht von einem Jemand mit zwei Ohren gehört werden kann. Er schwingt in all unseren Zellen, er IST unsere Zellen, denn er ist alles, was existiert."

Kanjara war beim Sprechen immer stiller und klarer geworden, so als hätte er sich selbst *shaktipata* gegeben. Sein ganzes Wesen strahlte, und Rabea fand seinen von der Sonne gegerbten, faltigen Körper plötzlich wunderschön. Er leuchtete und sah gleichzeitig ganz transparent aus, so als würden ferne, unwirkliche Welten helle Schatten durch ihn schicken. Um seinen Körper herum nahm Rabea einen sehr hellen Lichtschein wahr, der nur gegen den Hintergrund der Bäume sichtbar war. Allein seine brennenden Augen schienen wirklich zu sein.

Kanjara streckte Rabea seine Hände entgegen und sie zuckte zurück, als wollte er sie mit bloßen Fingern durch all die Dimensionen stoßen, die er in sich gerade geöffnet hatte. Eine feine Irritation schien sich in ihm abzuzeichnen; dann aber lachte er laut auf und sagte: „Zeit für den Mittagsschlaf", als wäre nichts geschehen.

Als Rabea die Tür zu ihrem Schlafzimmer öffnete, erbleichte sie und ihre Beine begannen zu zittern. Mit beiden Händen klammerte sie sich am Türgriff fest, als könnte er ihr Halt geben. Ihr Atem ging schnell und ihre Augen wurden zu großen Rädern. Was sie zu sehen bekam, war nicht möglich.

Ihr Raum war zu einem großen, aus Naturmaterialien gebauten Zimmer geworden. Die Wände waren tonfarben getüncht, erschienen aber eher wie Tücher, transparent und von Licht durchwirkt. Ein Tisch, der den Anschein machte, als wäre er aus einem kompletten Baumstamm gearbeitet, stand in der Mitte des Zimmers. Um ihn herum gruppierten sich drei Stühle in unterschiedlichen Farben, die mit Hanfstoff gepolstert waren und sowohl praktisch als auch enorm gemütlich aussahen. An der rechten Wand befand sich ein kleinerer Tisch; darauf fand Rabea eine Karaffe mit Wasser, in der ein Stab stand, der Amethyste zu enthalten schien, und ein Kristallglas. Ihr Bett war zu einer noch bequemeren Schlafstätte geworden.

Das Beste aber war die Zimmerdecke. Rabea verstand es zunächst nicht richtig, aber dann sah sie, dass der Raum nach oben unendlich anmutete. Im ersten Moment hatte sie die Befürchtung, dass er offen und daher auch für Vögel und vor allem für Insekten zugänglich sei. Dann begriff sie, dass es sich um einen so feinen Stoff handeln musste, dass sie nicht in der Lage war zu erkennen, ob er tatsächlich materiell existierte. Aber es musste so sein. Denn die Decke zeigte einen nachtschwarzen, endlos sich in die Tiefe erstreckenden Himmel, der von Abermillionen von Sternen, Galaxien, Gasnebeln und anderen stellaren Objekten erleuchtet wurde.

Unglaublich. Wunderschön. Was ist nur geschehen? Ist auch das eine göttliche Offenbarung?

Auf eine geheimnisvolle, unerklärliche Weise fühlte Rabea die Stimmigkeit dieses Raums. Es war vielleicht gruselig und ganz sicher mit keiner Form von Wissenschaft zu enträtseln, aber es war stimmig.

Die Weisheit des Raben

Mit erhobenem Zeigefinger wurde Rabea vom Einsiedler empfangen, als sie nach dem Mittagsschlaf stürmisch und mit bereits offenem Mund aus dem Haus kam. „Sprich nicht über Wunder!" griff er ihr vor und ihre Lippen schlossen sich sofort. In ihrem Enthusiasmus gebremst, wusste sie vorübergehend nicht, wie sie sich verhalten sollte, was dem Einsiedler wieder sein erstaunliches Kichern ins Gesicht rief.

Der Pfau gesellte sich zu Rabea, als sie sich auf dem Grasteppich niederließ. Hier gab es ausreichend Schatten, um den heißen Sonnenstrahlen nicht direkt ausgesetzt zu sein. Das hatte offenbar auch der Pfau erkannt. Aber er war mittlerweile auch zutraulich geworden und ließ zu, dass Rabea ihn ausgedehnt streichelte. Ihm schien das sehr zu gefallen, denn er gab Geräusche von sich, die Rabea zum Lachen brachten. Große Freude stieg in ihr auf. Dieses Tier war wunderschön. Der leuchtend blaue Hals schimmerte wie ein Opal. Sein langes blaugrünes Federkleid trug es wippend wie eine Schleppe hinter sich her. Im Schimmern seiner Federstrahlen entdeckte Rabea eine feine kristallähnliche Struktur, die gitterförmig aufgebaut war. Diese umgab die Federenden und war so angeordnet, dass sie Licht, ähnlich schillernden Seifenblasen oder Ölflecken auf Wasserpfützen, in unterschiedlichen Winkeln reflektierte.

„Was für ein Juwel", schwärmte Rabea und strich dem Pfau sehr sanft über die kleine Federkrone, die aus ungefähr zwanzig zarten Federkielen bestand, welche sich am oberen Ende in blaugrüne Dreiecke erweiterten.

„Er ist sehr empfindsam", sagte Kanjara. „Ein wirklich heiliges Tier. Sogar euer Herr Goethe gestand dem Pfau ein göttliches Wesen zu." Er schmunzelte. „Ich glaube, er hat hier die Aufgabe, den Schülern und Schülerinnen von Vidya klarzumachen, dass sie sich ihrer inneren Schönheit gewahr werden sollen und dass wir Schönheit in allen Wesen entdecken können. Wenn wir unser eigenes Licht so frei lassen können wie er, dann finden wir immer die Wellenlänge des spirituellen Herzens, die in uns allen schwingt. Ich halte nichts davon, dem Pfau Eitelkeit oder Selbstgefälligkeit zuzuschreiben. Das ist nur der Neid von Menschen, die ihr eigenes Licht nicht finden können. Für mich ist er das Licht, das immer da ist, das nicht endet, wenn der Körper stirbt. Und wenn er sein Rad schlägt, sieht er aus wie die Sonne."

Der Alte ließ Rabea noch eine Weile mit dem Pfau allein und suchte das Innere seiner Hütte auf. Rabea, die sich an diesem Platz mittlerweile ausgesprochen wohl fühlte, dachte daran, dass ihr Aufenthalt schon in ein paar Stunden vorüber sein würde. Wehmütig ließ sie ihren Blick in den Wald schweifen. Sie nahm ganz bewusst das Gluckern des kleinen Flusses in sich auf und spürte mit großer Achtsamkeit das lebendige Schwingen des Pfaus. Dann stand sie auf und erinnerte sich mit dem Blick zum nahe gelegenen Felsen an die intensiven Erlebnisse während der gemeinsamen Meditation mit dem Einsiedler. Und lag die Aufarbeitung der Erlebnisse als Rabenfrau wirklich erst einen Tag zurück?

Rabea verstand gut, warum Kanjara hier lebte. So mit der Natur und den Elementen verwoben zu sein und sich wirklich nur noch mit Menschen zu befassen, die es satt hatten, sich über Konzepte und Meinungen zu streiten, die stattdessen nach der Wahrheit trachteten und bereit waren, für ihr Leben und ihren spirituellen Weg vollkommene Verantwortung zu übernehmen, wurde für die junge Frau als ideales Leben erkennbar, nach dem ein Teil von ihr sich immer schon gesehnt hatte. Es gab eine Freiheit hier in der Stille der Abgeschiedenheit, die bei aller Freizügigkeit in der Welt der vielen Dinge nicht auffindbar war.

Rabea verstand die Aufgabe des Einsiedlers, aber sie war sich über dessen Funktion im Ganzen und im Zusammenhang mit Vidya nicht ganz im Klaren.

„Zwei Dinge wollte ich dir noch sagen, bevor wir zum letzten Abschnitt kommen, den wir beide zusammen gestalten sollen. Zum einen kann Enrique dich heute Abend nicht abholen. Daher darfst du, wenn du möchtest, noch eine Nacht hier verbringen und ich werde dich morgen früh bis zum Steg bringen. Das andere hat mit meiner Funktion hier zu tun. Dir ist natürlich klar, dass ich im Sinne Vidyas arbeite. Ihr *mandala* ist unsere Lehre und unsere Basis. In diesem Sinne bin ich eine Art *upaguru*."

Rabea bewegte ihren Kopf leicht nach vorn und weitete ihre Augen. Dann kratzte sie sich an der Schläfe und blickte den Einsiedler ratlos an. „Mandala? Upaguru? Oder Opaguru?"

Kanjara brach in lautes Gelächter aus und schlug sich mit der Hand auf den Oberschenkel. „Opaguru ist gut. Das muss ich Vidya erzählen", feixte er. „Das könnte man bei meinem Alter natürlich durchaus annehmen", er lachte immer noch und wischte sich ein paar Tränen aus den Augen. Als er sich beruhigt hatte, sagte er sehr feierlich: „Das Wort ‚*upaguru*' hat zwei Bedeutungen. Wenn ich mich als *upaguru* bezeichne, dann heißt das, dass ich ein von Vidya ausgewählter Lehrer bin, der in ihrem *mandala* und in ihrem Sinne die von ihr bestimmten Schüler unterstützt. Das geschieht auf jede Art, die hilfreich sein kann. Ein paar solcher Arten hast du am eigenen Geist erlebt." Er zwinkerte ihr zu. „Ein *mandala* ist eigentlich ein kreisförmiges Gebilde, das Ganzheit ausdrückt. In den seriösen Bewusstseinslehren ist es auch ein Diagramm, das die tieferen Aspekte der Psyche, der Seele und der kosmischen Ordnung darstellt und in der Lage ist, kosmische Kraft anzuziehen. Das, was im Boden des großen Tempels bei Vidya eingelassen ist und was du in meinem Arbeitsraum in der Hütte wiedergefunden hast, ist das *Shri Yantra mandala*. Das ist unser heiligstes Symbol. Es ist der manifestierte Ausdruck des kosmischen Klangs, den du als OM kennst. Es besteht aus neun ineinander verschachtelten Dreiecken, die die neun Ebenen des Universums und des menschlichen Körpers bewusst machen. Darum herum siehst du noch weitere Linien, wie Kreise, Lotosblätter und ein Quadrat mit vier Toren. Die genaue Bedeutung all dessen musst du jetzt noch nicht wissen. Die Dreiecke schließen einen zentralen Punkt ein, der *bindu* heißt. Er ist das Zentrum von etwas, was unendlich ausgedehnt ist." Kanjara hielt einen Moment inne. „Kurz gesprochen ist ein *mandala* also ein heiliger Raum, der durch die Ausstrahlung seines Mittelpunkts geschaffen wird.

Das *mandala* eines *gurus* ist eine Art feinstoffliches ‚Gitter', das von ihm ausgestrahlt wird, so dass es von empfänglichen Schülern auf feinstofflichen Ebenen aufgefangen werden kann. Vidya versteht ihr *mandala* als Ausstrahlung im Auftrag *Shivas*. Ich selbst bade darin, habe daran teil, und ich stelle ebenfalls im Auftrag *Shivas* und dem meiner *gurumata* ein *mandala* zur Verfügung."

Das war es also gewesen, was Rabea gespürt hatte, als sie unmittelbar nach dem Schließen der Augen in der Meditation auf dem Felsen eine große Weite wahrgenommen hatte, die sie mit dem Einsiedler in Verbindung gebracht hatte. Ihre Augen suchten die Weite des Himmels, als sie sich erinnerte. Inzwischen konnte sie diesen weiten Raum auch viel besser in sich selbst spüren.

„Ich bleibe übrigens gern noch über Nacht", sagte sie dann. „Wer weiß, ob ich noch einmal Gelegenheit haben werde, in so einem herrlichen Raum zu schlafen." Kanjara nickte zufrieden.

„Gut. Dann kommen wir jetzt zu unserem letzten Kapitel. Und danach haben wir uns ein leckeres Fastenbrechen verdient."

Der Teppich war weich und die Trommel schlug sanft, aber stark und tragend wie ihr Herz in Rabeas Blut. Nach wenigen Minuten glitt sie leicht wie eine Feder mit dem Pulsschlag davon. Kanjara hatte ein Ritual auf dem Boden des *Shri Yantra mandalas* ausgeführt, er hatte mit Salbei und einem Harz geräuchert. Im

Raum roch es würzig und irgendwie magisch. Rabea empfand inzwischen großes Vertrauen zu der Art von Magie, die sie hier kennengelernt hatte.

Sofort, nachdem sie seine Augen sah, fühlte sie sich von einer dunklen Leere angezogen, die dem glänzenden Gefieder des Raben in nichts nachstand. Auch hier war die Magie der Anziehung spürbar, die mit dem Geruch der Kräuter ihren Anfang genommen hatte. Es war die Magie der Dunkelheit. Sie hatte weder etwas Negatives noch etwas Bedrohliches, stellte Rabea erleichtert fest. Als sie den Vogel betrachtete, wie er auftauchte und wieder verschwand, scheinbar ohne dass er einen Weg zurücklegte, war sie von seinem bläulich schillernden Gefieder fasziniert. Wie es aussah, hatte es die Fähigkeit, Form und Farbe zu verändern, so dass es der Zuschauerin unmöglich war, feste Konturen auszumachen. Licht und Schatten brachen sich darin, und offenbar hatte es die Kraft, einen schnellen Wechsel von Perspektiven zu fördern.

Der Rabe flog elegant und irgendwie majestätisch, dachte Rabea am Rande. Immer dann, wenn er plötzlich aus ihrem Blickfeld verschwand, tauchte er kurz danach wieder auf und strahlte eine leicht veränderte Energie aus, als hätte er in einer anderen Welt etwas berührt, was er nun herübertransportierte. Wenn er sich für kurze Zeit irgendwo niederließ, dann war es immer eine Wegkreuzung oder eine Grenze, die er für seinen Aufenthalt gewählt hatte.

Als warte und wache er immerzu, als lausche er beständig auf Botschaften aus den Welten, die wir ‚Jenseits' nennen. Er verschwindet aus dem Raum, den ich sehe, und er taucht im Meer der Zeit unter. Er wird nicht-körperlich und dann wieder körperlich. Wie kann ich nur von innen erfahren, was er erfährt?

Kaum war in Rabea diese Frage aufgestiegen, fand sie ihren Bewusstseinsschwerpunkt im Geist des Raben wieder. Blitzschnell drehte sich der Rabe auf den Rücken und flog einige Hundert

Meter in dieser Kehrlage durch die Lüfte, bis er sich ebenso blitzschnell wieder drehte und plötzlich auf eine leuchtende Sphäre zuflog, die in der Mitte eine schwarze Öffnung hatte. In Rabea stieg nackte Angst auf. Sie versuchte, sich wieder aus dem Geist des Raben zu befreien, aber es gelang ihr nicht. Gleichzeitig ahnte sie am Rande ihres Bewusstseins, dass der Rabe ihr Mut zuflüsterte.

Rabea bemühte sich um Ruhe und Gefasstheit und konzentrierte sich wieder auf ihre Wahrnehmungen. Sie wurde sich über einen konstanten Rhythmus zentrifugaler Ausdehnung und zentripetaler Kontraktion gewahr, der von der leuchtenden Sphäre ausging. Es war fast, als deute die Dunkelheit im Mittelpunkt der Sphäre nicht auf die Abwesenheit von Licht hin, sondern auf dessen innere Strahlung von einer kosmischen Umgebung zu einem Zentrum hin, so wie eine „schwarze Sonne". Die Anziehung, die davon ausging, erinnerte Rabea an die Gravitation, aber es handelte sich nicht um eine Kraft, die Dinge zu sich zieht, sondern es war wie eine nach innen drehende Bewegung in sich selbst.

Im Körper des Raben flog Rabea jetzt durch die Mitte der schwarzen Sonne wie durch ein Schlüsselloch in einen anderen Raum. Als sie auf der anderen Seite ankam, war sie körperlos geworden. Wieder wurde sie von Panik erfasst, aber es gab nichts mehr, woran sie diese Panik festmachen konnte. Was war das hier für ein Raum?

Es war *gar kein* Raum. Es war keine höhere Dimension dessen, was sie kannte, keine fünfte oder neunte Dimension, nichts ineinander Verschachteltes, wie es die neue Physik erforschte. Es war einfach eine räumliche und gleichzeitig raumlose Präsenz, die alle Tönungen und Optionen von jeder möglichen Vergangenheit, Gegenwart und Zukunft beinhaltete. Inmitten dieser Erkenntnis dämmerte es Rabea, dass diese Präsenz auch alle Tönungen von Gewahrsein enthielt. Wie eine grenzenlose Innerlichkeit, die keinen Ursprung kannte, sondern immer WAR.

Hier entsprangen Geburten, Tode, Lebensentscheidungen, jede Möglichkeit einer jeden Handlung, frühere und parallele Leben, Identitäten und Verschmelzungen, kurz: das gesamte Feld aller Schöpfungen. Diese grenzenlose Innerlichkeit war die einzige Instanz, die alle Antworten kannte, weil hier auch alle Fragen lebten. Und es lebte eine Kraft hier, die all die Möglichkeiten, die dem schwarzen Kern entsprangen, in die Manifestation bringen wollte.

Rabea spürte erneut einen Sog, und ehe sie sich fürchten konnte, befand sie sich wieder im Körper des Raben und flog mit ausgebreiteten Schwingen auf dem Wind über das Meer. Von oben blickte sie durch das Dach der Hütte des Einsiedlers. Sie erkannte ihren menschlichen Körper, wie er ausgestreckt auf der Erde lag, aber dieser Körper sah anders aus, als sie ihn in Erinnerung hatte. Ein paar leuchtende Zentren hoben sich deutlich über ihn hinaus. Als wollte der Rabe sie etwas Bestimmtes lehren, kreiste er mehrmals über ihren Körper hinweg. Aber sie konnte nicht erkennen, was es war. Sie hatte Probleme, sich in der Welt der Formen wieder einzufinden; viel zu fasziniert war sie von den leuchtenden Umrissen, die sie nun überall entdeckte.

Rabe landete auf dem Dach der Hütte und schüttelte gründlich sein Gefieder, als Rabea zu den letzten Trommelschlägen des Einsiedlers zurück in ihren Körper schlüpfte. Auch wenn es mühevoll war, so wusste sie doch, dass sie beginnen musste, sich mit der Form wieder anzufreunden und sie langsam zu bewegen, damit ihr Kreislauf in Schwung kam und sie richtig wach wurde.

„Wir sind uns ebenso unseres Selbst als Ganzes gewahr, wie wir der inneren und äußeren Räume innerhalb und außerhalb unseres Körpers als Ganzes gewahr sind", erklärte Kanjara bei einer Tasse Kräutertee. „Unser Herzzentrum zum Beispiel zentriert den gesamten kosmischen Raum um unseren Körper herum und erlaubt uns, das zu ‚atmen', was wir außer der Luft noch zu uns nehmen, nämlich *prana* oder den kosmischen ‚Äther' des reinen Gewahrseins. Ebenso ist es das Bauchzentrum oder *hara*, das den gesamten von uns gespürten Gewahrseinsraum innerhalb unseres Körpers zentriert. Und das Wurzelzentrum am Ende unserer Wirbelsäule ist es, welches uns mit dem inneren Kern oder Zentrum der Erde verbindet. Damit zentriert es den Raum aller Gewahrseinsmöglichkeiten an dieser Stelle, so dass sich die gesamte äußere Raumausdehnung und der physische Kosmos für uns öffnen können. Ein *chakra* ist vom schamanischen Blickpunkt her ein Tor ins sogenannte Jenseits, und die Magie des Tores der Tore hat dir der Rabe gezeigt."

Rabeas Augen leuchteten wie das Gefieder des Vogels, in dessen Körper sie gerade die unbeschreibliche Weisheit vollkommener Transparenz erlebt hatte. Alles, was der Einsiedler sagte, war ihr vertraut, sie war mit allem in Resonanz. Es war, als würde er nur aussprechen, was sie schon seit dem Anbeginn der Zeit wusste.

„Das Tor der Tore, die schwarze Sonne, wird in Indien als *svastika* dargestellt. Erinnerst du dich? Wir haben gestern gleich zu Anfang darüber gesprochen, als du die *svastika* an meinem Türbalken entdeckt hattest." Natürlich erinnerte Rabea sich. „In ihrem Kern stellt die *svastika* die Entschleunigung dar, die eintritt, wenn wir in die Tiefen des Bewusstseins eintauchen und schließlich im Zentrum der Leere landen – wobei man natürlich nicht vom Landen sprechen kann, da es dann ja niemanden mehr gibt, der irgendwo landen könnte."

Nach einem intensiven Kichern sprach der Alte weiter: „Auch der Dalai Lama verwendet die *svastika*. Er nennt sie nur ‚*kalachakra*' oder Rad der Zeit. Die schwarze Mutter, die wir in der tiefsten Tiefe finden müssen, wenn wir uns auf die Suche nach uns selbst begeben, ist die dynamische Essenz des So-Seins als solchem. Sie verspeist die Zeit und auf diese Weise bringt sie ganze Epochen zu einem Ende."

Rabea nickte. Vor ihren inneren Augen entstanden ganze Zyklen des Entstehens und Vergehens, und sie wusste, dass sowohl der Körper, der hier saß als auch der Geist, der diese Bilder entstehen ließ, nur ein winziger Teil davon waren.

„Die schwarze Sonne, die sich nur in der Dunkelheit der Leere zu erkennen gibt, umkreist die gesamte Raum-Zeit innerhalb des uranfänglichen Leibes der Mutter Kali. Innerhalb ihres Rades hat Zeit eine ganz eigene räumliche Innerlichkeit, und dort befinden sich zwölf Aspekte des kosmischen Bewusstseins, die wir zum Beispiel auf sehr stümperhafte Weise in unserer westlichen Astrologie zu symbolisieren versuchen. Du solltest dich vielleicht ein wenig mit Astrologie beschäftigen, wenn du wieder zu Hause bist. Das wird dir auch etwas mehr über das Verhältnis von Feuer und Wasser erklären."

Wieder nickte Rabea. Der Tierkreis erschien vor ihren inneren Augen wie ein zwölfblättriger Lotos und sie runzelte die Stirn. In ihrer Vision war der Lotos achtblättrig gewesen.

„Im Hinblick auf zeitliche und räumliche Abläufe gibt es verschiedene signifikante Zahlen. Sieben ist eine, eine andere ist acht, dann neun und zwölf und schließlich vierundzwanzig."

Der Einsiedler stand auf, um sich ein wenig die Füße zu vertreten und den Krug wieder mit Wasser zu füllen. Als er zurückkam, stieß er Rabea leicht an und begann, an ihren Schultern zu rütteln, um sie aus ihrer immer noch stark nachwirkenden Trance zu holen. Als sie ihn etwas anknurrte, lachte er und meinte, da wären wohl außer dem Raben noch andere Tiergeister am Wirken. Er forderte Rabea dann auf, sich mit dem Rücken an einen Baum zu stellen und sich ganz von ihm halten zu lassen, während sie die Energien der Erde unter ihren Füßen in sich aufnahm.

„Jede Angst, die wir entwickeln, wenn wir die Struktur des Universums nicht begreifen, hat in der schwarzen Sonne ihren Ursprung. Auch wenn wir später glauben, sie habe mit einem Fluch, mit Schmerz und Missbrauch, mit Einsamkeit oder Schwäche zu tun – der Ursprung ist die Dunkelheit, das Jenseits, das wir nicht kennen. Und nun kommen wir zur Weisheit der Angst." Kanjara schaute zu Rabea hinüber und sah, dass sie wieder auf der Erde angekommen war. „Die tiefste Angst des menschlichen Seins hat mit dem Nicht-Sein zu tun, das du in der Leere durch den Raben erfahren hast." Er hatte die letzten Worte nur zögernd hervorgebracht und schüttelte jetzt den Kopf. „Das drückt es alles nicht aus, ich weiß. Aber dennoch, Angst ist die stärkste Antriebskraft zum Sein, das ist ihre eigentliche spirituelle Funktion."

Es sah aus, als wäre Rabeas Stirn plötzlich von vielen Fragezeichen verschattet. Gerade begann sie sich nach ihrem Bett zu sehnen, denn ihr wurde auf einmal alles zuviel. Als hätte er das bemerkt, erhob sich Kanjara und begann, große Steine zu einem Kreis zu legen, wo sich Sand befand. Dann ordnete er in dessen Mitte Holzscheite so an, dass sie sich gegenseitig stützten. Rabea konnte sich auf das angekündigte Fastenbrechen freuen. Aber nun wurde sie doch wieder neugierig. Wollte er seine Rede damit bewenden lassen?

„Was bedeutet das, was du zuletzt gesagt hast, Kanjara? Sind wir nur hier, weil *Kali* Angst hatte, in ihrem schwarzen Loch zu bleiben?" provozierte Rabea.

„So wie ein Kind geboren werden will und nicht ewig im Leib der Mutter bleiben möchte, auch wenn es anfangs noch so geschützt und warm ist, so möchten all die vielen Möglichkeiten, die im Nicht-Sein des Bewusstseins – im Leib *Kalis*, wenn du so willst – vorhanden sind, ins Leben kommen. Angst ist Enge, weißt du noch? Es geht aber nicht nur darum. Die Antriebskraft, die hier gemeint ist, ist eine tiefe Liebe zum Leben an sich, zum So-Sein. Das, was in *Shivas* Willen potenziell vorhanden ist, wird in *Kalis* Leib ausgetragen, und durch sie wird es in die Welt geboren. Alles, was geboren wird, ist also durch die Dunkelheit des Nicht-Seins gegangen und ihm wurde durch die grenzenlose Innerlichkeit die Freiheit der Form gegeben. So durfte es sich aus der ‚Hölle' des ewigen Nicht-Seins lösen."

Rabea hatte dazu unversehens eine Assoziation. „Freud hat ja auch gezeigt, dass Angst eigentlich dadurch entsteht, dass das, was sich in jemandem freisetzen möchte, nicht losgelassen wird. Und meine eigene Erfahrung bestätigt das. Als ich den Mut hatte, meine Themen zu betrachten und alles anzusehen, was in mir aufsteigen wollte, habe ich die Angst davor verloren und fühlte mich frei."

„Ja", bestätigte Kanjara, „so zeigen sich große kosmische Prozesse in kleinen persönlichen Themen."

Der Pfau war herangekommen und schaute neugierig in das Feuer, das der Einsiedler inzwischen entfacht hatte. Oben über den Bäumen kreiste ein Rabe und ließ seinen Ruf ertönen.

Grenzenlose Innerlichkeit. Was für ein einzigartiges Paradox.

WELTENSEELE

Das Gras war heute Morgen noch nass von Tau gewesen, als Rabea aufbrach. Der Abschied war ihr nicht leicht gefallen. Den Einsiedler, der sie bis zum Steg begleitet hatte, hatte sie sehr ins Herz geschlossen. Und auch den Pfau, der an diesem Morgen merkwürdig stumm war, verließ sie nicht gern. Verlegen hatte Kanjara sie umarmt. „Alles Gute" zu wünschen war überflüssig. Sie wusste, dass er ihr jede Unterstützung gegeben hatte, derer er fähig gewesen war und dass sie für immer ein Teil seines Lebens bleiben würde. Und wer wusste es schon? Vielleicht würde sie in gar nicht so ferner Zukunft erneut bei ihm lernen dürfen.

Obwohl es noch recht früh am Morgen war, schien die Sonne ihr schon heiß in den Rücken und ließ ihren langen Schatten nach vorn auf den Weg fallen. Sie folgte dem kleinen Fluss bis fast zur Mündung. Als der Weg gen Süden weiterging, verließ sie ihn und spazierte am Strand weiter. Wenngleich sie vom Einsiedler wusste, dass Vidya sie heute von der Morgenmeditation entbunden hatte, wollte sie sich offenhalten, ob sie daran teilnahm. Andererseits war sie aus der Sphäre, in die sie bei Kanjara eingetaucht war, noch gar nicht wieder richtig herausgetreten.

Sie zog die Schuhe aus. Der Sand unter ihren Füßen war noch kühl und an manchen Stellen etwas feucht. Über dem Meer schwebte eine Dunstschicht, die die Hitze des kommenden Tages ankündigte. Langsam und sanft flossen die Wellen ans Ufer. Es roch nach Salz, nach frischen Algen und nach Klarheit. Die Möwen waren noch zu träge, um zu schreien. Rabea atmete tief in ihre Lungen ein und fühlte, wie sie sich weiteten. Am Horizont verschmolzen die Blautöne des Meeres mit den Reflektionen der noch orangeroten Sonne. Hin und wieder lief Rabea über Muschelstücke, über Versteinerungen aus längst vergangenen Zeiten und über Kiesel, die vom Wasser rund geschliffen waren.

Sie ließ die beiden letzten, sehr intensiven Tage bei Kanjara noch einmal in sich ablaufen, während sie gleichzeitig den Blick über das Meer schickte. Mit jedem Schritt durch den Sand wurden ihr Geist klarer und ihr Herz leichter. Wie dankbar sie war! Ein Gefühl von Andacht entfaltete sich in ihr; darin empfand sie etwas, das sie so noch niemals zuvor empfunden hatte. Sie kannte diese wundervolle Welt der inneren Entfaltung erst seit ein paar Wochen und hatte nur zwei ganze Tage in intensiver Betreuung gelebt. An diesen beiden letzten Tagen hatten schamanisch-spirituelle und heilende Kräfte ihr Leben völlig aus den Angeln gehoben und es auf einer Ebene neuer, klarer Ordnung neu zusammengesetzt. Und trotz des Fastens war es tiefe Erfüllung, was sie empfand.

Angerührt blieb Rabea stehen. In ihren Augen lebte die Essenz der Tage und Nächte, in denen sie diese Schönheit gefunden hatte, und die Liebe der Menschen, die ihr dies alles ermöglichen konnten. Sie spürte unter sich die Erde und eine deutliche Verbindung von der Basis ihrer Wirbelsäule bis zum inneren Kern des Planeten, wie es der Einsiedler gesagt hatte. Ein Psalm, den sie in ferner Vergangenheit einmal gelesen hatte, fiel ihr ein:

Du stellst meine Füße auf weiten Raum.

Wie um der Stille und Weite, die sich in ihr ausbreitete, noch mehr Tiefe zu verleihen, hob der Ozean zu singen an. Als folgte sein Rauschen dem Taktstock eines fernen, unsichtbaren Dirigenten, nach dem sich alle Klänge der Natur Schritt um Schritt ausrichteten, entstand eine Symphonie, in der Rabea spürte, dass sich die gesamte äußere Raumausdehnung und der physische Kosmos für sie öffneten. Es war, als würden das Endliche und das Unendliche eins, als würden die Schöpfung und der Schöpfer eins.

Sie wusste, dass sich ihr Herz vollkommen der Weltenseele zugewandt hatte und diese Ausrichtung nie mehr verlassen würde. Mit der Stabilität ihres untersten Zentrums, über das sie im Kern der Erde verwurzelt war, konnte sie dafür einstehen. Tief in ihr lebte die unverrückbare Gewissheit, dass sie vom Erdenkörper getragen und vom Körper des Universums gehalten wurde. Und jeder Stein und jede Welle war eine Pforte des Himmels.

Die Sonne war schon höher gestiegen, als die junge Frau mit wehenden Haaren über den Strand auf Rabea zukam. Rabea, die gerade aus ihrer Versunkenheit aufzutauchen begann, hielt sie zuerst für Vidya, erkannte dann aber, dass es sich um eine viel jüngere Frau handeln musste. Sie lächelte. Sie war Rabea schon aufgefallen, doch zu einem Gespräch war es nie gekommen. Mirina hatte Rabea erzählt, dass es sich um eine der Personen handelte, die hier gemeinsam mit Enrique in Vidyas Dienst standen; ihren Namen hatte Rabea allerdings schon wieder vergessen.

Während Rabeas Augen auf der sich langsam nähernden jungen Frau ruhten, dachte sie daran, wie merkwürdig es war, dass sie mit dem Einsiedler innerhalb von zwei Tagen so viele Worte gewechselt hatte wie in der gesamten vorherigen Zeit mit kaum jemandem. Enrique, Mirina und natürlich Vidya waren letzten Endes die einzigen, mit denen Rabea längere Gespräche geführt hatte. Nun war sie gespannt darauf, ob sich erneut ein Gespräch ergeben würde, oder ob die schöne Frau mit den langen, wehenden Haaren nur zufällig in die Richtung ging, aus der Rabea gerade kam.

Vorsichtig näherte sich die Frau und lächelte Rabea jetzt offen an. Weil diese ihren Blick und ihr Lächeln erwiderte, begann sie mit leiser Stimme zu sprechen: „Darf ich dich ansprechen? Wenn du im Schweigen bleiben möchtest, werde ich das natürlich respektieren."

„Ich weiß nicht, ob ich gerade ein langes Gespräch durchhalten würde", nickte Rabea, „aber zunächst ist es in Ordnung. Ich war gerade aus einer Meditation aufgetaucht und hätte mich jetzt sowieso auf den Weg zum Frühstück gemacht, denn die Morgenmeditation habe ich wohl verpasst."

„Du hast sie ja hier am Strand wahrgenommen", lächelte die andere und streckte Rabea die Hand entgegen. „Mein Name ist Atmasevika." Rabea erinnerte sich jetzt an diesen Namen, den Mirina erwähnt hatte. „Vidya hat mich gebeten, dir auf dem Weg ein Stück entgegen zu gehen und dich zurück zu begleiten, um mit dir ein paar Dinge zu besprechen. Ist das okay?" Wieder nickte Rabea und stand dann auf.

„Ich lebe hier in Vidyas *mandala* und habe vor allem administrative Aufgaben." Bei den letzten Worten zwinkerte sie Rabea zu. „Aber manchmal kümmere ich mich auch ganz direkt um die spirituellen Belange der Teilnehmenden. Und du wirst mich bei der Feier, die zum Abschied eurer Gruppe stattfinden wird, noch in einer anderen Rolle sehen." Rabea merkte sich, dass es eine Abschiedsfeier geben würde, worauf sie Atmasevika sicher noch ansprechen wollte, aber zunächst unterbrach sie sie nicht.

„Dir ist ja sicher aufgefallen, dass die Menschen, die uns hier besuchen, zwar alle im Vorfeld eine klare Entscheidung für ihren existenziellen Weg getroffen haben, aber dennoch in ihren inneren Anliegen recht verschieden sind. Oft tritt das auch erst wirklich zutage, wenn sie ein paar Wochen lang den Weg beschritten haben, den sie vorher so unbedingt wollten. Dann ist es manchen zu mühsam, weiterzugehen, andere bemerken, dass ihnen die erzielten Ergebnisse bereits genug sind und wieder andere halten die hohe Energie, die wir hier gemeinsam erzeugen und die vor allem Vidyas *mandala* geschuldet ist, kaum aus. So hat jede Person ihre eigenen Gründe und das ist selbstverständlich in Ordnung, auch wenn es manchmal sehr schade ist, wenn jemand den Weg nicht weitergehen möchte."

Atmasevika blickte zur Seite und sah Rabeas Verständnis sowie die Resonanz, in die diese inzwischen mit der Älteren getreten war. Sie lächelte und freute sich sehr über Rabea, so dass sie nun weitersprach: „Jemand wie du besucht uns hier nicht so oft. Ich habe den Eindruck, dass du mit Leib und Seele dabei bist und dass du *wirklich willst*." Die letzten Worte betonte sie mit einem Nachdruck, in dem Rabea ihre Freude spürte. Auch bemerkte sie einen Anflug von Stolz, der in ihr aufstieg.

„Deine Zeit hier wird ja bald zu Ende gehen, und wir hoffen sehr, dass wir dich zu gegebener Zeit wiedersehen werden, um dich weiter auf deinem Weg begleiten zu können. Wann das sein wird, kann heute noch nicht entschieden werden. Denn das, was du hier erlebst, muss sich zuerst in deinem Leben manifestieren. Hier bist du die ganze Zeit in Vidyas *mandala* und nicht nur deswegen in einer Ausnahmesituation.

Es gibt einen Satz von Rilke, den ich in solchen Fällen gern zitiere; er schrieb einmal: ‚Er hatte den Stein der Weisen gefunden, und nun zwang man ihn, das rasch gemachte Gold seines Glücks unaufhörlich zu verwandeln in das klumpige Blei der Geduld.'" Bevor Atmasevika weitersprach, wartete sie, bis sie den Eindruck hatte, Rabea habe den Satz ganz aufgenommen. „Der Satz ist gut nachzuvollziehen, wenn du astrologisch bewandert bist." Dabei sah Atmasevika Rabea fragend an. Als diese den Kopf schüttelte, sprach sie trotzdem weiter: „Es ist nicht so schwierig. Die Sonne steht für das Gold und Saturn für das Blei. Die Sonne ist das Licht, das in uns scheint und das unser Zentrum sein sollte. Manchmal finden wir dieses Licht in unserem Zentrum dadurch, dass uns der Stein der Weisen in den Schoß fällt. Der steht für Jupiter, und das ist der spirituelle Lehrer."

„Wow, ich versteh", rief Rabea aus. „Die Sonne ist zwar in uns, aber wir finden ihr Licht vor allem mit der Hilfe eines spirituellen Weges oder einer Lehrerin. Und am Anfang ist das natürlich sehr überwältigend – so geht es jedenfalls mir –, aber da ist man ja noch im *mandala* und wird davon getragen, so dass es auch leicht fällt, sich immer wieder des Goldes gewahr zu sein." Rabea blieb stehen und legte die Hand an das Kinn. „Hm, aber eines verstehe ich doch nicht so ganz. Müsste es dann nicht heißen, dass man aufpassen sollte, dass sich im Alltag eben gerade *nicht* das Blei über die Sonne legt?"

„Das ist das, was so viele spirituelle Lehrer sagen und was auch von vielen Menschen, die spirituell unterwegs sind, wie ernsthaft sie es auch immer meinen, geglaubt wird. Doch genau dieser Glaube wird schließlich bei denen, die sich festgefahren fühlen oder den Weg zu mühsam finden, zu einem der wesentlichen Stolpersteine. Ein rasch gemachtes Glück ist selten von Dauer. Ein *satori*, das aufleuchtet, kann noch so tief sein, aber wenn es nicht in dem verankert ist, was wir in unsere Inkarnation mitbringen, wird es wieder vergehen. Und wenn wir versuchen, es festzuhalten, stärken wir nur einen kontrollierenden Teil in uns, der glaubt, es in der Hand zu haben."

Rabea begriff, was Atmasevika ihr sagen wollte. Die beiden jungen Frauen waren inzwischen bei dem Felsen angekommen, auf dem Rabea immer wieder gern saß. „Wenn wir noch etwas vom Frühstück abbekommen wollen, werden wir kaum Zeit haben, uns hier auszuruhen", lachte Atmasevika.

„Okay. Lass es mich nochmal deutlicher formulieren, damit ich weiß, dass ich dich wirklich richtig verstanden habe. Es geht also nicht darum, einmal das Licht zu finden und es dann für immer festzuhalten? Man könnte doch auch in einer Höhle sitzen und müsste sich nie wieder in die Welt begeben. Oder wie ein Einsiedler in einer Hütte leben", fügte Rabea lächelnd hinzu.

„Früher und in manchen religiösen Gemeinschaften auch heute noch gab und gibt es Menschen, die das so handhaben. Mönche, die im Kloster leben, Buddhisten, die im *hinayana* unterwegs sind – so nennt man dort den weltabgewandten Weg – oder auch Schamanen, die sich in die Einsamkeit der Wälder zurückziehen. Es ist nur nicht unser aller Weg. Und die Erfahrung hat gezeigt, dass es sich nicht um eine vollständige Erleuchtung handeln kann, wenn sie nur dann fortbesteht, sofern man sich keinen Reizen mehr aussetzt. Ich habe Menschen gesehen, die nach vielen Monaten oder sogar Jahren aus ihrer Klausur herausgekommen waren und danach ‚ihren Trieben verfallen sind', wie sie es nannten. Ihre sogenannte Erleuchtung war bedingt und beruhte daher nicht auf Freiheit. Das hat mir sehr zu denken gegeben. Aber weil du auch unseren Einsiedler angesprochen hast: er ist Teil unserer Gemeinschaft. Er ist, wie er dir ja sicher erzählt hat, einer der *upagurus* von Vidya. Er bekommt Verpflegung und Unterstützung und manchmal – allerdings nur ganz selten – nimmt er an unseren Festen teil. Ebenso selten oder vielleicht sogar noch seltener schicken wir ihm ganz besondere Schüler, damit sie seine spezielle Unterstützung bekommen." Mit einem Seitenblick auf Rabea schmunzelte Atmasevika in sich hinein.

„Gut", sagte diese daraufhin ungerührt, was Atmasevika noch mehr schmunzeln ließ, „ich sehe ein, dass es nicht darum gehen kann, geboren zu werden und sich gleich in die Einsamkeit der Berge zurückzuziehen, um sich von der Welt wieder abzukehren. So ähnlich hat es Vidya auch schon einmal formuliert. Dann ist die Verwandlung des Goldes in Blei mir aber immer noch nicht klar. Wie soll das gehen?"

„Du verwandelst Glück in Geduld. Das Sanskrit-Wort für ‚Geduld' ist *kshama* oder *kshanti*. Darin steckt auch das Wort ‚Frieden'. Es ist eine der wichtigsten spirituellen Tugenden. Dabei geht es nicht darum, sich alles gefallen zu lassen oder nur herumzusitzen und abzuwarten, was als nächstes ‚auf dich zukommt'. Geduld ist nicht nur passiv. Sie ist vielmehr Gleichmut, eine auf einen Punkt ausgerichtete Konzentration und daher die Trägerin des menschlichen Friedens. Geduld ist ein Hauptbestandteil der Weisheit. Sie ist ein großer und würdiger Teil innerer Stärke und für viele auch der Schlüssel zur Zufriedenheit.

Wenn du Geduld erlangst, dann entwickelst du Disziplin und lässt stattdessen immer mehr Kontrolle gehen. Du lernst, dass du nicht am Korn ziehen kannst, damit es schneller wächst. Du erkennst stattdessen seine Wachstumsphasen und das, was es braucht, damit es gedeihen kann. So stellt sich Weisheit ein."

Rabea atmete auf. „Ich hatte Geduld immer so verstanden, wie du es gerade schon angedeutet hast, nämlich dass man sich alles gefallen lassen muss, alles hergeben muss, jedem den Raum öffnen muss, den er sich nehmen will, dass man Selbst nichts in die Wege leiten darf, sondern immer nur in der Warteschleife ist und so weiter. Ich habe da natürlich ein Konzept aus der Kirche übernommen, das mir bei meiner Mutter und unseren Nachbarn von früher sehr eingebleut wurde."

„Ja", antwortete Atmasevika, „das kirchengestützte Christentum hat eine Auffassung von Geduld, die wir aus der Sicht des reinen Bewusstseins absolut nicht teilen können." Sie lachte. „Es ist eine Auffassung, die eher zur Unterdrückung von Wut und Ärger oder zu unehrlichen und unauthentischen Beziehungen führt, nicht wahr! Nein, so sehen wir das nicht. Geduld ist Weisheit, aber sie ist nicht unbedingt zurückhaltend. Das Beispiel des Yeshua von Judäa, der die Münzwechsler aus dem Tempel geworfen hat, ist dir bekannt? Für mich ist das eine Handlung, die im Zeichen von Weisheit, Mitgefühl und Geduld steht. Das wird mit einem herkömmlichen Blick oft nicht verstanden, sondern man braucht eben den Blick der Weisheit und des Lichts, um nachvollziehen zu können, was da eigentlich geschehen ist.

Rilke sagt uns also, dass es nicht darum geht, schnelle *satoris* zu suchen, sondern zunächst im Raum des spirituellen Feldes, zum Beispiel dem einer Lehrerin, das Glück des inneren Lichts zu erfahren und es dann so in Besitz zu nehmen, dass es zum Eigenen wird. Das ist der Weg der Weisheit, und eine seiner wichtigsten Wegmarken ist die Entwicklung von Geduld in diesem Sinn."

Nun war es Atmasevika, die stehen blieb. „Ehrlich gesagt bin ich etwas vom Thema abgeschweift. Ich wollte mit dir eigentlich noch darüber sprechen, wie es für dich weitergehen kann. Ich wollte dich fragen, wie du deine Beziehung zu Vidya siehst und ob du vorhast, in ihrem *mandala* zu bleiben oder deinen Weg auf dich gestellt weiterzugehen. Aber vielleicht ist es auch gut, dass wir jetzt in die Mittagspause gehen, denn ich denke, du könntest danach etwas Zeit brauchen, um darüber nachzudenken. Und außerdem habe ich wirklich Hunger." Bei den letzten Worten legte sie eine Hand auf ihren Magen, der gerade hörbar knurrte.

„Ich auch", antwortete Rabea und lachte.

SPIRITUELLE WISSENSCHAFT

Die erste Phase ist die Phase, in der ihr ein klares und starkes Zentrum etablieren müsst," erklärte Vidya. „Das geschieht zum Ersten durch Aufrichtung der Energie in Folge einer Absicht, dadurch, dass der Absicht eine Richtung gegeben wird, die sich daran misst, was ihr wirklich wollt. Zum Zweiten wird die Etablierung des Zentrums durch das immer wieder neue Anhalten des Verstandes unterstützt. Die sogenannten niederen Aspekte der *chakras* werden nicht mehr als Antreiber des Lebens angesehen, sondern durch wahre Erkenntnis dahin gebracht, dass sie sich auflösen. Sie beinhalten ja keine absolute Wahrheit, sondern entstanden aus Kontraktionen des Bewusstseins und haben dazu geführt, dass sie Mentalkonstrukte oder gar ganze Mentalprogramme gebildet hatten. Wenn diese sich nun auflösen, kann sich die Lebensenergie, oder eure Aufmerksamkeit, den wahren, den tieferen und weisen Aspekten zuwenden. Wenn es soweit ist, kann man erkennen, dass die Blütenblätter des Herzchakras sich nach oben gewendet haben, und dass die *chakras* in einer genauen Vertikalen angeordnet sind, statt sich nach vorn in die Horizontale zu öffnen. Das nenne ich Aufrichtung."

Vidyas letzte Worte hallten Rabea noch in den Ohren und sie konnte sehen, dass auch Mirina, die heute am *satsanga* teilgenommen hatte, ihre Stirn in Falten gelegt hatte. Vidya hatte bereits die Vormittagsrunde geschlossen, aber Rabea und Mirina saßen noch auf den Kissen in der großen Meditationshalle, in deren Boden das Shri Yantra mandala eingelassen war.

Ob das Shri Yantra wohl an Vidyas mandala erinnern soll? Ich würde mich so gern tiefer in dieses mandala fallen lassen. Wo ist nur die Grenze? Ich selbst muss das Gold des Glücks in Geduld verwandeln. Das sehe ich ein. Aber kann ich nicht dennoch bei Vidya bleiben?

Rabea stand auf, als Mirina ihr leise ins Ohr flüsterte, dass sie das, was Vidya an diesem Vormittag zum Thema gemacht hatte, gern noch besser verstehen würde. Mirina zeigte zur Tür.

„Ich habe schon öfter gehört, dass die unteren drei *chakras* die ‚niederen' genannt werden, während die oberen drei die ‚höheren' sind und das Herz-*chakra* einfach als Säule in der Mitte steht. In solchen Lehren steht geschrieben, dass wir, wenn wir uns spirituell entwickeln wollen, von den unteren *chakras* fort und zu den oberen drei hin streben sollen." Mirina war froh gewesen, dass Vidya sozusagen noch in der Tür gestanden hatte und blickte diese nun fragend an. „Das ist aber nicht ganz meine Erfahrung." Rabea war etwas erschrocken über Mirinas Heftigkeit und befürchtete, dass Vidya ärgerlich werden könnte.

Ob sie wohl Geduld hat? Natürlich, sie hat ja Weisheit. Aber wäre es auch Geduld, wenn sie ärgerlich werden würde?

„Meine ebenso wenig!" lachte Vidya nun und erklärte: „Ich will mich nicht in die Lehren anderer Menschen einmischen. Wenn ihr euch nach dem richtet, was in Büchern geschrieben steht, könnt ihr nur teilweise realisieren. Wirkliches Realisieren muss tief im eigenen Herzen passieren, und dorthin werden wir alle von dem einen *satguru* geführt, der das Selbst ist. Jedes Wesen in diesem Universum hat eine sinnvolle Aufgabe, und jedes dient einer bestimmten Mission. Jedes steht an einem bestimmten Platz, und an diesem Platz dient es denen, die danach verlangen. Es gibt den Dienst an den Vorfahren, den Dienst an den Egos, den Dienst an den Göttern und den Dienst am Selbst. Letzterer ist *atma das*, und das ist für *mich* der einzig wahre Dienst. Aber dazu werde ich mehr erzählen, wenn die Zeit gekommen ist."

Vidya lehnte an dem Türpfosten der Meditationshalle und zeigte nun auf die Wiese, die sich zwischen dem Haus und dem Weg zum Strand befand. „Lasst uns noch kurz darüber sprechen und dort drüben weiterreden."

Das Meer war noch immer ruhig, aber der Dunst des frühen Morgens hatte sich verzogen. Die erwartete Hitze war nicht so stark, aber dennoch zu dieser Mittagszeit nicht zu unterschätzen. Vidya suchte daher den Schatten eines Baumes.

„Menschen, die behaupten, dass die niederen Aspekte nur in den niederen *chakras* zu suchen sind und die höheren Aspekte sich in den höheren *chakras* abbilden, haben vielleicht wirklich diese Erfahrung gemacht. Ich kann das bis in bestimmte Bereiche nachvollziehen, aber in letzter Konsequenz halte ich es – aus meiner eigenen Erfahrung und der Beobachtung der Erfahrungen all meiner Schüler und Schülerinnen – für eine einseitige und trennende Darstellung der universellen Stimmigkeit. Hier wird eine Wertung vorgenommen, die ihr vielleicht aus verschiedenen Religionssystemen kennt. Die meisten Systeme folgen in ihrer Doktrin nicht der wahren Überlieferung, die eine Manifestation der Einen Wahrheit ist, sondern beziehen in ihre Lehren gesellschaftliche und moralische Gesichtspunkte ein. Deshalb kann ich sie nicht ‚rein' nennen. Die Reine, Wahre Lehre bezieht sich ausschließlich auf das Absolute, ganz egal, wie es in den verschiedenen Sprachen und Wegen genannt wird. Durch das Einbeziehen von anderen, von nicht realisierten Menschen geschaffenen Gesetzen, entwickeln sich Wertungen, denn die Gesetze beruhen auf dem Verstand, der per se dualistisch ist. Die sogenannten ‚niederen' Aspekte werden dann den ‚niederen' Körperbereichen zugeordnet, und gleichzeitig werden diese für schlecht befunden.

Auch die Psychologie kennt diese Trennung; doch schon Sigmund Freud erforschte das und drolligerweise war gerade er derjenige, der den Anfang zum Aufhören setzte. So wurde die Sexualität *als solche* lange Zeit als schlecht bezeichnet, und zwar überall auf der Welt, wo sich so etwas wie Erziehung ausgebreitet hatte.

Auch in Indien war das der Fall; wir können heute bei alten Meistern wie zum Beispiel Arthur Avalon nachlesen, dass es von den Heiligen als gefährlich erachtet wurde, das zweite *chakra* zu erwecken, da die dort eingerollte Energie, *kundalini* genannt, sich dann unkontrolliert durch den Körper bewegen und den spirituell Strebenden von seinem Ziel abbringen würde. Man hatte also vor Augen, dass es im Körper, in der Seele oder im Geist tatsächlich Dinge gab, die ausgeschlossen werden mussten, damit man nicht vom ‚rechten Weg' abkommen könne. Wir kennen das aus Märchen, zum Beispiel hat sich diese Ansicht in ‚Rotkäppchen und der Wolf' erhalten.

Freud erforschte das Unterbewusste und das Unbewusste, und Jung dehnte die Forschung auf das Kollektive Unbewusste aus, also auf das, was uns allen gemeinsam ist. Die spirituellen Meister, die sich dafür aussprechen, die unteren *chakras* zu ‚überwinden', benutzen das Argument, dass sich dort das sogenannte Kollektive befinde, so wie auch andere unbewusste Instanzen, und dass man, wenn in diesen *chakras* der Energieschwerpunkt liege, automatisch dem Kollektiven Unbewussten anheimfiele und dann für die spirituelle Weiterentwicklung verloren wäre.

Diese Gleichsetzung halte ich für engstirnig und vor allem für überhaupt nicht haltbar.

Zum Beispiel befindet sich in einem Blütenblatt des ersten *chakras*, also des untersten, das Thema ‚Halt'. Ein anderes Thema dort ist ‚Angst', außerdem finden wir hier das ‚Vertrauen', aber auch die ‚Aggressivität', ebenso die ‚Einfachheit'. Im Kehl*chakra* zum Beispiel, wo es um den Ausdruck eurer Energien geht, kann eine krächzende Krähe oder eine meckernde Ziege sitzen, ebenso kann sich dort eine singende Nachtigall befinden. Versteht ihr, was ich meine? Und dann: wer sagt, dass das Krächzen einer Krähe und das Meckern einer Ziege nicht genau das ist, was von einem bestimmten Wesen zu einer bestimmten Zeit zur Melodie des Ganzen beizutragen ist?!"

„Also können sich durchaus Tieraspekte auch in den oberen *chakras* zeigen?" fragte Rabea. „Ich habe einmal in einem Seminar gehört, dass nur die unteren *chakras* Tieraspekte enthalten. Der Lehrer, der das vermittelte", Rabea dachte an das Meditationsseminar bei Tarunas *guru*, „beschrieb es so, dass wir die unteren drei *chakras* mit den Tieren und die oberen drei mit den Göttern gemeinsam haben. Nur das mittlere, das Herz-*chakra*, sei menschlich."

„Ich weiß nicht, wie jener Lehrer das meinte", antwortete Vidya. „Vielleicht hast du ihn falsch verstanden. Er hat vielleicht auf die instinktiven Kräfte im Gegensatz zu den mental-spirituellen angespielt. Aber in jedem Fall sind diese Überlegungen für mein Empfinden nicht der Weisheit letzter Schluss. Nimm einmal dein Erlebnis, das du mit dem Raben hattest. Wie hat dieser Vogel auf dich gewirkt? War er nicht in vollkommener Meditation, als er sein Federkleid säuberte? War um ihn herum nicht eine Aura der Stille, in die du eintauchen konntest? Es gab kein Wort, keinen Redeschwall, keine Erklärungen, keine Überlegung mehr. Dein Kopf war leer. Du warst einfach DA, anwesend wie der Rabe selbst."

Rabea nickte versonnen und sah die Situation vor ihrem inneren Auge. Der Kontakt mit diesem Tier hatte sie an jenem Tag zurück in die Gegenwärtigkeit geholt. Ihr eigener „Raben-Aspekt" war durch ihn angestoßen worden, so dass sie durch ihren denkenden Geist hindurchfallen und dann vollkommen mit dem Raben eins sein konnte. Nein, Tiere waren nicht automatisch ‚niedrig', und so konnten ihre Tieranteile oder Instinkte nicht automatisch ‚schlecht' sein.

„Die Schamanen verehren die Tiere auf eine ganz besondere Weise", erinnerte Vidya, und Rabea war ein bisschen beschämt, dass sie das tun musste, denn schließlich waren schamanische Erfahrungen und Arbeitsformen ja etwas, womit sie hier gerade in den letzten Wochen sehr viel Hilfe erfahren hatte und die offenbar einen großen Teil ihrer Vergangenheit ausmachten. Aber im Konkreten schien sie das noch nicht anwenden zu können. „Ja, du weißt das!" lachte Vidya. „Tiere haben eine innere Weisheit, die vielleicht im Instinkt begründet liegt, aber auch sie drücken einen Aspekt des Großen Geistes aus, und sie sind nicht weniger göttlich. Wieso also diese Trennung zwischen ‚Tier' und ‚Gott'?!"

„Du willst also sagen", überlegte Mirina, „dass es um die Wertung geht, die wir vornehmen, und dass eigentlich jedes *chakra* sinnvoll ist und erweckt werden sollte. Wenn einige Meister sagen, dass wir uns von bestimmten *chakras* fernhalten und uns nur um andere kümmern sollten, dann würdest du das nicht unterstützen?"

„Nein, im Gegenteil. Gerade dieses künstliche Trennen halte ich für gefährlich. Ich habe einmal ein Buch gelesen, in dem ein solches Verhalten zu extremen Verhaftungen und großem Leid geführt hat – es hieß ‚Einweihung' und wurde von Elisabeth Haich geschrieben. Ich empfehle es jedem spirituellen Sucher, der sich in Verdacht hat, auf einem ‚Trip' statt ernsthaft an Verwirklichung interessiert zu sein."

Rabea und Mirina nickten stark, denn was Vidya hier sagte, bestätigte einerseits all ihre Zweifel an den Theorien jener, die zunächst Wertungen vornahmen, die auf einem trennenden System basierten, um dann aufgrund dessen erneut zu trennen, indem bestimmte Dinge ausgeschlossen und andere ‚geheiligt' wurden. Andererseits fanden die eigenen Erlebnisse der beiden Frauen durch Vidyas Erläuterungen Bestätigung.

Gerade Rabea hatte noch vor kurzem selbst erfahren, dass die Begegnung mit Angst sehr nötig und vor allem heilsam gewesen war. Sie hatte gesehen, dass sie Angst umarmen und als Lehrerin begrüßen konnte. Ebenso war es ihr mit Missbrauch und schließlich Fluch und Misstrauen gegangen. Sie musste in dieser falsch verstandenen spirituellen Weise gar nichts ‚überwinden', sie konnte alles einladen und war ihm heute sogar dankbar, dass es sie gelehrt hat, in eine tiefere Leere und Klarheit zu fallen.

„Um auf die Bildung des Zentrums zurückzukommen", wollte Mirina jetzt wissen, „geht das schnell oder stufenweise? Also ich meine: reicht es, einfach eine Absicht zu haben, und dann ist das

Zentrum automatisch da? Oder müssen wir etwas ‚machen', damit es sich bilden beziehungsweise dann auch erhalten kann?"

„Eine Absicht ist die notwendige Bedingung. Sie wendet sozusagen die Not." Vidya schmunzelte den beiden zu. „Ihr werdet bemerkt haben, dass das Leid, das ihr mit euch getragen habt, in dem Moment, in dem ihr einen Sinn darin gesehen habt, nicht mehr so schwer zu tragen war?"

Wieder nickten die Frauen mit großen Augen. Das war ihnen noch nicht aufgefallen, aber es stimmte.

„Nun", fuhr Vidya fort, „der Sinn hat sich dadurch offenbart, dass ihr eure Energien nicht mehr im Verfolgen der Leid erzeugenden Impulse verschleudert habt, sondern sie der Absicht zu vollständigem Erwachen untergeordnet, sie an sie angebunden habt. Diese Absicht – und natürlich die Treue zu ihr, egal was daraus wird und welche Ablenkungen aus euch aufsteigen werden – markiert das Zentrum. Egal, was passiert: Ihr bleibt diesem Zentrum treu. Das Zentrum müsst ihr nicht eigentlich ‚bilden', denn es ist ja schon in euch als euer eigenes Selbst. Aber es sieht so aus, als müsstet ihr es schaffen, so lange der Zugang zum Selbst nicht durch wenigstens eine kurze Realisierung erschlossen worden ist. Die Sehnsucht, nach Hause zurückzukehren, wirkt allerdings immer in euch, auch wenn sie sich durch viele Umwege in alle möglichen Verlangen und Begehren pervertiert hat. Aber sie ist immer da. Wenn ihr eines Tages ihren Ruf nicht mehr überhören könnt, dann sucht ihr euch kein äußeres Ziel mehr, das ihr erreichen wollt. Und in dem Moment seid ihr reif dafür, von eurem *satguru* gefunden und gelehrt zu werden."

Meint sie wohl ‚gelehrt' oder ‚geleert'?

Während Rabea in sich hineingrinste, nickte Mirina verstehend. „Das ist dann der berühmte Zeitpunkt, an dem der Lehrer den Schüler findet, weil dieser bereit ist, nicht wahr?"

„Genau! Der äußere Lehrer oder die Meisterin ist einfach nur das Abbild eures eigenen, inneren *satguru*. ER findet euch, wenn ihr bereit seid. Diese Bereitwilligkeit wird durch das Aussprechen der Absicht ausgedrückt. Dem treu zu sein, stärkt das Zentrum."

„Und dann hast du noch von der Aufrichtung gesprochen. Ich habe verstanden, dass sich diese in den *chakras* abbildet. Sie drückt wahrscheinlich aus, dass wir dem Zentrum treu sind, nicht wahr?" Rabea legte instinktiv die Hand auf ihr Herz-*chakra*, um sich zu vergewissern, wohin seine Blütenblätter zeigten.

Vidya nickte. „Ja, und so hast du eine wunderbare Möglichkeit zu überprüfen, ob du treu bist oder nicht, ob deine Integrität klar und eindeutig ist oder nicht. Denn die *chakras* ‚kippen' wieder um, sobald du den alten Mustern wieder folgst, und dann erzeugst du wieder Leid und leidest selbst."

„So ist also die sogenannte Reinigung der *chakras* nur ein Ausdruck dafür, dass wir lernen, unsere alten Muster zu erkennen, uns von ihnen befreien und ihnen dann nicht mehr folgen?" erkundigte sich Rabea.

„Jein. Es genügt, ein altes Muster wirklich *vollkommen* zu erkennen! Du musst gar nichts damit *machen*! Du musst dich nicht befreien, denn wenn du es wirklich erkennst, dann siehst du, dass es in Wahrheit nicht existiert. Etwas, das nicht existiert, kann dich nicht gefangen nehmen, und du musst dich davon nicht befreien."

„Wir müssen sie einfach nur erkennen?" fragte Mirina erstaunt und sehr hoffnungsvoll.

Vidya lachte laut und klopfte Mirina aufmunternd auf den Rücken. „Meine liebe Mirina, wenn das so einfach wäre, dann wären wir sicher nicht hier! Es geht ja nicht darum, sich ein Schauspiel von außen anzusehen und zu sagen: ‚Aha, so ist das also!' Umfassendes Begreifen ist hier gemeint! Denn wenn wir sagen ‚*So* ist das also', wie meinen wir das dann? Das Vermögen zu erkennen richtet sich nach dem Vermögen, uns Selbst zu erkennen! Deine Augen sehen nur so viel, wie sie von sich Selbst gesehen, also realisiert haben. Ein Muster psychologisch, esoterisch oder gar spirituell zu sehen heißt nicht, es wirklich zu erkennen. Wahre Erkenntnis bedeutet, dass du seine essenzielle Leerheit erkennst!" Mirina schien jetzt verwirrt zu sein; Rabea musste immer noch grinsen. Einfach – aber nicht simpel, das war es, was sie Vidyas Erklärungen entnahm. Und offenbar ging es doch darum, *geleert* zu werden.

„Und andererseits", sprach Vidya weiter, „*ist* es tatsächlich so, dass wir ‚nur' erkennen müssen! Denn was ist es, das uns von der Realisierung trennt? Es ist Unwissenheit! Die Wahrheit ist ja nichts, was wir erst erschaffen oder von irgendwo anders herbringen müssen. Sie ist ja schon unter und in allem vorhanden!"

„Dann reicht es ja, wenn wir einfach nur die Unwissenheit entfernen, oder?" fragte Mirina.

„Richtig! Und was genau ist Unwissenheit? Sie ist spirituelle Ignoranz, *avidya*. Sie ist das Vergessen dessen, was und wer wir wirklich sind. Sie drückt sich in der unbewussten Identifikation als ein Körper, als eine separate Seelenidentität, als pervertierter und fixierter Charakter, als ein Verstandes-Geist aus. Okay, also lass das einfach weg, ich bin einverstanden!"

Sie mussten alle lachen. Etwas Wesentliches hatte sich ihnen gerade erschlossen: Es ging hier also nicht darum, etwas Neues in sich aufzunehmen, um noch mehr zu wissen oder noch mehr Erfahrungen zu haben. Erfahrungen waren zugegebenermaßen sehr schöne und erfüllende Hilfen, aber sie zu sammeln war nicht der Zweck des spirituellen Weges.

Vielmehr ging es darum, etwas zu *ver*lernen, etwas loszuwerden, etwas, das sich über die Wahrheit, über die *eigene* innerste Wahrheit gelegt hatte wie alte Tücher, die frische Weisheit verdeckten. Das schien nicht nur für Rabea zu gelten, sondern für alle, die hier waren, für alle, die sie sonst kannte, ja für die gesamte Menschheit. Es zog sich durch die Geschichte, durch die Entwicklung der Erde und die kollektive Entwicklung aller Völker. Es war inzwischen so tief im kollektiven Unbewussten verankert, so tief gerutscht, dass es dem Normalbewusstsein schon gar nicht mehr zugängig war. Man sah eine Situation und hielt sie für gegeben. ‚So ist das also' konnte auf jeder Ebene der Wahrnehmung ausgesprochen werden und bedeutete doch gar nichts. Das wahre Sehen aber hatte immer etwas mit derjenigen Persönlichkeit zu tun, die wahrnahm, und so konnte es wahrscheinlich erst erlangt werden, wenn diese Persönlichkeit wirklich vollständig in ihre Essenz zurückgeführt sein würde, wenn sie transformiert sein würde. Alles kam für Rabea jetzt in eine sinnvolle Konstellation. Aber ...

„Ist denn die Unterscheidung zwischen dem Kollektiven und dem Transpersonalen auch nicht nötig – und wo befindet sie sich denn?" fragte sie jetzt.

„Das ist eine gute Frage; sie hat direkt mit der Phase zu tun, die gleich auf diejenige der Zentrumsbildung folgt. Die zweite Phase ist diejenige der Trennung. Dabei wird das Unsterbliche vom Sterblichen, das Reale vom Unwirklichen, das Reglose von der Bewegung getrennt, so dass das wahre Feuer der Realisierung zuerst all das, was nicht absolut ist, und schließlich nach und nach sich selbst verbrennt und zu Asche wird." Vidya wandte ihren Blick Rabea zu. „Du hast das feurige Licht der göttlichen Offenbarung schon bei der Meditation mit Kanjara kennengelernt. Er hat dir bereits erklärt, dass es die *samskaras*, die psychischen Ablagerungen aus früheren Leben in dir verbrennt."

Sie lehnte sich an den Stamm des Baumes, zog ihre Füße an und wandte sich jetzt wieder beiden Frauen zu. „In der Phase der Trennung müsst ihr sehr genau aufpassen, in welche Richtung ihr euch bewegt: da gibt es die sogenannte ‚niedere' Region des kollektiven Unbewussten, wo ihr den Astral- und Mentalkörper, das, was wir den *kamamanas* nennen, vom physischen Körper trennt und dann in den psychophysischen Regionen landet, in denen ihr herumhantieren könnt und auch die Kraft habt, vielerlei zu ändern und zu verschieben, wo ihr aber noch immer den Bewegungen des Verstandes, also im Klartext: denen des Unbewussten, folgt. In diesem Bereich ändert ihr überhaupt gar nichts am Bewusstsein beziehungsweise Gewahrsein, nichts an der Lebensvision oder der Richtung des Seins. Aber das sind Schritte, die sich im Leben zeigen werden und ganz konkret werden sie zum Teil auch Themen des weiteren Weges sein, der hier gegangen und angeregt werden kann."

Wieder sah Vidya Rabea an. „Freud und Jung sind sicher sinnvoll und spannend – in ihren Bereichen. Aber ihre Theorien sind wirklich sehr begrenzt und von dem hier eingenommenen Standpunkt aus betrachtet vor allem vollkommen unwirklich. Es mag hilfreich sein, sich eine Zeitlang auf diese psychophysischen Ebenen einzulassen, wenn man ein Unwohlsein oder psychologische Hemmnisse entfernen möchte, wenn man sich wohler oder bequemer fühlen möchte, wenn man Ziele in der Welt hat und es Dinge im Unbewussten gibt, die diesen Zielen im Wege zu stehen scheinen. Aber für die Realisierung bedeutet das nicht so viel, um nicht zu sagen gar nichts.

Worum es bei der sogenannten ‚höheren' Region geht, das ist die Transformation des Geistes oder vielmehr die Neugeburt des ehemals individualisierten psychischen Stadiums in den universellen spirituellen Stand. Das bedeutet, dass der Bewusstseinsschwerpunkt sich vom *ahamkara* wegbewegt – vom inneren ‚Apparat', wie Freud sagt –, der sich selbst durch Greifen von Erfahrungen ein ‚Ich' macht, aber im Prinzip vom unbewussten, getriebenen, gedachten, suchtgesteuerten Begehren abhängig ist. Und wenn sich der Bewusstseinsschwerpunkt vom *ahamkara* wegbewegt, dann wendet er sich der *atma-buddhi*, der spirituellen Intuition zu, die vom Selbst gespeist wird, beziehungsweise wird er dorthin verlagert."

„Das hört sich reichlich kompliziert an", stöhnte Rabea, und Mirina fügte hinzu: „Kann man das auch mit einfachen Worten sagen?"

Vidya kicherte. „Also noch einmal für euch zwei Hühner: Wir müssen achtsam dem gegenüber sein, was uns in Wahrheit steuert. Ist es das unbewusste, in den moralischen, gesellschaftlichen, psychologischen und egoischen Motiven begründete Streben des Egos, das einfach nur etwas Unangenehmes vermeiden und etwas Angenehmes erleben will, oder ist es unsere spirituelle Intuition, die aus dem Selbst kommt? Ist es die Wahrheit, der wir folgen, ganz egal, wie unbequem sie zu sein scheint, wie weh sie tut, wie viel Angst wir vor ihr haben? Folgen wir der Angst und der Bequemlichkeit, der Moral und der Sicherheit – oder dem wahren Herzen, egal, wohin es uns führen könnte?"

„Und woher sollen wir wissen, was was ist?" Mirina zog die Augenbrauen hoch und sah fast selbst aus wie ein Fragezeichen.

„Das ist eine sehr kluge Frage", entgegnete Vidya, „doch tatsächlich gibt es darauf keine Antwort. Denn es gibt kein Rezept. Der Verstand ist auf den subtileren Ebenen so gerissen, dass er tatsächlich aussehen kann wie das Herz. Er kann das Herz manchmal perfekt imitieren. Alles, was uns bleibt, ist, unsere Unwissenheit nach und nach durch Selbstergründung, *atma vichara*, aufzulösen, und uns dem Selbst, von dem wir IMMER wissen, wo es ist, wenn wir es einmal bewusst erfahren haben, vollkommen hinzugeben. Alles andere liegt nicht in unserer Hand. Und wohin es uns führen wird, das ist vollkommen unbekannt. Es gibt allerdings Möglichkeiten, eine Basis zu schaffen, auf der wir in der Lage sind, Erfahrungen des Selbst wirklich einladen, erkennen und dann auch *halten* zu können. Das sind Wege, die ich in den letzten Jahren erforscht und entwickelt habe, und sie haben sich als sehr sinnvoll und hilfreich erwiesen."

Jetzt stand Vidya auf und schlug vor, dass sie sich aus der Küche einen Tee besorgen und sich noch gemeinsam am Strand treffen sollten, um mit diesem Thema, das Vidya als sehr wichtig erachtete, vor dem Mittagessen noch ein wenig tiefer zu gehen. „Vor allem zum gegenwärtigen Zeitpunkt! Denn du, Mirina, wirst morgen wieder einmal für eine Weile abreisen und dich um deine Arbeit kümmern. Und du, mein liebes Rabenmädchen, stehst bereits am Ende deines ersten Besuches hier unten bei mir *(da war es wieder, und Rabea hatte wieder nicht aufgepasst!)*. Noch zwei Tage, an denen wir zum Abschluss kommen müssen, dann fährst du ebenfalls zurück nach Hause, und ich möchte, dass wir diesen Punkt heute abschließen, damit wir uns dann morgen den persönlichen abschließenden Themen zuwenden können."

Rabea seufzte. Es ging schon zu Ende mit der Zeit hier bei Vidya. „Nur für's erste", sagte diese in ihre Gedanken hinein. „Du kommst wieder, wenn die Zeit reif ist!" Aber dennoch – obwohl Rabeas Bauch und Kopf reichlich schwirrten – war ihr so, als sei sie gerade erst angekommen und hätte erst einen Tag hier verbracht. Tatsächlich war es fast ein Monat gewesen.

„Ich werde Enrique dazu bitten", sagte Vidya im Davongehen. „Bis hierher habe ich auch mit ihm schon gesprochen, aber den Rest kennt er noch nicht, und ich glaube, er ist reif, auch über die anderen Dinge mehr Klarheit zu haben. Bitte seid so nett und bringt mir einen Tee mit zum Felsen. Ich werde Enrique auf dem Weg darüber informieren, was wir bereits besprochen haben."

Rabea freute sich darauf, Enrique wiederzusehen, denn sie hatte – obwohl er sich auf ihrem ‚Terminplan' befunden hatte – immer noch nicht die Gelegenheit gehabt, mit ihm zu sprechen. Und vorgestern hatte er sie von der Hütte des Einsiedlers nicht abholen können, wie es vereinbart gewesen war. Sie wunderte sich allerdings, dass Vidya ihn dazu bitten wollte, dass er über diese Aspekte, über die Vidya mit den beiden Schülerinnen heute geredet hatte, noch nicht Bescheid wusste. Anfangs hatte Rabea angenommen, dass alle, die zur „Crew" des Hauses gehörten, sehr weit fortgeschritten waren und vielleicht ebenso über die spirituellen Schritte und Erfahrungen verfügten wie Vidya das tat. Im Laufe der Zeit hatte sie gesehen, dass das offenbar nicht der Fall war, aber dennoch schien es ihr logisch zu sein, dass diejenigen, die hier lange lebten, immerhin solche grundlegenden Sachen klarer erkannt hatten als sie. Enrique hatte sie ja bei ihrem ersten Treffen bereits darauf hingewiesen, aber sie hatte nicht wirklich verstanden, worauf er sich bezogen hatte.

„Jeder hat einen eigenen Weg", hatte er gesagt, „und jeder hat eine eigene Geschwindigkeit des Lernens und Verstehens." Ja, das sah Rabea nun auch. Sie erinnerte sich daran, wie oft ihr im Leben schon gesagt worden war, wie schnell sie sei, und dass es Menschen gab, die da einfach nicht mitkamen. Viele ihrer Freundschaften waren an ihrer übermäßigen Schnelligkeit zerbrochen, vielleicht auch an ihrer Ungeduld mit der vermeintlichen Langsamkeit der anderen. Obwohl Rabea manchmal glaubte, dass Langsamkeit auch eine gewisse Gründlichkeit hatte, die sie öfter mal überging. Da war wieder das Thema der Geduld.

Sie dachte an ihr Erlebnis mit dem Raben und wie sie ihn fast in Zeitlupe beobachtet hatte. Ebenso war ihr ihre Meditation über die Frage, wer sie war, in Zeitlupe erschienen. Diese Gründlichkeit, die wirklich profund war, hatte, von außen betrachtet, etwas Langsames, aber eigentlich war sie ganz das Gegenteil, denn sie war so eindringlich, dass Wiederholungen sich vollkommen erübrigten.

Vielleicht hat Langsamkeit auch etwas mit Einlassen zu tun und Schnelligkeit mit Übergehen.

Rabea nahm sich vor, darüber auch im Zusammenhang mit dem Blei der Geduld noch einmal genauer nachzudenken.

Mirina ging schweigend und ebenso in Gedanken versunken neben ihr her. Die Luft war kühl und sehr erfrischend, und sie wehte ihnen sanft das Haar in die Gesichter und die Wolken von den Stirnen. Mit jedem Schritt sank das von Vidya Erklärte tiefer. Gleichzeitig stieg auch eine Traurigkeit in Rabea auf, die durch den Gedanken an den kommenden Abschied ausgelöst wurde. Wehmut, Melancholie. Würde sie treu sein können?

Die Freundinnen holten sich den letzten Tee aus den Kannen in der Küche ab und machten sich, jede mit zwei Tassen in den Händen, auf den Weg zu dem großen Felsen, auf dem Rabea an ihrem zweiten Tag hier so ein wundervolles Erlebnis gehabt hatte und der für sie ein steter Anlaufpunkt geworden war. Sie schaute auch zum großen Felsen des Einsiedlers hinüber, aber sie konnte seine Gestalt dort nicht ausmachen.

Tief sog sie jetzt die Luft ein und spürte das Salz des Ozeans auf ihrer Haut und in ihren Lungen. Das Rauschen des Meeres verbannte alle Gedanken aus ihrem Kopf, und die Klarheit des späten Abends wurde durch das Blinken der Sterne am Himmel, das vom Meer aufgefangen und gespiegelt wurde, nur noch tiefer. Sie betrachtete den Himmel und suchte nach einer bestimmten Konstellation, die sie aber nicht finden konnte.

Als Kind hatte sie immer den Abendstern – die Venus – angeschaut und darin Trost gefunden. Später war sie vom Großen Wagen fasziniert gewesen, aber immer schon hatte es ihr der Orion angetan, vor allem der Stern in der Mitte des Gürtels; er schien eine besondere Ausstrahlung zu haben. Aber so sehr sie auch suchte, nichts von dem Bekannten war hier am Himmel zu erkennen. Überhaupt kam ihr der gesamte Sternenhimmel so unbekannt vor, so seltsam. Sie erfasste zum ersten Mal, dass es hier Unmengen von Sternen gab, aber das war es nicht. Irgendetwas war so anders als sonst.

Doch bevor sie weiter darüber nachsinnen konnte, hörte sie Mirina fragen, ob sie der Meinung sei, eine der beiden Phasen, von denen Vidya gesprochen hatte, schon abgeschlossen oder gar überwunden zu haben.

„Ich denke, dass meine Absicht klar und eindeutig ist", entgegnete Rabea. „Ich habe durch meinen Weg und mein Bekenntnis dazu und letztlich zu meiner Lehrerin, aber vor allem zum Einen *satguru*, das Zentrum, von dem Vidya spricht, etabliert, ja. Der Verstand hat angehalten, und die Motivation für mein Leben kommt schon lange nicht mehr aus dem – wie hat sie das genannt – *kamamanas*. Natürlich gibt es immer noch Angst und auch das unbewusste Folgen, aber die Motivation ist nicht durch Vermeiden oder Bequemlichkeit oder die Manifestation egoistischer Bedürfnisse bestimmt.

In vielerlei Hinsicht kann ich diese Dinge auch bereits voneinander unterscheiden, also die Phase der Trennung hat zumindest angefangen. Das war es ja auch, was den Inhalt unseres Gesprächs vorhin ausgemacht hat. Aber ich habe keine Ahnung, wo ich da genau stehe und wohin es noch geht, wie viele Phasen es noch gibt und wann Schluss ist. Und du?"

„Ich weiß nicht genau." Mirina spielte sinnend mit dem Sand unter ihren nackten Füßen. Sie hatte ihre Schuhe vor der Meditationshalle stehen gelassen. „Manchmal denke ich, ich sollte vielleicht erst einmal das Bekenntnis ganz klar machen, bevor ich mich mit diesen Phasen beschäftige. Aber andererseits war es auch ganz gut, was Vidya uns heute erzählte. Vielleicht macht mir das klar, dass ich eigentlich immer noch zu viel anderes will, zu vieles von dem, was mein eigener Wille ist, den ich vom Göttlichen getrennt sehe. Vielleicht kann ich Vidya deswegen nicht so klar wie du als mein eigenes Selbst *sehen*, obwohl mir mental natürlich bewusst ist, dass sie das ist. Aber das ist ein Unterschied. Manchmal denke ich, dass ich schon in der Phase der Trennung bin, aber ich werde so leicht zurückgeworfen, und vielleicht liegt das daran, dass ich eigentlich das Bekenntnis übersprungen habe. Das scheint mir doch wirklich wichtig zu sein, denn irgendwie kommt es mir gerade so vor, als könne ich mich nie endgültig aufrichten und auch aufgerichtet *bleiben*, solange ich dieses Bekenntnis nicht wirklich ausgesprochen habe."

Sie bestätigte auf ihre Weise die Gedanken, die Rabea gehabt hatte, und diese war froh und dankbar zu sehen, wie das Selbst so für sich selbst sorgt. Rabeas Eingreifen war also gar nicht nötig gewesen, zumal sie es als stimmig erlebt hatte, Mirina nichts zu sagen. Möglicherweise hätte sie ihren Widerstand hervorgerufen. So war es in jedem Fall besser. Mirina war selbst auf die Gedanken gekommen, die sie nun tiefer führen konnten.

"Hola!" hörten sie Enrique schon von weitem. Vidya und er näherten sich den beiden Frauen wie zwei Schatten in einer Sternennacht, denn um sie herum war eine Silhouette des Strahlens zu erkennen. Enrique kam näher und umarmte sie beide, und Rabea spürte sein Herz hüpfen, als er sie drückte, so dass sie sich ein wenig erschreckte. Sogleich zog sie sich zurück, denn sie wollte ihn mit ihrer Reaktion nicht auf Gedanken bringen, die sie hier nicht für angemessen hielt. Als sie Enriques Blick bemerkte, schwang da eine Stimmung mit, die auf eine andere Art von Anziehung hindeutete als sie sie ihm gegenüber empfand. Oder?

Rabea beschloss, das später genauer anzusehen und ließ es vorerst ruhen.

„Es ist jemand angekommen!" sagte Enrique jetzt zu Mirina, zog sie ein wenig zur Seite und tuschelte mit ihr. Sie schien erfreut.

Nachdem Vidya an ihrem Tee genippt und die Beine ausgestreckt hatte, gönnte sie sich einen langen Blick auf den Ozean und in den weiten blauen Himmel. Dann schloss sie ihre Augen, und Rabea konnte Bilder in ihrem Geist sehen, die den selben Himmel bei Nacht zu zeigen schienen: eine weite, dunkle Fläche, wie schwarzblauer Samt, und darauf Tausende von Lichtern, still und unergründlich. Vidyas Augen waren ebenso, und so viel Liebe schien aus ihnen hervor, als sie sich ihren Schülern dann zuwandte und weitersprach.

„Wir wollen das Ganze ein wenig abkürzen. Es ist spät, das Mittagessen wird gleich fertig sein und ich habe einen unerwarteten Besucher, der in meinem Haus übernachten wird, weil wir kein Quartier mehr frei haben. Morgen kann er dann vorerst in Mirinas Zimmer wohnen, sobald sie abgereist ist. Lasst uns also die Phase der Trennung zu Ende bringen und dann alle zum Essen gehen. Wir haben noch den heutigen Nachmittag und zwei volle Tage vor uns, nicht wahr?" Sie zwinkerte Enrique zu, dann setzte sie ihre Lehrrede von vorhin fort.

„Ihr drei seid alle an einem kritischen Platz eurer Entwicklung, auch wenn ihr vollkommen unterschiedliche Wege gegangen seid und auch in anderer Hinsicht an vollkommen verschiedenen Punkten steht. Wie ihr wisst, kann sich die spirituelle Entwicklung an verschiedenen Ordnungsebenen der Schöpfung orientieren. Wenn wir uns vornehmlich auf den sogenannten Aufstieg der *kundalini* durch die *chakras* beziehen, heißt das nicht, dass wir ein *chakra* nach dem anderen in unserem oder vielmehr unseren Leben ‚abhandeln'. Vielmehr tauchen die Themen, je nach unseren Vorlieben, Abneigungen und unserem Geworfensein, unserem *karma*, fast wild durcheinander auf.

Du zum Beispiel", sagte sie mit einem Blick zu Rabea, „hast dein sechstes *chakra* so weit geöffnet, dass dir das in der Kindheit viele Probleme bereitet hat. Du konntest bestimmte Dinge sehen, die andere nicht sahen, und das war dir selbst unheimlich. Manchmal hast du diese Dinge auch einfach ausgesprochen, ohne dir darüber bewusst zu sein, dass du Tatsachen berichtest. Dein sechstes *chakra*, das dritte Auge, hat dich oft Kopfschmerzen erleiden lassen und oft hast du gegrübelt, weil du nicht wirklich erkennen konntest, was die Wahrheit ist.

Das erste und zweite *chakra* sind in dir nicht wirklich tragfähig gewesen, so dass du keine gute Basis hattest, und mit dem dritten hast du gekämpft und verloren. Erst als du die Basis zu erobern anfingst, war das Hellsehen nicht mehr so bedrohlich, obwohl es dir immer noch suspekt ist. Und hier hast du in den letzten Wochen deine Basis sehr erweitert und gestärkt, und damit hast du nicht nur für eine gute Weiterentwicklung gesorgt, sondern auch deinen inneren Raum vergrößert."

Rabea nickte lächelnd. Vidya hatte es gut getroffen. Sie hatte offenbar auch schon mit einbezogen, was bei Kanjara geschehen war.

„Und du", sprach sie jetzt mit dem Blick zu Mirina gewandt, „hast ein sehr offenes zweites *chakra*, deine Freude und deine Lebenslust sind ja hier schon sprichwörtlich. Aber dennoch hattest du oft mit Depressionen zu tun, was daran liegt, dass dein sechstes *chakra* nicht wirklich sehen kann. Es wird in erster Linie für die Aktivitäten des Verstandes benutzt, so dass deine Ausrichtung nach außen gegangen ist und deine Kraft dir gar nicht zur Verfügung stand. Du hast versucht, dein Leben zu ‚meistern', aber es war dir nicht möglich, eine Basis zu schaffen, denn du hast zu sehr unter der Idee gelitten, dass du selbst für diese Basis verantwortlich bist. So ist dein Verstand sehr stark geworden, wirklich überkontrollierend, und manchmal ist er ein großes Hindernis."

Mirina bestätigte Vidyas Ausführungen erstaunt und berührt. Das traf wohl im Wesentlichen ihren größten Konflikt.

„Du, Enrique", fuhr Vidya fort, „bist ein Krieger und Kämpfer, aber weil deine Kraft nicht rein ist, hast du sie unterdrückt. Mit anderen Worten: dein erstes und drittes *chakra* sind sehr stark, aber dein Herz und dein siebtes *chakra* sind sehr verschlossen. Deswegen bist du selbst immer wieder dem Druck unterworfen, den dir deine Instinkte bereiten. Wie häufig wolltest du dich in Liebesaffären stürzen, ohne sie jedoch mit dem Herzen zu erfassen oder dich wirklich hinzugeben! Es war in diesen Fällen vor allem das Bedürfnis nach sexueller Erleichterung, nach dem Loswerden dieses Drucks, das dich trieb. Das hat sich sehr verändert, seit du hier bist, aber es ist noch nicht geheilt."

Enrique war das etwas peinlich, und Rabea lugte verstohlen zu ihm hinüber. Sie konnte fühlen, was Vidya da sagte, denn irgendwie hatte sie mitbekommen, dass die Energien, die Enrique in ihre Richtung geschickt hatte, genau aus diesem unterdrückten Bauchraum gekommen waren. Und an Rabea hatten sie gezogen, weil bei ihr das zweite *chakra* nicht stark war – deshalb hatte sie geschwankt und nicht unterscheiden können, was ihr da wirklich entgegen gekommen war. Aber vielleicht konnte sie es ja doch und traute sich bloß nicht, die Klarheit, die sie spürte, für wahr zu halten. Sie merkte auf. Ja, so war ihr das schon oft gegangen. Eigentlich hatte sie fast immer *gewusst*, was ‚los' war, aber sie hatte sich nicht zugestanden, es ernst zu nehmen. Sie fand Vidyas Erklärungen sehr einleuchtend, und zum ersten Mal blickte sie bewusst in die Ebene, in der sich Beziehungen energetisch erfassen lassen.

„Was ich damit sagen will", führte Vidya nun weiter aus, „ist, dass jeder von uns seine eigene Konstellation hat, dass es aber dennoch ein Muster gibt, nach dem wir in unseren grob- und feinstofflichen Aspekten gebaut sind. Wenn jemand ein starkes sechstes *chakra* hat, heißt das noch lange nicht, dass seine spirituelle Entwicklung weiter fortgeschritten ist als die von jemandem, der darüber nicht verfügt. Es kann sein, dass dieser Mensch noch viele Jahre brauchen wird, um die Themen aus den unteren *chakras* zu durchwandern. Wirklich ‚fertig' sind wir erst, wenn wir *alle* Aspekte unseres Daseins umfangen und liebend umarmt haben."

„Da unterscheidet sich deine Ansicht doch recht gründlich von der einiger Philosophen und östlicher Meister, nicht wahr?" fragte Enrique. „Aber sie stimmt ziemlich genau mit dem überein, was ich in Arizona gelernt habe! Und wenn ich es recht bedenke, ist sie sogar identisch mit den Lehren meiner Amazonas-Schamanen." Enrique stammte aus Mexiko und hatte lange Zeit in Kalifornien gelebt. Er hatte dort eine Amerikanerin geheiratet, und die beiden hatten zusammen eine Tochter. Die Ehe war nach einer Weile beendet gewesen, und dann war Enrique auf der Suche nach Heilung und Verstehen viele Wege gegangen – offenbar also auch für eine Weile einen schamanischen Weg, der ihn zu Navaho- und Amazonas-Schamanen geführt hatte. Rabea fand das sehr interessant und wollte gern mehr darüber wissen, denn dieser Bereich des Schamanismus hatte sie immer angezogen, aber er hatte ihr auch Angst gemacht, und so hatte sie ihn noch nicht wirklich berührt gehabt. Durch die Nähe zu den Navaho, die, wie sie erst seit kurzem wusste, ihre Vorfahren waren, und durch ihre Erkenntnisse über ihre früheren Inkarnationen in schamanischen Erfahrungswelten war ihr Interesse aber nun stärker als ihre Angst. Sie war davon fasziniert. Vielleicht war das ja ein Thema, das sie mit Enrique teilen konnte.

„Die östlichen Meister glauben ja, dass man diese ganzen Aspekte, und natürlich vor allem die der unteren *chakras*, ‚überwinden' muss. Du sprichst jetzt von Umfangen, von Umarmen sogar. Recht gegensätzlich, würde ich sagen." Enrique schob sich die Brille zurecht, die er heute Abend auf der Nase trug. Rabea hatte sie lange nicht mehr bei ihm gesehen.

„Wie man's nimmt", entgegnete Vidya. „Ich weiß nicht, wie die Meister, von denen du sprichst, das mit dem ‚Überwinden' wirklich meinen; wir hatten vorhin schon kurz darüber gesprochen. Meine Erfahrung ist, dass wir in der Umarmung unserer inneren Dämonen tatsächlich etwas überwinden, nämlich die Angst und die Scheu vor ihnen, aber auch das Begehren und das Getriebensein, das in uns entsteht, weil wir vor ihnen davonlaufen. Vielleicht meinen wir alle dasselbe, aber wir drücken es unterschiedlich aus. Wie dem auch sei – der kritische Punkt, an dem ihr drei zurzeit seid, hat etwas damit zu tun, das psychische Ego nieder zu ringen. Dieses Niederringen impliziert die Trennung oder Unterscheidung, von der wir vorhin gesprochen haben, die also Bestandteil der zweiten Phase ist. Es ist, als würdet ihr an einer Wegkreuzung stehen. Ihr müsst euren Weg aus dem Sterblichen zum Unsterblichen hinführen, aus dem Abgetrennten, Gesonderten und Besonderen, dem egoischen Charakter also, hin zum erleuchteten Persönlichen, zum Universellen und Archetypischen, vom Unwirklichen zum Wirklichen. Ihr müsst euch aus der Masse des Kollektivs wirklich erheben und dem göttlichen Herzen folgen, das allein den wahren Weg kennt. Dabei werdet ihr entdecken, dass ihr die Landkarte bereits in euch tragt, dass sie immer in euch lebte als euer eigenes Herz."

„Wie ist das denn zu bewerkstelligen?" fragte Enrique wieder. „Ich hatte mich doch schon durch mein Bekenntnis dazu bereit erklärt, diesem wahren Weg zu folgen, ich hatte doch schon meine Absicht deutlich gemacht und bin ihr auch treu. Ich lebe hier bei dir, du bist mein Zentrum, du bist mein *satguru*. Durch dich bin ich im Kontakt mit meinem inneren Zentrum. So ist es gut."

„Ja, das ist wunderschön", antwortete Vidya und legte zart ihre Hand auf Enriques Arm. „Deine Integrität in dieser Hinsicht ist so unleugbar und klar. Und du hast gesehen, wie sich dein Leben harmonisiert hat, weil du mir hilfst, meine Arbeit zu tun. Das ist ein universelles Gesetz, und seine Wirkungen sind gerade bei dir sehr offensichtlich.

Aber ich spreche jetzt nicht mehr von dieser ersten Phase. Die Phase der Trennung erfolgt, *nachdem* das Zentrum sich gebildet und die Energie sich – zumindest in ihrer Absicht und vom Prinzip her – aufgerichtet hat. Du kannst natürlich dein Leben hier verbringen und einfach damit zufrieden sein, dass du deinem Zentrum und deiner Lehrerin dienst. Damit hast du mehr getan als die meisten Menschen es je vermögen. Doch ich hatte dich so verstanden, dass du auch gekommen bist, um selbst immer tiefer zu realisieren. Ich sehe, dass du dabei bist, und nun ist es an der Zeit, einen weiteren Schritt zu tun.

Der Vogel der Freiheit hat zwei Flügel. Der eine ist *bhakti*, die Hingabe. Der andere ist *jnana* oder *atma vichara*, die Erkenntnis oder Selbstergründung. Nur mit einem können wir nicht fliegen. Je weiter du mit einem Fuß gehst, desto weiter musst du auch mit dem anderen gehen, sonst trittst du auf der Stelle.

Ich hatte dir vorhin gesagt, dass dein Kronenchakra und dein Herz nicht wirklich geöffnet sind. Ja, du hast dich dem Zentrum per Bekenntnis hingegeben und lebst die *bhakti* auf dieser Ebene. Aber wenn du *jnana*, die Erkenntnis, verweigerst, ist tiefere Hingabe nicht möglich. Ebenso wäre es umgekehrt. Wenn wir *bhakti* verweigern, können wir noch so sehr mit dem Geist suchen, wir werden nicht tiefer erkennen. Und das heißt, wir werden niemals *endgültig* realisieren können, denn das kommt erst in der dritten Phase. Ohne endgültige Realisierung werden wir aber weiterhin dem karmischen Schwung unterworfen sein, und wir werden für alle Zeit von unseren Eigenschaften regiert, statt sie zu regieren. Willst du das?"

„Hab ich die Wahl?"

„Du hast immer die Wahl, was das angeht. Du hast nicht die Wahl, wenn es darauf ankommt, im gegenwärtigen Moment zu sein oder nicht. Du kannst diesem Moment nicht entfliehen, und es gibt darüber keine Kontrolle. Aber du hast die Wahl, was du daraus und damit machen möchtest, wie du ihn nutzen möchtest, ob für dein Erkennen oder für Unwissenheit. Und da du mir gesagt hast, dass du dich für das wahre Erwachen entschieden hattest, gehe ich davon aus, dass du damit nicht Unwissenheit meinst." Vidya lachte und Enrique verstummte.

„Du fragtest, wie die Trennung zu bewerkstelligen sei. Ganz einfach: durch Nicht-Anhaftung bzw. Loslösung, *vairagya*. Und *vairagya* wiederum wird dadurch unterstützt, dass wir mit den Methoden, die ich vorhin kurz erwähnt hatte, zunächst künstliche Trennungen – zum Beispiel die zwischen den Emotionen und den mentalen Konstrukten – herstellen, um sie unabhängig voneinander bearbeiten zu können."

Vidya hielt kurz inne und dachte nach. „Eigentlich finde ich den Ausdruck ‚Anhaftung' nicht so schön. Er führt oft dazu, dass man glaubt, man dürfe keine Verbindungen oder Beziehungen mehr haben und verbietet sich dann bestimmte Dinge, unterdrückt sie gar. Aber darum kann es auf unserem Weg nicht gehen. Wenn wir das Wort ‚Fusion' benutzen, ist das klarer. Eine Fusion ist immer unbewusst und die Loslösung daraus erfolgt durch Erkenntnis, also durch die Aufhebung der *avidya*, der spirituellen Ignoranz, über die wir drei –" Vidya zeigte auf Rabea, Mirina und sich selbst „vorhin schon gesprochen haben.

Wenn emotionale und mentale Aspekte sich miteinander verschlungen haben, sehen viele Konflikte unlösbar aus. Wenn wir die Emotionen von den Glaubenssätzen trennen, können wir beide einzeln betrachten und haben einen viel tieferen Zugang zu beiden. Wenn man es genau nimmt, sind diese Aspekte energetisch sowieso voneinander getrennt. Sie liegen auf verschiedenen feinstofflichen Ebenen. Reaktive Emotionen zum Beispiel blockieren den Seelensubstanzkörper, der dafür verantwortlich sein sollte, dass die Seele in die Substanz kommt. Das kann er aber nicht leisten, wenn er keinen Halt in sich hat, wenn er kein Zentrum hat. Und das Zentrum respektive der Halt fehlt ihm, weil wir in der Kindheit nicht die Resonanz erlebt haben, die uns hätte helfen sollen, die reaktiven Emotionen zu wahren Gefühlen umzuwandeln.

Der Bewusstseinskörper wird durch Glaubenssätze und ganze Programme blockiert. Das sind die Dinge, die uns zum zwanghaften Denken verführen. Sie bilden sich im Zuge von nicht aufgelösten Schwierigkeiten und sollten bei ihrer Etablierung der Sicherheit und Orientierung dienen, um dem chaotischen Spannungszustand zu begegnen, der in solchen Situationen wahrscheinlich vorherrschte."

Die drei Schüler nickten alle heftig mit den Köpfen, lachten und gaben dabei Laute von sich, die Vidyas einleitende Bemerkung, die Trennung von Emotionen und Gedanken sei ganz einfach zu bewerkstelligen, ironisch kommentierten. „Ja, sicher, das ist *gaaanz* einfach! Vollkommen simpel, überhaupt kein Problem. Machen wir mal eben", riefen sie alle durcheinander, und auch Vidya lachte laut und lange.

„Oh ihr Armen", bedauerte sie die drei dann. „Welch schreckliche Tortur! Ja, das ist sie wirklich. Für das Ego ist das wirklich schrecklich. Loslösung oder Nicht-Anhaftung ist ja nicht an sich schwirig, sondern nur für ein Ego, das sich *nicht* loslösen will, nicht wahr?! Ist es schwierig, deinen Job zu kündigen, wenn du dich daraus befreien willst? Nein! Nur dann, wenn du ihn eigentlich behalten willst, macht es dir Probleme. So sieht es aus. Euer Gestöhne lässt mich demnach vermuten, dass ihr eigentlich nicht von eurem Ego, von eurer Eigenkontrolle, von eurer selbst gezimmerten Enge, von eurem ‚ich, mich, mein' lassen wollt. – Oder soll es mir etwas anderes sagen?" setzte sie scheinheilig hinzu.

Das Lachen war schon erstorben, aber Vidyas letzte Bemerkungen ließen die kleine Gruppe grunzen.

„Was habt ihr denn erwartet? Ihr schreibt euch an der Uni ein und bekommt gleich eure Doktor-Urkunde?"

„Aber Vidya", warf Rabea ein, „heute sagt uns doch jeder, dass die Realisierung des Selbst ganz einfach sei, weil es in jedem Moment hier ist und eben einfach nur gesehen werden muss. Dass es nicht mehr nötig sei, komplizierte Übungen zu machen und spirituelle Disziplinen einzuhalten. Dass es reicht, es einfach zu erkennen!"

„Womit wir wieder bei der Einfachheit des Erkennens und der Notwendigkeit von Transformation wären, die wir bereits am Anfang deines Hierseins und auch vorhin auf der Wiese angesprochen hatten. Natürlich hast du und haben all diese Menschen

Recht. Es ist immer HIER. Wo sonst sollte es sein?! Du brauchst auch keine komplizierten Übungen zu machen, sofern du ohne komplizierte Übungen *einfach erkennen kannst*. Was die Disziplin angeht, da bin ich anderer Meinung. Das englische Wort ‚disciple' hat etwas mit dem Wort ‚Disziplin' gemeinsam. Die Disziplin bezieht sich aber weder auf ‚komplizierte Übungen', wie du sagst, noch bezieht sich ihr Nichtvorhandensein auf einen lasziven Lebensstil, der nach Lust und Laune vorgeht. Disziplin hat nichts mit dem äußeren Verhalten zu tun, sondern es ist in erster Linie eine innere Haltung, die dem Feuer der Wahrheit treu bleibt und dem Herzen folgt, egal was es bereit hält.

Und wenn du dem wirklich folgst, dann kommst du automatisch an diese Weggabelung; du landest automatisch bei Verhaftungslosigkeit. Ich sagte ja bereits: die Landkarte ist in dir enthalten, du musst sie nicht erfinden. Überprüfe es! Folge nicht einfach dem, was ich sage, wenn du daran zweifelst! Deine Zweifel sind willkommen. Ja, stelle alles in Frage und erforsche es für dich selbst. Und dann sage mir, was du gefunden hast. Ich fresse einen Besen, wenn du nicht auf Verhaftungslosigkeit triffst!"

Die Aussicht, dass Vidya einen Besen fressen könnte, belustigte Rabea. Aber wahrscheinlich würde sie eine solche Szene nie zu Gesicht bekommen, was sie auch wieder nicht schade finden konnte. „Die Landkarte ist immer in uns", wiederholte sie. „Dann gibt es also doch Wege und Stationen und Ankommen?"

„Nur, solange du daran glaubst. Nur, solange du nicht DAS gefunden hast, worin alle Landkarten entstehen, was alle Landkarten transzendiert, was vor allen Landkarten hier war, was hier sein wird, nachdem alle Landkarten verbrannt sein werden, und was jetzt schon hier ist, während wir über Landkarten reden.

Wege gibt es ebenfalls nur, solange du sie erschaffen musst, um die Illusion zu haben, du müsstest irgendwo ankommen. Aber landen solltest du nie! Nirgends."

„Ich weiß. Ich habe es gesehen." Rabea erinnerte sich an den Moment, in dem der Ich-Gedanke verschwunden war und nur noch Leere übrig geblieben war. „Also was meint dann Verhaftungslosigkeit, vor allem wenn sie in deinem Sinn gemeint ist?"

„Gut, dass wir darauf zurückkommen. Wir werden sicher noch öfter darüber sprechen, denn die Bedeutung von *vairagya* und auch die von Unterscheidung, *viveka*, ist so vielschichtig und vom Verstand so wenig zu begreifen, dass wir heute nur einen Teilaspekt erörtern können. Und schließlich seid ihr hier alle auf der Basis des ersten *chakras* oder des ersten Weges zusammen, und die tieferen Bereiche von *viveka* und *vairagya* werden erst mit zunehmender Entwicklung vor allem im Bewusstseinskörper wirklich bedeutungsvoll, also ab dem vierten Weg sozusagen. Aber es sind zwei der am meisten missverstandenen Begriffe auf dem spirituellen Sektor, soweit ich das beurteilen kann. Und da ich diese Worte bereits eingebracht habe, will ich euch auch nicht darauf sitzen lassen. Aber wie ich schon sagte, wir können wirklich nur einen Teilaspekt erörtern.

Gut. Ich schlage vor, ihr sagt mir zunächst einmal, wie *ihr* denn das Wort ‚Verhaftungslosigkeit' versteht!"

Mirina antwortete sehr schnell: „Naja, ich denke, dass es darum geht, dass wir uns nicht mit den persönlichen Aspekten des Lebens verheddern sollen, dass wir an ihnen nicht länger festhalten sollen, sondern dass wir den Geist auf etwas anderes richten sollten, auf ein spirituelles Ziel halt."

Als die anderen nur schulterzuckend oder großäugig nickten, antwortete Vidya: „Es geht hier keineswegs um ein psychologisches ‚Loslassen'! Das ist etwas, was der Verstand immer gerne möchte. Etwas loslassen, damit wieder Platz ist für etwas anderes, nicht wahr? Dahinter steckt eine Motivation, die immer noch aus dem Geist – besser gesagt dem Verstand – kommt. Er will eben immerzu etwas *haben*. Er will einfach nicht leer sein. Denn wenn er leer wäre, wenn er Leere wäre, dann gäbe es ihn nur noch in seiner dienenden Funktion, wo er sehr sinnvoll ist, aber nicht mehr in seiner entarteten Form, wo er sich als Herr aufspielt.

Wenn du den Geist auf ‚etwas anderes' richtest, dann ist da immer noch ein Jemand, der einen Geist hat, den er auf etwas anderes richtet. Immer noch Dualität. Das ist auch nicht falsch, aber das Problem dabei ist, dass dieser Jemand glaubt, er habe seinen Verstand besiegt und hat diesen Teil doch nur in eine weitere Tiefe von Unbewusstheit gebracht. Das ist nicht mit Verhaftungslosigkeit gemeint, aber dieser Ansatz kann ein Anfang sein. Es kann ein Anfang sein, wenn wir uns von psychologischen Inhalten entfernen, die uns nicht stimmig erscheinen, von denen wir das Gefühl haben, dass sie uns nicht gut tun. Aber wir müssen sehr aufpassen: wollen wir nur etwas vermeiden, was uns immer wieder verfolgt? Dann suchen wir uns nämlich an der nächsten Ecke das nächste Objekt, das uns dasselbe Thema präsentiert.

Verhaftungslosigkeit können wir am ehesten dahingehend interpretieren, dass wir uns von unseren eigenen *Reaktionen* distanzieren, von den emotionalen Reaktionen auf Situationen und Objekte. Jeder Mensch reagiert anders auf dieselben Objekte, je nach seiner Prägung, nach seiner Fixierung. Die Objekte sind vollkommen unschuldig und müssen keineswegs entfernt oder verändert werden. Ebensowenig sind die Sinnesorgane schuldig, und sie müssen nicht abgeschaltet werden. Uns nicht zu verhaften beginnt damit, dass wir unsere Reaktionen nicht so wichtig nehmen, dass wir erkennen, dass sie es sind, die uns aus dem Zentrum herausbringen. Es ist die ununtersuchte psychologische Bewegung, die wir entweder unterdrücken oder ausagieren, und wenn wir sie nicht mehr auf diese Weise loswerden, dann glauben wir, wir müssten ein Objekt oder eine Situation verlassen beziehungsweise ‚loslassen'. Wenn uns spirituelle Inhalte wichtig sind und wir dabei zunächst noch auf Konzepte reagieren, die die Wirklichkeit nicht erfassen, meinen wir vielleicht, unsere Sinne oder eben dann den ganzen Verstand ‚loslassen', also unterdrücken zu müssen. Es ist aber gar nicht möglich, unsere Sinne oder den Verstand loszulassen.

Wenn wir einfach den Geist auf etwas anderes richten, dann mag uns das sehr helfen, für eine Weile. Wenn wir den Geist nach innen richten zum Beispiel, dann wird sich etwas in uns beruhigen, wir geben dem Vermeiden und Ausagieren keine Energie mehr, und die Wogen des aufgewühlten Meeres legen sich langsam.

Aber jedes Mal, wenn dasselbe Ereignis sich nähert oder eine ähnliche Situation in unser Leben tritt – sofern wir nicht in den Himalaya ausgewandert sind – kann es sein, dass die alte Reaktion zurückkommt. Und unsere ganze Mühe, mit der wir uns in Meditation begeben hatten, war umsonst."

„Kann es nicht auch sein", warf Rabea ein, „dass durch das jahrelange Versinken im Selbst das Interesse an dem vermeintlichen Außen so geschrumpft ist, dass die Reaktionen irgendwann total aufhören?"

„Ja, natürlich. Aber davon haben wir hier nicht gesprochen. Wir haben davon gesprochen, was passiert, wenn ‚wir' – als getrennte Individuen – den ‚Geist' – als etwas, das sich in uns befindet, also das Instrument der Wahrnehmung – in eine ‚andere Richtung' lenken! Solange wir unbewusst identifiziert sind, um was auch immer zu lenken, ist es egal, wohin wir es lenken. Das Ziel, wohin wir lenken, kann noch so spirituell aussehen, aber wenn der unbewusste Antrieb und damit der egoische Verstand noch da sind, ist all dies müßig.

Der unbewusst motivierte Geist und die verstrickten, nicht gefühlten Emotionen sind das Problem! Durch die Methoden, die wir hier praktizieren, lösen wir uns von all dem, aber vor allem lösen wir uns von den Strukturen als solchen, nicht nur von den Inhalten!

Ich sagte ja, wir können damit beginnen, uns von bestimmten und schließlich von allen Inhalten zu lösen. Wir können damit beginnen, uns von bestimmten Objekten zu lösen, dann von unseren Reaktionen und dann von dem, was den Reaktionen zu Grunde liegt, also den psychologischen Knoten, den *samskaras*, und den mentalen Mustern, die sie bestimmen, den *vasanas*. Aber letzten Endes müssen wir uns von den Strukturen lösen, die diese Inhalte immer wieder festhalten, die darauf eingefahren sind, genau diese Inhalte anzuziehen. Ihnen dürfen wir nicht verhaftet bleiben, und wenn wir das in *einem* Sprung ‚schaffen', dann gibt es keinen Weg! Aber die meisten Menschen, die einmal einen Einblick in ihr wahres Wesen jenseits solcher mentalen Strukturen getan haben, haben den Verstand sofort danach wieder aufgegriffen, haben sogar nach ihm gesucht, weil unaufgelöste *samskaras* und *vasanas* an ihrer Integrität gerüttelt haben.

Ich habe einen Weg entwickelt, wie wir unserer menschlichen Natur Rechnung tragen können. Dieser Weg erfordert Geduld, aber es ist besser, kleine Schritte zu machen, die hilfreich sind und bleibende Ergebnisse zeitigen, als immer wieder unter der Geißel spiritueller Konzepte nach Höhen zu greifen und enttäuscht zu sein, wenn diese nicht zu halten sind. Dieser Weg beinhaltet *satsangas* und Lehrreden, er beinhaltet die Art von Heilungssitzungen, wie ihr sie alle schon kennengelernt habt. Zum Teil beinhaltet er die Arbeit mit *upagurus* und in der alltäglichen Begleitung auch kleinere Gruppen und weitere Unterstützungen.

Aber was wir alle immer und in Eigenregie tun können, hat mit dem Zentrum zu tun, über das wir gesprochen haben. Wir müssen uns darauf besinnen, uns unseres Zentrums gewahr zu sein, also zum Beispiel in der Meditation im Gewahrsein zu ruhen und uns einfach des Gewahrseins gewahr zu sein. Wenn dann ein ‚Produkt' – ein Objekt, ein Gedanke, eine Emotion, ein Instinkt, ein Impuls und so weiter – auf der Leinwand des Bewusstseins auftaucht, dann richten wir die ganze Kraft des Gewahrseins darauf, ohne das Sein zu verlassen, ohne also zu trennen und eine neue

Dualität zu errichten. Wir ‚vernichten' das, was auftaucht, nicht durch Kampf oder Vermeidung, sondern durch den Blick aus dem All-Auge *Shivas*, während wir uns selbst immer tiefer ins Feuer des Gewahrseins sinken lassen."

„Das habe ich nicht verstanden!" rief Enrique aus, und die anderen nickten wieder gleichzeitig mit den Köpfen.

„Das macht nichts", meinte Vidya. „Ihr werdet euch daran erinnern, wenn die Zeit gekommen ist. Der Verstand kann es nicht erfassen. Deshalb lassen wir es unerklärt stehen."

„Ist es so", sinnierte Rabea, „dass sich Gedanken zwar auflösen, also dass das passiert, was du mit *manolaya* bezeichnet hast, dass sich auch der Ich-Gedanke auflöst, wie ich es selbst erlebt habe, aber dass das alles wirklich *zerstört* werden muss? Du hast von *Shiva* gesprochen, er ist doch der Gott der Zerstörung, nicht wahr? Ergibt sich Verhaftungslosigkeit dann aus der Zerstörung, und die Zerstörung erfolgt durch das reglose Gewahrsein im dritten Auge?"

Vidya lächelte nickend. „Ja, so ungefähr könnte man es sagen. Aber ich gebe dir nur ein ‚Jein'. Denn eigentlich wird nicht wirklich etwas zerstört; das ist gar nicht nötig und auch gar nicht möglich. Alles Erschaffene IST einfach. Es kommt nur darauf an, wie du all das siehst oder vielmehr, welche Ebenen du siehst.

Shiva ist alles, er ist in allem, und alles ist Er. Mit anderen Worten: nichts existiert, das nicht *Shiva* ist. Daher gibt es keine Zerstörung. Auch das Aufhören der Schöpfung, das oft als endgültige Zerstörung beschrieben wird, ist einfach ein Zurückziehen bestimmter Ebenen von Projektion. *Shiva* zieht seine Kraft auf eine andere Ebene zurück.

Und so geschieht es für uns auch. Wenn wir die Ebene des bewussten Beobachters oder noch besser die des bewussten Seins erreicht haben, können wir die Energie aus den Ebenen der ‚niederen' Projektionen zurückziehen. Wir greifen dann nicht mehr nach den Objekten, die wir in unserer Unwissenheit wie in einem Traum selbst geschaffen haben.

Alles, was hier also ‚zerstört' oder vielmehr – und daher das ‚Jein' – aufgegeben wird, ist die Tendenz des Greifens. Auf eine bestimmte Weise kann man es so sehen, dass das Greifen das ist, woraus das Ego besteht. Es gibt ja gar keine Entität, die Ego genannt werden kann, es ist alles nur ein Verhalten, ein Tun. Wenn das Greifen ausbleibt, dann gibt es kein Ego, dann gibt es kein Tun. Das ist Verhaftungslosigkeit. Wir greifen nur nach Illusionen, nach Wolken, nach Luft. Aber das Greifen erzeugt den Eindruck von etwas Festem, das es nie gegeben hat. Wenn wir das erkennen und wahrhaft realisieren, dann hat sich Verhaftungslosigkeit von selbst eingestellt. Wir können sie nicht machen. Aber wir können durch das Allsehende Auge *Shivas* das zerstören, was auf der Leinwand des Bewusstseins auftaucht, und das sind Eindrücke von getrennten Objekten. Wir ‚zerstören' nicht wirklich etwas, wir kehren nur zum Einen Gewahrsein zurück, das wir sind.

Und damit ist für heute Schluss mit der spirituellen Wissenschaft, meine Lieben. Ich bin müde, und ihr seid abgefüllt."

Abrupt stand Vidya auf, drückte die Hände der drei Schüler, schenkte ihnen ein warmes Lächeln und machte sich dann auf den Weg zu ihrem Haus.

Schweigend saßen die drei Freunde noch eine Weile beisammen, tranken ihre Tassen leer und blickten hinaus auf den Ozean, der jetzt wieder von innen her zu leuchten schien.

Rabea hatte nicht alles verstanden. Selbst das, was *sie selbst* gesagt hatte, hatte sie nicht ganz verstanden. Aber das lag wahrscheinlich daran, dass der Verstand es so, wie Vidya es formuliert hatte, nicht erfassen konnte. Sie wollte es realisieren. Dann würde sich die Frage nach dem Verstehen wahrscheinlich erübrigen.

Vidya war auf ihrem Weg umgekehrt und stand plötzlich wieder vor Rabea. „Ich habe etwas Wichtiges vergessen. Bitte komm heute am späten Nachmittag in mein Haus und bring aus der Küche einen schönen Jasmintee mit!" trug sie ihr auf. „Wir werden noch einmal miteinander sprechen und du wirst eine abschließende ‚Reise' machen, auf die du dich schon freuen kannst!"

„Ich verabschiede mich auch schon von dir, denn ich werde Vidya noch begleiten", sagte Mirina. „Ich werde nicht zum Essen bleiben, sondern gleich wieder nach oben fahren." Sie umarmten sich, wünschten sich alles Gute und nahmen sich vor, in Verbindung zu bleiben. Bei der Abschiedsfeier in ein paar Tagen oder ganz sicher bei Rabeas nächsten Aufenthalt hier würden sie sich sicher wiedersehen.

Enrique blieb noch eine Weile auf dem Felsen sitzen.

„Ich wollte schon so lange mit dir sprechen", sagte Rabea, „aber ich habe es nicht geschafft. Es ist so viel passiert, und ich brauchte so viel Zeit, um das Ganze zu verarbeiten. Ich mag dich schrecklich gern, aber irgendwie habe ich das Gefühl, dass es noch vieles gibt, über das ich gar nicht unbedingt reden will oder kann."

„Ich weiß, mi amiga", entgegnete Enrique. „Es wird noch viele Gelegenheiten geben, glaube mir. Es ist immer gut, die meiste Zeit zu schweigen, denn durch das Schweigen vertiefen sich die Worte, die Vidya gesprochen hat, und deine eigene innere Stimme wird viel deutlicher hörbar. Es ist gar nicht nötig, dass wir so viel zusammen sprechen, nicht wahr? Ich habe das Gefühl, wir haben eine schöne Ebene des schweigenden Verbundenseins gefunden."

Rabea war erstaunt, dass er das auch so sah. Aber wieso eigentlich? Schließlich war es so offensichtlich. Enrique war so ein lieber, knuffiger Freund. Er war auch ein attraktiver Mann und ein verständnisvoller Weggefährte. Ja, wieso eigentlich viele Worte machen?! Die Beziehung, die sich hier enthüllte, war viel tiefer angesiedelt, als dass sie von Worten, vor allem von Höflichkeitsfloskeln, bestätigt werden musste.

„Es gibt noch etwas anderes, mi amiga. Aber das besprechen wir beim nächsten Mal. Du fühlst es schon, ich weiß. Ich möchte nicht, dass du glaubst, ich bin ein Verführer, denn darum geht es mir nicht. Aber du hast ja mitbekommen, was Vidya gesagt hat. Es ist einfach so, dass ich mit diesen Energien in mir selbst nicht so ganz zurechtkomme. Ich bin ein Krieger, und ich habe immer noch Angst vor meiner Aggression."

Rabea nickte. Sie konnte ihn gut verstehen. Und sie fand es sehr mutig, dass er so ehrlich war.

„Ich fühle in den letzten Tagen immer deutlicher, dass ich irgendwann noch einmal zu meinen schamanischen Freunden in den USA werde zurückkehren müssen. Etwas ist da noch, dem ich immer ausgewichen bin. Und ich kann ihm nicht mehr lange ausweichen. Vidya spürt es ebenso wie ich. Nun gut. Das muss ich heute nicht mehr entscheiden. Manana es otro dia." Und wieder schmunzelte er Rabea an. Bei aller Problematik, die er da gerade angesprochen hatte, bewies er doch eine angenehme und sehr liebenswerte Gelassenheit, um die sie ihn ein bisschen beneidete. Und wenn sie ehrlich war, beneidete sie ihn auch ein bisschen um seine schamanischen Erfahrungen am Amazonas und vor allem um jene in Arizona bei dem Volk, dessen Name schon immer etwas tief in Rabea berührt hatte, dem sie hier zum ersten Mal auf die Spur gekommen war.

Sie verabschiedeten sich und freuten sich beide auf übermorgen, wenn die Gruppe offiziell beendet sein und sie sich wiedersehen würden. Rabea hatte zwar nicht alle Gruppenteilnehmerinnen wirklich kennengelernt, aber mittlerweile sah sie den Zweck dieser Vorgehensweise hier bei Vidya. Es wurden nicht künstlich Kontakte hergestellt, sondern in den *satsangas* sprach Vidya mit einzelnen Personen oder trug etwas vor, und auch sonst gab es Einzelgespräche, so wie Vidya es für angebracht hielt. Es wurden kaum gemeinsame Übungen gemacht, und man stellte sich auch nicht vor. Alles wurde dem Wirken der Kraft überlassen, die sich selbst suchte, was sie jetzt brauchte, um den Weg zu finden. Es gab keinerlei Verpflichtung zu gesellschaftlichem Verhalten, zu Konformität.

Wie erleichternd!

Vertrauen

Tief berührt, still und doch aufgewühlt legte Rabea sich nach dem Mittagessen zur Ruhe und schlief sofort ein. Ebenso tief war ihr Schlaf, der doch keiner war. Irgendwann stellte sie fest, wie bewusst, wie klar sie war. Sie befand sich in einem Raum ohne Gedanken, ohne Bewegung, ohne Grenzen, und doch war es ein Raum. Sie sah von hier aus alles, und doch war es nichts. Es war ein Schweben ohne Körper, auch ohne die Empfindung von Schwere oder Schwerelosigkeit.

Später tauchte ein Gesicht in diesem Raum auf, das sie noch nie gesehen hatte. Aber sie kannte es. Sie kannte den, der sich darunter verbarg, oder vielmehr den, der daraus hervorschaute. Sie war ihm in Hunderten von Leben, vielleicht auch jenseits von Inkarnationen, begegnet, aber sie wusste nicht, wie sie ihn nennen sollte. Das alles geschah vollkommen ohne Leidenschaft, ohne großartiges Aufwallen. Es war ein Enthüllen von etwas, was schon immer gewusst worden war. So vertraut, so selbstverständlich.

Beim Aufwachen hatte Rabea diesen Traum fast vergessen. Nur ein ferner Duft wehte in ihr Zimmer, und sie wollte schon danach greifen, als sie sich daran erinnerte, was Vidya am Vormittag über das Greifen gesagt hatte.

Es war noch Zeit bis zum Besuch bei Vidya, und so verbrachte Rabea noch etwas Zeit allein im Wald auf der Lichtung, auf der sie damals den Raben getroffen hatte. Sie legte sich ins Gras ans Ufer des kleinen Baches und blinzelte in den Himmel. Ein ungewöhnliches Blau. Kobaltblau? überlegte sie. Oder Azur? Jedenfalls Himmelblau, dachte sie und bemerkte ihre Tendenz, alles, was sie wahrnahm, sofort zu benennen. Jetzt müsste eigentlich der Rabe wieder auftauchen, dachte sie, aber er kam nicht.

Also hörte sie dem Wasser zu und spürte die Zartheit seines Fließens an ihren Füßen, die sie über das Ufer gehängt hatte. Der Duft der Tiefe aus ihrem Traum-Erlebnis war zurückgekehrt.

Irgendetwas hatte sich da geöffnet, aber sie wusste nicht, was. Es war nur einfach wunderschön. Der Klang der Liebe schwang darin mit, der Klang des *Geliebten*. Leicht schwebten ihre Gedanken über das Wasser des Baches, leicht flossen ihre Gefühle dahin, und leicht fühlte sich ihr Körper an, der durch die reine Nahrung und die Fastentage hier so ausgeglichen schien. Auch heute war einer jener Fastentage, und so würde es nach der Sitzung mit Vidya keinen Zeitdruck geben und sie würde sich gleich danach wieder schlafen legen können.

Die Sonne spielte auf ihrem Gesicht, als wollte sie Rabea streicheln, und die Erde trug sie wie eine Mutter. Es war schön hier. Sie betrachtete die Bäume, die die Lichtung umschlossen. Zart und biegsam waren die jungen Triebe, stark und fest die großen, alten Stämme, teilweise uralt und rissig. Wunderschön war ein jeder von ihnen.

Es gab hier Bäume, die sie noch nie gesehen hatte, obwohl sie viel herumgekommen war und sich mit Bäumen recht gut auskannte. Sie setzte sich auf, als ihr das auffiel, und ließ ihren Blick schweifen. Auch Blumen entdeckte sie, die ihr vollkommen unbekannt waren. Das hieß natürlich gar nichts, aber dennoch war da ein Gefühl, das sie neulich schon stutzig gemacht hatte, genau wie gestern Abend, als sie den Himmel ansah und die Sternenbilder, die sie gesucht hatte, nicht finden konnte.

Eine Eidechse krabbelte über ihr Bein und blieb einen Moment sitzen. „Hallo, kleiner Drache!" begrüßte Rabea das Tier. Die Eidechse blickte sie aus lustigen Knopfaugen aufmerksam an, hob den Kopf ein wenig und tippelte hin und her. Einmal fuhr ihre Zunge über die Nase, und Rabea konnte sehen, dass sie gespalten war. Sie hatte gar nicht gewusst, dass Eidechsen gespaltene Zungen haben, aber diese hatte eine solche. Bei genauerem Hinsehen entpuppte sich das Tier als viel größer, als Rabea das von Eidechsen kannte. Sie war auch nicht grün, sondern grau-golden gefleckt, und ihre Beinchen waren ein wenig länger, so dass ihr Bauch nicht auf Rabeas Bein lag, sondern sie ihr ganzes Gewicht nur auf den Beinen trug. Was für eine merkwürdige Eidechse! Aber zweifellos musste sie zur Familie der Eidechsen gehören, oder zumindest zur Familie der Drachen, dachte sie belustigt, als das Tier plötzlich blitzschnell wieder verschwand.

Lächelnd legte sich Rabea zurück in das warme Gras und musste an die Lieblingsgeschichte ihrer Kindertage denken. Sie stand in einem Kinderbuch, das mit wunderschön leuchtenden Farben ausgemalt war. Es war die Geschichte eines kleinen Drachen mit roten Augen, der sich eines Tages im Schweinestall zweier Kinder fand und dort sehr verloren wirkte. Die Muttersau hatte zehn kleine Ferkelchen bekommen und diesen grünen Drachen, und sie war gar nicht entzückt darüber gewesen. Bald verweigerte sie ihm die Milch, denn mit seinen scharfen Zähnen biss er sie immer wieder. Die beiden Kinder versuchten, den kleinen Drachen zu zähmen, indem sie ihm viele Leckereien zu fressen gaben. Er mochte vor allem Schnüre und alte Kerzenstummel. Mit der Zeit gewöhnten sie sich aneinander, und der Drache wurde zum Haustier. Er war wirklich so süß! Mit seinen großen roten Augen sah er die Kinder immer wieder voller Liebe an, aber manchmal sah er auch durch sie hindurch oder an ihnen vorbei, so als ob er in der Ferne etwas suchen würde, was in der Geborgenheit des Schweinestalls oder in der Umarmung durch die Weggenossen nicht zu finden war.

Es gab Zeiten, da stand der kleine Drache tagelang in der Ecke des Stalls und maulte. Er sah auf den Bildern im Buch sehr traurig aus, allein, verloren und hilflos, aber die Kinder fühlten sich von ihm geärgert und schimpften mit ihm. Sie konnten nicht verstehen, was mit ihm war. Rabea hatte mit dem Drachen immer sehr viel Mitgefühl gehabt, und damals waren ihr die Tränen in die Augen getreten, als sie unbewusst erkannt hatte, was den Drachen wohl bewegt haben musste. Auch der Drache weinte, als die Kinder ihn so ausschimpften; große, helle Kullertränen weinte er.

Eines Tages wurden die Tiere aus dem Schweinestall auf die Wiese hinausgelassen. Es war ein schöner Oktoberabend, sie wusste es noch ganz genau, denn irgendwie hatten die Herbstmonate schon immer eine tiefe Sehnsucht in ihr ausgelöst. Genauso muss es dem kleinen Drachen gegangen sein. Er stand eine Weile mitten auf der großen, weiten Wiese, blickte ein paar Momente lang in den orangefarbenen Himmel, sog die kühle Abendluft durch seine Nüstern. Plötzlich ging er auf die Kinder zu, legte ihnen seine kalten Tatzen auf die Wangen, und in seinen roten Augen standen Tränen. Und dann – Rabea erinnerte sich an dieses Bild voller Glück und Traurigkeit – erhob er sich in die Luft und flog einfach fort. Mitten hinein in die Sonne flog er, weit, weit weg über die Landschaft. Und die Kinder hörten ihn singen.

Sie hatte dieses Bild betrachtet und das Glück in den roten Augen des kleinen Drachen gesehen, und sie hatte auch geweint. Denn sie wusste, warum er geflogen war, sie wusste, was ihn gerufen hatte. Noch jetzt hörte sie den Gesang des kleinen Drachen tief in ihrem Inneren.

Welche Sehnsucht führt uns zurück nach Hause? Wir haben ein Herz in uns, dem wir so oft nicht lauschen. Wir verkaufen es für Geborgenheit und scheinbare Zugehörigkeit. Jener Drache war ein Kind der Sonne, ein Kind der Freiheit. Wie schön er war, als er in die Freiheit geflogen war! Wie schön das Glück in seinen Augen, wie strahlend. Warum verwehren wir uns das? Warum verwehren wir es unseren Kindern und Geliebten? So vieles dreht sich um Bindung, um vermeintliche Geborgenheit, aber wieso? Ist es nicht die Angst, der wir unbewusst dienen, und die wir dadurch nur immer größer werden lassen?

Ja, der Drache hatte seine Freunde verlassen. Aber stimmte das denn? Vielleicht hatte er ihnen dadurch, dass er seiner tiefen Sehnsucht gefolgt war, viel mehr gedient, als wenn er seine Natur verraten hätte und bei ihnen geblieben wäre.

Rabea seufzte tief. Wie gut kannte sie diesen Konflikt! Musste man andere verletzen, um der eigenen Wahrheit zu folgen? Rabea dachte an die Geschichten, die sie früher in der Kirche über Jesus gehört hatte, der hier immer als „Yeshua von Judäa" bezeichnet wurde. Ihm wurde nachgesagt, er habe seine Mutter verleugnet, als diese ihn gebeten hatte, zu ihr zurückzukehren. „Ich habe keine Mutter!" hatte er geantwortet. Wie hatte er das nur sagen können? Wollte er sich vor dem Abschiedsschmerz schützen? Aber wenn er sich als Eins mit Allem erfahren hatte, wo konnte dann Abschied, wo Trennung sein? Ja, und wenn es keine Trennung gab, dann gab es auch niemanden, der sich trennte, niemanden, von dem sich getrennt wurde. Keinen Sohn. Keine Mutter.

Der menschliche Schmerz ist es, wenn wir ihn persönlich nehmen, der uns zurückhält, dem Göttlichen zu folgen. Das Unverständnis derer, die wir lieben und dennoch scheinbar zurücklassen müssen. Aber wie können wir ihnen erklären, dass wir gehen müssen, wohin wir gehören?

Die kleinen Ferkel hatten diesen Konflikt nicht. Sie blieben einfach mit ihrer Mutter im Stall oder auf der Wiese. Eine ferne Sonne konnte sie nicht locken, denn der Ruf der Sehnsucht lebte in ihnen nicht. Sie waren glücklich, wo sie lebten. Aber Drachen mussten ihre Heimat anderswo suchen, nicht wahr? Sie gehörten nicht in Ställe oder Häuser, nicht in Gemeinschaften und Verbände. Sie gehörten der Freiheit, dem Sonnenuntergang. Sie gehörten dem Gesang des Lichts, der durch sie klang, dem Alleinsein, dem Duft der Weite, dem Atem Gottes.

Es war sehr still geworden auf der Wiese. Nur das leise Plätschern des Baches war zu hören. Kein Vogel sang, denn es war immer noch sehr heiß.

Die Sonne stand bereits auf halbem Wege zum Horizont, und Rabea erhob sich, um in ihr Zimmer zurück zu spazieren. Sie wollte noch duschen und sich für die Sitzung bei Vidya frisch machen. Unterwegs pflückte sie einen großen, wilden Strauß weißer und lavendelfarbiger Blumen, die zu Vidyas wunderschöner Calla passten. Langsam und nachdenklich ging sie, innerlich noch aufgewühlt von ihrer Erinnerung, und mit einem Brennen im Herzen, das sie so gut kannte.

Sie wollte Vidya so unendlich viele Dankesworte sagen, ihr so viel zurückgeben, aber wie konnte sie das? Wie würde sie das je können? Sie konnte die Tiefe ihrer Dankbarkeit selbst kaum ermessen. Welch ein gesegnetes Leben hatte sie, dass sie hier bei Vidya gelandet war. Wenn es einen Gott gab, dann musste er sie sehr lieben!

Tiefe, dunkle Trommelschläge dringen durch meine Beine in meinen Körper ein. Mein Bauch vibriert, all meine Zellen beginnen zu vibrieren, so als wäre mein Körper nichts als dünner Stoff, vom Wind in Bewegung gesetzt.

Viele Bilder, Gedanken, Begriffe. Eine grüne Schlange hebt ihren Kopf und tanzt mit der Trommel. Hitze, ich winde mich wie im Fieber. Es ist dunkel, ein Feuer brennt in der Mitte eines Platzes, und ekstatische Töne lösen sich aus meinem Mund. Der Körper bebt jetzt, ein feuchter, heißer Film liegt auf der Haut und lässt sie glänzen. Ich tanze mit der Schlange zu dieser Trommel, immer wieder hebt sie ihr Haupt, und mein Körper zuckt. Meine Füße finden die Schritte ganz von selbst, es ist, als würde eine ferne Erinnerung in ihnen leben, eingeprägt vor Millionen von Jahren, wie das Erbgut all meiner Vorfahren.

Tiefe Schatten wirft das Feuer auf die Felswände. Zeichnungen, Einritzungen, wilde Farben sind darauf zu sehen, und sie bewegen sich mit dem Feuer, mit der Trommel. Ich tanze mit den Bildern, tanze ohne Willen, nur geführt vom Wissen meines Bauches, der tief in sich etwas aufsteigen lässt, ein Gebet, einen Gesang, ein göttliches Geheimnis. Ich tanze, nein, der Tanz enthüllt sich, zeigt sich durch diesen Körper, der mir nie gehörte.

Es gibt keine Zensur, keine Notwendigkeit zu sehen oder zu wissen, keine Be-Griffe. Ich habe keine Augen, *doch ich* sehe. *Ein Traum, dieses Leben. Ich sehe die gestaltenden Kräfte, das Leben, das sich manifestiert, das Spiel von Geborenwerden und Sterben, die Todesschnur. Dieser Körper ist ein roter Stoff, der sich auflöst und sich wieder bildet. Keine Sinne sind nötig, Einfachheit, Echtheit, Wahrheit. Ein Traum, in dem auftaucht, was wir Trennung nennen. Keine Grenze, nur Fließen, Weichheit.*

Ein Gesicht erscheint hinter dem Feuer, und langsam hebt sich sein Blick dem meinen entgegen. Ein Gesicht aus Feuer, Augen aus Feuer, dunkel, unergründlich. Wer bist du? *Wer du auch bist, ich muss mich dir hingeben. Ein Raum öffnet sich, es ist die Landschaft deiner Seele, die du mir zeigst. Es ist vollkommenes Vertrauen, das eine Tiefe offenbart, die kein Halten, keinen Boden kennt. In mir bist du, denn du bist ich. Und so gebe ich mich mir selbst, zum ersten Mal. Ich gebäre mich selbst, es ist ein Ankommen im Körper ohne Angst. Zurück bleibt nur Liebe.*

R abea roch den Duft des Jasmintees, den sie vorhin aus der Küche mitgebracht hatte und den Vidya nun in die beiden Teetassen goss. Wogen des Glücks ebbten noch durch ihren berauschten Körper. Als hätten sie wirklich getanzt, fühlten sich ihre Füße heiß, ihre Beine zittrig an, und auf ihrer Haut schimmerte noch die Feuchtigkeit, die die Feuerhitze zu kühlen versucht hatte.

Vidya lächelte die bewegte Rabea an, ein Strahlen ging von ihr aus. Nickend schob sie ihr eine Teetasse herüber.

Aber Rabea konnte sich noch nicht aufsetzen. Tränen liefen aus ihren Augen in ihre Ohren und das Haar. Wie wunderschön! Vertrauen. Sie dachte es nicht, sie fühlte es, aber selbst Fühlen war das falsche Wort. Sie *wusste* es, sie *war* es.

„Da war jemand in meiner Vision, Vidya", flüsterte sie. „Es war ein Mann. Er hat einen Raum in mir geöffnet, der mir bis heute unbekannt war. Ich kann es nicht anders sagen, es war ein Raum vollkommenen Vertrauens. Es war, als hätte er mir seine Seele offenbart, ohne ein einziges Zoll zurückzuhalten. Es war, als hätte er mir sein ganzes Herz offenbart, als hätte er mich in sich *selbst* eintreten lassen, und er hatte gar keine Angst." Rabea sah sie an, und Vidyas Augen waren feucht. Rabea musste jetzt sehr weinen. „Ich glaube, ich habe so etwas noch nie erlebt, Vidya. Ich habe noch mit keinem Mann eine solche Tiefe erlebt."

„Ja, ich weiß, mein Herz. Du warst nicht bereit."

„Ich? *Ich* war nicht bereit?" Vidya nickte. Eine Woge von Verzweiflung und Reue stieg in Rabea auf, als sie die Wahrheit von Vidyas Worten begriff. Sie erinnerte sich daran, dass es einmal in ihrem Leben eine Situation gegeben hatte, in der ihr eine solche Tür geöffnet worden war. Aber sie hatte es nicht vermocht, mit der Freiheit und Tiefe und Grenzenlosigkeit einfach zu sein. Sie hatte es nicht vermocht, in den Raum ohne Wände einzutreten, denn sie hatte die Kontrolle nicht aufgeben können. Sie hatte Angst gehabt, aber das hatte sie vor sich selbst verborgen. *Sie* war es gewesen, die festgehalten hatte! Immer war *sie* es gewesen. Mein Gott, wie oft hatte sie geglaubt, es liege an den anderen, die anderen seien nicht reif oder es gebe niemanden, der sich einlassen wolle. Nun sah sie, wie sehr sie sich an der Schwelle festgekrallt hatte, wie sie den Raum der Liebe vermieden und ihr eigenes Herz verraten hatte. Sie verbarg den Kopf in den Händen und wurde von Traurigkeit geschüttelt. Alles, was sie sich gewünscht, wonach sie sich gesehnt hatte, wäre für sie da gewesen, aber sie hatte es nicht sehen können. Die Angst, der sie immer gefolgt war, hatte sie blind gemacht.

Langsam beruhigte sie sich und blickte aus dem See der Tränen wieder in Vidyas schönes Gesicht. „Wer war das, Vidya? Er schien so wirklich, so jenseits des Traums und doch in ihm enthalten. Er schien ein anderer zu sein, aber er war auch ich selbst. Er war mir unbekannt, aber dennoch kannte ich ihn." Vidya sah sie mit einem Blick an, der aus der Unendlichkeit zu kommen schien, und in ihren Augen gewahrte Rabea etwas, das ihr half zu verstehen. „Mein Traum!" rief sie aus. „Ich habe ihn heute Mittag schon im Traum gesehen, nein geahnt; da war ein Duft in meinem Traum ... ach ich bin so traurig. Es war nur ein Traum, nicht wahr? Wie kann so etwas Schönes jemals wirklich sein?"

„Sind Träume denn nicht wirklich?"

„Manche scheinen es zu sein", antwortete Rabea nachdenklich.

„Du hast das Leben gesehen!" erinnerte Vidya. „Du sahst, wie das Leben sich selbst gestaltet. Du sahst den Traum, der sich Leben nennt, der sich Manifestation nennt. Es gibt Träume, die sind reine Wunschprojektionen, sie werden aus dem Bedürfnis nach Vermeidung oder aus dem karmischen Schwung heraus geboren, der dich in deiner Verstandesfixierung halten will.

Aber es gibt Träume und Visionen, die sind sehr viel wirklicher als diese ganze physische Ebene, als die ganze Manifestation! Wir kennen feinstoffliche Reiche, in denen Wesen leben, und das weißt du, denn du hast jetzt schon ein paar schamanische Wirklichkeitsebenen kennengelernt. Oder glaubst du am Ende nicht daran?" Sie lachte. „Wer bist du selbst? Bist du ein stoffliches Phänomen? Wer hat diese Vision gehabt? War es deine Form? War es dein Name? Wer bewältigt all dies hier? Hat diese Form, dieser Name dir geholfen, als du deiner Angst ins Auge gesehen hast?"

„Ja, in Ordnung", gab Rabea zurück. „Das akzeptiere ich, und ich weiß es auch. Aber dann stellt sich die Frage: war das, oder vielmehr der, den ich gesehen habe, ‚nur' ein Wesen aus einer feinstofflichen Realität? Oder habe ich jemanden gesehen, dem ich irgendwann auch in diesem physischen Bereich begegnen kann? Habe ich ihn mir nur vorgestellt, oder hat er einen eigenen Körper, ein eigenes Leben?"

„Würde die Begegnung dir wertvoller erscheinen, wenn sie physisch zu wiederholen wäre? Und wenn ja, warum?! Wer will sich da etwas erhalten, dessen Auftauchen schon so viel Wundervolles ausgelöst hat? Wer will nach etwas greifen, das unbegreifbar ist?!"

„Das ist eine schwere Prüfung, Vidya. Es war wundervoll, dieses Erlebnis. Ich habe den Duft von Vertrauen gespürt. Ich habe ihn in mir gefunden und bin ohne Angst in mich und in dieses Leben eingetaucht. Ich habe gefühlt, wie die Existenz durch mich tanzt, und wie ich es einfach zulassen kann. Da gab es keine Begriffe mehr, keine Notwendigkeit, etwas zu beschreiben. Es war nur noch Leben, nur noch Sein. All das ist wunderschön. Dass dieser Raum sich geöffnet hat, habe ich dir zu verdanken. Du hast dich in mir geboren, mein eigenes Selbst hat mich angesehen in all den Gestalten in diesem Erlebnis. Die Trommel, die Schlange, das Feuer, die Höhlenmalereien, all meine Vorfahren und auch diese wunderschöne Seele, die mir ihr Gesicht zeigte. In mir ist eine solche Dankbarkeit, dass ich fast zerspringen möchte.

Aber das Auftauchen des Gesichtes dieses Mannes, der dort am Feuer saß, dasselbe Gesicht, das ich heute Mittag schon in meinem Traum gespürt hatte, das hatte irgendwie eine andere Qualität. Es ist etwas Geheimnisvolles darum herum, etwas, von dem ich spüre, dass es eine Verheißung birgt, so als würde es auf etwas hinweisen, das in der Zukunft liegt."

„Und wo ist diese Zukunft, mein Herz? Wo ist diese Zukunft jetzt?" Rabea musste lachen, aber Vidya ließ sich nicht beirren. „Wo ist sie also? Und *was* ist sie?"

„Sie wird erst noch kommen."

„Woher weißt du das? Hast du schon ein einziges Mal ein Ding erlebt, das Zukunft heißt? Kannst du es mir zeigen?" Rabea zögerte. Worauf wollte Vidya hinaus? Stellte sie sich absichtlich dumm? „Schau mal", sagte sie jetzt und deutete auf die Kerze auf dem Tisch. „Das da ist eine Kerze, nicht wahr?" Rabea nickte. „Was musst du tun, um diese Kerze zu sehen?"

„Nichts", gab die Schülerin verwirrt zurück. „Ich muss einfach nur hinsehen."

„Ja, du musst einfach nur hinsehen. Musst du dir etwas vorstellen, musst du etwas erfinden, musst du einen Gedanken haben, um diese Kerze zu sehen?"

„Nein."

„Gut. Und nun: was musst du tun, um dieses schöne grüne Kissen zu sehen?" Bei diesen Worten hielt Vidya ein imaginäres Kissen über den Tisch und tat so, als wolle sie es Rabea geben, die daraufhin schmunzeln musste. „Ich muss es mir vorstellen! Aber in Wirklichkeit ist es nicht da. Ich kann kein Kissen sehen."

„Siehst du, du musst es dir vorstellen. Nun gut. Du stellst dir also dieses schöne grüne Kissen vor, und, sagen wir, du stellst es dir so lange vor, bis du es für wirklich hältst, bis du dir einbildest, da sei wirklich ein grünes Kissen. Was musst du dann tun, damit du dieses grüne Kissen nicht mehr siehst?"

„Naja, ich muss aufhören, es mir vorzustellen", überlegte Rabea, „sofern mir das dann noch gelingt und ich noch unterscheiden kann, was wirklich und was unwirklich ist."

Vidya nickte. „In Ordnung. Um das nicht vorhandene Kissen nicht mehr zu sehen, musst du also nur aufhören, es dir vorzustellen. Sehr gut. Nun sag mir: Was musst du tun, um so ein Ding wie ‚Zukunft' zu sehen?"

Verstehend nickte Rabea. „Ich muss mir ‚Zukunft' vorstellen. Sie ist nicht wirklich. Und damit ich meine Angst vor der Zukunft verliere, muss ich einfach aufhören, mir ‚Zukunft' vorzustellen. Ich sehe, dass das nur ein Wort ist, eine Zusammenfassung für all die Vorstellungen, die sich mein Verstand macht, aus all den Bildern, die in mir unter dem Stichwort ‚Angst' oder ‚Hoffnung' oder ‚Begehren' gespeichert sind. Es ist also nur ein Gedanke."

„So ist es. ‚Zukunft' ist nur ein Gedanke. Und die Vorstellungen, die du darunter subsummierst, stammen aus einer anderen Zeitspanne, die du ‚Vergangenheit' nennst. Doch auch das ist nur ein Gedanke, nicht wahr? Wo ist sie jetzt? Unwirklich! Du glaubst, du hast bestimmte Erfahrungen gemacht, Geschichten erlebt, und die Bilder davon seien jetzt in dir als deine Erinnerungen vorhanden. Aber in Wahrheit waren diese Bilder schon vorher in dir, und du hast sie projiziert und geglaubt, du erlebtest etwas im Außen. Nun hältst du die Bilder in dir fest, und aus ihnen formst du die Vorstellung von ‚Zukunft'. Entweder möchtest du eine schöne Erinnerung wiederholen, oder du formst Gegenbilder aus schlechten Erinnerungen, die du dann später irgendwann zu treffen hoffst, so wie eine neue Chance. Aber in beiden Fällen beschäftigst du dich mit Gedanken aus deinem Verstand. Du bist nicht präsent, du bist nicht hier. Du bist bei etwas Imaginärem, bei etwas, was es in Wirklichkeit nicht gibt. Komm lieber zurück zur Kerze."

„Aber wenn ich so eine Vision habe, Vidya, ist die nicht auch imaginär? Ist das nicht einfach eine Phantasie, die mit mir durchgeht, die mir etwas vorgaukelt? Was ist der Unterschied zu den Vorstellungen, die unwirklich sind?"

Vidya nippte an ihrem Tee und schwieg eine Weile. „Eine gute Frage", gab sie zu. „Phantasieren ist ein griechisches Wort. Es bedeutet ‚offenbaren'. Phantasieren ist in meinem Verständnis nicht dasselbe wie das Vorstellen von etwas Imaginärem. Wenn du dir etwas vor-stellst, dann heißt das, dass du etwas vor dich hinstellst, du hast es fortan *vor* dir, und es hindert dich, durch es hindurch zu sehen auf das, was *wirklich* da ist. Du bist mit deiner Vorstellung beschäftigt, mit deinem eigenen Film, den du über die Dinge legst; du benutzt die Dinge quasi nur als Leinwand, siehst sie nicht wirklich. Dennoch ist dein Blick nach außen gerichtet. Während du phantasierst, richtest du deinen Blick jedoch nach innen, auch wenn deine Augen offen sind. Aus deiner Psyche oder deiner Seele steigen Bilder auf – Bilder, die dort in der Tiefe leben, keine, die sich dein Verstand vorstellen will, weil er seine Wünsche befriedigen oder vor etwas ausweichen möchte. Diese Seelenbilder zeigen dir, was in dir verborgen ist. Sie offenbaren den Zustand deiner Psyche, sie offenbaren dir vielleicht auch, was du dir sonst nicht eingestehen willst. Das ist der Unterschied.

Visionen kommen aus einer tieferen Sphäre. Sie zeigen über das, was Phantasien können, hinaus in die Schichten in dir, die weit jenseits des Wach- und des normalen Traumbewusstseins liegen. Das manifeste Universum – und damit meine ich grobstoffliche ebenso wie feinstoffliche Bereiche – hat bestimmte Schwingungszustände, und diese sind genauso in uns. Schau, Emotionen sind eine andere Energie als die körperlichen Empfindungen, und Gedanken sind noch ein wenig feinstofflicher. Das ist etwas sehr Klares und Bekanntes. Aber all das ist noch sehr persönlich, und du kannst dich leicht damit identifizieren und leicht darin verstricken. Tiefer als Gedanken ist deine Intuition, sie ist spirituell. Mit ihrer Hilfe hast du Zugang zu Ebenen, die jenseits deiner *persönlichen* Erfahrung und deines normalen Wissens liegen. Auch wenn du von manchem nicht weißt, warum du es weißt, *weißt* du es doch. Das ist auf die spirituelle Intuition zurückzuführen, die sehr feinstofflich ist. Sie ist so feinstofflich, dass sie nicht wie Emotionen und Gedanken ergriffen oder erklärt werden kann. Sie kann erst recht nicht beeinflusst werden, denn sie befindet sich jenseits der Sphäre der Beeinflussung. Sie liegt jenseits von Verstand. Aus dieser Ebene kommen Visionen. Wenn du in dieser Ebene zu Hause bist, wenn du dich auskennst und mit ihr vertraut bist, dann wirst du erkennen, dass auch sie ihre Gesetze hat, auch wenn diese Gesetze in keine

Struktur passen, denen zum Beispiel Emotionen und Gedanken unterliegen. Aber es gibt Gesetze dort. Träume, die aus dieser Sphäre kommen, reichen zurück in die kollektive Geschichte der Menschheit, sie überschreiten Zeit und Raum, und das heißt, dass du hier an Bereiche angeschlossen bist, die dir das Erleben anderer Wesen zeigen können, die deine eigenen sogenannten vergangenen und zukünftigen Leben abbilden und so weiter.

Wenn du dich allerdings in diesem Reich nicht auskennst, dann wirst du nicht sehen, welche deiner Träume und Visionen von relativer Wahrheit sind und welche aus Einbildung oder verstandesorientiertem Wunschdenken kommen." Rabeas Lehrerin stand auf und nahm sich ein Fell, das auf dem Boden vor dem Kamin lag, um es um ihre Schultern zu schmiegen. Draußen war es kühl geworden, und ein wenig von dieser Frische zog auch in ihren Raum hinein.

„Habe ich dich jetzt richtig verstanden?" fragte Rabea zurück, nachdem sie eine Weile über Vidyas Ausführungen nachgedacht hatte. „Wenn ich einen Traum oder eine Vision von besonderer Kraft erlebe, wenn es mir vorkommt, als sei das kein normaler Traum, kein verstandesorientiertes Denken, keine Einbildung, dann kann es sein, dass ich meine eigene Zukunft oder Vergangenheit sehe?"

„Ja, das kann sein. In Wahrheit gibt es weder Vergangenheit noch Zukunft. Es ist immer alles *jetzt*. Alle Bilder, die du je manifestieren wirst, sind immer nur *jetzt*. Aber je dichter die Schwingungsrate deines Wesens ist – und je weniger Freiheit *Shiva* sozusagen gerade erfährt", sie zwinkerte der Schülerin zu, während sie das einschob, „desto mehr hast du es nötig, Zeit zu erfinden, um all die Bilder nacheinander anzusehen, und das nennst du dann ‚Erfahrung machen'. Wenn du aus der Mitte heraus schaust, oder sagen wir, aus dem SELBST, dann *siehst* du einfach, dass all die Bilder einfach Bilder sind, die du geschaffen oder erfunden hast. Sie sind alle da, aber sie sind es auch wieder nicht, denn sie sind zwar wirklich, aber dass sie als Einzelphänomene existieren und zwischen ihnen eine Trennung besteht, die sie auch vom Göttlichen oder vom Selbst unterscheidet, das ist unwirklich. Das, was du bist, ist von diesen Trennungen und auch von diesen Bildern nie berührt gewesen."

„Ja, so habe ich es erlebt, als ich die Wahrheit über den Missbrauch durch meinen Großvater gesehen habe. Es waren einfach Wellen, die etwas ausdrückten. Weder er noch ich waren je davon berührt. Aber dennoch gibt es diese Bilder, und ich verstehe nicht warum."

„Ich bin keine Freundin von Warum-Fragen. Aber nun gut ... wer weiß schon, was du jetzt wissen willst. Gibt es einen Anfang, zu dem wir uns in den universellen Strom all der Myriaden von Bildern ‚eingeklinkt' haben? Gibt es einen Anfang in einem Raum, der weder Zeit noch Grenzen noch Wirklichkeit hat? Es gibt ihn nicht. Gibt es diese Bilder überhaupt?

Auch für dich wird irgendwann ein Punkt kommen, an dem du erkennen wirst, was die letztendliche Wahrheit ist. Selbst wenn du viele *satoris* und tiefe Realisierungen hattest, ist die endgültige Wahrheit doch etwas, das du dir noch nicht zu erkennen gestattest. Aber sie ist schon in dir, du bist sie schon. Und deshalb kannst du sie gar nicht verfehlen. Wenn du die *absolute* Wahrheit erkannt haben wirst, dann wirst du auch wissen, was *relative* Wahrheit ist. Du wirst nicht nur die Bilder erkennen, sondern auch DAS, was diese Bilder erschafft und trägt. Du wirst wissen, warum du dich immer und immer wieder inkarnierst, identifizierst, verwickelst, und doch hinauswachsen willst aus dieser Verstrickung, der Sehnsucht folgen und in die Freiheit, in die Sonne fliegen willst.

Aber zurück zur ursprünglichen Frage. Du *kannst* tatsächlich in deinen Träumen und Visionen Bilder sehen, die sich bereits in früheren Inkarnationen manifestiert haben, und du kannst auch solche sehen, die noch wartend im Großen Ozean ruhen, die noch nicht aufgestiegen sind. Es gibt Bilder, die sind so mächtig, so groß und so tief, dass sie die Kraft haben, dich ganz nah an die Wahrheit heranzuführen. Das sind Schlüssel, und du wirst einen solchen Sog in ihnen spüren, dass du dich ihnen nicht widersetzen kannst. Du sollst dich auch nicht widersetzen, denn in ihnen wirkt die Kraft Gottes, die Kraft deines eigenen Selbst.

Viele Bilder kommen aus einem abgespaltenen Verlangen, das Befriedigung für etwas sucht, was auf den Ebenen des Körpers oder der Sinne als Mangel erscheint; es ist sozusagen nur zum Stopfen vermeintlicher Löcher da. Dies sind Bilder, die auf der Ebene des egoischen, fixierten Charakters entstehen. Daher führen sie auch in Enge und Fixiertheit. Weil wir sie als etwas erleben, das wir vor uns hinstellen – wir erkennen und erleben ja nicht, dass wir sie uns aktiv vorstellen –, sind sie wie Hindernisse vor der Klarheit. Die Unterscheidung, ob etwas aus wahren Schichten aufsteigt oder ob es eben diese egoischen Motivationen in sich trägt, entsteht erst in uns, wenn wir transparent geworden sind. Denn Transparenz ist die eigentliche Qualität unserer Ursprungsseele.

Wenn wir all unser Verlangen zurückführen auf die Eine Sehnsucht, die in unserem Herzen lebt, aus ihm geboren wurde und in es zurück führt, dann haben wir die Sehnsucht nach dem Einen *Geliebten* berührt. Wenn wir ihr folgen, werden wir tiefer in die Einheit mit Allem Leben gezogen, in das Mysterium der Liebe, die wir sind."

„Das hast du wunderschön gesagt, Vidya." Rabea schloss die Augen. Irgendwie wusste sie ganz genau, wovon ihre so weise Lehrerin sprach. Sie sprach ihr direkt aus dem Herzen, so als wäre sie seine Stimme. In diesem Moment kam es Rabea so vor, als gäbe es keinen anderen Körper als ihren, als hätte es nie mehr als nur diesen einen Körper gegeben. Es war der wahre Körper der Liebe, der Körper der Wahrheit, und die Stimme des Herzens sprach aus ihm. Ja, sie wusste, was die Weise meinte. Sie sprach von der Sehnsucht, der die Suchende ihr ganzes Leben lang gefolgt war, auch früher schon, jedoch ohne es zu wissen. Dieses Sehnen in ihrer Brust, wenn sie sich allein fühlte, diese Wundheit in ihr, wenn sie so verloren und heimatlos war und dennoch die Sonne von weitem sehen konnte, zu der sie sich aufschwingen wollte.

In diesem Augenblick tiefer Gnade wurde Rabea plötzlich bewusst, dass sie den *Geliebten* KANNTE. Ihr schwindelte. Einatmend öffnete sie die Augen und blickte direkt in Vidyas tiefe Seen, die ihr Wissen spiegelten.

„*Er* ist es, Vidya. *Er* hat sich offenbart."

„Ja", sagte sie leise. „Dort in der Stille, im Vertrauen hast du dich ihm endlich geöffnet. Er wartet dort schon dein ganzes Leben auf dich. Und nun sei wachsam. Er wird dir in ungewöhnlicher Form begegnen. Aber habe keine Angst. Er ist nichts als dein eigenes Selbst."

Rabea war plötzlich ganz aufgeregt. „Aber, aber ...", stammelte sie, „was heißt das? Werde ich ihn im Physischen treffen?"

„Du wirst irgendwann bestimmt dem spirituellen Geliebten begegnen, nach dem du dich schon immer gesehnt hast, dem Seelen-Partner, den du wolltest. Aber zuerst gibt es noch Arbeit zu tun."

„Ist das denn in Ordnung? Wird es mir nicht meine spirituelle Entwicklung verderben? Es heißt doch immer, man solle sich nicht auf Beziehungen einlassen, wenn man einen spirituellen Weg gehen will, weil es einen ablenkt oder man sich wieder verstrickt oder identifiziert."

„Das kommt darauf an. An einer bestimmten Stelle des Weges ist es sehr gefährlich, und ich würde dann auch abraten. Aber der *Geliebte* ist klug, meinst du nicht?! Er wird kommen, wenn er weiß, dass er *hilfreich* ist für den Weg, denn der Weg führt ja zu *Ihm*! Davon sprechen wir noch, aber nicht mehr dieses Mal. Nur soviel: Im Gegensatz zum inneren kann sich der äußere Geliebte verändern; er trägt auch immer noch Züge karmischer Energien und hat einen eigenen Weg. Nicht immer bleibt er ein Leben lang als Partner in unserem Leben anwesend. Sollten wir eine von außen als alltäglich betrachtete Beziehung mit ihm aufnehmen, wird sich auch der Alltag darin zeigen, und wir müssen in zwei Welten leben. Dann könnten wir dazu neigen, eine der beiden ausschließen zu wollen; leider ist es häufig die spirituelle, die wir dann vernachlässigen. In einer solchen Beziehung warten viele Tests. Doch was auch immer dir geschehen wird, du wirst dich nie mehr endgültig verlieren, denn du bist ein Wesen der Freiheit. Du hast mein Wort."

Schwester Mond scheint hell auf die Wiese, und ich bin froh, dass ich den Weg sehen kann. Doch trotz der Helligkeit ist mir ein wenig mulmig. Wie spät mag es sein? Mitternacht ist gewiss vorüber. Leises Rauschen des Ozeans wird von Blätterrascheln begleitet; der Wind weht sanft in meinen Haaren, zerzaust sie, durchdringt sie. Ich betrete den Wald, es wird dunkler, denn das Mondlicht verliert sich irgendwo auf halbem Weg zwischen Baumwipfeln und Waldboden. Langsam setze ich einen Fuß vor den anderen. Ich ziehe mein Tuch enger und schließe den Reißverschluss meiner Jacke. Kühl weht der Wind jetzt, aber zwischen den Bäumen lebt noch ein wenig von der Hitze des Tages. Ich lege meine Hände um die Baumstämme und spüre die gespeicherte Wärme.

Ein fernes Rascheln erregt meine Aufmerksamkeit, und langsam wende ich meinen Kopf nach Westen. Wer mag das sein? Noch jemand, den Vidya in den Wald schickte? Höre ich Schritte? Aber das Rascheln ist vorbei, und ich lehne mich an den Stamm, der einer großen Eiche zu gehören scheint, obwohl ich mir hier nie sicher bin, mit welchem Baum ich es eigentlich zu tun habe.

Oh, wie der Waldboden duftet! Ich kann die Tiere verstehen, die sich hier zu Hause fühlen. Etwas hat dieser Wald, das wie Heimat riecht. Ich lächele still vor mich hin, breite meine Arme aus. Ganz leise vernehme ich einen Klang, der genauso aus mir zu kommen scheint wie aus der Tiefe des Waldes. Ich bewege mich nicht, stehe ganz still an den Baum gelehnt und halte die Augen geschlossen.

Da ist wieder das Rascheln, näher dieses Mal. Ein rhythmisches Treten, ein vorsichtiges, sanftes Gehen höre ich jetzt. Ich bewege mich nicht. Eine Spannung ist in mir, eine erwartungsvolle, offene Spannung. Ich fühle mich so sicher hier am Baum, so gehalten und gestützt.

Lauter wird der Klang des Waldes, der Klang aus der Tiefe meiner Seele. Eine Symphonie scheint angestimmt zu sein, und hinter meinen geschlossenen Lidern sehe ich ihre Struktur, ihre Harmonien. Die Musik scheint ein Zentrum zu haben, doch ich sehe es nicht. Überall könnte es sein, überall und doch nirgendwo. Von seinem Mittelpunkt aus, der in völliger Reglosigkeit ruht, breiten sich Wellen des Seins aus.

Ein Schritt neben mir jetzt – etwas Feuchtes streift meine Hand. Dann ein Moment des Innehaltens, ein Atemzug nur, und weiches Fell berührt meinen Arm. Für einen Moment taucht vor meinem inneren Auge das Bild eines kleinen roten Katers auf, das mir bekannt vorkommt. Mein Herz ist vollkommen offen, mein ganzes Sein hält diese Welt im Gleichgewicht. Ich bin der Klang, ich bin diese Harmonien, und ich schrieb sie alle. Der Wind streicht sanft durch die Bäume, so wie der Geiger sein Instrument streichelt. Der Ozean rollt unaufhörlich zum Strand und wieder zurück, und die Tiere des Waldes tanzen den Tanz der Nacht, beobachtet von Schwester Mond, die mich aufnahm in ihre Arme, ohne mich wie einen Fremdkörper auszustoßen.

Ich gehöre dem Wald, der Erde, dem grünen Heim dieser Welt, und doch bin ich Alles, ich bin die Schöpfung und die Schöpferin. Ich bin zu Hause in mir Selbst, im reglosen Leuchten des Klangs dieser

Vollkommenheit, im Mittelpunkt des Seins, der überall und nirgendwo ist. Nichts bin ich, durch mich weht der Wind, der mein Atem ist, in mir ruht die Erde, die mein Körper ist, und das Feuer der Himmelslichter brennt in meinen Augen, die Alles sehen.

Hier ist Zuflucht, und doch gibt es keinen Hafen, denn ICH BIN das Schiff, das auf dem Ozean der Unendlichkeit segelt. Hier ist ewiger Wandel, doch das Unwandelbare allein ist die Wirklichkeit darin. Hier ist das Gedächtnis der Zeiten, alle Geschichten sind in diesen Blättern gespeichert. Dieser Wald reicht so weit, wie der Geist reicht. Und wie weit reicht der Geist? Es gibt ihn nicht.

Ich aber bewege mich nie.

Liebe lebt in meiner Seele, und das Antlitz des Geliebten schaut mich an. Unbegreifbar ist es, ohne Form und ohne Namen, und doch wirklicher als jede Form es je sein könnte. Feuerpfeile aus den brennenden Augen durchbohren mein Herz, doch ich fühle keinen Schmerz, ich fühle keine Angst, denn mein ganzes Wesen ist Liebe. Die Geräusche der Nacht, die mich früher so geängstigt haben, das geheimnisvolle Rascheln der Blätter, das Rufen der Eule und der Atem des Windes – all das ist mein Herz, das lebt. Die Liebe ist es, und in vollkommener Gegenwärtigkeit ruht mein Sein, das alles Sein ist – all eins.

SAMAYA

Der Tag begann mit einem wunderschönen morgendlichen *satsanga*, in dem Vidya nur ein klein wenig über Halt und Zugehörigkeit sprach, mit ihren Schülerinnen und Schülern aber sonst nur schweigend beisammen saß. Die Gruppe wurde immer tiefer in die Präsenz gesogen, die von Vidya getragen war. Nach einer Stunde war die Tür sehr leise geöffnet worden und Atmasevika und Enrique hatten schweigend den Raum betreten und sich zur Gruppe gesetzt, die gerade zu meditieren anfing.

Dann geschah etwas Ungewöhnliches. Als Rabea sich sehr klar und weit fühlte, hob plötzlich ein Gesang an. Er war zuerst leise und sanft, so dass Rabea ihn als inneren Ton empfand. Dann wurde er lauter und breitete sich im Raum aus, so dass sie meinte, den Gesang des Ozeans durch die leicht geöffneten Fenster zu hören. Doch dann entstanden Obertöne und andere Stimmen kamen hinzu; der Gesang schwebte im Raum wie eine Wolke, die mit dem Wind zog und stetig ihre Form veränderte. Und wie eine Wolke war er auf der Haut zu spüren; er war kühl und hinterließ doch eine warme Wonne, er war feucht und erzeugte doch den Eindruck von glockenheller Klarheit.

Rabea realisierte, dass es Vidyas Gesang war und dass zunächst Atmasevika und dann auch Enrique in den Gesang eingestimmt hatten. Hatten die drei sich abgesprochen? Der Gesang war unbeschreiblich und Rabea hatte keine Ahnung, welcher Struktur die Melodie folgte. Es hörte sich an wie improvisiert, und dennoch waren die drei Stimmen in perfekter Harmonie miteinander. Hin und wieder versuchte jemand aus der Gruppe, in den Gesang einzusteigen, gab es dann aber nach ein paar Tönen wieder auf. Letzten Endes störte das nicht. Irgendwann hatte Rabea den Eindruck, gewiegt und getragen zu werden. Sie entspannte sich und gab die Bemühungen, etwas verstehen oder den Harmonien folgen zu wollen, einfach auf. Sie ließ zu, dass sie nichts kontrollieren und nichts verstehen konnte und ihr Körper begann zu schwingen. Zuerst war es nur ein lockeres Auf und Ab, so als würde er ihrem Atem folgen. Doch dann war es, als würde die Peripherie des Körpers um ein Zentrum kreisen. Ein Gedicht von Rilke fiel ihr ein.

Ich kreise um Gott, um den uralten Turm,
und ich kreise jahrtausendelang;
und ich weiß noch nicht: bin ich ein Falke, ein Sturm
oder ein großer Gesang.

Der Raum verwandelte sich langsam in einen Tempel, in dem heilige Mächte beschworen wurden. Obertöne hallten von den Wänden wider. Nun war es auch, als beteiligten sich die Vögel des Waldes an Vidyas Gesang. Der Klangteppich lag wie ein hauchdünnes, unsichtbares Tuch über der Gruppe und durchdrang sie doch alle. Kühle und Feuchtigkeit waren längst nicht mehr seine tragenden Kräfte. Die Fliegen an der Wand, die kleinen Käfer, die sich in den Rillen im Boden des Raumes verborgen hatten, die Blätter an den Bäumen draußen, die Zimmerpflanzen, ja sogar die Muster an den Wänden und die Strukturen im Fußboden – alles fiel in Vidyas Gesang ein. Alles vibrierte. Und langsam verschwanden die festen Strukturen und wurden zu Lichtfäden, die ein schimmerndes Strahlen in den Raum warfen. Pulsierend und schwingend vor Glückseligkeit ließ der Gesang die gesamte Welt vor Glück tanzen.

Die Teilnehmenden, die die Augen geschlossen hatten, fühlten sich in ferne Welten gehoben und waren doch ganz hier. Tränen traten unter ihren Lidern hervor und ihre Körper bewegten sich, als wären sie von dem Rhythmus eines sehr hellen himmlischen Glockenspiels verzaubert.

Auch Rabea fühlte sich erhoben und ihr war, als verwandelten sich sowohl die Bereiche in ihr, mit denen sie schon vertraut war und die sie heim geholt hatte, als auch alles, was sie jemals als Hindernis angesehen hatte, in sein wahres Wesen; und dies war nichts anderes als die Form des Lichts, unsichtbar und doch mit dem Herzen erkennbar, die ewige Wohnstätte des Göttlichen. Andacht wurde groß in ihr.

Oh mein wahrer Geliebter, der du Bild, Sprache, Erfahrung und Wissen transzendierst, lass mich nur Dich erblicken, überall, jederzeit. Lass mich Dich verehren, auch wenn mein Geist meine Sinne nach außen kehrt und dort herumwandert.

Denn nur Du leuchtest aus Dir Selbst heraus und lässt alles erstrahlen, so dass ich weiß, was Deine wahre Form ist. Das ganze Universum erfüllst Du mit Freude. Jeder, der diese materielle Welt als Deine Form und das Universum als Form Deines Selbst erkennt, muss doch ewig voller Freude sein!

Warum dann habe ich mich je geängstigt? Möge ich mich erinnern. Möge ich wieder und wieder das Wunder der inneren Hingabe genießen, damit ich sehen kann, dass Du sogar in den Käfern und Blättern bist, im Boden und in den Wolken am Himmel.

Möge ich im Gesang meiner Lehrerin den Gesang des Ozeans hören, Deinen Gesang, das Lied des reinen Bewusstseins. Möge ich wissen, wer SIE ist und wer ICH BIN. Möge ich Dich in Ihr sehen und Sie als Dich. Denn so wie Du alles bist, so singst du Sie.

Gibt es eine andere Freude in dieser Welt, als frei von dem Gedanken zu sein, dass ich von Dir verschieden bin? Wo auch immer ich hingehe, wenn ich diesen Ort verlasse, lass mich Dich immerfort verehren, Deine unvergängliche, grenzenlose Form, die die gesamte Welt umarmt.

Den Weg zum Strand war Rabea wie in Trance gegangen, denn als sie sich auf dem Felsen wiederfand, Atmasevika mit geschlossenen Augen neben sich sitzend, war ihr, als tauche sie aus einem lang anhaltenden Traum auf, in dem der Wachzustand, so wie sie ihn kannte, nicht existiert hatte, und doch war es so, als sei der eigentliche Traum nicht länger real. Jenseits dieser beiden Traumgeschehnisse lag der höchste Zustand, wo es nichts als höchsten Frieden gab, höchste Freude und Erhabenheit. Und er war immer noch unmittelbar vor ihr.

Als Rabea bemerkte, dass Atmasevika die Augen geöffnet hatte, sprudelte plötzlich eine feurige Leidenschaft aus ihr heraus. „Ich würde diese Hingabe so gern noch deutlicher zeigen", rief sie aus. „Gestern hast du am Strand von etwas zu sprechen begonnen, das mir in diesem Zusammenhang gerade wieder eingefallen ist. Könntest du darauf noch einmal zurückkommen, wenn es dir im Moment nicht zuviel ist?" Erschrocken über sich selbst und mit dem Gedanken, sie könne Atmasevika vielleicht überrumpelt haben, waren Rabeas letzte Worte leiser geworden.

Doch im Gegenteil antwortete die Ältere freudig: „Ich bin im Prinzip froh darüber, dass wir gestern nicht dazu gekommen sind, unser Gespräch zu Ende zu bringen. Denn so ist es viel besser. Durch die Erfahrung, die Vidya uns gerade geschenkt hat, ist etwas in dir von selbst zur Reife gekommen, und so bist du es nun, die mich auf diesen Punkt anspricht."

Sie strich sich das Haar aus dem Gesicht. Die Sonne stand hoch am Himmel, aber es gab auch ein paar Wolken und ein leichter Wind wehte. Das Meer hatte ein paar Schaumkronen und einige Möwen flogen relativ tief über der Wasseroberfläche.

„Es gibt in den alten, wirklich seriösen spirituellen Bewusstseinstraditionen ein Ritual, das wir für unseren Weg hier von der Idee her übernommen haben. Ich sage absichtlich ‚von der Idee her' und werde das später noch genauer erläutern. Das Ritual ermöglicht einem Menschen auf dem spirituellen Weg, der sich sicher ist, seinen *guru* oder seine *gurumata* gefunden zu haben, in das *mandala* des Lehrers oder der Lehrerin aufgenommen zu werden. Jede spirituelle oder religiöse Tradition der Welt hat im Prinzip solche Rituale. Bei den meisten sind sie allerdings inzwischen leer und werden häufig nur noch aus Gründen der Konformität oder – was leider auf viele westliche Kirchentraditionen zutrifft – des Geldes wegen durchgeführt."

Rabea dachte an das Ritual der Konfirmation, das sie aus sozialen Zwängen heraus durchlaufen hatte, obwohl sie dagegen rebelliert hatte und sogar krank geworden war. Ihr hatte es nichts bedeutet, denn sie hatte den Pastor, der während des Pfarrunterrichts ihr Lehrer gewesen war, als extrem eng und gar nicht strahlend erlebt. Durch ihn hatte sie den Zugang zur Bibel nicht gefunden; es war vielmehr ein wenig später ein Gleichaltriger, der in einer anderen Tradition seinen Weg genommen und im christlichen Glauben stark gewesen war, der einen Funken in ihr Herz gesetzt hatte. Auch wenn sie sich später vom Christentum abgewendet hatte, war doch diese Erinnerung eine der lebendigsten aus jener Zeit. Ihre Abwendung hatte viel mit den blutleeren und nur dem Konzept treuen Ritualen zu tun gehabt, die lieblos ausgeführt wurden. Vor allem die Förderung der Geldgier bei Jugendlichen war ihr aufgefallen und hatte sie damals sehr abgestoßen.

„Aber", sprach Atmasevika jetzt weiter, „auch die indischen Traditionen haben Rituale, die wir für übertrieben halten oder von denen wir annehmen, sie würden nur durchgeführt, um einen innerhalb der Tradition erhobenen sozialen Zwang zu erfüllen. Ich denke da an bestimmte Gegenstände, die ‚verliehen' werden, wenn sich ein Mensch seinem *guru* hingibt, oder das vorgeschriebene Alter, in dem ein Jugendlicher ein solches Ritual zu durchlaufen hat. Darum geht es uns nicht.

Die basale Idee dessen, was wir *samaya* nennen, beruht auf dem Wissen, dass jeder Mensch, dessen Motivation für den spirituellen Weg aus dem Durst nach Wahrheit und dem Hunger nach Freiheit stammt, irgendwann bemerkt, dass er mit dem Besuch von Seminaren, dem Lesen von Büchern und dem Suchen in sich selbst nicht weiterkommt – es sei denn, es handelt sich um eine bereits sehr weit fortgeschrittene Seele, die mit *atma kripa* ausgestattet ist, mit der Gnade des inneren Selbst. In einem solchen Fall – und ich denke, du bist so ein Fall – können wir die höchste

Erleuchtung ohne jegliche Hilfe erfahren. Aber selbst dann wird es das Bedürfnis nach jemandem geben, der Ordnung und Klarheit spiegeln kann, der uns zeigen kann, dass wir einem stimmigen Weg folgen, dass wir nicht verrückt sind. Auch jemand, der von *atma kripa* geführt wird, hat Dunkelheiten in sich, die entfernt werden wollen. Ich sage das absichtlich so, denn das Entfernen von Dunkelheiten ist seit jeher die Arbeit des *gurus*. Allein das Wort *guru* bedeutet ‚Entferner der Dunkelheit'. Wir haben alle einen inneren *guru*, das hast du ja schon erfahren, nicht wahr? Sowohl deine eigenen Erlebnisse als auch das, was du bisher gelesen hast oder was dir Enrique erzählt hat, haben dir das gezeigt. Der innere *guru* ist derjenige, der für *atma kripa* verantwortlich ist, und er führt dich auch zum äußeren *guru*. Dieser wiederum sorgt dafür, dass du dir des inneren *gurus* immer mehr gewahr wirst und ihn schließlich verkörperst. Das kann ein langer Weg sein und er kann viele Tücken haben. Wenn ich mir die spirituelle Geschichte der Menschheit ansehe, dann bin ich davon heute mehr denn je überzeugt.

Die natürliche Sehnsucht nach dem *guru* ist dasselbe wie die Sehnsucht nach dem Selbst, denn das Selbst ist der höchste *guru*, der uranfängliche Meister, den wir *Shiva* nennen. Alle wahren *gurus* handeln und lehren in Auftrag und Namen von *Shiva*. Daher nennt man sie auch Führer oder Brücke. Aber eigentlich *sind* sie *Shiva*, so wie wir alle, aber sie haben ihr *Shiva*-Sein vollkommen realisiert, und das allein bevollmächtigt sie, uns das wahre Selbst nahe zu bringen.

Wir haben in unserem Leben viele Lehrerinnen und Lehrer, nicht nur in der Schule, der Ausbildung oder Universität. Wenn wir uns fortbilden, wenn wir mit Menschen in Seminaren arbeiten und so weiter, immer stehen wir einer Lehrperson gegenüber, die uns ein Stück weiterbringt, selbst wenn es nur dadurch geschieht, dass wir erkennen, dass wir hier nichts lernen können. Aber eines Tages bemerken wir, dass wir uns mit Wissen und Erfahrungen beschäftigen, dass wir diese von Personen bekommen, die zwar weit fortgeschritten sein können oder die für andere als *gurus* gelten mögen, die aber für uns nur Lehrerinnen und Instruktoren waren. Wenn dieser Zeitpunkt gekommen ist, möchten wir mehr. Wir möchten zur Quelle. Da die Quelle immer in uns ist, könntest du nun fragen, warum wir uns nicht einfach nach dorthin wenden. Aber die Antwort ist dir auch schon bewusst. ‚Innen' ist ein weites Feld, und es beinhaltet viele, viele Ebenen, wo sich Träume, Projektionen, Erinnerungen, Anhaftungen und so weiter finden. Das ist der Grund, warum wir uns nun zunächst vermeintlich nach außen wenden und um einen Lehrer oder eine Lehrerin bitten. Wenn wir das mit vollem Herzen tun, dann wird dieser Bitte stattgegeben werden, auch das weißt du aus deiner eigenen Erfahrung. Vor allem Menschen des Westens tun sich schwer damit, die Lehrerin als *guru* zu erkennen; die Gründe sind dir ja bekannt. Dennoch kann sich eine Beziehung entwickeln, die allerdings oft damit beginnt, dass ein Schüler auf der Ebene des Glaubens handelt. Wir glauben, dass es uns besser geht, dass wir Fortschritte machen werden, dass wir etwas erreichen, was andere nicht haben und einiges mehr. Wenn wir auf dieser Ebene handeln, dann lassen wir uns nur so weit auf das Lernen und die Praxis ein, wie wir die Lehrerin und ihre Lehre angenehm finden.

Ich habe das selbst so erlebt. Am Anfang war ich von Vidya sehr angetan, ich fand sie so schön und so weise. Alles, was sie sagte und tat, fand ein Echo in mir. Es war so leicht, ihr zu folgen, ich brauchte mich nur hinzugeben, dachte ich. Doch ich hatte noch gar nicht verstanden, was Hingabe wirklich ist. Was ich heute weiß ist, dass eine Lehrerin immer eine Distanz aufrechterhält, wenn eine Schülerin auf dieser Ebene bleibt, selbst wenn die Schülerin schon zu erkennen gegeben hat, dass sie Vidya als ihre *gurumata* ansieht. Die Lehrerin gibt freundlich Ratschläge, hört zu und stellt sicher, dass sie den skeptischen Teil der Schülerin nicht allzu oft herausfordert.

Erst wenn wir begreifen, dass dies hier unsere letzte und höchste Lehrerin ist und sich langsam wirkliches Vertrauen aufbaut, fängt sie an, sich wie eine Meisterin zu verhalten und behandelt uns als wahre Schüler. Im Englischen gibt es dafür einen sehr passenden Ausdruck, den wir im Deutschen leider nicht haben. Es ist das Wort ‚disciple'. Wie man unschwer erkennen kann, leitet sich das Wort von ‚Disziplin' ab. Unsere Disziplin ist am Anfang ganz allein uns selbst überlassen. ‚Selbst' klein geschrieben." Atmasevika lachte zu Rabea hinüber. Diese nickte nur.

„Wenn wir eine wahre Beziehung zu einem *guru* haben wollen, gibt es verschiedene Stadien, aber wirkliche Intimität gibt es erst dann, wenn wir bereit sind, uns wie Schülerinnen zu verhalten. Im Westen haben wir eine Haltung der Gier oder zumindest doch der Erwartung angenommen. Wir glauben, dass wir einem Lehrer Geld bezahlen und er uns dann zu Diensten sein muss, während wir selbst einfach nur Nutznießer sind. Wir besuchen Seminare und nehmen mit, was wir bekommen können. Das ist auch okay, wenn wir von unserem Weg nicht erwarten, dass er uns zur höchsten Freiheit führt. Die bekommen wir nicht von außen gegeben. Sie wohnt im Inneren, und so müssen wir also die *gurumata* als Selbst erkennen. Wir müssen begreifen, dass sie in uns lebt. Und das geht nur mit Disziplin.

Wir sind nur dann ‚disciples', wenn wir erfassen, dass nicht nur die Lehrerin, die nun bereit ist, Meisterin für uns zu sein, Pflichten hat. Unsere Pflicht ist es, ihr vollkommen und uneingeschränkt zu dienen. Und allein dieses Wort treibt 80 Prozent der Suchenden, die glaubten, es ernst zu meinen, in die Flucht."

Rabea schaute Atmasevika lange an. Dann sah sie auf das Meer hinaus, das sich inzwischen wieder etwas beruhigt hatte. Die Möwen flogen wieder etwas höher, es sei denn, sie jagten nach Beute, und die Wolken am Himmel hatten sich verzogen. Rabea bemerkte, wie warm ihr geworden war. Sie schlug vor, den Schatten hinter dem Fels aufzusuchen, aber Atmasevika zeigte auf ihre Armbanduhr und erinnerte an das bevorstehende Mittagessen. „Wir sollten langsam zurückgehen, damit wir nicht schon wieder auffallen", lachte sie. „Wir können uns auf dem Weg noch weiter unterhalten. Und nachmittags ist auch noch ein wenig Zeit. Um 17 Uhr sollen wir allerdings bei Vidya im Haus sein; sie möchte uns beiden etwas zeigen."

Stimmen waren von hinten zu hören, und als die beiden sich umdrehten, sahen sie zwei der Gruppenmitglieder schnellen Schrittes den Weg entlangkommen. Sie grüßten kurz durch einfaches, aber freundliches Nicken und überholten die beiden. Offenbar wollten sie ebenfalls möglichst pünktlich zum Essen am Tisch sein.

„Es ist eigentlich merkwürdig", überlegte Rabea jetzt, „dass ich mich so gut wie nie mit einem der anderen Gruppenmitglieder unterhalten habe. Ich habe fast nur mit Enrique und mit dir gesprochen. Und mit Vidya und Kanjara natürlich."

Atmasevika nickte. „Nun ja. Es war ja ein Teil der Abmachung hier, dass das Schweigen bei der Selbsterforschung eine wichtige Unterstützung ist, dass es keine sozialen Forderungen gibt außer der gelegentlichen Küchenhilfe. Aber ich habe es auch so erlebt, dass die anderen Gruppenmitglieder sich sehr zurückgezogen haben. Und was Enrique angeht – das war so nicht vorgesehen, aber offensichtlich hat es euch beiden gut getan, dass ihr soviel geredet habt. Meine Rolle ist ähnlich der Enriques, dass ich Vidya diene, und daher haben wir in den letzten Tagen Zeit miteinander verbracht. Das geschah aber zu deiner Unterstützung und hat dem Schweigen nicht geschadet. Was wir hier vor allem verhindern wollen, ist der alltägliche Smalltalk. Es geht gar nicht darum, dass wir nicht von unserem Alltag erzählen dürfen. Aber die Rollen und Gewohnheiten, die wir gemeinhin mit uns herumtragen, wollen wir hier ganz ablegen. Sie sollen keine Chance bekommen, sich heimlich in unsere Selbstergründung zu schleichen. Die anderen Gruppenmitglieder haben nicht – oder ich sollte besser sagen ‚noch nicht' – dieselben Motivationen wie du, Rabea. Sie lassen sich noch viel zu leicht von dem, was sie im Laufe ihres Lebens an Gewohnheiten angenommen haben, ablenken, weil sie eben auch eine Verbesserung des Alltagslebens zum Ziel haben. Da habe ich bei dir nicht so die großen Bedenken."

Atmasevika zwinkerte Rabea zu. „Aber lass uns auf unser eigentliches Thema zurückkommen. Wir waren bei der Pflicht der ‚disciples'. Unsere Pflicht ist es, dem *guru* zu dienen. Was bedeutet das? Du hast ja recht gelassen auf dieses Wort reagiert. Scheinbar macht es dir nicht soviel Angst."

„Ich habe Enrique kennengelernt, der mir gleich am Anfang seine Prioritäten erklärt hat. Und nun habe ich dich ein bisschen kennengelernt. Ich habe nicht den Eindruck, dass ihr ausgenutzt werdet oder unglücklich seid. Im Gegenteil. Offenbar seid ihr sehr glücklich hier und habt eure Rollen ja auch selbst gewählt."

„Ja, aber das ist etwas anderes. Enrique macht das, weil er in Vidyas Nähe sein will und glaubt, ein anderer Weg stünde ihm zurzeit nicht offen. Sein Dienst besteht in der Instandhaltung des Platzes, er kümmert sich um die Einkäufe und um die leiblichen Belange der Gruppenteilnehmer. Ich bin hier, weil ich das Dienen als meine Lebensaufgabe erkannt habe. Ich diene Vidya, weil sie das Selbst ist. Atmasevika heißt ‚Dienerin des Selbst'. Und meine Aufgaben haben mit der Assistenz zu tun, ich bin im Büro tätig und kümmere mich um die psychologischen und manchmal um die spirituellen Belange der Gruppenteilnehmer. Das ist sozusagen auch mein Beruf. Was ich aber mit der Pflicht des ‚disciples' im Allgemeinen ansprach, ist etwas ganz anderes."

Rabea horchte nun doch auf und etwas in ihrem Magen regte sich. War das der Hunger, der auf den aus der Küche kommenden Essensduft reagierte, oder war es das mulmige Gefühl, das sie so gut kannte, wenn ihr etwas unheimlich wurde?

„Unsere Pflicht als disciple ist es, der Meisterin zu dienen, indem wir ihre Worte in der innersten Kammer unseres Herzens bewahren und dafür sorgen, dass sich ihre Kraft mannigfach vermehrt. Aus der Perspektive der Meisterin besteht unsere Pflicht darin, die Praxis, die sie uns aufträgt, gewissenhaft und beständig durchzuführen und uns vertrauensvoll der Selbsterforschung zu widmen. Dabei müssen wir Disziplin immer mehr stärken, damit sich das

Vertrauen vertiefen und weiter aufblühen kann. Erst, wenn die *gurumata* bemerkt, dass wir uns wirklich in etwas niederlassen, das die Schriften *shraddha* nennen, reine Zuversicht und vollkommenes Vertrauen in das Selbst, dann kann die Beziehung mit ihr alle Kanäle benutzen, die zur Verfügung stehen. Und wie ich schon sagte, das kann ein langer Weg sein.

Die Lehrerin wird niemals etwas anderes von uns verlangen als spirituelles Wachstum, aber das *kann und muss* sie verlangen. Wenn sie bemerkt, dass wir in ihrem *mandala* sozusagen herumwildern, weil wir es uns darin bequem gemacht haben, kann sie unangenehme Methoden benutzen, um uns wieder in Bewegung zu setzen oder uns weiter in die Stille zu stoßen. So war es bei mir. Und ich bin glücklich, dass ich so etwas erfahren durfte. Das war ich nicht gleich, im Gegenteil. Doch irgendwann erkannte ich die tiefe Liebe, die mir darin zuteil wurde, und dann wurde ich auf eine befreite Weise demütig."

„Wie meinst du das?" Rabea kannte das Wort ‚Demut' vor allem aus dem Christentum, und dort hatte sie es nicht als befreiend erlebt, sondern eher wie eine unangenehme Pflicht, sich selbst – und sich Selbst – zurückzunehmen.

„Ich wurde nicht schüchtern oder befangen. Ich fühlte mich nicht unterdrückt oder zu Dank *verpflichtet*. Ich war nicht verletzt worden, sondern Vidya hatte mir die Möglichkeit gegeben, mit meinem rebellischen Verhalten aufzuhören. Mir war bis dahin gar nicht bewusst gewesen, dass ich gegen sie rebelliert hatte. Ich hatte das für eine Qualität meiner Autonomie gehalten, weißt du. Das war es aber nicht. Es war schlichtweg Angst, die sich kämpfend zeigen wollte und sich das gleichzeitig nicht traute, weswegen ich mich ständig auf der Oberfläche bewegte. Durch die unbequeme Intervention von Vidya hatte ich die Möglichkeit, mich aus diesem paradoxen Verhalten zu befreien und mich wieder dem zu widmen, was ich wirklich wollte. – Und nun müssen wir essen gehen. Alles Weitere können wir nachher noch besprechen."

Rabea war noch immer beeindruckt von dem, was Atmasevika ihr über ihre Beziehung zu Vidya erzählt hatte. Es warf aber auch einige Fragen in ihr auf. Wollte sie wirklich eine so intime Beziehung zu Vidya haben? Wenn sie es sich richtig überlegte, kannte sie Vidya ja kaum. Sich ihr dann schon völlig auszuliefern mit dem Versprechen, ihre Pflicht zu erfüllen – war es das, was ihr vorgeschwebt hatte, als sie heute Morgen in sich den Wunsch danach gefühlt hatte, für immer in Vidyas *mandala* zu bleiben?

Beschämt musste Rabea sich eingestehen, dass sie wohl auch eine jener Kanditatinnen war, die ein bisschen in Vidyas *mandala* „herumwildern" wollten, wie sich Atmasevika ausgedrückt hatte. Aber natürlich ging es ihr auch um einen authentischen Weg und ihre Motivation war an Wahrheit und Freiheit orientiert. Sicher brauchte sie von Zeit zu Zeit Hilfe und Unterstützung, aber war es nicht besser, sie würde sich selbst aussuchen, wohin sie ging und mit wem sie studieren wollte? So festgelegt zu sein – das war ja wie eine Ehe! Nein, sie war noch nicht bereit zu heiraten. Allerdings würde sie ohne ein Versprechen wahrscheinlich nicht in Vidyas *mandala* aufgenommen werden. Und das wollte sie unbedingt. Enrique hatte in diesem Zusammenhang vor einigen Tagen – oder waren es Wochen? – davon gesprochen, dass man die *gurumata* nicht ausnutzen sollte.

Rabea seufzte. Sie hatte zuviel gegessen und wollte sich nun noch ein wenig ausruhen, bevor sie sich erneut mit Atmasevika treffen würde. Aber ihr voller Bauch ließ das Ruhen nicht zu. Auch ihr voller Geist trieb sie um. Vielleicht hatte sie einiges falsch verstanden und alles würde sich nachher noch klären. Rabea beschloss, den weiteren Verlauf des Gesprächs abzuwarten.

Ich sollte nicht voreilig über etwas befinden, wenn ich noch nicht alle Informationen habe.

Doch da war noch etwas anderes, das in ihrem Geist für Unruhe sorgte. Es hatte mit Enrique zu tun. Atmasevika hatte gesagt, Enrique tue hier seinen Dienst, weil er in Vidyas Nähe sein wolle und glaube, ein anderer Weg stünde ihm zurzeit nicht offen. Das war ein Gesichtspunkt, den Rabea nicht kannte. Hatte Enrique nicht ihr gegenüber behauptet, es sei seine Lebensaufgabe, Vidya so zu dienen, wie er das gerade tat? Was war damit gemeint, dass ihm ein anderer Weg zurzeit nicht offen stand?

Rabea merkte, wie sie müde wurde und nahm sich vor, diesen Gedanken ein andermal zu folgen oder Enrique direkt darauf anzusprechen. Langsam sank sie auf ihrem Bett in eine liegende Position, als ihr auch schon die Augen zufielen.

Als es an der Tür klopfte, schreckte Rabea hoch und machte sich sofort Vorwürfe, dass sie den Termin mit Atmasevika verschlafen hatte. „Entschuldige", sagte diese jedoch, „ich bin ein bisschen früh und wollte dich fragen, ob es dir jetzt schon passt. Habe ich dich geweckt?"

„Ja, das macht aber nichts. Ich hätte wahrscheinlich auch verschlafen, wenn du nicht zu früh gekommen wärst, denn ich habe ganz vergessen, mir einen Wecker zu stellen." Rabea rieb sich die Augen und sah sich nach ihrer Wasserflasche um, die immer neben dem Bett stand. „Ich bin eigentlich fertig, wir können los."

Leise überquerten die beiden Frauen den steinernen Flur, um die anderen Gruppenmitglieder in ihrem möglichen Mittagsschlaf nicht zu wecken. Aus Enriques Zimmer hörten sie leises Schnarchen und grinsten einander zu. Es sah ein wenig nach Regen aus, der Himmel hatte sich zugezogen. Trotzdem war es immer noch so warm, dass Rabea beschloss, ohne Jacke auszukommen. Schweigend schlenderten sie den Weg bis zum Strand entlang.

„Es hat mich ziemlich umgetrieben, was du mir vorhin alles erzählt hast, und es hat mich wohl auch in einen Konflikt gestürzt", begann Rabea das Gespräch und setzte sich neben Atmasevika, die sich bereits im warmen Sand niedergelassen hatte.

„Welcher Art ist denn dein Konflikt?"

„Ich war heute Morgen so euphorisch und so sicher, dass ich für immer in Vidyas *mandala* bleiben wollte. Nachdem du gestern schon einen Hinweis darauf gegeben hattest, dass das möglich sei – so hatte ich es mir jedenfalls erhofft – hatte ich mich darauf gefreut, das heute mit dir weiter zu besprechen. Und nach heute Morgen hatte ich gemeint, völlig klar damit zu sein. Aber als du mir dann von der Disziplin und dem Dienen erzählt hast, habe ich mich gefragt, ob das nicht etwas verfrüht gewesen ist. Ich wünsche mir sehr, in Vidyas *mandala* zu sein, aber ich kann das, was von mir als Schülerin erwartet wird, noch nicht versprechen. Dazu kenne ich mich selbst noch nicht gut genug. Ich habe ja gerade erst begonnen herauszufinden, wie mein Weg wohl aussehen könnte. Der Konflikt ist, dass ich etwas haben will, aber den Preis dafür zurzeit zu hoch finde."

„Meine Liebe", erwiderte Atmasevika mitfühlend lächelnd, „ich glaube, du machst dir zuviel Stress." Sie legte der Jüngeren die Hand auf den Rücken, was Rabea zu einem tiefen Atemzug veranlasste. „Wirklich?"

„Als ich das Gespräch mit dir auf Vidyas Geheiß hin begann, war uns klar, dass du nahe daran warst, dich für eine Schülerschaft zu bewerben. Daher wollte ich mit dir sprechen. Vidya ist sich deiner Hingabe gewahr und freut sich darüber sehr, denke ich. Sie weiß auch um deine authentische Motivation und um deinen starken Willen, mit dem du unbeirrbar auf Freiheit zuschreitest. Aber du bist noch nicht lange hier und kennst keine anderen spirituellen Lehrer oder Meisterinnen. Selbst wenn Vidya wüsste, dass du zu ihr und nur zu ihr gehörst, würde sie dir momentan wahrscheinlich davon abraten, ein Bekenntnis auszusprechen."

Rabea atmete auf, aber sie war auch ein wenig enttäuscht. „Hat sie das gesagt?"

„Nein, das hat sie nicht. So etwas bespricht sie nicht mit mir, sondern nur mit der Person, die es angeht. Ich spreche hier nur aus meiner eigenen Erfahrung. Und deine Enttäuschung kann ich ebenso gut verstehen wie deine Erleichterung."

Rabea spielte mit den Füßen im Sand und sah dann zufällig nach rechts gen Norden. Plötzlich gewahrte sie den Einsiedler auf dem Felsen. Voller Freude sprang sie auf und begann zu winken.

„Er meditiert und wird die Augen geschlossen haben", gab Atmasevika zu bedenken. Rabea winkte noch eine Weile, bevor sie erkannte, dass Atmasevika Recht hatte und sich wieder setzte.

„Ich habe alle hier sehr lieb gewonnen, vor allem Vidya und Kanjara, aber auch Enrique und dich. Ich hoffe so sehr, dass ich wiederkommen darf."

„Natürlich darfst du wiederkommen. Wie kommst du nur darauf, dass es anders sein könnte?" Atmasevika schüttelte den Kopf. „Jeder darf wiederkommen. Aber nicht alle wollen Vidya zur *gurumata* haben, nicht alle wollen Schülerinnen sein. Bevor du dich daher zu so einem Schritt entschließt, solltest du dir wirklich vollkommen sicher sein. Solange du nicht weißt, ob du zu einem Bekenntnis ganz stehen kannst, ist es nicht an der Zeit, es auszusprechen. Und solange Verwirrung über die Verantwortung von *guru* und Schüler auftaucht, heißt das einfach nur, dass sich der Schüler noch vor der eigentlichen Verantwortung, der Beziehung nämlich, fürchtet."

Rabea entdeckte das Zauberwort darin. Es hieß „Beziehung". Was genau war das eigentlich? Doch noch bevor sie sich darüber Gedanken machen konnte, sprach Atmasevika weiter.

„Ich möchte jetzt zu dem Ritual zurückkommen, das ich dir schon heute Mittag beschreiben wollte, zum *samaya*. Vidya erklärt *samaya* für diese Linie, in der wir alle, die wir ihre Schülerinnen und Schüler sind, stehen, als den existenziellen Weg des Herzens. Wir gehen ihn, um zu erkennen, wer wir in Wahrheit sind, um zu realisieren, was wir in Wahrheit sind, und um zu verwirklichen, was wir erkannt und realisiert haben. Auf diesem existenziellen Weg ist Vidya unsere *gurumata*. Sie erhält ihr *mandala* direkt von *Shiva*, und die Linie, die sie mit diesem *mandala* ausstrahlt, ist eine Linie *Shivas*. Eine spirituelle Lehrerin nimmt Schülerinnen und Schüler an, die nach dem Weg oder dem Ziel suchen. Manche sagen, dass spirituelle Lehrer auch Schüler suchen. Vidya sagte einmal, dass Lehrer viel dringender nach Schülern suchen als Schüler nach Lehrern, denn es gibt mittlerweile so viele, die sich als Lehrer sehen, aber nur so wenige, die die Qualität eines wirklichen Schülers haben. Und die Welt braucht authentische Schüler, denn nur diese werden zu guten Lehrern.

Dennoch nimmt Vidya nicht einfach jeden sofort in ihr *mandala* auf, der darum bittet. Sie steht aber jedem zur Verfügung, der ihr begegnen will. Auch wenn man sich nicht für die Beziehung zur *gurumata* entscheidet, kann der Weg existenziell und authentisch sein. Wenn man in vergangenen Leben schon viel aufgearbeitet hat, so dass es nur noch eines Anstoßes bedarf, dann braucht man vielleicht auch nicht unbedingt die Disziplin einer Linie. Manche seltenen Heiligen werden von *Shiva* direkt gesegnet. Aber dennoch unterziehen sie sich danach einer Disziplin, um den Segen zu würdigen. So etwas ist uns von Ramana Maharshi bekannt."

Rabea nickte. Diesen Namen hatte sie nun schon öfter gehört.

„Für den Schritt des Bekenntnisses innerhalb von *samaya* hätte Vidya gern Klarheit. Wie ich ja schon kurz erwähnt habe, gibt es Traditionen, die einfach nur leere Rituale ausführen. Manche haben nicht einmal einen lebenden *guru*. Ich denke zum Beispiel an eine indische religiöse Gruppe, die überall auf der Welt durch eine bestimmte Kundalini-Yoga-Form bekannt geworden ist. Die Mitglieder glauben, dass es in ihrer Linie nur 10 *gurus* gab. Der zehnte hat dann die Richtlinien dieser Religion in einem Buch festgehalten und erklärt, dieses Buch sei nun der *guru*, es werde keinen weiteren menschlichen geben. Das war vor ca. 300 Jahren. Seitdem wird dieses Buch jeden Morgen gereinigt, angebetet und jeden Abend zugeschlagen. Um Mitglied dieser Gruppe zu sein, darfst du niemanden heiraten, der eine andere Religion praktiziert, du musst einen Eisenring um das Handgelenk tragen und weitere Attribute, die ich hier nicht nennen möchte. Das, was ursprünglich auf einem spirituellen Weg wichtig war, ist hier leeren Ritualen und Denkweisen gewichen.

Ich denke an einen spirituellen Lehrer, der vor noch nicht allzu langer Zeit starb. Noch zu seinen Lebzeiten verlangte er, dass seine Jünger, wie er sie nannte, sich eine *mala* – eine Gebetskette – mit seinem Bild umbanden; sie durften nur Kleidung einer bestimmten Farbe tragen und so weiter. Er verlieh ihnen spirituelle Namen, die noch lange nach seinem Tod von seinen Anhängern aus einer Lostrommel gezogen wurden. Das alles geschah nicht, weil die Menschen sich in Richtung Verwirklichung bewegten, sondern damit sie sich innerhalb einer Bewegung, die populär geworden war, zugehörig fühlten.

Diese Art der Zugehörigkeit ist jedoch nicht das, was wir unter der Teilhabe an einem *mandala* verstehen. Und Dinge, wie sie in diesen beiden oder anderen religiösen Gruppen verlangt werden, meinen wir nicht mit Ritual.

Für uns ist *samaya* der individuelle, zutiefst aus dem eigenen Herzen gewünschte und aus der eigenen Individuation gestaltete Weg, der uns nach Hause bringt. Dieser *samaya* zeigt sich uns in einem *guru*, einer Linie und einer Lehre, und all das wird von unserem Herzen gewählt. In diesem Sinne sprechen wir dann ein Gelübde, weil wir eine Disziplin der Wahllosigkeit beginnen oder erneuern – weil wir unsere Wahl getroffen haben. Die Hingabe an unser spirituelles Wachstum durch das Bekenntnis zu einem bestimmten Weg und einem bestimmten *guru* führt uns dann immer weiter nach innen – ohne Fluchtwege. Ein Bekenntnis abzulegen ist daher Akt und Ausdruck von Freiheit. Wir sind nun nicht mehr länger durch Ungewissheit gebunden.

Unser *samaya* ist unabhängig von äußeren Hüllen und kann doch jede Form benutzen, die die *gurumata* als sinnvoll erachtet. Geleitet wird sie dabei nicht von 300 Jahre alten Büchern oder Lostrommeln, sondern von ihrem unerschütterlichen Wissen und ihrer Liebe. Durch Disziplin und Hingabe auf einem Weg, den unser eigenes Leben sich sucht wie ein Fluss, der zum Meer fließt, erwirken wir Ermächtigung und Bevollmächtigung. Das ist sehr viel schwieriger als sich in die Bequemlichkeit eines gemachten (Kloster-)Bettes zu legen, einem toten Ritus zu folgen, einen Eisenring um das Handgelenk zu tragen oder einer Gruppe von Hippies anzugehören.

Und es erfordert die Begleitung durch einen *guru*, der mehr kann als nur *sutras* zu rezitieren, Gesetzestexte für die Praxis zu verlesen oder uns mit dem Stock zu „mahnen", wenn wir beim Meditieren mit der Wimper zucken. Er muss in der Lage sein, uns mit seiner wachen Klarheit zu durchdringen. Er muss unsere Vergangenheit akzeptieren und unsere Zukunft kennen. Er muss wissen, wie er führen kann. Und er muss wirklich und wahrhaftig lieben können. Die Liebe eines solchen *gurus* geht über Umarmungen, Wohlwollen, Ritualdurchführung und Zensticks weit hinaus. Sie ist umfassend unpersönlich, wobei sie im selben Moment vollkommen persönlich wirkt.

Weißt du, warum ich gerade Vidya für eine so authentische *gurumata* halte?" fragte Atmasevika jetzt unvermittelt.

„Na, weil du sie liebst", war Rabea überzeugt.

„Ja, das tue ich wirklich. Aber über alles Persönliche und Überpersönliche hinaus sehe ich Vidya als eine Lehrerin an, die über sehr seltene Gaben verfügt. Ich denke, dass wir den Weg zur höchsten Verwirklichung nicht meistern können ohne die Führung von jemandem, der über vollkommene Erkenntnis sowohl von dieser wie auch von jener Welt verfügt und der darüber hinaus die

Natur des Übergangs, der Brücke, kennt. Wie viele *gurus* halten uns ein Ideal vor, das uns zwar in mystische Höhen aufsteigen lässt, uns dann aber keine Möglichkeit gibt, darin zu verweilen, wenn der *guru* den Raum verlassen hat. Und weil die meisten *gurus* nicht die intellektuellen Fähigkeiten besitzen, die Schriften wirklich zu begreifen, können sie uns auch den Weg dorthin nicht vermitteln. So haben wir keine Chance, das, was wir erfahren haben, in unserem Leben zu aktualisieren, es gegenwärtig zu halten. Zwischen den beiden Bereichen erstreckt sich dann ein unpassierbarer Streifen Nichts. Und andererseits – wie viele Menschen versuchen, uns ohne den Weg ins Mysterium Tipps für die Reise in die Freiheit zu geben. Was dabei herauskommt, ist bestenfalls Freizügigkeit für die Person. Zugegeben, das ist besser als Gefangenschaft. Aber für einen spirituellen Sucher ist es nicht das, weshalb er die Reise angetreten hatte. Mich auf halber Strecke mit dem Drittbesten zufrieden zu geben, lag mir nicht." Sie lachte.

„Dann sind die Heiligen die, die so tief in den höheren Reichen versunken sind, dass sie quasi die Brücke irgendwann vergessen haben und eigentlich für eine *guru*-Schüler-Beziehung nicht geeignet sind?" wollte Rabea wissen.

„Tja, das ist ein guter Punkt. Wahrscheinlich ist es so. Aber zurück zum *samaya*. Wir haben nicht mehr viel Zeit." Atmasevika deutete auf ihre Uhr und Rabea fiel ein, dass sie ja noch eine Verabredung mit Vidya hatten. „Wenn wir uns für ein Bekenntnis entscheiden, sollten wir also ganz sicher sein, soviel ist, glaube ich, inzwischen klar geworden. Natürlich legen wir das Bekenntnis vor einem bestimmten *guru* ab. Aber das geschieht nur, damit wir sicher sind, ein authentisches *mandala Shivas* zu ‚erwischen', verstehst du? Wir könnten den *guru* ja einfach auch lieben und mal abwarten, wie sich die Beziehung entwickelt.

Der Zweck eines Gelübdes im Ritual von *samaya*, wie wir es verstehen, ist, eine bewusste Wahl zu treffen. Denn es ist unsere Absichtserklärung, die uns dafür öffnet, göttliche Gnade zu empfangen. In einem Bekenntnis erklären wir, was uns heilig ist. Wir verpflichten uns der Freiheit des Herzens, aber nicht der vermeintlichen Freiheit der Wahl. Der höchste Zweck des Bekenntnisses ist es, die unerschütterliche Erklärung abzugeben, dass wir bereit sind, für unsere Freiheit einzustehen und dafür zu gehen. Und zwar mit Hilfe der *gurumata*.

Übrigens möchte ich an dieser Stelle etwas erklären. Ich nenne Vidya natürlich oft bei ihrem Namen. Manchmal spreche ich sie auch mit ‚*gurumata*' oder ‚*guruji*' an. Aber meistens heißt sie für mich ‚*gurudevi*'. Sie ist für mich eher eine göttliche Erscheinung als eine mütterliche." Als Atmasevika so sprach, traten ihr Tränen in die Augen, und Rabea spürte für einen Augenblick die tiefe Andacht, in der Atmasevika ihre *gurudevi* im Herzen hielt.

„Heilige Gelübde abzulegen ist eine zutiefst persönliche Angelegenheit. Weder wird es verlangt, noch wird es erwartet. Irgendwann steigt jedoch der Wunsch danach, offiziell in den heiligen Fluss einer Linie zu springen, ganz vom Selbst aus unserem Herzen auf, so wie es ein Wunsch nach Taufe oder Initiation tut. Dieser Wunsch zeigt die spirituelle Reife an, mit der wir das Verständnis ausdrücken, was es heißt und was es braucht, um nach Hause zu kommen, und mit der wir der Sehnsucht stattgeben, ein Leben in größerem Bewusstsein und im Halt eines erleuchteten *mandalas* zu leben. Indem wir uns bekennen, bekunden wir unsere Wertschätzung und enthüllen unsere spirituelle Verletzlichkeit. Gleichzeitig drücken wir unsere Bereitwilligkeit aus, dem Leben zu erlauben, auf eine Weise auf uns einzuwirken, die wir nicht mit dem Verstand kontrollieren können.

Ich möchte wiederholen: Weder wird es verlangt, noch wird es erwartet. Daher solltest du warten, bis eines Tages in dir der tiefe Wunsch auftaucht, dich so sehr hinzugeben, dass du sicher bist, die Reife zu haben, die es dir ermöglichen wird, dich deiner Disziplin zu widmen."

Rabea nickte. „Ja, das habe ich verstanden. Ein Teil von mir möchte es unbedingt, aber ein anderer hat Angst. Und ich erkenne, dass das ein Zeichen dafür ist, dass ich noch nicht ganz bereit bin. Aber gibt es denn nicht so etwas wie eine Zwischenlösung? So etwas wie eine Verlobung?" Schüchtern sah sie die Ältere an.

Nach einigem Zögern und nachdem sie Rabea eine Weile ernst betrachtet hatte, straffte Atmasevika den Rücken. „Es gibt diesen Schritt. Du kannst deine Bereitwilligkeit erklären, dem Weg dieser Linie zu folgen, der spirituellen Praxis einen festen Raum in deinem Leben zu geben und dich ihr diszipliniert zu widmen. Dann bekräftigst du deine Bereitschaft, die Äußerungen deiner *gurumata* an dich heranzulassen und sie ernsthaft in dir zu prüfen.

Du wirst in Vidyas *mandala* aufgenommen. Diese Verbindung ist tiefer als eine Verlobung, aber sie ist ihr vergleichbar. Du wirst dann auch in unsere ‚Familie' aufgenommen – in unseren *sanga*. Weil aber jeder Mensch, der sich zum ersten Mal einer solchen inneren Verpflichtung stellt, zunächst von *Shiva* geprüft wird, darfst du dein Bekenntnis nach einem halben Jahr ohne Konsequenzen zurücknehmen.

Wenn du im *sanga* und als Vidyas Schülerin und damit als *Shivas* Schülerin in der Linie der höchsten Freiheit bleiben möchtest, kannst du dich noch mehr in die Lehre vertiefen und eine sehr direkte Schülerin-Lehrerin-Beziehung anstreben, die vielleicht irgendwann dazu führt, dass du ein *kula*-Mitglied wirst. So nennen wir es, wenn jemand sich dann endgültig für den Schritt der ‚Heirat' entscheidet."

„Warum hast du das denn nicht gleich gesagt, Atmasevika?" fragte Rabea etwas erbost.

„Nun, ich wollte, dass du zunächst Klarheit über den Weg hast. Das ‚vorläufige' Ritual ist im Prinzip ein Zugeständnis, das Vidya all jenen macht, die gern Anteil haben, aber sich noch nicht ganz einlassen wollen, und sie schlägt es auch allen vor, die sich viel zu früh in das Bekenntnis stürzen wollen, während Vidya die Zweifel bemerkt, die ihnen noch unbewusst sind. So war es auch bei mir. Aber viele ruhen sich auf dem ersten Bekenntnis aus und glauben, sie hätten sich nun das *mandala* der *gurumata* gesichert. Sie glauben, sie kämen auf diese Weise um die Disziplin und die Pflicht, über die wir vorhin so ausführlich gesprochen haben, herum. Insofern kann das *mandala*, wenn du zu früh in es aufgenommen wirst, auch eine Illusion nähren, nämlich dass du einfach von etwas profitieren kannst, ohne selbst etwas in deine Entwicklung zu investieren. Das kann natürlich nicht der Weg sein."

„Ich verstehe. Das ist wahrscheinlich ein speziell westliches Phänomen, nicht wahr, dass man sozusagen ein Bekenntnis unter Vorbehalt macht, ohne sich selbst wirklich dessen gewahr zu sein? Ich wünsche mir, dass Vidya in dem Fall, in dem ich selbst einmal so denken sollte, auch die Methoden anwenden wird, die sie bei dir angewendet hat. Aber ich frage mich, warum Vidya dieses Zugeständnis macht, wenn es doch so viele negative Möglichkeiten eröffnet. Oder habe ich etwas versäumt?"

„Nun, es gibt durchaus eine Menge positive Aspekte des vorläufigen Bekenntnisses. Allerdings möchte ich an dieser Stelle sagen, dass niemand in eine Beziehung mit der *gurumata* eintreten sollte, wenn er sie von Anfang an als ‚vorläufig' ansieht. Lass uns bei dem Vergleich mit der Verlobung bleiben. Der Sinn einer Verlobung ist ja auch, sich fester zu binden als in einer einfachen Freundschaft, sich aber noch Zeit zu geben, um sich gründlich auf die Heirat vorzubereiten. Insofern profitiert man also durchaus vom *mandala*, wenn auch noch nicht umfassend. Und ein weiterer, nicht zu unterschätzender Aspekt ist die Möglichkeit, dass sich langsam und ohne Druck Vertrauen einstellen kann. Du arbeitest intimer mit der Lehrerin zusammen, als wenn sie nur deine Instruktorin oder Therapeutin wäre, und du weißt, dass sie dich gern in ihrem *sanga* hat."

Rabea fühlte sich nun wesentlich entspannter und sah der nächsten Begegnung mit Vidya mit Freude entgegen. „Wie ist denn das praktische Vorgehen?" fiel ihr dann noch ein.

„Du kannst das Bekenntnis innerhalb eines *satsanga* sprechen. Wie das durchzuführen ist, werde ich gern für dich organisieren. Noch etwas fällt mir jetzt ein. Vor kurzer Zeit hat Vidya einer Idee Ausdruck gegeben, die das, was wir vorhin besprochen haben, ein bisschen eindämmen könnte."

„Die das Ausruhen im *mandala* eindämmen könnte?"

„Ja, und die auch Unterstützung bei Zweifeln gibt und die hilft, in die Disziplin hineinzuwachsen. Es handelt sich um die sogenannte Patenschaft. Es könnte helfen, wenn ein neues *sanga*-Mitglied von einem erfahrenen *sanga*- oder besser noch *kula*-Mitglied betreut wird, ohne dass dabei Druck ausgeübt wird. Es geht nicht darum, dass der Pate die Neue sozusagen ständig anruft und sich danach erkundigt, ob die Meditation heute bereits ausgeführt wurde und so etwas. Vielmehr sollte er da sein, wenn die Neue jemanden braucht; *sie* sollte es sein, die sich an ihn wenden kann, wenn sie es möchte." Mit einem Seitenblick in Richtung des nördlichen Felsens fügte sie dann verschmitzt hinzu: „Für dich wüsste ich da einen ganz besonderen Paten. Da er allerdings hier lebt, müsste die Verbindung zwischen euch telepathisch aufgenommen werden." Dann lachte sie ob des Wortspiels, das Rabea noch nicht so ganz verstand.

Sie hob den Blick. „Du denkst an Kanjara? Das wäre ja großartig. Aber würde er so etwas tun? Er ist doch ein Einsiedler und noch dazu ein *upaguru*."

„Ein Einsiedler, der dich sehr lieb gewonnen hat, nicht nur, weil er spürt, dass auch du in deinem Herzen die Einsiedlerschaft mitbringst. Und ein *upaguru*, der deine Reife erkennt, auch wenn er den Weg sieht, den du noch zu gehen hast, und der – wie wir alle hier – die Vermutung hegt, dass sich auch in dir die Aufgabe des Lehrens einmal zeigen könnte", vollendete Atmasevika den

Satz. „Doch zunächst, meine Liebe, solltest du Vidya dein Anliegen vortragen und schauen, ob sie dich als Schülerin annimmt."

Rabea erschrak. „Denkst du, das würde sie nicht? Könnte sie mich zurückweisen?"

Nun musste Atmasevika wieder lachen. „Spür mal genau in dich hinein, Rabea. Ist diese Frage denn relevant? Was ich dir gerade sagte, war etwas Allgemeines. Du musst Vidya fragen, du kannst sie nicht einfach überrollen. Sie muss dich offiziell annehmen, das kannst du nicht voraussetzen. Soviel zur allgemeinen Ordnung. Alle anderen Antworten findest du in deinem Herzen."

Atmasevika stand auf. „Ich habe vor dem Termin bei Vidya noch etwas zu tun. Wir treffen uns dann draußen vor der Tür. Ach und noch etwas: Denk daran, dass morgen der letzte Tag ist und es nicht mehr soviel Zeit gibt. Wenn du also entschlossen bist, dein Bekenntnis noch zu sprechen, solange du dieses Mal hier bist, solltest du mir bald Bescheid geben, damit ich dir alle Informationen dazu noch heute geben kann."

„In Ordnung. Ich danke dir sehr, Atmasevika. Du hast mir wirklich geholfen." Rabea blickte die Dienerin des Selbst glücklich an. Sie lehnte sich im Sand zurück und hob den Blick zu den Wolken, die sich immer mehr verzogen und die Sicht auf den beständig blauen Himmel wieder freigaben.

In der Ferne lächelte Kanjara von seinem Felsen zu Rabea hinüber. Ihm hüpfte das Herz in seiner alten Brust.

LIEBEN IST NICHT GENUG

Als Rabea und Atmasevika am späten Nachmittag Vidyas Haus betraten, hörten sie Stimmen im Wohnbereich. Sie waren von der Küche her gekommen, die keine abgeschlossene Tür zum Wohnbereich hatte, weswegen man jederzeit hören konnte, wenn dort drüben gesprochen wurde. Rabea kräuselte die Stirn und lugte vorsichtig um die Ecke, konnte aber hinter dem Vorhang nur die Kontur einer vermutlich männlichen Person erkennen, die mit dem Rücken zu ihnen saß. Atmasevika hielt Rabea am Arm und legte den Zeigefinger über die Lippen. Gerade in dem Moment vernahmen die beiden Frauen Vidyas sich nähernde Schritte auf dem Fußboden.

Nickend, aber schweigend nahm sie Rabea am Ellenbogen und zog sie hinaus in den Vorraum. „Bitte zieh deine Schuhe aus", flüsterte sie, „und folge mir ganz leise wieder in die Küche und von dort aus in den Nebenraum. Ich möchte euch beiden etwas zeigen." Damit ging sie vor und betrat ein kleines Zimmer, das neben dem Wohnbereich lag. Atmasevika saß bereits barfuß auf einem der bequemen Stuhlsessel. Offenbar war sie über das, was hier geschah, schon informiert. Vidya ließ die Tür offen, so dass man von hier aus noch die Küche und auch – wäre der Vorhang zurückgezogen gewesen – den Wohnbereich einsehen konnte. Das Zimmer enthielt lediglich eine Couch, zwei Stuhlsessel und einen kleinen Tisch, auf dem Notizblöcke und Stifte lagen, außerdem ein Regal voller Pappordner, die mit verschiedenen Worten in einer für Rabea unbekannten Sprache beschriftet waren. Vidya bedeutete ihr, hier neben Atmasevika Platz zu nehmen und sich leise zu verhalten. Gestikulierend entschuldigte sie sich dafür, dass sie so kurzfristig erst entschieden hatte, Rabea mit dazu zu bitten, aber es schien ihr wichtig zu sein, dass Rabea sich hier aufhielt, während sie ihr Gespräch im Wohnbereich fortführte. Atmasevika schien mit dem Vorgehen vertraut zu sein. Vidya zeigte ins Wohnzimmer und sagte: „Er ist informiert und einverstanden, dass zwei Schülerinnen von mir dem Gespräch beiwohnen, aber er möchte nicht, dass sie im Raum anwesend sind. Deshalb müsst ihr hier warten", sagte sie im Hinausgehen.

Als Vidya jetzt wieder vor dem jungen Mann, der für Rabea nun seitlich zu sehen war, Platz nahm, konnte sie die Lehrerin gut erkennen, weil sie sie kannte. Der junge Mann aber war ihr unbekannt, und Rabea konnte sich beim besten Willen nicht vorstellen, wen sie da beobachtete. Das war wahrscheinlich der Sinn der Sache. Vidya hatte sie hier postiert, weil sie an etwas teilhaben sollte, das wichtig zu sein schien, aber sie wollte natürlich auch die Privatsphäre der Person schützen, die sich dort offenbarte. Soweit Rabea sehen konnte, handelte es sich nicht um eine Person aus der Gruppe, mit der sie gemeinsam hier die letzten vier Wochen verbracht hatte. Sie war gespannt, worum es gehen sollte.

Die beiden sprachen leise, und zunächst konnte Rabea nicht verstehen, was sie sagten. Vidya setzte sich nun zu dem Mann auf das Sofa und sah ihn aufmerksam an. Es war interessant, sie einmal ‚von außen' zu betrachten, ohne dass Rabea selbst der Gegenstand des Gesprächs und die direkte Schülerin war. Ja, sie kannte Vidya so, aber irgendwie kannte sie sie doch nicht. Zum ersten Mal konnte Rabea SIE sehen, weil es nicht um ihre Angelegenheiten ging.

Schön war Vidya, das hatte Rabea immer gesehen. Aber so klar und so fest war sie, das sah sie erst jetzt. Es gab keine Regung in ihr, die aus dem persönlichen Bereich kam. Sie war ganz DA, war ganz Präsenz, und alles, was von dem jungen Mann neben ihr kam, wurde von Vidya auf eine Weise zurückgespiegelt und doch aufgelöst. Es war merkwürdig. Rabea konnte es gar nicht benennen. Dadurch, dass Vidya nichts persönlich nahm und in vollkommener, makelloser Integrität saß, berührte sie eine Seite in dem jungen Mann, die ebenfalls vollkommen und makellos war. Sie berührte seine eigene Klarheit, seine Weisheit und seinen Mut.

Soweit Rabea es bisher verstanden hatte, drehte sich das Gespräch um einen Konflikt, den der Mann nicht bewältigen konnte. Die männliche Stimme, die Rabea hörte, berührte sie tief. Irgendetwas in ihr reagierte mit großer Offenheit, mit tiefem Einvernehmen.

„Ich kann mir das nicht vorstellen, ich weiß auch nicht, wie ich damit umgehen soll", sagte der Mann jetzt. „Manchmal denke ich den ganzen Tag lang über nichts anderes nach. Ich weiß nicht, wer ich bin oder wer ich werden will. Ich weiß nur, was ich nicht will, und ich will bestimmt nicht so leben wie meine Mutter oder meine Tante. Ich hab auch keine Ahnung, wie ich mich dir gegenüber verhalten soll. Ich habe manchmal den Eindruck, als hättest du mir gegenüber bestimmte Erwartungen, die ich nicht erfüllen kann. Das macht mir Angst."

Vidya fand mit ihm zusammen heraus, dass eigentlich er es war, der Erwartungen hatte, und zwar nicht nur an sie, sondern an alle Menschen. Er wollte geliebt, angenommen werden. Um das zu erreichen, glaubte er, bestimmte Leistungen erbringen zu müssen, die ihm die Anerkennung sichern würden. Aber tief in sich wusste er schon, dass er der Anerkennung, die auf seine Leistungen folgen würde, niemals vertrauen würde, denn er würde erkennen, dass nie *er* gemeint sein würde, sondern nur seine Leistungen. Er befand sich in einem Teufelskreis.

„Du wirst die Liebe, die du suchst, nicht erkennen können, so lange du nicht zulässt, geliebt zu werden", sagte Vidya zu ihm. „Du musst dir erlauben zu erkennen, dass du bereits geliebt wirst, und dass das alles nicht das Geringste mit Leistungen zu tun hat."

Er hatte ein tiefes Minderwertigkeitsgefühl in sich begraben, und daraus hatte er eine Art Größenwahn entwickelt. Rabea dachte an die Gegenbilder, von denen Vidya ihr gestern erzählt hatte. Dieser junge Mann versuchte alles, um ‚gut' zu sein. Er zwang sich viel ab, er hatte große Ansprüche an sich selbst und an seine

Zukunft. Die Erwartungen, die er konservierte, übertrugen sich nicht nur auf andere Menschen, sondern er übertrug diese Haltung auch in den Kontakt mit ihnen, so dass er letzten Endes annahm, sie hätten hohe Erwartungen an ihn, was ihn wiederum verschreckte. Natürlich zog er auf diese Weise auch Menschen an, die tatsächlich hohe Erwartungen an ihn hatten, denn schließlich manifestiert sich außen das, was wir innen tragen.

„Wie kommst du überhaupt darauf, dass du irgendetwas erreichen kannst, was nicht als Same in dir lebt?" fragte Vidya, und der Mann hob – scheinbar erstaunt – den Kopf. „Nichts wirst du erreichen, was nicht sowieso in dir ist! Da gibt es keine Chance. Und du hast ebenso wenig eine Chance, das, was in dir lebt, *nicht* zu erreichen. Es ist schon für alles gesorgt. Wer bist du? Du *bist* das alles. Finde heraus, wer du wirklich bist!"

„Ach, Vidya. Immer, wenn ich mir gerade ein Konzept oder eine Struktur aufgebaut hatte, dann nimmst du sie mir wieder weg. Wie soll ich denn mit dieser Orientierungslosigkeit leben?"

„Wofür brauchst du Orientierung? Wer ist es, der Orientierung braucht? Überlass dich doch einfach dem Leben. Was ist es, das du wirklich willst?"

„Ich möchte lieben", sagte die sanfte Stimme jetzt unvermittelt und sehr zart, und Rabeas Herz wurde weich und begann zu brennen.

„Aber tust du das nicht bereits?" fragte Vidya zurück.

Nun hatte Rabea das Gefühl, dass er nachdenklich wurde. Vidya nahm seine Hände und lächelte ihn an; Rabea konnte ihr Gesicht sehen, das jetzt wieder von innen her leuchtete. „Was hindert dich daran, dich dem Leben zu überlassen?"

„Sorgen, keine Sicherheit, vieles." Nun war seine Stimme kühl und abweisend, irgendwie arrogant. Doch Vidya ließ sich nicht beeindrucken. „Und überhaupt: was bedeutet es denn, sich dem ‚Leben' zu überlassen?! Ich bin sehr mit meinem Kopf und dem

Denken identifiziert und ich habe viele Vorstellungen. Gerade in letzter Zeit scheint mein Kopf so voll zu sein. Ich versuche zu meditieren, aber es gelingt mir nicht. Ich bin so voll! Was ich heute will, kann morgen schon ganz anders aussehen. Wenn ich mich heute verliebe, kann es morgen schon sein, dass ich mir sage, ich habe totalen Mist gebaut. Das, was mir dazu einfällt, ist einfach, dass ich mich auf nichts festlegen will."

„Du willst dich nicht einlassen und glaubst, gute Gründe dafür zu haben. Und in Wahrheit dienst du doch einfach nur der Angst. Du sagst, du möchtest lieben, aber dann findest du Argumente dafür, gerade dem Gegenteil zu folgen. Natürlich fährt der Verstand, der listige Kriegsherr, seine besten Geschütze auf, wenn er erkennt, wie heftig es ihm ans Leder geht! Aber was bedeutet das schon! Wenn es dir wirklich ernst damit ist, dass du dich für die Liebe, für dein Herz entscheiden willst, dann stellst du dich diesen Geschützen, oder?"

Rabea sah, wie er nickte. Einen langen Augenblick schauten sich Lehrerin und Schüler beide tief in die Augen – Rabea fühlte förmlich die Intensität dieses Blickes. Von Vidya sah sie plötzlich eine unglaubliche Zuneigung für diesen jungen Mann ausgehen, eine Liebe, die ihn vollkommen hielt und ihn gleichzeitig vollkommen losließ. Und auch er schien sie sehr gern zu haben.

„Also", fuhr sie fort. „Warum kämpft der Verstand so sehr? Ich vermute, dass er Angst hat."

„Ja, das sehe ich. Aber hat er nicht gute Gründe, Angst zu haben? Schließlich gibt es gewisse Erfahrungen, die darauf hindeuten, dass diese Ängste berechtigt sind. Angst ist doch nicht nur schlecht, oder? Sie rettet uns doch!"

„Instinktive Angst rettet uns, ja. Sie hat ihre Berechtigung. Aber die Angst des Verstandes ist vollkommen unberechtigt und totaler Blödsinn. Sie besteht nur aus Gedanken, und sie besteht nur, weil der Verstand sich selbst erhalten will. Er will nicht, dass du liebst, dass du dich hingibst, denn das wäre sein Tod."

„Gut, was können wir tun?"

„Zeig mir deine Ängste. Fangen wir damit an, ihnen zu begegnen, sie aufzuzählen, sie auszusprechen."

Rabea verließ Vidyas Haus, nachdem diese ihr ein Zeichen gegeben hatte. Während sie weiter mit dem jungen Mann arbeitete, dessen Angst ihn so zu lähmen schien, blieb Atmasevika als Beobachterin dort.

Rabea schlenderte den kleinen Weg von Vidyas Haus hinunter in Richtung des Strandes, aber dann bog sie kurzerhand nach rechts in den Wald hinein ab. Sie folgte dem Weg am Flüsschen und ließ sich von dem glucksenden Geräusch der Stille immer weiter in den Osten ziehen, wo sie Ausschau nach dem Baum hielt, dem sie in der vorletzten Nacht hier begegnet war. Ihre Füße fanden den Weg ganz von allein, und als ein Geräusch wie Vogelgeflatter aus einem Wipfel am Rande der Baumgruppe aufstieg, richtete sich Rabeas Körper danach aus.

Sie ließ sich im Gras nieder und wurde nachdenklich. Was wollte Vidya ihr damit sagen, dass sie sie an ihrem Gespräch mit dem jungen Mann teilhaben ließ? Hatte Rabea nicht gerade erst die tiefe Liebe in sich gefunden, nachts, auf der Lichtung, im Mondschein? War nicht gerade erst etwas in ihr auferstanden, das nun Hoffnung und Stärkung gebraucht hätte? Nun waren wieder Gedanken da, die sich mit der Liebe beschäftigten.

Rabea schloss die Augen und versuchte zu meditieren. Sie ließ das, was sie in Vidyas Haus gehört und gesehen hatte, noch einmal an sich vorüberziehen. Anders als die Lehrerin hätte sie diesem jungen Mann nicht so begegnen können, so unerschütterlich und klar, als er von seinen Ängsten berichtete. Rabea begriff, dass sie – wenn es um das „richtige Leben" ging, wie sollte sie es sonst nennen? – eigentlich gar nicht wusste, wie das umzusetzen war, was sie da tief in sich erfahren hatte.

Ein Film fiel ihr ein, den sie als junges Mädchen einmal gesehen hatte. Darin ging es um einen revoltierenden Jugendlichen, der eigentlich verzweifelt war, weil er sich stets zurückgewiesen gefühlt und niemals einen Menschen gefunden hatte, der für ihn wirklich eine stabile Bezugsperson gewesen wäre. Schließlich landete dieser Jugendliche bei einem Polizeipsychologen, der nicht nur seinen Beruf verstand, sondern auch mit dem Herzen sehen konnte. Er ging nicht einfach nach Schema F vor, sondern fühlte sich wirklich ein und empfand schließlich väterliche Zuneigung und Verantwortung für den jungen Mann. Als dessen verantwortungsloser Vater, der in einer armseligen Unterkunft lebte, mit seinem Leben nicht zurecht kam und – halb verwahrlost – den Sohn zu sich zurückholen wollte, war sein einziges Argument, dass er seinen Jungen liebte. „Lieben ist nicht genug!", entgegnete daraufhin der Polizist. „Man muss auch wissen, wie."

Diesen Film hatte Rabea vor langer Zeit gesehen, und nun wurde ihr schlagartig bewusst, warum sie den besagten Satz nie vergessen hatte: Er spiegelte einen ihrer tiefsten Konflikte. Diese Liebe des Herzens, diese mystische, Einheit findende, alles umfassende und unzerstörbare Liebe, die sie unter dem Licht von Schwester Mond immer wieder aufsuchen konnte, die hatte sie noch nie auf dieser Erde erwecken können. Sie hatte es versucht, voller Hoffnung und mit naivem Vertrauen, aber sie war immer wieder an sich selbst gescheitert. Liebe und Liebe, das schienen aus dieser Sicht auf einmal zwei verschiedene Ebenen zu sein.

Bestürzt über ihre Erkenntnis öffnete sie die Augen. Hatte Vidya ihr das mitteilen wollen? Wollte sie, dass Rabea erkannte, wie unfertig und unvollkommen ihre Liebe in der irdischen Sphäre war? Aber warum heute, einen Tag, bevor sie sie verlassen und in ihr Alltagsleben würde zurückkehren müssen? Machte das nicht alles kaputt, was in der Zwischenzeit so magisch und mystisch in Rabea zu leben begonnen hatte?

„Mal sehen", hörte sie da Vidyas Stimme hinter sich und erschrak ein wenig. „Mal sehen, ob du *das* als Alltag ansehen wirst, meine Liebe!" Sie lachte, als sie die dunklen Wolken sah, die schon wieder über Rabeas Kopf kreisten. „So schnell ...?"

Rabea schämte sich. Sie hatte sich doch so heil, so mystisch, so tief, so klar gefühlt, als sie so voll war mit dieser Liebe, mit dieser Berührung durch die Wahrheit des Geliebten. Und wo war all das jetzt? Genügte ein einziger dunkler Gedanke, um sie wieder zurückzuziehen in den Sumpf ihrer Grübeleien?

„Ich wollte dich nicht in deinen Gedanken unterbrechen", sagte Vidya, während sie langsam weiterging, „ich bin auf dem Weg zur Höhle der Schilde hier vorbeigekommen. Darum lass dich bitte nicht stören. Aber falls du einen Tipp haben möchtest, wie du diese andere Seite, an die du dich gerade wieder erinnerst, erlösen kannst: Arbeite sie zunächst einmal gründlich auf. Und lass nicht zu, dass sie dir als einzige Wahrheit erscheint! Ebenso wenig wie die andere, die du als mystisch erlebst. Solange es nur zwei Seiten sind, entspricht keine davon tatsächlich der Wahrheit." Dann war sie auch schon wieder verschwunden.

Langsam ließ Rabea sich ins Gras niedersinken und stellte fest, dass die dunklen Wolken sich ein wenig gelichtet hatten. Vielleicht war es aber auch nur so, dass sie sie jetzt mehr von außen betrachten konnte und ihnen dadurch die Macht nahm, sie zu überwuchern. Sie schloss die Augen und entspannte ihren Geist, so wie sie es gelernt hatte. Dann öffnete sie die Augen wieder und blickte blinzelnd in den klaren Himmel, dessen Blau von orangeroten Streifen durchzogen war. Ganz weit oben zog ein großer Vogel seine Bahnen. Rabea konnte nicht erkennen, ob es ein Adler war. Das Pfeifen, das durch die Luft vibrierte, klang ganz danach.

Der Himmel war nun wieder vollkommen wolkenfrei. Die Sonne war schon weit in den Westen gewandert, aber die Luft war immer noch heiß und brannte ein wenig auf Rabeas Gesicht. Die

Bäume schienen vollkommen still zu stehen. Kein Blatt bewegte sich. Sie tauchte ganz und gar in DIESEN Moment ein. Immer wieder war DIESER Moment zunächst ein Moment in der Zeit, um dann das, was als Zeit bezeichnet wurde, augenblicklich hinter sich zu lassen, einen Raum zu öffnen, der zeitlos war, um schließlich auch ohne Struktur einfach DA zu sein, raumlos.

Plötzlich war Rabeas Blick der Blick des Adlers, der am Himmel kreiste, und sie sah den Menschenkörper auf dem Boden einer Wiese liegen. Aber sie sah nicht nur den physischen Körper, sondern es erschien ihr, als gäbe es mit transparenten Farben getränkte, wogende Hüllen, die um die festen Formen von Fleisch und Stoff herum angeordnet waren. Erstaunt über diese Feststellung landete ihre Wahrnehmung für Sekunden wieder hinter ihrer Menschenstirn, wo Gedanken des Unglaubens produziert wurden. Aber sie riss sich davon los, ließ sich nicht auf die Zweifel ein, und war im Moment der Abkehr von ihnen wieder ein Teil des großen Vogels.

Obwohl sie immer geglaubt hatte, aus den physischen Augen heraus zu sehen und wahrzunehmen, musste sie hier erfahren, dass sie sich getäuscht hatte. Irgendwie schien Wahrnehmung eher mit dem ganzen Vogelkörper zu geschehen, aber das entsprach auch nicht ganz den Tatsachen. Sie schien vielmehr irgendwo lokalisiert zu sein, wo es gar keinen Körper mehr gab, sie schien nicht einmal etwas mit dem Körper zu tun zu haben.

Fasziniert von ihrem Erlebnis wusste Rabea nicht mehr, ob sie mehr über die Erkenntnisse staunen sollte, die mit dem Ort der Wahrnehmung zu tun hatten, oder über jene, die auf den farbigen Energiespielen beruhten, die sie um ihren Menschenkörper herum gesehen hatte. Sie hatte den Grund dafür, weshalb sie diesen zeit- und raumlosen Zustand aufgesucht hatte, inzwischen fast vergessen, als eine spanisch akzentuierte Stimme aus der Ferne an ihr Ohr drang. Enrique! Unsanft landete sie wieder in ihrem Körper und erhob sich benommen.

„Hola, was ist denn mit dir los? Alkohol gibt es hier doch gar nicht." Und er lachte über seinen eigenen Witz, den Rabea zu diesem Zeitpunkt überhaupt nicht lustig fand.

„Es gibt Dinge, die wir so ganz ohne Führung noch nicht können", gab Enrique zu bedenken, nachdem er sich neben Rabea im Gras niedergelassen hatte. „Ich weiß nicht, was du da versucht hast, aber es sah so aus, als hättest du deinen Weg verloren."

„Ja, das stimmt auch", entgegnete Rabea. „Ach, Enrique, ich war so enttäuscht von mir selbst." Sie schmollte und wusste nicht genau, wem sie eigentlich böse war. Irgendwie klappte es nicht mehr so gut, Vidya die „Schuld" für ihre neuerliche schlechte Laune in die Schuhe zu schieben. Sie wollte sie aber auch nicht selbst haben. Und den Adler konnte sie wohl schlecht verantwortlich machen. Blieb also noch Enrique. Aber als ihr ihre Gedankengänge klar wurden, musste sie über sich selbst lachen.

„Ich hab nach etwas gesucht, aber ich kannte meine Absicht gar nicht wirklich", sagte Rabea. „Ich wollte eigentlich nur ein schlechtes Gefühl darüber loswerden, dass etwas in mir gekippt ist."

„Ja, das ist mir bekannt", grinste Enrique. „Weißt du, du solltest nicht jede Minute deines Hierseins in dieser Art des Forschens verbringen, auch wenn das deine Leidenschaft ist." Als Rabea ihn fragend anblickte, fuhr er fort: „Ich meine, du musst auch mal an die Leichtigkeit denken! Und wie immer, meine Liebe: manana es otro dia!"

Jetzt wurde Rabea wieder griesgrämig. „Ja, *was für ein* anderer Tag ist denn morgen! Einer, an dem ich sehr deutlich erfahren werde, dass ich nicht mehr hier sein kann, an dem ich Vidya nichts mehr fragen kann, an dem ich niemanden mehr habe, der mir all meine offenen Fragen beantworten kann oder mir helfen kann, tiefere Erkenntnisse in mir zu finden. Wie lange war ich jetzt hier? Einen Monat? Was ist das denn schon, gemessen an diesen Äonen von Ignoranz, in denen ich vorher suchend durch das Universum trieb?!" Sie redete sich in eine Art von Empörung und wusste selbst nicht, ob sie darüber weinen oder lachen sollte, so dass Enrique schnaufend abwinkte.

„Nun mal langsam, mi amiga! Du tust ja gerade so, als hätte dich selbst nach diesen vier Wochen hier die Ignoranz wieder gepackt. Haben wir nicht schon ganz am Anfang festgestellt, dass Vidya als dein eigenes Selbst überall ist? Dass du SIE bist?"

„Ach ja, am Anfang, da sieht alles so klar und mystisch aus, und alles scheint einfach zu sein, und all die Fragen, die man so jahrelang mit sich herumträgt, scheinen auf einmal Antworten zu finden, und das macht wieder Hoffnung und so weiter und so fort ..." rief Rabea ungeduldig. „Aber dann kommen so langsam die alten Gewohnheiten aus den Ecken gekrochen. Zuerst denkst du, du wirst hier ein ganz neuer Mensch, und dann musst du entdecken, dass der alte noch da ist!"

Wie um Rabeas ratlose Empörung zu unterstützen, ging nun ein Aufbrausen durch die Bäume, von dem sie sich ins Recht gesetzt fühlte wie von einer Riege von Geschworenen, die ihr Plädoyer gut geheißen hatte. Aber Enrique lachte, was sie nur noch mehr empörte.

„Hör mal, amiga. Du bist gerade in einem Teil von dir getroffen worden, den du dir als vollendet oder überholt gedacht hattest. Aber was hat Vidya dir denn über Tests gesagt? Das war keine Theorie, meine Liebe. Es war die Wahrheit, es waren nackte Tatsachen."

„Was denn für Tests?" Rabea stampfte mit den Füßen auf. „Und wer sollte die denn überhaupt schicken?! Das Leben?"

„Du selbst. Du bist das Leben. Schau diese Bäume. Sie stehen und sind unverrückbar. Ihr Leben ist ein Leben des Wachsens und Beobachtens. Sie empfangen und geben weiter, aber sie haben kein emotionales *karma*, so wie du. Daher brauchen sie diese Art der Tests nicht. Ihr Leben, ihr Sein, ist ein Sein des Stillstehens, des ruhigen Verweilens und der Liebe, die nicht fragt, sondern nährt und schützt. Wir Menschen sind anders. Wir haben emotionales *karma*, und dieses *karma* wiegt schwer. In uns regt sich die Sehnsucht nach Heimat, die von diesem emotionalen *karma* überschattet ist, das wir transformieren müssen. Aber noch viel schwerer wiegt das *karma* der Gewohnheit, das eigentlich eine Abart von Angst ist. Diese Gewohnheit verhindert unseren Willen für Transformation und schwächt uns gewaltig."

„Was denn für eine Angst?" fragte Rabea, immer noch trotzig, aber doch bereit, seinen Worten Wahrheit zuzugestehen.

„Ich habe Gewohnheit als Angst vor meinem emotionalen *karma* erlebt. Und Vidya sagte dann, die meisten von uns Menschen würden versuchen, all das, was in unserer Seele an Konflikten verborgen liegt, nicht an uns herankommen zu lassen, aus unserer Wahrnehmung auszuschließen, ihm zu entgehen. Wir möchten uns geborgen fühlen und verwechseln das mit der Sicherheit des Verleugnens, der Vermeidung. So etwas Ähnliches hat Vidya dir auch schon gesagt, nicht wahr? Aber jetzt, wo es in dir aufsteht, musst du es erkennen."

„Gerade heute, an meinem vorletzten Tag!" Rabea maulte.

„Ja, gerade heute! Ich weiß nicht warum, aber es wird seinen Sinn haben. Vielleicht bist du auch einfach nur überfordert, weil heute alles für dich ein bisschen viel war. – So, und jetzt gehen wir schwimmen. Genug von diesem Gerede. Du wirst heute Abend noch deine letzte kurze Sitzung mit Vidya haben, in der du ausreichend Gelegenheit haben wirst, deine Tests anzusprechen. Bis dahin will ich nichts mehr davon hören." Er zwinkerte ihr zu, und sie stapfte halb lachend, halb an ihrer Empörung festhaltend, hinter ihm her.

„Du bist ja wirklich eine schnelle Schwimmerin, mi amiga! Oder ich bin einfach zu träge geworden. Was ist es?" fragte Enrique lachend, während er sein tropfnasses Haar schüttelte und die beiden Freunde sich auf dem großen Felsen am Strand niederließen. Ein unglaubliches Meer hatte sie gerade umfangen, während sie sich auf dem Wasser hatten treiben lassen, in es eingetaucht oder um die Wette geschwommen waren.

Die Sonnenstrahlen, die auf den Strand trafen, waren immer noch wärmend. Enrique breitete sein Handtuch aus und schaute Rabea dann offen an. „Es gibt noch etwas, mi amiga, das ich zu Ende bringen möchte, bevor du übermorgen abreisen wirst." Er sah Rabea aus dem Augenwinkel nicken und sprach weiter. „Nachdem Vidya uns über unsere *chakras* aufgeklärt hatte, habe ich schon kurz davon zu sprechen begonnen, wenn du dich erinnerst." Wiederum sah er sie nicken und fuhr fort. „Wie auch immer Vidya es formuliert; für mich ist es so, dass ich glaube, dass Männer einfach einen anderen Weg haben als Frauen. Allein weil wir nicht in der Lage sind, Leben zu schenken und somit Leben und Tod im eigenen Körper zu erfahren, müssen wir ausziehen, um zu kämpfen. Wie oft machen wir uns dabei vor, dass wir Leben retten wollen und bringen doch nur den Tod. Kriege sind für mein Empfinden – auch wenn einige Geschichtsschreiber das anders sehen – wirklich überflüssig. Wenn wir Männer nur in der Lage wären, uns als Krieger anzuerkennen, wenn wir nur erkennen würden, was es wirklich bedeutet, ein Krieger zu sein, dann könnten wir vielleicht endlich aufhören, die Helden zu spielen und unser ‚Vater- oder Mutterland' retten zu wollen. Meine Vorfahren haben den Begriff ‚Krieger' noch anders definiert; ich habe die Lehren darum sehr genossen, als ich meine schamanischen Wurzeln kennengelernt habe." Er blickte versonnen aufs Meer hinaus. „Aber zurück zu unserem Thema hier. Äonenlang haben Männer ihre Männlichkeit über Kampf und Sieg definiert. Doch ich glaube heute, dass das nur ein Weg war, um ungeheilte Autoritätsprobleme zu verschleiern."

Rabea atmete auf. „Ich bin froh, dass du das sehen kannst", sagte sie. „Diese Männerproblematik und alles, was du beschrieben hast, war mir schon immer etwas suspekt. Ich denke nämlich schon, dass es durchaus auch weibliche Kriegerinnen gibt. Man denke an die Amazonen, an die Vikingerfrauen und so weiter. Vidya sprach von einem Problem des dritten *chakras*; das haben wir Frauen ja auch. Sicher stellen sich Autoritätsprobleme bei Männern anders dar als bei Frauen; grundsätzlich sind wir aber alle in der Lage, den Kampf zum Surrogat zu machen, um uns mit den tiefer liegenden Themen nicht auseinandersetzen zu müssen. So wie ich dich jetzt erlebe, hast du aber zunächst einmal anerkannt, dass es nicht um männlichen Kampf und die körperliche Stärke geht, wenn du vom Krieger-Sein sprichst."

„Si, das habe ich. Ich möchte die Kraft, die in meinem dritten *chakra* brennt – und das ist ein starkes Feuer, das muss ich immer wieder feststellen – einem ganz anderen Kampf widmen. Vielleicht sollte ich dabei auch gar nicht von Kampf sprechen; es ist zumindest kein Kampf *gegen* etwas. So habe ich einige der schamanischen Krieger verstanden, und so erlebe ich auch die Motivation der Amazonen: Dass sie *für* etwas einstehen, und wie auch immer sie es nennen, es hat immer mit Freiheit zu tun.

Das Feuer, das ich nach und nach entdecke, je mehr ich mich meinem Autoritätsproblem stelle, ist eine Art Leidenschaft, ein feuriges Verlangen, das ich meinem Herzen unterordnen kann, weil ich es bewusst wahrnehme. Und je mehr ich das dann tatsächlich tue, desto klarer sehe ich wiederum, was hinter dem Autoritätsproblem gesteckt haben mag. So kann ich es mit der Zeit besser auflösen; ich kann mich im Zuge dessen stetig besser selbst annehmen; oder – wie Vidya sagen würde – selbst halten. In Vidyas Seminaren wurde uns gesagt, dass im dritten *chakra* auch unsere innere Elternschaft wohne und dass es ein Zeichen von Reife sei, wenn wir diese offenlegen können. Dann sind wir in der Lage, dafür zu sorgen, dass unverarbeitete oder relativ unbewusste emotionale Anteile – eben die Emotionalen Personas oder EPs, wie Vidya sie nennt – ans Licht kommen und ihre Energie wieder dem Zentrum beifügen."

„Was heißt das?"

„Naja, dann sind wir emotional nicht mehr so zersplittert", hörte Rabea und horchte auf. „Das ist die Reise vom fixierten Charakter zur authentischen Persönlichkeit. Die braucht ein starkes, klares Ich im Zentrum, und das wird enorm dadurch unterstützt, dass wir uns selbst beeltern können."

„Beeltern ... ein schönes Wort", grinste Rabea.

„Ist es tatsächlich! Wir sind ja erwachsen und benehmen uns so oft wie Fünfjährige." Enrique zwinkerte Rabea zu und sie musste unwillkürlich an ihr Verhalten von vorhin denken. „Das hat damit zu tun, dass irgendeine emotionale Person in uns am Wirken ist, die nicht in Resonanz mit dem Zentrum steht. Können wir erkennen, woran sie leidet und warum sie sich so benimmt, dann nehmen wir ihr den Zwang dazu, sich auf diese fixierte Weise ausdrücken zu müssen. Und das alles tun wir, indem wir von unserer inneren Elternschaft aus handeln und mit ihr in Resonanz gehen. Wir führen sie zur Reife."

„Mhm. Ich verstehe. Das setzt natürlich eine gewisse innere Reife voraus."

„Ja, mi amiga, das ist korrekt. Und die bekommen wir, indem wir unser erstes Zentrum errichten. Darüber hat Vidya gesprochen, nicht wahr?" Rabea erinnerte sich und nickte. „Und sie sprach über einige Hilfsmittel und Methoden, die manchmal dafür nötig sind, dass die EPs ihre Fixierung aufgeben und sich ihren eigentlichen Potenzialen widmen können."

Enrique bot Rabea seine Wasserflasche an; sie nahm sie dankbar und trank einen großen Schluck. Er schaute auf die Uhr. „Wann musst du zurück?"

Sie reichte ihm die Flasche zurück und winkte ab. „Ist noch genug Zeit", sagte sie. Wir können nochmal schwimmen gehen.

„Ja gern. Aber zuerst möchte ich dir noch ein Geheimnis verraten. Ich denke, es ist an der Zeit. Hast du dich niemals gefragt, wieso ich mit meinem Geburtsnamen hier lebe?"

Rabea stutzte. Das stimmte. Sie hatte nie darüber nachgedacht. „Nein. Warum? Hat das etwas mit deinem Geheimnis zu tun?"

„Ja. Als ich das erste Mal hier war, das war vor ungefähr acht Jahren, habe ich den ersten Prozess durchlaufen. Ich hatte damals den Namen ‚Monte', das heißt Berg. Du weißt ja, dass ein Name immer auf eine Belastung und auf eine Begabung hindeutet. Meine Begabung, auf die ich immer stolz gewesen war, hatte mit der Beständigkeit zu tun, immer fest zu stehen und unverrückbar zu sein. Die Belastung wollte ich nicht sehen. Ich wollte mich nicht bewegen, ich war nämlich ziemlich bequem und habe früher nicht begriffen, dass diese Bequemlichkeit aus Angst geschaffen wurde. Nun gut, den ersten Prozess habe ich durchlaufen. Dann kam ziemlich schnell der zweite. Vidya gab mir zu bedenken, dass ich nun in die Gegenrichtung tendierte, dass ich zu schnell zu vieles wollte. Aber das wollte ich nicht hören. Also ging ich in den zweiten Prozess und erhielt den Namen Ares."

„Der Kriegsgott?"

„Asi es. So ist es. Wie du dir sicher denken kannst, ging es um meine Kriegernatur. Obwohl sie viel mit dem dritten *chakra* zu tun hat, beginnt die Belastung, die damit verbunden ist, im zweiten. Dieser Prozess war für mich so schmerzhaft, dass ich ihn abbrechen musste. Naja, abgebrochen habe. Ob ich wirklich musste, weiß ich nicht mehr. Manchmal bezweifle ich es.

Das schlimmste an dem Abbruch war gar nicht unbedingt der Abbruch selbst. Natürlich war ich beschämt und machte mir Vorwürfe. Aber ich hatte seinerzeit geglaubt, ich könnte Vidya nie mehr unter die Augen treten. Und das, obwohl ich sie so sehr liebte. Madre mia, ich habe mich nächtelang gequält, bevor ich mit ihr darüber gesprochen habe. Ich hätte nie gedacht, dass es eine Lösung dafür geben könnte. Ich wollte in ihrer Nähe bleiben, aber ich konnte nicht mehr an ihren Gruppen teilnehmen. Weil wir beide wussten, dass das ganz allein mit mir zu tun hatte, gab sie mir den Job, den ich heute noch habe. Damit klar war, dass ich nicht mehr im Prozess stand. So wurde ich als ‚normaler Arbeitnehmer' eingestellt und trage seither meinen Alltagsnamen."

„Hm", nickte Rabea. „Ich verstehe. Aber warum ist das ein solches Geheimnis?"

„Ist es eigentlich nicht. Es ist mir immer noch ein bisschen peinlich. Aber que mas da! Was soll's. Im Laufe der Zeit habe ich von Vidya die Erlaubnis erhalten, an einigen Tagen den Gruppen beizuwohnen und ich darf auch jeden Morgen die Meditation mitmachen. Immer öfter ruft sie mich dazu, wenn sie mit Anwesenden über Dinge spricht, die auch mich angehen könnten. So war es neulich, als Mirina hier war."

„Sie hat dich nicht aufgegeben."

„Nein, das tut sie niemals. Vidya würde niemals jemanden aufgeben und niemals jemanden von sich aus wegschicken, wenn er sich nicht grob fahrlässig verhält, für sich oder andere eine Gefahr darstellt oder die Ordnung oder die anderen *sanga*-Mitglieder respektlos mit Füßen tritt."

„Bist du denn ein *sanga*-Mitglied?" Rabea war jetzt verwirrt. Bis heute hatte sie nicht einmal genau gewusst, was ein *sanga*-Mitglied überhaupt war. Doch von ihrem neuen Wissen aus hätte sie sich nicht vorstellen können, Enrique gehöre nicht dazu. Nach dem, was er ihr gerade mitgeteilt hatte, wusste sie nun nicht mehr, ob er dazugehören *durfte*.

„Ich bin *sanga*, ja, aber nicht *kula*. Ich bin leider einer von denen, die sich jahrelang im *mandala* der *gurumata* ausruhen und sich nicht weiterentwickeln. Ich habe mich einfach nicht getraut, weiterzugehen. Vielleicht habe ich mich auch ein bisschen hinter meiner Aufgabe versteckt."

„Und Vidya hat weggesehen?"

„Nein, sie hat zugesehen. Und sie hat mich wissen lassen, dass sie zusieht. Ich denke, sie hat sich ein bisschen verantwortlich gefühlt, dass sie mir damals gestattet hat, den zweiten Prozess so früh zu machen, obwohl sie mir davon abgeraten hatte. Es hat ihr Leid getan, dass ich abgebrochen habe, aber es hat sie nicht verwundert."

Enrique setzte seine Brille wieder auf, die er zwischenzeitlich auf dem flachen Stein abgelegt hatte, und sah Rabea unverwandt in die Augen. „Du weißt gar nicht, wie dankbar ich bin, dass du dieses Mal an diesem Prozess teilgenommen hast. Durch die besondere Beziehung, die sich zwischen uns entwickelt hat, ist etwas in mir wieder wach geworden, das trotz all der Zeit mit Vidya hier unter dem Berg versteckt gewesen ist. Ich habe das Feuer in mir wiedergefunden. Ich habe mich entschlossen, den Pfad wieder aufzunehmen, und ich werde den zweiten Prozess noch einmal durchlaufen. Ich werde Ares beeltern, seine Wunden heilen und seine Kraft in Besitz nehmen. Sobald ihr abgereist seid und Vidya sich ein bisschen erholt hat, werde ich mit ihr darüber sprechen." Er atmete hörbar auf und lachte sie mit seinen weißen Zähnen breit an.

„Wow! Das ist eine tolle Nachricht, Enrique. Ich freue mich sehr für dich. Das sollten wir morgen Abend bei der Abschiedsfeier mit einem Extra-Glas Gänse-Sekt feiern. Aber nun lass uns schwimmen gehen, denn jetzt habe ich nur noch wenig Zeit."

„Trotzdem noch folgendes, mi amiga: Ich habe dich sehr lieb gewonnen und ich würde mich sehr freuen, dich wiederzusehen. Aber außerhalb dieses Camps hier scheint das schwierig zu sein. Wenn wir uns also in der ‚richtigen Welt' nicht sehen, sollst du wissen, dass du trotzdem immer in meinen Gedanken bist." Seine Brille beschlug etwas, und er wandte sich ab.

„Enrique! Ich habe dich auch sehr lieb gewonnen und werde dich nie vergessen. Du bist ein wunderbarer Freund, und ich danke dir, dass du so ehrlich und klar mit mir gesprochen hast. Das habe ich sehr zu schätzen gelernt. Ich denke schon, dass wir uns wiedersehen werden, ich habe da so ein Gefühl", fügte Rabea lächelnd hinzu und drückte seine Hand.

Dann standen sie auf und liefen lachend in Richtung der heranrollenden Wogen des glasklaren, blauen Ozeans davon.

Ein letztes Mal sog Rabea den Duft des Jasmintees in die Nase, während sie schweigend mit Vidya auf deren rundum mit exotischen Gewächsen bepflanzten Terrasse saß und einem sorglos spielenden Eichhörnchen zusah, das trotz der sinkenden Sonne munter von Ast zu Ast hüpfte.

„Wie schön es hier ist, Vidya! Ich wünschte, ich könnte immer hier bleiben."

„Noch ist es nicht soweit", erklärte die Lehrerin sanft lächelnd. „Aber wer weiß, wohin dich das Leben tragen wird. Alltag wird es sicher nicht sein." Damit knüpfte sie an ihre Bemerkung von vorhin an, aber klarer wurde diese für Rabea deswegen nicht. Als die Schülerin sie fragend ansah, stellte Vidya ihre Teetasse auf den kleinen Glastisch mit den geschwungenen Beinen, der aussah, als stamme er aus einem Pariser Cafehaus, und blickte Rabea entschlossen an.

„Du wirst in den kommenden Jahren noch viele kleine und große Reisen auf der nächtlichen Traumstraße unternehmen, die dir einige deiner Fragen – nun, vielleicht nicht beantworten, aber doch – näherbringen werden. Ich hatte heute eigentlich noch ein längeres Gespräch mit dir vor, aber die Ankunft von Mirinas Neffen hat so einiges verändert, und darum werde ich nicht so weit ausholen." Rabea runzelte fragend die Stirn. „Oh, der junge Mann ist Mirinas Neffe?" Vidya nickte und fuhr unbeirrt fort.

„Du wirst dann erkennen, dass die Träume, die du des Nachts hast, sich nicht von Grund auf von den Träumen unterscheiden, die du zum Beispiel auf den schamanischen mit Kanjara hattest. Sie unterscheiden sich auch nicht grundsätzlich von den Reisen in sogenannte ‚vergangene oder parallele Leben', ja nicht einmal von echten Imaginationen. Ich sage absichtlich, sie unterscheiden sich nicht *von Grund auf*. Es gibt Unterschiede und diese können wichtig sein. Aber zuerst ist es genug zu wissen, dass der Traumkörper einen großen Umfang hat. In den meisten indischen Traditionen wird er *taijasa* genannt, das heißt ‚der Leuchtende'. Sein Leuchten bezieht er vom Licht des Selbst. Wenn du weißt, wie du in ihm reisen kannst, benutzt du tatsäch-lich dein eigenes Licht und verstärkst es dadurch gleichermaßen. Dieses Licht ist nicht nur ein fantastischer Lehrer, sondern auch die größte Heilquelle. Dein Traumkörper ist stark ausgeprägt, er führt dich schon dein ganzes Leben lang.

Dir ist wahrscheinlich aufgefallen, dass wir hier mit vielen Ansätzen arbeiten, dass wir sehr kreativ sind. Das könnte als eklektisch interpretiert werden, als würden wir sozusagen von überallher Techniken zusammensuchen und sie ohne innere Ordnung weitergeben. Das ist keinesfalls so. Wenn du genau hinschaust, dann siehst du drei Hauptströme, die letzten Endes zu einem einzigen zusammenfließen.

Der erste Hauptstrom ist die Erkenntnisarbeit. Sie richtet sich an die Weisheit in unseren Schülerinnen und Teilnehmern. Sie wird durch direkte Übertragung von spiritueller Ordnung, von göttlicher Gnade, von *shakti*, geleitet. Wie ein Feuerpfeil trifft sie auf die Herzen derer, die bereit sind, den Funken aufzunehmen. Vorbereitet wird die Erkenntnisarbeit durch eine Vielzahl von Methoden der Selbsterforschung. Dazu gehört zum Beispiel eine gut verstandene Astrologie, außerdem das Studium der Schriften, die der Leere jenseits von Dualität und Nicht-Dualität entspringen. Meditation ist ein großer Teil dieser Arbeit. Dazu gibt es viel zu sagen, denn es ist nicht automatisch Meditation, wenn du dich hinsetzt und deine Augen schließt. Wir haben ja schon des Öfteren darüber gesprochen, und das muss auch fürs erste genügen, alles andere würde heute zu weit führen.

Aber nicht jedes Herz ist so offen, dass es das Feuer nutzen oder gar erkennen könnte, und auch ein grundsätzlich offenes Herz ist nicht zu jeder Zeit bereit, sich der Transformation zu widmen, die durch dieses Feuer eingeleitet wird. Da wird die Arbeit mit dem inneren Leuchten dann sehr wichtig. Sie ist ein wirklich großes, umfassendes Instrument. Sie ist so groß, weil unser halbes Leben auf Licht beruht. Denk nur an den Mythos von Prometheus, der den Menschen das Feuer brachte.

Wenn wir das Licht nicht erkennen, werden wir das Feuer der Erleuchtung nie in uns entzünden können. Wir werden den Klang des Höchsten nicht vernehmen können und nicht zum letzten Licht gelangen können. Schamanische Arbeit, die auf der Basis des Seelenlichtes stattfindet, hat nichts mit dem Ritual-Schamanismus zu tun, der bei der Anbetung und Funktionalisierung von sogenannten ‚spirits' Halt macht. Ebensowenig gibt sich unsere spirituelle Arbeit mit der Verehrung von Heiligen und Göttinnen zufrieden. Beides sind Wege in die Abhängigkeit.

Wahres Feuer und wahres Licht führen in die Freiheit. Daher setzen wir dort an, wo das Licht sich selbst zu erkennen gibt, und das ist die Schöpferkraft von Imaginationen, Träumen, schamanischen Reisen, seelischer Tiefenarbeit mit verschiedenen Bildern. Es ist nicht einfach zu erklären, was den Unterschied zu den sogenannten Vorstellungstrancen, Imaginationstherapien oder Phantasiereisen ausmacht. Es ist zum einen die Tiefe und zum anderen ist es die Tatsache, dass wir einem göttlichen Fluss folgen, der in *Shiva* entspringt.

Auch wenn es nicht gleich einleuchtet", hier machte Vidya eine kurze Atempause und lächelte Rabea, das letzte Wort betonend, spitzbübisch zu, „wird uns gerade die Arbeit mit der Traumebene zur Erfahrung und Erkenntnis der Struktur führen – unserer Struktur und der des Lebens.

Der dritte Hauptstrom ist die Arbeit mit dem Körper. *Yoga-asanas* gehören dazu, Massagen, bestimmte Formen der Körperarbeit wie zum Beispiel das, was du mit Mirina kennenlernen durftest und so weiter. Die Arbeit mit dem Körper schließt die Arbeit mit den Emotionen – oder mit bestimmten Aspekten von ihnen – ein.

Schließlich möchte ich deine Aufmerksamkeit darauf richten, dass wir diese Hauptströme zwar getrennt voneinander auflisten und in Ausbildungen auch meistens in Einzelabschnitten lehren, dass sie sich aber nicht trennen lassen. So führt guter *Yoga* immer zur Hinwendung an das innere Licht, gute schamanische Arbeit führt tiefer in die Meditation und gute Traumarbeit führt zu tieferer Erkenntnis der Wahrheit des Selbst.

Du wirst aufgrund deiner eigenen Geschichte sehr viele Gelegenheiten erhalten, all das noch kennenzulernen."

Rabea war im Laufe von Vidyas Vortrag immer nachdenklicher geworden. „Ich hatte ja schon vor etlichen Tagen gefragt, ob es so vieler Methoden bedarf. Jetzt, wo du das alles aufzählst, bekomme ich Angst und fühle mich im Vorfeld fast schon all der Methoden überdrüssig. Ich hatte den Eindruck, dass ich schon so viel erlebt habe und dass ich sehr fundamentale Realisierungen hatte. Muss ich denn wirklich noch all diese Wege gehen?"

„Zum einen möchte ich darauf ganz sachlich antworten: Es geht nicht – niemals! – um die Methoden. Methoden sind nur Hilfsmittel, und du musst sie so verinnerlichen, dass du sie vergessen kannst, damit du dich für deine Intuition öffnen kannst. Das sage ich all den Schülern und Schülerinnen, die hier auch Ausbildungen erhalten. Wenn du nur über eine einzige oder wenige Methoden verfügst, kannst du kein so großes Spektrum an Heilung bereitstellen. Aber du darfst dich nie an Methoden festhalten. Hier ging es jedoch zunächst um die Wege, die zu gehen sind. Wir Menschen tragen so unendlich viele Geschichten in uns. Da sind zunächst die Geschichten, die wir uns gerade ausdenken, dann diejenigen, die wir erlebt zu haben glauben – in unserer Kindheit, in früheren Leben, in der Zukunft. Und wenn wir unsere persönlichen Geschichten geheilt und ins So-Sein befreit haben, dann gibt es die Geschichten unserer Sippe, die des kollektiven Unbewussten, die der ganzen Menschheit. Wenn mit dem Bewusstseinsraum die Familie wächst, dann möchtest du all diese Geschichten heilen und befreien. Das ist unser Weg."

Vidya lehnte sich vor und legte eine Hand auf Rabeas Knie. „Nicht wahr?" Die Berührung war warm und einladend, auch wenn Rabea in diesem Moment lieber keine tiefere Verbindung mit Vidya fühlen wollte. Natürlich hatte die Lehrerin Recht, aber gerade das war ja das Schlimme. Rabea sah Jahrzehnte der Aufarbeitung, der Heilung und Befreiung vor sich auftauchen. Innerlich verdrehte sie die Augen und stöhnte dann kräftig, was Vidya zu einem zwanglosen Lachen veranlasste.

Dann aber wurde sie ernst und suchte Rabeas direkten Blick. „Zum anderen: Sei achtsam und wähne dich nicht ‚fertig'", mahnte sie mit klarer, energischer Stimme. „Es ist wahr, du hast außergewöhnliche Erlebnisse gehabt und bist weiter gegangen als es bisher jemals eine Schülerin von mir getan hat. Nicht einmal Atmasevika hat in ihrem ersten Prozess hier diese Öffnung zugelassen. Dennoch war es erst dein erster Prozess. Du hast noch sieben weitere vor dir, wenn du den Weg weitergehen und ihn vollenden willst. Und nicht zu vergessen die Zwischenzeiten." Vidyas Augen hielten Rabea fest.

„All deine Realisierungen waren stark, durchdringend, profund. Und dennoch: sie entstanden häufig aus den – zumeist traumatischen – Erfahrungen einer *Person*. Es ging um vergangene Leben, die Auflösung karmischer Knoten, die Heilung tiefer Kindheitswunden, mit anderen Worten, es ging immer um Inhalte. All das saß in deinem ersten *chakra* fest, das ist die erste Ebene. Du hast gerade erst angefangen, über die Inhalte hinauszublicken.

Dass sich die spirituellen Tiefen und Höhen bei dir so schnell zeigten, hat auch mit deinem *karma* zu tun, aber es wird begünstigt durch die energetische Verbindung des ersten *chakras* mit dem sechsten. Wenn etwas, das in der Inkarnation fest saß, befreit wird, wendet sich die Energie der Allmacht zu und erkennt ihre eigene Bedeutung in der Zeit.

Wie heißt es doch so schön in der Bibel? ‚In meines Vaters Haus sind viele Wohnungen'. So ist es auch hier. Wir sprechen von *lokas*. Mein Anliegen ist es zunächst nur, dich zu dir Selbst zu führen. Ich weiß aber auch um deine eigenen Führungsqualitäten, und wenn du andere jemals so begleiten willst, dass sie wiederum zu ihrem Selbst finden, dann musst du all diese Wohnungen gleichzeitig bewohnen. Natürlich kannst du auch jederzeit aus dem Prozess aussteigen, oder es mag dir auf einem beliebigen *loka* so erscheinen, als sei deine Reise zu Ende. Die meisten Menschen haben sich für ein bestimmtes Leben einen bestimmten Entwicklungsweg vorgenommen, der einen fest umschriebenen Inhalt mit einer einheitlichen Struktur hat. Wenn der damit zusammenhängende Prozess beendet ist, endet der Weg. Dieser *loka* ist dann ihr Zuhause. Sie sind glücklich dort und möchten nichts mehr als nur diesen einen *loka* erkunden. Das ist völlig fein und liegt ganz im Interesse der kosmischen Ordnung und dem Evolutionsprotokoll der inneren und der Ursprungsseele. Es gibt einige Menschen, die sehr spirituell sind, auch wenn sie ‚nur' bis zum zweiten oder dritten *loka* gelangen. Morgen früh wird eine Frau anreisen, die uns von Zeit zu Zeit besucht, vor allem zu solchen Anlässen wie Abschiedsfeiern. Ihr Name ist Rati, du solltest sie kennenlernen. Sie hat ihre Erfüllung im zweiten *loka* gefunden und all ihre Prozesse drehen sich um Themen des ersten und zweiten *lokas*. Aber du gehörst nicht zu diesen Menschen. Du gehörst der Weltenseele."

Bei Vidyas letzten Worten hatte es vorn an der Tür geklopft. „Ich muss kurz hinausgehen, nimm dir doch bitte noch Tee und lass das Ganze mal ein bisschen sinken. Ich bin gleich zurück."

Die Dämmerung war nun fast nicht mehr zu verleugnen. Rabea sah auf der nach Süden ausgerichteten Terrasse nur die roten Schatten der untergehenden Sonne. Das Meer im Südwesten rauschte und Rabea konnte sehen, wie sich das scheidende Licht auf den kleinen Wellen kräuselte. Von Zeit zu Zeit flog eine Möwe tief über das Wasser, dann tauchte sie kurz unter und musste, wenn sie Beute gemacht hatte, vor diebischen Angreifern Reißaus nehmen. Das Eichhörnchen war nicht mehr zu sehen, aber weit oben am dunklen Himmel kreisten zwei Raben unter einer kleinen Wolke. In den Büschen waren zirpende Grillen zu hören, es roch nach Meer und Wald und Weite. Der Mond, fast voll, erhob sich gerade hinter der Baumlinie im Südosten. Rabea ließ sich im Stuhl etwas nach unten gleiten und legte den Hinterkopf auf die Rückenlehne.

Schwester Mond, wer werde ich sein, wenn ich morgen von hier fort muss? Wirst du all meine Träume in deinem Unschuldsherzen bewahren? Die Spuren meiner Seelenlichter mögen in ihnen leuchten und zu dem einen verschmelzen, in dem alle Wege eins sind. Ach, könnte ich das Verwehen der Zeit aufhalten, das Sterben der Bilder in mir.

Schwester Mond, wirst du mich wieder rufen, so wie du es immer schon tatest? Wirst du mich durch all die Geschichten leiten, wenn ich einsammeln muss, was ich einst verstreute?

Rabeas Blick wanderte wieder auf das Meer hinaus. Wie würde sie den Ozean vermissen. Sie schloss die Augen und versuchte sich auf den Gesang zu konzentrieren, den sie immer wieder gehört hatte. Aber in diesem Moment konnte sie sich ihm nicht öffnen. Traurigkeit legte sich über Rabeas Herz. Um sie herum breitete sich langsam die Abendstille aus, in die plötzlich der Ruf eines der Raben hineinklang.

Oh ich liebe dich, Rabengeist. Weisheitsvogel, du hast mich geführt und gerade hätte ich dich fast vergessen. Diese Liebe wartet schon Äonenjahre, bevor ich dich erkannte und dir erlaubte, mich mit Weisheit zu durchtränken. Ich liebe deine Leere, schwarzer Vogel. Wie könnte ich je verlieren, was du mir im Herzen der schwarzen Sonne zeigtest, als Kanjara seine Herztrommel schlug.

Und Vidya! Wie könnte ich je das Grün ihrer Augen vergessen, wo doch die Welt darin ruht. So nah hab ich mir die Ewigkeit nie gedacht. Beständig wie der Himmel und genauso grenzenlos. Überall könnte ich sie sehen, wenn ich nur aus wahrhaftigen Augen blickte!

Die Traurigkeit hatte sich von ihrem Herzen gehoben und war in die innige Liebe geschmolzen, mit der Rabea ihre Lehrerin und ihren *upaguru* liebte und den Prozess mit allen Inhalten ehrte. Sie lächelte. Der Mond war nun ganz zu sehen und erhellte das Meer und den Himmel. Einer der Raben kreiste noch dort oben; der andere hatte sich in der Ferne auf einen Ast gesetzt und blickte aufs Meer hinaus.

Als würde er meditieren.

Da hörte sie den Gesang. Zuerst ganz leise, doch dann war sie sich sicher. Wie von einer natürlichen Magie getragen hob der Chor der Wellen zu klingen an. Und als würde der Wald sich dem Ozean anschließen, verströmten die Bäume jetzt die ganze Fülle ihres duftenden Holzes. Der Wind ging hindurch und ließ die Blätter tanzen und Rabea tanzte mit. Ihr Geist zog hinauf bis in die kleinsten Zweige, nahm den Körper des Raben an, verweilte dort meditierend, versunken in den mystischen Hymnen des Meeres, aufgesogen von der unendlichen Weite der Weltenseele.

Vidya hatte sich sehr leise neben Rabea gesetzt. Voller Mitgefühl, Freude und Wertschätzung sah sie ihre Schülerin an. Es fiel Vidya etwas schwer, quasi dem Protokoll zu folgen und diese besondere junge Frau strukturell genau wie alle anderen zu behandeln. Natürlich war Rabea weiter und sehr viel intelligenter als die meisten, die sich für den Prozess entschieden. Das wichtigste aber war die so authentische und wahrhaftige Motivation, die Rabea mitbrachte und beständig und unbeirrbar mit starkem Willen aufrechterhielt. Wenn doch nur alle Schüler so wären. Vidya seufzte.

Dann berührte sie Rabea sehr sanft an der Schulter. „Können wir noch ein bisschen sprechen, meine Liebe?" fragte sie ohne Eile. Als die Schülerin die Augen öffnete, tauchte sie aus der Tiefe des All-Einen auf wie ein Licht, das jedes andere überstrahlte. „Darf ich mich dir hingeben, Vidya?" fragte sie, ohne abzuwarten, was Vidya noch zu sagen hatte. „Ich möchte sehr gern deine Schülerin sein – auch offiziell – und in dein *mandala* eintreten. Ich habe mit Atmasevika darüber gesprochen, ein Bekenntnis abzulegen."

Obwohl Vidya gewusst hatte, dass Rabea sie heute Abend danach fragen wollte, war sie ob der Dimension, aus der das Anliegen in diesem Augenblick aufstieg, überwältigt, fast ein bisschen überrumpelt. Sie öffnete und schloss mehrmals den Mund. Dann nahm sie Rabeas Hand und sah sie aus herzerfüllten Augen an. „Wie könnte das Selbst, das um Segen für sich Selbst gebeten wird, jemals ablehnen?"

Rabeas Blick drückte Klarheit ohne jegliche Sentimentalität aus. „Ich will es. Und ich hab keine Wahl. Und eigentlich ist es schon längst geschehen." „Ja, meine Liebe", bestätigte Vidya. Sie goß Rabea noch einen Jasmintee ein und sie tranken schweigend, die Kraft des gemeinsamen Fundaments atmend.

„Also ... ", Vidya sah ihre Schülerin auffordernd an, stand auf und verschwand erneut für einen Moment im Haus, wo sie aus ihrem Schreibtisch einen Umschlag hervorholte, der zugeklebt war und vollendete den Satz, „wollen wir beginnen?"

„Was erwartest du denn von mir?" wunderte sich Rabea.

„Zunächst noch gar nichts. Du sprichst dein Bekenntnis und erlaubst dir, die Beziehung zu mir – zu deinem eigenen Selbst! – so umfassend zu erfahren, wie es dir möglich ist. Auch wenn wir uns im Körper eine Weile nicht sehen werden, dürfte das kein Problem für dich sein. Ich würde aber gern von dir hören, dass du bereit bist, auf diesem Weg weiterzugehen, denn es wäre ein riesiger Jammer, wenn du alles, wofür du dich entschieden hast und hier eingetreten bist, wegen irgendwelcher scheinbarer weltlicher Notwendigkeiten wegwerfen würdest oder es dir abhanden käme. Du kannst die Zeit bis zum nächsten Prozess so gestalten, dass du das Erfahrene vertiefst oder einfach versuchst, im Feld zu bleiben. Ich werde morgen im letzten *satsanga* noch ein wenig darüber sprechen.

Aber wenn du schneller in deiner Entwicklung fortfahren willst, als es üblich ist, kann ich dir sagen, dass wir eine Möglichkeit für dich gefunden haben. Das wird allerdings alles andere als alltäglich sein, glaub mir!"

Rabea verstand nicht wirklich, was Vidya da zu sagen versuchte. Aber es war vor allem *eine* Frage, die sehr brennend in ihr aufstand. „Vidya – wer ist ‚wir'?"

„Oh, das wirst du rechtzeitig erfahren", war die einfache Antwort, und aus ihrem Ton konnte Rabea hören, dass es sinnlos gewesen wäre, weiter in die Lehrerin zu dringen. Sie würde darüber schweigen.

„Heute bitte ich aber bereits speziell dich, dich schon auf die nächste Ebene vorzubereiten. Das kannst du vor allem dadurch tun, dass du dir ansiehst, wie du in deinem bisherigen Leben deine Beziehungen erfahren hast, damit hier ein für alle Mal Klarheit hineinwachsen kann ... Die nächsten Schritte werden nicht ganz so einfach sein, aber du kannst auch Hilfe in Anspruch nehmen."

Erwartete Vidya also wirklich, dass Rabea ihr all das erzählte, was sie in bisherigen Beziehungsleben ...

„Nein, das wird nicht nötig sein", sagte Vidya, bevor Rabea ihren Gedanken zu Ende denken konnte. „Geh nur einfach mit der Gewissheit in deinem Herzen, dass es noch nicht zu Ende ist, aber dass du – und NUR du – es zu Ende bringen kannst! Erinnere dich bitte an eins unserer Gespräche aus deiner ersten Woche hier. Du hattest mir davon erzählt, dass jemand dir auftrug, den Abschied von einer alten Beziehung oder einem alten Muster – das füge ich jetzt hinzu – in allen Richtungen des Medizinrades zu nehmen. Erinnerst du dich? Ich sagte damals, dass dieses Thema noch nicht dran war und später wieder auftauchen würde. Es wird in deinem nächsten Prozess zu bearbeiten sein. Es wird nicht alles sein, was dann dran ist, aber dies ist eines der Hauptthemen. Bitte setze dich damit noch einmal auseinander.

Alles, was du dazu brauchst, ist deine Bereitwilligkeit! Wirst du mir versprechen, dass du dich an mich erinnern wirst, an *alles*, was du von mir gelernt hast?"

„Natürlich, Vidya!" rief Rabea fast beleidigt aus. „Wie könnte ich das je vergessen?"

„Es wird nicht vergessen, es wird zersplittert, indem es zerdacht wird", sagte die Ältere, und die junge Frau erinnerte sich an die Emotionen, die sie seinerzeit beim Schreiben ihres spirituellen Lebenslaufes gehabt hatte – an das uranfängliche Zerspringen und das tiefere Unsagbare darunter. „Dann ist das, was für die Zersplitterung verantwortlich ist, unser Denken? Dann ist unser Geist der, der durch das Denken die vielen Teile erschafft und sich über das Unsagbare legt? Oder ist es so, dass das Denken in dem Moment geboren wird, in dem die Zersplitterung erschaffen wird?" „Beides!" nickte Vidya, und Rabea rief aus: „Aber wie können wir dann jemals *erkennen*?"

„Indem wir den Geist erziehen und ihn so benutzen, dass er sich selbst auch seiner Herkunft erinnert. Weißt du, Rabea …", als sie diesen Namen aussprach, zögerte sie eine Weile, „am Anfang ist es wichtig, dass du neu geboren wirst, und zwar in die Welt deiner Wahrheit hinein. Dann aber wirst du zunächst mit deinem *karma* konfrontiert. Und je mehr und je tiefere Seinserfahrungen du machst, desto tiefer gelangt das Licht in die Schichten deiner Splitterseelen, um die Fragmente nach oben zu spülen und sie zu heilen. Zuerst kommt, wie Rilke sagte, das strahlende Gold der Erkenntnis, und dann kommt, wie er fortfuhr, das klumpige Blei der Geduld. Also habe Geduld und komm nicht vom Weg ab. Dein Weg geht schneller als je einer, den ich verfolgen konnte. Das birgt auch Gefahren. Aber ich glaube, du wirst ihnen nie lange erliegen. Dazu ist dein Herz zu stark und deine Seele zu klar." Dann hielt sie inne und sah die ihr so lieb gewordene Schülerin lange an. „Und ja, dein Name – es ist fast nicht mehr möglich, dich Rabea zu nennen. Du bist fast schon in der nächsten Ebene, auf dem nächsten Weg. Nur deine Gestalt ist noch hier unten."

Wieder einmal war Rabea verwirrt. Vidya hatte ihr eine Antwort gegeben und ihr viele neue Fragen beschert. „Was kann ich tun?" fragte sie einfach nur.

„Nimm das, was du hier erlebtest, tief in deine Seele auf. Es gibt einen Ort in dir – in jedem Wesen –, wo du solche Erinnerungen bewahrst, die dich heilen und führen, weil sie etwas in dir wecken, das deinem Ursprung entstammt. Aber sie müssen im Inneren reifen, bis sie von selbst das erschaffen, was dich tiefer fallen lässt. Wenn du sie zu früh benutzt, zu früh analysierst, dann zersplitterst du sie wieder, und alles ist verloren – bis es eine neue Chance bekommt. Doch wer weiß schon, wann das sein wird? Erlebe und erfahre, gib dich DEM hin, denn du kannst es. Aber analysiere es nicht. Folge der Wahrheit, der Weisheit."

„Ich folge DIR, Vidya, du BIST Weisheit."

„Dann gebe ich dir jetzt diesen Umschlag mit. Du darfst ihn öffnen, sobald du in deinem Raum bist, oder du öffnest ihn erst dann, wenn du abgereist bist. Aber wir werden nicht mehr über den Inhalt sprechen, so lange du hier bist. Er enthält ein paar Inhalte, einige Fragen, einige Hilfen und Hinweise, wie du weitergehen kannst, und die Adressen von Menschen, die dich gerade in den Prozessen der Aufarbeitung emotionaler Themen unterstützen können. Eine Adresse kennst du schon, es ist die von Jana von Walden."

„Oh. Ist sie auch ein *upaguru?*" staunte Rabea.

„Nein. Sie ist eine Schülerin und wird demnächst den vierten Prozess durchlaufen. Sie ist ebenfalls Psychologin und hat einige Methoden von mir gelernt. Sie hat die Erlaubnis erworben, mit einer Seelen-Resonanz-Arbeit in kleinen Gruppen anderen Unterstützung zu geben. Darin ist sie sehr gut, du kannst ihr also vertrauen."

„Das ist wirklich schön, Vidya. Ich habe mich dort wohl gefühlt, aber ich wusste nie so richtig, ob sie vielleicht zu den Leuten gehört, zu denen eine Freundin von mir geht und die aus einer – wie ich finde – recht befremdlichen Ecke Indiens kommen."

„Deine Intuition war gar nicht so ganz falsch. Jana hat früher selbst nur rote Kleidung getragen, sich dann aber von den Gruppen, die sich im Schatten eines bestimmten Meisters aus Indien überall niedergelassen hatten, getrennt. Nach kurzer Zeit ist sie zu uns gestoßen und konnte ihr wahrhaftiges Anliegen hier besser verwirklichen.

Gut. Nun müssen wir für heute Schluss machen, denn ich habe noch ein wenig zu tun. Wir sehen uns morgen zum *satsanga*. Schlaf gut, Rabea."

Die beiden Frauen standen auf und umarmten sich. „Ich wünsche dir noch viel Freude beim Arbeiten und eine gute Nacht!" sagte

Rabea. Dann räumte sie die Teetassen und die leere Kanne auf das Tablett. „Ich werde das hier zurück in die Küche tragen."

Als Rabea die Tür von Vidyas Haus öffnete, hörte sie in der Nähe der Unterkünfte laute Stimmen. Nachdem sie das Teegeschirr in der Küche gewaschen und weggeräumt hatte, erkannte sie Enrique und Atmasevika, die an der Wegkreuzung standen und sich stritten. Rabea war verwundert.

„Warum sollen wir es nicht morgen früh nochmal proben?" fragte Atmasevika jetzt gereizt. „Morgen Nachmittag habe ich noch sehr viel anderes zu tun."

„Wie oft habe ich es dir schon gesagt, Atmasevika. Ich möchte in der Frühe an der Meditation teilnehmen, und außerdem ist es nicht so klug, hier zu proben, wenn die Gruppe gleich dort drüben in Stille sitzt!" Enrique fuchtelte mit den Armen und sah sehr aufgebracht aus.

„Ich hatte auch schon mehrfach gesagt, wir könnten hinter den Felsen gehen, und dich gebeten, morgen mal auf die Meditation in der Früh zu verzichten."

„*Morgen mal!*" echote Enrique. „Das ist der letzte Morgen mit dieser Gruppe. Ich möchte dabei sein. Wieso müssen wir denn überhaupt nochmal proben, es ist doch alles fein. Du bist manchmal vielleicht etwas perfektionistisch."

Atmasevikas Augen wurden schmal. „Nicht persönlich werden, Enrique. Ich möchte das Gespräch gern bei der Sache halten, um die es geht. Dorthin sollte sich unsere Aufmerksamkeit richten."

Rabea war jetzt herangekommen und Enrique nahm sie zuerst wahr. Es war ihm sichtlich peinlich, dass seine Freundin ihn so erlebte. „Okay, es tut mir Leid. Aber dennoch möchte ich die

Morgenmeditation nicht opfern. Kannst du das, was du zu tun hast, nicht während der Zeit tun, in der ich meditieren gehe und wir treffen uns dann nach dem Essen?"

Atmasevika überlegte einen Moment, verzog dann den Mund und nickte schließlich. „Das ist zwar für mich nicht so schön, aber nun gut, damit es eine Lösung gibt." Enrique atmete auf.

Dann drehte Atmasevika sich um. „Rabea, es ist gut, dass wir uns noch treffen. Möchtest du dein Bekenntnis morgen im *satsanga* sprechen oder lieber morgen Abend während der Abschiedsveranstaltung?"

„Geht das denn?"

„Ja, das würden wir einrichten. Es wäre vielleicht sogar schöner, weil es feierlicher ist. Und wir hätten noch eine Überraschung für dich, die wir morgens nicht einbauen könnten." Atmasevika warf einen jetzt schon wieder freundschaftlichen Blick in Enriques Richtung, der sich grunzend umwandte. „Ich werde dir ein paar Anregungen dazu nachher noch vor die Tür legen, dann hast du sie morgen früh gleich. Vielleicht lässt sich dein Bekenntnis sogar mit dem verbinden, was Vidya morgen im *satsanga* sagen wird." Sie lächelte. „Und", fügte sie noch hinzu, „Kanjara ist dabei."

„Oh, wie schön. Das ist wunderbar. Vielen, vielen Dank. Ja, dann möchte ich es am Abend machen." Rabea strahlte über das ganze Gesicht. Aufgeregt winkte sie Atmasevika hinterher, die offenbar noch etwas mit Vidya zu tun hatte.

„Ich bin ebenso aufgeregt wie du, mi amiga", sagte Enrique, nahm ihre Hand und ging mit ihr die paar Schritte zu den Unterkünften. „Ich hoffe, du kannst gut schlafen. Ich werde jedenfalls um gute Träume für dich bitten."

„Sag mal, Enrique, ich hätte nicht gedacht, dass Leute hier miteinander streiten. Ich war ehrlich gesagt ein bisschen erschrocken, als ich euch gerade gehört habe."

Verwundert blieb Enrique wieder stehen und sah sie an. Ihr Gesicht war vom Mondlicht hell. „Warum nicht? Auseinandersetzungen sind nicht grundsätzlich falsch. Manchmal sind sie nötig, damit man wieder zusammenkommen kann. Es ist wichtig, dass wir richtig zu streiten lernen. Das sage ich nicht nur, weil ich ein Krieger bin und meinen Pfad wieder aufgenommen habe. Du wirst das auch noch lernen müssen. Wir sollten uns vor nichts fürchten!"

Rabea blickte Enrique nachdenklich an. Vermutlich würde sie wirklich noch einiges zu lernen haben. Der spirituelle Raum, den Vidya hier geöffnet hatte, schien sogar das zutiefst Menschliche einzubeziehen, er machte vor nichts Halt. Was könnte schon eine Freiheit bedeuten, die irgendetwas unterdrückte. Sie war an Bedingungen gebunden. Doch es konnte auch nicht darum gehen, jeden Impuls einfach auszuagieren. Aber wenn alle Portale durchschritten und alle Ebenen erweckt sein würden, sollte die Lebenskraft sich immer auf stimmige Weise manifestieren können. Um in dieser Freiheit zu sein, musste alles frei sein. Das war es, was sie wollte, wozu sie „Ja" sagen konnte. Es war ein gutes Gefühl, das zu erkennen.

VOR DER VOLLENDUNG

Das vorletzte Hexagramm im Yijing heißt ‚Nach der Vollendung', während das letzte Zeichen ‚Vor der Vollendung' genannt wird. Darüber habe ich früher oft nachgedacht und nicht gewusst, wie ich mir diesen scheinbaren Missklang erklären könnte. Wenn doch im vorletzten Zeichen alles in eine ihm gemäße Ordnung gerückt ist, wenn die schwachen Linien auf den schwachen Plätzen und die starken Linien auf den starken Plätzen stehen, wie kann dies nicht das Ende der Hexagramme sein? Aber mir ist klar geworden, dass gerade in einem solchen Zustand, wenn wir glauben, wir hätten alles in uns auf seinen Platz verwiesen und uns darauf verlassen, dass sich ein vollkommenes Gleichgewicht von selbst erhält, jede Bewegung dazu führen kann, dass daraus wieder der Zustand des Zerfalls entsteht. Daher genügt es nicht, die Dinge in Ordnung ‚zu bringen'. Wenn wir nicht in einer Höhle leben, werden wir immer wieder mit dem konfrontiert sein, was unser *karma* aus dem noch verbleibenden Schwung an den Tag bringen wird. Also! Ruhen wir uns nicht aus! Denn wir stehen immer am Anfang.

Die Buddhisten nennen dies den ‚Anfängergeist'. Es ist dasselbe, wenn wir sagen, wir befinden uns immer wieder ‚vor der Vollendung'. Das letzte Hexagramm des Yijing warnt vor Hochmut und der Tendenz, irgendwo landen zu wollen, wo wir glauben, ein Recht auf Ausruhen zu haben. Es weist auf die Kraft der Achtsamkeit hin. Wie ein Fuchs, der über dünnes Eis geht, müssen wir einerseits auf das Krachen hören und andererseits die Stellen aussuchen, die einen sicheren Weg möglich machen."

Vidya sah in acht irritierte Augenpaare und musste schmunzeln. Wie bei jedem letzten *satsanga* war es auch in dieser Gruppe notwendig, die Abreisenden vor den Gefahren des Höhenflugs zu warnen, der schon so viele spirituelle Suchende zu Fall gebracht hatte, wenn sie es am wenigsten erwartet hatten.

„Es geht um die Kraft der Unterscheidung. Um diese aber einsetzen zu können, müsst ihr euch selbst mit all euren Rollen, euren alltäglichen Gewohnheiten und euren neuen Erkenntnissen und Erfahrungen, die ihr hier gewonnen habt, gegen die Natur der Kräfte abwägen lernen, auf die ihr jederzeit treffen könnt. Nichts auf dem spirituellen Weg ist so gefährlich wie die Rückkehr zu einer alten Form, die von hier aus wie überholt aussieht, aber ihr Recht einfordern wird, sobald ihr ihr wieder gegenübersteht. Dann müsst ihr wissen, was auf euch zukommt."

Die Gesichter der Anwesenden zeigten inzwischen etwas mehr Verständnis, aber erfreut waren sie darum nicht. Vidya blickte jedem von ihnen offen in die Augen, um ihnen zu zeigen, dass sie fühlte, was sie fühlten – sie war in tiefer Resonanz mit denen, die nun einen neuen Weg finden mussten, der Gold in Blei verwandeln sollte.

„Ich habe euch alle sehr lieb gewonnen und habe gern mit euch gearbeitet. Jeder und jede von euch kam aus einer anderen Richtung und mit anderen Vorerfahrungen hierher. Ihr hattet alle die wichtige Entscheidung getroffen, das eigene Selbst zu verwirklichen, aber nicht alle von euch hatten denselben Grund. Dort, wo wir eins sind, habe ich euch mit dem *satsanga* begleitet. Dort, wo ich euch schon ein wenig auf dem Weg vorausgegangen war, habe ich euch mit meinen Lehrreden herausgefordert. Dort, wo ihr an unterschiedlichen Stellen des Weges standet, habe ich euch mit Einzelsitzungen unterstützt. Eine von euch habe ich sogar zu einem meiner *upagurus* geschickt.

Obwohl ich euer eigenes Selbst bin, sind wir uns im Körper hier zum ersten Mal begegnet. Warum habt ihr mich gefunden? Die Antwort darauf ist ganz einfach: Wir alle finden das, wonach wir suchen. Aber wenn es uns gegeben wird, müssen wir noch einmal hinsehen, um zu begreifen, was das, was wir suchten, wirklich bedeutet. Unser Geist – und auch unser Körper – ist ein Gefäß, das zunächst bereitwillig sein muss, sich einzulassen. Am Anfang des Wahrheitsweges, wenn man das ganze Vorgeplänkel hinter sich hat, ist das oft leicht, weil sich so viele mystische und fantastische Erfahrungen zeigen und weil die Last, die man aus dem *karmischen* Schwung heraus mit sich trug, um einiges leichter wird. Auch ihr seid dankbar dafür. Im weiteren Verlauf des spirituellen Weges werden sich eure Motivationen ein bisschen deutlicher zeigen. Wenn ihr aufgrund eines Leidens gekommen seid oder weil ihr über die Oberflächlichkeit des Lebens verzweifelt ward, wenn es Neugier war, die euch antrieb, oder vielleicht einfach der Wunsch nach Macht oder materiellem Besitz, müsst ihr das aufdecken und euch fragen, ob dies nach euren Erfahrungen und Erkenntnissen immer noch eure Motivationen sind.

Wenn eure Motivation von Anfang an die Suche nach Weisheit, Klarheit und Liebe war, dann wird sich dies wieder und wieder zeigen, und es wird der Feuerpfeil sein, der euch zu den Pfaden bringt, die am direktesten sind. Das sind allerdings nicht immer die einfachsten, und sie können euch viel abverlangen. Daher muss das Gefäß des Geistes immer mehr geweitet werden, was durchaus schmerzhaft sein kann. Aber das wird niemanden mit dieser Motivation davon abbringen, weiterzugehen.

Ihr müsst euch fragen, ob ihr euch wünscht, euren Weg weiterzugehen, und wenn ja, wollt ihr ihn mit meiner Unterstützung weitergehen? Solange ihr dies nicht wisst, bin ich als Lehrerin lediglich eine Instruktorin. Meine einzige Verpflichtung euch gegenüber liegt darin, euch beizubringen, was ich selbst praktiziert habe, euch meine Methoden zu zeigen und euch darin zu unterstützen, heilsame und nützliche Wege zu finden, wie ihr euch weiterentwickeln könnt. Ihr wiederum habt mir gegenüber keinerlei Verpflichtung, und wenn ihr keine Unannehmlichkeiten für die Gruppe erzeugt, könnt ihr jederzeit als Teilnehmende wiederkommen.

Wenn ihr meine Unterstützung nicht mehr wollt, ist die Frage, ob ihr den Weg überhaupt weitergehen möchtet, für mich nicht mehr relevant; sie darf es auch nicht sein, denn dann habe ich euch vollständig loszulassen. Ich kenne das absolute Versprechen des ersten *gurus* – den wir *Shiva* nennen –, dass wir alle schließlich erleuchtet sein werden.

Ihr seid eingeladen, den Prozess jederzeit wieder aufzunehmen und mich als Instruktorin anzusehen. Aber auch wenn ihr euch mir auf eine andere Weise nähert, weil ihr vielleicht bemerkt, dass euch die Ebene von einfachen Erfahrungen oder dem Wohlergehen des von einer Last befreiten Geistes nicht mehr reicht, werdet ihr sehen, dass die Lehren, die ich euch vermittle, zwar über die persönlichen Gebiete hinausgehen, die ihr alle hier während eures Aufenthalts erkundet habt, aber auf die basalen spirituellen Wahrheiten begrenzt bleiben. Ich will damit sagen, dass es immer an euch liegt, wie weit ich mit euch gehe. Erst dann, wenn ihr den wirklichen Wunsch nach Intimität mit dem Selbst habt, wird euch das Bedürfnis nach dem Lernen aus der Stille, der direkten Transmission von Herz zu Herz, bewusst.

Der Antwort auf die wichtige Frage, wie weit ihr mit der Arbeit, die ihr hier kennengelernt habt, und vor allem, wie weit ihr mit mir gehen wollt, kommt ihr dadurch näher, dass ihr euch an den ersten Moment erinnert, in dem wir uns begegnet sind. Die allererste Begegnung ist ausschlaggebend. In dieser erkennen wir einander – nicht mit Hilfe unserer Augen oder des Verstandes, sondern – auf der Ebene des wahren Herzens. Wenn ihr euch diesen Moment des gegenseitigen Erkennens vergegenwärtigt und ihn allein in Besitz nehmt, wenn ihr dann dafür sorgt, dass er niemals von eurem undisziplinierten und nach Argumenten suchenden Geist überlagert wird, dann werdet ihr wissen, welche Entscheidung euer Herz getroffen hat."

Vidya schloss nach dieser langen Rede die Augen und schien ganz und gar in sich zu versinken. Rabea fühlte sich trotz der vielen Worte nicht angestrengt, denn sie hatte ihre Antwort schon gegeben. Aber sie begrüßte die Sprechpause und ließ sich von Vidya in den Raum des Schweigens führen, wo sich der Geist der bereits bekannten ruhigen Weite hingab. Die äußere Unruhe, die inzwischen im Raum aufgekommen war, legte sich langsam wieder. Rabea hörte, wie einige der Teilnehmenden ihre Sitzposition veränderten, andere atmeten tief durch.

Nach einer langen Zeit des Schweigens sprach Vidya schließlich weiter: „Kommen wir dahin zurück, womit ich begonnen habe. ‚Vor der Vollendung'. Wir stehen immer am Anfang. Obwohl ich nur eure Instruktorin bin, möchte ich euch zum Abschied ein Geschenk machen, wenn ihr es haben möchtet. Dazu brauche ich aber eure klare Erklärung, denn es handelt sich um eine bewusst und absichtsvoll durchgeführte Initiation."

Als einige Augenbrauenpaare sich hoben, antwortete Vidya: „Bisher habt ihr die Kraft der Initiation eher indirekt erlebt. Ihr habt sozusagen durch mich an *Shivas* Ausstrahlung teilgenommen, die einige hier als mein *mandala* bezeichnen. Das ist vor allem im *satsanga* der Fall gewesen, wenn durch die Rede aus dem Herzen der Wahrheit die Stille selbst in *eure* Herzen gezogen ist und von dort aus den inneren Lehrer angeregt hat, eure Struktur in die Ordnung zu führen, damit sich der Geist leichter dem Selbst annähern kann. Der Frieden und die Klarheit, die daraus erwuchsen, waren natürlich eine direkte innere Erfahrung." Sie lachte. „Heute möchte ich euch etwas mit auf den Weg geben, das euch helfen kann, dem Frieden und der Klarheit treu zu bleiben und der Suche nach dem Selbst mehr Kraft zu geben. Es handelt sich um die Einweihung in ein *mantra*."

Aufatmen und Erstaunen waren in der Gruppe zu hören.

„Daher nun noch einmal meine Frage: Gibt es eine Person in diesem Raum, die diese Einweihung nicht erhalten möchte?"

Alle schüttelten vehement den Kopf. Offenbar wussten alle Teilnehmenden bereits, was es mit einer *mantra*-Einweihung auf sich hatte. Rabea hatte so etwas noch nie erlebt, aber sie vertraute Vidya völlig und hätte nicht gewusst, warum sie einen Vorschlag von ihrer Lehrerin ablehnen sollte, zumal es sich um eine Hilfe für die Zeit zwischen den Prozessen handeln würde. Außerdem klang es spannend, was Vidya in Aussicht stellte.

„Gut. Ich werde nun zunächst das Vorgehen erklären. Nach einer kleinen Pause gebe ich euch inhaltliche Hinweise auf das *mantra*, um das es sich handelt. Das ist bereits eine Art Einweihung durch Sprache. Danach folgt die energetische Einweihung. Nachdem ich das Vorgehen erklärt habe, habt ihr noch immer die Freiheit, euch gegen die Einweihung zu entscheiden. Dann geht ihr mit der Gruppe zur Pause hinaus und kehrt im Anschluss nicht mehr zurück. Unser nächstes Treffen ist dann heute Abend zur Abschiedsfeier."

Sanfte und gleichzeitig intensive Gesänge erklangen aus den großen Lautsprechern. Die Gruppenteilnehmer hatten die Augen geschlossen. Sie saßen im Kreis auf Stühlen, hielten sich aufrecht und hatten ihre nach oben geöffneten Handflächen auf die Oberschenkel gelegt. Manche hatten ihre Daumenspitzen an die Spitzen der Zeigefinger gelegt. Immer wenn die Musik leiser wurde, hörte man Vidyas Schritte im Raum. Sie schien um den Kreis der Meditierenden herumzulaufen. Manchmal hörte man auch ihr halblautes Murmeln.

Die Gesänge verebbten und Vidya blieb stehen. Nun erklang nur noch ruhige, sehr meditative Musik aus den Lautsprechern. Vidya stellte sich ins Zentrum des Kreises, den die Initianden bildeten. Dreimal atmete sie laut und hörbar ein und aus und vergewisserte sich, dass alle diese Atemzüge mit ihr zusammen vollzogen. Dann trat sie vor den ersten Aspiranten. Rabea wusste nicht, was geschah und unterdrückte den Impuls, die Augen zu öffnen und nachzusehen. Eine ganze Weile gab es nur die Musik, hin und wieder das leise Rascheln von Vidyas Kleidung, wenn sie sich bewegte, und das tiefe Aufatmen der anderen Teilnehmenden; manchmal Schluchzen oder gedämpftes Weinen.

Als die Reihe an Rabea war, spürte sie Vidyas Berührungen wie durchdringende Segnungen. Schauer beglückender Vibrationen durchfuhren ihren Körper, ihren Geist und ihre Sinne, und sie scheute sich nicht, alles zuzulassen, was sie in diesem Moment erlebte. Was konnte falsch daran sein, wenn es doch von ihrer Lehrerin initiiert wurde?

Dann beugte Vidya sich vor und wartete auf Rabeas nächsten Atemzug. Sie legte ihre Hand auf das Herz der Initiandin und flüsterte ihr beim Einatmen die Silbe „So" in das linke Ohr. Beim Ausatmen flüsterte sie „ham" in das rechte Ohr. Das Ganze wiederholte Vidya noch zweimal. Rabea erinnerte sich an das, was Vidya in der Vorbereitung gelehrt hatte und atmete nun gemeinsam mit ihrer Lehrerin einmal „So'ham". Dann ging Vidya weiter.

So'ham, so hatte Vidya gesagt, war die *mantrische* Manifestation der Lebenskraft aller Geschöpfe, denn es war der natürliche Klang der Atemenergie, *prana*. Im Einatmen entstand der Klang von *so*, während der Ausatemstrom von *ham* getragen wurde. Mit dem einatmenden *so* wurden die Wesen beständig mit Vitalenergie versorgt und mit dem ausatmenden *ham* entließen sie das, was im System nicht länger gebraucht wurde. So konnte man es vom Blickwinkel des vitalen Lebens als inkarniertes Wesen sehen. Egal, ob man einen spirituellen Weg ging oder nicht, jedes lebende Geschöpf hatte an diesem *prana* teil. So lange der Atemprozess weiterging, würde es leben; sobald er stoppte, starb es.

Atmen war, so hatte Vidya es formuliert, vollständig an den Klang des *so'ham* gebunden. Er ging dem ersten Atemzug sogar voraus. Erst indem die Urmaterie in Resonanz mit diesem Klang zu vibrieren begann, wurden Gehirn und Nervensystem zum Atmen angeregt. *So'ham* begleitete jeden Menschen von seinem ersten bis zu seinem letzten Atemzug. Es war der geschäftige Geist, der es verhinderte, dass er den Klang des *prana* nicht mehr wahrnahm. In der Meditation, wenn der Geist still wurde und der Fokus nicht mehr auf den Gedanken ruhte, konnte er *so'ham* wieder hören. Beständig wurde das *mantra* in jedem Wesen geatmet, denn dies war der Rhythmus des Lebens selbst. Vidya nannte *so'ham* auch das *mantra* des ersten Lehrers, *Shiva*. Bei der Geburt war dies Sein Geschenk, weshalb es spirituellen Lehrerinnen auch gestattet war, das *mantra* in jedem Sucher zu initiieren, auch wenn sich keine klare Schüler-Lehrer-Beziehung ergeben hatte.

Indem eine Lehrerin dieses *mantra* in die Wesenstiefen von Suchenden versenkte, etablierte sie die universelle Ordnung, so dass deren Entwicklung einen harmonischen Verlauf nehmen konnte. Sobald sie sich dem Klang von *so'ham* hingaben, würden sie ganz von selbst auf den Rhythmus des Lebens Acht geben.

Die Bedeutung von *so'ham* war „Ich bin Er"; mit „Er" war *Shiva* oder – allgemeiner – Gott gemeint. Dieses Geheimnis wurde nicht erst durch die Übersetzung aus dem Sanskrit gelüftet. Vielmehr wurde es den ersten Sehern, den *rishis*, zusammen mit dem Klang offenbart.

Vidya hatte auch davon gesprochen, dass es noch eine „erweiterte Variante" dieses *mantras* gäbe; diese sei aber in der heutigen Initiation nicht enthalten. Vidya behielt sich vor, sie nur den sich bekennenden Schülern und Schülerinnen weiterzugeben.

Dieser Gruppe erklärte sie jedoch sehr genau, wie jede und jeder selbst durch das dizipllinierte Befolgen eines bestimmten *sadhana* mit *so'ham* die eigene Entwicklung positiv würde beeinflussen können. Automatisch würden die Kräfte des Geistes, die zerstreut, zersplittert und durch das Verweilen in der objekthaften Welt geschwächt worden waren, eingesammelt und dazu gebracht werden, nach innen zurückzufließen. Ganz nebenbei hätte die spirituelle Praxis mit *so'ham* entstressende, gesundheitsfördernde und klärende Effekte. Vieles von dem, was Vidya sonst noch gesagt hatte, hatte Rabea vergessen, aber wie die Lehrerin schon angemerkt hatte, würde sie irgendwann darauf zurückkommen.

Nach der Initiation hatte Rabea keinerlei Bedürfnis, mit irgendjemandem zusammenzutreffen und lief deshalb eilig zum Felsen am Meer. Meistens war sie hier allein; die anderen Gruppenteilnehmer hatten noch nie großes Interesse daran gezeigt. So war sie relativ sicher, dass sie hier ihre Ruhe finden würde.

Oben auf dem hohen Stein war sie einerseits dem Meer ganz nah und konnte andererseits eine erhöhte Position einnehmen, von der aus sie ein wenig das Gefühl des Überblicks hatte. Sie saß auf der Erde, aber dem Himmel war sie ebenso verbunden.

Die Luft war klar und trotz der generellen Wärme erfrischend. Es tat gut, die leichte Brise im Haar zu spüren. Das Rauschen von Meer und Wind war wie eine sanfte Massage für Haut und Ohren. Nach einer langen, ruhigen Betrachtung des Ozeans schloss Rabea die Augen und spürte den noch immer wahrnehmbaren Vibrationen des Atems des ersten Lehrers nach. Bald schon ergab sich eine Resonanz zwischen den Bewegungen des Meeres und den Atemzügen der Meditierenden. Wie die Wellen des großen Wassers rhythmisch zum Ufer flossen und wieder ins Grenzenlose zurückgezogen wurden, so fand sich auch der Atem des Namenlosen Windes in Rabea ein. Sie lauschte dem Klang von *so'ham*, der aus den Tiefen des Körpers ebenso aufzusteigen schien wie aus der Weite von Wellen und Wind.

Nach einer ganzen Weile der Versenkung in das *mantra* ohne Worte stellte Rabea fest, dass sich die Laute, die vorher in ihrem Geist noch klar und deutlich erklungen waren, veränderten. Es war fast, als würden die Ränder der Buchstaben zerlaufen und das *mantra* erschuf beim Einatmen einen ausgedehnten Raum, in dem es zerlief wie Farben in Wasser. Beim Ausatmen wurden alle Farben in einen kleinen Punkt zurückgezogen, der sich in der Mitte der Unendlichkeit befand. Am Rande ihres Bewusstseins erinnerte sich Rabea an die Erfahrung, die sie bei Kanjara gemacht hatte. Als sie mit dem Raben geflogen war, hatte es zuerst eine endlose Ausdehnung gegeben und schließlich war sie durch deren Mitte wie durch einen schwarzen Punkt – die schwarze Sonne, wie Kanjara gesagt hatte – in die Leere geflogen.

Auch waren Rabeas Atemzüge sehr viel langsamer geworden; am Ende eines Ausatemzuges war es fast, als müsste sie gar nicht mehr atmen. Gleichzeitig wurden die Bewegungen ihres Geistes unendlich langsam, bis sie irgendwann den Eindruck hatte, auch der Geist stünde völlig still. In diesem Moment spürte sie einerseits großen Frieden und andererseits gab es niemanden mehr, der spürte. Sie war selbst zu Frieden geworden. Das Gewahrsein der Freiheit öffnete sich und ohne dass sie Worte oder Gedanken dafür brauchte, war das Wissen der großen Wahrheit in ihr.

Ich bin das Unsterbliche, ich bin reines Bewusstsein. Ich bin ungeboren und todlos.

Schließlich erlebte sie die Atemzüge nicht mehr als das Hereinnehmen und Hinauslassen von Luft. Stattdessen schien es, als dringe eine scheinende Lichtmasse beim Einatmen in ihren Scheitel ein und flösse durch ihre Wirbelsäule bis zur Erde hinab; beim Ausatmen stieg dieses Licht wieder auf und strahlte bis über den Scheitel hinaus. Es gab ein Abwechseln von Fülle und Leere, und doch war beides eins. Sie atmete ein.

So. Ich bin Shakti, die Göttliche Mutter, die Schöpfung in all ihrer Herrlichkeit.

Sie atmete aus.

Ham. Ich bin Shiva, das Universum, das reine Bewusstsein, alleiniges Subjekt und vollkommene Stille.

Die Atembewegung verebbte.

Als Shakti und Shiva bin ich eins. Immer wieder steige ich zur Erde hinab und kehre zurück in den Himmel. Nie bin ich getrennt von mir. Es gibt keine zwei und keine Suche der einen Seite nach der anderen. Es gibt keine Trennung und daher auch keine Rückkehr. Ich bin immer DAS. Wie ein Vogel mit zwei Flügeln segele ich auf dem Atem des ersten Meisters entlang. Ich werde getragen und bin selbst das Tragende.

Vor Rabeas inneren Augen entstanden zwei schwarze Schwingen, die wie die des Raben aussahen. Nach einer Weile verschwamm das Schwarz und dehnte sich aus. Es zerfloss mit dem Himmel, der zuerst noch marmoriert erschien, dann aber rabenschwarz wurde. Es war dennoch keine Düsternis in ihm; vielmehr erlebte Rabea eine Tiefe in dieser Ausdehnung, die unendlichem Raum glich. Rabea hatte schon längst die Grenzen ihres Körpers vergessen. Sie fühlte sich leicht und durchlässig, völlig transparent. Ganz in der Ferne tauchte ein weißer Punkt auf, der beständig näher kam. Als er etwas größer geworden war, bemerkte Rabea, dass er sich bewegte. Er verlor seine Punkthaftigkeit und wurde zu einem liegenden Oval, dessen Enden auf und ab schwangen. Nach einer weiteren Minute erkannte Rabea die Enden des Ovals als Spitzen und schließlich begriff sie, dass es sich um einen Vogel handelte, dessen Schwingen sich bewegten. Als er näher kam, zeichnete sich die Silhouette eines wunderschönen weißen Schwans vor den Tiefen des schwarzen, nun über und über mit Sternen gesprenkelten Raums ab.

Die Flügel des Schwans ließen das Wasser erbeben, als er tiefer flog. Die Wogen des Ozeans begannen, sich im Rhythmus seines Fluges zu heben und zu senken, als wollten sie mit dem Schwan tanzen. Zugleich ertönte – ganz verhalten zunächst, doch deutlicher werdend – ein Klang wie von einem Glockenspiel, der Rabeas Nackenhaare zum Stehen brachte. Ihr Körper saß aufrecht auf dem Felsen, aber ihr Geist flog mit dem Schwan, und ihre Selbst-Seele war alles, was geschah. Irgendwo in ihrem Geist spürte sie eine Mischung aus extremer Freude und höchster Angst. Als der Ozean zu singen anfing, wurde Rabea sich der All-Einheit gewahr, aber sie erkannte auch, dass sie nicht im *samadhi* bleiben konnte. Während der Schwan sich nun aufschwang, um schließlich wieder mit dem dunklen Himmelszelt zu verschmelzen, sank sanft eine Wolke der Glückseligkeit auf Rabeas Gesicht, vermischt mit dem Zittern des Wunders und der Angst.

Die rothaarige Frau hatte beim Mittagessen schon versucht, Kontakt mit Rabea aufzunehmen. Rabea hatte entschlossen auf ihren Teller geblickt und versucht, an der Vision des Schwans und den glückseligen Gefühlen festzuhalten. Doch die Erinnerung an die Angst, die beim Auftauchen der merkwürdigen Töne des Glockenspiels in ihrem Geist emporgestiegen war, hatte sich immer stärker über das gelegt, was Rabea als so schön und einmalig erfahren hatte. Sie hatte bemerkt, wie sich langsam auch Ungehaltenheit zeigte, wie sie unruhig wurde. Und von der rothaarigen Frau, die sie ständig betrachtet hatte und offenbar etwas von ihr wollte, hatte sie sich stark belästigt gefühlt.

Als Rabea nun ihren Teller hob, um ihn zum Geschirrwagen zu bringen, bemerkte sie den Zettel, der darunter lag. „Hallo, ich bin Rati", stand in schwungvoller Handschrift darauf. „Wollen wir uns kurz treffen?" Rabea hob den Kopf und sah der Rothaarigen nun zum ersten Mal in die Augen, während sie sich an die Stirn fasste. Sie nickte, als sie sich daran erinnerte, dass Vidya ihr am Vorabend von Rati erzählt und ihr empfohlen hatte, sich mit ihr auszutauschen. Mit den Händen gestikulierend erwiderte sie, dass sie kurz ihr Zimmer aufsuchen, sich dann aber gern mit Rati treffen wollte. Die Rothaarige zwinkerte ihr aus freundlichen Augen zu und ihre an die hundert Lachfältchen kräuselten sich.

D ass ich Rati heiße, weißt du ja schon", sagte die ältere Frau in lockerem Ton, als sie mit Rabea den Weg am Strand entlang ging.

Rabea nickte. „Es klingt gut, wenn du das aussprichst. Was ist das für eine Sprache?"

„Das ist Sanskrit und heißt soviel wie Lust, Vergnügen oder Liebe. Aber eben körperliche Liebe. Und es heißt auch Vagina." Sie kicherte. „Bevor ich hierher kam, musste ich einiges durcharbeiten, was mit meinem verkorksten Sexleben zu tun hatte. Als ich dann hier ankam, war die emotionale Ebene davon in Ordnung, will heißen, dass ich loslassen konnte, was bei mir früher zu massiven Problemen geführt hatte. Dann durfte ich lernen, was Leidenschaft und Vereinigung auf der tieferen – der spirituellen – Ebene wirklich bedeuten."

Rabea war beeindruckt. Rati wirkte gelöst, entspannt und sehr lebendig. Sie mochte wohl an die fünfzig Jahre alt sein.

Erstaunlich, dass man in dem Alter noch so viel an seinen sexuellen Themen arbeiten und sie offenbar sogar auflösen kann.

Rati fügte noch hinzu, dass sie vermutlich – wie Atmasevika – bereits ihren endgültigen, wahren Namen trug, der ihrer eigenen Realisierung und der Bestätigung durch Vidya entsprach. „Bei Atmasevika bin ich mir sicher, bei mir manchmal nicht so ganz. Aber da Rati Sanskrit ist, scheint er das zu sein. Ich fühle mich auf der Stufe, auf der ich gelandet bin, durchaus wohl. Nur wenn ich mit dem Kopf an die Sache herangehe, frage ich mich manchmal, ob nicht noch mehr möglich wäre."

Rabea erinnerte sich jetzt daran, was Vidya ihr über das Landen auf einer Ebene erzählt hatte und dass die meisten Menschen mit einer bestimmten Absicht in dieses Leben kommen, die der Entwicklungsstufe einer Weltebene entspricht. Wenn sie diese dann erreicht hätten, seien sie zufrieden und verbrächten den Rest ihres Lebens damit, diese Ebene weiter zu erkunden und deren Geschenke den anderen Wesen zugänglich zu machen. Das fand Rabea bei näherer Betrachtung sehr schön. Es war wahrscheinlich unumgänglich, im Laufe vieler Inkarnationen alle Bereiche der Existenz zu erforschen, und manchmal blieb man länger bei einem einzigen, um ihn ganz und gar zu verstehen.

„Und ich heiße Rabea", sagte sie jetzt, „aber sicher weißt du das auch schon." Die Ältere schmunzelte. „Ja, zumindest heißt du so, solange du hier bist", und sie lachte laut auf.

Rabea überlegte, was wohl ihr endgültiger Name sein könnte. „Wie viele Durchgangsnamen hat man denn so?" fragte sie Rati jetzt. Die krümmte sich fast vor Lachen. „Durchgangsnamen ist gut", meinte sie. „Keine Ahnung. Je nach deiner Entwicklung, denke ich. Aber ich glaube, das hat auch mit den *chakras* zu tun. So ganz genau weiß ich das nicht. Manches hier ist mysteriös, aber durchaus sinnvoll, auch wenn man es erst im Nachhinein begreift."

Rati überlegte einen Moment und blickte Rabea dabei verstohlen von der Seite an, als wollte sie herausfinden, ob sie die Jüngere in ihre weiteren Überlegungen einbeziehen sollte. „Hast du schon einmal etwas vom Konzept der Parallelleben gehört?" fragte sie dann vorsichtig.

Rabea entsann sich dunkel eines Gespräches, das vor zwei oder drei Wochen hier stattgefunden hatte. Auch darin war die Idee der parallelen Leben aufgetaucht; es hatte sie allerdings nicht weiter interessiert. Nun rief sie dieses Gespräch im Inneren wieder wach und dachte daran, dass sie damals schon nicht wusste, ob man sie auf den Arm nehmen wollte oder ob so etwas tatsächlich ernst gemeint sein konnte. Sie sah Rati mit großen Augen an.

Die Rothaarige interpretierte das als offene Aufmerksamkeit und fühlte sich zum Weitersprechen inspiriert. „Als ich das erste Mal dabei war, als man sich dort drüben im Wald", Rati zeigte nach Osten, wo der kleine Weg hinter den Büschen zur Lichtung führte, „hinter vorgehaltener Hand darüber unterhielt, habe ich jeden, der so etwas ernst nahm, für vollkommen spinnert gehalten." Sie verdrehte die Augen nach oben. „Aber die Gespräche darüber hörten einfach nicht auf und schließlich habe ich mich mit der Idee mal ernsthaft befasst. Ist sie denn wirklich so weit hergeholt?" Fragend sah sie zu Rabea hinüber.

„Mir fällt dazu gerade gar nichts ein", gab diese zurück und so fuhr Rati fort: „Schau doch mal den Baum dort an", wieder zeigte sie nach Osten. „Ausgehend von seinem Stamm bildet er viele Äste und Zweige aus. Aus einem Stamm können sich drei starke Äste verzweigen, aus jedem Ast können verschiedene Zweige sprießen. Es ist sogar möglich, dass sich zwei Zweige treffen und wieder zu einem einzigen werden.

Das klingt sehr abenteuerlich, ich weiß. Aber das liegt daran, dass wir davon in unserem menschlichen Bewusstsein in der Regel nichts bemerken, und wenn doch, können wir mit unseren Eindrücken aus einem parallelen Leben nicht viel anfangen. Wir bezeichnen es als Tagtraum oder Fantasie."

„Okay", warf Rabea ein, „du meinst also – mal drastisch formuliert –, es sei möglich, dass eine ‚Version' von uns in einer durch Atomkriege verwüsteten Welt lebt, während zeitgleich eine zweite ‚Version' ein Dasein am Rand einer ökologischen Katastrophe fristet und sich bei Greenpeace engagiert, und eine dritte ‚Version' gerade zum Orion reist und Kontakt zu anderen Zivilisationen herstellt?"

Rati nickte nachdrücklich. „Das ist durchaus möglich, ja. Schau mal, haben wir nicht gelernt, dass Realität nicht absolut ist, sondern von der Perspektive abhängt? Und ist nicht unser Geist zu einem riesigen Teil durch das bestimmt, was wir glauben und kennen und für möglich halten?"

Sie meint es tatsächlich ernst. Kann es also sein, dass ich gerade in der „Rabea-Version" von „mir" hier stehe, während die „Anami-Version" in ihrem Bett liegt und träumt?

Leichter Schwindel machte sich in Rabeas Kopf bemerkbar und in ihrem Magen entstand das bekannte mulmige Gefühl.

„Wozu soll das gut sein?" fragte sie jetzt und stellte innerlich sogleich fest, dass das eine einfältige Frage war, aber eine andere fiel ihr gerade nicht ein.

„Oh, da kann ich mir einiges vorstellen", Rati war mittlerweile sehr leidenschaftlich bei der Sache. „Eine Absicht dieser Parallelen könnte darin bestehen, mit der gleichen Persönlichkeit Erfahrungen in unterschiedlichen Paradigmen zu machen. Dann müssen wir uns nicht zwischen entweder/oder entscheiden, sondern können sowohl/als auch wählen. Unser persönliches Bewusstsein und unser Fokus sind dann nicht mehr auf eine Variante beschränkt."

„Oh Gott", stöhnte Rabea, „haben wir nicht schon mit einer Variante genug zu tun?"

„Eben nicht. Es geht ja nicht darum, dass und wieviel wir zu tun haben. Was für unser Selbst oder für unsere Essenz zählt, ist nur die ‚Gesamtsituation', also die Summe aller Erfahrungen im Raum-Zeit-Kontinuum."

„Nun gut, aber was haben wir denn von parallelen Leben, wenn wir uns ihrer nicht gewahr werden?" fragte Rabea jetzt. „Das macht doch gar keinen Sinn."

„Vielleicht bemerken wir das parallele Leben nicht bewusst. Aber ist es nicht möglich, dass wir plötzlich wahrnehmen, dass sich unser Umfeld geändert hat, dass wir neue Wege eingeschlagen haben. Die alten Gewohnheiten hören auf, wir haben auf einmal neue Freunde und Bekannte, der Kontakt zu überholten Beziehungen bricht ab. Manchmal kommt es zu einem Ortswechsel, manchmal ändert sich sogar unser gesamtes Leben einschließlich der beruflichen Orientierung. Und hin und wieder können auch verloren geglaubte Beziehungen wieder aufleben, wenn es erneut eine gemeinsame Realität gibt."

Rabea wurde immer nachdenklicher. „Vidya können wir heute deswegen wahrscheinlich nicht mehr fragen, nicht wahr?"

Etwas erschrocken schaute die andere zurück. „Vidya? Sie hat nie darüber gesprochen. Es ist mehr so ein Gerücht hier, weißt du. Ich glaube nicht, dass es so gut wäre, mit Vidya darüber zu reden." Rati wirkte plötzlich nervös.

„Warum nicht?!" Rabea straffte sich. „Sie ist doch unsere Lehrerin. So ein wichtiges Thema können wir doch nicht hier am Rande im Nebel von Unwissenheit, Projektion und Klatsch diskutieren. Verlangt es dich nicht nach Klarheit?" Sie legte ihre Stirn in Falten und wollte gerade wütend werden, als sie im Rücken Schritte und dann die vertraute Stimme von Atmasevika vernahm. Sie drehte sich kurz um, wandte sich dann wieder Rati zu und meinte: „Vielleicht können wir sie ja fragen."

Das war Rati offenbar viel lieber, denn sie nickte eilig und hoffte, Atmasevika würde Zeit haben. Die Dienerin des Selbst war lächelnd auf die beiden Frauen zugekommen, einen Korb voller reifer Beeren im Arm, und schaute nun aufmerkend von einer zur anderen. „Futter für den Pfau?" fragte Rabea lächelnd.

„Ja. Aber was ist hier los? Ihr seht aus, als hätte es gerade ein Gewitter gegeben." Atmasevika stellte den Korb ab. „Kann ich euch helfen? Ich habe allerdings nicht so viel Zeit."

Rati, die nicht wusste, wie sie das Gespräch mit Atmasevika beginnen sollte, echote: „Pfau?"

„Rati hat versucht, mir das Konzept der parallelen Leben nahe zu bringen und wollte mich offenbar zu der Überlegung verleiten, dass unsere Existenz hier – in der wir ja einen anderen Namen tragen als den, der uns bei der Geburt gegeben wurde, und den wir wohl wieder ablegen werden, wenn wir diesen Ort verlassen – ein solches paralleles Leben sein könnte."

„Wir wollten eigentlich Vidya danach fragen, aber das ist heute so auf den letzten Drücker bestimmt nicht mehr möglich, nicht wahr?" Rati hatte Rabeas Erklärung weitergeführt. Bei ihren Worten erntete sie von dieser eine hochgezogene Augenbraue und antwortete mit einem Zwinkern.

„Ui. Das ist nicht gerade ein Thema für einen kurzen Zwischenstopp am Strand", meinte Atmasevika und setzte sich in den warmen Sand neben ihren Korb. „Und nein, Vidya hat heute keine Zeit mehr. Ich denke trotzdem, so etwas sollte mehr Raum bekommen. Ich kann jetzt nur kurz darauf eingehen, ohne jedoch einen Anspruch auf Vollständigkeit zu erfüllen oder mir anzumaßen, in derselben Tiefe wie Vidya darauf zu antworten. Wenn euch das reicht ..." Die beiden nickten eifrig.

„Wenn wir uns im unerleuchteten Zustand des persönlichen Bewusstseins befinden, sehen und erleben wir immer nur einen Ausschnitt des Ganzen. Abhängig von unserem Standpunkt hat unser Selbstverständnis viele Aspekte und Perspektiven", begann Vidyas erste Schülerin. „Die Frage ‚wer bin ich' kann niemals eindeutig und absolut beantwortet werden. In der Verkörperung gibt es viele Varianten von ‚ich', viele Rollen, die wir spielen. Außerhalb der Verkörperung, wenn Zeit und Raum wegfallen, ist alles, was existiert, nur eine verschiedenartige Gestalt der Ursprungs- oder der Selbst-Seele.

Aus Sicht der Ursprungsseele ist jedes ihrer erschaffenen Leben eine andere und jeweils eigene Form, mit der sie sich in der Welt ausdrückt. Für sie macht es keinen Unterschied, ob diese Formen zeitgleich oder in Abfolge inkarnieren. Im Raum-Zeit-Kontinuum des Uni- oder Multiversums können Fragmente ihrer Essenz beliebig inkarnieren, also nach unserem Zeitverständnis auch gleichzeitig. Die Beschränkung innerhalb eines großen Zyklus auf eine Lebensform und damit auch auf den Raum, in dem diese Gestalt vorkommt, besteht nur für das Fragment."

„Es ist also möglich, dass sich eine Ursprungsseele zur Inkarnation in mehreren Fragmenten in gleichem Zeitrahmen, aber an verschiedenen Orten, entschließt?" fragte Rabea ungläubig.

„Ja, natürlich. Von einem bestimmten Standpunkt aus betrachtet sind alle deine Inkarnationen parallele Leben, nicht wahr? Ziehst du Raum und Zeit ab, findet alles gleichzeitig statt. Aber um das Ganze besser zu verstehen, fügen wir Zeit und Raum wieder hinzu. Dann sprechen wir von ‚Überlappungen' einzelner Leben oder eben von Parallelität. Wenn sich solche ‚gleichzeitigen' Inkarnationen derselben Essenz im Leben begegnen, ist das Erlebnis für ‚beide' überwältigend, zuweilen bewusstseinserweiternd und manchmal auch verheerend.

In Träumen – auf der Astralebene – gibt es hin und wieder Kontakt zwischen gleichzeitigen Inkarnationsformen. Dadurch kann auch im persönlichen Bewusstsein, wenn es weit entwickelt ist, ein gegenseitiges Gewahrsein dieser parallelen Leben entstehen. Normalerweise aber versucht die Ursprungsseele, diese Begegnungen zu vermeiden." Mit einem Blick auf Rabea, die nicht überzeugt schien, fügte Atmasevika noch hinzu: „Schau, im absoluten Bewusstsein sind wir alle Eins. Das ist die über allem stehende Wirklichkeit. Wenn wir darüber ein dauerhaftes Gewahrsein hätten, würden wir uns entweder gar nicht mehr inkarnieren oder uns beständig aller Gestalten bewusst sein. Solange wir aber nicht einmal unsere Ursprungsseele konstant realisiert haben, wechseln die gefühlten Bewusstseinszustände ab und zeigen sich als unterschiedliche Leben, die temporär real sind."

„Gibt es dann also keinen Unterschied zwischen parallelen Leben und sogenannten früheren Leben?" fragte jetzt Rati.

„Von einem bestimmten Standpunkt aus betrachtet nicht. Der Lehre der chronologischen Wiedergeburten liegt ein lineares Zeitverständnis zugrunde, welches wir ja bereits ad absurdum geführt haben. Die meisten Anhänger der sogenannten Reinkarnationslehre geben sich mit diesem Verständnis zufrieden. Auch du, Rabea, hast dich hier durch schamanische Hilfe und Hypnose an einige Leben vor mehreren Tausend Jahren erinnert. Durch solche Einblicke entsteht der Eindruck einer teilweise logischen Abfolge, mit größeren und kleineren Pausen.

So eine Abfolge entspricht unserer Vorstellung von Entwicklung. Wir beobachten die menschliche Entwicklung in der Kontinuität eines Lebens von der Geburt zum Tod und glauben, die Entwicklung unserer Ursprungsseele erfolge ebenfalls in einem solchen Kontinuum. Diese Vorstellung ist nicht falsch, sondern nur unvollständig. Zeit existiert als Ganzes. Das heißt nicht, dass alles zur selben Zeit geschieht, sondern dass der Ursprungsseele all ihre physischen Inkarnationen simultan gegenwärtig sind. Sie selbst befindet sich außerhalb der physischen Zeit; auf ihrer Ebene ist Zeit zwar schon im Samen vorhanden, aber sie ‚verstreicht' noch nicht. Das, was wir Vergangenheit, Gegenwart und Zukunft nennen, existiert für die Ursprungsseele simultan. Sie hat im Zwischenleben ihre nächste Inkarnation geplant, Eckpunkte mit anderen Seelen vereinbart und so weiter.

Selbst für mich ist das, was für Vidya schon längst keine Vorstellung mehr ist, im Moment meistens noch Theorie – bis auf wenige Momente von tiefem *samadhi*. Ich meine die Wahrheit von Unendlichkeit und Ewigkeit. Die Vorstellung, die lineare Zeit zu ‚biegen', bis sich ein Kreis ohne Anfang und Ende gebildet hat, in dem man sich vorwärts und rückwärts bewegen kann, so dass die Zeit als Sphäre erfahrbar ist, oh je, als Vidya einmal darüber sprach, habe ich innerlich abgeschaltet. Mittlerweile kann ich mehr sehen, aber so weit bin ich noch nicht. Den Rest müsst ihr Vidya fragen. Allerdings bezweifle ich, dass euch das zurzeit besonders weit bringen wird. Ich denke, dass das, was ich zuletzt gesagt habe, auch für euch Theorie sein wird, nicht wahr?"

Rabea und Rati war es ähnlich gegangen wie seinerzeit Atmasevika – sie hatten zum Schluss innerlich abgeschaltet. „Das, was wirklich wichtig war, um das Konzept von sogenannten parallelen oder vergangenen Leben zu verstehen, ist aber angekommen?"

Rabea nickte. Das, was Atmasevika über das Ganze, die Gleichzeitigkeit von allem und die Illusion einer Abfolge gesagt hatte, leuchtete wirklich ein. Aber gab es auch den Fall, den Rati vorhin erwähnt hatte? „Kann es also auch sein, dass die Rabea, die hier steht, nur der Zweig eines Baumes ist, der Anami heißt und irgendwo im Bett liegt und träumt?"

Atmasevika lachte. „Nun, das kann schon sein. Allerdings würde ich es so sehen, dass der Baum nicht Anami heißt, sondern dass selbst Anami nur ein Zweig ist. Wie der Baum eigentlich heißt, das weißt du noch nicht. Der Baum", sie schaute Rabea tief in die Augen, „das ist deine spirituelle Natur. Deinen Baum zu kennen ist sogar noch etwas anderes als deinen spirituellen Namen zu kennen." Atmasevika erhob sich und ergriff den Korb.

„Nur noch eine kurze Frage", rief Rabea hastig. „Hat es denn einen Sinn, wenn wir uns der parallelen Leben gewahr werden? Also sollten wir so etwas anstreben?"

„Der Zweck der parallelen Leben ein und derselben Ursprungsseele besteht ja darin, im gleichen Zeitparadigma unterschiedliche Erfahrungen in verschiedenartiger Gestalt und Persönlichkeit zu machen. Wir glauben, dass alle Inkarnationen einer Essenz die gleiche Dynamik der Energiestruktur haben, die sich durch Selbsterforschung ihres Kerns immer mehr gewahr wird. Sobald wir uns tatsächlich in der Ursprungsseele befinden, können wir all unsere Leben innerhalb dieser gleichen Energiestruktur erkennen. Dann besteht kein Zwang mehr zur Inkarnation, sondern die Ursprungsseele kann sich vollständig zu *Shiva* zurückwenden."

Rabea hatte plötzlich ein Bild vor Augen, das sie bei einer sehr lebendigen Schilderung eines deutschen Dichters empfangen hatte. Dieser hatte das Leben eines indischen Prinzen namens Siddhartha beschrieben. Als der Prinz erleuchtet wurde, konnte er auf eine, wie sie damals fand, magische Weise all seine „vergangenen Leben" sehen. Sie tauchten vor ihm auf, spiegelten sich auf dem Wasser, in das er blickte. Rabea begriff jetzt, was Siddhartha erlebt hatte, indem sie verstand, was Atmasevika ihr beschrieb. Und es ging noch weiter; sie erkannte erstaunt, was Vidya gemeint haben musste, als sie mit Nachdruck auf das Erkennen der eigenen Struktur hinwies.

„Und nun muss ich dringend gehen, ich habe noch einiges für heute Abend zu tun." Sie hängte sich den Korb über den rechten Arm, nahm ihre Schuhe in die linke und setzte barfuß ihren Weg am Strand fort. Rabea wusste, wohin sie ging, fragte sich nun aber, ob es Rati auch so ging.

„Das waren ganz gute Erklärungen", sagte diese jetzt, während sie auch aufstand, „aber nun wissen wir immer noch nicht, ob wir uns hier in einem parallelen Leben befinden."

„Ist das denn so wichtig für dich? Das sind doch nur Spiele, die der Verstand spielt, oder? Ich habe mich bei allem, was Atmasevika sagte, gefragt, ob es für mich wirklich einen Unterschied machen würde. Das, woran ich mich orientiere, ist hier, und meine Lehrerin Vidya ist auch hier. Wenn sie es für wichtig hält, dass wir uns mit parallelen Leben auseinandersetzen – und ich glaube, sie wird es nur dann für wichtig halten, wenn es uns hilft, tiefer ins Gewahrsein zu fallen – dann bin ich auch bereit, mich wieder damit zu beschäftigen. Aber ansonsten ist es für mich erst einmal nicht mehr relevant." Rabea wandte sich entschlossen dem Rückweg zu. „Ich habe übrigens auch noch eine ganze Menge vor heute Nachmittag, daher werde ich jetzt mein Zimmer aufsuchen und mich an die Arbeit machen."

Rati schien etwas enttäuscht zu sein, stapfte aber hinter Rabea her. „Wir treffen uns dann bei der Feier. Ich freue mich schon sehr darauf. Du wirst sehen, es ist der Höhepunkt des ganzen ersten Prozesses."

Sie hat keine Ahnung, wieviel Höhepunkte ich hier erlebt habe und wie tief meine Erfahrungen waren. Aber ich lasse mich gern überraschen.

RÜCKKEHR

Am Ende eines Monats, wenn Teilnehmende von Vidyas Gruppen aus dem Camp abreisten, gab es eine kleine Abschiedsfeier im großen Gruppenraum. Dieser wurde dazu besonders geschmückt; für diese Aufgabe war unter anderem Enrique zuständig. Als Rabea ihn gefragt hatte, ob er Hilfe brauche, hatte er nur gelächelt, sich bedankt und ihr dann aufgetragen, ihr schönstes Kleid anzuziehen, um für den Abend vorbereitet zu sein. Er hatte ihr auch geraten, noch einmal in sich zu gehen und vielleicht zum Abschied ein Gedicht oder irgendetwas anderes Poetisches zu verfassen. Für ihr Bekenntnis hatte sie sich sowieso schon ein paar Zeilen überlegt; diese aber als Gedicht zu verfassen, war eine schöne Idee.

Nun betrat Rabea den Raum, der nach Jasmin, Oleander und wildem Rosmarin duftete. Überall an den Wänden standen auf schmalen Tischen Blumenvasen mit diesen Pflanzen; um die Vasen herum hatte man farbige Teelichte platziert, und diese schienen ebenfalls zu duften. Lichterketten, die mit kleinen hellen Kugeln ausgestattet waren, hingen von den Steinwänden. An der hinteren Wand, wo immer Vidyas Platz gewesen war, hatte man eine Art Bühne hergerichtet, und die Sitzplätze waren nun so verteilt, dass alle diese Bühne sehen konnten.

Ein Rednerpult stand in einer der Ecken, ebenfalls geschmückt mit Blumengirlanden und einem kostbaren, mit goldenen Fäden bestickten Wandteppich, dessen Schimmern bis in die Zuschauerriege zu sehen war. Ein Muster zierte ihn, das wie eine Mischung aus Medizinrad und buddhistischer Ikonografie wirkte.

Über der Bühne hing – riesengroß und prunkvoll – ein goldfarbener Dreizack, der mit einem dunkelblauen OM-Zeichen umwunden war.

Shivas trishula. Wie wunderschön.

Ein paar der Gruppenteilnehmer waren schon anwesend; auch Rati saß bereits in der zweiten Reihe von vorn. Rabea nahm neben ihr Platz und begrüßte auch die rechts neben ihr sitzende ältere Frau, die ihr schon immer sympathisch erschienen war, mit der sie aber noch nie ein privates Wort gewechselt hatte.

„Mein Name ist Rabea", stellte sie sich vor. „Es ist schon merkwürdig, dass wir in den vier Wochen hier fast keinen Teilnehmer vom Namen her kennengelernt haben."

„Das ist ja vielleicht auch unwichtig", gab die andere zurück, „da wir ja sowieso nur eine Art Decknamen tragen." Sie grinste. „Meiner ist übrigens Calyptra."

„Ungewöhnlich", meinte Rabea. „Das klingt wie eine griechische Nymphe. Worauf geht der Name zurück?"

„Es ist ein Schmetterling, genau genommen ein Nachtfalter. Er gehört zu den Eulenfaltern. Das hat mir gefallen. Dass es ein Schmetterlingsname ist, hat damit zu tun, dass ich immer wieder angehaftet habe und in jedem Prozess, in dem ich mich befand, feststeckte. Ich hatte schreckliche Träume, in denen ich eingeschlossen war und mich erstickt fühlte und bin häufig mit Panik aufgewacht. Mit Transformationen hatte ich richtige Probleme. Ich hoffe, das hat sich jetzt geändert. Vidya sagte, dass mein Name sich langsam ablöse."

„Was ist denn die Gabe in deinem Namen?"

„Ich bin sehr kreativ. Ich hab Kinderbücher illustriert, vor allem wenn es um Piraten ging. Vielleicht kennst du die Geschichten des kleinen Norwegerjungen Wicki?"

Rabea bekam große Augen. „Wow! Die hast du illustriert?"

„Nein, die nun gerade nicht. Aber so etwas in der Art. Leider sind die Bücher, für die ich engagiert wurde, noch nicht so bekannt geworden wie die Geschichten von Wicki. Aber das kann ja noch kommen."

„Reist du morgen auch ab?"

Calyptra nickte. „Ja, leider." Sie seufzte. „Aber ich bin ganz sicher, dass ich irgendwann zurückkommen werde. Zunächst muss ich jedoch ein bisschen Geld verdienen, meiner Arbeit nachgehen, mein Leben auf die Reihe bekommen und dann noch einen anderen Abschnitt meiner spirituellen Lehre durchlaufen. Und du?"

„Tja. Auch für mich ist dieser Abend der letzte. Ich finde es sehr schade, dass die vier Wochen schon um sind. Wie schnell doch die Zeit vergangen ist. Und dennoch – wie ewig ich schon hier bin. Ich bin ein ganz anderer Mensch geworden."

„Das geht uns allen hier so. Auch den Wiederholern, die nur für zwei oder drei Wochen kommen. Ja, und da drüben", Calyptra zeigte über ihre rechte Schulter nach hinten auf drei junge Frauen und einen Mann mittleren Alters, „sind schon die Neuen. Einerseits beneide ich sie, andererseits möchte ich nicht in ihrer Haut stecken." Sie kicherte.

Rabea hatte jetzt Enrique entdeckt, entschuldigte sich bei Calyptra und Rati und bewegte sich langsam auf den Mexikaner zu. Sanft wollte sie gerade ihre Hand auf seinen Rücken legen, als dieser sich umdrehte und sie breit angrinste. „Ich hab dich schon gesehen", sagte er und freute sich. „Toll siehst du aus", bewunderte er sie dann. „Hast du schon deinen Umschlag erhalten?"

Rabea nickte und folgerte aus Enriques Frage, dass es am Ende des hiesigen Aufenthalts wohl üblich war, einen Umschlag zu erhalten. „Es steht etwas Merkwürdiges drin", sagte sie dann.

„Wundere dich nicht, mi amiga", riet er ihr. „Magst du mir sagen, was es ist?"

„Es ist eine ganze Menge. Vieles hat mit dem Lebenslauf zu tun, den ich schreiben musste, bevor ich herkam. Einiges bezieht sich auf die Dinge, die ich nach dem Ende dieser Gruppe wohl einmal angehen muss. Offenbar dient das der Vorbereitung auf den zweiten Prozess."

„Hm. Claro. Aber was daran ist merkwürdig, chica mia?" wollte Enrique wissen.

„Ganz unten steht, dass ich einen weiteren *upaguru* kennenlernen werde, wenn ich soweit bin. Jedenfalls habe ich es so verstanden. Und vielleicht steht zwischen den Zeilen auch, dass er mich in meinen Träumen schon prüfen wird. Aber es sei möglich, so hat Vidya es formuliert, dass er sich nicht klar zu erkennen gibt. Daher solle ich warten, bis ich eine ganz klare Nachricht erhalte. Ich hab allerdings keine Ahnung, wie das dann aussehen wird. Aber ehrlich gesagt ist das für mich nicht mehr so ein Problem. Ich werde einen Paten bekommen und wenn ich es gar nicht aushalten kann oder mir nicht sicher bin, ob es sich um eine echte Nachricht handelt oder ich mir das alles nur einbilde, werde ich mich diesbezüglich an ihn wenden."

Der Mexikaner hörte aufmerksam zu. „Ist nicht wirklich merkwürdig, aber etwas rätselhaft. Nun gut. Wer ist denn der neue *upaguru*?"

„Es ist ein spanisch klingender Name. Irgendwas mit Rio oder so."

Bildete sie es sich ein, oder wurden Enriques Augen größer als sonst? Wurde er blass und gleichzeitig rot um die Nase? Er öffnete den Mund, schloss ihn aber sofort wieder.

Bevor Rabea etwas sagen konnte, klingelte jemand mit einer Glocke, die wie ein übergroßes, verziertes Weihnachtsglöckchen aussah. Daraufhin entstand unverzüglich Schweigen im Raum und alle setzten sich hin. Enrique hatte einen Platz bei den Helfern in den ersten Reihen, darum konnte Rabea nicht neben ihm bleiben, aber sie saß schräg hinter ihm und zwinkerte ihm zu, als er sich noch einmal umdrehte und sie nachdenklich betrachtete.

Plötzlich entstand ein Luftzug und im hinteren Teil des Raums setzte Gemurmel ein. Ein alter Mann, in ein weißes, langes und weites Gewand gehüllt, hatte barfuß den Raum betreten und bemühte sich, leise an den Stuhlreihen vorbeizuschleichen. Einige der Anwesenden begannen zu lächeln und winkten in seine Richtung. Ein paar andere zuckten mit den Schultern und versuchten bei ihren Nachbarn herauszufinden, um wen es sich wohl handeln könnte.

Kanjara! Er ist gekommen.

Rabeas Herz hüpfte und Röte trat auf ihre Wangen. Was für eine Freude es war, den Einsiedler wiederzusehen! Er hatte sich extra für den heutigen Abend ein festliches Gewand angelegt und auf den Lendenschurz verzichtet. Reichhaltige Stickereien zierten den Ausschnitt der Robe und sie war aus einer prächtigen Wildseidenmischung gewebt, so dass sie zwar sehr fest und stabil, gleichzeitig aber auch fließend und leicht wirkte.

Kanjara hatte Rabea entdeckt und strahlte ihr offen entgegen. Zwei Dutzend Köpfe drehten sich zu Rabea um, teils interessiert, teils neidisch, teils bezaubert. Rabea winkte mit beiden Händen. Sie sah sich um. Wo sollte der Einsiedler sitzen? Als hätte er ihre Gedanken verfolgt, zeigte er in die erste Reihe. Natürlich, er war ja eine der Hauptpersonen und immerhin ein *upaguru*. Leise nahm er Platz, als sich der allgemeine Aufruhr wieder legte.

Nun entdeckte Rabea auch den jungen Mann, dessen Sitzung sie gestern zum Teil mitverfolgen durfte. Er hatte wohl kurz nach Kanjara in Begleitung seiner Tante Mirina den Raum betreten. Mirinas Neffe ließ sich in den hinteren Reihen nieder; sie hatte ihre Gitarre mitgebracht und setzte sich an das von Rabea aus rechte Ende der ersten Reihe; offenbar wollte sie etwas vortragen. Bisher sah alles nach einem festlichen und spannenden Abend aus.

Nachdem nun auch die Nachzügler ihre Sitze eingenommen hatten, klingelte das Glöckchen noch einmal etwas energischer. Atmasevika trat auf die Bühne und stellte sich als Zeremonienmeisterin vor. Mit wie immer sehr angenehmer Stimme begrüßte die junge Frau die Anwesenden und stellte das Programm des Abends vor. Alle, die morgen abreisen würden, waren eingeladen, poetische Werke oder einfach ein paar wertschätzende Zeilen zum Besten zu geben. Es sollten außerdem kleine Sketche rund um den spirituellen Weg aufgeführt werden. Zum Programm gehörten darüber hinaus ein paar von Vidyas selbst geschriebenen Liedern, die von Mirina und Enrique auf der Gitarre, der Flöte und der Oboe begleitet werden sollten.

Atmasevika hielt nun eine offizielle Rede, in der sie Vidyas Arbeit in dieser Einrichtung und auch die Einrichtung selbst kurz beschrieb und aus ihrer Sicht darstellte. Sie erzählte, wie sie selbst einmal als Schülerin hier ihren Weg begonnen hatte und dann darauf gestoßen war, dass ihre Arbeit vor allem im Dienen bestand. Das Dienen bezog sich für sie aber auf andere Ebenen als es bei Enrique der Fall war; Rabea wusste das schon aus einem Gespräch mit Atmasevika. Kurz erwähnte sie nun noch, dass sie zwar auch im Äußeren für reibungslose organisatorische Abläufe sorgte; ihre Arbeit aber vor allem der Begleitung von Menschen gewidmet war, die als Vidyas Schülerinnen und Schüler hierher kamen und längerfristige, regelmäßige Unterstützung brauchten. Da die Sitzungen, in denen Atmasevika aus diesem Grund für andere zur Verfügung stand, von Vidya angeregt worden waren und sie vor allem die Arbeit tat, die sie von Vidya gelernt hatte, sah sie sich auch in dieser Hinsicht als deren Dienerin. Als Dienerin des Selbst habe sie hier ihren Platz und ihre Bestimmung gefunden.

Kurz ging sie auf den Prozess ein, den die meisten der Anwesenden gerade hinter sich gebracht hatten und den ein paar andere, die heute zum Fest gekommen waren, ebenfalls kannten. Um den Neuen, die heute schon angereist waren, nicht zuviel zu verraten, formulierte sie ihre Rede an dieser Stelle sehr allgemein und ließ vieles im Ungewissen. Das tat sie aber – wie Rabea fand – auf eine sehr offene Weise, so dass Neugier und Freude unter den Neuankömmlingen entstand.

Nachdem Atmasevika geendet hatte, begaben sich Mirina und Enrique auf die Bühne; Helfer hatten Stühle bereitgestellt, wo sie nun Platz nahmen. Mirina stimmte ihre Gitarre und Enrique hantierte mit einer bemerkenswerten Trommel, die die meisten der Zuschauenden noch nie gesehen hatten. Rabea registrierte Vidya erst jetzt, als diese aus einem bequemen Sessel in der Mitte der ersten Reihe aufgestanden war und nun ebenfalls die Bühne betrat. Ein Notenständer wurde vor ihr aufgestellt, sie legte ein paar Zettel darauf und blickte sich nickend zu Mirina und Enrique um. Dann stimmte Mirina sanfte Gitarrenklänge an und Vidya begann unerwartet und mit klarer Stimme ein englisches Lied zu singen, während Enrique aus seiner besonderen Trommel immer wieder einmal magische Töne hervorlockte.

Rabea lauschte gebannt. Das hätte sie nicht erwartet. Wunderschöne Melodien begleiteten den Gesang von Vidya, der durch ein paar Lautsprecher überall gut zu hören war. Rabea saß wie angenagelt auf ihrem Stuhl und fühlte sich zutiefst ergriffen. Vidyas Stimme klang für ihre Ohren herrlich, und Rabeas englische Sprachkenntnisse waren gut genug, um jedes Wort von Vidyas Lied zu verstehen. Was sie hörte, war atemberaubend.

Der Text sprach von dem Traum einer Frau, die sich auf eine innere Reise begab, um in der Dunkelheit das zu finden, was nicht im Außen gefunden werden konnte. Sie reiste durch seelische Räume und entdeckte ihre Hingabe und ihr eigenes Mysterium, das sich mit dem Wunder der ganzen Existenz verband, um am Ende zu erkennen, dass es nichts gab, was nicht in ihr lebte. „Self Quest" hieß das Lied, und immer wieder sang Vidya: „I will fly here tonight ..." – Ich werde heute Nacht fliegen ... Sie flog in Räume von magischer Schwärze und tosender Leere, in Mysterien von Grenzenlosigkeit und Glückseligkeit. Alles, was sie wollte, war zu erkennen, wer sie war. Um am Ende dort anzukommen, wo nur noch tiefe Dankbarkeit erlebt wurde, im Herzen des Alls, des Alles, das sie wieder einmal *Shiva* nannte.

Rabea fühlte sich an ihre Reise in die Dunkelheit erinnert, die sie schon so oft unbewusst in ihrem Leben als Anami durchlebt hatte und die sie endlich hier bei Vidya und Kanjara auf bewusste

Weise angetreten war. Sie erinnerte sich an den Flug auf den Schwingen des Raben, der sie in die Leere trug, in die schwarze Sonne, wo sie begriffen hatte, dass alles eins ist.

Aber Vidyas Lied ging noch weiter, noch tiefer. Sie hatte in die Augen der dunklen Göttin gesehen, hatte dem Erschaffer des Universums gegenübergestanden. Und als sie die Grenzen ihres Körpers und die Konzepte ihres Geistes hinter sich gelassen hatte, war schließlich jenseits jeder Illusion alles verbrannt, was sie noch von *Shiva* hätte trennen können. Jede Suche – jede Self Quest – war vorüber. Es gab nur noch das Herz, die Leere.

Nachdem Vidya geendet hatte, gab es keinen Applaus. Das Publikum saß in tiefer Meditation. Rabea war tief in ihr Herz gefallen, so wie Vidya in ihrem Lied. Viele der Anwesenden griffen nach ihren Taschentüchern, einige starrten Vidya an, als wäre sie eine überirdische Erscheinung. Zusammen mit Enrique und Mirina saß die Lehrerin noch mit geschlossenen Augen auf der Bühne, bis nach einigen Minuten wieder das Glöckchen erklang.

Atmasevika trat zum Mikrofon und bat um Aufmerksamkeit. Sie dankte Vidya und den beiden Musikern, die gerade die Bühne verließen, und nun setzte jubelnder Applaus ein. Doch alle drei setzten sich ohne Reaktion auf ihre Plätze.

Nachdem Atmasevika ein paarmal auf das Mikrofon geklopft hatte, bat sie um die ersten drei Präsentationen der Abschied nehmenden Gruppenteilnehmer. Im Hintergrund wurden bereits Vorbereitungen für die Darbietung der Sketche getroffen. Während die Vortragenden auf der Bühne standen und die Erfahrungen ihrer Prozesse in prosaischen und poetischen Formen zum Besten gaben, gab es einige Lacher und Aha-Erlebnisse. Manches regte auch Rabea noch einmal sehr zum Nachdenken an.

Immer wieder spürte man die Rührung, von der die Zuhörenden bewegt wurden. Jede und jeder konnte mit dem Vorgetragenen in Resonanz gehen, alle hatten diese Zeit geteilt, wenn sie sich auch nur wenig in ihren Alltagsgeschichten begegnet waren.

Aber vielleicht war gerade das der Schlüssel für die Nähe gewesen, die in den morgendlichen *satsangas*, bei den gemeinsamen Essen und in manchen privaten Gesprächen aufgekommen war. Es hatte immer wieder Blicke voller Verständnis gegeben, kurze Berührungen, die Mitgefühl signalisiert hatten, freundschaftliche Unterstützung bei den allgemeinen Arbeiten, zu denen alle im regelmäßigen Turnus aufgefordert waren. Jetzt erst wurde es Rabea klar, wie haltgebend all diese kleinen Gesten und Taten innerhalb der Gruppe gewesen waren.

„Hallo Rabenfrau", erklang die wohlbekannte Stimme hinter Rabea, und sie fuhr herum. „Dich habe ich schon überall gesucht!" rief die Angesprochene aus und erntete das ebenso wohlbekannte Kichern. „Nun, man wird doch wohl noch austreten dürfen", scherzte Kanjara, öffnete die Arme und drückte Rabea an sein Herz. Die drückte kräftig zurück. „Ich freue mich so sehr, dich zu sehen! Wie geht es dir? Was macht dein magisches Zuhause?"

Kanjara zwinkerte Rabea zu und deutete zum Strand hinunter. Der Vollmond stand bereits am Himmel, so dass es fast taghell war. „Komm, ein paar Minuten Zeit haben wir, bevor es weitergeht." Rabea nickte und schloss sich ihm an.

„Ich bin so froh, dass du mein Pate sein wirst, Kanjara. Ich hatte wirklich sehr gehofft, dich noch einmal wiederzusehen, bevor ich von hier abreise. Die Zeit bei dir war absolut magisch und wird mir immer unvergesslich sein."

„Na, das klingt jetzt aber fast schon wie ein Abschied für immer." Der Einsiedler zeigte sich übertrieben besorgt und lächelte dann. „Aber nun haben wir ja eine spezielle Beziehung, und wenn du dich absetzen willst, dann werde ich schon Wege finden, dich zu bremsen." Er strahlte sie an. „Nun aber mal ernst. Ich fühle mich sehr geehrt, dein Pate zu sein und freue mich wirklich gehörig, dass du mich gewählt hast. Ich muss sagen, dass ich meinem Einsiedlerdasein in der letzten Zeit ja nicht mehr so ganz treu bin." Er kicherte in sich hinein. „Aber für dich gebe ich es gern auf. Und bist du nicht selbst irgendwo tief in dir eine Einsiedlerin?"

Rabea horchte auf. Atmasevika hatte diesen Hinweis auch schon angeführt. „Warum meinst du das?"

„Nun, hast du dich nicht während deines Aufenthaltes hier nur mit bestimmten Menschen ausgetauscht, die alle der Stille ganz besonders ergeben sind, und bist du nicht eine, die das Alleinsein genießt? Warst du nicht schon als Kind allein in der Natur unterwegs und hast dich stundenlang im Betrachten eines Bachlaufs verloren?" Er nickte vor sich hin, als sähe er Rabea auf einem inneren Bild vor sich. „Eines Tages werde ich dir die Mystik der Zahlen beibringen. Mathematik ist nicht nur eine Wissenschaft, die uns erlaubt, unsere Einnahmen und Ausgaben zu berechnen. Sie ist viel mehr als das. Der Begründer der Mathematik war ein ägyptischer Priester und Eingeweihter, und einer meiner Lehrer stand in seiner direkten Linie. Ein sehr berühmter Nachfahre des ersten Mathematikers war Pythagoras, ein griechischer Philosoph. ‚Die Zahl ist das Wesen aller Dinge', diesen Satz hat er geprägt. Damit meinte er, dass Zahlen letzten Endes nur Beschreibungen für Gesetzmäßigkeiten sind, für die Ordnung des Universums und unser aller Leben. Nun ja, zu viel mehr Hintergrundwissen haben wir im Moment keine Zeit.

So wie das Universum einer Ordnung folgt, tun wir es alle, das hast du ja nun schon des Öfteren gehört und am eigenen Leib erfahren. Es gibt verschiedene Ebenen von Ordnung; sie alle lassen sich auf eine ganz bestimmte Weise und durch eine jeweils andere Zahl beschreiben. Wir kennen die Zahlen des Enneagramms ... " Als Kanjara sah, dass Rabea die Augenbrauen zusammenzog, winkte er ab. „Das sind jetzt böhmische Dörfer für dich, ich weiß, aber es ist nicht so wichtig. Wir kennen die Zahlen des kabbalistischen Lebensbaums, des Tarot, wir kennen

Zahlen in der Astrologie und schließlich auch jene, die unseren Schöpfungsebenen zugeteilt sind. Auch die reinen Zahlen unseres Geburtsdatums stellen eine Ordnungsebene dar, und zwar keine unbedeutende. Demnach, liebes Rabenmädchen, so habe ich ausgerechnet, bist du eine Neun, die aus einer Achtzehn kommt."

„Ich verstehe gar nichts mehr", gab Rabea zu. „Aber müssen wir nicht umkehren? Es geht doch bestimmt weiter?"

„Oh verdammt, ja, ich werde auf dem Rückweg weitersprechen, falls es dich noch interessiert." Als Rabea nickte, beeilte sich Kanjara, ihr die Rechenmethode kurz zu erklären, so dass sie die Logik dieses numerologischen Systems besser verstehen konnte. „Und eine Achtzehn-Neun ist erstens ungeheuer selten und zweitens hat sie mit dem Einsiedlertum zu tun, vor allem die Neun."

„Wenn du das sagst", entgegnete Rabea. „Natürlich hast du Recht mit dem, was du vorher über mich gesagt hattest. Hm. Bist du denn auch eine Neun?"

„Ja, aber keine Achtzehn-Neun. Aber das ist jetzt zu kompliziert, ich werde dir das irgendwann genauer erklären." Sie waren am Tempel angekommen und die Tür stand noch einen Spalt offen. Gerade waren vor ihnen zwei Teilnehmer hineingegangen. „Wir haben Glück. Es geht gerade weiter. Es wird sicher eine weitere Pause geben. Ich wollte unbedingt mit dir noch über dein Bekenntnis sprechen."

Während sich Kanjara und Rabea leise auf ihre Plätze setzten, hatte sich Rati auf der Bühne zusammen mit einer weiteren Frau aus Rabeas Gruppe und Mirinas Neffen eingefunden. Enrique hatte einen Korb in der Hand, schritt die Reihen ab und verteilte rauchende Stäbchen. Als er bei Rabea angekommen war, vernahm sie den herrlichen Duft. Er drückte ihr ein Räucherstäbchen in die Hand und zwinkerte ihr zu. „Nicht, dass du den ganzen Abend mit Kanjara verbringst", maulte er ihr flüsternd ins Ohr. „Ich möchte auch noch etwas von dir haben." Sie wollte etwas antworten, aber er war schon weitergegangen.

Mirina hatte sich in der Zwischenzeit zu den drei Personen auf die Bühne gesellt und stimmte ihre Gitarre. In der Pause war ein Keyboard aufgestellt worden, an das sich nun Atmasevika setzte.

Das Glöckchen erklang, um die Anwesenden auf den Beginn der nächsten Darbietung aufmerksam zu machen, und augenblicklich war es ruhig im Raum. Mirina begann mit ein paar Gitarrentönen, dann stimmten die drei Sänger auf der Bühne einen leichten, schwungvollen Gesang an, der sich auf den Duft bezog, der sich inzwischen im ganzen Raum verteilt hatte. „Fragrance of Shiva" hieß das Lied, das davon handelte, dass man nichts anderes brauche als den Duft des großen Bewusstseins, dass in ihm alle Liebe und die vollkommene Freiheit vorhanden seien, so dass jedes Wesen diese immerzu atmete.

Der Refrain wiederholte sich, die Gitarre wurde von den Melodien des Keyboards begleitet und es klang wie die Schlagerversion einer Operette von Franz Liszt. Bald schon hoben alle Anwesenden ihr Räucherstäbchen in die Luft, schwenkten es wie eine Wunderkerze und sangen aus vollem Herzen das Lied vom Duft des Friedens, der Freiheit und Stille.

Zwei weitere Berichte von Gruppenteilnehmern folgten, dann betrat Kanjara die Bühne. Er hatte seine wunderschöne Schamanentrommel mitgebracht, die Rabea schon einige Male auf ihren Innenreisen begleitet hatte. Während Kanjara die Festigkeit des Fells seiner Trommel überprüfte und immer wieder summend und murmelnd von einem Fuß auf den anderen trat, ging Enrique erneut durch die Reihen. Dieses Mal verteilte er Zettel, auf denen ein auf Sanskrit geschriebener Vierzeiler stand, den wohl keiner der Anwesenden verstand. Glücklicherweise waren die Wörter nicht mit diakritischen Zeichen versehen, sondern in verständliche Umschrift gebracht, so dass die Aussprache recht einfach war. Rabea las den kurzen Text mehrmals durch und hatte den Eindruck, dass es ihr durchaus gelingen könnte, mitzusingen. Enrique nickte ihr zu, griff dann nach seiner außergewöhnlichen Trommel und postierte sich im hinteren Bereich der Bühne.

Atmasevika nahm jetzt wieder das Mikrofon zur Hand und schlug das zarte Glöckchen. „Meine Lieben", sprach sie das Publikum an, „ich bin sehr froh, dass wir aufgrund eines besonderen Anlasses heute unseren Einsiedler bei uns haben dürfen. Nur wenige von euch kennen ihn. Kanjara", sie drehte sich um und verbeugte sich vor dem Alten mit der Trommel, was sofort von allen Anwesenden mit begeistertem Klatschen beantwortet wurde. „Kanjara wird uns mit einem *mantra* erfreuen, das schamanische und tantrische Energien verbindet. Es ehrt auf diese Weise die Verbindung, die wir an diesem Platz vornehmen. Wir nutzen die beiden tiefsten und gleichzeitig höchsten Wege und Energien, um die effektivsten Heilmethoden und die wahrhaftigsten spirituellen Lehren zusammenzubringen, nämlich Schamanismus und tantrische Spiritualität. Auf der Basis neuester Forschung und geleitet von ihren eigenen Realisierungen hat Vidya daraus die Arbeit entwickelt, die wir hier durchführen und die wir euch anbieten. Ich bin stolz und froh, dass Kanjara uns die Freude macht, ein Stück mit uns zu singen. Wir lassen ihn anfangs allein singen und fallen dann bei der dritten Wiederholung ein. Aber Achtung! Es wird nicht einfach. Mal sehen, ob ihr mithalten könnt." Mit diesen geheimnisvollen Worten verließ Atmasevika die Bühne und Kanjara begann zu trommeln, bisweilen von einigen Trommelrhythmen Enriques begleitet.

Rabea sah Kanjara zum ersten Mal beim Trommeln zu. Bisher hatte sie die Macht seines rhythmischen Schlagens und Singens nur mit geschlossenen Augen erlebt. Nun aber blickte sie einem mächtigen, viel größer wirkenden Mann mit Achtung gebietender, gewaltiger Ausstrahlung ins Gesicht. Bei aller Macht blieb Kanjara hingegeben und weich. Er wirkte gar nicht so entrückt, wie Rabea sich das vorgestellt hatte, sondern vollkommen präsent. Er machte auch nicht den Eindruck, als sei eine fremde Wesenheit in ihn eingezogen, ein Geist oder „spirit", wie man das sonst von Schamanen sagte, sondern die Verwandlung, die Kanjara offenbar gerade in Geist und Körper erfuhr und die er zur

Verzauberung der Zuhörenden zum Ausdruck brachte, war ganz allein seiner tiefen Gegenwärtigkeit in seinem Seelenlicht zuzuschreiben. Bevor er überhaupt den Text, den Rabea auf dem Zettel vor sich hatte, anstimmte, hatte er die Zuschauer schon durch sein Summen und die beschwörenden Tonfolgen in den Kontakt mit einem anderen Schwingungsfeld, einer anderen Wirklichkeit gebracht.

Dann begann Kanjara, das *mantra* zu singen. Zunächst war er sehr langsam, dann wurde er schneller und erschuf sich einen Rhythmus, der ungewöhnlich war, aber nach Rabeas Empfinden mehr der Anderswelt entsprach und deshalb das Eintauchen in eine andere Wahrnehmung unterstützte. Sie war vom ersten Moment an völlig davon eingefangen. Kanjaras Stimme füllte den Raum, wurde von der kreisförmigen Wand des Tempels als Echo zurückgeworfen und strömte unablässig von seinen Lippen. Enrique schlug im Hintergrund seine Trommel, die so klang, als würde sie Wellen im Meer erzeugen und von diesen begleitet werden. Seine Stimme benutzte er, um dem Gesang des Einsiedlers eine Art summenden Klangteppichs hinzuzufügen. Die Zuhörenden waren so gebannt, dass niemand daran dachte, bei der dritten Wiederholung des Textes mit einzustimmen. Kanjaras Gesang war auf eine merkwürdige Weise nicht informierend, sondern er zersetzte jegliche vorhandene, konzepthafte Information und brachte die Zuhörenden dazu, in ihrem persönlichen Bewusstsein Platz zu schaffen für die Aufnahme neuer Sinntiefen und Raumintensitäten. Seine Stimme war nur mehr eine Trägerfrequenz für die Worte des Heiligen. Das *mantra* erhielt durch Kanjara die Kraft, die Anwesenden zu einem lebendigen Moment der sich immer wieder neu erschaffenden Schöpfung hinzuführen. Rabea war entrückt und gleichzeitig vollkommen hier.

Vidyas Stimme war die erste, die zu hören war. Als wäre durch ihr Einstimmen in das *mantra* ein Ruck durch den Raum gegangen, hörte man jetzt von überallher zunächst leises Räuspern, dann erhoben sich immer mehr Stimmen und schließlich sang die gesamte Gruppe mit Kanjara das *mantra* von *Shiva*, dem höchsten Herrn der heiligen Tempelstätte, der von seiner schönen Gefährtin *Ganga* so besessen war, dass er sie verzauberte. Als Rabea den Gesang erst einmal aufgenommen hatte, war sie bald schon mitten darinnen und wurde vom sich plötzlich steigernden Rhythmus der beiden Schamanentrommeln entflammt. Doch was war das? Kanjara wurde schneller und schneller. Jedesmal, wenn er zu dem Vierzeiler neu ansetzte, erhöhte er das Tempo von Trommel und Gesang. Enrique versuchte mitzuhalten; die Schweißperlen auf seiner Stirn bezeugten seine Anstrengung. Aber er lachte. Nach kurzer Zeit hatte Rabea Mühe, die Sanskrit-Worte in der hohen Geschwindigkeit auszusprechen, aber sie sang weiterhin tapfer mit. Irgendwann war es nicht mehr möglich, präzise zu singen, doch sie stellte fest, dass das gar nichts ausmachte. Schneller und schneller wurde das Lied, leidenschaftlicher die Stimmen der Menschen im Raum, feuriger die Trommeln und rasender der Gesang. Rabea bekam kaum noch Luft, aber sie war mittlerweile so stark von dem Geschehen aufgesogen, dass sie in eine Ekstase geriet, die alle Mitsingenden erfasst hatte. In einer Ecke ihres Bewusstseins nahm sie wahr, dass sich eine zweite Ebene von Tönen gebildet hatte, ein Pfeifen drang von den Wänden, Tierstimmen erklangen aus allen Ecken des Raumes, und manchmal war es nur ein tiefer Bass, der aus der Erde unter ihren Füßen aufzusteigen schien.

Dann hörten die Trommeln unvermittelt auf und als hätten alle Anwesenden damit gerechnet, erstarben ihre Stimmen zeitgleich mit dem letzten Ton. Kanjara war zu Boden gesunken, Enrique saß auf den Knien und stützte sich mit den Händen nach vorn ab. Dann legte er sich auf den Rücken. Der Saal schien überdimensional groß geworden zu sein und gab die Aussicht auf ein sternenübersätes Universum frei. Bis zu den Säulen der Schöpfung reichte der Blick der in Trance vertieften Träumer und er verwandelte sie alle. Indem sie sich dem Wandel hingaben, konnten sie das eigene Sein hier und jetzt im Einklang mit ihrem hellsten Kern und allen anderen Erscheinungen des Seins erfahren. Heilsam und mächtig war dieser Blick in den Ursprung des Selbst, wie es sich ihnen im Bild dieser astronomischen Strukturen präsentierte. Geheilt und ermächtigt erhoben sie sich nun, sahen sich um mit Augen voller Wunder und Liebe, schweigend und doch auf seltsame Weise beredt.

Ich kenne jetzt die Kraft, die das Schweben lehrt. Ich weiß jetzt um die Macht des Fliegens. Und dass der Gesang des Ozeans überall erklingt, auch im Feuer der Trommel.

Enrique saß mit Rabea und Kanjara schweigend auf dem Felsen am Meer. Nach der Trance brauchten alle eine längere Pause. Ihre Blicke waren in die Ferne gerichtet und gleichzeitig hielten sie die Nähe zu ihren Herzen. Der Himmel hatte sich wieder geschlossen, aber das, was sie gerade gesehen hatten, würde ihnen für immer unvergesslich bleiben.

„Ich fühle mich ein wenig betrunken", brach Enrique das Schweigen. Die Worte tropften schwer aus seinem Mund und verursachten eine wellenförmige Ausbreitung auf dem Boden. Rabea und Kanjara schwankten leicht, was den Einsiedler wieder zu einem rhythmischen Kichern veranlasste. „Ja", antwortete Rabea, „aber nicht benebelt, sondern im Gegenteil sehr klar."

„Das ist gut", gab Kanjara zurück, „denn nun musst du auch sehr klar sein. Wenn wir wieder hineingehen, bist du an der Reihe." Er betrachtete eine Weile schwankend seinen linken Zeigefinger und stipste dann Rabeas Arm damit an. Dann kicherte er wieder. Offenbar war er aus der Trunkenheit der Trance noch nicht ganz zurückgekehrt. Rabea und Enrique tauschten einen Blick und fielen dann in Kanjaras Kichern ein. Aus dem Kichern wurde bald keckerndes Glucksen, das schließlich in lautes Lachen mündete.

„Nun ist es aber genug", japste Kanjara und hielt sich den Bauch. Enrique und Rabea wischten sich die Tränen aus den Augen und versuchten, sich zu beruhigen. „Wir müssen wieder ernst werden, was soll denn sonst aus deinem Bekenntnis werden? Das kannst du schlecht mit diesem Glucksen untermalen." Wieder prusteten sie los, als der Ozean plötzlich anhob und eine starke Windböe in ihre Gesichter peitschte. Zwei, drei kräftige Wellen schlugen an den Strand und besprenkelten die drei Freunde, die schlagartig klar wurden. Die Energien, die sich im Lachen freigesetzt hatten, waren nun auf frische Art zu wacher Präsenz geworden.

„Wow, estaba fuerte!" rief Enrique dann aus. „Der Ozean scheint uns wirklich zu Hilfe gekommen zu sein. Mi amiga, ich glaube, er mag dich."

„Rabea, wurdest du von Atmasevika ein bisschen auf dein Bekenntnis vorbereitet?" wollte Kanjara jetzt wissen. Er hatte sich vollständig gefasst und blickte die Schülerin offen an.

„Sie hat mir die Zeremonie erklärt. Ich habe mein Bekenntnis auf Anraten Enriques ein wenig poetisch geschrieben, sofern mir das möglich war. Die inneren Verpflichtungen, die ich mit dem Bekenntnis eingehe, sind mir bekannt und bewusst. Ich habe mich lange mit Atmasevika darüber unterhalten und auch mit Vidya habe ich bereits gesprochen. Mir ist nur noch nicht ganz klar, welche Rolle du dabei spielst, Kanjara. Ich fand nur den Gedanken sehr schön, dass du mein Pate bist." Sie lächelte den Alten warm an. Die Röte auf seinen Wangen war ob des den Mond hell reflektierenden Meeres nicht zu übersehen.

„Jetzt bei der Zeremonie habe ich eigentlich gar keine Rolle. Ich bin einfach nur da. Aber wenn du jemanden brauchst, der dir die Ordnung unserer Gemeinschaft näher bringt, der dir hilft, dich mit dem, was du als dein *sadhana* gewählt hast, zu Hause zu fühlen, oder wenn du an deinem Bekenntnis zweifelst und darüber reden möchtest, dann bin ich für dich da. Obwohl ich hier lebe und du in einer anderen Welt, können wir uns verständigen."

Rabea sah ihn dankbar an. „Ja, telepathisch, nicht wahr? Das ist das einzige, was mir bei all dem nicht wirklich klar ist. Ich kann mir noch vorstellen, dass ich in Gedanken mit dir rede, aber wirst du das auch bemerken? Und selbst wenn es bei dir ankommt und du mir antwortest, wie soll ich denn deine Botschaften erfassen?"

Kanjara legte seine Hand auf Rabeas Knie. „Es gibt zwei Dinge, mit denen du dich hier auseinandergesetzt hast, die dir dabei helfen werden. Das sind Vertrauen und Geduld. Du bist kein Kind mehr. Du hast deine tiefsten und möglicherweise schrecklichsten Traumata aufgelöst. Wenn du einmal eine Weile ohne Antwort bist, wird dich das nicht umbringen. Das, was du immer bist und immer sein wirst, was du in deinem Zentrum findest und was dich führt, dich in die Ordnung mit dem Ganzen bringt und darinnen hält, ist dein Selbst. Dem musst du vertrauen. Als dein Pate kann und werde ich den wahren Botschaften des Selbst weder widersprechen noch sie je überlagern. Meine Aufgabe ist es, dir diese Botschaften deutlich zu machen und nicht, dir *meine* Botschaften zu übermitteln. Als dein Pate bin ich Diener des Selbst, Diener Vidyas. Verstehst du?"

Rabea stimmte dem Alten zu und nahm mit ihrer rechten Hand die seine, die noch auf ihrem Knie lag. „Darf ich dich denn auch einfach mal so kontaktieren? Oder muss ich immer ein Problem haben, damit mir das erlaubt ist?"

„Einfach so ist das Beste", lachte der Einsiedler. „In solchen Momenten entsteht eine Nähe, die uns beide tiefer in die Intimität mit dem Selbst leitet. Ja, kontaktiere mich ‚einfach so'", er benutzte seine Finger für die Zeichen, „das macht mir Spaß."

„Ich will hoffen, dass du das auch mit mir so machen wirst, mi amiga", mischte sich Enrique ein. Rabea berührte mit ihrer linken Hand Enriques Finger. „Du bist mir ein wahrer und sehr geschätzter Freund. Wie könnte ich nicht an dich denken? Wenn es möglich ist, dass auch wir sozusagen telepathisch kommunizieren, dann wäre das großartig." Enrique strahlte sie an.

„Naja, dann wäre da ja noch die Möglichkeit der Briefpost", warf Kanjara ein und zwinkerte den beiden zu. „Diese altmodischen Wege sind ja fast schon nicht mehr wahr, ich weiß, aber in Notzeiten, wenn alles andere versagt, könnte man natürlich darauf zurückgreifen, was meint ihr?" Amüsiert zogen sie die Lippen breit. „Doch nun lasst uns eilen", fügte Kanjara pathetisch hinzu. „Wir müssen zurück."

Aus ozeangrünen Augen sah Vidya ihre Schülerin an. Hinten auf der Bühne hatten sich Mirina, Enrique und Atmasevika mit ihren Instrumenten eingefunden und ein Lied von Vidya angestimmt, das offenbar ein paar der Anwesenden, so wie Rati, gut kannten. Die anderen hatten den Text vor Augen. Gemeinsam sangen sie zu der eingängigen Melodie das Lied der Hingabe. „Nimm meine Seele" hieß es darin, „nimm mein Herz in deine Freiheit. Ich knie nieder vor deinem Königreich und singe deinen heiligen Namen."

Aus Vidyas Herzen dehnte sich ein Raum voller Klarheit aus, sie strahlte ihr *mandala* in den großen Tempel. Getragen von der Kraft und dem Feuer ihrer Augen sowie dem Gesang der Gruppe fühlte Rabea ihre Bereitwilligkeit ebenso eindeutig wie bei den beiden Begegnungen mit Vidya, als sie den unwiderstehlichen Drang gespürt hatte, der Lehrerin ihre Hingabe durch die Berührung ihrer Füße zu zeigen.

An Vidyas Seite waren Fotos aufgestellt. Eines zeigte einen Baum, der die Linie der Lehrerin darstellen sollte. Auf dem Stamm war ein 1000-blättriger Lotos zu sehen; in seiner Mitte befanden sich der *trishula* und das OM. Sie sahen genauso aus wie die große Zeichnung, die hinter der Bühne befestigt war. Darunter hatte man ein Foto von Vidya angebracht. Die an den Wurzeln einmontierten Gesichter kannte Rabea fast alle nicht, dachte sich aber, dass es sich wohl um Vidyas *gurus* und Lehrer handeln musste. Letzten Endes hatte Vidya mit dem Stamm eine eigene Linie begründet, mit der Rabea sich völlig im Einklang fühlte. Daher ehrte sie auch diejenigen, die zum Entstehen dieser Linie beigetragen hatten, unabhängig von deren Namen oder Form. Im Geäst des Baumes entdeckte Rabea einige Symbole, darunter das *Shri Yantra mandala*, das sie hier überall in den Gebäuden wiederfand. An anderen Zweigen waren Monde, Spiralen, Hexagramme, Tierkreiszeichen, geflügelte Hermesstäbe und weiteres zu sehen, das Rabea nicht zuordnen konnte. Oben an der höchsten Stelle des Baumes gab es einen Kreis aus 24 Farben, in dessen Mitte der Gott tanzte, der Rabea bei ihrem Eintritt in diese Welt empfangen und ihre unbewusste Anhaftung an den Blutsee – Metapher für ihre karmischen Belastungen – zur Heilung geführt hatte.

Neben dem Foto des Stammbaums gab es Gesichter, die ihre Betrachter aus flammenden Augen ansahen. Stille, Klarheit, Freiheit und Liebe strömten aus der Aura dieser Aufnahmen, als wären sie kein totes Papier, sondern hätten die Energie derer, die sie abbildeten, lebendig eingefangen.

Die Musik hatte gerade geendet, als Rabea ihre Hände zu einem *namiste* zusammenlegte und sich zuerst vor Vidya und dann vor der Reihe der Fotos verneigte. Das bereitliegende Kissen stütze ihre Knie, sie legte die Stirn zur Erde und war sich der Aufregung in ihrer Brust gewahr, als sie sich wieder erhob und zu ihren Aufzeichnungen griff.

„Ich, Anami-Rabea, bekenne mich in all meinen Erscheinungsformen zu dir, Vidya, als meiner Lehrerin, meiner *gurudevi*." Atmasevika hob bei diesen Worten den Kopf und lächelte still aus dem Herzen zu Rabea hinüber. „Ich bekenne mich zu dieser Linie der Freiheit und zu meiner eigenen Verantwortung, das höchste Selbst zu realisieren. Ich bekenne mich zu meinem wahren Herzen und damit zu dem Weg, mich ihm und allem, das ihm gleich ist, hinzugeben. Ich bekenne mich zu *Shiva*, dem großen Bewusstsein." Rabea hielt einen Moment inne. Vidya saß reglos und glühte sie an.

Rabea warf einen Blick auf ihre Aufzeichnungen und schaute erneut zu Vidya auf. „Dies ist für dich:

Alle meine Sinne
habe ich in die Leere
meines Herzens gelegt,
das auch Dein Herz ist,
und Dich gebeten,
sie zu verschlingen.

Du aber hast mich gesegnet.

Nun rieche ich nur noch den zarten Duft Deiner Lotosfüße,
ich schmecke nichts als die Süße des Soma auf meiner Zunge.
Meine Augen sehen nur das Leuchten Deiner ewigen Gestalt,
und wohin ich auch taste, ich kann nichts fühlen, das außerhalb von Dir wäre.
In meinem Gehör gibt es nur noch das tosende Rauschen der Stille.

Du hebst mein Haupt, und ich blicke in Deine Liebesaugen.
Wie seltsam klar, dass sie nicht von mir getrennt sind.
Das Gesicht Gottes ist meins.

Strömte das Wasser auf meinen Wangen
aus meinen Augen?
Ist es der Nektar Deiner Hände,
den Du über mich hast regnen lassen?
Oder ist es Dein-mein Bewusstsein,
das seine Kristallheimat aufgab?

Ich wollte doch nur der Tropfen sein,
der in Deinem Ozean vergeht,
aber der Ozean stürmte mit Donnerschlag
in mich hinein und verschwand."

Rabea verneigte sich still vor Vidya, berührte und küsste die Füße der Lehrerin. Tränen der Dankbarkeit und Hingabe flossen aus ihren Augen und benetzten die zarte Haut unter ihren Händen und Lippen. Für einen Augenblick hatte die Welt vollkommen angehalten. Rabea war nicht mehr Rabea, Vidya war nicht mehr Vidya. Das große Bewusstsein hatte beide in seiner Leere empfangen und in sein eigenes Mysterium verwandelt. Dann legte die Lehrerin der Schülerin die Hand auf das rückwärtige Herz, um sie in ihrem *mandala* zu bestätigen. In diesem Moment fühlte Rabea die große Freiheit aufleuchten und erkannte, dass sie absolut anders war, als sie es sich je hätte erträumen können.

Sie hob ihrer *gurudevi* das Gesicht entgegen und empfing auf der Stirn den süßesten Kuss. Wäre sie je so geküsst worden, hätte sie niemals mehr etwas anderes gewollt. Über alle Maßen beglückt legte sie erneut ihre Handflächen zusammen und erwiderte Vidyas *namiste*.

„Du hast deinen Namen wahrhaft erfüllt, liebe Rabea. Indem ich ihn nun zum letzten Mal ausspreche, fällt er von dir ab, denn deine Seele hat die Weisheit des Raben in sich zugelassen, so dass du sie nun in deinem Leben überall finden wirst."

Mit großer Güte lächelte sie ihre Schülerin an. „Was machen wir nun? Du wirst jetzt namenlos sein, bis du über die Schwelle der Welten gegangen bist, und du wirst einen anderen Namen tragen, wenn wir uns wiedersehen."

Ich werde namenlos sein. Das passt ja haargenau zu dem Namen, den ich in meiner Alltagswelt trage. Aber vielleicht hat Vidya genau das gemeint.

Die tiefe Stille, die sich im Raum niedergelassen hatte, hatte ihn abermals zum Tempel gemacht. Im Leuchten dieser Stille trat Kanjara nun auf die Bühne und führte Rabea, deren Beine zitterten, zu ihrem Platz zurück. Rati und Calyptra versprachen Rabeas Paten, gut auf die Freundin aufzupassen.

Atmasevika hatte inzwischen die Fotos von der Bühne geräumt und Platz gemacht für diejenigen, die ein letztes Lied präsentieren wollten. Während Mirina, Enrique und Kanjara noch ihre Instrumente herantrugen, schlug die Zeremonienmeisterin ein weiteres Mal ihr Glöckchen.

„Ich möchte euch allen sehr für eure Darbietungen danken. Dieser Abend war für mich – und ich glaube, für uns alle", sie blickte sich zu den anderen auf der Bühne um und erntete kräftig nickende Zustimmung, „ganz wundervoll, ich bin tief berührt und voller Freude.

Die Zeit mit denen, die morgen abreisen, geht jetzt zu Ende, aber ich hoffe sehr, dass das nicht der letzte Prozess war, den ihr alle durchlaufen habt. Auch über diejenigen, die heute als Gäste hier waren, haben wir uns sehr gefreut. Und schließlich hege ich für die Neuankömmlinge, die heute schon bei uns sein konnten, den Wunsch für eine im wahrsten Wortsinn göttliche Zeit.

Ganz besonders danke ich unseren Sängerinnen und Sängern, allen voran Vidya. Mit ihren einzigartigen Texten fängt sie auf zauberhafte Weise die Erfahrungen des spirituellen Weges ein. Vielen Dank dafür! Kanjara, auch dir möchte ich speziell danken. Du hast uns mit deiner magischen Stimme und der nicht weniger magischen Trommel heute eine atemberaubende Erfahrung ermöglicht. Ich wünschte, wir könnten deine Gegenwart hier öfter genießen. Aber vielleicht", sie zwinkerte Rabea zu, „müssten wir dann deine Patentochter überreden, sich hier niederzulassen.

Enrique, mein Freund, dir danke ich für dein unermüdliches Dienen, deine Hilfe an jedem Ende, und natürlich auch für das geniale Spiel mit deiner Wavedrum. Euch allen danke ich für eure Präsenz, eure Liebe und eure Unterstützung."

Nachdem Atmasevika noch ein paar Details zum Abbau der Anlagen und zur bevorstehenden Abreise am nächsten Morgen gesagt hatte, setzte sie sich an ihr Keyboard und Vidya stieg zurück auf die Bühne.

„Meine Lieben! Egal, wohin ihr geht, ihr seid immer das eine Selbst, das große Bewusstsein. Erinnert euch des Herzens und folgt dem, was ihr als wahr erkannt habt. Seid dem treu, indem ihr eurem *sadhana* die Priorität in eurem Leben gebt, und lasst euch nicht ablenken. Ich vertraue auf euch.

Zum Abschluss möchten wir ein Lied mit euch singen, das über den Horizont unserer kleinen Gruppe hier hinausgeht. Mit diesem Lied widme ich die Energie unserer Arbeit dem Frieden und der Freiheit aller Wesen in allen Welten."

Vidya sah sich nach Atmasevika und Mirina um, die mit der Bewegung ihres Kopfes das Metrum zählten. Vidyas Stimme erklang mit dem ersten Takt von Mirinas Gitarre. Einen Akkord später setzte das Keyboard ein. Die Wände des Tempels sorgten dafür, dass die hellen Töne, die aus Vidyas Mund drangen, Raum und Weite erzeugten. Erst beim Refrain begann Enrique, seine Wavedrum zu streicheln, während Kanjara nur hin und wieder einen sanften Trommelschlag hinzusteuerte. Jedes kräftige oder laute Trommeln hätte der Stille und Zartheit des Textes und der Klarheit von Vidyas Stimme auf sträflichste Weise widersprochen.

Wenn alles getan ist, so der Text von Vidyas Lied, dann lege ich mein geschäftiges Haupt nieder und suche Zuflucht im Frieden meines Herzens. Dann höre ich das Versprechen, das in meiner Seele lebt: dass ich den Weg nach Hause finden werde, denn dies ist der Grund des Lebens. Ich fühle die Wunden der Erde und das Leiden jener, deren Herzen bloß liegen, und ich bete dafür, dass sie Heilung erfahren. Ich möchte jede Seele mit Licht und Zärtlichkeit berühren, um ihr von dem Versprechen zu berichten, das in ihrem Kern wohnt. Nie wird es fehlen, denn es ist der Grund dafür, dass wir unseren Weg finden und in Frieden leben können.

Rabea war nicht nur von Vidyas Stimme tief bewegt und andächtig geworden; auch der Text, von dem sie jedes Wort verstanden hatte, ging ihr sehr nahe. Wie intim Vidya mit der ganzen Welt war, wie stark in Resonanz mit allen Herzen und Seelen. Rabea hoffte sehr, dass die Menschen der Erde oder, wie Vidya es vorhin ausgedrückt hatte, alle Wesen in allen Welten, die Kraft und das Mitgefühl dieses Liedes spürten und es ihnen Trost und Stärke verlieh.

Wie schon zu Beginn, als Vidya gesungen hatte, gab es auch nach diesem Lied keinen Beifall in Form von Klatschen, sondern alle Anwesenden blieben in die Stille, in die sie versunken waren, vertieft. Die fünf Menschen auf der Bühne hatten die Augen geschlossen, kein Laut war zu hören. Selbst der Atem der Anwesenden schien ausgehaucht worden zu sein. Nicht einmal die sonst spürbare Unruhe von Gedanken, und sei sie noch so subtil, war wahrzunehmen. Die Herzen waren offen und heil; die Freiheit in ihrem Innersten überstrahlte die noch vor kurzem vorherrschende Trauer über den bevorstehenden Abschied.

Von der Bühne winkte Vidya mit beiden Händen. Dann drehte sie sich um und war plötzlich durch den Hintereingang verschwunden.

Die kleine Gruppe folgte dem von einer Batterie betriebenen, treckerartigen Fahrzeug, das sich mit vielen Koffern beladen zäh über den Strandweg quälte. Auch Enriques Gesicht sah etwas gequält aus, wenn auch nicht von der Anstrengung, das umständliche, aber nützliche Gefährt zu steuern. Immer wieder sah er sich nach Rabea um, die mit den anderen sieben Abreisenden langsam über den Sand schlich und sich alle Augenblicke umsah. Hoffte sie, Vidya doch noch einmal zu sehen? Die Lehrerin würde nicht kommen, das wusste Enrique. Sie kam nie mit bis zum Fahrstuhl. Warum sollte es heute anders sein? Enrique hatte Mitgefühl mit Rabea, konnte es ihr aber nicht zeigen. Schließlich gab die Freundin auf.

An der Flussmündung angekommen, lenkte Enrique den Wagen nach rechts. Rabea streckte jetzt ihren Hals, um vielleicht den Einsiedler auf seinem Felsen bei der Meditation zu sehen. Aber vielleicht war es dazu schon zu spät. Sie hatten heute Morgen lange geschlafen, denn es war weit nach Mitternacht gewesen, als sie ins Bett gekommen waren. Der Vollmond hatte sein Übriges getan und viele von ihnen wach gehalten. Doch auch Kanjara war spät zu seiner Hütte zurückgewandert; Rabea hatte ihn noch bis zum Felsen begleitet. Womöglich hatte er seine Meditation später begonnen?

Als sie den kleinen Steg passierten, der zum Platz des Einsiedlers führte, hörte sie ein vertrautes Geräusch, das sie anfangs nicht zuordnen konnte. Es klang wie eine Katze, die sehr sonderbar miaute.

„Der Pfau!" rief Rabea laut aus, als sie das hohe Schreien erkannte. Enrique drehte den Kopf nach links und sah die blauen Federn durch die Büsche schimmern. Er grinste. Kanjara machte seinem Einsiedlerdasein wirklich nicht gerade alle Ehre, wie er gestern schon selbst festgestellt hatte. Gerade bog er die Büsche zur Seite und trat zaudernd auf den Steg, als wüsste er nicht, ob er erwünscht sei. Doch er hielt eine Pfauenfeder in den Händen und ging damit schließlich auf Rabea zu.

Der Pfau selbst – verschreckt von so vielen Menschen – blieb mit klagender Stimme hinter dem Steg und lugte vorsichtig zu seinem Herrn hinüber. „Diese Feder hat er sich gestern herausgezogen, als wolle er dir ein Abschiedsgeschenk machen." Kanjara legte die schillernde Feder sanft in Rabeas geöffnete Hand. „Du weißt ja, er ist ich."

„Ja, das weiß ich. Ich danke euch beiden für das wunderschöne Andenken. Ich spüre das vibrierende Leben darin, so wie ich es bei euch kennengelernt habe."

Der Rest der Gruppe war weitergegangen. Rabea schaute ihnen hinterher, konnte sich aber nicht von Kanjara lösen. „Willst du nicht noch ein paar Schritte mit uns kommen?" fragte sie hoffnungsvoll. Wieder klagte der Pfau. Kanjara stieg zu ihm hinüber und tätschelte seinen Kopf, redete beruhigend auf ihn ein und kehrte dann zu Rabea zurück. „Warum nicht!" meinte er und kicherte.

„Oh je, das werde ich auch vermissen, dein Kichern. Kannst du mir das auch telepathisch übermitteln?" Sie lachten beide.

„Übrigens, jedes Mal, wenn wir uns sahen, hatte ich immer so ein Gefühl, als läge noch etwas in der Luft. Jetzt fällt es mir ein. Du hattest mir einmal von Vidyas zweitem Namen erzählt, wie war der noch?"

„Nilima."

„Was er bedeutet, weißt du nicht?"

„Nein, du wolltest Enrique oder Atmasevika danach fragen. Das hast du offenbar vergessen. War vielleicht nicht so wichtig. Ich hatte mich allerdings gestern bei deinem Bekenntnis gewundert, dass du Vidya nicht mit vollem Namen angesprochen hast. Aber nun erklärt sich das ja."

Enrique war bereits an dem hinteren Steg angekommen, wo er sein Gefährt geparkt und mit dem Abladen des Gepäcks begonnen hatte. Die ersten drei Gruppenteilnehmer überquerten gerade die Brücke.

„Das ist ja auch merkwürdig hier", wunderte sich Rabea. „Wir steigen in einen Fahrstuhl, der mitten durch einen Felsen geht? Wohin fahren wir denn?"

„Zurück in ein anderes Leben", war die von einem neuerlichen Kichern begleitete pathetische Antwort. Dann packte Kanjara mit an die noch vom Wagen abzuladenden Koffer und Rabea verabschiedete sich unterdessen von Enrique.

„Wir haben ja gestern schon alles geklärt, mi amiga. Ich kann jetzt nicht soviel reden, sonst werde ich viel zu traurig. Mach's gut und lass die Zeit hier in deinem Herzen bleiben. Ich freue mich darauf, dich irgendwann wiederzusehen." Er wandte sich um. Es war dem starken Mann sichtlich peinlich, dass er mit den Tränen kämpfte. Rabea legte eine Hand auf seine Schulter und umarmte ihn herzlich. Kanjara stand daneben und trat von einem Fuß auf den anderen, bis sie ihn schließlich auch ein letztes Mal umarmte. Es gab nichts mehr zu sagen.

Weitere vier Gruppenteilnehmer hatten den Steg passiert; die ersten waren bereits im Fahrstuhl verschwunden. Rabea nahm im Augenwinkel eine Bewegung wahr, ging ihr aber nicht nach. Viel zu verwundert war sie über den Fahrstuhl im Felsen, der eine gläserne Tür hatte. Enrique war ihr gefolgt und stellte ihren Koffer in den Aufzug. Als Rabea die Schwelle überqueren wollte, drehte sie sich plötzlich um und rief dem sich entfernenden Enrique hinterher: „Enrique! Bitte sag mir doch noch, was Vidyas zweiter Name Nilima bedeutet!"

Der Mexikaner drehte sich verblüfft um. Er schaute einen Moment von Rabea zu Kanjara und wieder zurück. „Nun, mi amiga, das heißt Blauheit. Was genau damit gemeint ist, kann ich dir auch nicht erklären." Dann schloss sich der Fahrstuhl.

Doch bevor er nach oben fuhr, gewahrte Rabea abermals eine Bewegung, die von der größeren Brücke kam, an der die kleine Gruppe vorbeigezogen war.

Vidya stand auf der Brücke. Sie winkte. Dann zog sie ein Tuch aus königsblauer Wildseide aus ihrer Tasche und legte es um ihre Schultern.

ANHANG

Unter den Nichtigkeiten des Lebens gibt es nur ein Ding,
das strahlend schön ist und ohnegleichen.
Es ist das Erwachen des Geistes,
es ist das Erwachen im Innersten des Herzens.

Khalil Gibran

Vieles auf Erden ist uns verborgen.
Als Ersatz dafür wurde uns ein geheimnisvolles,
heimliches Gefühl zuteil
von unserer pulsierenden Verbindung mit einer anderen Welt,
einer erhabenen und höheren Welt,
und auch die Wurzeln unserer Gedanken und Gefühle sind nicht hier,
sondern in anderen Welten.

Fjodor Michailowitsch Dostojewski

Die Personen in diesem Roman[2]

I. Die Hauptpersonen

Anami (Anāmi)	Protagonistin; Psychologiestudentin am Ende des zweiten Semesters. Wird schon seit langem von spirituellen Träumen heimgesucht, die sie einerseits verwirren und andererseits auf ihr Herz zurückwerfen. Sucht nach einer Lehrerin und nach Klarheit. Ihr Name bedeutet „Namenlose".
Rabea	Alter Ego von Anami oder vielleicht eine paral-lele Existenz. Schülerin Vidyas und Teilnehmende an einem spirituellen Prozess. Arbeitet vornehmlich an ihren Traumata aus vergangenen Leben und hat in der Hingabe an den Ozean viele tiefe Realisierungen. Ihr Name bedeutet „Rabin".
Vidya (Vidyā)	Vollkommen verwirklichte spirituelle Lehrerin des schamanisch-tantrischen Weges, der in die absolute Freiheit weist. Führt ihre Schülerinnen durch alle Ebenen menschlicher Reife. Hält *satsangas* und ist außerdem Heilerin. Ihr Name bedeutet „Weisheit".
Kanjara (Kañjāra)	Einsiedler, der abseits des Hauptplatzes von Vidyas Camp lebt. Einer von Vidyas *upagurus*. Begleitet Rabea während ihrer Erinnerungen an frühere Leben schamanisch und zeigt ihr die magische Welt des Willens. Später Rabeas Pate. Sein Name bedeutet „Einsiedler" und „Pfau".

---

[2] Die Namen aller Personen in diesem Roman – auch wenn sie aus dem Sanskrit, dem Lateinischen oder anderen Sprachen stammen – wurden der allgemeinen Übereinkunft nach in Sprachdeutsch/Sprachenglisch geschrieben. Die Originale der Sanskrit-Namen befinden sich aber in Klammern gesetzt darunter.

Enrique	Bediensteter auf Vidyas Platz und Vidyas Schüler, Mitglied des *sanga*. Wird zu Rabeas vertrautestem Freund. Er trägt noch seinen Alltagsnamen.
Atmasevika (Ātmāsevikā)	Vidyas engste und engagierteste Schülerin, die an Vidyas Platz lebt und arbeitet. Mitglied der *kula*. Auch sie wird zu einer Vertrauten Rabeas. Ihr Name bedeutet „Dienerin des Selbst".

II. Die Nebenpersonen

Jana von Walden	Spirituelle Beraterin und Schülerin Vidyas, die in Anamis Alltagswelt lebt und eine Praxis führt. Sie kennt sich mit Träumen aus und bringt Anami in Kontakt mit der Organisation der Innenreisen. Sie trägt hier ihren Alltagsnamen.
Mirina	Teilnehmende an Vidyas Gruppen, die sich nicht zur Schülerschaft entschließen kann. Hilft Rabea durch Heilungssitzungen und hat wichtigen Austausch mit ihr. Ihr Name bedeutet „Suchende".
Leona	Psychologiestudentin im vierten Semester und Anamis beste Freundin sowie Arbeitskollegin. Verfechterin der Körpertherapie. Ihr Name bedeutet „Löwin". Den spirituellen Weg betritt sie nur am Rande durch Meditationsgruppen bei Bekannten von Jana von Walden.
Rati (Rāti)	Besucherin in Vidyas Camp; Absolventin früherer Prozesse. Hat im zweiten Prozess ihr Lebensziel gefunden und den spirituellen Namen „Rati" erhalten, was „Leidenschaft, Erotik", aber auch „Gnade" bedeutet.

Mirinas Neffe	Besucher in Vidyas Camp. Rabea durfte an seiner Sitzung teilhaben, in der es um Liebe und Vertrauen ging. Seinen Namen kennen wir noch nicht.
Calyptra	Teilnehmerin des Prozesses, in dem auch Rabea sich befindet. Ihr Name bedeutet „Eulenfalter".

Vorschau auf „Das zweite Portal"

Müde blinzelnd fand sie sich auf der Sonnenterrasse des großen Gebäudes wieder, in dem sie seit gestern wohnte. Es war eine klare Erinnerung in ihr, dass dieses Haus ihr vertraut war, aber sie konnte sich demgegenüber nicht erinnern, wie sie die Reise erlebt hatte. Genau genommen konnte sie sich an gar keine Reise erinnern.

Verblüfft richtete sie sich auf und dachte an ihren ersten Tag bei Vidya. Auch damals war es ihr so vorgekommen, als sei sie dort plötzlich aufgetaucht wie aus einem See voller Möglichkeiten und ohne dass sie einen Weg zurückgelegt hatte. Ebenso war es nun auch wieder. Was für ein merkwürdiges Abenteuer war das nur!

Dann fiel ihr wieder ein, was ihr Vidya an ihrem letzten Nachmittag in ihrem Haus gesagt hatte. Wie lange war das jetzt her? Drei Tage? Drei Monate? Drei Jahre? Oder war es gerade eben erst geschehen? Ganz benommen von der verschwommenen Zeit lehnte sie sich zurück und entdeckte plötzlich aus dem Augenwinkel ein vertrautes, bebrilltes Gesicht.

„Enrique!" rief sie aus. „Du hier?" Sie sprang auf und umarmte den Freund herzlich und voller Freude. Etwas errötend erwiderte er mit einem Zwinkern: „Naja, wir wollten es dir nicht sagen, damit die Überraschung nun etwas größer ist."

„Das ist euch wirklich gelungen! Wo sind wir denn hier? Was machen wir hier? Hast du hier auch eine Aufgabe, oder bist du dieses Mal hier, um für dich selbst Erkenntnisse zu suchen?"

„Also, um die Fragen mal der Reihe nach zu beantworten, mi amiga", schmunzelte Enrique, „wir befinden uns hier im Gebiet der letzten Schamanen. Dort, wohin dein Blick fällt, liegt quasi die Traumstraße der Ureinwohner des ersten Stammes der wahren Menschen." Mit einem Seitenblick nahm Enrique wahr, dass seine Freundin schlucken musste, aber bevor sie zum Nachfragen ansetzen konnte, redete er weiter: „Und zweitens: Wir machen hier mit unserem Prozess weiter, was deine dritte und vierte Frage gleich mit beantwortet: Ja, ich bin dieses Mal hier, um für mich selbst etwas herauszufinden und um mich dem zu stellen, was ich dir damals am Meer gebeichtet hatte. Aber nun setz dich erst einmal und trink einen Kaktussaft mit mir. Das ist so ziemlich das Köstlichste, was ich in den letzten Wochen genossen habe." Er schob ihr ein Glas mit einer aprikosenfarbenen Flüssigkeit hinüber, während sie ihn anstarrte und nach dem Strohhalm griff.

Sie schaute sich um. Malerisch, diese Landschaft! Aber es war keine Landschaft von der Art, wie reiche Westler sie als malerisch bezeichnen würden. Sie war so ursprünglich, so gewaltig und so still. Wo früher ein riesiges Meer gewesen zu sein schien – es lagen noch überall kleine Muschelteile auf dem sandigen Boden – erstreckte sich nun ein von grünen Büschen gezeichnetes rotes Wüstenland, so weit das Auge reichte. Saguaro-Kakteen ragten vereinzelt aus dem trockenen Boden, während sich ein paar Spechte mit merkwürdigen schwarz-weiß karierten Flügeln und Schwanzfedern sowie leuchtend roten Augen damit beschäftigten, ihre Nester in deren Stämme zu hämmern. In der Ferne erhob sich pittoresk vor dem tiefblauen Horizont eine Kette roter Berge. Eine merkwürdige Pflanze, deren lange, dünne Stämme wie abgestorben aussahen, trug leuchtend rote Blüten, die das Licht der hoch am Himmel stehenden Sonne einfingen.

Sie erinnerte sich, dass sie in der Nacht die Kojoten gehört hatte, die durch das Tal gezogen waren. Jedem Wegstück, das sie zurückgelegt hatten, war ihr Heulen gefolgt, bis es schließlich beim frühen Morgengrauen der Stille Platz machte, die noch durch das Tropfen des Wasserhahnes im Badezimmer der Unterkunft vertieft wurde. Nun blickte die junge Frau auf schillernde Flügel von Kolibris und wunderte sich über die Roadrunner, die tatsächlich besser laufen als fliegen konnten.

Enrique beobachtete die Freundin über die Ränder seiner Brille hinweg. „Die Verzauberung der Widerspenstigen!" sagte er jetzt provokativ und lachte dann laut.

Band 2 vom „Gesang des Ozeans" geplant für 2019/20.

WICHTIGE SANSKRIT- WÖRTER (UND WEITERES)[3/4]

Agni, *agni* (Skt.) Feuer; Feuergott.

Ashram; *āśrama* (Skt.) Aufenthaltsort eines Weisen; Zentrum für spirituelle Studien und Meditation.

Atman; *ātmā* (Skt.) Selbst-Seele.

Atma buddhi; *ātmā-buddhi* (Skt.) Intelligenz des Selbst.

Atma das; *ātmā-dāsa* (Skt.) Diener (Sklava) des Selbst. Der Diener ist jemand, der etwas tut, der Sklave des Selbst ist jemand, der dem Selbst „verfallen" ist.

Atma kripa; *ātmā-kṛpā* (Skt.) Gnade des (inneren) Selbst.

Atma vichara; *ātmā-vicāraṇa* (Skt.) Selbst-Erforschung; Begutachtung; englisch: „inquiry".

AUM (OM) (Skt.) Kosmischer Ur-Klang. Amen, Atem der Welt, Atem *Shivas*. Gott.

Avidya; *avidyā* (Skt.) Spirituelle Unwissenheit bezüglich unserer wahren Natur, Verblendung.

Bhairava (Skt.) Die absolute Leere, die überall ist, absolutes Bewusstsein, Gott, das höchste Absolute, die anfangs- und grenzenlose Freiheit jenseits von Zeit und Raum.

Bhakti; *bhakti* (Skt.) Hingabe.

Bindu; *bindu* (Skt.) wörtl. Punkt. Zentrum von etwas, das unendlich ausgedehnt ist.

Brahman; *brahman* (Skt.) Das Absolute; von *bhṛhat* = groß und *bhṛ* = unterstützen. Der Begriff wird v. a. im *Vedanta* und *Advaita* benutzt, kommt aber auch im *Trika* vor.

Buddhi; *buddhi* (Skt.) Spirituelle Intuition, Intelligenz. Repräsentiert das ganzheitliche Begreifen, den höheren Geist, der über den dualen Verstand, den Ich-Macher und die Sinneserfahrungen hinaus wahrnehmen kann.

Chakra; *cakra* (Skt.) Rad; Zentrum essenzieller Präsenz bzw. essenziellen So-Seins und Organ des Bewusstseins. Die *chakras* stellen die Verbindungen zwischen den feinstofflichen Hüllen und dem grobstofflichen Körper her und sind verantwortlich für den Gesamtenergiefluss.

Chitta; *citta* (Skt.) Hier für den menschlichen Geist in seiner Relativität zum Bewusstsein gebraucht.

Devanagar; *devanāgarī* (Skt.) Die Schriftzeichen des Sanskrit. Die [Sprache aus der] Stadt der Götter.

---

[3] Die Sanskrit-Worte in diesem Roman wurden der allgemeinen Übereinkunft nach in Sprachdeutsch/Sprachenglisch geschrieben. Die Originale der Sanskrit-Worte befinden sich aber im Original daneben.

[4] Im Glossar wurden Sanskrit-Wörter gemäß dem deutschen Alphabet geordnet.

Diksha; *dīkṣā* (Skt.) Initiation, Einweihung, Energetisierung.

Ego Zweidimensionales Abbild des unreifen Ichs.

Energiekörper Für Normalsichtige unsichtbare feinstoffliche Hüllen, die über Informationssteuerung mit dem materiellen Körper verbunden sind. Wird auch Aura oder Leuchtendes Energiefeld (LEF) genannt.

Erwachen Auch: *satori* (jap.) Ein Moment innerer Einsicht in die Natur aller Dinge.

Guru, gurumata; *guru* (m.), *gurumata* (f.) (Skt.) *gu* = Entferner, *ru* = Dunkelheit; Entferner der Dunkelheit. Auch: *gurudeva/gurudevī*.

Hara (jap.) Bauch. Interessanterweise heißt *hara* (Skt.) auch Feuer und ist ein Name *Shivas*.

Ichchha; *icchā* (Skt.) Wille, Liebe. Universeller Wille *Shivas*.

Initiation Einweihung, Einführung.

Jiva; *jīva* (Skt.) inkarnierte Person, Mensch, Persönlichkeit.

Jnana; *jñāna* (Skt.) Weisheit, Erkenntnis, Wissen.

Kali; *kālī* (Skt.) wörtl. schwarz, Nacht. Die Göttin der Zeit. Liebe in ihrer auflösenden Form.

Kamamanas; *kāmamanas* (Skt.) Wunschkörper, der sich nach Lust und Unlust sowie nach Überfluss und Mangel richtet.

Karma; *karma* (Skt.) von *kṛ* = handeln. Gesetz von Ursache und Wirkung, das das Schicksal jedes Individuums dadurch gestaltet, dass es ihnen Früchte bringt, die aus vergangenen Handlungen wuchsen.

Kriya; *kriyā* (Skt.) von *kṛ* = handeln. Handlungskraft, Handlung, Akt, Übung.

Kshama, kshanti; *kṣamā, kṣānti* (Skt.) Geduld, Langmütigkeit.

Kundalini; *kuṇḍalinī* (Skt.) Existenzielle Energie, *shakti* in der Physis.

Lakota (Bedeutung: Freunde, Verbündete). Stammesgruppe amerikanischer Ureinwohner aus der Sioux-Sprachfamilie. Die Sioux leben in den großen Ebenen vom Norden bis nach Texas.

Lasya; *lāsya* (Skt.) *Shivas* Tanz der Emanation; auch: ein Tanz, der auf dramatische Weise Emotionen ausdrückt.

Leere Sh. shunyata.

Leere, höchste Enthält unbegrenzte und unendliche Kräfte; im *Trika* dasselbe wie *Bhairava*. In ihr befindet sich jegliches Potenzial für die Manifestation all dessen, was je war, ist und sein wird. Innerhalb der höchsten Leere des *Bhairava* entfaltet sich die gesamte Schöpfung in einer bestimmten, heiligen Ordnung.

Lila; *līlā* (Skt.) Spiel (der) Schönheit; Bezeichnung für das Spiel der Schöpfung, wo sich Bewusstsein in vielen Formen zeigt.

Loka; *loka* (Skt.) Weltregion, Ort; auch: Leute. In den spirituellen Traditionen wird von verschiedenen *lokas* als den Sphären über und unter der Erdebene gesprochen. So gibt es sieben spirituelle Welten und sieben „Unterwelten".

Mala; *mala* (Skt.) Ausdruck für grundlegende Unwissenheit, Unreinheit, Schlacke. Es gibt drei *malas*: *āṇava-mala*, *mayīya-mala*, *karma-mala*. In Vidyas Verständnis sind die *malas* ursprüngliche Glaubenssätze, die die drei Ur-Ängste begleiten. Sie erscheinen als kosmische und individuell begrenzende Bedingungen, die den freien Ausdruck des Geistes behindern und das reine So-Sein des göttlichen Bewusstseins überlagern bzw. die Erfahrung von Gebundenheit konstituieren.

Mala; *mālā* (Skt.) Girlande, Kranz. Gemeint ist eine Gebetskette mit 108 Perlen, die zur Rezitation von *mantras* zu Hilfe genommen wird.

Manas; *manas* (Skt.) *man* = denken. Das Gemüt, der diskursive, relative Geist, das Denkorgan, der Verstand, das Denken.

Mandala; *maṇḍala* (Skt.) Ursprünglich: „Kreis", auch: „Weg eines Himmelskörpers". Eigentlich ein kreisförmiges Gebilde, das Ganzheit ausdrückt. Im Hinduismus und im *Tantra* ein Diagramm, das die tieferen Aspekte der Psyche darstellt und in der Lage ist, kosmische Kraft anzuziehen. Das *maṇḍala* eines Lehrers ist eine Art feinstoffliches „Gitter", das von ihm ausgestrahlt wird, so dass es von empfänglichen Schülern auf feinstofflichen Ebenen aufgefangen werden kann. In der Linie Vidyas ist das *mandala* die Ausstrahlung der *gurumata* im Auftrag *Shivas*.

Manolaya; *manolaya* (Skt.) wörtl.: Einschmelzung der Gedanken; der Moment, wo der Geist für kurze Zeit mit dem Spirit verschmilzt.

Mantra; *mantra* (Skt.) *man* = Denken. Denkwerkzeug.

Maya; *māyā* (Skt.) *mā* = ausmessen, begrenzen, definieren. *Māyā* = begrenzende Kraft. Wenn etwas gemessen wird, wird es auch begrenzt, und (nur) wenn etwas begrenzt ist, ist es messbar.

Moksha; *mokṣa* (Skt.) Befreiung, Freiheit, Erlösung, Rettung.

Nada; *nāda* (Skt.) Ton, Klang, Geräusch, Tonschwingung, Laut. Der mystische *nada* ist der Ur-Klang, aus dem die ganze Schöpfung hervorgegangen ist. Sh. auch *shabda*.

Namiste; *namiste* (Skt.) von *nam* = verehren, grüßen; sei(d) (verehrungsvoll) gegrüßt.

Nataraja; *naṭarāja* (Skt.) König des Tanzes. Als eine Erscheinungsform *Shivas* führt er beständig den kosmischen Tanz auf.

Navaho, auch: Navajo (Bedeutung: „bestelltes Feld") oder Diné (Bedeutung: Menschenvolk). Zweitgrößtes Ureinwohnervolk in Arizona, New Mexico und Utah.

Nirvana; *nirvāṇa* (Skt.) endgültige Auslöschung; Paradies.

Nirvikalpa; *nirvikalpa* (Skt.) *nir* = ohne, *vikalpa* = (falsche) Vorstellungen. Regloses Bewusstsein ohne falsche Vorstellungen.

OM (Skt.) Der Klang des klanglosen Absoluten.

Prana; *prāṇa* (Skt.) Vitale Lebenskraft, die u. a. im Atem aufgenommen wird und sich in fünf verschiedenen Formen im Körper bewegt.

Rishi; *ṛṣi* (Skt.) Weiser, Seher.

Sadhana; *sādhana* (Skt.) Instrument, Mittel. Das Üben spiritueller Disziplin. Auch: Direkter Weg zum Ziel. Eine auf regelmäßiger und ernsthafter Basis durchgeführte spirituelle Praxis, in der die eigene Energie sich verfeinert und veredelt.

Sakshin; *sākṣin* (Skt.) Augenzeuge; der spirituelle Beobachter.

Samaya; *samaya* (Skt.) Spirituelles Bekenntnis, Verpflichtungserklärung, Richtungsbestimmung, verbindliche Hingabe.

Samadhi; *samādhi* (Skt.) Vereinigung von Wissen und Wissendem, tiefe Versunkenheit in der Einheit und Ganzheit des Lebens, Versunkensein im Bewusstsein.

Samskara; *saṃskāra* (Skt.) Emotionale Anhaftung, die *karmisch* gespeichert wird und Spuren im Seelensubstanzkörper hinterlässt.

Sanskrit; *saṃskṛta* (Skt.) Neben Altgriechisch und Latein eine der drei heiligen Sprachen. Das Wort heißt auch: gereinigt, initiiert, heiliger Gebrauch.

Sanga; *saṅga* (Skt.) Verbindung, Vereinigung, Zusammenkunft.

Satguru; *sadguru* (Skt.) Der persönliche spirituelle Lehrer, der als wahrer Lehrer erkannt wird.

Satori (Jap.) Spirituelle Lichterfahrungen oder Einblicke in die wahre Natur des Bewusstseins, Erkenntnis- und Seinserfahrungen.

Satsanga; *satsaṅga* (Skt.) Zusammenkunft in der Einheit des Seins. Heilige Verbindung.

Savikalpa; *savikalpa* (Skt.) *sa* = mit, *vikalpa* = (falsche) Vorstellungen. Differenziertes Bewusstsein mit Vorstellungen.

Selbst Innere Ganzheit der Seele, spirituelle Identität, transzendent und immanent; sh. auch *ātmā*.

Selbst-Ergründung Ergründung des Selbst – und nicht der Psyche!

Shabda; *śabda* (Skt.) Ton, Geräusch, Klang(schwingung). In den spirituellen Traditionen ist damit die Essenz des Klangs und der hörbare Lebensstrom gemeint.

Shakti; *śakti* (Skt.) Die Kraft des absoluten *Shiva* heißt *Shakti*; es ist die Kraft, mit der *Shiva* die Welt erschafft. Ist *Shivas* Ichheit Bewusstsein in Stille, so ist seine Kraft Bewusstsein in Bewegung. *Shakti* wird als weiblicher Teil der Schöpfung betrachtet.

Shaktipata; *śaktipāta* (Skt.) Göttliche Energie; Herabkunft der Gnade.

Shiva; *Śiva* (Skt.) *śi* = liegen, *śiva* = das, in dem alles liegt. Jede Erfahrung findet innerhalb von *Shiva* statt – es gibt keine Trennung, keine Dualität. *Shiva* ist das formlose, unsichtbare, anfangslose Absolute. *Shiva* ist das reine Ich, das absolute Bewusstsein, die Leinwand, auf der die gesamte Schöpfung erscheint, denn in Ihm liegt alles. *Shiva* ist Existenz, von der nichts, was existiert, verschieden ist. *Shiva* ist das höchste Subjekt, und seine Natur ist reine Ichheit ohne irgend ein Dies. *Shivas* Existenz kann nicht durch einen Akt der Wahrnehmung aufgespürt werden, doch reine Ichheit erkennt sich selbst als *Shiva*.

Shunyata; *śūnyatā* (Skt.) Absolute Leerheit, höchste Leere, letztendliche Wirklichkeit.

Shraddha; *śraddhā* (Skt.) Reine Zuversicht, vollkommenes Vertrauen in das Selbst.

Shri Yantra; *śrī yantra* (Skt.) Heiligstes *mandala* des Hinduismus, vor allem aber ein *tantrisches* Symbol der Ganzheit.

So'ham; *so'ham* (Skt.) *Mantra* des Schwans, der Atem des ersten Lehrers.

Soma; *soma* (Skt.) Trank der Unsterblichkeit; manchmal als Synonym zu *amrita* benutzt. Der Gott *Soma* ist eine Form *Shivas*.

So-Sein Die eigene Istheit der Dinge, ihr wahres Wesen, ihr wirkliches Sein, die wahre Realität. So-Sein ist immer *tattvena*.

Spanda; *spanda* (Skt.) (kosmische) Vibration, Schwingung. Der geheimnisvolle Puls des einen Ursprungs, der sich in jedem Augenblick neu erschafft.

Surya; *sūrya* (Skt.) Sonne, Sonnengott. Personifizierung von Wärme, Feuer und Licht.

Sutra; *sūtra* (Skt.) Wörtlich: Faden. Die indischen Weisheitslehren wurden so verfasst, dass man ihnen wie einem (Leit-)Faden folgen kann, um das Innerste zu finden.

Svastika; *svastika* (Skt.) zusammengesetzt aus *su* = gut, schön, *asti* = Sein, *ka* = Intensität; Bedeutung: gute Seins-Intensität. In Indien ein hohes Glückssymbol.

Taijasa; *taijasa* (Skt.) der Leuchtende. Zustand des Traumkörperbewusstseins; das leuchtende Bewusstsein.

Tandava; *taṇḍava* (Skt.) *Shivas* Tanz der Auflösung; auch: rasender Tanz.

Tantra; *tantra* (Skt.) Spirituelle Lehre, Doktrin, Schrift *Shivas*, in der er mit *Shakti* im Dialog ist. Nicht-dualistische Offenbarung, die eine Einweihung in den Weg der Freiheit gibt. Zusammengesetzt aus *tanoti* (ausdehnen) und *trayate* (beschützen).

Tantra, shivaitisches Erkenntnislehre, die auf der Untrennbarkeit von Relativem und Absolutem basiert.

Trishula; *triśūla* (Skt.) *Shivas* Dreizack, Symbol für die Dreiheit des Lebens, die drei Energiekörpr, die drei spirituellen Kräfte der Weisheit, des Willens und des vitalen Handelns.

Upaguru; *upaguru* (Skt.) Der innere *guru*, der erst nach langer spiritueller Disziplin richtig erkannt wird, auch Helfer, Assistent des *gurus*.

Vairagya; *vairāgya* (Skt.) Gleichgültigkeit gegenüber weltlichen Objekten und dem Leben als solchem.

Vasana; *vāsāna* (Skt.) Wunsch, Neigung, Impuls. Mentaler Eindruck im Unbewussten, der die menschliche Psyche in Situationen treibt, in denen er an die Oberfläche kommen kann.

Veda; *veda* (Skt.) Wörtlich: „spirituelles Wissen". Bezeichnung für die Gesamtheit der ältesten Texte der indischen Literatur.

Vedanta; *vedānta* (Skt.) Wörtlich: „das Ende der Veden". Abschließende Texte der heiligen Schriften, namentlich die *Upanishaden*. Insgesamt bezeichnet das Wort aber auch eine Philosophie, die sich mit dem Verhältnis zwischen *ātmā* und *Brahman* beschäftigt.

Vidya; *vidyā* (Skt.) Wissen, Kennen, Wissenschaft.

Viveka; *viveka* (Skt.) Im *Vedanta* die Unterscheidung zwischen Selbst und Nicht-Selbst.

Yoga; *yoga* (Skt.) Anbindung, Vereinigung, Verbindung, Kontakt. Traditionen und Lehren, die durch verschiedene Praxisformen den Kontakt zum Göttlichen herzustellen oder zu vertiefen suchen.

Verwendete Gedichte und Lieder

In der Geschichte wurden folgende Gedichte und Lieder verwendet:

Seite 7	„Dharana Nr. 37" aus dem Buch „Die sutras aus dem Herzen Gottes"
Seite 422	„Self Quest" – Song von der CD „The Awakening"
Seite 427	„Fragrance" – Song von der CD „Namiste Bhairava"
Seite 429	„Shiva Shambho" – Song von der CD „Shivoham"
Seite 436	„Herzlotos" – Gedicht vom 05. Juli 2012
Seite 439	„Let there be peace" – Song von der CD „The Awakening"

INTERVIEW MIT DER AUTORIN

Frage (F) / Antwort von Shunyata (S). Das Interview wurde aus Fragen verschiedener Fragesteller zusammengestellt.

F: Shunyata, mit diesem Buch legst du zum ersten Mal einen Roman vor. Gibt es einen besonderen Grund dafür?

S: Es ist der erste Roman, den ich veröffentliche und ich habe lange damit gewartet. Romane schrieb ich schon mit fünfzehn Jahren, aber ich habe sie immer in eine Mappe geheftet und irgendwo in meinen Schränken verstaut. Als ich dreißig wurde, habe ich sie alle vernichtet, obwohl sie von heute aus betrachtet gar nicht schlecht waren. Aber in meinem Leben fing damals eine neue Zeit an und so habe ich mich von allem Alten getrennt.

Einen hervorstechenden Grund für genau diesen Roman gibt es nicht, außer dass es mich seit vielen Jahren schreibt. Nun war es an der Zeit, dem eine Ordnung zu geben und es in angemessener Form öffentlich zu machen.

F: Mir will scheinen, dass die Themen, die in diesem Roman beschrieben werden, einiges mit deinem Leben zu tun haben. Ist das so?

S: Nun, das ist wahrscheinlich bei allen Autoren der Fall. Kann man denn das, was man schreibt, völlig von sich selbst abstrahieren?

F: Ist der Roman also autobiografisch? Und wenn ja, welche der Figuren bist du? Wahrscheinlich doch am ehesten die Schülerin Rabea oder die Lehrerin Vidya.

S: (lacht) Im Grunde genommen bin ich alle Figuren, ganz besonders alle weiblichen. Ich bin Schülerin, Lehrerin, Beraterin, Dienerin des Selbst, aber ich bin auch der Einsiedler, und von den anderen trage ich ebenfalls einen großen Teil in mir.

Einige der Figuren geben teilweise aber auch Ansichten oder Haltungen wieder, die mir in Freundinnen, Schülerinnen oder sonst in meinem Leben begegnet sind. Viele der Fragen, die im Buch von den Figuren gestellt werden, habe ich häufig gehört.

F: Welche von den beschriebenen Erfahrungen, die Rabea erlebt hat, hast du selbst gemacht?

S: Alle. Ich habe vor allem bei ihren tiefen Erlebnissen und dem spirituellen Eintauchen immer meine eigenen Erfahrungen aufgeschrieben. Allerdings geschahen sie nicht in dieser Reihenfolge und unter jeweils völlig unterschiedlichen Bedingungen. Sie fanden auch nicht alle in einem Zeitraum von vier Wochen statt, sondern erstreckten sich auf mehrere Jahre. Aber Erfahrungen sind etwas anderes als Realisierungen. Die Realisierungen, die in diesem und den weiteren sieben Bänden des „Gesangs des Ozeans" – wenn ich sie denn schreiben werde – zu lesen sind, fanden in einer Abfolge von acht Tagen statt, und zwar in einer Zeit, als mein alter Name verbrannt und ein neuer noch nicht aufgetaucht war. In dieser Zeit nannte mich mein damaliger Lehrer „no-name".

F: Dann ist Anami also ganz eindeutig ein Alter Ego von dir.

S: Ja, aber als ich den Namen Shunyata erhielt und erinnerte, war er begleitet von dem Attribut „nilima".

Was Anami beziehungsweise Rabea erlebt hat, ist zutiefst mein eigen, und was Vidya spricht, stammt aus meiner eigenen Realisierung. Was Atmasevika berichtet, ist meins, und ein wenig von dem, was Rati gesagt hat, hätte von mir sein können. Auch Kanjaras Erfahrungen sind im Grunde meine.

Das, was nicht direkt in mir erlebt wurde, aber mit dem ich durch andere Menschen in meinem Leben in Kontakt gekommen bin, habe ich Enrique, Mirina, Leona, Calyptra und ein paar weitere Nebenfiguren sagen lassen. In den nächsten Bänden werde ich wahrscheinlich ähnlich vorgehen, aber es werden weitere Charaktere erscheinen, die auch in meinem Leben auftauchten oder hätten auftauchen können.

F: Wenn das, was Rabea alles erlebt und das, was Vidya alles gesagt hat, deiner eigenen Erfahrung entspricht, ist das eine ganze Menge.

S: Wie man es nimmt. Es ist erst ein Achtel dessen, was in dieser Romanserie noch folgen könnte.

F: Haben dich denn Bekannte dazu inspiriert, den ja doch recht konturierten Figuren ihren jeweils eigentümlichen Charakter zu geben?

S: Ja, das ist in der Tat so. Aber ich habe ihre Namen, ihr Alter, ihre Lebensumstände und Berufe so verändert, dass sie nicht erkennbar sind. Man kann also sagen: „Jede Ähnlichkeit mit lebenden Personen ist unbeabsichtigt."

F: Sind Vidya und Kanjara denn Personen, denen du in etwa dieser Form begegnet bist?

S: Kanjara erinnert mich sehr an zwei Menschen, die ich kannte, sie sind inzwischen beide gestorben. Allerdings ist die Arbeit, die Kanjara macht und die Art, wie er mit Rabea umgeht, eine ganz eigene. Vidya dagegen entstammt vollständig meiner Vision. Sie ist quasi meine innere *gurudevi*. Sie ist das Selbst, das mich ausstrahlt.

F: Vidya erscheint in diesem Roman sehr ideal, sehr weise, sehr sanft und sehr raumgebend. Ich habe nicht erlebt, dass sie ungeduldig oder ärgerlich war. Ich habe sie auch sehr still erlebt, wohingegen Kanjara der Leidenschaftliche war.

S: Ja, ich sagte ja, das sind beides Teile von mir. Allerdings, um auf den Roman zurückzukommen, Vidya war (noch) nicht ärgerlich oder etwas dergleichen, weil sie das in diesem Abschnitt von Rabeas Reise noch nicht angemessen fand und noch nicht nötig hatte. Aber wir sind ja auch erst ganz am Anfang, nicht wahr.

F: Das heißt, sie könnte sich anders verhalten, wenn es „nötig" wäre?

S: Ich würde sagen, lass dich überraschen.

Aber ganz allgemein berührt das die Frage nach den Konzepten, die Menschen von spirituellen Lehrenden haben. Wie sollen sie sein? Sanft oder leidenschaftlich? Still oder im Ausdruck lebendig? Auf jeden Fall geduldig, nicht wahr? Kali wäre damit nicht einverstanden, und übrigens wäre auch Yeshua von Judäa damit nicht einverstanden. War er es nicht, der gesagt hat: „Ich bin nicht gekommen, den Frieden zu bringen, sondern das Schwert"?

Die Frage ist doch, was jemand braucht, um sich aus seinen Verstrickungen zu befreien, von seinen Anhaftungen loszulassen und sich dem höchsten Selbst wirklich hingeben zu können. Es geht ja nicht darum, dass eine Lehrerin von einer Fixierung getrieben ist – zumindest wenn wir die Rolle der Lehrerin ernst nehmen, und über all die anderen will ich hier gar nicht sprechen. Vielmehr geht es tatsächlich darum, was nötig ist. Am Anfang des spirituellen Weges ist Kali selten nötig. Da tut die Glut des Schülers genug. Schwierig wird es erst später.

Es gibt im Buch aber auch genügend Passagen, in denen Vidya feurig ist, das ist vor allem in den *satsangas* der Fall. Sie ist still, ja, aber sie ist auch sehr temperamentvoll.

F: Die Lehre, die Vidya vertritt, erinnert sehr an die Arbeit, die du selbst in deinem Zentrum machst.

S: Natürlich, ich werde in einem Roman sicher keine Lehre beschreiben, die ich nicht kenne oder nicht unterstützen würde.

F: Das heißt dann aber auch, dass man viel aus dem Roman lernen kann. Warum hast du kein Lehrbuch daraus gemacht?

S: Ein Lehrbuch behandelt den vorliegenden Stoff meistens sukzessive, aber ein Mensch lernt anders. Er nimmt sich das heraus, was ihm in seiner Entwicklung am nächsten ist. Durch eigene Traumata, Erfahrungen und Vorlieben fühlt er sich zu bestimmten Themen hingezogen. Dann sieht das, was er lernt, zuweilen chaotisch aus. Wenn wir aber nach einer Weile sein Leben untersuchen, bemerken wir, dass er allein durch sein persönliches Engagement viel – sagen wir – passive Erkenntnis erworben hat, die dann eigentlich „nur noch" geordnet und bewusst gemacht werden muss.

Vidya benutzt von Anfang an ein Ordnungssystem, das der kosmischen Ordnung entspricht, aber sie geht auf jede persönliche Thematik ihrer Schülerin ein. Und als sie bemerkt, dass das, was sie im *satsanga* bespricht, gerade nicht mit dem in Resonanz ist, was Rabea braucht, schickt sie sie zu Kanjara, damit sie dort ihren persönlichen Weg weiter verfolgen und heilen kann.

Ein anderer Punkt ist, dass ein Lehrbuch oft mehr Respekt auslöst und man sich vielleicht nicht so direkt identifizieren mag. Das ist bei einem Roman anders. Ich wollte die Leser außerdem einmal an direkten Erfahrungen teilhaben lassen und nicht nur an der Lehre. Und schließlich habe ich große Freude am Schreiben und liebte das tiefe Eintauchen in die Bereiche, die in meinem eigenen Leben sehr bedeutungsvoll gewesen sind.

F: Du sagtest vorhin, dass es dich seit vielen Jahren schreibt und du dem vorliegenden Material nun eine angemessene Ordnung geben wolltest. Kannst du das noch ein bisschen genauer erläutern?

S: Das Schreiben an diesem Buch begann zu der Zeit, als ich meinen Namen, Shunyata, erhielt, also im Jahr 2000. Anfangs schrieb ich einmal im Monat eine Seite, und irgendwann schrieb ich nicht mehr sukzessive, sondern bekritzelte Zettel oder vermerkte etwas in meinen Kalendern. Das alles trug ich dann irgendwo zusammen. Manches hat bereits Eingang in Lieder von mir gefunden. Anderes ist in Vorworten meiner Sachbücher erwähnt worden. Dann gab es eine Zeit, in der es für mich noch einmal eine große Umorientierung gab. Ich entwickelte das *maha moksha darshana*, die Lehre der Universellen Freiheit, ich verließ den Ort, an dem ich wohnte und zog in ein anderes Haus, wo ich auch jetzt noch lebe und arbeite. Inzwischen war ich mit dem Schreiben anderer Bücher beschäftigt. Zum Schreiben an diesem Roman kam ich nur noch an ein paar wenigen Urlaubstagen im Jahr. Ich habe es mehr als Hobby erlebt denn als Arbeit, da ich damit ja auch kein Geld verdiene.

Anfang 2018 gab es dann einen Ruck, nachdem ich im September 2017 wieder ein großes Stück weitergeschrieben hatte. Mir wurde klar, dass ich im Prinzip zunächst die Struktur aller acht Teile, die ja sowieso schon in meinem Kopf sind, zu Papier bringen musste, um einen sinnvollen ersten Teil zu schreiben. Also zeichnete ich die Karte von Vidyas Camp, gestaltete das Rad der acht Portale und erstellte wie bei einer Diplomarbeit ein Inhaltsverzeichnis für das Gesamtwerk. Dazu kamen Unterpunkte und eine halbwegs erkennbare Stichwort-Überschau, damit ich für mich klar hatte, was in welchem Teil besprochen werden sollte. Auf diese Weise erhielt alles auch auf dem Papier die Ordnung, die ihm zustand, und ich konnte mich auf das, was wirklich in den ersten Teil gehörte, konzentrieren. Das war im Mai diesen Jahres während meines Urlaubs auf Mallorca. Dann ging alles sehr schnell und die letzten Kapitel schrieben sich quasi von selbst.

F: Stichwort: „Das Rad der acht Portale". Kannst du dazu noch etwas Genaueres sagen?

S: Die acht Portale sind quasi Eingänge in innere Erfahrungsräume. Im ersten Teil geht Anami durch das erste Portal und erlebt dann als ihr Alter Ego Rabea eine Entwicklung, die mit der Energie dieses ersten Portals zu tun hat. In der Zeichnung am Ende des Buches wird deutlich, dass das erste Portal im Westen liegt. Wir werden im zweiten Band noch Genaueres dazu lesen.

F: Ich fand die Erfahrungen, die Rabea gemacht hat, schon ziemlich spirituell, und an manchen Stellen dachte ich, jetzt ist sie erleuchtet. Aber das ist offenbar nicht der Fall, zumindest nicht in Vidyas Augen. Die sagt ihr ja sogar, dass sie noch viel zu tun habe. Ich habe mich gefragt, was man denn sonst noch für Erfahrungen machen könnte auf dem spirituellen Weg.

S: (lacht) Es geht nicht so sehr um die Erfahrungen, die du machst, sondern darum, welche Beziehung du zu deinen Erfahrungen hast, wie du dich zu ihnen stellst und wie du sie nutzt. Natürlich sind Erfahrungen wichtig und toll, und vor allem am Anfang ist es sehr schön und tragend, wenn man so etwas erleben darf wie es bei Rabea der Fall war. Rabea hat zweifelsohne einige satoris erlebt, ich würde sie vielleicht auch als erwacht bezeichnen. Nicht alle Menschen, die den spirituellen Weg beginnen, erwachen so schnell. Rabea hat aber wohl in vergangenen Inkarnationen „Vorarbeit geleistet", das wird ja an vielen Stellen deutlich. Wenn du erwachst, erkennst du normalerweise genau, wieviel Arbeit noch nötig ist. In gewisser Weise geht die eigentliche Arbeit dann erst los.

F: Was ist denn die „eigentliche Arbeit"?

S: Rabea hat viele Inhalte angeschaut und bearbeitet. Dadurch hat sich sicher im Hintergrund schon eine gesunde Struktur abgezeichnet. Sie handelt und entscheidet in ihren impulsiven Momenten aber immer noch meistens nach der Struktur ihres Alltagsgeistes, der auf Angst und bestimmten Mentalprogrammen beruht. Das liegt daran, dass sie erst eine Ebene ihres Lebens bearbeitet hat. Und diese Arbeit hat sich bisher nicht in ihrem Leben bewährt. Das müssen wir also abwarten.

F: Dann wird sie also in den nächsten Bänden die weiteren Ebenen bearbeiten?

S: So ist die Absicht. Es wird allerdings nicht Rabea sein, die diese Erfahrungen macht. Es wird ja am Ende des ersten Bandes schon deutlich, dass sie diesen Namen ablegt.

F: Hast du beim Schreiben auch die Erfahrung gemacht, dass du etwas ganz anderes geschrieben hast, als du wolltest?

S: Nicht generell. Aber in verschiedenen Sequenzen, vor allem wenn sich die Personen in intensiven Dialogen befanden, hatten sie plötzlich etwas anderes oder mehr zu sagen, als ich gedacht hätte. Sie führten Gespräche, die ich gar nicht geplant hatte. Und in zwei Fällen haben sie mich auf tolle Ideen für meine Arbeit gebracht.

F: Shunyata, vielen Dank für dieses Interview.

S: Es hat mir Freude gemacht.

DANKSAGUNGEN

In ewiger Dankbarkeit für Bhairava-Śiva, das große Bewusstsein, den Ozean der Freiheit, dessen Gesang durch all meine Zellen klingt und das Lied der Leerheit singt.

Ich danke meinem Sohn Jonas Wiebke für die Gestaltung des Umschlags, die Einarbeitung aller notwendigen Korrekturen und Grafiken und die Offenheit in der gemeinsamen Arbeit.

Shanti Ines Kassebom danke ich für die Reinzeichnung der Skizzen von Vidyas Camp und dem Kreis der acht Portale. Obwohl ich immer wieder Korrekturen anbrachte, blieb sie in unermüdlicher Hingabe bei der Sache.

Für das wieder einmal gewissenhafte, achtsame und schnelle Lektorat danke ich Pramoda Christine Schwenkner, die mir immer aufs Neue versichert, wie gern sie diese Arbeit tut.

Ich danke Pramoda und Friederike von Toll-Jürgens für die Bearbeitung des Rückenklappentextes. Das hat sehr geholfen.

Ich danke meinen Schülerinnen und Schülern, die den Weg des *maha mokṣa darśana* gehen und der Linie der Höchsten Freiheit angehören. Ich danke auch allen Freundinnen und Freunden, vor allem jenen, die mir auf meinem Weg als *sanga*-Geschwister begegnet sind und mit denen ich viele Erfahrungen teilen durfte.

Aus tiefstem Herzen danke ich meinen spirituellen Lehrerinnen und Lehrern aus allen Zeiten und Räumen – Atisha, Niguma, Midnight Song, Dheeraj, Eli, Raphael, Abhinava Gupta –, den Lehrerinnen und Lehrern, bei denen ich lernen und Erfahrungen sammeln durfte – Jonathan, Idam, Shraddha, Jayesh – und den Freundinnen und Freunden im Herzen, die ihr *mandala* in der Lehre zur Verfügung stellen – Sharada, Khecharanatha – sowie der Linie der *gurus* bis zum ersten Lehrer. Euch verdanke ich alles.

Śūnyatā Parājī Mahat

WEITERE WERKE DER AUTORIN

samaya
Spirituelle Pilgerschaft und Bekenntnis

Ist es in unserer modernen Zeit noch sinnvoll, einen spirituellen Weg diszipliniert und in Verbindung mit einer „Linie" zu gehen oder gar ein spirituelles Bekenntnis abzulegen? Gibt es Anhaltspunkte dafür, dass und wie die Einbindung in eine authentische Linie diejenigen von uns, die ernsthaft nach der letzten Freiheit suchen, unterstützen kann?

Wie uns Meister und Lehrerinnen aller ernst zu nehmenden Traditionen schon immer lehrten, ist authentische Spiritualität an Disziplin gebunden. Die Schritte und Inhalte eines innig gelebten spirituellen Weges und eines im Herzen geweihten spirituellen Bekenntnisses sind in diesem Buch detailliert beschrieben.

Buch: 215 Seiten, broschiert Paperback (2017)
ISBN 978-3-934416-48-2, **21,00 €**

Die Sutras aus dem Herzen Gottes

Die kontemplativen Verse oder dharanas in der hier vorliegenden Neufassung der sutras des Vijnana Bhairava Tantra hat Shunyata Mahat, eine zeitgenössische spirituelle Lehrerin, in poetischer Sprache verfasst. Sie berühren tief im Herzen; die Verwirklichung der wesenhaften Wahrheit der höchsten Lehren schwingt aus ihnen und erzeugt Andacht und tiefe meditative Einkehr.

Buch: 253 Seiten, broschiert Paperback (2016)
ISBN 978-3-934416-33-8, **27,00 €**

CD: Doppel-CD im Booklet-Format (2017)
ISBN 978-3-934416-46-8, **27,00 €**

Karten: 117 Karten, vollfarbig (2016)
ISBN 978-3-934416-44-4, **30,00 €**

Set mit Buch & Karten: **48,00 €**

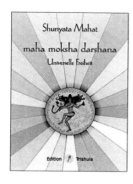

Shunyata Mahat
maha moksha darshana (Band 1)

Die Anwendung der Lehre des moksha darshana ermöglicht einen vollständigen, geheilten Seelenausdruck in der Manifestation, eine Rückkehr in das ursprüngliche spiegelgleiche Gewahrsein, und eine Identitätsposition mit dem göttlichen Bewusstsein in der wahren Natur unserer Seele, der Transparenz.

683 Seiten, Paperback broschiert (2014)
ISBN 978-3-934416-33-8
45,00 €

Shunyata Mahat
Das Mandala der Stille

Dieses Buch bietet Wege zum Verstehen und Begreifen der Mythologie unserer Naturseele an, damit wir uns unserem spirituellen Geist, der immer noch in tiefer Einheit mit allem Leben erfährt und erkennt, wieder nähern können, um eins zu sein mit dem Großen Unbekannten, dem Selbst oder der Großen Stille.

224 Seiten, Paperback broschiert (2008)
ISBN 978-3-934416-13-0
18,00 €

Namaste mein Herz

Dies ist ein Liebeslied vom Selbst an sich Selbst, eine stille Hingabe, eine leidenschaftliche Hingabe. Das Lied klingt in der Tiefe eines jeden Herzens, denn dort liegt die Möglichkeit zu wahrer Begegnung mit dem eigenen Selbst, um zu erfahren, dass es nichts anderes gibt als das Selbst. Namaste!

224 Seiten, Paperback broschiert (2005)
ISBN 978-3-934416-10-9, **18,00 €**

Der Klang der Leere

Dieses Buch verbindet die wahre überlieferte Lehre der Nicht-Dualität (advaita vedanta) mit der lebendigen Erfahrung eines Herzens, das sich dem Sein vollkommen hingegeben hat. Es erörtert einfühlsam, treffend und in kristalliner Klarheit die Themen, mit denen sich spirituelle SucherInnen heute beschäftigen.

246 Seiten, Paperback broschiert(2003)
ISBN 978-3-934416-08-6, ~~21,00 €~~ jetzt **18,00 €**

Der Feuer-Flug der Reiki-Schamanin

REIKI KU DO ist nicht mit dem Takata-Reiki zu vergleichen, sondern „KU" bedeutet Leere; es ist ein Prozess des Erwachens, den REIKI KU DO begleitet. Dabei kommen körperliche, seelische und geistige Gesundheit allerdings nicht zu kurz; und schließlich sind hier auch schamanische Themen angesprochen.

217 Seiten, Paperback broschiert (1999)
ISBN 978-3-934416-00-0, ~~15,00 €~~ jetzt **12,00 €**

Tattva Yoga Nidra (I.)

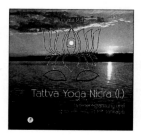

Tattva Yoga Nidra arbeitet mit einer alten tantrischen Praxis, die auf bewusste Entspannung und tiefe Körper- und Energieerfahrung abzielt. Die vorliegende CD setzt den Fokus auf die Empfänglichkeit des Bewusstseins in allen chakras, tattvas und Erfahrungsebenen.

1 CD (2013), 56:22 Minuten
ISBN 978-3-934416-37-6, **18,00 €**

Tattva Yoga Nidra (II.)

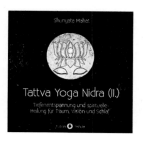

Die vorliegende CD setzt den Fokus auf zwei verschiedene Thematiken im Zusammenhang mit Traum, Vision und Schlaf. Sie beinhaltet schamanische sowie Reiki-Elemente und bietet eine stark transformierende Vision und eine sanfte Begleitung in den Schlaf.

1 CD (2017), 78:56 Minuten
ISBN 978-3-934416-47-5, **18,00 €**

Moksha Yoga Nidra (I.)

Moksha Yoga Nidra arbeitet mit einer alten tantrischen Praxis der bewussten Entspannung, wobei es außerdem die Möglichkeit einer spirituellen Heilung hinzufügt. Die vorliegende CD setzt den Fokus auf die Befreiung der seelischen Basiskräfte, die jeder Mensch in sich trägt.

1 CD (2013), 46:37 Minuten
ISBN 978-3-934416-39-0, **15,00 €**

Shunyata & Gitanand
The Awakening

Die Songs dieses Albums sind für dich, für deine wahre Freiheit. Sie möchten dein Herz berühren und dich inspirieren, so dass du dich dafür öffnest, dein Menschsein als natürlichen Ausdruck des innersten, göttlichen Wesens zu begreifen. Sie möchten dich segnen, dich für die Transparenz des So-Seins aufwecken.

1 CD (2016), 62:49 Minuten
ISBN 978-3-934416-41-3, **18,00 €**

Shunyata & Gitanand
Shivoham

Die mantras auf diesem Album drücken unsere tiefe Liebe und Hingabe zu Shiva aus. Wenn wir tief in die mantras hineintauchen, ist es nur dieser Moment, der uns inspiriert. Wach zu sein in diesem Moment offenbart unser Potenzial als wahre Menschen.

1 CD (2014), gesamt 71:42 Minuten
ISBN 978-3-934416-40-6, **18,00 €**

Shunyata & Gitanand
Namaste Bhairava

Diese bhajans und mantras entstanden in tiefer Hingabe an das Göttliche (Bhairava), das gemäß der tantrischen Lehre überall, in jedem Wesen, in jedem Atom dieses Universums zu finden ist. Im Singen nähert sich unser Herz DEM, was wir in Wahrheit sind, was in uns allen atmet und fühlt.

1 CD (2013), 75:27 Minuten
ISBN 978-3-934416-35-2, **18,00 €**

Satsanga - Stille, Ruhe und Sein

Bewegungen des Verstandes und wahre Stille
Urbewegung, Urschwingung
Still sein und Stille sein
Ichmacher und reifes Ich
Gegenwärtigkeit

1 CD (2013), 78:00 Minuten
ISBN 978-3-934416-36-9, **18,00 €**

Intuition - satsanga mit Shunyata

Die verschiedenen Ebenen von Intuition
Instinkt - Instinktives Verstehen - Intelligenz
Innere Stimme - Weisheit - Spirituelle Einsicht
Der Fluss reinen Wissens

1 CD (2016), 76:37 Minuten
ISBN 978-3-934416-45-1, **18,00 €**

Gott empfangen

Die Empfängnis des Göttlichen
Bhakti
Vollkommenes Anwesendsein im Handeln
Shakti singt in jeder Zelle
Die Liebe zu Shiva
Sich von Shiva vollkommen sehen lassen
Leidenschaften für die Herzenssehnsucht nutzen

2 CDs (2016), gesamt 125:08 Minuten
ISBN 978-3-934416-42-0, **24,00 €**

DER KREIS DER 8 PORTALE

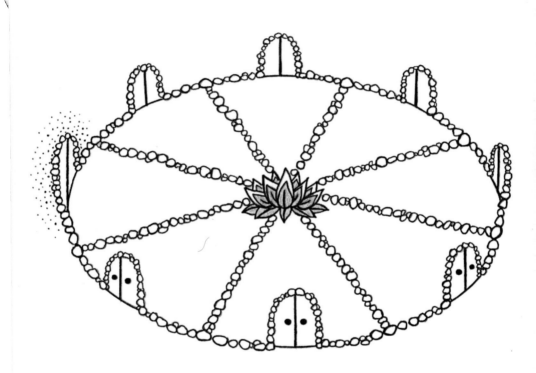